Excalibur

Herausgegeben von
Melissa Andersson
und
Gerd Rottenecker

Richard Gilliam, Martin H. Greenberg
& Edward E. Kramer (Hrsg.)

DAS SCHWERT VON AVALON

Ins Deutsche übertragen von
Marcel Bieger

Knaur

Die amerikanische Originalausgabe erschien 1995
unter dem Titel »Excalibur« bei Warner Books, New York

Lektorat: Regina Winter

Deutsche Erstveröffentlichung August 1998

Umschlagkonzept: Melissa Andersson
Umschlaggestaltung: Agentur Zero, München
Umschlagillustration: Michael Whelan, »Spellweaver«
Satz: Ventura Publisher im Verlag
Druck und Bindung: Clausen & Bosse, Leck
Printed in Germany
ISBN 3-426-70100-6

2 4 5 3 1

INHALT

Jane Yolen
DIE FRAGE DES SCHWERTES 9

Diana L. Paxson
DAS SCHWERT DES KRIEGERGOTTES 11

Eric Lustbader
LASSORIO 41

Kristine Kathryn Rusch
WER DAS SCHWERT BEHERRSCHT... 62

Diana Gabaldon
CHIRURGENSTAHL 84

Nancy Holder
DAS GEBET DES SCHWERTRITTERS 111

T. Winter-Damon
WIDERHALL DES EINEN SCHWERTES 127

Owl Goingback
GRASTÄNZER 130

Peter Crowther
WAS WIR VOM HIMMEL KENNEN 152

Charles de Lint
ÜBERGANG 171

Lawrence Schimel
AM RUNDEN TISCH 204

Marion Zimmer Bradley
GIBT'S HIER DRACHEN? 207

Esther M. Friesner
GOLDIE, LOX UND DIE DREI
EXCALIBOTEN 218

Judith Tarr
SILBER, STEIN UND STAHL 257

Richard Lee Byers
DER KIRCHHOF VON ST. PAUL'S,
AM NEUJAHRSTAG 272

Brad Linaweaver
DIE ANDERE SCHWERTSCHEIDE.......... 280

Daniel H. Scheltema
ENDE DER HOFFNUNG 298

J. M. Morgan
DER WACHTRAUM.......................... 300

Randy Miller
DER SCOUT, DER SLUGGER UND
DIE STRIPPERIN........................... 324

Ardath Mayhar
DIE WAFFE 348

Brad Strickland
DAS SCHWERT IM NETZ 361

Terry Tappouni
EINST UND ZUKÜNFTIG 366

Mercedes Lackey
EINST UND DEREINST 369

Jody Lynn Nye
WER DAS SCHWERT EHRT 382

Susan Dexter
WEM GEGEBEN WIRD 413

Bill Fawcett
DÄMONENSCHWERT 431

Susan Shwartz
AUFGEWÜHLT 459

Joe Haldeman
GERTRUDE RETTET DIE WELT 495

Gary Gygax
PFLICHT 497

Darrell Schweitzer
DER EPILOG DES SCHWERTES 541

BIBLIOGRAPHIE 557

Jane Yolen
DIE FRAGE DES SCHWERTES

Die Antwort lautet:
Excalibur.
Aber wie war die Frage?

Wir könnten über den Stahl,
Das Gewicht der Klinge oder
Die Eisenschichten debattieren,
Die in Wasser gehärtet wurden,
In Wein, in Blut und Feuer
Und in finsteren
Schmieden.

Wir könnten die Kriege
ins Feld führen,
Das Gewicht der Seelen,
Den Zusammenfluß von Strömen, wo
Farblos flappen fließende Fluten,
Und eine Hand ragt
aus dem Weiher,
Die den Sieg im
silbernen Licht ergreift.

Aber für mich zählt der Mann selbst
Der Stoß meiner Lenden,
die geschwollene Klinge

Die Leben hervorbringt
Und es beendet:
Klinge, Griff und Stahl
Und die Muster der Wellen.

Diana L. Paxson

DAS SCHWERT DES KRIEGERGOTTES

Als der Abend dämmerte, ritten sie ins Moor hinaus, dreizehn Männer, die ihre zähen kleinen Ponys so gewandt lenkten wie damals, als sie noch bei den sarmatischen *Numeri* dienten, den besten Reiterei-Hilfstruppen, die Britannien ins Feld führen konnte. Jeder von ihnen hatte zwanzig Jahre in den Legionen hinter sich gebracht, bevor sie sich in das *Vicus* im Schatten der Festung Bremetennacum zurückgezogen hatten. Und dennoch, dachte Hamytz-sar, der in der Mitte der Formation ritt, gehörte er nicht in dieses Land, wenngleich er hier geboren und aufgewachsen war.

Er war der letzte aus der Linie der Schwertträger. Sie waren mit den Jazygen-Kriegern gekommen, die die Römer in Britannien angesiedelt hatten. Der letzte von Hamytz' Söhnen war in Gallien gefallen, als rivalisierende Generäle um das kaiserliche Diadem gekämpft hatten. Er spürte, wie das Wehrgehänge, das das vertraute Gewicht des Schwertes auf seinem Rücken hielt, verrutschte, und zog es mit einem Ruck zurecht. Wer würde es tragen, wenn sein Arm nicht mehr stark genug war? Wer würde die Geister anrufen, wenn seine Stimme schwieg? Aber würde das dann noch eine Rolle spielen? Wäre überhaupt noch etwas wichtig, wenn die Macht Roms zerbrach und die wilden Stämme alles überrannten?

Sie ritten die Anhöhe hinauf, und einen Augenblick lang konnte der Priester das Land überblicken – dunkle, mit Heidekraut bewachsene Hügel und Bäume, die überall sprossen, wo es ein wenig windgeschützt war. Vom westlichen Meer her rollten tiefhängende Wolken heran; sie würden gegen Morgen wahrscheinlich Regen bringen. Das würde sie nicht stören; diese

Männer, deren Vorfahren die Steppen durchstreift hatten, fanden ebenso sicher nach Hause wie ihre Ponys. Sie brauchten nicht einmal die Sterne zur Orientierung. Hamytz blickte auf – im Nordland war man sich der Weite des Himmelszeltes immer sehr bewußt. An diesem Abend war es mit bleichen Flammenbannern übersät wie ein verlassenes Schlachtfeld.

Aber auch die vom Bemalten Volk würden sich von ein wenig Regen nicht aufhalten lassen, dachte er. Sie hatten niemals den Wall akzeptiert, den Kaiser Hadrian durch den Norden gezogen hatte, um ihre Überfälle zu unterbinden. Und nun, da die Legionen auf die andere Seite des Schmalen Meeres zurückbeordert worden waren, standen nur noch die Veteranen, die auf Bauerngütern in der Nähe der Festungen siedelten, zwischen ihnen und den reichen Ländereien des Südens. Einst hatte Britannien sicher unter dem Frieden Roms gelebt, aber jetzt wurde Rom selbst belagert. Ohne Soldaten, die ihn bemannten, war der Wall nichts weiter als ein lästiges Hindernis. Immerhin war es im vergangenen Mond ruhig gewesen. Es gab keinen Grund zu glauben, daß sie ausgerechnet heute nacht kommen würden, rief sich Hamytz zur Ordnung.

Die Drachenstandarte flatterte, Goldfäden glitzerten im letzten Tageslicht, und dann sank sie wieder schlaff herab, als die Reiter aus dem Wind heraus in einen gewundenen Wasserlauf einritten. Die Hufe der Ponys schlugen auf Stein; hier lagen die Knochen der Erde sehr dicht an der Oberfläche. Hamytz richtete sich auf. Eine vertraute Spannung begann sich in ihm aufzubauen, und ihm schien, als werde das Schwert schwerer, als beginne es bereits, Kraft auf sich zu ziehen.

Sie ritten jetzt schneller. Die Ponys wußten, daß sie bald auf dem trockenen Gras in der Senke würden grasen können. Der Klippensturz darüber war im Halbdunkel ein gesichtsloser Umriß. Kaum konnte Hamytz die gedrungene Silhouette des Opfersteins ausmachen. Uryzmag, der an der Spitze ritt, erteilte leise einen Befehl. Die Pferde kamen alle zugleich in einem Halbkreis zum Stehen. Hamytz stieg ab und verzog das Gesicht ein wenig,

als seine Gelenke protestierten. Jemand führte sein Pferd weg. Die Männer entzündeten Fackeln und steckten sie in den Boden. Rötliches Licht ergoß sich rund um den Opferstein. Der Priester vernahm ein klägliches Blöken, als der gefesselte Ziegenbock aus Arvgads Sattel gehoben und auf den Boden gelegt wurde.
Die Männer schwiegen, und nach einer Weile bemerkte Hamytz, daß alle ihn beobachteten. Er öffnete die Fibel an seinem Umhang und legte ihn beiseite. Darunter trug er wie alle anderen ein Panzerhemd, das auf traditionelle Art aus einander überlappenden, aus den Hufen von Stuten geschnitzten Schuppen hergestellt war. Und ebenso wie die Helme der anderen war sein Spangenhelm vom vielen Gebrauch abgenutzt und liebevoll poliert. Aber an seinem Kamm war ein Wolfsschwanz befestigt, und daran hatte er Amulette in Gestalt von Speerspitzen und winzigen Schwertern geknotet, die klimperten und klapperten, wenn er sich bewegte.
Die Männer versammelten sich um ihn. Hamytz' Finger waren in der feuchten Luft steif geworden. Er hantierte mit dem Feuertopf und blies auf die Kohlen darin, bis sie glühten. Eine Prise aus dem Beutel mit den heiligen Kräutern ließ süßduftenden Rauch zu ihm hochwirbeln. Er holte tief Luft und spürte, wie seine Wahrnehmung sich veränderte. Hamytz fühlte sich losgelöster von den gewöhnlichen Dingen und sich ihrer zugleich tiefer bewußt. Seine Fingergelenke schmerzten nicht mehr, und er konnte jeden Atemzug der Männer, die ihn umstanden, hören, dazu den Schrei einer Eule über dem Felssturz und, weiter weg, die Stimme des Jungen, der die grasenden Stuten beruhigte.
Ebenso lebhaft, wie er jeden der anderen Krieger spürte, empfand er die Präsenz des Schwertes.
Der Priester nahm den Topf mit den rauchenden Kräutern auf und schritt den Kreis ab, ließ jeden Mann die Hände im reinigenden Rauch reiben und ihn einatmen. Hinter ihm setzte das dumpfe Stampfen von Lanzenschäften ein, die im Gleichklang auf die Erde gestoßen wurden. Die Männer stimmten einen

Sprechgesang an wie vor einem Kampf. Hamytz holte tief Luft und spürte die vertraute Verschiebung seiner inneren Perspektive.

Nun brauchte er das Licht der Fackeln kaum noch, denn jeder Strauch und jeder Stein sandte ein eigenes Leuchten aus. Er spürte, wie die Kraft des Wolfs, der das Totem seines Gottes war, sich mit ihm erhob. Und er spürte den Geist des roten Drachen, der von ihrer Standarte flatterte und ihm Antwort gab. Der Priester sah ihn nicht als Lindwurm, sondern so, wie sein Volk ihn darstellte, mit krallenbewehrten Beinen und Flügeln.

Er setzte den Topf ab und stellte sich breitbeinig vor den Altarstein.

»Ich bin Hamytz, Sohn des Hurtzast«, rief er. »Diener des Batradz wie meine Väter vor mir, von Generation zu Generation, seit wir zum ersten Mal durch das Gräserne Meer geritten sind. Ich habe viele Schlachten geschlagen, mein Arm hat viele ...«

»Wir wollen die Stimme des Gottes hören, Schlachtpriester«, unterbrach ihn Uryzmag. »Hol das Schwert hervor, damit wir zu ihm beten können!«

»Das Schwert!« fielen andere Stimmen ein. »Zeig uns das Schwert!«

Hamytz nickte. Im ersten ekstatischen Aufwallen, wenn die Macht sich in ihm erhob, fiel es ihm immer schwer, sich zu erinnern, warum er hier war. Er holte tief Luft, und seine Haut prickelte in Reaktion auf die ihn umgebende Energie. Während er auf die Felsformation unter der Klippe zuschritt, wurde das Schwert schwerer. Als er die Steine erreichte, schwankte er bereits unter dem Gewicht. Auch hier wohnte Kraft – die des Blutes, das darüber vergossen worden war.

Der Priester faßte festeren Tritt, griff hinter seine linke Schulter und umfaßte das Heft. Seine Muskeln, die nach vierzig Jahren unter Waffen immer noch mächtig waren, spannten sich an, als er die Klinge herauszog.

Er spürte, wie das Schwert in seiner Hand bebte: heiß und kalt zugleich. Mit einem Ächzen stieß er den angehaltenen Atem aus, als die Waffe nach oben fuhr. Blitze zuckten im Kreis umher, als das Licht der Fackeln sich auf dem Stahl spiegelte. Einen Moment lang genoß Hamytz, wie vollkommen ausbalanciert die Klinge in der Hand lag. Sie durchdrang Fleisch so leicht, wie sie die Luft zerschnitt; sie bebte und gelüstete danach, den Feind niederzustrecken.

Aber Hamytz hatte viele Jahre Zeit gehabt, das Aufwallen von Blutdurst zu meistern, das ihn überkam, wenn er diese Waffe zog. Sie konnte benutzt werden, aber nicht von ihm. Der Priester war nur ihr Hüter. Eines Tages, so hieß es, würde ein König geboren werden, der würdig war, sie zu führen.

Der Spalt in der flachen Oberfläche des Opfersteins sah aus wie eine Wunde. Hamytz schwang das Schwert abwärts, setzte es mit der geheimen Drehung ein, die die Klinge an ihrem Platz festschließen würde, und spürte am ganzen Körper die Erschütterung, als die Macht des Schwertes in den darunterliegenden Fels fuhr.

Einen Augenblick lang schwankte er, dann trat er zurück und riß ungläubig die Augen auf. Gewiß war es mehr als das Licht der Fackeln, das auf dieser hellen Klinge brannte!

»Seht das Schwert des Krieges!« schrie er. »Gottes Stahl, Sternenstahl, der flammend vom Himmel herabstürzte, um sich in den Schoß der Erde zu graben. Zauberstahl, geschmiedet von Kurdalagon, dem Meister der Magie der Chalyber, der Zauberschmiede unserer alten Heimat. Diese unsterbliche Klinge, die weder biegt noch bricht, weder rostet noch stumpf wird, ehren wir!«

Der Priester verneigte sich, und aus einem Dutzend Kehlen stieg Jubel auf. Uryzmag stand ihm am nächsten und hielt den Ziegenbock. Wenn die Klinge einmal gezogen war, mußte sie Blut trinken. Für gewöhnlich war das Opfer ein kleineres Tier, obwohl es Geschichten darüber gab, daß die Jazygen ihr in Zeiten großer Not manchmal das Blut von Menschen geopfert hatten.

Hamytz' Nackenhaare sträubten sich.

»Leuchtender, wir rufen dich«, sprach er heiser. »Sieh, deine Waffe erwartet dich. Steig herab, und segne deine Söhne, denn das Land ist unruhig, und wir bedürfen deiner!«

Falls das überhaupt möglich war, schien das Schwert noch heller zu leuchten, aber der Gott war noch nicht anwesend – Hamytz hatte das auch nicht erwartet. In einem eigentümlichen Tanzschritt begann er, den Stein in Richtung des Sonnenlaufs zu umschreiten und verwandte einen Teil seines erweiterten Bewußtseins darauf, sich sicher über den felsigen Untergrund zu bewegen. Anfangs, in jenen ersten Jahren, als er dem Gott gedient hatte, hatte er sich leicht ablenken lassen, aber nun fiel es ihm zunehmend schwerer, in Kontakt mit der gewöhnlichen Welt zu bleiben, wenn die göttliche Kraft ihn ergriff.

»Alter Wolf, grauer Wolf, ich rufe dich …«, flüsterte er, »Führer der Wölfe und Macht, die sie bindet. Komm zu uns, höre uns, komm jetzt zu uns!« Hitze pulste durch seine Magengrube, und er keuchte und kämpfte um Beherrschung. Es war unmännlich, sich der Trance zu ergeben. »Großer Drache, Herrscher der Himmel, fliege zu uns. Dein Wort ist Gerechtigkeit, dein Brüllen bringt den Sieg! Komm zu uns …« Der Priester konnte nicht zu Ende sprechen, aber die anderen nahmen den Refrain auf. »Du bist die Mitte«, ächzte er, »die Achse der Welt, der Drehpunkt des Himmels …«

Hamytz hatte aufgehört, sich zu bewegen. Gegen seinen Willen war sein Körper erstarrt, und seine Arme hoben sich.

Panik ließ ihn schaudern – oder war es Begehren? Die göttliche Macht war noch nie zuvor so stark gewesen. Aber es war das Schwert, das sie leiten mußte. Sich von dieser Ekstase davonreißen zu lassen, war der Weg eines Schwächlings, nicht der eines Kriegers.

»Batradz!« schrie Hamytz, und bäumte sich auf. Zur Antwort fuhr die Macht wie ein Blitzstrahl vom Himmel nieder. In seiner veränderten Wahrnehmung konnte er das Schwert auflodern sehen, als die göttliche Macht sich durch den Stahl hindurch in die Erde brannte und dann wie ein weiterer Blitz durch seine

Füße und sein Rückgrat hinauffuhr, jeden Widerstand wegsprengte und seinen Geist davontrug.
Hamytz war sich weder bewußt, daß er gestürzt war, noch, daß die Männer weiter rhythmisch mit den Speeren aufstampften, während er zuckend am Boden lag. Nun waren der Fels, der Stein und die Männer, die ihre Bitten an den Gott hinausschrien, der Traum. Vor dem Priester lag ein unbeschreiblicher Glanz, und als dieses Licht ihn berührte, lachte er vor Freude. In seiner Mitte stand eine mit einer Rüstung angetane Gestalt. Der Schwertpriester warf sich vor ihr auf die Knie.
»Mächtiger …« sprach sein Herz. *»Mach dein Volk stark. Die wilden Stämme rücken heran. Unsere jungen Krieger sind weggerufen worden, und es sind nur noch alte Männer da, um ihre Familien zu schützen.«*
»Einstmals wart ihr *die wilden Stämme …«* antwortete eine Stimme, die überall um ihn herum zu erklingen schien. *»Bevor ihr gekommen seid, war dies ihr Land …«*
»Aber wo sollen wir eine Heimat finden, wenn nicht hier? Soll ein bemalter barbarischer Häuptling Erbe deines Schwertes werden?«
»Narr!« Hamytz erzitterte, als das Leuchten purpurrot aufwallte. *»Du versuchst, das Herdfeuer zu löschen, während dein Dach brennt. Kehre zurück in die Mittelwelt, denn eure Feinde sind über euch gekommen! Rette dich, oder es wird nichts mehr geben, das du weitergeben kannst!«*
Die Kraft glitt davon, und der Priester wurde fortgerissen.
Er fiel rasend schnell nach unten, wirbelte hilflos ins Leere. Eine Ewigkeit lang, so schien es, gab es nur noch Feuer und Dunkelheit, bevor die Welt wieder Gestalt annahm. Zuerst kehrten die Geräusche zurück, sogar noch vor den Empfindungen. Er hörte Schreie, und jemand stöhnte. Hamytz versuchte, einzelne Worte zu unterscheiden.
»Ho, Caradawc, der hier ist schon tot …« Die Stimme sprach Britisch mit dem harten Akzent von Alba. Hamytz war sich undeutlich bewußt, daß jemand ihn getreten hatte, aber er war

noch nicht weit genug in seinen Körper zurückgekehrt, um schon Schmerz zu spüren.
»Durchsuch ihn, vielleicht hat er Gold bei sich …«
»Nicht ich. Er ist von Gott gezeichnet! Bei dieser Sorte sind die Toten schlimmer als die Lebenden!«
Von weiter her drangen Geschrei und das Klirren von Speeren. Vielleicht war er ja wirklich tot, dachte Hamytz benommen. Aber wenn er ein Geist gewesen wäre, hätte er in der Lage sein müssen zu *sehen* …
»Dann nehme ich sein Schwert, die Klinge da drüben!«
Eine furchtbare Angst wallte auf und schleuderte ihn ins Bewußtsein zurück. Hamytz roch Rauch, den süßlichen Gestank von Blut und den feuchten Duft aufziehenden Regens.
»Tu das nicht, Caradawc!« rief der erste Mann. »Das ist bestimmt fremdländisches Hexenwerk!«
»Aber eine schöne Klinge …« Ein Donnerschlag unterbrach seine Worte, gefolgt von Schreien.
»Bei Taranis! Sie sammeln sich! Kommt fort, kommt fort!«
Hamytz hörte Hufschläge und wußte, daß wenigstens einer der Jazygen es zurück zu den Pferden geschafft hatte. Zu Fuß waren seine Leute hilflos, aber reiten konnten sie wie die Zentauren. Steine flogen überall auf, als das Pony vorübergaloppierte, und dann vernahm er einen dumpfen Aufprall und einen Schrei.
»Cynwal, Cynwal!« schrie der Mann, der das Schwert hatte nehmen wollen, gefolgt von einem Schwall lästerlicher Flüche, als die Hufschläge sich wieder näherten. »Du mörderischer Abschaum – du hast meinen Bruder getötet! Aber ich werde zurückkehren, um mir das Schwert zu holen, zusammen mit dem Blutpreis, das schwöre ich!«
Die Hufschläge wurden lauter, aber noch schneller gaben die Angreifer Fersengeld. Während er darum kämpfte, vollständig in seinen Körper zurückzukehren, hörte Hamytz beides verklingen. Sein Schwindelgefühl wuchs, aber seine Augenlider flatterten bereits.
Plötzlich verschob sich seine Perspektive ruckartig, und er stellte

fest, daß er aufrecht stand, die Augen weit aufgerissen. Überall um ihn herum lagen Leichen – Männer des Bemalten Volkes, zum Kampf entkleidet, die nackten Gliedmaßen mit blauen Tätowierungen bedeckt, und seine eigenen Kameraden, die in ihren Schuppenpanzern wie gefallene Drachen dalagen. Weiter weg spürte er verschwommen die Bewegung von Pferden, und am Himmel über ihnen sah er ein grellrotes Licht, das von den brennenden Dächern von Bremetennacum stammen mußte.

Es war also geschehen – der große Durchbruch durch den Wall, den sie so lange befürchtet hatten. Er hatte in seinem Leben genug brennende Städte gesehen, um nach der Helligkeit dieses Glühens abschätzen zu können, wie wenig von seinem Zuhause übrigbleiben würde. Der Priester starrte noch einen Augenblick hin und spürte das Stechen der ersten Regentropfen auf seiner Stirn. Dann rebellierte sein Körper, überwältigt von der Heftigkeit, mit der sein Geist in ihn zurückgekehrt war. Hamytz spürte, wie ihm der Schmerz wie ein Hammerschlag durch den Kopf fuhr, und dann nahm er nichts mehr wahr.

»Ach, nun liegt endlich still. Diese Wölfe müssen Euch einen ordentlichen Schlag versetzt haben, um so einen starken Mann niederzustrecken. Ihr werdet Ruhe brauchen …«

Die Worte wurden in britischer Sprache gesprochen, aber die Stimme klang hell, mit einem melodischen Tonfall wie Vogelsang, und die dazu gehörenden Hände waren sanft, als sie ihm das Haar aus der Stirn strichen. Hamytz seufzte und versuchte, seine letzten, qualvollen Erinnerungen mit der warmen Dunkelheit in Einklang zu bringen, in der er jetzt lag.

»Kein … Schlag …« krächzte er schmerzerfüllt, kämpfte darum, sich an die Worte zu erinnern, und hustete dann.

»Meint Ihr? Aber man vergißt auch oft, was zu einer Schädelverletzung geführt hat«, entgegnete die Frau. »Jedenfalls wart Ihr halb ertrunken und halb erfroren, und Ihr solltet froh über die Wärme an Rhiannons Feuer sein.«

»Rhiannon …« Mühsam versuchte Hamytz die Augen zu öffnen. Im Flackern des Herdfeuers erblickte er ein schräges, strohgedecktes Dach und eine rundgebaute, weißgetünchte Wand. Eine große Anzahl von Beuteln und Bündeln schienen von den langen Stangen herabzuhängen, die über ihm aufragten: Er roch scharfen Geruch getrockneter Kräuter. Aber vor allem war es die stämmige Gestalt der Frau, die seine Aufmerksamkeit auf sich zog. Das Licht des Feuers hinter ihr rief flammenfarbene Reflexe auf ihrer Haarmähne hervor.

»Rhiannon merch Gutuator …« erklärte sie ein wenig herausfordernd, und lachte, als er nicht reagierte. »Ihr könnt nicht von hier sein, wenn Ihr nicht von der Tochter des Druiden gehört habt. Nicht einmal ein Brite, nach Eurer Sprache und Euren Sachen zu urteilen. Seid Ihr getauft?«

Langsam schüttelte er den Kopf. »Ich bin Jazyge – ich habe in den Legionen gedient und habe mich nach meiner Dienstzeit in Bremetennacum niedergelassen.«

Sie sah ihn überrascht an. »Ich dachte schon, Ihr hättet vielleicht an den Kämpfen teilgenommen, aber ihr wart ganz schön weit gekrochen, als ich Euch gefunden habe.«

Gekrochen … Verschwommen erinnerte er sich an einen Sturm und daran, wie er im Schlamm der Straße ausgeglitten war. Er war nicht einmal fortgerannt – er war gekrochen wie ein Wurm. Die Stimme der Frau schien von weit her zu kommen.

»Über dem Hügel hinter Euch waren die Raben eifrig am Werke, aber ich bin nicht weiter gegangen. Für die Toten konnte ich nichts tun; es war besser, meine Kraft auf einen Lebenden zu verwenden.«

»Und was ist mit dem Vicus?« zwang er sich zu fragen.

Langsam schüttelte sie den Kopf. »Es gab ein großes Feuer. Aber es sind keine Flüchtlinge aus dem Ort gekommen. Falls die Alban, diese Wölfe, keine Sklaven genommen haben, glaube ich nicht, daß jemand überlebt hat. Es tut mir leid. Habt Ihr Familienangehörige verloren?«

»Es gibt niemanden mehr von meinem Blut.« Er hustete, aber

das linderte den Schmerz in seiner Brust nicht. »Und jetzt ist auch mein Volk ausgelöscht. Ich bin allein.«

»So wie ich …« Es schien Hamytz, als habe er sie flüstern hören, aber mit einem Mal überfiel ihn ein heftiges Zittern, und er war sich nicht sicher. Einen Moment später war ihm wieder warm, zu warm. Er versuchte, seine Decken wegzuschieben.

Als sie seine Stirn berührte, stieß sie einen leisen Schrei aus. »Das Fieber, ich hatte es befürchtet! Aber trinkt das hier, und es wird Euch bessergehen. Ich will Euch nicht auch noch verlieren!«

Sie setzte ihm ein Trinkhorn an seine Lippen, und er trank mechanisch. Er verzog das Gesicht über das bittere Gebräu, und dann fragte er sich, wen sie wohl verloren hatte. Aber bevor er ihr diese Frage stellen konnte, überwältigte ihn der Schlaf.

In seinem Delirium träumte Hamytz. Leichtfüßig wie ein Knabe stieg er den Berg der Götter hinauf. Ein Teil von ihm wußte, daß ihm das nur so vorkam, weil der Faden, der Geist und Körper verband, sehr dünn geworden war, aber das war nicht mehr wichtig. Er suchte das Licht wie ein Krieger, der von einem langen Feldzug heimkehrt und begierig ist, seine Rast und die Früchte des Sieges zu genießen.

Aber als er zum Gipfel kam, saß der Gott da und wandte ihm den Rücken zu. Hamytz zögerte. Schließlich dehnte das Schweigen sich so sehr aus, daß er es nicht mehr ertragen konnte.

»Herr, ich habe Dir gedient! Ich habe lange und schwer gekämpft und für Dein Volk gesorgt. Willst Du mich nicht willkommen heißen?«

Lange war es still, und dann hörte er ein Wispern, das so schwach war, daß er nicht hätte sagen können, ob es von dem Gott stammte oder aus den Tiefen seiner eigenen Seele.

»Du bist weggelaufen. Wo ist das Schwert, das ich dir anvertraut habe?«

Verzweiflung wallte plötzlich und vernichtend in Hamytz auf. Also doch! Er hatte die Kontrolle über seinen Geist verloren und war außerstande gewesen, sich zu verteidigen. Der Priester war kein Krieger mehr. »In der Hand eines Feindes ... wir wurden überrumpelt! Ich konnte nichts dagegen tun ...«

»Du lügst«, lautete die unerbittliche Antwort. »Das Schwert befindet sich noch da, wo du es hingesteckt hast. Noch ist es nicht entweiht worden. Aber jede Stunde, die es unbewacht bleibt, vergrößert die Gefahr. In einer gerechten Sache wird es den Sieg bringen, aber es zerstört, wenn es aus Gier oder Gewinnsucht benutzt wird. Jede Macht kann zum Bösen gewendet werden, wenn man sie mißbraucht, auch die meine. Wenn das Schwert in die falschen Hände gelangt, wird nicht nur deine Ehre verloren sein, sondern der Frieden der Welt.«

Hamytz wich zurück, aber den Männern seiner Linie lag die Tapferkeit im Blut – selbst der Mut, die Götter herauszufordern. »Welchen Frieden hat denn die Welt jetzt?« rief er. »Meine Söhne sind in einem sinnlosen Krieg gestorben, mein Volk ist in alle Winde zerstreut. Es gibt nichts mehr, das das Schwert bewahren könnte. Die Kinder des Batradz sind nicht mehr!«

»Glaubst du, ihr seid meine einzigen Kinder?« Die Stimme hallte durch sämtliche Welten. »Empfindest du nichts für dieses Land, das dich genährt hat, und die Generationen, die nach dir kommen werden? Sollen sie wie Wölfe leben, oder noch Schlimmeres – denn meine Jagdhunde sind ehrliche Tiere, die nach ihren eigenen Gesetzen leben. Sollen sie einander zerfleischen, weil eine Waffe der Vernichtung auf die Welt losgelassen wurde?«

»Dann zerstöre sie!« rief Hamytz aus. »Schick einen Blitzstrahl, der sie wieder zu einem Klumpen Metall schmilzt!«

»Sie wurde von Menschen gemacht, um meine Macht zu tragen, und von Menschen muß sie beherrscht werden. Lebe weiter, Sohn des Hurtzast! Solange du das Schwert nicht in Sicherheit gebracht hast, ist deine Aufgabe nicht erfüllt!«

Hamytz suchte nach Worten, um Ihn anzuflehen. Er hatte sein Bestes getan, und er war müde. Der Gott konnte doch nicht von ihm verlangen, wieder zurückzukehren! Aber der Himmel verdunkelte sich bereits. Donner grollte, und die Luft rings um den

Gott glühte wie ein ersterbendes Feuer. In der Düsternis ragte seine Gestalt mit einem Mal monströs über Hamytz auf. Dem alten Priester grauste es. Keine menschliche Seele, wie mutig sie auch sein mochte, konnte vor dem Antlitz bestehen, von dem er spürte, daß der Gewaltige es jetzt trug. Als diese furchtbare Gestalt sich umwandte, floh er ein weiteres Mal.

»Das Schwert!« Hamytz erwachte zitternd vom Klang seiner eigenen Stimme. Er kämpfte darum, sich aufzusetzen, konnte sich aber nicht gegen die sanften Hände wehren, die ihn wieder in die Pelzdecken zurückdrückten.

»Ruhig jetzt ...« ließ sich die Stimme einer Frau vernehmen. Roxana? Aber nein, sie hatte britisch gesprochen, und seine Frau war schon seit Jahren tot. Er blinzelte und blickte in ein Gesicht, das von Schlafmangel ausgezehrt war, aber ausdrucksvolle Züge aufwies. Langsam kehrte sein Gedächtnis zurück. Der Priester befeuchtete seine trockenen Lippen und versuchte, in der Sprache der Eingeborenen zu denken.

»Ihr seid ... Rhiannon.«

»Ganz recht«, antwortete sie, und als sie lächelte, erhellte eine unerwartete Schönheit ihre Züge. »Und wer ist es, den ich drei Tage und drei Nächte gepflegt habe?«

»Ich bin Hamytz, Sohn des Hurtzast ... Ich war ... ein Priester unseres Gottes.«

»Ein Mann der alten Weisheit bei dem Pferdevolk?« Ihr Lächeln wurde breiter. »Dann seid Ihr hier doppelt willkommen. Mein Vater hat immerzu erzählt, unsere eigenen Stämme hätten im Land der Skythen gelebt, vor unendlich langer Zeit. Vielleicht sind wir von alters her verwandt.«

Er starrte sie an. Seit sechs Generationen hatten die Jazygen bei den Briten gelebt und sie geschätzt. Sie hatten sich unter ihnen bewegt, doch nicht zu ihnen gehört. Die Reiter waren zu sehr damit beschäftigt gewesen, ihre Identität zu wahren, statt sich zu fragen, welche Weisheit in ihrer neuen Heimat zu finden sein mochte. Und ganz gewiß wäre es ihnen nie eingefallen, daß die

Briten selbst hier einmal Neuankömmlinge gewesen sein mochten. Jede Verwandtschaft zwischen ihnen mußte tatsächlich aus uralter Zeit stammen, und er fand den Gedanken sonderbar tröstlich.

Hamytz schickte sich an, ihr das zu sagen, und begann wieder zu husten. Aber dieses Mal löste sich der Schleim, der seine Lungen verstopft hatte. Obwohl die Krämpfe heftig waren, atmete er, als sie vorüber waren, freier als seit Tagen.

»Ich werde Euch jetzt etwas zu essen bringen«, sagte Rhiannon, als er sich endlich zurücklehnte. »Das Schlimmste ist vorüber. Jetzt braucht Ihr Kraft, um zu genesen.«

Der Priester ruhte mit geschlossenen Augen und hörte zu, wie die Frau sich am Herdfeuer zu schaffen machte. *Ich werde gesund werden, aber wozu?* fragte er sich. *Ich bin kein Krieger mehr …* Er zitterte ein wenig, als er sich erinnerte*: Ich bin davongelaufen …*

Hamytz aß die Mahlzeit, die die Frau ihm brachte, aber obwohl er keine Schmerzen mehr hatte, schlief er schlecht und wurde von Erinnerungen heimgesucht.

Am nächsten Morgen half Rhiannon ihm nach draußen, damit er in dem schwachen herbstlichen Sonnenlicht sitzen konnte. Erst da erkannte Hamytz, wie abgeschieden sie lebte. Das Haus war von alter britischer Art, rund und mit einem Reetdach. Es schmiegte sich in den Windschatten eines Hügels, und von hier aus überblickte man das ganze langgestreckte Tal. Wenn Hamytz aufstand, konnte er gerade eben die helle Linie der Straße erkennen, die nordwärts zum Wall führte, aber es waren keine weiteren Ansiedlungen zu sehen, und keine Menschen – nur die Schafe, die am Hügelabhang grasten, und die Habichte, die am bleichen Himmel kreisten.

»Habt Ihr denn keine Familie? Keine Verwandten?« fragte er sie an diesem Abend, als sie neben dem Feuer saßen. Rhiannon schüttelte den Kopf.

»Meine Eltern sind aus dem Sommerland im Süden hergezogen«,

antwortete sie. »Die christlichen Priester haben nicht zugelassen, daß mein Vater sich in der Stadt niederließ, und die Menschen hatten Angst, offen zu ihm zu kommen, obwohl sie sein Wissen um die alten Bräuche hochschätzten. Dieser Ort liegt weit genug entfernt, daß die Römer uns ignorieren konnten, aber so nahe, daß Männer, die ein Urteil nach den alten Gesetzen brauchten, oder Frauen, die wollten, daß meine Mutter eine Medizin für irgendein Übel braute, uns aufsuchen konnten. Ich habe als einziges ihrer Kinder überlebt, und nun sind sie beide fort. Also bin ich allein, wie Ihr.«

»Aber Ihr seid jung … Ihr solltet einen Mann und eigene Kinder haben.«

»Nicht so jung, daß ich meine Freiheit gegen das strahlende Lächeln eines Jünglings eintauschen würde.« Rhiannon strich sich das Haar zurück und beugte sich vor, um den Haferbrei umzurühren. »Von Mauern umgeben würde ich zugrunde gehen. Und wozu brauche ich solchen Schutz? Die Nordmänner fürchten meinen Fluch, und unsere eigenen Leute schwören auf meine Zaubersprüche.«

Hamytz sah genau hin, und tatsächlich waren da silberne Fäden in ihrem rötlichen Haar. Aber ihm kam sie kaum älter vor als ein Kind.

»Dann braucht Ihr den Schutz nicht, den ich Euch bieten könnte. Sobald ich reisen kann, werde ich aufbrechen.« Er seufzte.

Schnell blickte sie zu ihm auf, und der Priester sah, wie sie zuerst rot und dann bleich wurde. »Was redet Ihr da? Ihr könnt ja kaum bis zur Tür gehen!« rief sie, und dann: »Habt Ihr gedacht, ich wollte Euch loswerden?« Sie streckte den Arm nach ihm aus, und die Berührung ihrer Hand ließ ein Prickeln über seine Haut rinnen, das ihn auf seltsame Art an das Schwert erinnerte.

»Ihr könnt es Euch nicht leisten, mich ewig durchzufüttern …« Er versuchte zu lächeln. »Ich habe mir mein Brot immer selbst verdient. Mein Zuhause ist nicht mehr, aber in Zeiten wie diesen gibt es immer Arbeit für einen Krieger.«

Der Priester konnte sehen, daß sie daran zweifelte, aber er

beherrschte seine Miene, um sich nicht zu verraten. Sie hatte natürlich recht – er mochte nach außen so tun als ob, aber er besaß keine Ehre mehr. Hamytz hatte zugelassen, daß die Trance ihn überwältigte, und er war davongelaufen. Wenn er lange genug überlebte, um einen neuen Platz zu finden, würde er fallen, sobald man seine Kraft das erste Mal auf die Probe stellte. Und je eher, desto besser, dachte er. Aber nicht hier, wo Rhiannon sehen konnte, daß ihre Mühen vergeudet gewesen waren.

»Werdet Ihr das wirklich tun?« fragte sie. Ihr dunkelrotes, schimmerndes Haar verbarg ihr Gesicht, als sie sich vorbeugte, um im Topf zu rühren. Er hätte nicht sagen können, ob sie sich über ihn lustig machte. »Als Ihr im Fieber phantasiert habt, schien es, als gäbe es da eine Aufgabe, die Euch auf der Seele lastet. *Das Schwert Gottes«*, sagte sie in seiner eigenen Sprache. »Oft habt Ihr diese Worte hinausgeschrien. Was bedeuten sie?«

Hamytz starrte sie an. Die Jazygen sprachen nie zu Außenstehenden über ihre Heiligtümer, aber es existierte niemand mehr von seinem Blut, der es erfahren könnte, und Rhiannon gehörte zu den Weisen ihres eigenen Stammes.

»Das Schwert Gottes. Mein Ruhm«, antwortete er endlich, »... und meine Schande. Es ist das heilige Schwert, durch das die Macht des Gottes, den die Römer Mars nennen, zu uns herabsteigt. Ich war sein Hüter.«

»Und was ist aus dem Schwert geworden?«

Der Priester wies auf die Hügel. »Es steht immer noch dort drüben, in den Stein gestoßen, dort, wo das Bemalte Volk über uns gekommen ist, als wir den Gott anriefen.«

Rhiannon sah ihn entsetzt an. »Haben sie es nicht mitgenommen?«

»Ich weiß es nicht ...« Hamytz verzog das Gesicht. »Mein Gott hat seine Blitzschläge gesandt, aber ich war hilflos. Ich habe keine Ahnung.«

»Ihr müßt es zurückholen!« rief sie aus. »Wenn es sich so verhält, wie Ihr sagt, könnte die Klinge in den falschen Händen großes

Unheil anrichten. Läßt man bei Eurem Volk die Heiligen Dinge herumliegen, damit sie von den Unwissenden mißbraucht werden? Ich versichere Euch, bei meinem nicht!«

Hamytz stöhnte, und er schlug unwillkürlich die Hände vors Gesicht, als könnte er ihre Worte damit aussperren. »Es ist wahr – es ist wahr, und ich habe die mir anvertraute Aufgabe verraten. Die Erde wird das Schwert eine Zeitlang nicht loslassen, und die Bannzauber, die auf der Scheide liegen, können es ruhig halten, aber nur ein tiefes Wasser könnte die Waffe für immer verbergen. Es ist eine Chalyber-Klinge, geschmiedet mit Hilfe vergessener Magie, in dem Land, aus dem wir gekommen sind.«

»Calib...«, wiederholte Rhiannon, und er war zu erschöpft, um sie zu verbessern. »Wenn Ihr kräftiger seid, werden wir das Schwert aus Eurem Schrein holen, und wenn Ihr dann immer noch nicht in der Lage seid, für Euer Mündel zu sorgen, werden wir einen tiefen Bergsee finden, in dem wir den Stahl versenken, so daß ihn nie wieder ein Mensch zu Gesicht bekommt.«

»Unwürdig ...« Das war das Wort, das auszusprechen sie zu freundlich gewesen war. Oder vielleicht, dachte er dumpf, hätte sie sagen sollen »wenn Ihr zuviel Angst habt«.

Während der Erntemond fortschritt, trauerte Hamytz weiter um seine verlorene Ehre. Aber mit der Zeit stachelte sein kräftiger werdender Körper zunehmend seinen Lebenswillen an. Er vermochte jeden Tag weiter zu laufen, und er aß mehr, begann sich mit kleinen Reparaturarbeiten am Haus zu beschäftigen und bei den Schafen zu helfen. Zu anderen Zeiten wäre er zu stolz gewesen, einem Weib zu dienen oder auch nur so eng mit einer zusammenzuleben, die weder seine Frau noch seine Verwandte war. Aber Hamytz war jetzt kein Krieger mehr. Über Tag hielt die Geschäftigkeit ihn vom Grübeln ab, doch er fürchtete die Stunden der Dunkelheit, wenn er starr dalag, gegen den Schlaf ankämpfte oder sich in den Klauen böser Träume wand.

Eines Nachts, als der Wind im Schilfdach flüsterte und die

Wildgänse den Wechsel der Jahreszeit beklagten, träumte Hamytz, er befände sich allein in einem verlassenen Moor. Hinter ihm heulten Wölfe, und er bemühte sich, schneller zu gehen. Wenn er nur etwas hätte, um sich zur Wehr zu setzen! Aber bei diesem Gedanken schien es ihm, als vernehme er ein Gelächter. *»Du hattest eine Waffe, aber du hast sie fortgeworfen! Sohn des Hurtzast, wo ist das Schwert?«*

Hamytz wandte sich um und suchte seinen Peiniger. Etwas berührte ihn, und er schlug zu, traf auf weiche Haut, hörte einen Schrei …

… und erwachte zitternd, um im Glühen der abgedeckten Kohlen eine Frau zu sehen, die auf dem Boden lag.

»Rhiannon!« entfuhr es ihm. Er warf seine Decken beiseite und packte sie. »Ich wußte nicht, daß Ihr das wart – ich muß Euch lehren, wie man einen schlafenden Krieger weckt …« Der Priester wußte, daß er sinnlos daherplapperte, um sich von seinem Entsetzen abzulenken. Als sie keuchte und sich rührte, war seine Erleichterung so heftig, daß ihm die Knie weich wurden und er, die Frau immer noch in den Armen haltend, aufs Bett zurücksank.

Bebend holte sie Luft, und ein Teil seiner Furcht verflog. »Seid Ihr verletzt?«

»Es wird … schon … wenn ich wieder Luft bekomme!«

»Warum habt Ihr mich geweckt? Ist etwas passiert?« fragte Hamytz.

»Ihr habt gestöhnt …« Stirnrunzelnd blickte Rhiannon zu ihm auf, und er wandte sich ab.

»Ein Alptraum«, entgegnete er. »Es tut mir leid, daß ich Euch gestört habe. So etwas wird nicht wieder vorkommen.« Er wollte sie loslassen, denn er war sich mit einem Mal sehr bewußt, daß er nackt war und sie nur mit einem Hemd bekleidet, aber sie klammerte sich an ihn.

»Ich werde bei Euch bleiben«, sagte Rhiannon, »und die bösen Träume vertreiben.«

Verblüfft erstarrte er und richtete den Blick wieder auf sie. »Das

ist keine sehr gute Idee«, sagte er behutsam. »Ihr braucht Euren Schlaf, Kind.«
»Ich bin eine erwachsene Frau, Hamytz, und Ruhe ist nicht das, was ich jetzt brauche.«
Der Priester holte tief Luft und begann zu zittern, als er den blumigen Duft der Öle wahrnahm, die sie in ihr Haar kämmte. Sein Körper sagte ihm, daß sie in der Tat eine Frau war, warm und fest in seinen Armen, und daß er zu lange allein gelegen hatte. Aber natürlich war das ausgeschlossen.
»Rhiannon, ich hatte einmal einen Sohn in Eurem Alter«, sagte er barsch. »Ich bin ein alter und verbrauchter Mann und Euch zu nichts nütze.«
»Ich bin nicht Eure Tochter, und in Eurem Arm war genug Kraft, um mich quer durch den Raum zu schleudern. Der Samen eines Mannes ist fruchtbar, solange er lebt. Wohnt mir bei, Hamytz, und ich werde Euch eine neue Familie schenken.«
Sie nahm seine Hand in die ihre und führte sie an ihre Brust, und die Berührung traf ihn wie der Blitzstrahl des Gottes.
»Ich bin nicht würdig ...« stöhnte er, aber sie bedeckte seinen Mund mit ihrer Hand.
»Das habe ja wohl ich zu entscheiden!« Ihre starken Finger verweilten einen Augenblick auf seinen Lippen, wanderten dann über das Kraushaar auf seiner Brust und weiter nach unten, wo sein verräterisches Fleisch bereits erwacht war. Hamytz wußte, er sollte sich weigern, aber er konnte ihr nicht mehr widerstehen als damals dem Gott.
Lächelnd ließ die Frau sich auf das Bett sinken, und als sie sich öffnete, um ihn zu empfangen, entdeckte der Priester, daß ihm doch noch etwas von seiner Männlichkeit verblieben war.

Als der Morgen dämmerte, lagen sie immer noch eng umschlungen. Hamytz öffnete die Augen und blinzelte staunend. Seit Jahren hatte er nicht mehr so tief geschlafen.
Auf seine Bewegung hin rührte sich Rhiannon und lächelte. »Wie fühlst du dich?«

Hamytz brummte verschämt. »Das müßtest du eigentlich besser wissen. Du hast mich behext, Frau. Ich habe es nicht mehr so heftig getrieben, seit ich zwanzig Winter alt war!« Selbst jetzt hätte er nicht sicher sagen können, wer von ihnen wen bezwungen hatte. Sie hatte ihn verführt, und doch erinnerte er sich daran, wie er sie dazu gebracht hatte, laut aufzuschreien, als sie keuchend in seinen Armen lag. In dieser Vorstellung gegenseitiger Eroberung und Hingabe lag etwas, das an seiner Erinnerung rührte. Dann lachte Rhiannon laut, und der Gedanke verflog. Hamytz hatte noch nie bemerkt, wie ihre Augen leuchteten, wenn sie fröhlich war, aber schließlich hatte er ihr bis jetzt auch nicht viel Grund zu lachen gegeben.
»Nun, das ist nur angemessen. Schließlich bist du ein Druide«, sagte sie.
Bei diesen Worten verging ihm das Lachen. »Nicht mehr. Du hast mich zum Leben erweckt, als ich im Sterben lag, und du hast mich wieder zum Mann gemacht. Aber meinen Geist zu heilen … das ist eine Aufgabe für den Gott.«
Rhiannon runzelte die Stirn und setzte sich auf, um ihn anzusehen. »Wegen des Schwertes? Dann geh und hole es. Glaubst du, alles was ich von dir wollte, sei dein Körper gewesen? Ich besitze genug von der Weisheit meines Vaters, um zu wissen, daß es keinen Sinn hat, das Fleisch zu heilen, solange der Geist noch verwundet ist. Bis du deine Pflicht nicht erfüllt hast, wirst du nie wieder ein ganzer Mann sein.«
Damit hatte sie recht. Und bis jetzt hatte dieses Wissen ihn mit Verzweiflung erfüllt. Aber ihre Umarmung hatte ihn so weit geheilt, daß er jetzt den Mut hatte zu versuchen, seine Verantwortung wieder anzunehmen, selbst wenn das Schwert gegen seine lästerliche Berührung rebellierte und die göttliche Macht ihn niederstreckte.

»Warum ist dein Volk in den Norden gekommen?« Rhiannon ging langsamer und blickte sich nach ihm um. Sobald die morgendlichen Arbeiten erledigt waren, hatten sie sich auf den

Weg zum Schrein gemacht, und die Helligkeit des Himmels und der frische Geruch der Luft verhießen einen gottgesegneten Tag. Hamytz, der zurückgefallen war, um die anmutige Beschwingtheit ihres Ganges zu bewundern, lächelte ironisch und beschleunigte den Schritt, um zu ihr aufzuschließen. Rhiannon beim Gehen zuzusehen war es beinahe wert, zu Fuß zu laufen, aber es würde andere Gelegenheiten dazu geben.

Der Priester kam sich töricht vor, wie ein Knabe, der zum ersten Mal verliebt war, aber seit letzter Nacht waren jede Berührung, jeder Blick für ihn wie eine Offenbarung gewesen. Gestern hätte er ihr vielleicht eine kurz angebundene Antwort gegeben, aber jetzt, nach allem, was sie ihm geschenkt hatte, wollte Hamytz ihr eine Geschichte erzählen, die des Behaltens wert war.

»Es war nicht unsere eigene Wahl, so hat man mir berichtet. Im Meer aus Gras hatte es harte Winter gegeben, und alle Stämme waren in Bewegung geraten. Die Jazygen waren zwar wilde Kämpfer, aber gering an Zahl. Wir sind nach Süden gezogen – so wie sie ...« Er wies nach oben, wo eine späte Gruppe von Wildgänsen eine lückenhafte Linie an den Himmel zeichnete. »Und schließlich sind wir in der Donauebene angelangt, auf der Suche nach einer neuen Heimat im Römischen Imperium. Aber dort war kein Platz für uns.«

Einen Augenblick lang empfand Hamytz sich selbst, sein Volk und die fliegenden Gänse als Einheit. Bei Menschen mochten die Zyklen der Wanderschaft nicht ganz so regelmäßig erfolgen, aber dennoch war jedermann in Bewegung. Selbst die wilden Stämme, die sie bekämpften, folgten demselben Gesetz. Rhiannon trat näher an ihn heran und wartete, daß er fortfuhr.

»Wir konnten nicht weiterkämpfen. Unser König schloß einen Vertrag mit dem großen Kaiser, Marcus Aurelius, nach dem unsere Krieger auf die Legionen aufgeteilt wurden«, fuhr er fort. »Fünfundfünfzig mal hundert unserer Reiter wurden mit ihren Frauen und Familien hierher nach Britannien geschickt, um als Numeri bei der Sechsten Legion Victrix in Bremetennacum zu dienen. Der Präfekt war ein Mann namens Lucius Artorius

Castus, ein großer Feldherr. Mein Volk hat ihn verehrt, und als diese ersten Krieger der Numeri am Ende ihrer Dienstzeit das Bürgerrecht erhielten, nahmen viele seinen Namen an. Bei meinem Stamm bin ich der Sohn des Hurtzast, aber in der Zahlmeisterei der Legion werde ich als Hamicus Artorius Sarmaticus geführt.«

»Also lebt deine Familie seit mehr als zwei Jahrhunderten hier?« fragte Rhiannon. »Länger als meine!«

»Einige Männer haben einheimische Mädchen geheiratet, und nach einiger Zeit haben sie nach Männern von den Roxolanern geschickt, einem uns verwandten Stamm, damit sie sich zu uns gesellten. Aber ich bin von der wahren Linie des Urs-barag, die ununterbrochen ist seit den Tagen, da wir das Meer aus Gras durchstreiften, um dem Schwert zu dienen.«

»Aber nicht, um es zu führen?« fragte sie und betrachtete ihn neugierig.

»Der Gott führt es …« erklärte Hamytz, »oder ein Mann, wenn der Gott in ihn fährt. Ein König zum Beispiel, der reitet, um sein Volk zu verteidigen. Und es ist lange her, daß die Jazygen einen König hatten …«

»Oder die Briten …« führte Rhiannon seinen Gedanken fort. »Aber an Feinden mangelt es niemals!«

Hamytz nickte. Bei seinem Volk gab es ein Sprichwort, nach dem verprellte Verwandte die unerbittlichsten Feinde abgaben, und die Stämme, die jenseits des Walls wohnten, hatten denen im Süden niemals vergeben, daß sie sich dem Joch Roms gebeugt hatten. Eine Weile gingen die beiden schweigend weiter, dann schlug er sich den Fuß an einem losen Stein an und stolperte gegen sie.

»Bist du verletzt?« Rhiannon faßte nach ihm, um ihn zu stützen, und Hamytz zog sie in seine Arme.

»Es sind nur meine Füße …« Als er sie lange genug geküßt hatte, grinste er. »Meine Leute setzen ein Kind auf sein erstes Pony, bevor es richtig laufen kann. Ich bin es nicht gewohnt, so weit zu Fuß zu gehen.«

»Nun, wir sind fast da ...« Sie streckte den Arm aus. »Der Ort, an dem ich dich gefunden habe, liegt gleich hinter diesem Abhang, und irgendwo dahinter befindet sich dein Schrein.«

Hamytz blinzelte in die Sonne. Vor ihnen senkten sich von einer verwitterten grauen Felsnase lange Hänge herab, die mit Adlerfarn von der Farbe getrockneten Blutes bedeckt waren. Er war es gewöhnt, sich von Norden zu nähern, aber selbst von der Rückseite erkannte er die Klippen, unter denen er das Schwert zurückgelassen hatte.

Obwohl der Priester die Arme immer noch um Rhiannon gelegt hatte, spürte er, wie die Freude aus ihm wich. »Hör zu, ich weiß nicht, was geschehen mag, wenn ich das Schwert nehme«, sagte er ernüchtert. »Ich möchte, daß du dich in sicherer Entfernung hältst.«

»Kann eine Frau es berühren?«

»In der Vergangenheit wurde die Klinge, wenn alle Männer im Kriege waren, manchmal von der Frau des Häuptlings gehütet. Allerdings hat sie den Gott nicht angerufen«, antwortete er. Er ließ sie los und schritt weiter auf die Felsen zu.

Hier zeigte sich der Pfad pockennarbig von alten Hufspuren, aber seit dem letzten Regen war kein Pferd vorbeigekommen. Dennoch schien hier etwas nicht zu stimmen – sein Blick blieb plötzlich an einem Raben hängen, der aufflatterte und sich dann auf einem verkrüppelten Eichenbaum niederließ. Dort saß bereits ein ganzer Schwarm der schwarzen Vögel. Hamytz runzelte die Stirn. Wenn es hier nach dem Kampf noch etwas zu finden gab, warum saßen die Vögel dann im Baum, und wenn nicht, wieso waren sie überhaupt da?

Abrupt bog der Pfad um einige Felsen herum ab, und mit einem Mal konnte Hamytz in die Senke hinabsehen. Er schob Rhiannon unsanft hinter sich und trat in den Schatten des Steins zurück. Alte Instinkte erwachten, als er das Gelände abschätzend betrachtete. Hinter ihm sog die Frau scharf den Atem ein, als sie die Leichen sah, aber sie stellten keine Bedrohung mehr dar. Tatsächlich schien es überhaupt keine Gefahr zu geben. Das

Schwert stand da, wo er es verlassen hatte, und sein unsterblicher Stahl schimmerte in der Nachmittagssonne. Nichts bewegte sich außer dem Gras, das sich im Wind wiegte.
»Wir sollten die Leichen besser begraben …« Die Frau schickte sich an, an ihm vorüberzugehen, aber Hamytz hielt sie fest.
»Bleib hier«, sagte er mit leiser Stimme. »Um sie können wir uns kümmern, wenn ich das Schwert habe.«
Der Priester spürte ihr Widerstreben, aber ihr Vater hatte sie gut ausgebildet, und sie blieb, wo sie war, als Hamytz begann, den Hügel hinabzugehen.
Er holte tief Luft und stieß sie langsam aus, während sein Geist sich den in der Senke verborgenen Kräften so schnell öffnete, daß ihm schwindlig wurde. Unsicher und verwirrt brandeten Schmerz und Zorn auf, als die Geister der unbestatteten Toten sich seiner Anwesenheit bewußt wurden. Rhiannon hatte recht – sie würden ihnen die angemessenen Riten gewähren und sie befreien müssen. Aber stärker als alles andere spürte Hamytz die drohende Macht der Klinge.
Der Jazyge erschauerte und fragte sich, welche Auswirkungen ein Mond in einer solchen Umgebung wohl auf sie gehabt hatte. Er würde sie reinigen müssen, sobald er sie nach Hause brachte … es fiel ihm nicht weiter auf, wie seltsam es war, schon nach so kurzer Zeit Rhiannons Hütte als Heim anzusehen.
»Leuchtender … Heiliger …« murmelte er. »Es ist Dein Priester, der vor dir steht und zurückgekehrt ist, um Deinen Willen zu tun. Laß mich Dein Schwert wieder in meine Hut nehmen, und vergib mir die Schwäche, die mich zuvor daran gehindert hat …« Er wartete einen Augenblick und lauschte. Seine Ohren begannen vom wachsenden Druck in der Luft zu summen. Er hatte gefürchtet, der Gott sei fort, aber nun hatte Hamytz Angst, weil Er tatsächlich hier war.
Aber durch Warten war nichts zu gewinnen. Der Priester suchte festen Halt am Boden, streckte die Hand aus, um das Heft zu ergreifen, und keuchte, als der ganze Schmerz, den die blutgetränkte Erde aufgesogen hatte, in einer Schockwelle an ihm

hochlief. Aber der Schmerz war nicht mehr wichtig. Er stützte sich auf die Klinge, bis sie sich so weit bog, wie es keine irdische Waffe, ohne zu brechen, konnte, drehte sie, um den federnden Stahl zu lösen, und zog sie heraus.

Keine Wolke stand am Himmel, doch er vernahm Donnern. Oder vielleicht war es auch das laute Pochen seines Herzens, als die Macht des Schwertes ihm durch jede Ader rann. Mit einem Schrei schwang er es in die Höhe, und die Klinge bäumte sich in seiner Hand wie ein wildes Tier. Der Geist in ihr war immer stark gewesen, aber jetzt konnte Hamytz sie kaum halten. Wenn er das Schwert in die Scheide stecken konnte, mochte es sich beruhigen. Der Jazyge taumelte und rief den Gott an, er möge ihm helfen, das Schwert von dem Opferstein fortzubringen.

»Halt!«

Hamytz riß die Augen auf, und einen Moment lang war sein Schock stärker als alle anderen Kräfte. Mit einem Mal war die Senke von Bewaffneten erfüllt, als habe das Schwert alle hier verstreuten Leiber ins Leben zurückgeholt. Aber es waren Krieger des Bemalten Volkes, und sie schwangen Speere. Der Mann, der sie anführte, war groß und rotbärtig, und er hatte sein Haar zum Zeichen der Trauer grob abgeschnitten.

Sie haben sich hier verborgen, bemerkte ein Teil seines Bewußtseins, der noch denken konnte. *Deswegen sind die Raben in die Bäume geflogen. Das ist der Mann, der Caradawc heißt, und er ist zurückgekommen, um das Schwert zu holen, wie er es geschworen hat.* Und dann dachte er: *Er wußte nicht, mit welchem Kunstgriff man es zieht, aber ich habe es für ihn getan …*

»Meinen Dank, alter Mann. Ich hatte Angst, die Klinge zu zerbrechen. Aber jetzt werde ich sie an mich nehmen.« Caradawc tat einen großen Schritt nach vorn.

»Das wirst du nicht …« Hamytz fand seine Stimme wieder. »Aber komm ein wenig näher, und das Schwert wird *dich* nehmen!« Die Waffe tanzte hungrig in seiner Hand. Der Priester lachte und spürte, wie diese Kraft sich mit seinem eigenen Willen verband.

Er besaß sie nicht, noch war er von ihr besessen, aber sie waren vereint, wie er und Rhiannon es noch vor kurzem gewesen waren.
Der Alban sah ihn genauer an, dann blieb er wie angewurzelt stehen und starrte. »Ich kenne dich. Tot bist du gewesen und hast neben meinem Bruder gelegen. Habt ihr denn einen Hexenkessel, um die Toten wieder lebendig zu machen, oder ist es ein Geist, der hier steht?«
»Wenn du näher kommst«, entgegnete der Priester mit einem freudlosen Grinsen, »wirst du es erfahren ...«
Caradawc betrachtete ihn nachdenklich. Wahrscheinlich erkannte er an Hamytz' Haltung, daß hier – ob er lebend oder tot war – ein Kämpfer stand.
»Vielleicht«, sagte der Bemalte und hob die Hand, »aber ich kenne einen besseren Weg.«
Die einzige Warnung, die Hamytz erhielt, war ein leises Klirren hinter ihm. Den Krieger, der den Speer warf, bekam er nie zu Gesicht, nur einen verschwommenen Umriß in der Luft. Weil er sich umgewandt hatte, stieß die Spitze in seine linke Schulter, statt seinen Rücken zu durchbohren, und riß ihn herum. Der zweite Speer ging vollständig daneben, aber der dritte Mann nahm sich mehr Zeit und zielte genau. Der Jazyge sah den Tod auf sich zukommen, aber der Schock des Treffers in die Schulter behinderte ihn, und er konnte sich nicht rühren. Der Speer traf ihn in die Magengrube, und er wurde rückwärts gegen die Steine geschleudert.
Noch bevor der Schmerz ihn überkam, wußte Hamytz, daß die Verwundung tödlich war. Aber er stand immer noch auf den Beinen, an die Klippe gepreßt und weiterhin fähig, Caradawc in die aufgerissenen Augen zu sehen.
»Bist du immer noch nicht tot? Dann werden wir dich eben in Stücke hauen! Jetzt kannst du mir das Schwert nicht mehr vorenthalten!«
»Meinst du?« flüsterte Hamytz. Er hatte der Klinge kein Opfer gebracht, um es zu nähren, bevor er es in die Scheide steckte,

aber jetzt war Blut im Überfluß da. Es tropfte aus der klaffenden Wunde in seiner Schulter und tränkte seine Tunika um den Speerstahl herum. Er hob das Schwert, legte die Klinge auf seinen Leib und drehte sie mehrmals um, bis das Blut aus seinem Bauch den Stahl tiefrot gefärbt hatte.

Der Schock und der Blutverlust begannen sein Sehvermögen zu beeinträchtigen. Mit jedem Pulsschlag sah er, wie sein Feind dunkel und wieder hell wurde, und die Welt drehte sich um ihn. Aber der Stein in seinem Rücken war fest, und die Wildheit des Schwertes war zu einer beständig flammenden Macht geworden.

»Du kannst es nicht nehmen«, erklärte er streng. »Ohne den Willen des Gottes und seines Wächters wird kein Mensch jemals diese Klinge in Händen halten.«

»Was sollte mich davon abhalten?« fragte Caradawc, aber in seiner Stimme lag jetzt weniger Zuversicht.

»Herr«, wisperte Hamytz in seiner eigenen Sprache und hob das Schwert, »nimm zurück, was Dein eigen ist …«

»Fürchte nichts«, kam es zur Antwort, *»das Schwert liegt in Meiner Hand, und du ebenfalls.«*

Ein Schauer durchrann Hamytz, und seine Sicht verschwamm. *Das ist der Tod*, dachte er, aber er stand immer noch, hielt weiterhin das Schwert. Und weil er jenseits allen Stolzes war, war sein Geist fähig, ohne Angst die Kontrolle über seinen Körper aufzugeben, als der Gott in ihn eindrang.

Der Jazyge trat einen Schritt vor. Der Speerschaft wippte an seinem Leib auf und ab, und Caradawc stieß ein Keuchen aus. Hamytz fühlte das Gewicht und die Bewegung, aber nicht er lenkte die Handlungen seines Körpers, und er spürte seinen Schmerz nicht.

»Geht …« dröhnte eine laute Stimme durch ihn hindurch. »Kämpft eure eigenen Schlachten auf eurem eigenen Land. Hier erwartet euch nur der Tod!« Ganz langsam senkte sich Hamytz' Arm, bis die Spitze des Schwertes eine Handbreit entfernt von Caradawcs Brust schwebte und dort, vollkommen unbeweglich verharrte, während die Farbe aus den rosigen Wangen des Albans wich.

»Holt ihn da weg …«, flüsterte einer der anderen, »sonst wird dieses Ding sich nicht nur unser Leben, sondern auch unsere Seelen holen!« Er tat einen Schritt vorwärts und riß seinen Führer zurück, und Caradawc, der die Augen weit aufgerissen hatte, versuchte nicht, sich loszureißen.

»So ist es recht …« sprach dieselbe mächtige Stimme. »Nun macht euch davon und betet darum, Mir niemals auf einem Schlachtfeld zu begegnen …«

Für Hamytz waren sie alle Schatten, schwankende Gestalten, die schrumpften und eins wurden mit den Schatten der Pferde, und dann wurde beides immer kleiner, als sie die Flucht ergriffen. Er empfand kein Triumphgefühl, sondern spürte nur Trauer, nachdem die mächtige Präsenz, die seinen Körper besessen hatte, verschwunden war. Es war vorüber. Nur eins blieb noch zu tun. Er hob das Schwert über die Schulter, setzte die Spitze auf die Öffnung der auf seinen Rücken geschnallten Scheide und stieß es mit der Präzision langer Übung hinein.

Und als die Zaubersprüche, die in das Leder gewirkt waren, die Kraft der Waffe zu dämpfen begannen, zog sich die Macht, die Hamytz' Körper erfüllt hatte, langsam zurück. Der Schmerz ließ noch für kurze Zeit auf sich warten, aber die Kraft verließ den Verwundeten. Er ging zuerst auf ein Knie, dann auf das andere nieder, und dann sank er, nach und nach erschlaffend, auf die Seite. Der Speerschaft ruhte auf dem Boden.

Sein Bewußtsein zog sich nach innen zurück. Wieder war er ein Junge in seinem ersten Kampf und stieß einen schrillen Schlachtruf aus; dann tanzte er mit den anderen Männern, um die Geburt seines Sohnes zu feiern; nun ritt er in der Eskorte eines Kaisers … Es war ein gutes Leben gewesen, dachte der Jazyge staunend, und ein gutes Ende. Nun würde er seinen Vorfahren doch noch ohne Scham gegenübertreten können.

Lange Zeit später, so schien es jedenfalls, spürte der Priester, wie sanfte Hände ihm das Haar aus der Stirn strichen.

»Hamytz, kannst du mich hören?«
Es war Rhiannons Stimme, und er kämpfte darum, die Augen zu öffnen. »Es tut mir leid …« Erstaunlich, wie schwer ihm das Sprechen fiel. »Du hast all deine Mühe vergeudet.«
»Du hast mir Freude geschenkt, und vielleicht noch mehr, wenn ich den Stand des Mondes richtig gedeutet habe.« Etwas Warmes und Feuchtes berührte seine Wangen – sie weinte.
Vorsichtig tat Hamytz einen Atemzug. »Nimm die Klinge. Hüte sie. Wenn du ein Kind zur Welt bringst, lehre es, das Schwert für den König zu hüten, der kommen wird. Aber wenn nicht … wirf es in ein tiefes Wasser …« Einen Augenblick lang war nur sein mühsames Atmen zu hören. Er hätte ihr so viel sagen wollen, aber er wußte, viel weiter reichte seine Kraft nicht mehr. Schritte hallten in seinem Bewußtsein wider, als der Wolf, der sein Totem war, kam, um ihn zu holen.
»Ich werde es mir einprägen«, sagte Rhiannon fest.
»Das ist gut. Nun zieh den Speer heraus …«
»Wenn ich ihn herausziehe, wirst du sterben …«
»Das hoffe ich.« Seine Lippen verzogen sich zu dem Versuch eines Lächelns. »Besser schnell als langsam. Wenn du mich liebst, tu es jetzt …« fügte er hinzu, als sie sich nicht rührte.
Rhiannon holte tief Luft, um ein Schluchzen zu unterdrücken. Dann beugte sie sich vor und küßte ihn auf die Stirn. Hamytz dachte, er hätte ihr vielleicht sagen sollen, daß er sie liebte. Aber gewiß wußte sie das. Er hatte mehr als sein Leben in ihre Hände gelegt.
Der Jazyge spürte, wie der erste Schmerz aufwallte, als sie die Hände auf den Schaft legte, und dann die weißglühende Flamme der Todespein, als sie die Speerspitze herauszog. Über dem blutigen Speer erblickte er Rhiannons bleiches Antlitz, und schließlich, als sein Bewußtsein davonwirbelte, andere Gesichter: ein Mädchen mit rostrotem Haar und einem Gesicht wie das seines toten Sohnes, dann weitere, und schließlich einen Jungen mit blondem Haar und den Augen eines Königs.

Er wird also kommen … dachte Hamytz schwach. *Ich habe nicht versagt.*
»Du hast gut getan«, sagte der Gott.
Hufe trommelten, oder vielleicht war es nur sein allerletzter, krampfartiger Herzschlag, als sein letzter Blutstropfen auf den Boden spritzte. Über ihm war ein Leuchten. Hamytz wandte sich in diese Richtung. Einmal zuckte sein Fleisch, dann lag er still. Aber sein Blut nährte die Erde Britanniens, wie es das Schwert genährt hatte.

Eric Lustbader
LASSORIO

Einhundert Jahre nach dem Tode König Arthurs lag England in Trümmern. Der Ruhm Camelots war dahin, und an seine Stelle waren schmerzliche Erinnerungen und bittere Rivalitäten getreten. Camelot selbst war bloß noch eine Burg, die das Königshaus verkauft hatte, um alte, immer weiter anwachsende Schulden zu begleichen. Bewohnt wurde es seitdem von einem besonders abscheulichen Kriegsfürsten, dessen Grausamkeit angeblich nur noch von seiner Vorliebe zu töten übertroffen wurde. Manche meinten, dies sei eine gerechte Rache für den Verrat, den diejenigen, die Arthur am teuersten gewesen waren, während seiner Herrschaft an ihrem König begangen hatten.

Der neue König war ein Schwächling, umgeben von korrupten Ministern und Ratgebern, die gerissen und systematisch den Reichtum des Landes plünderten und die Macht mißbrauchten, die ihnen verliehen worden war.

Avalon, die alte und neue Heimstatt König Arthurs, hatte sich im Lauf der Zeit immer weiter in die schützenden Nebel jenseits des Gallion-Sees zurückgezogen. Dort hatte, wie man sich bei den Erntefesten, wenn der Aberglaube so üppig blühte wie die Schlüsselblumen, immer noch zuraunte, Viviane, die Hohepriesterin von Avalon, die Herrin vom See, Besitz von König Arthurs magischem Schwert Excalibur ergriffen. Aber diese Geschichte wurde, wie andere ähnlichen Inhalts, allgemein als Märchen betrachtet, die sich das einfache Volk erzählte, und nichts weiter.

Avalon, älter als Stonehenge und von größerer Magie erfüllt, war inzwischen so weit in die Nebel der Zeit zurückgewichen, daß es aus der Erinnerung entschwunden war. Der schwache und alt gewordene Magier Merlin, von dem manche meinten, er habe durch Hexerei Arthurs Aufstieg zur Macht ins Werk gesetzt, hatte sich mit seiner Schwester Morgaine, die einmal seine Geliebte gewesen war, hinter die Nebel zurückgezogen. Er hatte genug von der Welt der Menschen, von Täuschung und Verrat. Außerdem, so munkelte man, starb er langsam und unter Schmerzen an dem Gift, das ihm Mordred, der Lieblingssohn seiner Schwester, verabreichte.

Hundert Jahre nachdem man Arthur auf seiner schwarz verhängten Barke über den Gallion-See nach Avalon überführt hatte, waren Legenden und Magie Vergangenheit. Ob dieser Umstand eine Tragödie darstellte oder die Freiheit verhieß, darüber wurde an Allerheiligen und anderen Festtagen debattiert, bei denen man aus alter Gewohnheit die Götter der Druiden umhertrug und um reiche Ernten bat.

Jonathan Charles Lassorio – ein Kriegsfürst mit einer besonderen Vorliebe dafür, die abgeschlagenen Köpfe seiner Feinde auf Piken gespießt vor seinem Kriegszelt oder auf den Mauern seines Stammsitzes aufzustellen – ergriff auf den Tag genau einhundert Jahre nachdem König Arthur das Zeitliche gesegnet hatte, Besitz von Burg Camelot. Die abergläubischeren Leute in dieser Gemarkung, dem Shire Glastonbury, fanden dies bedeutsam, und ihre hitzigen Debatten begannen von neuem.

Lassorio, der Kriegsfürst, war einst mit einer blonden Edeldame verheiratet gewesen, einer Frau mit Haut so weiß wie Milch und Augen von der Farbe des winterlichen Himmels, der sich im Eis spiegelt. Man erzählte sich überall, er hätte sie ermordet, weil sie ihm nicht die Schar männlicher Erben geschenkt hatte, die er sich wünschte. In der Tat hatte Lassorio zu der Zeit, als er Schloß Camelot in Besitz nahm, keine Nachkommen.

Lassorio war für den Krieg geboren und erzogen. In Gesellschaft seines Vaters, eines riesigen, furchteinflößenden Kelten von sehr erdverbundenem – manche sagten auch primitivem – Charakter, hatte er mit zwölf Jahren seine erste Jagdbeute errungen, als er einen Rehbock in vollem Lauf erlegte. Selbst in diesem

Alter war Lassorio schon kräftig genug gewesen, die Darmsaite am Langbogen seines Vaters bis zum Äußersten zu ziehen. Weniger als ein Jahr später hatte er zum ersten Mal einen Menschen getötet.

Lassorios Vater nahm ihn mit in die Schlacht, nachdem er ihm eine Rüstung nach seinen Angaben hatte fertigen lassen. Er lehrte seinen Sohn alles, was er über die Kriegskunst und den Kampf wußte, und das war beträchtlich. Was Lassorio von Politik verstand, hatte er sich selbst angeeignet.

Für ihn war Blutvergießen ein heiliges Unterfangen. Sein Herz jubelte auf dem Höhepunkt des Kampfes, aber er empfand nichts, wenn er in der kalten und zugigen Kirche seines Heimatshires kniete. Auf diese Weise gewann er Ruhm, Reichtümer, ein Heer, das selbst den König um den Schlaf brachte, und endlich ein eigenes Herrschaftsgebiet.

So kam er schließlich nach Camelot und nahm das Schloß und alles Land im Umkreis von einhundertfünfzig Hektar in Besitz. Wenn es keinen Krieg gab, zog Lassorio fanatisch auf die Jagd und war am liebsten allein. Die meisten seiner Gefolgsleute behaupteten, er sei eben ein grober Klotz, der im großen und ganzen den Menschen aus dem Weg ging, weil er sie nutzlos fand, solange sie ihm nicht als Opfer für seine Blutgier dienten. Aber die Wahrheit war, daß seine einsamen Streifzüge ihn an die glücklichen Tage seiner Kindheit erinnerten, als er mit seinem Vater auf der Spur der gefährlichsten Tiere die unberührten Wälder durchstreift hatte. Die beiden Männer hatten nur Pfeil und Bogen auf dem Rücken getragen und Jagdmesser an den Hüften, mit denen sie die Beute ausweideten.

In der Stunde vor der Morgendämmerung, wenn alle Welt noch schlief und träumte, schlüpfte er aus dem Schloß. Allein durchquerte er das gepflegte und bebaute Bauernland, umging die Stadt und stürzte sich Hals über Kopf in den dichten Wald, dessen äußerstes Ende an das nebelverhangene Ufer des Sees Gallion angrenzte. Dort zog er dann tagelang umher, während die Menschen im Schloß erleichtert aufatmeten und es sich wohl

gehen ließen, da sie seiner bedrückenden Anwesenheit entronnen waren.
Auf einem solchen Jagdausflug in der letzten Woche des alten Jahres wurde Lassorio von einem heftigen Schneesturm überrascht. Etwa eine Stunde bevor der Sturm losbrach, spürte er, daß die Luft sich anders anfühlte. Der Himmel war von einem bleiernen Weiß, und die Wolken türmten sich derart, daß sie weder Anfang noch Ende zu haben schienen. Lassorio sog die kalte Luft ein, schlug als einziges Zugeständnis an den Wetterumschwung seinen Umhangkragen im Nacken hoch und verfolgte weiter die Spur, auf die er im ersten Morgengrauen gestoßen war.
Die Pfotenabdrücke waren die eines Schneefuchses und die größten, die er je gesehen hatte. Der Anblick hatte sein Blut zum Sieden gebracht. Noch nie zuvor hatte er einen Schneefuchs erlegt. Tatsächlich hatte er nur einmal die Spur eines solchen Tieres gesehen, als er mit seinem Vater unterwegs gewesen war, aber nach drei Tagen intensiver Verfolgung und gewisser widriger Umstände wegen hatten die beiden sie verloren: Lassorios Vater war, als er ein steiles Geröllfeld hinabgestiegen war, gestrauchelt, kopfüber gestürzt und hatte sich das Bein gebrochen.
Niemals würde Lassorio den Anblick vergessen, wie sein Vater mit totenbleichem Gesicht dagelegen und den Knochen angestarrt hatte, der durch die Haut und das gepanzerte Beinkleid stach.
Lassorio war gezwungen gewesen, seinen Vater zu schultern und nach Hause zurückzutragen. Fünf Tage hatte er dafür gebraucht, und danach war es zu spät gewesen, die Spur wieder aufzunehmen. Der Wundbrand war so schlimm geworden, daß seinem Vater das Bein abgenommen werden mußte. In dieser Nacht konnte Lassorio nicht schlafen. Die Schreie seines Vaters hallten durch die hohen, kahlen Räume der Burg. Lassorio hatte allein und zusammengekauert in der Dunkelheit in seinem Bett gesessen, während seine Mutter tat, wie der Arzt sie hieß, und

ihren Mann pflegte. Aber auch die fürchterliche Verstümmelung hatte den Brand nicht aufhalten können, und binnen einer Woche war Lassorios Vater tot.
Tief im Wald von Glastonbury setzte Lassorio nun seinen Weg fort und sprang mit großen Schritten über verschlungene Wurzeln weiter. Der Kriegsfürst wußte, der bevorstehende Schneefall würde die Spur auslöschen, und er war entschlossen, den Bau des Schneefuchses vorher zu entdecken. Ständig standen der Schmerz und die Hilflosigkeit seines Vaters vor seinem inneren Auge, und ebenso sein eigenes Entsetzen bei diesem Anblick.
Die Spur führte ihn immer weiter nach Westen, auf das Ufer des Sees zu, von dem er oft hatte erzählen hören, den er aber noch nicht selbst aufgesucht hatte. Der Krieg hatte ihn voll und ganz beschäftigt; die Verwaltung seiner Domäne überließ er anderen. Die Art der Spur verriet ihm, daß er sich dem Schneefuchs näherte. Bis der Schnee kam, würde er sich gewiß im Revier des Tieres befinden. Er schaute hinauf zu dem tiefhängenden Himmel und fluchte laut.
Nein! dachte er. *Ich bin so nahe daran!*
Aber die Schneeschleier, die durch die Kiefernzweige drangen, wurden nur noch dichter, und ein eiskalter Wind heulte durch den Wald und blies die Flocken in alle Richtungen. Am Ende war Lassorio doch gezwungen, einen Unterschlupf zu suchen. Am Ufer des Sees stieß er auf eine kleine, strohgedeckte Steinhütte. Er hatte nicht gewußt, daß er so nah am Gallion-See war, aber bei diesem schlechten Wetter konnte er nichts erkennen außer ausgedehntem grauem Nebel, der von weißen Schneeschleiern durchzogen war.
Da ist nichts, dachte er. *Es ist nur ein See wie alle anderen.*
Es wurde immer kälter, und Lassorio verfluchte sein Pech und stampfte auf die Hütte zu. Er hob die schwere Faust und verlangte mit heftigem Pochen Einlaß.
Als die Tür sich öffnete, erblickte er einen Greis mit langem weißem Bart und smaragdgrünen Augen, die ihn forschend ansahen.

»Ja?« fragte der Alte. Dann erspähte er, während Lassorio in der Kälte mit den Füßen aufstampfte wie ein Zugpferd, den Jagdbogen und den mit Pfeilen gefüllten Köcher. »Ah, ein Jäger, der in den Sturm geraten ist.« Mit einer altersfleckigen Hand winkte er ihn herein. »Tretet ein, tretet ein, Herr.«

Er weiß nicht, wer ich bin, dachte Lassorio, während er über die Schwelle trat. *Um so besser.*

In der Hütte war es warm. In dem gemauerten Kamin brannte ein Feuer, und aus einem schwarzen Eisentopf, der über den Flammen hing, stieg der köstliche Duft von Eintopf auf. Lassorio sah sich um und stellte fest, daß die Stube ausgesprochen spartanisch eingerichtet war: Es gab nur eine schmale Pritsche, einen groben Holztisch und zwei Stühle. Der Boden war mit Steinplatten gepflastert, und an der Wand stand ein grob gezimmertes Regal mit ein paar Vorräten. Das Ganze erinnerte an den Krieg, an die Ausrüstung eines Soldaten: dürftig, wohlgeordnet und leicht zu transportieren. Und doch lag etwas Undefinierbares über dem Ganzen, das Lassorio annehmen ließ, der alte Mann lebe schon seit Jahrzehnten hier.

»Nehmt doch Platz, Herr«, sagte der Alte, der geschäftig hin- und hereilte. »Ich habe warmes Starkbier für Euch.« Er reichte ihm einen Humpen aus zerbeultem Metall. »Selbst gebraut.« Wenn er grinste, schimmerten seine gelblichen Zähne wie Elfenbein. »Man ruft mich Gwydion. Wie darf ich Euch anreden, edler Jäger?«

»Jonathan«, antwortete Lassorio zu seinem eigenen Erstaunen. »Nennt mich einfach Jonathan.«

»Ein guter Name«, bemerkte Gwydion. »Stark und stolz.«

Niemand hatte den Kriegsfürsten seit dem Tod seines Vaters mit dem Taufnamen gerufen, den dieser ihm einst gegeben hatte. Selbst Lassorios Frau hatte ihn Charles genannt. Bis zu diesem Augenblick hatte er geglaubt, Jonathan liege neben seinem Vater im Sarg begraben – etwas hatte schließlich den Platz seines vernichteten Beins einnehmen müssen. Lassorio hatte den

Gedanken nicht ertragen können, sein Vater würde verstümmelt gen Himmel aufsteigen.

Die beiden Männer tranken zusammen, und während sie redeten und die Humpen wieder und wieder gefüllt wurden, spürte Lassorio, wie er sich immer freier und gelöster fühlte. Gwydion gegenüber brauchte er nicht der grimmige Kriegsfürst zu sein, der Lehnsherr der Gemarkung Glastonbury. Er konnte den Mantel aus Blut und Macht abwerfen, den zu wirken er fast sein ganzes Leben gebraucht hatte. Bis zu diesem Augenblick hatte er nicht einmal geahnt, daß er diesen Wunsch hegen könnte oder daß seine einsamen Streifzüge durch die Wälder eben der Versuch dazu waren.

»Sagt mir, Jonathan, wonach jagt Ihr bei diesem abscheulichen Wetter?« fragte Gwydion. »Selbst der leidenschaftlichste Jäger weiß doch, wann es Zeit ist, bei seiner Familie und an seinem Kamin zu bleiben und starken Herbstmet zu trinken.«

»Ich bin es gewöhnt, im Winter zu jagen«, erklärte Lassorio. »Mein Vater hat es mich von Kindheit an gelehrt. Familie besitze ich keine, was für meinesgleichen nur gut ist.«

Gwydion, der eben seinen Humpen wieder füllte, warf ihm einen zweifelnden Blick zu. »Wie denn – jeder junge Mann wie Ihr braucht eine Familie, Liebe und Trost, Freude und Zuneigung.«

»Eine Familie ist nichts weiter als eine Last«, widersprach Lassorio. »Man liebt jemanden, und dann stirbt er. Wozu soll das gut sein?«

Gwydion stellte den Bierkrug ab und trat ans Fenster, das von Eiskristallen überzogen war. »Als ich ein junger Mann war, nicht viel älter als Ihr jetzt, liebte ich eine Frau. Sie ist nicht gestorben, aber sie hat mich betrogen. Und obwohl sie mich liebte, hat sie mich wieder verraten. Wie ist das möglich? dachte ich. Erst als ich viel älter war, habe ich erkannt, daß es alle möglichen Arten von Liebe gibt. Sie hatte eine Vision von der Zukunft, der ihr ganzes Trachten galt und die ihr wichtiger als alles andere war. Ich war der einzige Mann für sie; wir beide bildeten ein Ganzes. Und doch hat sie sich dafür entschieden, mich zu verraten.«

Er wandte sich um und sah Lassorio an, und seine smaragdgrünen Augen blitzten, wie sie es getan haben mußten, als er jung gewesen war. »Und trotzdem liebe ich sie immer noch. Meine Zeit mit ihr hätte ich für nichts anderes eingetauscht. Versteht Ihr, junger Jonathan? Ein Hauptbestandteil der Liebe ist Schmerz. Das ist unvermeidlich, sogar notwendig. Denn nur durch den Schmerz gelangen wir dahin, den wahren Wert der Liebe zu erkennen.«

Der Wind heulte durch den Wald und fegte über den See.

Vom Ufer ausgehend begannen sich bereits Eisflächen zu bilden, und tief unter der Oberfläche hingen reglos die Fische und warteten schlafend auf den Frühling.

Gwydion verließ seinen Posten am Fenster und kam wieder zum Tisch zurück. Mit überraschender Kraft packte er Lassorios Schulter. »Wie habt Ihr sie verloren, Jonathan?«

Oftmals hatte man Lassorio diese Frage gestellt, und vielleicht hatte sein eisernes Schweigen seinen Teil dazu beigetragen, die Mordgerüchte aufzubringen. Lassorio warf Gwydion einen Blick zu, fand aber nur Mitgefühl in dessen smaragdgrünen Augen. Diese Menschlichkeit löste seine Zunge, die er so lange im Zaum gehalten hatte.

»Sie war die Liebe meines Lebens«, bekannte Lassorio flüsternd. »Wir sind uns begegnet, als sie erst fünfzehn war, und haben uns sofort ineinander verliebt.« Er senkte den Kopf. »In ihren Augen leuchtete immer die Sonne. Niemals haben zwei Menschen einander mehr geliebt. Sie wußte, daß ich mir einen Sohn wünschte, einen Erben, dem ich alles beibringen könnte, was mein Vater mich gelehrt hatte. Und mit jedem Monat, den sie unfruchtbar blieb, wuchs ihr Kummer. Ich versuchte sie zu beruhigen, ihr zu versichern, unsere Liebe sei genug, aber sie durchschaute mich. Ihr habt recht, Gwydion, mit dem, was Ihr über die Liebe sagt. Ich habe diese Frau tief und aufrichtig geliebt, aber das reichte mir nicht. Ich wollte mehr. Mich verlangte nach einem Sohn, und in ihrem Herzen wußte sie das. Darum liebte ich sie nicht weniger, aber sie sehnte sich verzweifelt danach, mich glücklich zu machen. Und endlich kam sie mit strahlendem Gesicht zu mir und teilte mir mit, sie erwarte ein Kind.

Es wurde eine äußerst schwierige Schwangerschaft. Sie war von Anfang an krank, aber sie ertrug es geduldig, denn sie wußte, welch glücklichen Ausgang alles nehmen würde. Den größten Teil der ersten Monate war ich fort, im Krieg, und wußte daher nichts von den wachsenden Schwierigkeiten, die sie hatte, denn ihre Briefe sprachen nur von Liebe und Glück.

Ihr könnt Euch meine Bestürzung vorstellen, als ich nach Hause zurückkehrte und entdeckte, daß sie seit vierzehn Tagen das Bett nicht verlassen hatte. Der Arzt konnte nichts für sie tun, also schickte ich auf ihre Bitte nach einer Kräuterfrau. Diese Frau verbrachte achtzehn Stunden bei meiner Gemahlin, und als sie schließlich wieder aus unserer Kemenate kam, erklärte sie mir, es gebe schwere Komplikationen. Die Kräuterhexe sagte mir, ich könne entweder meine Frau oder das Kind retten, aber nicht beide. Ich fragte sie, ob sie das Geschlecht des Kindes bestimmen könne, und sie teilte mir mit, es sei männlich. Sie erklärte auch, wenn meine Frau überlebte, würde sie nie wieder Kinder zur Welt bringen können.

Sie hat mir damit ein Schwert ins Herz gestoßen. Ich hätte meiner Frau nichts davon erzählt, doch das hatte die Kräuterfrau bereits getan. Meine Frau flehte mich an, das Kind zu retten. ›Es ist unsere einzige Hoffnung‹, sagte sie.

›Was meinst du damit?‹ fragte ich entsetzt. ›Ohne dich kann ich nicht leben.‹

›Aber wenn ich überlebe, wird das Kind sterben, und dann wirst du mir niemals vergeben. Unsere Liebe wäre für immer vergällt, und alles, was wir haben, wäre zerstört.‹

›Nein, nein‹, rief ich. ›Wir werden überleben, du und ich. Wir müssen. Ich werde dafür sorgen.‹

Aber sie lächelte mich nur an, legte mir ihre warme Hand auf die Wange und sagte: ›Ich zweifle nicht daran, daß du es versuchen wirst. Aber ich weiß ebensogut wie du, wie es enden wird. Dieses Kind ist die Erfüllung unserer Gebete. Es muß überleben.‹

›Nein!‹ schrie ich. ›Ich verbiete dir solche Reden! Ich kann nicht weiterleben ohne dich!‹

›Aber Liebster, du mußt verstehen, daß ich weiterleben *werde*. In unserem Kind wirst du mich jeden Tag sehen.‹

Auf diese Weise fuhr sie fort, während es ihr immer schlechter ging und die Geburt des Säuglings näherrückte. Aber ich wollte nicht nachgeben. Dann kam die Nacht, als ihre Schreie kein Ende nehmen wollten. Ich sagte ihr, ich würde den Arzt rufen, aber sie gebot mir Einhalt. ›Er kann mir jetzt nicht helfen‹, erklärte sie mühsam. ›Ruf die Kräuterfrau.‹

Ich tat, worum sie mich bat, und redete mir ein, daß ich nicht verstand, was sie damit wirklich meinte. Aber als die Hexe kam und meine Frau untersucht hatte, erklärte sie mir, die Zeit sei gekommen. ›Ihr müßt Euch jetzt entscheiden, Herr‹, forderte sie. ›Sonst werden sie beide zugrunde gehen.‹

Die Hexe drückte mir den Kräutertrank in die Hand, und ich warf sie aus dem Zimmer, weil ich meine Frau lieber selbst pflegen wollte.« Lassorio vergrub das Gesicht in den Händen. »Ich bin Krieger von Beruf, Gwydion. Auf dem Schlachtfeld habe ich Greuel und Schmerzen gesehen, die Euch die Haare zu Berge stehen ließen. Aber, bei Gott, noch nie hatte ich einen Menschen so leiden sehen wie meine Frau. Stunde um Stunde hielt ich ihre Hand, wischte ihr die Stirn und half ihr, sich auf das Kommen des Kindes vorzubereiten, während sie schrie und weinte und mich anflehte, ihr den Sud einzuflößen, der die Geburt des Säuglings ermöglichen und ihr den sicheren Tod bringen würde.«

Er hob den Kopf und blickte dem Greis in die Augen. »Doch ich war selbstsüchtig, Gwydion. Ich liebte sie, aber ich wollte noch mehr. Ich wollte sie, und ich wollte meinen Sohn, obwohl man mir gesagt hatte, ich könne nicht beides bekommen. Ich klammerte mich an die Hoffnung, an meine Selbstsucht, und ihre Todespein dauerte an, bis das Kind kam und ich dach-

te, alles werde gutgehen und der Arzt und die Kräuterfrau hätten unrecht. Ich würde meine Frau und meinen Sohn behalten.«
Lassorio erhob sich. Er fühlte sich, als hätte er drei Tage in Folge in der Schlacht gestanden. Sämtliche Muskeln seines Körpers schmerzten, und sein Kopf dröhnte. Er stellte sich ans Fenster, blickte auf den See hinaus und sah in dem wirbelnden Schnee nur die Vergangenheit. Als er weitersprach, klang seine Stimme brüchig und heiser.
»Aber am Ende behielten sie recht, und ich hatte mich geirrt. Entsetzlich, verhängnisvoll geirrt. Meine Frau und mein Sohn waren miteinander verknotet. Keiner von beiden ließ sich von der Nabelschnur trennen, und am Ende vergifteten sie sich beide …«
Hinter ihm setzte Gwydion seinen Krug ab. »Und wie denkt Ihr heute darüber?«
»Ich glaube, daß ich meine Frau und meinen Sohn umgebracht habe«, antwortete Lassorio. Jetzt war es heraus. Endlich.
»Und so habt Ihr Euch entschieden, lieber weiter zu morden, als Euch dem zu stellen, was Ihr getan habt.«
Der Kriegsfürst lehnte den Kopf an die Fensterscheibe, und die Kälte durchfuhr ihn wie ein Lanzenstich. »Morden?«
»Ihr seid kein Jäger, darauf würde ich setzen«, meinte der alte Mann. »Wann habt Ihr zum letzten Mal ein Tier getötet, nur um es zu essen? Nein, Ihr tötet um des Vergnügens willen. Um ein Leben zu nehmen.«
»Das ist meine Art und alles, was ich kenne.«
»Lernt etwas anderes«, entgegnete Gwydion sichtlich angewidert. »Bevor Eure Seele unwiderruflich verloren ist.«
»Ich habe keine Seele mehr«, flüsterte Lassorio und starrte auf den See hinaus, in dem, wie es hieß, Excalibur bestattet lag. »Die habe ich mit meiner Frau, meinem Kind und meiner Zukunft begraben.«
»Ihr selbst habt Eure Zukunft geschmiedet«, erwiderte Gwydion. »Dafür könnt Ihr niemand anderen zur Verantwortung ziehen.«

Er wärmte sich die Hände am Feuer und benutzte einen langen Holzlöffel, um den Eintopf umzurühren. »Sagt mir, was jagt Ihr an diesem kältesten Tag des Winters?«
»Den Schneefuchs«, antwortete der Kriegsfürst.
»Nein«, antwortete der Alte. »Was Ihr jagt, ist Eure eigene Seele. Und jedesmal, wenn Ihr tötet, verderbt Ihr sie weiter.«
Lassorio sah, wie sich die Tannenzweige im Wind bewegten. »Das einsame Leben am Ufer des Gallion hat Euch zu so etwas wie einem Philosophen gemacht, wie, alter Mann?«
»Ich möchte Euch davor warnen, den Schneefuchs zu jagen«, sagte Gwydion. »Besonders um diese Jahreszeit. In den ersten Wochen des neuen Jahres werfen sie ihre Jungen. Die Schneefüchse sind jetzt trächtig.«
Der Jäger wollte eben etwas entgegnen, als er aus dem Augenwinkel eine Bewegung wahrnahm. Sofort erwachte sein Jagdinstinkt, und er wandte den Kopf und sah durch das Fenster den Schneefuchs. Lassorio ließ seinen Humpen fallen und stürzte sich auf Pfeil und Köcher. »Ich danke Euch für Eure Gastfreundschaft, Gwydion«, rief er, während er die Tür öffnete.
»Wohin geht Ihr?« wollte der alte Mann wissen. »Es ist fast Abend. Ihr werdet erfrieren.«
»Ich komme zurück«, sagte der Kriegsfürst, »wenn meine Jagd beendet ist.«
Der Schnee lag jetzt knöchelhoch, und der Jäger bewegte sich mit großen Schritten. Durch die fallenden Flocken hindurch konnte er die Spuren des Schneefuchses erkennen, den er verfolgte. Im Laufen legte er einen Pfeil auf. Er konnte das Tier sehen, das unmittelbar am Ufer durch den Wald huschte, hinein- und herauseilte. Es war ein prächtiges und sehr großes Geschöpf, aber alles, was Lassorio sah, war das schmerzverzerrte Gesicht seines Vaters und die zerschmetterten, blutigen Knochen, die aus seinem zerrissenen Beinpanzer ragten.
Er behielt den Schneefuchs im Auge, legte den Bogen an und zog ihn zurück, bis er die Spannung in der Sehne sirren hörte wie den Sturmwind in den Föhren. Als der Schneefuchs einen

Moment stehenblieb, um unter der knirschenden Oberfläche des Schnees nach etwas zu kratzen, schoß Lassorio den Pfeil ab.
Als der Pfeil ihn durchbohrte, sprang der Schneefuchs in die Luft, aber statt zu Boden zu fallen, rannte er zwischen den Bäumen davon.
Es war leicht, seiner blutigen Spur zu folgen. Lassorio blies sich im Sprunglauf den Schnee vom Gesicht, zog einen weiteren Pfeil heraus und legte ihn auf.
Abrupt drehte der Schneefuchs nach links ab, verließ unerklärlicherweise den Schutz der Bäume und hielt auf den vereisten See zu. Lassorio folgte ihm, aber er verlor Zeit, als er die Tragfähigkeit des Eises überprüfte, und es wurde zunehmend schwieriger, auf diese Entfernung zu zielen, da der Wind, der über den See pfiff, ihm Schnee ins Gesicht blies. Den Blick auf den Schneefuchs gerichtet, ging er weiter, immer dem Blut nach. Bald, dachte er, würde er keinen weiteren Pfeil mehr brauchen, weil das Tier dann verblutet war.
Aber Lassorio war Jäger und hatte nicht den Wunsch, einem Lebewesen solche Qual zuzufügen. Daher schritt er schneller voran und erwischte, als er in Schußweite war, den Schneefuchs ein weiteres Mal mit dem zweiten Pfeil. Nun brach das Tier auf dem Eis nieder, und Lassorio eilte, vom Rausch des Tötens ergriffen, darauf zu. In seinem inneren Ohr gellten die Schreie seines Vaters.
Da lag die Kreatur, das weiße Fell blutbefleckt. Eigentlich war es ein wunderschönes Tier. Konserviert würden Schädel und Fell stolz auf Burg Camelot hängen.
Der Kriegsfürst trat näher, hielt dann aber inne. Er sah, daß der Schneefuchs sich selbst den Leib aufgerissen hatte. Es war ein Weibchen und, wie Gwydion vorhergesagt hatte, trächtig dazu. Drei winzige Welpen lagen neben ihrer Mutter auf dem Eis. Zwei waren tot, aber eins schmiegte sich an sie und versuchte zu säugen.
Lassorio hob es am Nackenfell hoch. Ein häßliches, maunzendes Ding war es, aber irgendwie mitleiderweckend. Er steckte es

unter seinen Mantel und sein langes Hemd, wo es warm liegen würde. Eben hatte er das Messer gezogen, um die Mutter zu häuten, als er ganz in seiner Nähe ein Krachen vernahm. Dann kippte seine Welt, und er wurde in die dunklen, eisigen Wasser des Sees geschleudert.

Tiefer und tiefer sank er, während er sein möglichstes tat, um an die Oberfläche zu gelangen. Der Schock und die extreme Kälte lähmten ihn fast, so daß seine Arme und seine Beine nutzlos baumelten.

Der Kriegsfürst glitt ins Dunkel hinein, bis alles, was er hörte, sein eigener Herzschlag war und die Luft, die aus seinen Lungen wich. Er schaute nach oben, aber jetzt konnte er nicht einmal mehr die Eisschollen erkennen, die unter seinem Gewicht nachgegeben hatten. Einmal blinzelte er und erblickte unter sich einen dunklen Umriß, der vorübertrieb. Lassorio streckte die Hand aus und berührte die Steuerfedern der beiden Pfeile, die aus dem Schneefuchs ragten. Der Schwanz des Tieres strich über seinen Handrücken, und dann war es verschwunden, durch eine schnelle Strömung von ihm fortgetragen.

Immer noch glitt der Jäger abwärts, als würde er selbst von einer solchen Strömung mitgezogen. Er wußte, er würde innerhalb der nächsten Minuten sterben, denn die unglaubliche Kälte sog ihm das Leben aus, noch bevor das Wasser in seine Lungen drang und er ertrinken würde. Lassorio dachte an den qualvollen Tod seines Vaters, an seine Frau und seinen Sohn, die tot waren; und an Gwydions Warnung, den Schneefuchs nicht zu jagen.

Was Ihr jagt, ist Eure eigene Seele.

Er dachte an den Schneefuchs, der so tot war wie seine Seele, und an die Leben, die er im Lauf der Jahre geraubt hatte. Nun war der Kriegsfürst sicher, daß er sank, weil seine Seele – oder das, was davon übrig war – vom Tod herabgezogen wurde. Jeder einzelne Mord, den er begangen hatte, stieg aus Lassorios Innerem herauf wie die Luftblasen, die durch seine geschlossenen Lippen entströmten, um ihn zu ersticken.

Dies war also das Ende. Lassorio stellte fest, daß er es annehmen konnte, weil es seine Qualen und seine Schuldgefühle beenden würde, und auch seine Jagdbesessenheit. Außerdem entfernten sich jetzt endlich das Stimmengewirr der Vergangenheit und die Geister, die ihn verfolgten, und schwiegen. Ein seltsamer Friede ergriff Besitz von ihm.

Dann flammte ein Schmerz in seiner Brust auf, und er kam mit einem Ruck zu sich. Da war es wieder, ein heftiges Zwicken und Zappeln. Das Schneefuchsjunge! Der Jäger war so tief in den eisigen Strom seiner vergangenen Sünden versunken gewesen, daß er den Welpen ganz und gar vergessen hatte. Nun spürte er, wie das Kleine ihn in seinem verzweifelten Drang weiterzuleben kratzte und biß. Es wollte leben, selbst wenn er das längst nicht mehr vorhatte.

Leben! Schon das Wort kam ihm fremd vor, als würde es in der keltischen Muttersprache seines Vaters ausgesprochen statt im zivilisierten Englisch der Sachsen. Durch das Wasser hindurch sah er verzerrt den Schneefuchswelpen, und der kam ihm nun nicht mehr häßlich vor. Schon jetzt konnte er in seinem winzigen Gesicht die königliche Schönheit seiner Mutter ausmachen. Lassorio wollte, daß das Junge überlebte, und dafür war er bereit, alles zu tun.

Und als er an dem kleinen zappelnden Tier vorbei nach unten blickte, sah er ein blasses Licht von der Farbe des winterlichen Himmels, der sich im Eis spiegelt. Das Licht war wie eine Säule, wie Algenfäden, die sich aufwärts auf ihn zuwanden. Im Sinken trat er in diese Lichtsäule ein, und der Druck auf seine Lungen wurde wieder erträglich. Der Kriegsfürst konnte zwar noch nicht atmen, aber er ertrank auch nicht. Und die durchdringende Kälte schien nachzulassen, so daß eine Ahnung von Gefühl, die von seinen Gliedmaßen ausging, zurück in seine Brust, seinen Leib und sein Hirn kroch.

Verwundert gelangte Lassorio an die Basis der Lichtsäule und fand unter sich das Gesicht einer Frau. Dieses Gesicht war weder das einer Ertrunkenen, noch war es im wörtlichen Sinne lebendig. Es war einfach da. Und während er es anschaute, öffnete sich der Mund der Frau, und daraus stieg ein Langschwert empor, in dessen Klinge über die ganze Länge hinweg Runen eingraviert waren. Das Heft, die Parierstange und der Knauf waren aus Gold gefertigt und mit einem schlichten Muster verziert. Ohne nachzudenken wußte er, daß dies Excalibur war, die Waffe König Arthurs, die Klinge, mit der er ein vom Krieg zerrissenes Land geeint hatte, der Stahl von Avalon.

»Hier ist das Schwert der Mysterien«, erklang in seinen Gedanken die Stimme der Frau. *»Vor Zeiten lag es in Stein, einst brauchte es mehr als einen Sterblichen, um es zu führen. Diese Zeit der Giganten ist vorüber. Aber wie dem auch sei, das Schwert ist noch da, um benutzt zu werden. Anders als alle anderen Waffen ist es ein Schwert des Lebens. Sprecht in seiner Gegenwart niemals vom Tod.«*

Und Lassorio griff, abermals ohne zu überlegen, nach unten und packte das Schwert, als es mit dem Heft voran zu ihm emporstieg. In diesem Augenblick verschwand die Frau. Ein entsetzliches Dröhnen erfüllte seine Ohren, vor seinen Augen verschwamm die Welt, und sein Magen fühlte sich an, als hätte man ihn kopfunter an den Füßen aufgehängt und dann plötzlich wieder losgeschnitten.

Als Lassorio das nächste Mal die Augen öffnete, stellte er fest, daß er am Ufer des Gallion-Sees lag. Überall um ihn herum stieg Nebel auf, aber wenigstens hatte es aufgehört zu schneien. Der Kriegsfürst erhob sich, halb in der Annahme, geträumt zu haben, und stellte fest, daß er naß war und zitterte. Sein Bogen und der Köcher mit den Pfeilen fehlten, und im Schnee lag wie ein Kreuz Excalibur, das Schwert von Avalon.

Nicht einmal einen Schritt weiter fand er das Schneefuchsjunge. Es war durchnäßt und hechelte, aber es lebte noch. Lassorio hob es auf. Der Welpe war so schwach, daß er den Kopf nicht anheben konnte, und er zitterte entsetzlich. Lassorio umklammerte Excalibur, taumelte davon und versuchte, Gwydions Hütte zu finden. Aber der Meisterjäger hatte sich verirrt, und

die Erschöpfung und die Dunkelheit zwangen ihn zum Aufgeben.
Die ganze Nacht hindurch saß er zusammengekauert unter den schwer mit Schnee beladenen Tannen. Während in den Ästen Eulen riefen und mit den Flügeln schlugen, umsorgte er das Junge, hielt es warm und gab ihm Wasser – Schnee, den er in der hohlen Hand geschmolzen hatte. Er spürte seine Fingerspitzen und Fußsohlen nicht mehr, aber er sorgte sich mehr um den Welpen als um sich selbst.
Der Kriegsherr hielt das Junge an sein Ohr, und in der Dunkelheit machte sein leises Atmen ihm Mut. Ein- oder zweimal nickte er gegen seinen Willen ein, nur um mit heftig pochendem Herzen aus dem Schlaf hochzuschrecken und auf jeden Atemzug zu horchen, den das kleine Wesen tat. Zwischen den Ästen hindurch konnte er die Sterne erkennen, und da er nichts empfand, wenn er in christlichen Kirchen kniete, betete er zu den Myriaden von Lichtpunkten, die ihn schon als Kind fasziniert hatten. Er fand keine Worte, aber dennoch betete er, eine stumme Litanei des Gefühls.
Wann genau der winzige Schneefuchs seinen letzten Atemzug tat, hätte er nicht sagen können. Vielleicht war Lassorio wieder eingeschlafen. Auf jeden Fall vernahm er irgendwann das Seufzen des kleinen Wesens nicht mehr, das Zittern hörte auf, und der Körper ruhte kalt und leblos in seinen Händen.
»O Gott, was habe ich getan?« Und Lassorio weinte, wie er es nicht vermocht hatte, als sein Vater gestorben war oder als er seinen totgeborenen Sohn begraben hatte. Er weinte, wie er es allein und unbeobachtet am Grab seiner Frau getan hatte.
Der Kriegsfürst legte die winzige Leiche in den Schnee und tastete nach seinem Jagdmesser, aber auch das war fort. Zweifellos hatte er es unter der eisbedeckten Oberfläche des Sees verloren. Daher nahm er Excalibur, das mächtige Schwert König Arthurs, der Britannien geeint hatte, und stieß es mit der Spitze voran in den Schnee am Fuß der Tanne. Er arbeitete wie ein Besessener und hieb auf das Eis und die steinharte Erde ein, bis

er ein ausreichend tiefes Grab ausgehoben hatte. Dort hinein legte er, immer noch weinend, den Welpen und schob mit der Schwertspitze die Brocken, um den Körper zu bedecken. Dann setzte er sich, lehnte sich, das Schwert über die Knie gelegt, an die Tanne und starrte hinaus auf den See, auf Avalon, das in den Nebeln verborgen lag.

Er mußte eingeschlafen sein, denn als er erwachte, war es, nach dem Stand des Polarsterns zu urteilen, beinahe Mitternacht. Immer noch starrte er in die Nebel, die von dem eisigen See aufstiegen, aber jetzt machte er dort eine Bewegung aus, und er stand auf und spähte hinaus. Das Licht der Sterne beschien eine Gestalt, die aus dem Dunst heraus auf ihn zukam. Zuerst dachte er, es sei die Frau, aus deren Mund er das Schwert gezogen hatte – Viviane, Hohepriesterin von Avalon, die Herrin des Sees. Aber dann, als sie näherkam, stellte er fest, daß er in ein Gesicht blickte, von dem sich jeder einzelne Zug in sein Gedächtnis eingegraben hatte.

Lassorio betrachtete sie verwundert, sah die milchweiße Haut, das seidige weizenfarbene Haar und die Augen von der Farbe eines Winterhimmels, der sich im Eis spiegelt.

Es war seine Frau, und sie war zu ihm zurückgekehrt!

Anders als alle anderen Waffen ist es ein Schwert des Lebens, hatte die Frau über Excalibur gesagt. Und hier war seine Liebste, von den Toten auferstanden.

Als sie ans Ufer trat, streckte sie die Arme nach ihm aus, und Lassorio rannte zu ihr, hob sie hoch, drückte sie an sich und wirbelte sie in stillem Triumph umher. Unter der Tanne küßte er sie fest auf die Lippen und sagte: »Liebste, ich kann kaum glauben, daß du zu mir zurückgekommen bist.«

»Halt mich fest, Charles«, sagte seine Frau. »Ich bin so lange fortgewesen.«

»Aber nun bist du wieder da«, flüsterte er und streichelte sanft ihr Haar. »Das ist alles, worauf es ankommt.«

»Ich liebe dich so«, seufzte sie.

Er nahm sie, denn er hatte seit langer Zeit weder seine Frau noch eine andere besessen, und versenkte sich in ihr. Der Kriegsfürst fühlte sich wieder als ganzer Mensch. Seine Schuld war getilgt, und all sein Leid wurde in der Erlösung, die sie zusammen erlebten, davongespült. Sicher und warm in ihren Armen liegend, glitt er in einen tiefen, traumlosen Schlaf hinab und erwachte erst, als es bereits hell war und die Wintervögel einander über die eisigen Weiten des Sees hinweg zuzwitscherten.

Lassorio drehte sich auf die andere Seite, um seiner Geliebten guten Morgen zu sagen, aber sie war verschwunden. Dort, wo sie gewesen war, lag zusammengerollt ein großer Schneefuchs, der ihn aus leuchtend blauen Augen anblickte.

Am nächsten Tag half Lassorio der Schneefüchsin, vier Junge zu entbinden, die alle gesund und hungrig zur Welt kamen. Als der Kriegsfürst damit fertig war, zog er Excalibur aus dem eisigen Boden. Der Stahl fühlte sich leicht wie eine Feder an. Wie einfach wäre es doch, dachte er, das Schwert umzuschnallen und mit nach Camelot zu nehmen. Mittels dieser Magie konnte er zweifellos Anspruch auf den Thron erheben, der Arthur gehört hatte, und höchstwahrscheinlich sogar ganz England noch einmal vereinigen.

Zu einer anderen Zeit mochte dies vielleicht die Bestimmung des Kriegsfürsten gewesen sein, aber diesen Lassorio gab es nicht mehr. Vermutlich hatte er das entdeckt, was weder Arthur, Mordred und nicht einmal der Zauberer Merlin hatten finden können: den wirklichen, heilenden Charakter der Macht des Schwertes.

Er ließ die Schneefüchsin mit ihren Jungen, die an ihren Zitzen saugten, unter der Tanne zurück und stieg das glitschige Seeufer hinab. Nebel, tief hängend wie ein Teppich aus Wasserspinnen, hüllte den Gallion ein. Lange Zeit stand er da, während das Tauwasser traurig von den Bäumen tropfte und die Welt um ihn herum langsam versank. Er hatte keine Vorstellung, auf was er wartete.

Vielleicht war er in eine Trance geglitten, denn jetzt schien es ihm, als höre er das weit entfernte Läuten einer Glocke. Ihr Klang war so ätherisch, so köstlich, daß er sicher war, einem nicht von Menschenhand gemachten Glockenspiel zu lauschen, das nur aus Avalon selbst stammen konnte, der Insel, die in den Weiten des Gallion lag, verloren im Nebel und in der Zeit.

Als wäre die Glocke ein Zeichen gewesen, hob er das Schwert hoch über den Kopf und richtete die Spitze in den Nebel. Das Läuten hallte weiter über den See und wurde durchdringender, bis es den Tag erfüllte wie die Sonne im Hochsommer.

Und dann sah er, wie ein dunkler Umriß aus dem Nebel erschien. Eine schwarze Barke wurde über den Gallion-See gestakt, ein Kahn, der, daran zweifelte er nicht im geringsten, aus Avalon stammte. Halb erwartete er, Arthur zu erblicken, hochgewachsen, stattlich und wild, den König, der irgendwie auferstanden war, wenn auch nur für diesen durch Zauberkraft geschaffenen Augenblick. Aber nun, da die Barke näherkam, erkannte er die Gestalt, die am Bug stand: Es war Gwydion.

An seinem wallenden Bart, seinen glühenden Krähenaugen und seinen schwarzen Gewändern erkannte Lassorio ihn als den, der er wirklich war.

»Ich wußte, daß Ihr für das Schwert bestimmt wart, Jäger«, rief Merlin. Seine Stimme, die über das Wasser drang, besaß ein unheimliches Echo. »Nun könnt Ihr Arthurs Werk fortsetzen. England bedarf schmerzlich eines neuen Mannes von fester Hand und eiserner Entschlußkraft.«

Lassorio schüttelte den Kopf. »Mich hat der Zauber bereits verändert.«

»Aber Excalibur kann Euch alles geben. Erkennt Ihr seine Macht nicht?«

»Oh, ich verstehe sie vollkommen.«

Und mit diesen Worten trat der Kriegsfürst in den See hinaus. Er hielt das Schwert vorsichtig bei der Klinge. Als er der schwarzen Barke nahe genug war, reichte ihm das Wasser bis zur Brust. »Dies gehört nicht länger mir«, sagte er und reichte es dem Magier mit dem Heft voran. »Es ist Besitz der Ewigkeit.«

Merlin runzelte die Stirn. »Aber Ihr seid ein Teil des Plans, Jäger.«
»Wessen Plans, Magier, Eures oder meines? Der Mann, der vor Euch steht, ist von seiner Lust an Krieg, Intrigen und Leid reingewaschen.«
Lange Zeit schwieg der Zauberer, dann nickte er. »Ich sehe, daß selbst nach all diesen Jahren die Magie noch die Macht hat, mich zum Staunen zu bringen.«
Er lächelte, hob die Hand, und die Barke begann sich in den aufkommenden Nebel zurückzuziehen. »Geht mit Gott, Sir Lassorio«, flüsterte er.
Das dunkle Wasser, das Lassorios Brust umspülte, schien ihm nicht mehr kalt. Er beugte sich hinab und tauchte mit dem Kopf in die winzigen Wellen, die die entschwindende Barke aufgewirbelt hatte. Merkwürdigerweise war das Läuten der Glocke von Avalon unter der Seeoberfläche deutlicher zu vernehmen. Aber als er den Kopf hob, waren selbst die Echos, die der Nebel festgehalten hatte, verschwunden. Wasser strömte über sein Gesicht und seinen Hals.
Nichts deutete darauf hin, daß Merlin oder die Barke je existiert hatten. Er drehte sich um und wandte sich zum Ufer zurück. Leichten Schrittes ging er, trotz seiner Erschöpfung und des Gewichts seiner durchnäßten Kleidung. Und warum auch nicht? Er hatte es eilig, nach Schloß Camelot zurückzukehren, das ihm zum ersten Mal, seit er es in Besitz genommen hatte, wie ein Zuhause erschien.

Für meinen Vater,
der alle Geschichten
über die alten Könige
Englands im Kopf hatte
und sie mir erzählte.

Kristine Kathryn Rusch

WER DAS SCHWERT BEHERRSCHT …

Seine liebste Waffe war das Bajonett. Eine Muskete traf bestenfalls ungenau und explodierte dem Schützen mitunter ins Gesicht. Ein Messer konnte man wegschlagen. Aber ein Bajonett ließ dem Gegner keine Wahl außer dem Tod, überrumpelte ihn auf eine Armeslänge Entfernung und ließ ihm weder Zeit noch Gelegenheit zur Gegenwehr.

Aber Diskussionen über Waffen waren jetzt müßig. Nicholas verbrachte seine Tage auf den Familiengütern in der Nähe von Kent, wo er sich vor den oberen Zehntausend mit ihren Debütantinnen auf Gattensuche und unbefriedigten Witwen, die sich etwas Aufregung erhofften, verbarg. Für die Frauen war er ein Held. Sie betrachteten die schlechtverheilte Narbe an seiner Wange und sahen nicht die Schneide eines blutbespritzten Messers, die seinem Auge recht nahe gekommen war, sondern das romantische Mal eines ungezähmten Lebemanns. Bewundernd betasteten sie seinen leeren rechten Ärmel, der an seiner Schulter festgesteckt war, und wollten seine Geschichte hören. Aber er konnte einem Mädchen, das noch nicht trocken hinter den Ohren war, nicht von der Hitze in Salamanca erzählen, von dem Blutdurst in den Augen des Franzosen, der ihn von der Schulter bis zum Handgelenk aufgeschlitzt hatte, oder von der entsetzlichen Infektion, die seinen Arm hatte anschwellen und schmerzen lassen, bis die Feldschere beschlossen, ihn abzuhacken.

Nach drei Abenden geistvollen Geplänkels hatte er es nicht mehr ertragen können. Seitdem versteckte er sich.

Seine Abende verbrachte er allein in der Bibliothek, wo ein Feuer im Kamin brannte, und umklammerte mit der Linken ein Glas

Portwein. Nie hatte er erkannt, welch ein Luxus es gewesen war, vor einem Feuer zu sitzen, ein Glas Port in der einen und eine gute Zigarre in der anderen Hand haltend – ein Vergnügen, an dem er nie wieder einen Anteil haben würde. Die Bücher, die ihn umgaben, hatten seinem Vater gehört: Romane über große Abenteuer, Monographien aus den Kolonien und alles über Geschichte, vom Haus und der Familie bis zum fernen und geheimnisvollen Osten. Früher einmal hätte er vielleicht darin gelesen, aber nicht dieser Tage. Nicholas starrte in die orangeroten Flammen, die schwarze Schatten auf die gemauerten Seiten des Kamins oder auf die beiden Schwerter warfen, die gekreuzt unter dem Porträt seines Vaters hingen und deren rote Troddeln auf das staubige Kaminsims aus Marmor herabbaumelten.

Die Schwerter machten ihm angst.

Nachts träumte er oft, daß er sie auf die Steinplatten vor der Feuerstelle klirren hörte. Einmal war er in der Erwartung die Treppen hinuntergerannt, sie bluttriefend auf dem Boden vorzufinden, aber die Bibliothek hatte sich ihm so präsentiert, wie er sie verlassen hatte; sein leeres Glas hatte neben dem Stuhl gestanden, und die kirschrote Glut hatte immer noch ein wenig Wärme ausgestrahlt.

Die Kutsche, die in den Hof einfuhr, war schwarz und wurde von einem grobschlächtigen Pferd gezogen – offensichtlich eine Mietdroschke. Von dem großen Fenster in der Halle aus sah Nicholas zu, wie der Junge die Tür von innen öffnete und dann zögerte, bevor er allein ausstieg.

Der Jüngling war zierlich und dunkelhaarig. Als er sich umwandte, schnappte Nicholas nach Luft. Kein Zweifel. Dies war das Kind seines Bruders.

Nicht, daß es zuvor einen Zweifel daran gegeben hätte. Vor fast einem Monat war der Brief des Anwalts gekommen, versehen mit Kopien der Stammbucheintragungen des Jungen. Richard Adam Lucien Worth, gesetzlicher Erbe des Familienvermögens.

Nicholas würde als Vormund fungieren, bis der Knabe volljährig war.
Nicholas seufzte. Er ging zur Tür, die Simms, der Butler, bereits geöffnet hatte, und blieb dahinter stehen, ganz der finstere Hausherr. Simms war spontaner, er eilte schon die Treppe hinab, um dem Jungen behilflich zu sein. Der Kutscher wartete nur, bis das Gepäck abgeladen war, dann schnalzte er dem Pferd zu, fuhr davon und ließ den Jungen im Straßenstaub stehen. Zwei Taschen, geflickt und ärmlich, hatte der junge Herr mitgebracht – gewiß nicht das, was dem Sohn eines Lords anstand.
Der Sohn eines Lords. Noch vor einem Monat hatte Nicholas geglaubt, er habe den Familienbesitz geerbt.
Der Jüngling starrte das Haus an. Sein schmallippiger Mund stand offen. Er hatte Randolphs Gesicht – nicht das Gesicht des Mannes, der in ganz London für seine Frauengeschichten bekannt gewesen war, sondern das des älteren Bruders, an den sich Nicholas erinnerte, des Knaben, der zögerte, bevor er etwas unternahm, aus Furcht, sich den Zorn seines Vaters zuzuziehen.
Das Haus mit seinen massiven Ecktürmen und verzweigten Flügeln wirkte wahrscheinlich imponierend auf einen Jungen, der im schottischen Hochmoor aufgewachsen war. Seine Mutter war zu ihrer Familie geflohen, als sie hinter Randolphs Affären gekommen war. Aber ihre Eltern waren vor einigen Jahren gestorben, und sie war kurz nach ihnen dem Wechselfieber zum Opfer gefallen. Nachbarn hatten sich an Randolphs Anwälte gewandt, als sie entdeckten, daß der Junge allein lebte.
Nicholas hatte nicht einmal gewußt, daß Randolph verheiratet gewesen war.
Der Butler war bei dem Jungen angekommen und nahm sofort seine Koffer. Der Wind wehte die Unterhaltung größtenteils fort, aber Nicholas konnte Simms' ehrerbietigen Tonfall ausmachen, die Art, wie er ihn freundlich mit »junger Herr« anredete.
Nicholas nickte. Gut so. Der Knabe würde jemanden brauchen, der freundlich zu ihm war. Nicholas würde dieser Jemand gewiß nicht sein.

Während sie die Treppen hinaufstiegen, schaute Richard sich immer wieder nach Simms um, als rechne er damit, der alte Mann werde die Koffer fallenlassen. Die Hosen des Jungen waren zerrissen, und er benötigte dringend einen Haarschnitt. Der Wind trug den typischen Schweißgeruch eines Kindes heran – der Knabe mußte ordentlich abgeschrubbt werden, war vielleicht seit dem Tod seiner Mutter nicht mehr gebadet worden. Als der Junge Nicholas erblickte, blieb er stehen, und seine Augen verdunkelten sich, genau wie früher bei Randolph.
»Mylord, Onkel.« In der Stimme des Jungen schwang etwas von der breiten schottischen Aussprache mit.
Die Tatsache, daß er ihn mit seinem Titel ansprach, und seine ehrfürchtige Haltung versetzten Nicholas einen Stich. Er wollte den Jungen nicht hier haben, würde lieber in Ruhe gelassen werden, mit seinem kleinen Kaminfeuer, seinem einen Arm und seinem Portwein. »Du kannst mich Nick nennen«, sagte er, »nach dem Teufel in Person.« Er lächelte humorlos. Wie oft hatte er dieses Wortspiel schon gemacht – schließlich war »Old Nick« ein geläufiger Spitzname für den Leibhaftigen.
Dann drehte er sich auf dem Stiefelabsatz um, stapfte in die Bibliothek und schlug die Tür hinter sich zu.

Simms, der Butler, und Pratt, die Haushälterin, hatten es fertiggebracht, ihm den Jungen drei volle Tage vom Leibe zu halten. Am vierten Tag trottete Nicholas kurz nach Mittag die Treppe hinab. Nach dem Alkohol, den er am vergangenen Abend zu sich genommen hatte, hatte er Kopfschmerzen und einen Brummschädel. Ursprünglich hatte er zu den Ställen gehen wollen, um mit Midnight zu arbeiten, aber die Vorstellung, auf dem großen schwarzen Hengst zu sitzen und die Zügel mit nur einer Hand zu führen, war einfach lächerlich. Er hatte das Bild von sich auf dem Rappen nicht einmal in einer ganzen Flasche Portwein ertränken können.
Dennoch hatte er Reitstiefel und Reitrock angezogen und hielt seine Gerte in der Hand. Vielleicht brachte er ja nach einem

kleinen Imbiß den Mut auf, einhändig ein Pferd – egal welches – zu besteigen.

Als er an der Bibliothek vorbeikam, sah er den Jungen. Richard stand vor dem kalten Kamin und starrte zu den gekreuzten Schwertern hinauf. Der Junge hörte Nicholas nicht kommen. Dieses Mal sah der Knabe nicht wie Randolph aus, sondern wie Nicholas selbst, vor einer Ewigkeit, als er geglaubt hatte, die Schwerter symbolisierten seine Zukunft als Krieger.

»Man sagt, dein Ururgroßvater – ach, ich weiß nicht, wieviel mal Ur – habe mit diesen Schwertern gegen Cromwell gekämpft.«

Als der Junge Nicholas' Stimme hörte, fuhr er zusammen. Er drehte sich sofort um und nahm gleich Habachtstellung ein.

Nicholas schob die linke Hand auf den Rücken. Er wußte nicht, was in ihn gefahren war, den Jungen anzusprechen. »Der alte Herr hieß Richard, was, wenn ich recht informiert bin, auch dein Taufname ist.«

»Meine Mutter hat Dickie zur mir gesagt«, meinte der Junge.

»Hier in England«, erklärte Nicholas, »werden wir dich Richard nennen.«

Der Junge befeuchtete seine Lippen mit der Zunge. »Das is' aber kein Name für 'n Jungen«, wandte er schüchtern ein.

Die Sehnsucht, die hinter diesem Protest stand, entging Nicholas nicht. »Vielleicht hast du recht. Er klingt zu steif für einen richtigen Lausbuben. Wenn wir heute zu Abend speisen, wirst du mir mitteilen, mit welchem deiner Vornamen du angeredet werden möchtest.«

Wieder glitt die Zunge des Jungen über seine Lippen. Sie waren rauh und aufgesprungen. »Sie woll'n mit mir zu Abend essen?«

»Ja, heute«, sagte Nicholas und verbeugte sich knapp, ein kleines Eingeständnis, daß er grob gewesen war. Der Junge wirkte furchtbar einsam. Wie hätte es auch anders sein können? Er befand sich in einem fremden Land, einem fremden Haus, zusammen mit einem Mann, der sich in einem Anflug von Gereiztheit mit dem Teufel verglichen hatte.

»Die Schwerter da«, fragte der Junge, »benutzen Sie die manchmal?«
Nicholas gestattete sich ein ironisches Lächeln. »Einmal«, erwiderte er. »Als Kind.«
»Könn' Sie mir beibringen, wie man die hält?« Der Junge benahm sich steif und förmlich. Sogar die Hände hatte er in einer unbewußten Nachahmung von Nicholas' Haltung auf dem Rücken verschränkt.
»Ich bin Rechtshänder gewesen«, sagte Nicholas. »Ich bezweifle, daß ich dich etwas lehren könnte.« Er schlug mit der Reitpeitsche an seine Stiefel. »Wir sehen uns zum Dinner. Punkt sieben.«
Dann begab er sich zu den Ställen, um festzustellen, ob er Midnight reiten konnte.

An dem Nachmittag, an dem er das Schwert ausprobiert hatte, war er nur wenig älter als Richard gewesen. Er hatte einen Hocker an den Kamin gerückt und war hinaufgestiegen. Der Kaminsims, der damals stets blank poliert gewesen war, drückte ihm gegen die Brust. Um das Heft des oberen Schwerts zu erreichen, mußte er sich auf die Zehenspitzen stellen. Mit einem Ruck hob er es an und zog es aus der Halterung. Das Schwert war doppelt so schwer, wie er erwartet hatte, und hätte beinahe das Porträt seines Vaters heruntergerissen. Nicholas schwang es nach unten, um das Gemälde zu retten, und verlor dabei das Gleichgewicht.
Der Sturz schien kein Ende zu nehmen. Er fiel mit dem rechten Arm, seinem Schwertarm, voran, und die Klinge schlug zuerst auf. Das Klirren hallte in dem weitläufigen Raum wider. Nicholas landete auf dem Rücken, und die Luft wurde ihm aus den Lungen gepreßt. Das Heft bohrte sich in die weiche Haut neben seinem Rückgrat. Schmerz breitete sich blitzartig aus und durchfuhr seinen ganzen Körper. Er stöhnte laut.
In der Halle erklangen Schritte, aber er konnte sich nicht aufrichten, konnte sich nicht zwingen, aufzustehen und seine Missetat zu verbergen. Collins, der Leibdiener seines Vaters, kam

als erster herein und blieb in der Tür stehen. Seine Perücke saß schief, und sein grobschlächtiges Gesicht war vor Anstrengung gerötet.
»Bei Gott, junger Herr«, rief er. »Jetzt haben Sie es also getan. Damit haben Sie sich selbst verflucht, ja, das haben Sie!«
»Setz ihm nicht solchen Unsinn in den Kopf.« Collins trat beiseite, damit der Hausherr vorbeikonnte. Seinem Vater hing das Hemd aus der Hose, und sein ergrauendes Haar war offen und fiel ihm über die Schultern. Aber seine Reithose war frisch gebürstet, und in der einen Hand hielt er einen passenden Überrock. Er hatte sich zum Ausgehen fertiggemacht. »Was hast du angestellt, Junge?«
Nicholas rang immer noch nach Luft und brachte keinen Ton heraus. Er rollte sich von dem Schwertgriff herunter auf die Seite. Jede Bewegung bereitete ihm Qualen. Collins kauerte sich neben ihn und wand ihm das Heft aus der rechten Hand. »Jetzt seid Ihr verdammt«, warnte er. »Ihr werdet für den Rest Eures Lebens ein Krüppel bleiben.«
Nicholas hatte so schlimme Schmerzen, daß er ihm das glaubte. Vielleicht würde er nie wieder aufstehen können.
»Nichts als ein dummer Aberglaube«, erklärte sein Vater streng, »und ich dulde in gar keinem Fall, daß du ihm davon erzählst.« Er nahm Collins das Schwert ab und hängte es wieder unter das Porträt, ohne den Schemel zu Hilfe nehmen zu müssen. »Ich hatte dir doch befohlen, in diesem Zimmer nichts anzurühren, Junge.«
»Ja.« Nicholas' Stimme klang pfeifend. Langsam kam er wieder zu Atem. Kühle Luft drang an seine bloße Haut, als Collins ihm das Hemd hochschob.
»Er hat eine böse Prellung, Mylord. Ich meine, wir sollten nach dem Doktor schicken.«
Nicholas haßte den Arzt, einen Kerl mit schmutzigen Fingern und fleckigem Rock. »Nein«, sagte er und setzte sich auf. »Ich bin gleich wieder in Ordnung.«
»Laß uns allein«, wies sein Vater Collins an.

»Wie Sie wünschen, Sir.« Collins stand auf und verbeugte sich. Dann verließ er den Raum.
Nicholas' Vater legte den Arm um seinen Sohn und half ihm auf die Beine. Die Bewegung tat zwar weh, aber der Schmerz war nicht unerträglich, nun, da er langsam wieder atmen konnte.
»Was hat er damit gemeint, ein ›Krüppel‹?«
Sein Vater warf ihm einen merkwürdigen Blick zu, als sähe er seinen Sohn zum ersten Mal als Mann. »Ein Ammenmärchen«, sagte er schließlich. »In den Schwertgriff ist auf Latein eingeritzt: ›Wer das Schwert nicht beherrscht, ist ihm für immer auf Gedeih und Verderb ausgeliefert.‹ Mein Vater konnte es nicht richtig führen und verlor später ein Bein, als er gegen den Aufstand in den Kolonien kämpfte. Dann war da noch ein Onkel, der mit den Schwertern spielte und sich einen Finger abhackte. So ähnlich klingen alle Geschichten. Der Abergläubische sucht stets nach einer äußeren Erklärung für jedes seiner Mißgeschicke.«
Nicholas nickte. Der Schmerz in seinem Rücken lief an seiner Wirbelsäule auf und ab. Er sehnte sich nach einem Sessel und einem kühlen Umschlag. »Werden Sie mich bestrafen, Sir?« fragte er. Er wollte diese Begegnung beenden.
»Ich denke, der Unfall ist Strafe genug für dich gewesen«, meinte sein Vater. »Aber denk daran: Dieser Raum ist kein Ort für kleine Jungen.«

Nicholas hatte mit seinem Pferd gerungen und verloren. Als er die Treppe hinunterging, um das Abendessen einzunehmen, tat ihm jeder Zoll seines Körpers weh. Sein Kammerdiener hatte ihm das Stroh aus dem Haar pflücken und das Blut vom Kinn wischen müssen, als er sich bei dem Unterfangen im Stall einmal in die Unterlippe gebissen hatte. Nichts wünschte er sich mehr als einen langen, ruhigen Abend mit einer Menge Portwein, um die demütigende Erinnerung hinunterzuspülen.
Der Junge saß bereits am Tisch, auf dem Platz zur Linken des

Hausherrn, der einmal Randolph gehört hatte. Mit gesenktem Kopf und im Schoß verschränkten Händen wirkte sein Neffe kleiner, als er tatsächlich war.
»Kopf hoch, junger Mann«, sprach Nicholas ihn barsch an. »Du bist hier im Eßzimmer und nicht in der Kirche.«
»Tut mir leid, Sir.« Der Junge hob den Kopf, und sein viel zu langes Haar fiel ihm in die Augen. Er schob es mit einer Hand zurück.
Nicholas stützte sich mit der Linken ab, während er sich vorsichtig in den Sessel setzte. Jede Bewegung bereitete ihm Schmerzen. Er fühlte sich wie ein Kind, das nicht an den Sattel gewöhnt war. Tagelang würde er jetzt humpeln müssen.
In der Küche schlug eine Tür, und dann erschien Simms mit einer silbernen Suppenterrine. Anscheinend hatten er und Mrs. Pratt beschlossen, sich für dieses Essen tüchtig ins Zeug zu legen. Simms stellte die Terrine ab und begann, die Suppe auszuteilen. Die Brühe duftete appetitlich, und Nicholas' Magen knurrte.
Der Junge schluckte heftig und nickte einmal kurz. »Ich hab' mich entschieden, Sir«, sagte er.
»Wie meinst du?« Nicholas sah zu, wie Simms die Schale vor ihm absetzte. Rindfleisch, Kartoffeln und Möhren schwammen in der dünnen braunen Suppe. Es war ihm gleich, was der Knabe entschieden hatte. Er hatte nur den Wunsch, diese Mahlzeit zu beenden und den Rest des Abends nach seinen Vorstellungen zu verbringen.
»Adam, Sir. Meinen Sie, daß man das hier in England männlich genug finden wird?«
Simms stellte dem Jungen die Suppe hin. Einen Moment lang blinzelte Nicholas verwirrt. Dann fiel ihm ihr Gespräch vom Nachmittag wieder ein. Der Junge hatte seinen Namen gewählt. Fast hätte er bemerkt, alles klinge besser als »Dickie«, aber der hoffnungsvolle Blick des Knaben ließ ihn innehalten. »Meiner Meinung nach werden die Leute das erstklassig finden.«
Der Junge, dessen Name jetzt Adam war, errötete vor Freude.

Er packte den Löffel mit der Faust, fiel über die Suppe her und schaufelte sich das Essen in den Mund, als hätte er die letzten Jahre im Waisenhaus verbracht.
»Adam, hat deine Mutter dich gelehrt, so zu essen?«
Adam erstarrte. »Nein, Sir. Sie hat gesagt, man soll langsam essen, um die Mahlzeit zu genießen.«
Nicholas nickte. Er wünschte sich, er könnte ebenso zulangen wie Adam. »Dann iß so, wie sie es dir beigebracht hat«, erklärte er. Dann rieb er sich mit seiner einen Hand über den Hosenstoff, bevor er seinen Löffel nahm. Immer noch fiel es ihm schwer, mit der linken Hand zu essen, und er hatte es noch nie vor einem anderen Menschen getan. Als er den Löffel an die Lippen führte, zitterten seine Finger.
»Ham Sie ihn erledigt?«
Nicholas schluckte die köstliche Suppe herunter und runzelte die Stirn. Er legte den Löffel ab. »Erledigt? Wen?«
»Den Mann, der das mit Ihnen gemacht hat. Der Ihnen den Arm abgeschnitten hat.«
Nicholas spürte, wie ihm das Blut in die Wangen stieg. Noch nie hatte ihn jemand direkt nach seiner Verwundung gefragt. Nicht einmal die Mädchen aus der obersten Gesellschaft. Sie hatten darauf angespielt, aber sie hatten niemals eine unumwundene Frage gestellt.
»Ja«, antwortete Nicholas. Es fiel ihm schwer, diese Worte über die Lippen zu bringen. »Ich habe ihn mit meinem Bajonett erledigt.«
Und der Mann hatte geschrien, bevor er gefallen war – ein weiterer Körper auf einem Leichenberg in dieser rauchumwölkten Hitze. Nicholas' letzte Tat mit seinem rechten Arm. Einen Augenblick später hatte er selbst das Bewußtsein verloren.
»Gut«, meinte der Knabe. »Dann sin' Sie also 'n richtiger Held, wie die Leute sagen.«
Nicholas hatte jetzt keinen Appetit mehr. Er schluckte. Irgendwie hatte er das Gefühl, es sei wichtig, daß er sich erklärte. »Nein,

mein Junge. Daß ich einen anderen Menschen getötet habe, macht mich nicht zu einem Helden.«

»Aber Sie war'n im Krieg, in 'ner blutigen Schlacht!«

Nicholas nahm seinen Löffel. Er mußte essen, er zwang sich, den Löffel in die Suppe zu tauchen. »Ja«, sagte er. »Und manchmal wünschte ich, ich hätte nicht weitergelebt.«

In dieser Nacht träumte er einen alten Traum, den er zum ersten Mal in Spanien gehabt hatte. Er hatte Fieber und lag in der Hitze auf einem Strohsack. Links und rechts von ihm schrien Männer. Fliegen surrten ihm um den Kopf, und das Zelt stank nach faulendem, brandigem Fleisch. Sein Arm schmerzte so schlimm, daß jede Berührung ihm Höllenqualen bereitete.

Über ihm stand mit blutbespritzter Uniform der Knochenarzt. »Wir müssen den Arm abnehmen.«

»Nein.« Nicholas' Kehle war trocken wie Pergament, und die Worte waren kaum lauter als ein Flüstern.

Dann trat Collins hinter dem Knochenarzt hervor. In seinen von harter Arbeit gegerbten Händen trug er das Schwert. »Das kommt von dem Unfall damals, junger Herr«, stieß der Kammerdiener seines Vaters hervor. »Hätten Sie das Schwert damals nicht angerührt, könnten Sie den Arm jetzt behalten.«

»Aberglaube!« Die Donnerstimme seines Vaters übertönte die Schreie der Männer. »Mein Sohn kann die Waffe nicht beherrschen. Er verdient es zu sterben.«

»Nehmen Sie den Arm ab«, drängte Collins. »Es ist dem Knaben so bestimmt. Wenigstens wird er leben.«

Mühsam setzte Nicholas sich auf. Die Finsternis erdrückte ihn. Immer noch spürte er die Hitze, die im Traum geherrscht hatte. Der Gestank nach verfaulendem Fleisch und zu vielen, zu eng beieinander gelagerten Körpern hing ihm noch in der Nase. Aber er spürte die Bettlaken unter sich, und in dem schwachen Mondlicht, das durch das Fenster einfiel, erkannte er die vertrauten Umrisse seines Kleiderschranks, des Kamins und des Stuhles.

Mit dem Handrücken wischte er sich den Schweiß von der Stirn und legte dann den Kopf auf die Knie.

»In Schottland ist es nicht schwer zu heiraten, weißt du.«

Nicholas' Rückenmuskeln spannten sich an. Er hatte Randolphs Stimme gehört. Aber das war unmöglich. Er hob den Kopf. Das Licht des Mondes umriß die Silhouette seines Bruders. Er saß in dem Stuhl, der noch einen Augenblick zuvor leer gewesen war. Randolphs Haltung war entspannt. Ein Ellbogen lag auf der Stuhllehne, und er hatte das linke Bein über das rechte geschlagen. Typisch Randolph, immer lässig und ungezwungen.

»Das Mädchen war hübsch, und Vater wünschte sich einen Erben.« Randolph grinste, als führten sie ein belangloses Tischgespräch. »Als sie mir eröffnete, sie sei schwanger, habe ich sie geheiratet und hierher gebracht. Alles schien in bester Ordnung, bis sie mich, als sie im achten Monat war, *in flagranti* mit Lady Alexander erwischte. Sie lief davon, gegen den Rat des Arztes, und da wir nie wieder etwas von ihr gehört haben, nahmen wir an, das Kind sei tot.«

Das mußte ein Traum sein. Etwas anderes war gar nicht möglich. Randolph war tot. Nicholas setzte sich und schlug die Beine über Kreuz. »Irgendwo hast du deine Seele verloren, Dolph. Das war wirklich keine Art, deine Frau und dein Kind zu behandeln.«

Sein Bruder zuckte die Achseln. »Wir haben die Eide nie gesprochen. Sie hatte keinen eigenen Besitz. Vater meinte, wir könnten die ganze Sache annullieren lassen, falls die Ehe überhaupt je Gültigkeit besessen hätte.«

Nicholas rieb sich die Augen, wodurch er sich mit einem Mal hellwach fühlte. »Komisch, Dolph, daß du aus dem Grab zurückkommst, um mir das zu sagen. Deine Farce von einer Heirat kümmert mich noch weniger als dich.«

»Das glaube ich nicht, Bruder«, erwiderte Randolph. »Die Heirat ist nicht registriert. Du könntest den Bengel rauswerfen, wenn du willst.«

Ein Schauer rann an Nicholas' Rückgrat herab, als hätte Randolph seine totenkalten Finger über seine Haut gleiten lassen.

»Ich habe keinerlei Absicht, dem Jungen sein Erbe streitig zu machen.«
Randolph stand auf. Als er sich umwandte, ließ das Mondlicht sein weißes Hemd aufleuchten und enthüllte ein kleines, blutiges Loch in der Nähe seines Herzens. »Lüg mich nicht an, Nicky. Deshalb versuchtest du doch, dich im Alkohol zu ertränken, um deinen Zorn darüber zu verstecken, daß du den Titel wieder mal verloren hast. Diesmal an ein Kind.«
»Ich bin nicht deswegen wütend!« Die Worte brachen mit einer Heftigkeit aus Nicholas hervor, von der er nicht gewußt hatte, daß sie in ihm steckte. »Ich bin zornig auf dich, Dolph. Du bist gestorben, während ich damit beschäftigt war, für Wellington in Spanien Franzosen aufzuspießen. Du bist in einem Duell umgekommen, das du nicht zu führen brauchtest, um die eingebildete Ehre irgendeiner Frau zu schützen ...«
»Tatsächlich bin ich gestorben«, erwiderte Randolph und lehnte sich an die Wand, die Arme vor dem Loch in seiner Brust verschränkt, »um meine eigene eingebildete Ehre zu verteidigen.«
Nicholas zitterte. Er hatte sich selbst gründlich hinters Licht geführt, hatte nicht einmal geahnt, daß er trank, weil er zornig war. »Ich bin als halber Mann heimgekommen, nur um festzustellen, daß ich kein Zuhause besaß. Keine Familie, niemanden, der einen Pfifferling darum gab, daß ich überlebt hatte.«
Randolph zuckte die Achseln. »Du bist zu all dem hier zurückgekehrt. Ohne den Jungen könntest du der Herr sein.«
»Ich lasse mich nicht durch deinen Ehrgeiz leiten«, entgegnete Nicholas. »Ich verfüge über ein eigenes Einkommen und brauche den Familienbesitz nicht.«
Randolph deutete eine spöttische Verneigung an. »Wenn das so ist, hätte ich nicht herzukommen brauchen. Vergib mir, teurer Bruder. Wie üblich habe ich dich mißverstanden.
Nicholas nahm die Hand hinter den Rücken, um sich auf das Bett zu stützen. Nach seinem Ausbruch fühlte er sich mitgenommen. »Das war eine sinnlose Art zu sterben«, sagte er.

»Ich habe ein sinnloses Leben geführt.« Randolphs Stimme klang ungewöhnlich ernst. Er fuhr sich mit der Hand durchs Haar und grinste dann mit einem Mal. »Du brauchst dir keine Sorgen zu machen, Nicky. Dies wird mein einziger Besuch bleiben. Es hat keinen Zweck, wenn die Nachbarn glauben, im Haus würde es spuken.«

»Sie würden nicht auf Geister schließen, Dolph«, meinte Nicholas, »sondern darin bloß eine Bestätigung für meinen zunehmenden Sturz in den Wahnsinn sehen.«

Doch als er den Satz zu Ende gesprochen hatte, beschien das Mondlicht nur noch ein kahles Stück Wand und einen leeren Stuhl. Nicholas holte tief Luft. Immer noch zitterte er, und er hatte sich nicht vom Fleck gerührt, aber dafür war Randolph fort.

Die Träume waren vorüber. Den Rest der Nacht lag Nicholas wach.

Am nächsten Morgen verließ Nicholas früh sein Zimmer und ging in die Stallungen. Er nahm das frömmste Pferd, eine Stute, die sein Vater für Gäste angeschafft hatte, und schickte die Stallburschen fort. Dann versuchte er, sich auf den Rücken des Pferdes zu schwingen, wobei er sich vor allem darauf konzentrierte, nicht aus dem Gleichgewicht zu geraten. Während des Jahres seiner Krankheit und Genesung hatte er viel von seiner alten Kraft verloren. Das Problem bestand eigentlich nicht so sehr in dem fehlenden Arm, sondern in der Tatsache, daß es ihm an Körperkraft mangelte. Was ihm einst mühelos gelungen war, kostete ihn jetzt einen großen Aufwand an Konzentration und Energie. Beim zweiten Versuch gelang es ihm dann aufzusteigen. Die Zügel in der Linken, überließ er es dem Tier, die Geschwindigkeit zu bestimmen, während er von neuem das Reiten lernte.

Gegen Mittag kehrte er ins Haus zurück. Er hatte vor, sich zum Essen umzuziehen. Als er an der Bibliothek vorbeiging, bemerkte er Adam, der die Schwerter anstarrte. Der Junge stand in

derselben Haltung da wie gestern: die Hände hinter dem Rücken verschränkt, die Schultern zurückgenommen und die Stirn gerunzelt, als sei er tief in Gedanken versunken.
Nicholas steckte die Reitgerte in den Stiefel und betrat die Bibliothek. »Dieses Zimmer ist wirklich nicht der richtige Ort für einen kleinen Jungen«, sagte er und hörte in seiner eigenen Stimme die seines Vaters.
Adam blickte sich schnell um, als habe er nicht bemerkt, daß Nicholas da war. »Es tut mir leid, Sir«, sagte er.
Nicholas warf einen Blick auf die Klingen. Sie glänzten. Mrs. Pratt hielt sie stets sauber, ebenso wie sie das Porträt abstaubte. Nur der Kaminsims schien ihrer Aufmerksamkeit zu entgehen.
»Als ich ein Junge war, haben die Schwerter mich fasziniert«, meinte er.
»Meinen Pa auch?«
Etwas im Tonfall des Jungen brachte Nicholas dazu, sich umzudrehen. Der Knabe biß sich auf die Unterlippe und wartete gespannt auf die Antwort seines Onkels.
Nicholas wählte seine Worte behutsam. »Schwerter waren nicht die Lieblingswaffen deines Vaters.«
»Aber ich dachte, Sie hätten jeder eins mitgenommen. Nach Spanien.« Das Gesicht des Jungen war beim Sprechen rot angelaufen. Er stand so stramm da wie ein Soldat vor einem General.
»Nach Spanien?« Nicholas runzelte die Stirn. Der Junge glaubte, sein Vater hätte für Wellington gekämpft. *Dann sin' Sie also 'n Held.* Der Knabe wußte weder etwas über Randolph noch über seinen Tod. »Nein. Die Klingen, die man heutzutage benutzt, werden auf Gewehrläufe aufgesetzt. Ich würde sagen, daß dein Vater ein ziemlich guter Schütze war.«
Aber nicht gut genug. Und nicht schnell genug.
Du könntest den Jungen rauswerfen, wenn du willst.
»Mit einem Gewehr?« fragte der Junge, als seien ihm solche Schußwaffen entschieden nicht romantisch genug.
»Ja«, antwortete Nicholas. Eine Spannung war entstanden, als

bestünde die Luft zwischen ihnen aus dünnem Glas. Ein falsches Wort, und dieser Augenblick wäre zerschmettert.

Adam schaute wieder zu den Schwertern hin. »Meine Ma hat nie über ihn geredet, sie hat bloß gesacht, daß ich ausseh' wie er.«

»Vom Gesicht her«, erklärte Nicholas. »Du hast dieselben Züge wie er als Kind.«

Adam nahm eine verkrampfte Haltung an. »Er war doch 'n guter Mensch, oder, Sir? Ich hab' Hochwürden John gefragt, aber der hat gesacht, er wüßt' es nich'.«

Dein Vater hat zuviel getrunken, und er hat sich nichts aus dir gemacht. Er hat nicht für dich vorgesorgt, und wenn er weitergelebt hätte, hätte er dich wahrscheinlich verleugnet.

Nicholas befeuchtete sich nervös die Lippen. Solche Dinge konnte man einem Kind nicht sagen. Ihm selbst war es schwer genug gefallen, bei seinem richtigen Vater aufzuwachsen – einem schweigsamen Menschen, der seinen Sohn nur bemerkte, wenn dieser etwas angestellt hatte. Allein in einem fremden Haus groß zu werden, mußte zwanzigmal schwieriger sein.

»Dein Vater«, meinte Nicholas bedächtig, »war so gut, wie er es eben vermochte.«

Strahlend fuhr der Junge herum. »Wußt' ich's doch. Die alte Missus nebenan hat gesagt, es wär' 'n Verbrechen, wie er seine Familie behandelt. Aber Sie hat ihn nich' gekannt. Sie ham ihn gekannt.«

»Früher einmal«, sagte Nicholas. In seiner Kehle hatte sich ein Kloß gebildet. Er mußte heftig schlucken, um ihn loszuwerden. Mit fünfzehn war er aus dem Haus gegangen, und schon damals war Randolph für ihn verloren gewesen. Sein älterer Bruder hatte sich zu einem Mann entwickelt, der sich mehr für die fröhlichen Feste der *vornehmen Gesellschaft* interessierte als für die politische Wirklichkeit Englands. Vielleicht hatte Randolphs Geist recht gehabt; möglicherweise war Nicholas ja wirklich wütend gewesen. Doch das war der Zorn eines nachgeborenen

Sohnes gewesen, der glaubte, der Älteste verspiele den guten Namen der Familie. Seitdem hatte Nicholas sich seinen eigenen Namen gemacht und gelernt, daß es auf solche Dinge selten ankam.

»Früher einmal?« wiederholte der Junge. »Sie hat also doch recht gehabt?«

Die Freude war aus der Miene des Jungen gewichen. Randolphs Züge waren niemals so ausdrucksvoll gewesen. Nicholas empfand das als Verlust. Er hatte gar nicht bemerkt, wie wohl ihm die Wärme tat, die der Junge ihm entgegenbrachte. »Ach, Kind«, sagte er. »Die Menschen sind keine Heiligen, sosehr du dir das vielleicht auch wünschst.«

Und weil er es nicht länger ertragen konnte, dem Jungen ausweichende Antworten zu geben, drehte Nicholas sich abrupt um und schritt rasch die Treppe hinauf.

In dieser Nacht saß Nicholas, lange nachdem alle anderen im Haus schliefen, in der Bibliothek und starrte ins Kaminfeuer. In der Linken hielt er ein Glas Portwein. Der Alkohol linderte nicht länger seinen Schmerz oder vertrieb die Träume, und er war es überdrüssig, mit dickem Kopf und einem säuerlichen Geschmack im Mund aufzuwachen.

Er betrachtete die Klingen. Aberglaube. Und doch saß er hier, für den Rest seines Lebens verkrüppelt, genau wie Collins es vorhergesagt hatte. Vielleicht, wenn es ihm dieses Mal gelang, die Schwerter herunterzunehmen …

Nicholas schüttelte den Kopf. Der Gedanke war töricht. Selbst wenn er die Schwerter abnahm, wäre er immer noch einarmig. Er würde für immer und ewig die sichtbare Erinnerung an jenes Schlachtfeld in Salamanca mit sich tragen.

Du könntest den Jungen rauswerfen, vertreiben, verleugnen …

Er war reich, Großgrundbesitzer, mächtig – und trotzdem nicht in der Lage, ein Glas Portwein in der einen Hand und eine Zigarre in der anderen zu halten. Er besaß ein Offizierspatent und hatte das Einkommen aus dem Besitz seiner Mutter in der

Nähe von London. Mehr als genug für jemanden mit seinem Lebensstil.
Jemanden, der während der nächsten zehn Jahre ein Kind aufzuziehen hatte, das nicht sein eigenes war.
Und mein Pa?
Junge, dein Pa war nicht besser als alle anderen.
Nicholas stand auf, ließ den Portwein auf dem Tisch stehen und schickte sich an, nach oben zu gehen, ins Bett. Als er an den Schwertern vorbeikam, legte er vorsichtig die Hand auf die Troddeln. Ein Schauder rann ihm den Rücken hinunter.
Wer das Schwert nicht beherrscht, ist ihm für immer auf Gedeih und Verderb ausgeliefert.
Ja. Daran war etwas Wahres.

Am nächsten Tag war Nicholas schon im Morgengrauen unterwegs. Auf Midnight unternahm er einen Ausritt über die Güter und bemerkte, daß die Dienerschaft sie trotz seiner eigenen Nachlässigkeit instand gehalten hatte. Nachmittags würde er die Bücher durchgehen und sich davon überzeugen, daß alle gut bezahlt wurden. Beide, er und der Hengst, waren schweißnaß, als sie zurückkehrten. Die Stallburschen wollten ihm das Pferd abnehmen, aber Nicholas tat die Arbeit statt dessen selbst. Er mußte seine Muskeln strecken, und er mußte lernen, mit einer Hand allein zurechtzukommen.
Am Vormittag war er fertig und blieb vor den Ställen stehen, um tief durchzuatmen. Seit Wochen, vielleicht seit Monaten, war er zu dieser Tageszeit nicht mehr aufgewesen. Das Sonnenlicht überzog alles mit einem goldenen Glanz und verlieh dem Gelände eine Frische, die es zu Mittag nicht mehr ausstrahlte. Einen Moment stand er da und genoß den Anblick, dann ging er ins Haus.
Als er an der Bibliothek vorbeikam, nahm er eine Bewegung wahr. Er ging zur Tür. Sein Soldateninstinkt veranlaßte ihn, sich leise zu bewegen. Adam hatte einen Hocker an den Kaminsims gezogen, denselben wie Nicholas vor Jahren, nur daß Adam mit

dem Rücken zur Tür stand. Er beugte sich vor, und der Rand des Kaminsimses drückte gegen seine Brust, als er nach dem Heft des am nächsten hängenden Schwertes griff.
Nicholas versuchte, etwas zu sagen, aber die Worte blieben ihm im Halse stecken. Wenn Adam es dieses Mal nicht versuchte, würde er es später tun. Soviel wußte Nicholas noch aus seiner Kindheit. Statt dessen nahm er in wenigen Fuß Entfernung von dem Jungen Aufstellung, so nahe, daß er, sollte der Knabe fallen, den Sturz mit seinem Körper abfangen konnte.
Adam packte den Griff und hob das Schwert aus der Halterung. Das Gewicht der Waffe brachte ihn aus der Balance, und er schwankte. Nicholas tat einen Schritt auf ihn zu. Sein Herz pochte heftig gegen die Rippen. Ein Schmerz, der aus der Erinnerung kam, schoß ihm den Rücken hinauf, aber immer noch wartete er ab.
Adam umfaßte mit der linken Hand den Aufsatz des Kaminsimses und fand Halt. Die Klinge hielt er nach unten gerichtet.
Sie war fast so lang, wie der Junge groß war. Adam blieb stehen und schwang das Schwert gegen einen imaginären Feind. Sirrend durchschnitt die Klinge die Luft. Mit einem Mal war der Rücken seines Hemdes von Schweiß durchtränkt, und schnell hörte er mit seinen Übungen auf.
Nicholas schluckte. Er hatte den Atem angehalten. Etwas in ihm empfand Neid angesichts der Geschicklichkeit des Jungen. Hätte er damals soviel Kraft besessen, dann stünde er vielleicht nicht als Krüppel hier.
Adam löste die andere Hand vom Kaminsims und geriet gefährlich ins Schwanken. Er stützte sein rechtes Handgelenk mit der Linken und versuchte, das Schwert wieder an seinen Platz zu bringen. Aber es war zu schwer, als daß er es über den Kopf hätte heben können, und er begann seitwärts abzukippen.
Augenblicklich stand Nicholas neben ihm. Er legte den Arm um Adams Hüften und hielt den Jungen fest. Sein Neffe fühlte sich warm an und viel zu mager. Durch das Hemd hindurch spürte Nicholas jeden einzelnen Wirbel seines Rückgrats.

»Gott, Sir«, stieß der Junge hervor. »Ham Sie mich erschreckt.« Dann waren sie ja wohl quitt. Nicholas stützte den Jungen und nahm ihm das Schwert aus der Hand. Die Klinge war leichter als in seiner Erinnerung und lag eleganter in der Hand als ein Bajonett. Mit einer einfachen Bewegung steckte er das Schwert an seinen Platz über dem Sims zurück. Dann half er dem Jungen herunter.

Das Gesicht des Knaben war purpurrot angelaufen. Er hielt den Kopf gesenkt und hatte die Schultern hochgezogen, als rechne er damit, geschlagen zu werden. Nicholas stellte den Hocker an seinen Platz zurück.

»Es tut mir leid, Sir«, sagte Adam. »Ich hätt' es nich' anfassen dürfen.«

Was hast du angestellt? Ich hatte dir doch befohlen, in diesem Zimmer nichts anzurühren, Junge.

Beinahe wären Nicholas die Worte seines Vaters entschlüpft. Aber er gebot ihnen Einhalt. Damals hatte er sich gewünscht, sein Vater würde ihn in den Arm nehmen, ihn wegen der Prellung trösten, die ihn schließlich fast zwei Wochen geplagt hatte. Doch sein Vater hatte nichts weiter gesagt.

Der Unfall ist Strafe genug.

»Du kannst tun, was du möchtest«, erklärte Nicholas. Er schluckte die Angst und den Zorn hinunter, die ihn zu überwältigen drohten. »Du bist hier schließlich der Hausherr.«

Erstaunt riß der Junge die Augen auf. Offenkundig war ihm noch nie eingefallen, seine Stellung hier aus diesem Blickwinkel zu betrachten.

»Aber«, fuhr Nicholas fort, »ich bin dein Vormund, und ich meine, es wäre vielleicht klug, wenn du auf mich hörst.«

Der Junge biß sich auf die rissigen Lippen. »Ich werd' sie nich' wieder anfassen, Sir.«

Nicholas ging vor dem Jungen in die Knie und sah zum ersten Mal die Linien der Müdigkeit unter seinen Augen, seine hohlen Wangen, die wunden Stellen auf seinen Lippen. Obwohl der Junge jetzt in wohlhabenden Verhältnissen lebte, hatte er immer

noch niemanden, der sich richtig um ihn kümmerte. »Die Schwerter haben es dir angetan, stimmt's, Adam?«
Sein Neffe nickte. Mit weit aufgerissenen Augen sah er dem Onkel ins Gesicht.
»England braucht keine Schwertkämpfer mehr«, sagte Nicholas.
»Ich will auch gar kein Soldat werden, Sir«, erwiderte der Junge und errötete noch tiefer. »Ich bitte um Verzeihung.«
Adam unter den Leichen auf den Schlachtfeldern von Salamanca: über allem Fliegenschwärme, und die Sonne, die mit einer in England nie gekannten Wucht herunterbrannte. Der Junge winkte mit der rechten Hand und versuchte, jemanden auf sich aufmerksam zu machen, aber er rief nicht um Hilfe.
Nicholas schluckte. »Ich bin dir doch gar nicht böse«, sagte er.
Der Junge tat einen tiefen, langsamen Atemzug, als versuche er, sich zu beruhigen.
»Wenn ich jemanden finde, der es dir beibringt, würdest du dann gern lernen, mit dem Schwert umzugehen?«
Der Junge stieß hörbar den Atem aus. Seine Augen wurden feucht. Schnell blinzelte er und wandte den Blick ab. »Meinen Sie, das könnt' ich?«
»Ja«, antwortete Nicholas. »Unter der Voraussetzung, daß du auch anderen Unterricht nimmst. Wir werden dich lehren, korrektes Englisch zu sprechen, und dir auch einen Hauslehrer suchen, damit du in Cambridge studieren kannst, wenn du soweit bist.«
Adam nickte. Anscheinend war er zu allem bereit, solange er nur das Schwert in der Hand halten durfte.
»Jetzt geh, und sag Simms, daß wir früh zu Mittag essen wollen. Ich bin jedenfalls hungrig, du etwa nicht?«
»Ja, Sir.« Der Junge entfloh, als seien alle Höllenhunde hinter ihm her. Nicholas blieb stehen und betrachtete die Schwerter. Sie waren sauber und blankpoliert und glänzten im Licht des Tages, und dennoch strahlten sie etwas Bedrohliches aus.
Der Junge würde lernen, sie zu beherrschen. Und er würde aus der Geschichte lernen, wozu sie benutzt worden waren. Es waren

nicht die Waffen, die verstümmelten. Das besorgten die Menschen.
Vielleicht würde Adam das irgendwann verstehen.
Möglicherweise würden auch andere es irgendwann begreifen. Dann würde ein Mann vielleicht keine Lieblingswaffe mehr brauchen, und die blutigen Schlachtfelder würden zu einer fernen Erinnerung verblassen.
Nicholas starrte die Schwerter an, wie er es als kleiner Junge getan hatte.
Alles, was einem blieb, war zu träumen.

Diana Gabaldon

CHIRURGENSTAHL

Kurz vor Einbruch der Nacht: Die untergehende Sonne war nicht zu sehen und überzog lediglich den Nebel mit einem stumpfen, düsteren Orangerot. Vom Fluß her kam eine Abendbrise auf, löste Dunst vom Boden und zerriß ihn zu dahinjagenden Schwaden und Wirbeln.

In den Senken lagen schwere Wolken aus Pulverdampf, die sich langsamer hoben als die leichten Nebelfetzen und der Szene, die, wenn schon nicht höllisch, so doch wenigstens verdammt unheimlich war, den angemessenen Schwefelgestank verliehen. Hier und da war mit einem Mal deutlich ein freier Fleck zu erkennen, als werde ein Vorhang zurückgezogen, um das Nachspiel der Schlacht zu zeigen. Kleine, dunkle Gestalten huschten in der Ferne umher, taten einen Satz und hielten wieder inne, die Köpfe erhoben wie Paviane, die Ausschau nach einem Leoparden halten. Der Troß: die Frauen und die Huren der Soldaten, die wie die Krähen hier auftauchten, um die Leichen zu fleddern.

Auch Kinder befanden sich zwischen ihnen. Unter einem Busch saß ein Junge von neun oder zehn Jahren rittlings auf einem rotberockten Soldaten und schlug mit einem schweren Steinbrocken auf dessen Gesicht ein. Wie gelähmt von diesem Anblick blieb ich stehen und sah zu, wie der Knabe in den klaffenden, blutigen Mund packte und einen Zahn herausriß. Er steckte die grausige Trophäe in einen Beutel, der an seiner Seite hing, und tastete weiter suchend umher. Als er auf keine weiteren losen Zähne mehr stieß, nahm er gelassen seinen Stein auf und ging wieder an die Arbeit.

Ich fühlte, wie mir die Galle in die Kehle stieg und schluckte krampfhaft, während ich weitereilte. Krieg, Tod und Verwundungen waren mir nicht fremd. Aber nie zuvor war ich einem Kampf so nahe gekommen; noch niemals hatte ich ein Schlachtfeld überquert, auf dem noch die Toten und Verwundeten lagen, bevor die Sanitäter und Begräbnistrupps ihre Arbeit getan hatten.

Aus dem Nebel erklangen seltsam körperlose Hilferufe, gelegentlich auch Stöhnen oder Schreie, und erinnerten mich unangenehm an Jamies Geschichte über die *Tannasg*, die verfluchten Geister des Tales. Wie der Held jener Geschichte blieb ich nicht stehen, um ihrem Ruf zu folgen, sondern lief weiter, wobei ich über kleine Unebenheiten im Boden stolperte und auf dem feuchten Gras ausglitt.

Ich hatte Fotos von den großen Schlachtfeldern gesehen, vom Amerikanischen Bürgerkrieg bis zu den Stränden der Normandie. Doch hier war alles anders – keine verbrannte Erde und keine Berge ineinander verknäulter Gliedmaßen. Bis auf das Seufzen der vereinzelten Verwundeten und die Stimmen derer, die wie ich auf der Suche nach einem vermißten Freund oder Ehemann waren, herrschte auf dieser Stätte Ruhe.

Zerschossene Bäume lagen da, von der Artillerie gefällt. In diesem Licht konnte man leicht glauben, die Leichen hätten sich selbst in Baumstämme verwandelt, dunkle Umrisse, die lang hingestreckt im Gras lagen – abgesehen davon, daß einige von ihnen sich immer noch bewegten. Hier und da regte sich schwach eine Gestalt, ein Opfer von des Krieges Hexenwerk, mit dem Zauber des Todes ringend.

Ich blieb stehen und schrie in den Nebel hinein, rief seinen Namen. Ich hörte Stimmen, die mir antworteten, aber keine war die seine. Vor mir lag ein junger Mann, die Arme weit ausgestreckt, einen Ausdruck des Erstaunens auf dem Gesicht. Das Blut stand um seinen Oberkörper wie ein breiter Hof. Seine untere Körperhälfte lag sechs Fuß weiter. Ich schritt zwischen den Teilen hindurch, die Röcke gerafft und die Nase zugehalten, um den schweren, metallischen Blutgestank nicht wahrzunehmen.

Inzwischen schwand das Licht, aber ich sah Jamie, sobald ich über den Kamm der nächsten Erhebung trat. Mit dem Gesicht nach unten lag er in der Senke, einen Arm ausgestreckt, den anderen unter sich zusammengekrümmt. Die Schultern seines dunkelblauen Rocks waren so schweißfeucht, daß sie fast schwarz schienen. Die Beine hatte er weit gespreizt, die Hacken der Stiefel nach außen gekehrt.
Mir stockte der Atem, und ich rannte den Abhang hinab zu ihm, ohne auf die Grasklumpen, den Matsch und die Dornenzweige zu achten. Doch als ich näherkam, sah ich, wie sich hinter einem Busch in der Nähe eine Gestalt aufrichtete und auf ihn zuhuschte. Sie fiel neben ihm auf die Knie und riß seinen Kopf zur Seite. Die Gestalt hielt etwas in der Hand, das trotz des trüben Lichts hell aufblitzte.
»Aufhören!« schrie ich. »Laß das fallen, du Bastard!«
Verblüfft blickte die Gestalt auf, als ich die letzten Meter mit einem Sprung überbrückte. Aus einem runden, mit Ruß und Schmutz verschmierten Gesicht blickten zusammengekniffene, rotgeränderte Augen zu mir auf.
»Verschwinde!« knurrte die Frau. »Ich hab' ihn zuerst gesehen!«
Sie hielt ein Messer in der Hand und stieß damit ein paarmal kurz in meine Richtung, um mich zu verscheuchen.
Ich war zu wütend und hatte zuviel Angst um Jamie, als daß ich für mich selbst gefürchtet hätte.
»Laß ihn los! Wenn du ihn anrührst, bring' ich dich um!« rief ich. Mit meinen geballten Fäusten sah ich wohl aus, als meinte ich es ernst, denn die Frau wich zurück und ließ Jamies Haar fahren.
»Das ist meiner«, erwiderte sie und reckte mir kampflustig das Kinn entgegen. »Such dir doch selbst einen.«
Ein weiterer Umriß kam aus dem Nebel geschlüpft und nahm neben ihr Gestalt an. Es war der Junge, den ich vorhin gesehen hatte, ebenso dreckig und abgerissen wie die Frau. Er trug kein Messer, sondern hielt einen schartigen Metallstreifen umklam-

mert, der anscheinend aus einer Feldflasche geschnitten war. Am Rand war das Metallstück dunkel, vor Rost oder vor Blut. Er starrte mich wütend an. »Er gehört uns, hat Mum gesagt! Hau bloß ab! Verschwinde!«

Der Knabe wartete nicht darauf, ob ich gehorchte, sondern setzte sich statt dessen auf Jamies Rücken und begann, die Seitentaschen seines Rocks zu durchwühlen.

»Er ist noch am Leben, Mum«, sagte er warnend. »Ich fühle, wie sein Herz schlägt. Besser, ich schneid' ihm schnell die Kehle durch. Ich glaub' nicht, daß er schlimm verletzt ist.«

Ich packte den Jungen am Kragen und riß ihn von Jamie herunter, wodurch er seine krude Waffe verlor. Er kreischte und drosch wild auf mich ein, aber ich stieß ihm mein Knie so kräftig in den Hintern, daß sein Rückgrat krachte. Dann klemmte ich seinen Hals in meiner Ellenbeuge ein und nahm ihn in den Schwitzkasten. Sein mageres Handgelenk hielt ich mit der anderen Hand fest wie in einem Schraubstock gepackt.

»Laß ihn los!« Die Frau kniff die Augen zusammen wie ein Wiesel und bleckte knurrend die Eckzähne.

Ich ließ die Frau nicht lange genug aus den Augen, um einen Blick auf Jamie zu werfen, konnte ihn jedoch am Rand meines Blickfelds erkennen. Sein Kopf war zu Seite gesunken, und sein Hals schimmerte weiß, entblößt und verletzlich.

»Steh auf, und tritt zurück«, drohte ich, »oder ich erwürge den Bengel, das schwöre ich!«

Sie kauerte über Jamie, das Messer in der Hand, während sie mich abschätzte und versuchte, sich schlüssig zu werden, ob ich dazu wirklich in der Lage sei. Es war mir ernst damit.

Der Junge zappelte und wand sich in meinem Griff, und seine Füße hämmerten gegen meine Schienbeine. Er war klein für sein Alter und dürr wie ein Stecken, aber trotzdem stark; es war, als versuchte ich, einen Aal festzuhalten. Ich verstärkte meinen Druck um seinen Hals. Er gurgelte und hörte auf, sich zu wehren. Sein Haar war steif von ranzigem Fett und Schmutz, und sein stechender Gestank stieg mir in die Nase.

Langsam stand die Frau auf. Sie war viel kleiner als ich und mager – ihre Handgelenke standen knochig aus den zerlumpten Ärmeln hervor. Ich konnte nicht annähernd schätzen, wie alt sie sein mochte – so schmutzig und aufgedunsen durch Unterernährung, wie sie war, hätte sie jedes Alter zwischen zwanzig und fünfzig haben können.

»Da hinten liegt mein Mann tot auf dem Boden«, grunzte sie und wies mit einer ruckartigen Bewegung ihres Kopfes in den Nebel hinter sich. »Er hat nichts besessen außer seiner Muskete, und die wird der Sergeant an sich nehmen.«

Ihr Blick glitt zu dem fernen Wald, in den die britischen Truppen sich zurückgezogen hatten. »'nen Mann find' ich schon wieder, aber bis dahin muß ich meine Kinder durchbringen – außer dem Jungen hab' ich noch zwei andere.« Sie befeuchtete sich die Lippen, und ihre Stimme nahm einen schmeichelnden Tonfall an.

»Du bist allein, du kommst besser zurecht als wir. Laß mir den hier – da drüben sind doch noch mehr.« Sie deutete mit dem Kinn auf den Abhang hinter mir, wo die Toten und Verwundeten der Rebellen lagen.

Während ich ihr zuhörte, mußte mein Griff sich etwas gelockert haben, denn der Junge, der ruhig in meinem Arm gehangen hatte, warf sich mit einem Mal vor, rutschte mir weg und konnte sich befreien. Er hechtete über Jamie hinweg und rollte sich zu Füßen seiner Mutter ab.

Der Knabe sprang sofort wieder auf, stellte sich neben sie und beobachtete mich aus glitzernden, wachsamen Rattenaugen. Er bückte sich, tastete im Gras umher und richtete sich auf. Jetzt hielt er den selbstgefertigten Dolch wieder in der Hand.

»Halt sie auf, Mum«, rief er. Seine Stimme klang kratzig nach meinem Würgegriff. »Ich kümmere mich um ihn.«

Aus dem Augenwinkel hatte ich das Schimmern von Metall, halb unter Gras verborgen, wahrgenommen.

»Wartet!« rief ich und trat einen Schritt zurück. »Bringt ihn nicht um. Nicht.« Einen Schritt zur Seite, einen weiteren zurück. »Ich

gehe, ich überlasse ihn euch, aber ...« Ich warf mich zur Seite und bekam das kalte Metall des Hefts zu fassen.
Ich hatte Jamies Säbel schon bei früheren Gelegenheiten hochgehoben. Er war extra für ihn geschmiedet worden, länger und schwerer als eine normale Klinge. Die Waffe mußte wenigstens zehn Pfund wiegen, doch in diesem Augenblick spürte ich ihr Gewicht nicht.
Ich riß den Säbel hoch und schwang ihn beidhändig in einem weiten Bogen. Er fuhr durch die Luft, und das Metall in meinen Händen sirrte.
Mutter und Sohn sprangen zurück. Auf ihren rundlichen, schmierigen Gesichtern lag der gleiche Ausdruck lächerlicher Verblüffung.
»Fort mit euch!« schrie ich.
Die Frau öffnete den Mund, doch sie brachte kein Wort heraus.
»Es tut mir leid um deinen Mann«, sagte ich. »Aber hier liegt mein eigener Mann. Weg mit euch, habe ich gesagt!« Ich hob den Säbel, und die Frau tat eilig einen Schritt zurück und zog den Jungen am Arm mit sich.
Sie drehte sich um und ging. Dabei knurrte sie mir über die Schulter Verwünschungen zu, doch ich achtete nicht darauf. Der Junge hielt im Gehen den Blick auf mich geheftet. In dem trüben Licht glühten seine Augen wie dunkle Kohlen. Er würde mich wiedererkennen – und ich ihn.
Die beiden verschwanden im Nebel, und ich senkte das Schwert, das plötzlich so schwer war, daß ich es nicht mehr halten konnte. Ich ließ es ins Gras fallen und sank neben Jamie auf die Knie.
Mein Herz schlug so laut, daß es mir in den Ohren dröhnte, und meine Hände zitterten – eine Nachwirkung des Schocks –, während ich an seinem Hals nach einem Pulsschlag tastete. Ich drehte seinen Kopf und konnte den Puls erkennen, der gleich unter seinem Kiefer regelmäßig pochte.
»Gott sei Dank!« flüsterte ich in mich hinein. »Oh, Gott sei's gedankt.«

Schnell strich ich mit den Händen an seinem Körper entlang, um nach einer etwaigen Verletzung zu suchen, bevor ich ihn umdrehte. Ich glaubte nicht, daß die Plünderer zurückkommen würden. In der Entfernung konnte ich auf dem Hügelkamm hinter mir die Stimmen einer Gruppe von Männern hören – ein Rebellentrupp, der kam, um seine Verwundeten zu holen.
Auf der Stirn hatte er eine dicke Beule, die bereits purpurrot anlief. Ansonsten konnte ich nichts entdecken. Der Junge hatte recht gehabt, dachte ich dankbar, Jamie war nicht schwer verletzt. Dann rollte ich ihn auf den Rücken und sah seine Hand. Die Highlander kämpften mit dem Schwert in der einen und dem *Targe* in der anderen, dem kleinen, mit Buckel versehenen Lederschild, das man einsetzte, um die Hiebe des Gegners abzuwehren. Jamie hatte kein *Targe* besessen.
Die Klinge hatte ihn zwischen dem rechten Mittel- und dem Ringfinger getroffen und war in die Hand selbst eingedrungen, eine tiefe, häßliche Wunde, die seine Handfläche fast bis zum Gelenk gespalten hatte.
Obwohl die Wunde entsetzlich aussah, blutete sie nicht besonders stark; die Hand war unter ihm eingeklemmt gewesen, und sein Gewicht hatte wie ein Druckverband gewirkt. Die Vorderseite seines Hemds war blutverschmiert und wies über dem Herzen tiefrote Flecke auf. Ich riß sein Hemd auf und fuhr tastend hinein, um mich zu vergewissern, daß das Blut von seiner Hand stammte. So verhielt es sich. Seine Brust war vom Liegen im Gras kühl und feucht, aber unversehrt, seine Brustwarzen eingesunken und steif vor Kälte.
»Das … kitzelt«, sagte er mit benommener Stimme. Ungeschickt patschte er mit der Linken auf seine Brust und versuchte, meine Hand wegzuschieben.
»Tut mir leid«, entgegnete ich und unterdrückte den Impuls, vor Freude aufzulachen, weil er am Leben und bei Bewußtsein war. Ich legte ihm einen Arm um die Schultern und half ihm, sich aufzusetzen. Jamie sah aus wie ein Betrunkener; ein Auge war halb zugeschwollen, und er hatte Gras im Haar. Er benahm sich

auch wie einer, der zu tief ins Glas geschaut hatte, und schwankte gefährlich von einer Seite auf die andere.
»Wie geht's dir?« fragte ich.
»Mir ist schlecht«, sagte er knapp, beugte sich zur Seite und erbrach sich.
Behutsam ließ ich ihn auf das Gras zurücksinken, wischte ihm den Mund und ging dann daran, seinen Kopf zu bandagieren.
»Bald kommt jemand«, versicherte ich ihm. »Wir bringen dich zum Wagen zurück, und dann kann ich mich um deinen Schädel kümmern.«
»Hmmpf.« Er ächzte leise, als ich die Bandage festzog. »Was ist passiert?«
»Was passiert ist?« Ich unterbrach meine Tätigkeit und starrte ihn an. »Das fragst du ausgerechnet *mich*?«
»Ich meine, wie ist die Schlacht ausgegangen«, sagte er geduldig und sah mich mit seinem heilen Auge an. »Was mir zugestoßen ist, weiß ich – jedenfalls im großen und ganzen«, setzte er hinzu und zuckte zusammen, als er an seine Stirn faßte.
»Ja, im großen und ganzen«, versetzte ich barsch. »Du hast dich in Stücke hacken lassen wie ein Schlachtschwein, und sie haben dir fast den Schädel eingeschlagen. Hast dich mal wieder wie ein saublöder, beschissener Held aufgeführt, das ist mit dir passiert!«
»Aber ich …«, begann er, ich unterbrach ihn jedoch. Meine Erleichterung, ihn am Leben zu sehen, verwandelte sich schnell in Wut.
»Du hättest nicht zu gehen brauchen! Du hättest nicht mitziehen *dürfen*! Ich bleib' bei meinem Schreiben und Veröffentlichen, hast du gesagt. Du würdest nur noch kämpfen, wenn es unbedingt nötig wäre, hast du gesagt. Nein, du brauchtest nicht zu kämpfen, aber du bist trotzdem gegangen, du eingebildeter, sturköpfiger, aufgeblasener Schotte!«
»Aufgeblasen?« fragte er nach.
»Du weißt schon, was ich meine, denn genau so hast du dich benommen! Wie leicht hättest du umkommen können!«

»Ja«, pflichtete er mir betroffen bei. »Ich dachte, es wäre soweit, als der Dragoner auf mich losging. Ich hab' aber laut gebrüllt und sein Pferd erschreckt«, fügte er munterer hinzu. »Es hat sich aufgebäumt und mich mit dem Bein am Schädel erwischt.«

»Versuch ja nicht, das Thema zu wechseln!« fauchte ich.

»Geht's denn nicht darum, daß ich nicht tot bin?« fragte er, versuchte, eine Braue hochzuziehen, zuckte aber schmerzhaft zusammen und ließ es lieber bleiben.

»Nein! Es geht um deine Dummheit, deine verfluchte, egoistische Dickschädligkeit!«

»Ach, darum.«

»Ja, darum! Du … du … Riesenrindviech! Wie kannst du es wagen, mir das anzutun? Meinst du, ich hab' im Leben nichts Besseres zu tun, als hinter dir herzulaufen und alle Einzelteile wieder anzunähen, die du dir abhacken läßt?« Inzwischen schrie ich ihn offen an.

Mein Zorn wurde noch größer, als er mich angrinste. Das halb zugeschwollene Auge ließ ihn bloß noch verwegener aussehen.

»Du hättest ein gutes Fischweib abgegeben, Sassenach«, bemerkte er. »Haare auf den Zähnen hast du genug.«

»Halt bloß das Maul, du Scheißkerl, du verfluchter …«

»Sie werden dich hören«, unterbrach er mich sanft und wies auf den Trupp Soldaten, die den Abhang herunter auf uns zukamen.

»Ist mir ganz egal, wer mich hört! Wenn du nicht schon verwundet wärest, würde ich … würde ich …«

»Paß auf, Sassenach«, sagte er, immer noch grinsend. »Du willst mir doch nicht noch mehr Teile absäbeln; du müßtest sie nachher bloß wieder ankleben.«

»Führ mich verdammt noch mal nicht in Versuchung«, gab ich mit zusammengebissenen Zähnen zurück und warf einen deutlichen Blick auf den Säbel, den ich fallengelassen hatte.

Jamie bemerkte es und streckte die Hand nach seiner Blankwaffe, schaffte es aber nicht ganz. Mit einem heftigen Schnauben beugte ich mich über ihn und packte den Säbel am Heft. Ich hörte die Männer, die den Hügel herunterkamen, rufen, und drehte mich um, um ihnen zuzuwinken.

»Jeder, der dich jetzt hört, würde wahrscheinlich denken, daß du nicht allzuviel von mir hältst, Sassenach«, brummte er hinter mir.

Ich drehte mich um und sah ihn an. Das unverschämte Grinsen war von seinem Gesicht gewichen, aber er lächelte immer noch.

»Du hast die Zunge einer alten Giftspritze«, sagte er, »aber als Schwertkämpferin bist du ziemlich mau, Sassenach.«

Ich öffnete den Mund, aber die Worte, die noch eben so üppig hervorgesprudelt waren, hatten sich alle verflüchtigt wie der aufsteigende Nebel. Der Säbel in meiner Hand fühlte sich kalt und schwer an.

»Ich erklär's dir später«, sagte er leise und legte die gesunde Hand auf meinen Arm. »Für den Augenblick nur einen *nighean donn* – danke, daß du mir das Leben gerettet hast.«

Tatsächlich hielt ich den Mund. Die Männer hatten uns fast erreicht. Ihre Schritte raschelten im Gras, und ihre Ausrufe und ihr Geschwätz übertönten das immer schwächer werdende Stöhnen der Verwundeten.

»Gern geschehen«, sagte ich schließlich.

»Wie ein Hamburger«, sagte ich gedämpft, aber anscheinend nicht leise genug. Fragend hob er eine Augenbraue.

»Eine Art Hackfleisch«, erklärte ich, und die Augenbraue senkte sich.

»Ach ja, so ist es wohl. Hab' einen Schwertstreich mit der Hand abgefangen. Zu dumm, daß ich keinen Schild hatte, sonst hätte ich den Hieb leicht abgewehrt.«

»Sicher.« Ich schluckte. Bei weitem nicht die schlimmste Wunde, die ich je gesehen hatte, aber trotzdem wurde mir leicht übel. Die Spitze seines Ringfingers war sauber abgetrennt worden, in einem Winkel, der direkt unter dem Nagel verlief. Der Hieb hatte einen Streifen Haut von der Innenseite des Fingers abgeschält,

war zwischen dem Mittel- und dem Ringfinger eingedrungen und hatte seine Hand bis fast zum Gelenk gespalten.
»Du mußt deine Waffe knapp unterhalb des Hefts gepackt haben«, sagte ich und versuchte, ruhig zu bleiben. »Sonst hätte der Reitersäbel dir die halbe Hand abgetrennt.«
»Hmmpf.« Er bewegte die Hand nicht, während ich daran herumdrückte und -stocherte, aber ihm stand der Schweiß auf der Oberlippe, und er konnte ein kurzes, schmerzliches Aufstöhnen nicht unterdrücken.
»Tut mir leid«, murmelte ich automatisch.
»Schon in Ordnung«, sagte er ebenso mechanisch. Er schloß die Augen und schlug sie dann wieder auf.
»Nimm ihn ab«, sagte er mit einem Mal.
»Wie bitte?« Ich fuhr zurück und sah ihn verblüfft an.
Er wies mit einem Kopfnicken auf seine Hand.
»Den Finger. Nimm ihn ab, Sassenach.«
»Das kann ich nicht!« Doch noch während ich sprach, wußte ich, daß er recht hatte. Abgesehen von den Verletzungen am Finger selbst, war die Sehne schwer beschädigt. Die Chance, daß er den Finger je wieder würde bewegen können, und erst recht ohne Schmerzen, war verschwindend gering.
»Er hat mir während der letzten zwanzig Jahre wenig genützt«, sagte er und betrachtete den übel zugerichteten Stumpf kühl, »und wahrscheinlich wird es davon jetzt auch nicht besser. Das verdammte Ding steht so vor, daß ich es mir schon ein halbes dutzendmal gebrochen habe. Wenn du mir den Finger amputierst, macht er mir wenigstens keinen Ärger mehr.«
Ich wollte widersprechen, aber ich wußte, daß er damit richtig lag. Außerdem blieb mir keine Zeit mehr. Verwundete begannen den Hügel hinauf auf den Wagen zuzuströmen. Diese Männer waren Milizionäre, keine regulären Truppen; wenn sich ein Regiment in der Nähe aufhielt, gab es dort vielleicht einen Arzt, aber zu mir nach Hause war es weniger weit.
»Einmal ein verdammter Held, immer ein verdammter Held«, knurrte ich in mich hinein. Ich drückte einen Bausch Scharpie

auf seine Wunde und wickelte schnell eine Leinenbandage um die Hand. »Ja, ich werde ihn abnehmen müssen, aber später. Halt still.«

»Autsch«, meinte er sanft. »Ich habe nie behauptet, ich wäre ein Held.«

»Wenn du keiner bist, dann wohl kaum, weil du es nicht versucht hättest«, erwiderte ich und zog den Leinenknoten mit den Zähnen fest. »Da, das muß für den Moment reichen; ich kümmere mich darum, sobald ich Zeit dafür habe.« Ich faßte die verbundene Hand und tauchte sie in das kleine Becken mit Alkohol und Wasser.

Er wurde bleich, als der Alkohol durch den Stoff drang und auf das rohe Fleisch traf. Durch die Zähne hindurch sog er scharf den Atem ein, sagte aber nichts weiter. Ich deutete energisch auf die Decke, die ich auf dem Boden ausgebreitet hatte, und er legte sich gehorsam hin, rollte sich unter dem Schutz, den der Wagen bot, zusammen und barg die bandagierte Faust an seiner Brust.

Ich erhob mich, zögerte aber. Dann kniete ich wieder nieder, strich seinen Zopf beiseite, der verfilzt von halb angetrocknetem Schlamm und Laub war, und küßte ihn auf den Nacken. Ich konnte gerade eben den Umriß seiner Wange erkennen; sie verzog sich kurz, als er lächelte, und entspannte sich wieder.

Die Nachricht, daß der Lazarettwagen da sei, hatte sich rasch verbreitet; es stand bereits eine lose Gruppe von Verwundeten da, die noch gehen konnten und die auf Behandlung warteten, und ich konnte sehen, daß kleine Trupps den Hügel hinaufkamen – Männer, die ihre verletzten Kameraden trugen oder hinter sich herzerrten. Das würde ein anstrengender Abend werden.

Ich vermißte Marsali und den jungen Ian schmerzlich. Colonel Everett hatte mir zwei Helfer versprochen, aber Gott wußte, wo der Colonel im Augenblick war. Ich nahm mir einen Moment Zeit, um die Menge, die sich versammelte, in Augenschein zu nehmen, und erspähte einen jungen Mann, der eben einen verwundeten Freund unter einem Baum abgesetzt hatte.

»Sie da«, sagte ich und zupfte ihn am Ärmel. »Können Sie Blut sehen?«

Einen Augenblick lang wirkte er verblüfft, dann warf er mir unter seiner Maske aus Schlamm und Pulverrauch ein Grinsen zu. Er war ungefähr so groß wie ich, breitschultrig und stämmig. Sein Gesicht hätte man engelsgleich nennen können, wäre es weniger dreckig gewesen.

»Solange es nicht mein eigenes ist, Ma'am, und so weit ist es bis jetzt nicht gekommen, gepriesen sei der Herr.«

»Dann kommen Sie mit«, sagte ich und erwiderte sein Lächeln. »Ich habe Sie eben zum Hilfssanitäter ernannt.«

»Na so was! Hey, Harry!« schrie er seinem Freund zu. »Ich bin befördert worden. Wenn du deiner Mama das nächste Mal schreibst, erzähl ihr, daß Lester es doch noch zu was gebracht hat!« Immer noch grinsend, stolzierte er hinter mir her.

Doch sein Grinsen verschwand schnell und wich einer Miene grimmiger Konzentration, als ich ihn zwischen den Verwundeten umherführte und ihm die unterschiedlich schweren Verletzungen auseinandersetzte.

»Männer, bei denen Blut fließt, haben absoluten Vorrang«, erklärte ich ihm. Ich schob ihm einen Armvoll Leinenbandagen und einen Sack Scharpie in die Arme. »Geben Sie ihnen das hier – sagen Sie ihren Freunden, sie sollen die Scharpie fest auf die Wunden pressen oder das Glied oberhalb der Wunde abbinden. Wissen Sie, was eine Aderpresse ist?«

»O ja, Ma'am«, versicherte er mir. »Hab auch mal eine gemacht, als ein Panther meinen Vetter Jess angefallen hat, unten in Caroline County.«

»Gut. Vertun Sie Ihre Zeit aber nicht damit, das selbst zu tun, wenn es anders geht – ihre Freunde sollen das übernehmen. Weiter: Knochenbrüche können ein bißchen warten – legen Sie sie da drüben unter die große Buche. Kopfverletzungen und innere Verletzungen, die nicht bluten, kommen da hinten hin, zu dem Haselnußstrauch, falls man sie bewegen kann. Wenn

nicht, komme ich.« Ich wies hinter mich, dann drehte ich mich im Halbkreis und überprüfte das Terrain.
»Wenn Sie ein paar gesunde Männer sehen, dann schicken Sie die rauf, um das Lazarettzelt aufzustellen; es soll auf diese flache Stelle dort kommen. Und wir brauchen noch ein paar Männer, um eine Latrine zu graben … dort drüben, würde ich sagen.«
»Ja, Sir! Ma'am, wollt' ich sagen!« Lester nickte eifrig und faßte seinen Sack mit Scharpie fester. »Ich mach' mich gleich dran, Ma'am. Obwohl ich mir 'ne Zeitlang keine Gedanken wegen der Latrine machen würde«, fügte er hinzu. »Die meisten der Jungs haben sich sowieso vor Angst die Hosen vollgeschissen.« Er grinste, nickte noch einmal und ging dann davon, um seine Runde zu ziehen.
Lester hatte recht, ein schwacher Geruch nach Exkrementen hing in der Luft wie immer auf Schlachtfeldern, ein durchdringender Begleitgeruch zu dem durchdringenden Gestank nach Blut und Pulverdampf.
Während Lester die Verwundeten sortierte, fing ich an, die Männer zusammenzuflicken, mit meinem Medizinkasten, meiner Tasche mit Nahtmaterial, der Schale mit Alkohol, die ich auf die Ladeklappe des Wagens stellte, und einem Schnapsfaß als Hocker für die Patienten – sofern sie noch sitzen konnten.
Die schlimmsten Verletzungen waren Bajonettwunden; zum Glück war nicht mit Kartätschen geschossen worden, und für die Männer, die von Kanonenkugeln getroffen worden waren, konnte ich ohnehin nichts mehr tun. Während ich zusammenflickte und versorgte, lauschte ich mit halbem Ohr auf die Gespräche der Männer, die auf ihre Behandlung warteten.
»War das nicht das verdammteste Ding, das du je gesehen hast? Wie viele von den Scheißkerlen waren da überhaupt?« fragte ein Mann seinen Nachbarn.
»Ich will verflucht sein, wenn ich es weiß«, antwortete sein Freund und schüttelte den Kopf. »'ne Zeitlang hab' ich bloß rot gesehen und nichts andres. Dann ist gleich rechts 'ne Kanone

losgegangen, und 'ne verflixt lange Zeit hab' ich nichts als Qualm gesehen.«

Er rieb sich übers Gesicht. Die Tränen aus seinen entzündeten Augen hatten lange Streifen in den schwarzen Ruß gegraben, der ihn von der Stirn bis zur Brust überzog.

Ich warf einen Blick zum Wagen zurück, konnte darunter aber nichts erkennen. Ich hoffte, daß der Schock und die Erschöpfung Jamie hatten einschlafen lassen, und das trotz seiner Hand, doch ich zweifelte daran.

Obwohl fast alle in meiner Umgebung auf irgendeine Art verwundet waren, waren sie hochgestimmt, und die vorherrschende Laune waren überschäumende Erleichterung und Begeisterung.

Von weiter unten am Hügel, in den Nebeln am Fluß, hörte ich Hochrufe und Siegesschreie, das undisziplinierte Lärmen von Querpfeifen und Trommeln, die in wahlloser Begeisterung durcheinanderschepperten und -kreischten.

Über den Lärm hinweg ließ sich eine klare Stimme ganz aus der Nähe vernehmen – ein uniformierter Offizier auf einem Braunen.

»Hat jemand den großen Kerl mit den roten Haaren gesehen, der den Angriff aufgehalten hat?«

Allgemeines Gemurmel antwortete ihm, und man blickte in die Runde, aber niemand wußte eine Auskunft. Der Reiter stieg ab, schlang die Zügel um einen Ast und kämpfte sich durch die Schar der Verwundeten zu mir vor.

»Wer immer er sein mag, das sage ich euch, er hat mehr Mumm in den Knochen als 'ne zehnpfündige Kanonenkugel«, bemerkte der Mann, dessen Wange ich eben nähte.

»Und einen ebenso harten Dickschädel«, murmelte ich.

»Was?« Der Verletzte warf mir einen verwunderten Seitenblick zu.

»Nichts«, sagte ich. »Halten Sie noch einen Augenblick still; ich bin fast fertig.«

Die Morgendämmerung war fast angebrochen, als ich in das

Zelt zurückkam, in dem er lag. Leise hob ich die Zeltklappe, um Jamie nicht zu stören, aber er war schon wach. Zusammengerollt lag er auf der Seite, das Gesicht dem Eingang zugekehrt und den Kopf auf eine zusammengefaltete Decke gelegt.

Als er mich sah, lächelte er matt.

»Harte Nacht, Sassenach?« fragte er, und seine Stimme klang ziemlich heiser durch die kalte Luft, da er lange mit niemandem gesprochen hatte. Unter dem Rand der Klappe hindurch drang Nebel nach innen, der vom Licht der Laterne gelblich gefärbt wurde.

»Ich hab' schon Schlimmere erlebt«, antwortete ich, strich ihm das Haar aus dem Gesicht und betrachtete ihn eingehend. Er war blaß, aber nicht in Schweiß gebadet. Sein Gesicht war angespannt vor Schmerz, aber seine Haut fühlte sich kühl an – kein Anzeichen von Fieber. »Du hast nicht geschlafen, hab' ich recht? Wie geht's dir?«

»Ich bin ein bißchen durcheinander«, meinte er, »und mir ist ein bißchen schlecht. Aber jetzt, wo du hier bist, geht es mir schon besser.«

Jamie schenkte mir eine schiefe Grimasse, die beinahe ein Lächeln genannt werden konnte.

Ich legte eine Hand unter sein Kinn, die Finger gegen den Puls an seinem Hals gepreßt. Unter meinen Fingerspitzen pochte sein Herz regelmäßig, und ich schauderte, denn ich mußte an die gräßliche Frau auf dem Schlachtfeld denken.

»Du bist ja ganz durchgefroren, Sassenach«, sagte er, als er meine Hand spürte. »Und auch müde. Geh schlafen, ja? Ich halt' es schon noch eine Weile aus.«

Ich war *wirklich* müde. Das Adrenalinhoch, das mich während der Schlacht und der durchgearbeiteten Nacht im Lazarettzelt aufrecht gehalten hatte, verflüchtigte sich rasch. Die Erschöpfung schlich sich mein Rückgrat hinunter und machte meine Gelenke weich. Aber ich konnte mir ziemlich genau vorstellen, was die Stunden des Wartens ihn bereits gekostet hatten.

»Es wird nicht lange dauern«, beruhigte ich ihn. »Und es ist besser, es hinter dich zu bringen. Dann kannst du ruhig schlafen.«

Jamie nickte und wirkte nicht sonderlich beunruhigt. Ich klappte den kleinen, zusammenlegbaren Arbeitstisch auf, den ich aus dem Lazarettzelt mitgebracht hatte, und stellte ihn dort auf, wo ich ihn leicht erreichen konnte. Dann nahm ich die kostbare Flasche mit Laudanum heraus und goß einen Fingerbreit der dunklen, stark riechenden Flüssigkeit in eine Tasse.

»Trink das langsam«, mahnte ich und gab es ihm in die rechte Hand. Ich begann, die Instrumente zurechtzulegen, die ich brauchen würde, und vergewisserte mich, daß alles ordentlich und griffbereit dalag. Vorher hatte ich überlegt, ob ich Lester bitten sollte, mir zu assistieren, aber er hatte praktisch schon im Stehen geschlafen. In dem trüben Licht der Laternen im Lazarettzelt hatte der junge Soldat wie trunken geschwankt, und ich hatte ihn weggeschickt, um sich eine Decke und einen Platz am Feuer zu suchen.

Ein kleines Skalpell, das frisch geschärft war. Der Krug mit Alkohol, in dem die feuchten Fäden sich kringelten wie ein Nest winziger Vipern, deren jede mit einer kleinen, gebogenen Nadel bewehrt war. Ein weiterer Krug, in dem sich die gewachsten, trockenen Fäden zur Arterienkompression befanden. Ein Bündel Sonden, deren Enden in Alkohol standen. Zangen. Wundrandhalter mit langen Griffen. Das gebogene Tentaculum, um die Enden durchtrennter Arterien zu fassen.

Die Chirurgenschere mit ihren kurzen, gebogenen Schneiden und den Griffen, die so geformt waren, daß sie mir perfekt in der Hand lagen. Stephen Moray, der Silberschmied, hatte sie nach meinen Anweisungen gefertigt. Na ja, so gut wie.

Ich hatte darauf bestanden, daß die Schere so einfach wie möglich gestaltet wurde, damit sie leicht gesäubert und desinfiziert werden konnte. Stephen war mir entgegengekommen und hatte eine schlichte, elegante Form gewählt, aber er hatte der Versuchung nicht widerstehen können, eine einzige kleine Verzierung anzubringen – einer der Griffe wies eine hakenförmige Verlängerung auf, gegen die ich meinen kleinen Finger drücken konnte, um mehr Druck auszuüben, und dieser Auswuchs bildete eine glatte, geschmeidige Rundung, die an der Spitze in einer schlanken Rosenknospe vor einem Strauß Blätter auslief. Jedesmal, wenn ich die Schere aus ihrem Kasten nahm, mußte ich über den Kontrast zwischen den schweren, brutalen Klingen am einen Ende und dieser kleinen Eitelkeit am anderen lächeln. Streifen von Baumwollgaze und schwerem Leinen, Bäusche von Scharpie und Heftpflaster, die rotgefärbt waren von dem Drachenbaumharz, mit dem sie bestrichen waren, damit sie klebten. Eine offene Schale mit Alkohol zum Desinfizieren, während ich arbeitete, und die Töpfchen mit Chinarinde, gestampfter Knoblauchpaste und Schafgarbe für Verbände.

»Das wär's«, sagte ich zufrieden und überprüfte das Arrangement ein letztes Mal. Alles mußte griffbereit sein, da ich allein arbeitete; wenn ich etwas vergaß, würde niemand dasein, um es mir zu reichen.

»'ne Menge Vorbereitung für einen einzigen mickrigen Finger«, bemerkte Jamie hinter mir.

Ich fuhr herum und stellte fest, daß er sich auf einen Ellbogen stützte und mich beobachtete, während die Schale mit Laudanum unberührt in seiner Hand ruhte.

»Könntest du ihn nicht einfach mit 'nem kleinen Messer abhacken und die Wunde mit einem heißen Eisen versiegeln, so wie die Regimentsärzte es machen?«

»Das könnte ich schon«, erklärte ich trocken. »Aber zum Glück ist das nicht nötig; wir haben genug Zeit, um die Sache richtig zu erledigen. Deshalb habe ich dich auch warten lassen.«

»Hmmpf.« Ohne sonderliche Begeisterung nahm er die Reihe glänzender Instrumente in Augenschein, wobei klar war, daß er die Angelegenheit lieber so schnell wie möglich hinter sich gebracht hätte. Ich erkannte, daß das Ganze für ihn wohl eher nach einem langsamen Folterritual aussah als nach moderner Chirurgie.

»Ich habe vor, deine Hand funktionsfähig zu erhalten«, erklärte ich ihm bestimmt. »Keine Infektion, kein eiternder Stumpf, keine plumpe Verstümmelung, und – so Gott will – keine Schmerzen mehr, wenn es geheilt ist.«

Bei diesen Worten zog er die Brauen hoch. Er hatte es nie erwähnt, aber ich war mir durchaus bewußt, daß seine rechte Hand und sein lästiger Ringfinger ihm seit Jahren immer wieder Schmerzen bereitet hatten, seit er ihm im Wentworth-Gefängnis, wo man ihn in den Tagen vor dem Aufstand der Stuarts gefangengehalten hatte, zerschlagen worden war.

»Abgemacht ist abgemacht«, sagte ich und wies mit einem Nicken auf die Schale in seiner Hand. »Trink das.«

Er hob die Schale, schob zögerlich die lange Nase über den Rand, und seine Nasenflügel weiteten sich bei dem kränklich-süßen Geruch. Er tauchte die Zungenspitze in die dunkle Flüssigkeit und zog eine Grimasse.

»Davon wird mir bestimmt schlecht.«

»Du wirst einfach einschlafen.«

»Bestimmt kriege ich dann gräßliche Träume.«

»Solange du im Traum keine Hasen jagst, macht das nichts«, versicherte ich ihm. Er lachte wider Willen, unternahm aber einen letzten Versuch.

»Das schmeckt wie das Zeug, das man den Pferden aus den Hufen kratzt.«

»Und wann hast du zum letzten Mal einem Pferd die Hufe abgeleckt?« entgegnete ich, die Hände in die Hüften gestützt. Ich schenkte ihm einen finsteren Blick mittlerer Stärke, angemessen für die Einschüchterung kleiner Bürokraten und niedriger Offiziersränge.

Er seufzte.

»Es ist dir ernst damit, ja?«

»Ja.«

»In Ordnung, schon gut.« Mit einem vorwurfsvollen Blick voll leidgeprüfter Resignation warf er den Kopf zurück und stürzte den Inhalt der Schale mit einem Schluck hinunter.

Ein Schauder überlief ihn, und er mußte ein wenig würgen.

»Ich hab' dir doch gesagt, du solltest es langsam trinken«, bemerkte ich milde. »Wenn du es auskotzt, zwinge ich dich, es vom Boden aufzulecken.«

Angesichts der zerstampften Erde und des niedergetrampelten Grases war dies eindeutig eine leere Drohung, aber er preßte Lippen und Augen fest zusammen und legte sich auf das Kissen zurück. Er atmete schwer und schluckte alle paar Sekunden krampfhaft. Ich holte mir einen niedrigen Schemel und setzte mich neben das Feldbett, um zu warten.

»Wie fühlst du dich?« fragte ich ein paar Minuten später.

»Schwindlig«, antwortete er. Er öffnete ein Auge einen Spaltbreit und sah mich aus dem schmalen blauen Schlitz an, dann stöhnte er und schloß es wieder. »Als ob ich von einer Klippe falle. Is 'n sehr unangenehmes Gefühl, Sassenach.«

»Versuch einen Moment, an etwas anderes zu denken«, riet ich ihm. »Etwas Angenehmes, das dich ablenkt.«

Kurz zog der Tapfere die Stirn kraus, dann entspannte er sich wieder.

»Steh mal 'nen Augenblick auf, ja?« sagte er. Gehorsam erhob ich mich und überlegte, was er wohl vorhatte. Er schlug die Augen auf, streckte seine gesunde Hand aus und legte sie fest auf meinen Hintern.

»So«, meinte er. »Das ist das Beste, das mir einfällt. Es beruhigt mich immer, wenn ich dein Hinterteil ordentlich im Griff habe.«

Ich lachte und rückte ein paar Zentimeter näher an ihn heran, so daß seine Stirn an meinen Schenkeln lag.

»Tja, wenigstens ist das eine Medizin, die man immer bei sich haben kann.«

Er schloß die Augen, hielt sich an mir fest und atmete langsam und tief. Als die Droge zu wirken begann, glätteten sich die harten Linien des Schmerzes und der Erschöpfung in seinem Gesicht.

»Jamie«, sagte ich nach einer Weile leise, »es tut mir leid.«

Er öffnete die Augen, blickte auf, lächelte und drückte meinen Hintern leicht.

»Na gut«, sagte er. Seine Pupillen hatten begonnen sich zu verengen; seine Augen waren meerestief und bodenlos, als blicke er in eine weite Ferne.

»Sag mir, Sassenach«, begann er einen Moment später. »Wenn jemand einen Mann vor dich hinstellte und dir sagte, wenn du dir den Finger abhacktest, würde der Mann leben, und wenn nicht, würde er sterben ... würdest du es tun?«

»Ich weiß nicht«, antwortete ich etwas verblüfft. »Wenn das die Alternative wäre und kein Zweifel daran bestünde, und er wäre ein guter Mensch ... ja, ich glaube, ich würde es tun, obwohl es mir absolut nicht gefallen würde«, setzte ich realistisch hinzu, und er verzog den Mund zu einem Lächeln.

»Nein, wohl kaum«, meinte Jamie. Seine Miene wurde sanft und träumerisch. »Wußtest du«, sagte er nach einer Weile, »daß mich heute ein Oberst besuchen kam, während du mit den Verwundeten beschäftigt warst? Colonel Johnson, Micah Johnson, war sein Name.«

»Nein, was hat er gesagt?«

Sein Griff um mein Hinterteil wurde schwächer. Ich legte meine Hand über seine, um sie festzuhalten.

»Es war seine Kompanie – da in der Schlacht. Ein Teil von Morgans Gewehrschützen, und die übrigen aus dem Regiment auf der anderen Seite des Hügels, die sich den Engländern in den Weg gestellt haben. Wär' der Angriff durchgegangen, hätt'n se bestimmt die Kompanie verlor'n, sachte er, un' Gott weiß, was aus den andern geword'n wär'.« Seine weiche schottische Aussprache wurde immer verwaschener, und sein Blick war auf meinen Rock gerichtet.

»Also hast du sie gerettet«, sagte ich sanft. »Wie viele Männer waren in seiner Kompanie?«

»Fünfzich«, antwortete er. »Obwohl sie nich' alle umgekommen wär'n, glaub' ich.« Seine Hand rutschte weg; er fing sie ab und legte sie, leise lachend, wieder an ihren Platz.

Durch meinen Rock hindurch konnte ich seinen warmen Atem auf meinen Schenkeln spüren.

»Ich dachte, es wär' wie in der Bibel, was meinst du?«
»Ja?« Ich legte seine Hand fest auf meine Hüfte und hielt sie dort fest.
»Die Stelle, wo Abraham mit dem Herrn um die Städte in der Ebene handelt. ›Wirst du die Stadt nicht hinwegraffen‹, zitierte er, ›um fünfzig Gerechter willen?‹ Und dann handelt Abraham Ihn runter, immer weiter, von fünfzig auf vierzig, und schließlich auf dreißig, auf zwanzig und auf zehn.«
Seine Augen waren halb geschlossen, und seine Stimme klang friedlich und gleichmütig.
»Ich hatte keine Zeit, mich nach der Moral der Männer in der Kompanie zu erkundigen. Aber meinst du nicht, es hätten vielleicht zehn Gerechte unter ihnen sein können – gute Menschen?«
»Da bin ich ganz sicher.« Seine Hand lag schwer, und sein Arm war fast schlaff geworden.
»Oder fünf. Oder auch bloß einer. Einer wäre schon genug.«
»Bestimmt ist es wenigstens einer gewesen.«
»Der Junge mit den Apfelbäckchen, der dir bei den Verwundeten geholfen hat – der war wohl einer davon?«
»Ja, er ist einer von ihnen gewesen.«
Jamie seufzte tief, seine Augen waren fast geschlossen.
»Dann sag ihm, daß ich ihm das mit dem Finger nicht übelnehme«, hauchte er.
Eine Minute lang hielt ich seine gesunde Hand fest. Er atmete tief und langsam, und sein Mund war in vollständiger Entspannung erschlafft. Ich rollte ihn vorsichtig auf den Rücken und legte ihm die Hand auf die Brust.
»Du gräßlicher Kerl«, flüsterte ich. »Ich wußte, du würdest mich zum Heulen bringen.«

Das Lager draußen lag ruhig da und befand sich in den letzten Augenblicken des Schlafes, bevor die aufgehende Sonne die Männer wecken und in Bewegung setzen würde. Ich hörte den gelegentlichen Ruf eines Feldpostens und das leise Stimmengemurmel von zwei Proviantleuten, die auf dem Weg in die Wälder dicht an meinem Zelt vorbeigingen, um zu jagen. Die Lagerfeuer draußen waren bis auf die Glut niedergebrannt, aber ich hatte drei Laternen, die ich so aufgestellt hatte, daß sie Licht spendeten, ohne Schatten zu werfen.

Ich legte mir ein dünnes Brett aus glattem Kiefernholz als Arbeitsfläche auf den Schoß. Jamie lag bäuchlings auf dem Feldbett, den Kopf zu mir gewandt, damit ich seine Gesichtsfarbe im Auge behalten konnte. Er schlief tief und fest; sein Atem ging langsam, und er zuckte nicht einmal, als ich die scharfe Spitze einer Sonde auf seinen Handrücken drückte. Alles stand bereit.

Die Hand war geschwollen, aufgetrieben und verfärbt, und die Schwertwunde war auf der von der Sonne goldbraun gebrannten Haut als dicke, schwarze Linie zu erkennen. Ich schloß einen Moment die Augen, nahm sein Handgelenk und zählte seinen Puls. *Eins und zwei und drei und vier …*

Ich betete niemals bewußt, wenn ich mich auf eine Operation vorbereitete, aber ich wartete schon auf etwas – etwas, das ich nicht beschreiben konnte, aber immer erkannte, eine gewisse innere Ruhe und geistige Abgeklärtheit, in der ich auf dem schmalen Grat zwischen Unbarmherzigkeit und Mitgefühl balancieren konnte und gleichzeitig in tiefste Vertrautheit mit dem Körper unter meinen Händen versank – ein Zustand, in dem ich fähig war, das, was ich berührte, im Namen des Heilens zu zerstören.

Eins und zwei und drei und vier …

Ich fuhr zusammen, als ich bemerkte, daß mein eigener Herzschlag sich verlangsamt hatte; der Puls in meiner Fingerspitze schlug im Gleichklang mit dem an Jamies Handgelenk, Schlag auf Schlag, langsam und kräftig. Wenn ich auf ein Zeichen wartete, dann war es das wohl.

Achtung, fertig, los, dachte ich und nahm das Skalpell.

Ein kurzer horizontaler Einschnitt über den Knöcheln des Ringfingers und des kleinen Fingers, dann abwärts durch die Haut bis fast zum Handgelenk. Vorsichtig löste ich die Haut mit der Scherenspitze und fixierte dann den losen Hautlappen mit einer der langen Stahlsonden, die ich in das weiche Holz des Bretts bohrte.

Ich hatte einen kleinen Sprühflakon, gefüllt mit einer Lösung aus destilliertem Wasser und Alkohol. Da es unmöglich war, hier sterile Verhältnisse herzustellen, legte ich damit einen feinen Nebel über das Operationsfeld und wusch das erste aufwallende Blut fort. Es war nicht allzu viel; das Mittel zur Verengung der Blutgefäße, das ich ihm gegeben hatte, wirkte, aber es würde nicht lange vorhalten.

Vorsichtig schob ich die Muskelfasern – die, die noch intakt waren – auseinander, bis ich den Knochen sah und die Sehne darüber, die zwischen den lebhaften Farben des Gewebes silbrig schimmerte. Das Schwert hatte die Sehne fast durchschlagen, einen Zentimeter über den Handwurzelknochen. Die paar übriggebliebenen Fasern trennte ich ab, und in einer Reflexreaktion zuckte die Hand beunruhigend. Ich biß mir auf die Lippen, aber es war in Ordnung: Abgesehen von der Hand hatte er sich nicht bewegt.

Er fühlte sich anders an, sein Fleisch war lebendiger als das eines Menschen, der unter Äther oder Pentothal steht. Jamie war nicht anästhesiert, sondern nur durch die Droge in einen tiefen Schlaf versetzt, sein Fleisch fühlte sich federnd an, nicht so gefügig und schlaff, wie ich es von meiner Arbeit in dem Krankenhaus in meiner eigenen Zeit gewöhnt war. Dennoch war dies alles andere – und unvergleichlich angenehmer – als die wachen, panischen Zuckungen, die ich im Sanitätszelt unter meinen Händen gespürt hatte.

Ich schob die durchtrennte Sehne mit der Zange beiseite. Da war die tiefe Gabelung des Ellbogennervs, ein zarter Faden weißen Lipoids, dessen winzige Ästchen sich tief im Gewebe verloren. Gut so, er lag so weit am kleinen Finger, daß ich mich zur Hauptnervenbahn vorarbeiten konnte, ohne ihn zu beschädigen.

Man wußte es nie; die Tafeln in den Lehrbüchern waren eine Sache, aber das erste, was jeder Chirurg lernte, war, daß Körper auf nervtötende Weise unterschiedlich waren. Ein Magen befand sich noch im großen und ganzen da, wo man ihn vermutete, aber die Nerven und Blutgefäße, die ihn versorgten, mochten irgendwo in der Nähe sein und sehr wahrscheinlich auch in ihrem Umriß und ihrer Anzahl von der Vorgabe abweichen.

Aber jetzt kannte ich die Geheimnisse seiner Hand. Ich konnte ihre Konstruktion erkennen, die Strukturen, die ihr Form und Bewegung verliehen. Da waren der herrliche starke Bogen des dritten Mittelhandknochens und das zarte Netz der Blutgefäße, die ihn nährten. Blut wallte auf, langsam und vielfarbig: tiefrot in dem kleinen See des Operationsfeldes, scharlachrot leuchtend, wo es den durchtrennten Knochen befleckte; ein dunkles Königsblau in der kleinen Vene, die unter dem Gelenk pulsierte und ein bröckliges Schwarz dort, wo es an den ursprünglichen Wundrändern geronnen war.

Ohne mich zu fragen woher, hatte ich gewußt, daß der vierte Mittelhandknochen zerschmettert war – dasjenige Glied des Ringfingers, das im Inneren der Hand lag. So war es; die Klinge hatte ihn am äußersten Ende getroffen und hatte den Kopf des kleinen Knochens nahe der Handmitte gespalten.

Dann würde ich ihn ebenfalls herausnehmen; die freiliegenden Knochenenden hätten ohnehin entfernt werden müssen, damit sie das angrenzende Gewebe nicht reizten. Wenn ich den Finger vom Mittelhandknochen an abnahm, würden der Mittel- und der kleine Finger weiter zusammenrücken, so daß die Hand insgesamt schmaler würde und vermieden wurde, daß der fehlende Finger eine unangenehme Lücke hinterließ.

Ich zog fest an dem zerstörten Finger, um den Artikularraum zwischen den Gelenken zu öffnen, und durchtrennte dann das Band mit der Spitze des Skalpells. Mit einem leisen, aber hörbaren *Plopp* schnappten die Knorpel, und Jamie zuckte und stöhnte, und seine Hand wand sich in meinem Griff.

»Psst«, flüsterte ich ihm zu und hielt ihn fest. »Ruhig, es ist in Ordnung. Ich bin hier, es ist alles in Ordnung.«

Für die jungen Männer, die im Feld starben, konnte ich nichts tun, aber hier, für ihn, konnte ich einen Zauber wirken und wußte, daß die Magie halten würde. Jamie hörte mich in seinen Laudanumträumen. Er runzelte die Stirn und murmelte etwas Unverständliches, dann seufzte er tief und entspannte sich, und wieder erschlaffte sein Gelenk unter meiner Hand.

Irgendwo in der Nähe krähte ein Hahn, und ich warf einen Blick auf die Zeltwand. Es war jetzt merklich heller geworden, und eine leichte Morgenbrise wehte durch den Schlitz hinter mir und kühlte meinen Nacken.

Den darunterliegenden Muskel ablösen und ihn dabei sowenig wie möglich beschädigen. Die kleine Fingerarterie und zwei weitere Blutgefäße abbinden, die groß genug schienen, um der Mühe wert zu sein, die letzten paar Fasern und Fleischfetzen durchtrennen, die den Finger festhielten, und ihn dann herausheben. Der herunterbaumelnde Mittelhandknochen schien erstaunlich weiß und nackt, wie ein Rattenschwanz.

Es war eine saubere, präzise Arbeit geworden, aber ich spürte kurz ein Gefühl von Trauer, als ich das zerschmetterte Körperteil beiseite legte. Ich hatte eine flüchtige Vision, wie er den neugeborenen Alexander im Arm hielt und die winzigen Finger und Zehen zählte. Freude und Staunen malten sich auf seinem Gesicht. Auch sein Vater hatte bestimmt seine Finger gezählt.

»Es ist gut«, flüsterte ich, sowohl an mich wie an ihn gerichtet. »Es ist in Ordnung. Du wirst wieder gesund.«

Das übrige ging schnell. Mit der Zange pickte ich die kleinen Knochensplitter heraus. Ich säuberte die Wunde so gut wie möglich, entfernte Gras- und Erdstückchen und sogar einen kleinen Fetzen Stoff, der in das Gewebe gepreßt worden war.

Dann blieb nur noch übrig, den zerfetzten Wundrand zu reinigen, etwas überschüssige Haut abzuschneiden und die Einschnitte zu vernähen. Ich strich eine Paste aus Knoblauch und Eichenblättern, mit Alkohol vermischt, dick auf die Hand, packte ein Polster aus Scharpie und Gaze darüber und legte eine feste Bandage aus Leinen und Klebepflastern an, um die Schwellung zu reduzieren und den Mittel- und den kleinen Finger zum Zusammenrücken anzuregen.

Die Sonne war fast aufgegangen; die Laterne über mir leuchtete trüb und schwach. Meine Augen brannten von der angestrengten Arbeit und dem Rauch der Feuer.

Draußen waren Stimmen zu hören; die Rufe von Offizieren, die unter den Männern umhergingen und sie weckten, damit sie dem Tag ins Gesicht sahen – und dem Feind?

Ich legte Jamies Hand auf das Feldbett, neben seinen Kopf. Er war weiß, aber nicht allzu bleich, und seine Lippen waren blaßrosa und nicht blau. Die Instrumente ließ ich in einen Kübel mit Wasser und Alkohol fallen, denn ich war mit einem Mal zu müde, um sie richtig zu säubern. Den amputierten Finger wickelte ich in eine Leinenbandage, nicht ganz sicher, was ich damit anfangen sollte, und ließ ihn auf dem Tisch liegen.

»Raus aus den Federn! Raus aus den Federn!« ließ sich von draußen der rhythmische Schrei der Sergeanten vernehmen, unterbrochen durch launige Variationen und grobe Erwiderungen gestörter Schläfer.

Ich hielt mich nicht damit auf, mich auszuziehen. Wenn heute gekämpft wurde, würde man mich nur allzu bald holen kommen. Jamie allerdings nicht. Ich brauchte mir keine Sorgen zu machen; ganz gleich, was geschah, heute würde er nicht in die Schlacht ziehen.

Ich zog die Nadeln aus meinem Haar, schüttelte den Kopf, bis es mir über die Schultern fiel, und seufzte erleichtert, als es lang herunterhing. Dann legte ich mich neben ihn auf das Feldbett, ganz dicht neben ihn. Er lag auf dem Bauch, und ich konnte seine muskulösen Hinterbacken als kleine Wölbung unter der Decke erkennen. Spontan legte ich die Hand aufs Gesäß und drückte zu.

»Süße Träume«, sagte ich und ließ mich von meiner Müdigkeit überwältigen.

Nancy Holder
DAS GEBET DES SCHWERTRITTERS

Wo warst du, Schwester?

In Glastonbury kamen sie zusammen, verhüllt durch den Nebel, die vier herrlichen Königinnen der Erde, der Luft, des Feuers und des Wassers. Und von England. In ihren schimmernden Gewändern aus Gold, Silber, Rubin und Saphir standen sie da, die Arme umeinander geschlungen, und sahen zu, wie der alte Mann sich mühsam seinen Weg den Berg hinauf bahnte. Er war sehr, sehr alt, verhutzelt und schwach. Und doch schlug in seiner Brust ein großes und heiliges Herz, und in der Hand trug er einen Stab. Sein Name war Joseph, und er war dem Tode nahe.

Sie weinten um ihn, und sie hofften für England.

Der Himmel war stumpf und grau. Der alte Mann sah sie nicht, als seine müden Füße sich ihren Weg suchten. Oft hielt er inne, um zu Atem zu kommen und sich die Stirn abzuwischen. Die Königin der Luft kühlte seine Wangen mit ihren Küssen, die Königin der Erde legte sich vor ihm auf seinen Weg, um ihn zu ebnen, die Königin des Feuers liebkoste ihn mit wärmenden Strahlen, und die Königin des Wassers öffnete die Arme und ließ eine Quelle entspringen, an der er niederkniete, um einen kühlen Trunk zu nehmen.

»Gelobt sei Gott«, sagte Joseph und bekreuzigte sich, und die vier Königinnen lächelten zärtlich. Dann ging er weiter. Der Weg war steil, und es gab keine Bäume. Joseph stützte sich schwerer auf seinen Stab, um sich Halt zu verschaffen, denn seine Beine zitterten und wackelten.

»Nur noch ein wenig weiter«, flüsterte die Königin der Luft, und

die Schwestern faßten sich an den Händen und wünschten, er wäre wieder jung, obwohl es nicht in ihrer Macht stand, dies zu gewähren.
Er mühte sich weiter, und endlich erreichte er den Gipfel. Mit pfeifendem Atem blickte er hinunter auf das einfache Dorf Glastonbury. Ein Windstoß sträubte sein weißes Haar und seinen Bart, und seine Augen wurden feucht vor Rührung. Die Schwestern wußten, daß er, der Fremde, dieses rauhe Volk liebgewonnen hatte, die Menschen, die jetzt aus dem Schlaf erwachten, um für ihre Herden, ihre Kinder und ihr Heim zu sorgen.
»So wie ich für eure Seelen gesorgt habe«, wisperte er. Er stützte sich auf seinen Stab, der gleich ein paar Zoll in den feuchten Boden einsank. »Hier werde ich eine Kirche bauen. Die erste Kirche Unseres Herrn in diesem Land. Ich will euch Geschichten vom ewigen Leben künden.«
Die Königin der Erde seufzte und flüsterte den anderen zu: »Schwestern, es ist Zeit.«
Als sie sich um den Alten versammelten, wuchsen Wurzeln aus dem Fuß des Stabes hervor; und an seinem Kopfende sprossen Blätter, Dornen und Zweige, üppig und frisch und lebendig. Der alte Mann schrie auf, faßte sich an die Brust und sank gleich taumelnd zu Boden.
»Noch nicht, noch nicht«, keuchte er. »Meine Arbeit ...«
Und als die Sonne aufging, warfen die vier Königinnen ihre Schleier ab und standen im Kreis um ihn – Norden, Süden, Osten, Westen.
»Wa... was? Wer seid ihr, Engel vielleicht?« stieß er hervor und hielt sich immer noch die Brust.
»Ruhe aus, Arimathaia«, sagte die Königin des Feuers. Sie berührte seine Brust. »Wir werden dich nun an einen Ort der Heiligen bringen.«
Und während sie mit der Bahre den Berg hinunter und zum Wasser schritten, wuchs und gedieh der Stab und wurde zu einem Dornbusch.

Und die Königin der fruchtbaren Täler schnitt den Strauch ab und brachte Metall hervor.
Und die Königin des Windes und der Wolken blies die Flammen an, die das Metall schmiedeten.
Und die Königin der roten Flammen verlieh dem Metall Gestalt.
Und die Königin der stillen und der tosenden Wasser kühlte es ab.

Wo warst du, Schwester?

Die Mauern wurden durchbrochen.
Tausende und Abertausende ergossen sich in die Heilige Stadt und stießen das berserkerhafte Geheul ihrer Vorväter aus. Wie Wahnsinnige wüteten sie über die Mauern, durch die Palmen und über die Steine, und kein Ungläubiger war vor ihnen sicher – kein Muslim-Mann, kein jüdisches Kind und auch eine Frau nicht, die irgendeiner Häresie anhing. Unter das Schwert mit ihnen, unter die reinigende Klinge!
Tausende wurden erschlagen, Zehntausende, und selbst die, die mit Gold und Juwelen und schönen Töchtern für sicheres Geleit bezahlt hatten, vergossen ihr Blut auf den Straßen von Jerusalem. Nun streckten die Heiligen Kreuzfahrer sie alle nieder und zündeten die Moschee über denen an, die zu verschonen sie gelobt hatten. Welch grausige Metzelei, welch unchristlicher Verrat!
Geoffrey de Troyes taumelte in dem blutigen Schauspiel umher und weinte. Seine Hände waren blutbefleckt, obwohl er keinen einzigen Ungläubigen mit dem Schwert berührt hatte. Blut bedeckte seinen schwarzen Waffenrock mit dem weißen Kreuz Jesu Christi und tropfte auf seine Beinschienen. Einmal, zweimal stürzte er, während der Himmel finster wurde von Rauch und verzweifeltem Flehen:
Um der Liebe eures Gottes willen, um der Liebe zu euren Müttern willen …

»Wir vertreiben sie in Scharen!« Ein Jüngling mit einer Tonsur schlug Geoffrey auf den Rücken. Das Gesicht des jungen Mannes war mit Blut und Ruß beschmiert, und seine Augen flammten wild in dieser purpurnen und schwarzen Maske. »Jerusalem ist endlich frei!«

Geoffrey sagte nichts. Der Jüngling stürzte davon und stieß einem Straßenhund sein Schwert in die Seite. Das Tier jaulte jämmerlich und hob die linke Vorderpfote, als wolle er dem grausamen Jungen Einhalt gebieten. Sein Kopf zuckte hoch, fiel nach hinten, und dann sank die arme Kreatur zu Boden.

»Ihr Schweine!« brüllte Geoffrey. Der Junge lachte über die Schulter und stürmte, auf der Suche nach einem anderen Spaß, weiter.

Geoffrey fiel auf die Knie und faltete die Hände vor der Brust. Das alles im Namen der Lanze, dieser verfluchten …

Nein, er durfte nicht lästern. Die Priester hatten sie für echt erklärt. Sie war wahrhaftig die Lanze, die die Seite Unseres Göttlichen Herrn durchbohrt hatte. Eine heilige Reliquie, ein Zeichen, daß Gott auf ihrer Seite stand, daß die Armeen der Christenheit über die Horden des Ostens obsiegen mußten.

Als sie die Lanze gefunden hatten, in eine Felsspalte gezwängt in dem Tal, wo einst die Verfluchten Baal geopfert hatten, hatte die Reliquie den Mut der Kreuzfahrer, die so niedergedrückt und entmutigt gewesen waren, wieder aufgerichtet und sie an ihr heiliges Ziel erinnert. Sie wurden zu Gesalbten des Herrn, zu Soldaten des Kreuzes, zu rächenden Engeln. Die Kreuzfahrer fuhren auf die nichtsahnenden Menschen nieder, und sie …

… sie …

Geoffrey erbrach sich. Er konnte keiner von ihnen sein.

Er sollte nicht hier sein. Er hatte sich für einen Helden gehalten, einen Märtyrer für die Sache des Herrn, nicht für einen Mörder und einen wilden Barbaren. Das war er nicht; er hatte ein Held sein wollen, obwohl dies nach der Sünde des Stolzes roch.

Immerhin die geringste der Sünden, die an diesem Tag begangen wurden.

»O mein Gott, mein Gott, wir haben dich verlassen«, murmelte er und bekreuzigte sich. »Wahrlich, wahrlich, wir sind zu deinen Feinden geworden.« Geoffrey war beschämt und entsetzt. Der Himmel zeigte sich als rauchende Feuersbrunst, rot wie Purpur und schwarz wie Ebenholz, und er sah, wie der Zorn Gottes auf sie herniederregnete. Gottes Hände schleuderten Blitz und Donner, und Seine Augen glühten in gerechtem Zorn.

Der Ritter zitterte. Feuersäulen schnellten hoch und stiegen in die Luft, höher als der Felsendom, höher als die Mauern der uralten Stadt. Zu seiner Rechten rauchte der Ölberg; kleine Feuer leckten an den Wurzeln einiger Bäume. Sie waren gekommen, um die Heilige Stadt zu retten, aber es schien, als sei es ihr Los, sie zu zerstören.

»Im Namen der Lanze!« Die dröhnende Stimme Richards, seines Lehnsherrn, erhob sich über die Schreie, das Prasseln des Feuers und allgegenwärtige Krachen. Geoffrey versuchte der Stimme zu folgen und rannte durch den Rauch hindurch nach Westen. Eine Frau lief ihm in den Weg, fiel auf die Knie und sank dann zur Seite. Flehend streckte sie die blutigen Hände nach ihm aus und schrie dann entsetzt auf, als Geoffrey neben ihr niederkniete, ihre Hand ergriff und an seine Brust drückte.

»Meine Schwester«, wisperte er, obwohl sie nicht seine Schwester war, jedenfalls nicht in Christo. »Ach, Frau.«

Sie bewegte die Lippen und flüsterte etwas. Anscheinend flehte sie ihn an. Er bildete sich ein, daß sie vielleicht um Wasser bat, oder um Gnade, darum, daß er ihr Leben schonen und sie an einen sicheren Hort bringen möge. Ohne zu überlegen, hob er sie auf und stolperte vorwärts. Er hatte keine Vorstellung, wohin er sie bringen sollte. In Jerusalem gab es keinen sicheren Ort, weder für Kreuzfahrer noch für Heiden.

Tränen und Schweiß strömten über sein Gesicht. Vor ihm wallten Rauchschwaden. Kriegsmänner stürmten an ihm vorüber, einige streiften ihn nur, andere stießen ihn grob gegen die Steinmauern. Seine Rüstung war schwer, und die Frau war, obwohl sie nicht viel wog, eine zusätzliche Bürde. Sie hustete und verbarg sich hinter ihren Schleiern. Ihre Beine waren stämmig und fest, die Wölbung ihrer Brust nur wenige Zoll von seinen Fingern entfernt. Obwohl die Männer sich hier mehrere Frauen nahmen, hatten er und seine Gefährten Keuschheitseide abgelegt, die viele an diesem Tag zu Geoffreys Beschämung brachen. Ihre Armutsgelübde hatten sie schon vor langer Zeit vergessen, als sie plündernd in die Heilige Stadt gezogen waren. Der einzige Eid, den sie hielten, war der des Gehorsams, und das wahrscheinlich allein aus dem Grund, weil Richard ein brutaler Herr war, der nicht die kleinste Abweichung von seinen Befehlen hinnahm. Er hatte seinen Kriegern befohlen, keinen Ungläubigen zu verschonen, weder Mann noch Frau oder Kind. Geoffrey beging gerade einen furchtbaren Fehler. Eigentlich hätte er die Sippschaft dieser Frau erschlagen und niedermachen müssen und nicht versuchen sollen, ein unbedeutendes Weib zu retten.

Ihr Schleier rutschte herunter, aber er konnte ihr Gesicht nicht sehen. Er kannte ihre Sprache nicht, kein einziges Wort, obwohl die anderen ihn gelehrt hatten, wie man sagte: »Wieviel? Zuviel!« und das für einen prächtigen Scherz gehalten hatten. Hier und jetzt hätte er sie gern gefragt, wohin sie wollte, wo ihre Verwandten seien und ihre Familie. Aber alles, was er tun konnte, war, ihr Schluchzen zu ignorieren und zu Gott um Barmherzigkeit für sie beide zu beten.

Unter glimmenden Bogengängen hindurch und durch schmale, dunkle Gassen trug er sie fort. Sie schien ohnmächtig geworden zu sein, oder sie starb. »Haltet aus, Frau«, rief er ihr zu und bemerkte, daß er zum ersten Mal wirklich als Frau oder als menschliches Wesen von ihr dachte. Ein Gefühl furchtbarer Eile bemächtigte sich seiner: Er mußte jemanden finden, der ihre Sprache verstand, und einen Versuch unternehmen, sie zu Christus zu bekehren und auf diese Weise zu retten. Das wäre eine kleine Wiedergutmachung für alles, was er getan hatte.

Aber was er getan hatte, hatte er um Seinetwillen getan, der für die Sünden der Welt gestorben war. Oder nicht?

Geoffrey strauchelte, voller Angst um ihr Leben und um sein eigenes. Bilder aus seiner Heimat huschten durch sein Bewußtsein: Sein einfaches Dorf aus kleinen Häusern und Hütten, und auf dem Hügel darüber der Josephsturm und der blühende Dornbusch, der am Turm hochrankte wie üppiger Efeu. Die Blumen zu Mittsommer, Rosen und Lavendel und Rittersporn. Oh, diese Schönheit, diese Vollkommenheit!

England, seine Heimat, seine Liebe …

Der Ritter schüttelte den Kopf. Mußte er für England Frauen ermorden? Oder für den Papst? Oder zur Erbauung seines Lehnsherrn? Es war eine Lüge, eine Scheußlichkeit, und er war ein Narr und ein Teufel, wenn er Richards Befehle noch länger befolgte.

»England«, flüsterte er ihr zu. Die Frau regte sich. Sein Stolz gab es ihm ein. Er würde sie »England« nennen, bis er Grund hatte, ihr einen anderen Namen zu geben. Beide, so fühlte er, schwebten in Gefahr, beide mußten gerettet werden.

Beide brauchten Wunder.

Und dann erblickte Geoffrey de Troyes durch den Rauch hindurch tatsächlich ein Wunder: Im Tal unter ihm erhob sich vor seinen gehetzten Blicken das weiße Zelt der Lanze mit seinen schwarzweißen Bannern, die im Wind wehten. Es war von einer großen Menge Wächter umgeben, die bis an die Zähne gerüstet waren.

Im Feuerschein schimmerten sie herrlich, wie Engel. Der Ritter konnte nicht hoffen, an ihnen vorüberzukommen.

Und die Königin der Luft ließ den Wind wehen.

Und die Königin des Feuers bewirkte, daß die Feuerstürme Rauch in den Wind steigen ließen.

Und die Königin des Wassers ließ alle irdenen Krüge brechen, so daß das Wasser die Straßen hinunterrann und den Stein schlüpfrig machte.

Und die Königin der Erde ließ die Welt erzittern, so daß die Ritter auf die Knie fielen.

In der allgemeinen Verwirrung taumelte Geoffrey de Troyes durch den Zelteingang, und die Frau fiel aus seinen Armen und stürzte der Länge nach hin. Donner krachte, und es wurde schwarz um ihn.

Als er aufwachte, hörte er die Frau husten. Sie sagte etwas zu ihm, das sehr nach »Mylord?« klang. Doch als er die Hand nach ihr ausstreckte, faßte er nur auf den blanken Boden.

Und dann sah er auf der gegenüberliegenden Seite des Zeltes ein helles, strahlendes Licht. Heiß und golden wie eine Flamme, und in seiner Mitte schwebte aufrecht ein länglicher Gegenstand. Die Heilige Lanze!

Er rappelte sich auf und taumelte darauf zu, die Arme ausgestreckt wie jemand, der im Schlaf wandelt. Der Ritter hörte nichts außer einem seltsamen Grollen; und dann vernahm er süße melodische Stimmen wie von Prinzessinnen.

Geoffrey bekreuzigte sich. »Heilige Mutter«, flüsterte er. Der längliche Gegenstand ... das war keine Lanze, sondern ein Schwert aus Bronze, Silber und Gold; und am Heft war es reich graviert und mit Edelsteinen besetzt. Hatte er ein Wunder vor Augen oder unterlag er einer Täuschung der Sinne? Hatte sein Herr sie alle belogen? Kämpften sie nur für einen Schatz?

Das Licht schimmerte und schien eine Form anzunehmen. Die Gestalt von ... Er blinzelte heftig. Seine Lippen öffneten sich.

Eine heilige Frau, verschleiert und von Rosen gekrönt, die auf einer Schlange stand. Er flüsterte ihren Namen:

Mutter Britannia. Mutter Gaia.

Sie war hochgewachsen, und ihr Haar hing in dicken, goldenen Flechten herab. Ihre Gewänder waren weiß und blau, rot und braun. Sie breitete die Hände aus, die süßen Klänge der Frauenstimmen stiegen von ihr auf, und sie sang seinen Namen: *Geoffrey.*

»Meine Herrin, meine Königin.« Der Ritter kniete nieder, faltete die Hände wie zum Gebet vor der Brust und beugte das Haupt. »Meine Lehnsherrin.«

England.

Ihre elfenbeinweiße Hand ergriff das Schwert, das im Licht schwebte. Geoffrey hielt den Atem an. Die Klinge senkte sich auf seine rechte Schulter, obwohl er nichts davon spürte, und dann auf seine linke. Er schloß die Augen.

»Erhebt Euch, unser Ritter.«

Als Geoffrey die Augen aufschlug, standen vier Königinnen vor ihm, alle von gleichem Liebreiz. Eine war in Schwarz gekleidet und eine in Weiß; und eine in Rot und eine in Bernsteingelb. Sie schwebten über dem Boden und hielten sich an den Händen. Alle sahen ihn erwartungsvoll an.

Er hielt das Schwert in den Händen. Das Gewicht der Waffe ließ ihn keuchen; als er dagegen ankämpfte, es nicht in den Staub sinken zu lassen, kam es ihm so vor, als würden ihm die Muskeln von den Knochen gerissen. Der Schimmer der Waffe faszinierte ihn. Er blickte in das Glühen hinein und erkannte etwas.

»Oh, mein England«, flüsterte er. Die grünen Täler, die klaren Flüsse, der hohe, wolkenlose Himmel. Sein Herz floß über.

»O ja.«

Dann verschob sich der Glanz, trieb davon und wurde trüb, und er sah etwas anderes:

Die Armut der Leibeigenen, verhungernde Kinder und Frauen, die im Kindbett starben. Männer unter der Peitsche, während die Edelleute in schönen, mit Binsen ausgestreuten Schlössern speisten. Und das Land bäumte sich auf wie eine verwundete Kreatur, wie ein Drache, und brüllte vor Schmerz:

England.

»O nein. Nein.« Das konnte nicht sein. Das war nicht die Wahrheit über sein geliebtes Land.

»Doch.« Die Stimmen waren fest. Und sie zeigten ihm noch mehr: Bauern, die sich zu Tode schufteten, um die Steuern zu bezahlen; alte Männer, die im Straßenschlamm starben. Den kalten, rauhen Wind, das Heulen und Klagen Tausender und das Gelächter von sehr, sehr wenigen.

Ein alter Mann, der sich einen Hügel hinauf mühte.

Ein junger Mann, und …

Freude,
Erleichterung,
Wohlstand,
Rettung.

»Was wollt Ihr mir sagen?« flüsterte Geoffrey. »Was erblicke ich da?«

Alle zugleich streckten die Königinnen eine Hand aus und zeigten auf einen Punkt hinter ihm. »Sieh.« Ihre Stimmen waren wahrhaftig engelsgleich.

Er wandte sich um und schrie erstaunt auf.

In der Nähe des Zelteingangs lag sein Körper neben dem der Frau. Er blickte an sich selbst herab, auf seine blutbeschmierten Finger, die das Schwert umklammerten.

»Bin ich tot?« fragte er leise und mit zitternder Stimme. »Ist dies … ist dies der Himmel?« Doch er war sich sicher, daß dem nicht so sein konnte.

»Dennoch sollst du leben. Solange, bis du England erreichst und dazu beiträgst, es zu retten. Denn dort dienen wir einer Sache jenseits aller Religionen, und du sollst unser Held sein.«

Während sie sprachen, tropfte Blut von seiner Hand und rann auf die Klinge. Die Tropfen formten sich zu einem Wort, und das Wort hieß

EXCALIBUR

»Nimm dieses Schwert und trage es heim. Denn wir haben gesucht, und in England ist in dieser Zeit niemand seiner würdig. Aber in deiner Hand wird es sicher sein, bis der Eine geboren ist, dessen Zeit kommen wird. Und bis dahin, Geoffrey de Troyes, sollst du leben.«

Er holte Luft und sagte sich, wenn er noch atmete, müsse er wohl am Leben sein. Aber die Gestalt am Boden besagte etwas anderes. Der Ritter fragte: »Die Frau?«

Sie lächelten alle zugleich. »Die Mutter eines Königs.« Und in diesem Augenblick wurde sein Herz von Liebe zu ihr überwältigt, und Geoffrey wußte, er würde sie anbeten und beschützen, und wenn es ihn das Leben kosten sollte.

Der Ritter wanderte nach Hause, und es währte Jahre. Und wenn der Mond und die Sterne am Himmel standen, blähte die Königin der Luft die Segel seines Schiffes; und die Fürstin des Wassers ebnete seinen Weg. Die der Erde bahnte ihm den durch die Wälder, und die des Feuers wärmte seine Hoffnung und hielt die Frau am Leben, bis sie die Küste Britanniens erreichten.
Geoffrey kniete nieder und küßte den Sand, während die Frau wartete und zusah. Sie hielt das Schwert mühsam mit beiden Händen, denn es war zu schwer für sie.
Durch Frühling, Sommer, Winter und Herbst fanden sie den Weg nach Glastonbury. Geoffrey und die Frau alterten nicht, sie blieben jung und kräftig. Und als sie in das Dorf kamen, flüsterte die Frau: »Ein Zauberer namens Merlin wird eine Brücke aus dem Hauch eines Drachen bauen, und ein Ritter wird zu mir kommen, Geoffrey, aber nicht Ihr seid dazu bestimmt. Sein Name ist Uther, und er wird ein König sein.«
Er wußte es und war betrübt, denn er liebte sie über alle Maßen. Aber er war der Ritter des Schwertes und ihr Beschützer; und ihre Sicherheit war seine Verantwortung und seine heilige Pflicht.
»Du wirst ihm, wenn die Zeit gekommen ist, einen Sohn schenken, einen großen König«, entgegnete er, und obwohl sein Herz schmerzte, frohlockte er, denn dieses Kind würde sein König sein, der König von England. Und wenn die Wahrheit gesagt werden soll, so liebte er dieses England noch mehr als seine Begleiterin.

Weiter nach Glastonbury, durch den Schnee: Um sie herum verhungerten die Menschen; sie bettelten um Almosen, sie erniedrigten sich. Die Frau war entsetzt und sagte weinend, sie habe ihnen nichts zu geben, aber Geoffrey liebte die Engländer und segnete sie und murmelte:

»Wenn es soweit ist, meine Herrin, werdet Ihr ihnen alles geben.«
Nach Glastonbury.
Und in seiner Brust schlug ein großes und heiliges Herz, und in der Hand trug er das Schwert.

Wo warst du, Schwester?

Mühsam stieg Geoffrey den Pfad zum Josephsturm hinauf und grub die linke Hand in den Dornbusch, um sich Halt zu verschaffen, denn seine Schwerthand brauchte er für etwas anderes: Nimmer ließ er die Klinge los. Der Himmel war trüb und grau, und seine Füße suchten sich ihren Weg.
Die Königin der Luft kühlte seine Wangen mit ihren Küssen, die Königin der Erde legte sich auf seinen Weg, um ihn zu ebnen, die Königin des Feuers liebkoste ihn mit wärmenden Strahlen, und die Königin des Wassers öffnete die Arme und ließ eine Quelle entspringen, an der er niederkniete, um einen kühlen Trunk zu nehmen.
»Gelobt sei Gott«, sagte Geoffrey und bekreuzigte sich, und seine Gefährtin lächelte zärtlich.
Dann kam er zum Gipfel des Hügels und zum Fuß des Turms. Der wilde Dornbusch hatte die Zitadelle überwuchert. Das Dorf darunter war verfallen.
Neben dem Fallgitter stand ein hoher Fels, und bei seinem Anblick brach Geoffrey in Tränen des Kummers und der Erleichterung aus.
»Herrin, geht Ihr hinein«, flüsterte er.
Die beiden sahen einander an, sie, die sie jahrelang zusammen gereist waren. Die Frau sagte: »Mein Name ist Igraine.« Sie küßte ihn einmal, voll und heiß auf die Lippen, und seine Lenden regten sich.
Dann zog sie sich zurück.
Der Himmel war schwarz, und Donner grollte. Geoffrey betete,

es möchten die letzten Wolken über England sein. Und dann bemerkte er, daß er nicht allein war.
»Ich wußte, daß ihr bei uns wart, immer und überall«, flüsterte er.
Die vier Schwestern nahmen Gestalt an. »Gepriesen seist du, Ritter«, sangen sie mit ihren lieblichen Stimmen. Sie versammelten sich um ihn, legten alle die Hände – so sanft und doch so stark – auf die seine und trieben das Schwert in den Stein.
Im Turm schrie Igraine einmal laut auf, als Geoffrey zu Boden sank.

Wo warst du, Schwester?

Nach Avalon, nach Avalon.
Sie kamen im Wald zusammen, wo die Schatten sie verbargen.
Unter ihnen im Tal wurde ein Turnier abgehalten. Rote und blaue Banner flatterten im Winde, und die Ritter trafen klirrend aufeinander und kämpften in ihrer schimmernden Rüstung, während Edelleute in Hermelin und Bauern in grobem Stoff zusahen.
»Bald kommt er«, flüsterte die Königin des Wassers, und die anderen betrachteten den jungen, bartlosen Mann in dem weißen Kettenhemd, dessen Wappen auf dem Waffenrock einen schwarzen Drachen zeigte, und traten zurück, um ihm Platz zu machen.
»Zum Himmel«, fluchte er, zog seine Kettenhaube zurück und fuhr sich bedrückt durchs Haar. »Wie in aller Welt konnte ich Kays Schwert vergessen?«
Die Königin des Feuers warf Sonnenstrahlen auf den Stein. In der Felsspalte funkelte das Schwert aus Gold und Silber, Saphir und Rubin in dem goldenen Licht. Als der Jüngling einen Schrei ausstieß und darauf zulief, umstrahlte ein Kreis aus Licht sein Haupt wie eine Krone, und die Schwestern atmeten triumphierend auf. Dort, wo sie standen, bewegte der Wind die Blätter,

und einen Augenblick schien es, als könne der Junge sie sehen. Eingedenk dessen, wer und was er war, wäre das nicht verwunderlich gewesen.

»Gelobt sei die Heilige Mutter!« rief er und ergriff das Schwert mit ebensolcher Leichtigkeit, wie die Königin der Erde es aus ihrer Brust gezogen hatte. Es war zu schwer für ihn, und es fiel auf den Felsen, als er sich bemühte, es mit beiden Händen zu halten.

Das Klirren hallte durch den Wald und erschreckte die Tiere, die dort lebten; eine Eule fuhr aus den Ästen einer Eiche hoch, und drei Rehe zogen sich tiefer in die Schatten zurück.

Und gelobt auch Joseph, flüsterten Erde, Luft, Feuer und Wasser.

Und ebenso die Seele Englands.

Und auch Arthur, für seine Ehre.

Aber vor allem Geoffrey de Troyes, für sein Herz.

»Arthur, was zum Teufel tut Ihr da?« rief ein Mann unten, an der Straße, die zum Turnier führte.

»Kay! Kay!« rief Arthur. »Kay, ich habe hier ein neues Schwert für Euch! Ein besseres!«

Und als er den Abhang hinunterraste, die riesige Klinge halb tragend, halb hinter sich herzerrend, begannen sich die erstaunten Menschenmengen zu versammeln, Rufe stiegen auf, und Edelleute und Bauern fielen auf die Knie.

»Ein Wunder Gottes!« rief jemand. Der Knabe stand verwundert da. Die Sonne krönte ihn mit ihrem Schein, und das Schwert zitterte in seinen unerfahrenen Händen.

Und Arthur wurde König über das ganze Reich; und seine Ritter waren Ritter der Wahrheit, Gerechtigkeit und Barmherzigkeit. Ihr Streben war edel, und ihre Herzen rein …

… jedenfalls meistens.

Dann war er alt, und als er bei dem zerfallenen Turm stand und zusah, wie der Himmel sich mit Flammen und Schreien füllte, weinte er. Denn seine Herrschaft war beendet, und er hatte sein Heiliges Land, Britannien, nicht so beschützt, wie es sein Auf-

trag gewesen war. Seine Ehre, nicht die des Landes, hatte an erster Stelle gestanden.
Die Suche nach dem Gral war ein Handel mit Gott gewesen, damit Er ihn und sein Volk erhöhte.
Arthur wurde gefürchtet, aber nicht geliebt.
Seine Tränen waren bitter wie Galle und rot wie Blut; er wollte sterben und spürte, bald würde es soweit sein.

Wo warst du, Schwester?

Mit einer goldenen Rüstung angetan, stand Geoffrey zusammen mit dem weißgewandeten Joseph an den Ufern der Insel, als die Bahre des Königs sich näherte. Die Königin der Erde, die der Luft und die des Feuers wachten über Arthur.
Joseph hob ihn hoch, und Geoffrey kniete nieder und schwor ihm den Lehnseid.
Und die Königin des Wassers schwamm hinaus mit dem Schwert,
der Lanze,
dem Stab,
und ließ sich in das Wasser sinken und taufte es von neuem mit Hoffnung, Ehrfurcht und Liebe:
Näher, bald, noch näher dem Traum
von England, dem gesegneten England.
Geoffrey ging voraus zur Mutter, der gesegneten Herrin und Mutter, die sie mit Tränen und offenen Armen am Ufer erwartete: Britannia, Gaia, Igraine.
»Für dich war es nicht möglich«, sagte sie zu Geoffrey.
»Nein, Herrin«, flüsterte er, »aber für Joseph und König Arthur.«
»Demütig bis zum Letzten«, gab sie zurück. »Und durch die Liebe sanftmütig geworden. Und deshalb warst du – bist du – unser Ritter des Schwertes. Darum bist du unsere Hoffnung. Und darum wirst du niemals untergehen.«
Die vier Königinnen erhoben die Stimme und versammelten sich

um ihn: Norden, Süden, Osten und Westen; Erde, Luft, Feuer und Wasser; Glaube, Hoffnung, Barmherzigkeit, aber die größte von allen war …

Wo warst du, Schwester?

Bei unserem Bruder.
Auf der Suche nach Helden, unseren Liebsten, unseren eigenen. Nicht nach heiligen Sehern oder tapferen Königen, sondern nach aufrichtigen Männern des Herzens. Denn nur die, die lieben, können England retten,
und die Welt.

Finde sie, Excalibur!
O teurer Caliburn.
Erwecke sie, und bewege sie.
Cupidos Pfeil ist ein Schwert.

Amen.

Das Gebet des Ritters, sein Liebeslied.

T. Winter-Damon

WIDERHALL DES EINEN SCHWERTES

I.

Woher kam das Eine Schwert?
Aus dem Land der Lebenden.
Aus dem Land der glücklichen Toten.
Aus dem Land des Feenvolks, jenseits vom See.

Woher kam des Königs Klinge?
Aus Avalon,
Wo man sie geschmiedet hat.

II.

Und wer brachte das Eine Schwert, des Königs Klinge,
In unsere Welt?
Nun, das war Lugh Lamfada,
Lugh mit dem langen Arm,
Drei magische Gaben brachte er mit.

Das Boot von Mananan, Sohn des Seegotts –
Ein Kahn, der im Geist des Schiffers liest,
Und ihn fährt, wohin immer er will.

Das Pferd von Mananan, Sohn des Lir –
Das Roß, von dem es heißt,
Es läuft über Land und über das Meer.

Doch der wunderbarste Schatz von allen
War Fragarach, das Antwort-Schwert,
Dem keine Rüstung standhalten kann.

III.

Calad cholg, Fergus' Feenschwert,
Ein Zweihänder, Festschlag genannt,
Zieht schimmernde Kreise in der Schlacht,
Schneidet schillernde Bögen in die Luft
Und mäht die Feinde nieder wie Korn
Fährt mit jedem Hieb die Bluternte ein.
Des Fergus' mächtiges Regenbogenschwert.

IV.

Caliburn nannte das Eine Schwert
St. Asaphs Bischof, ein Oxfordmann,
Geoffrey von Monmouth, Chronist des Reichs,
Und Malory im *Morte d'Arthur*
Gibt seinen Namen als Schneidestahl an,
Dasselbe Schwert, juwelengeschmückt,
Wurd' von den Walisern *caladrwlch* genannt.

V.

Das Eine Schwert, das der König schwang,
Der England einst und in Zukunft regiert'.
Sechsmal gezogen aus Amboß und Stein
Das Schwert, das die Lehnsmacht überträgt.
Gegeben es ward von der Herrin vom See
Der Stahl, der dem Land Gerechtigkeit bringt.

VI.

Doch die Scheide, die das Schwert umhüllt,
War mächtiger noch als die Kraft des Stahls.
So sprach Merlin zu Arthur, Magier zum König,
Und deutet ihm die heilende Kraft:
»Solange du die Schwertscheide trägst,
Wirst du leben trotz Wunden, jeden Kampf überstehen.«

VII.

Woher also kam Schwert und Scheid'?
Von der Insel der Unsterblichkeit,
Von der Insel, wo Apfelbäume blühn,
Wo die Zauberin Morgan geht einher.
Aus dem Land des Sommers, der Verheißungen,
Von Avalon, wo beides aus Träumen entstand.

Woher also kamen das Schwert und Scheid'?
Aus dem Land der Feen, jenseits vom See.

Owl Goingback
GRASTÄNZER

Charlie kommt.

Roger Thunder Horse schob den Kopf über den Sandsackwall und spähte am Lauf seines M-16-Sturmgewehrs entlang auf den Urwald jenseits des Stacheldrahts. Er suchte nach einer Linie, die zu gerade war, einem Winkel an der falschen Stelle, nach irgend etwas Ungewöhnlichem. Der Marineinfanterist wußte, der Feind war dort draußen. Irgendwo da draußen. Es war alles so ruhig. Viel zu ruhig. Wie die Ruhe vor einem Sturm. So war es immer, kurz bevor es losging. Selbst die schrillen Schreie der kleinen grünen Laubfrösche waren verstummt. Wie Roger warteten auch sie.

Die Männer der K-Kompanie vom 3. Bataillon des 26. Marineinfanterieregiments wußten, wie es war, sich dem Feind – und dem Tod – zu stellen. Ihr kleiner Vorposten auf dem Gipfel eines Berges, den sie nur als »Höhe 861« kannten, lag beinahe jede Nacht unter Raketen- und Granatwerferbeschuß. Höhe 861 lag in der Provinz Quang Tri, knapp südlich der entmilitarisierten Zone, in der Nähe der Grenze zu Laos, im gottverlassenen Land Vietnam.

Zwei Meilen südöstlich von Höhe 861 war die Khe Sanh Combat Base mit mehr als sechstausend US-amerikanischen und südvietnamesischen Soldaten. Verglichen mit Höhe 861 war Khe Sanh eine regelrechte Stadt. Die Basis verfügte über ein Flugfeld, vierundzwanzig Haubitzen und ein halbes Dutzend Panzer. Ein paar Meilen südlich von der Basis lag das Dorf, nach dem sie benannt war. Darum waren noch weitere Außenposten des U.S.-Marinecorps verteilt, um die Nordvietnamesen daran zu hindern, die Grenze zu überqueren und nach Süden vorzudringen. Weder die Combat Base noch die sie umgebenden Vorposten übten auf die Nordvietnamesen einen merklichen Abschrekkungseffekt aus. Die Geheimdienstberichte der vergangenen beiden Monate zeigten deutlich, daß Charlie Truppen und Feuerkraft hinter der entmilitarisierten Zone, kurz EMZ, massierte - der Feind bereitete sich auf etwas Großes vor. Die Divisionen 325C, 324 und 370 der nordvietnamesischen Armee und ein Regiment der 304. Division - einer Eliteeinheit aus Hanoi - lagen bereits in dem Gebiet, und jeden Tag kamen neue Truppen hinzu. Nach neuesten Schätzungen waren zwischen fünfunddreißig- und vierzigtausend reguläre nordvietnamesische Soldaten in der Umgebung zusammengezogen worden und standen einer alliierten Streitmacht von weniger als siebentausend Mann gegenüber.

Am frühen Morgen des vorhergehenden Tages war die I-Kompanie bei Höhe 881 auf ein Bataillon regulärer nordvietnamesischer Infanteristen gestoßen, die sich zwischen Höhe 881 Süd und Höhe 881 Nord eingegraben hatten. Der tropische Urwald, der die Berge bedeckte, war so dicht, daß die Männer von der I-Kompanie den Feind erst gesehen hatten, als sie direkt vor ihm standen. In den ersten beiden Minuten des Gefechts waren zwanzig Marines getötet und weitere dreißig verwundet worden.

Weniger als eine Stunde nach dem Hinterhalt war ein Überläufer der nordvietnamesischen Armee, eine weiße Fahne schwenkend, am Khe-Sanh-Flugfeld aufgetaucht. Der Überläufer, ein gewisser Oberleutnant La Than Tonc, hatte den Kommandeur der Basis darüber informiert, daß die Nordvietnamesen planten, die Basis zu überrennen, die beiden nördlichen Provinzen zu nehmen und auf die Stadt Hue vorzustoßen.

Charlie kommt.

Roger und seine Kameraden hatten, als sie die Neuigkeit erfuhren, die Schützengräben vertieft, noch mehr Sandsäcke vor die Bunker gelegt und die äußere Begrenzung der Vorposten mit weiteren Claymore-Minen, dreifachen Stacheldrahtzäunen, rasiermesserscharfen Stahlbändern und Stolperfallen verstärkt,

die Leuchtraketen auslösten. Die Marines hatten alles getan, was sie tun konnten, um sich zu schützen. Jetzt blieb ihnen nur noch abzuwarten, bis der Feind zuschlug.
Das Warten war das Schlimmste. Um die Zeit totzuschlagen, spielten die meisten von ihnen Karten, rauchten Pot, sangen oder schossen Ratten. In den Bunkern und Schützengräben von Höhe 861 gab es viele Ratten. Einige Marines, üblicherweise die Neuen, starrten stundenlang in den Dschungel, bis sie einen leeren Gesichtsausdruck bekamen, den man den »Tausend-Meter-Blick« nannte.
Roger wischte sich mit dem Handrücken übers Gesicht. Er beobachtete die Sonne, die langsam hinter den Hügeln im Westen unterging. Die Dunkelheit nahte, und mit ihr würde auch der Feind kommen. Im Tal zogen sich die Schatten bereits zusammen. In südlicher Richtung markierte ein bläulicher Dunst das Dorf Khe Sanh – oder genauer, was davon noch übrig war. Die Vietcong hatten Khe Sanh am Morgen angegriffen. Ihnen gefiel nicht, daß die Dorfbewohner mit den Amerikanern kollaborierten, indem sie frisches Gemüse gegen Konserven, Zigaretten und Süßigkeiten eintauschten.
Roger hatte mitbekommen, was die Vietcong Zivilisten antaten, die als Amerikanerfreunde galten. Er hatte Kinder gesehen, denen die Gliedmaßen abgehackt worden waren. Frauen, denen man die Vagina herausgeschnitten hatte. Alte Leute, die man in den Bauch geschossen und zum Sterben liegengelassen hatte. In den sechs Monaten, die Roger in Vietnam verbracht hatte, hatte er genügend Greuel für ein ganzes Leben gesehen. Vielleicht sogar für zwei.
Sechs Monate. Noch sechs Monate, und ich komme aus dem Höllenloch wieder raus. Sechs Monate, bis ich nach Hause komme.
Er dachte an nichts anderes als an zu Hause. Tag und Nacht, Nacht und Tag. Der Krieg hatte längst jede Bedeutung für ihn verloren. Ihm war mittlerweile gleichgültig, wer gewann. Das einzige, was noch zählte, war sein Überleben. Roger wollte seine

Zeit hier abreißen, den Kopf unten halten und sich nicht erschießen lassen, bevor seine Zeit zu Ende war und er endlich rauskam.

Weniger als ein Jahr war vergangen, seit er das Kiowa-Reservat von Oklahoma verlassen hatte, aber ihm kam es wie eine Ewigkeit vor. Er sehnte sich nach weitem, offenem Land, wo er den Wind im Gesicht spüren und unter den Sternen schlafen konnte, ohne sich wegen Granatwerferbeschuß oder Heckenschützen Sorgen machen zu müssen. Es fehlte ihm, am Samstagabend in die Stadt zu fahren und sich einen Film anzusehen. Er sehnte sich nach Hörnchen mit Eiskrem. Am meisten aber vermißte er Tante Ruth und Jimmy, seinen Bruder. Er erinnerte sich daran, wie aufgeregt sie gewesen waren, als er bekanntgab, daß er gehen müsse.

»Was ist los?« hatte Jimmy gefragt, als Roger in die Küche kam. Er hatte den Briefumschlag in Rogers Hemdtasche bemerkt. Tante Ruth wandte sich vom Herd ab, auf dem sie Rühreier und Speck briet.

»Schlechte Nachrichten?« fragte sie und sah mißtrauisch auf den Briefumschlag. Tante Ruth war zwar Ende Sechzig, aber so scharfsinnig wie früher. Ihr entging nicht viel. Roger hatte gehofft, daß er den Inhalt des Briefes erst nach dem Frühstück mit ihnen besprechen müßte, aber nun sah er keine andere Möglichkeit, als die Sache hinter sich zu bringen und ihnen die Neuigkeiten mitzuteilen.

»Ich fürchte, ja, Tante Ruth«, antwortete Roger und stellte sich neben Jimmy. »Aus Washington. Sie haben mich eingezogen.«

Tante Ruth legte eine Hand auf die Anrichte und stützte sich ab. Sie gewann ihre Selbstbeherrschung jedoch rasch wieder zurück und nahm sich ein Handtuch, um sich daran die Hände abzuwischen.

»Laß mich mal sehen.« Die alte Frau streckte die Hand aus. Roger reichte ihr den Umschlag. Tante Ruth las den Brief zweimal, bevor sie ihn Roger zurückgab.

»Also, was gedenkst du zu unternehmen?« fragte sie.
Roger zuckte die Achseln. »Was kann ich schon tun? Es ist ja nicht so, als ob ich eine Wahl hätte.«
»Man hat immer eine Wahl«, entgegnete Tante Ruth. Sie ging an den Herd zurück, um in der Pfanne die Eier zu rühren. »Du könntest wie so viele andere nach Kanada abhauen, bis der Krieg vorbei ist.«
Roger dachte einen Augenblick darüber nach, dann schüttelte er den Kopf. »Nein, das wäre genauso wie wegrennen. Dann würden die Leute behaupten, ich wäre ein Feigling. Ich könnte mich nicht mehr Krieger nennen, oder auch nur einen Mann. Nein, Tante Ruth, ich kann nicht davonlaufen.«
Die alte Frau drehte sich um und sah ihn an. In ihren Augen stand Trauer. Er hatte doch wirklich keine Wahl!
Viele junge Männer flohen nach Kanada, um dem Wehrdienst zu entgehen, aber keiner von ihnen war Indianer. Roger war ein reinrassiger Kiowa. In seinen Adern floß das Blut seiner Ahnen. Das Blut von Kriegern. Wenn er floh, bereitete er dem ganzen Stamm Schande.
»Wann mußt du gehen?« fragte Tante Ruth.
»Ich muß mich Montag morgen zur Musterung melden.«
»Mußt du wirklich gehen?« fragte Jimmy mit Tränen in den Augen.
»Ja«, antwortete Roger, »ich muß gehen.« Er hockte sich neben den Rollstuhl seines Bruders.
Jimmy war elf Jahre alt und litt an einer schmerzhaften Erkrankung der Wirbelsäule, die sein Rückgrat verformte und ihm das Laufen fast unmöglich machte. Wenn er auch sonst zu nichts gut war, würde der Wehrdienst doch wenigstens ein regelmäßiges Einkommen garantieren. Die beiden konnten vielleicht genug Geld sparen, um einen Arzt zu finden, der Jimmys Rücken zu heilen vermochte. Seitdem ihre Eltern bei einem Autounfall getötet worden und beide zu Tante Ruth gezogen waren, hatten sie kaum genug Geld zum Leben besessen und konnten sich teure Arztrechnungen schon gar nicht leisten.

Roger erhob sich wieder. »Fast hätte ich's vergessen. Ich muß dich um einen Gefallen bitten.«
Er verließ die Küche und ging in sein Zimmer. Als er wieder zurückkam, hielt er seine Tanztracht in Händen. Sie bestand aus Wildlederleggins, Mokassins, einem fransenbesetzten Hemd, einem Kopfputz aus Stachelschweinborsten, Glöckchen, Tanzstab, Fächer und einer Adlerfederhaube.
»Du mußt auf die Sachen aufpassen, solange ich weg bin«, sagte Roger, als er Jimmy die Kleidungsstücke in den Schoß legte.
Jimmy wollte protestieren, dann überlegte er es sich anders und schwieg. Er wußte, welch große Verantwortung in seine Hände gegeben wurde. Welche Ehre. Nicht nur, daß Roger einer der besten Traditionstänzer im ganzen Bundesstaat war – die dreiundvierzig Steinadlerfedern, die in der Tracht verwendet wurden, waren von einer Generation zur anderen weitergegeben worden, von einem Thunder Horse zum nächsten. Roger hatte sechsunddreißig Federn für die Haube verwendet, und die anderen sieben für den Fächer.
Der Junge strich mit den Fingern sanft über die Federhaube. »Sie kitzelt auf der Haut.«
Roger lächelte. »Das soll sie auch. Die Haube gehört zur Medizin. Was du spürst, ist ihre Kraft, ihre Energie. Diese Adlerfedern sind nicht nur heilig, es sind Medizinfedern. Die Geister deiner Ahnen wohnen in diesen Federn, Jimmy. Ich schätze, ein wenig von meinem Geist ist auch schon darin enthalten. Sie werden dich beschützen, während ich weg bin, damit du in Sicherheit bist, bis ich wiederkomme.«
Jimmy sah auf die Federhaube und dann wieder auf zu Roger. »Was, wenn du nicht zurückkommst?«
»Dann gehört das Gewand dir«, antwortete Roger, und Traurigkeit überkam ihn. Es wäre das erste Mal, daß er und Jimmy voneinander getrennt waren.
»Du weißt doch, daß ich nicht tanzen kann«, widersprach Jimmy.
Roger legte Jimmy die Hand auf die Schulter. »Du kannst alles, was du dir vornimmst. Wirklich alles.«

Der Kriegstänzer wandte sich ab und ging in sein Zimmer, um seine Sachen zu packen. Vietnam war ziemlich weit fort.

Wumm!
Die erste Werfergranate schlug etwa fünfzig Meter weiter ein. Erdbrocken und Steine prasselten wie Hagel auf die Marines nieder.
Wumm! Wumm! Wumm!
Drei weitere Granaten schlugen im gleichen Abschnitt ein. Die Nordvietnamesen zogen eine Feuerlinie von Osten nach Westen.
»Deckung!« schrie jemand, aber mittlerweile wußten schon alle Bescheid, daß sie angegriffen wurden.
Roger beugte sich weiter vor und suchte nach einem Ziel, nach irgend etwas, auf das er schießen konnte. Die Sonne war untergegangen und die Nacht hereingebrochen. Die Schatten an der Begrenzung waren nun ebenso lang wie die im Tal. Er glaubte, am Zaun eine Bewegung zu sehen, aber er war sich nicht sicher. Wenige Sekunden später löste jemand dort eine Leuchtraketenfalle aus.
Die Rakete stieg surrend in den Himmel, explodierte und tauchte das Gelände in brillante, metallische Weiße, während sie an ihrem Fallschirm hin und her schaukelnd langsam zu Boden sank. Roger sah mehrere schwarzgekleidete Gestalten, Vietcong-Guerillas, am Zaun entlanghuschen. Als die Leuchtrakete die Position des Vietcong preisgab, eröffneten die Angreifer aus Maschinengewehren und Karabinern das Feuer. Roger schoß zurück.
Charlie ist da.
Roger schob ein frisches Magazin in sein M-16 und lud die Waffe durch. Eine Patrone glitt in die Kammer, und das Sturmgewehr war schußbereit. Er zwang sich, ruhig und flach zu atmen, dann gab er einen kurzen Feuerstoß ab. Die Masse der Feindsoldaten, die den Hang hinaufstürmten, schien kein Ende zu nehmen. Eine Kompanie regulärer nordvietnamesischer Sol-

daten, vielleicht 200 Mann stark, war zu der Gruppe Vietcongs am Zaun gestoßen. Mit Hilfe von Bambusleitern hatten sie die äußere Begrenzung bereits an zwei Stellen überwunden. Die Angreifer an der Spitze nahmen Granaten aus Beuteln, die sie über die Schultern trugen, um einen Weg durch die Claymores zu bahnen. Wenn sie durch das Minenfeld waren, trennten sie nur noch zwei Zäune von der Basis.

Das Gelände zwischen den Zäunen wurde von Explosionen, Leuchtkugeln und Leuchtspurgeschossen wie ein Festplatz erleuchtet. Ohrenbetäubender Lärm – eine Mischung aus Detonationen, Schüssen, Schreien und Flüchen. Irgendwo an der äußeren Begrenzung wurde ein Horn geblasen, und seine schrillen Laute klangen wie ein heulender Dämon. Roger hätte dem Hornisten gern die Hände an den Hals gelegt und ihm die Luft abgedrückt, denn jede durchdringende Note bereitete ihm Gänsehaut.

Als Roger sich erheben wollte, um einen weiteren Feuerstoß abzugeben, spürte er eine Hand auf seiner Schulter. Er drehte sich um und sah, daß First Lieutenant Chris McGee neben ihm stand.

»An Ihrer Stelle würde ich den Kopf nicht zu weit vorstrecken«, warnte der Lieutenant. Roger blickte auf und sah eine Kette blaugrün strahlender Leuchtspurgeschosse wie Glühwürmchen über sich hinwegjagen. Ihre Stellung lag unter dem Beschuß eines nordvietnamesischen Schweren MGs. Der Soldat nickte und duckte sich tiefer in den Schützengraben.

Lieutenant McGee, ein Artillerieoffizier, kniete sich hin und setzte ein Funkgerät vor Roger ab.

»Was ist denn mit Ihrem Funker passiert?« wollte Roger wissen. Er mußte brüllen, um verstanden zu werden.

»Kugel zwischen die Augen«, brüllte McGee zurück. Er nahm das Mikrofon und rief die Artillerieeinheit von Khe Sanh.

»Null-Acht an Marineartillerie Jacksonville. Wir haben Feindsoldaten innerhalb der Absperrung. Erbitte Beschuß mit Sprenggranaten, Feuer Nummer fünf.«

»Jacksonville an Null-Acht«, erfolgte die Antwort. »Welche Zünder?«
McGee sah Roger an, der die Achseln zuckte. Der Lieutenant drückte auf den Sprechknopf. »Ach, zur Hölle, nehmen Sie Aufschlag- und Zeitzünder gemischt.«
»Verstanden, Null-Acht.« Das Funkgerät gab nur noch Rauschen von sich.
Roger duckte sich, als zwanzig Sekunden später eine einzelne Artilleriegranate über ihre Köpfe hinwegpfiff, so laut wie ein Güterzug, der durch einen engen Canyon rast. Das Geschoß explodierte knapp außerhalb des äußeren Zaunes. Zwei weitere Aufschläge folgten rasch hintereinander.
McGee schaltete das Funkgerät wieder auf Sendung und brüllte über den Lärm hinweg: »Null-Acht an Jacksonville. Schießen Sie gemischt Spreng- und Phosphorgranaten, Luftdetonation, zwanzig Meter. Bestreichen Sie die Straße hinauf und hinunter.« Er drehte sich zu Roger um und bedeutete ihm, volle Deckung zu nehmen.
Roger warf sich auf den Boden des Grabens, und im gleichen Moment orgelte eine Salve Artilleriegeschosse über die Stellung. Die Granaten, Sprenggeschosse und mit weißem Phosphor gefüllte Brandgranaten, detonierten längs am Waldrand. Die Nacht wurde zum Tag, als der brennende Phosphor umhergeschleudert wurde, und die Erde zitterte, als sie von weißglühenden Stahlsplittern aufgerissen wurde. Bäume zerbarsten, Sträucher gingen in Flammen auf, und Soldaten wurden zerfetzt. Ihre Todesschreie gingen in dem Donner der über ihren Köpfen explodierenden Granaten unter. Roger erhob sich und beobachtete, wie die Nordvietnamesen unter dem Höllenfeuer der Haubitzen lagen.
Doch trotz des vielfachen Todes, den die Artilleriegranaten auf die feindlichen Soldaten hinabregnen ließen, rückten sie weiter vor. Sie gaben nicht auf. Als die vordersten fielen, rückten andere von hinten nach und füllten die Lücken. Wie eine Armee aus Spinnen kamen sie näher und näher.

»Aus dem Weg!« brüllte jemand.
Roger sprang zur Seite, als James Smith – den alle »Smitty« nannten – in den Graben glitt. Smitty war ein muskulöser Schwarzer aus dem Süden von Alabama und MG-Schütze aus Rogers Gruppe. In den Staaten war er Amateurboxer gewesen. In Vietnam war er Profikiller. Er schob sich zwischen Roger und den Lieutenant und stützte den Lauf seines M-60-Maschinengewehrs auf den Stapel Sandsäcke vor ihm.
»Ich dachte, du könntest vielleicht Hilfe brauchen, Geronimo«, knurrte er, während er einen Munitionsgurt in die Waffe einschob.
»Verdammt, dabei wollten der Lieutenant und ich gerade den Krieg ohne fremde Hilfe gewinnen«, gab Roger zur Antwort.
Smitty grinste humorlos, spannte das M-60, zielte und begann den Feind niederzumähen. Roger richtete seine Aufmerksamkeit wieder auf den Zaun und tat das gleiche.

Jimmy Thunder Horse setzte sich ruckartig auf. Sein Herz pochte wie wild. In der tiefen Dunkelheit war er sich zuerst nicht sicher, wo er sich befand. Doch schließlich gewöhnten sich seine Augen an die Finsternis, und er machte die vertrauten Umrisse seines Zimmers aus. Den Nachttisch neben dem Bett. Den Schreibtisch. Er lauschte angespannt und zog weitere Beruhigung aus dem sanften Schnarchen Tante Ruths, das über den Korridor zu ihm drang.
»Nur ein Traum«, flüsterte Jimmy. »Das war nur ein schlechter Traum.«
Von wegen schlechter Traum! Der schlimmste Alptraum seines Lebens war das gewesen. Jimmy war tief im Wald gewesen und vor etwas geflohen, das er nicht sehen konnte. Obwohl es Nacht war, hatten Farbexplosionen den Himmel erhellt. Rote. Gelbe. Weiße. Wie am Vierten Juli, am Unabhängigkeitstag. Und er war nicht allein gewesen. Tote waren neben ihm hergelaufen. Halbnackte Männer ohne Arme, denen das halbe Gesicht fehlte, waren schwerfällig neben ihm hergetorkelt. Er hatte versucht,

vor ihnen davonzulaufen, aber der Boden war glitschig gewesen vor Blut. Jimmy war ausgerutscht und hingefallen, und die Männer hatten sich auf ihn gestürzt. Alle hatten sie das gleiche Gesicht gehabt. Rogers Gesicht.

Jimmy beugte sich vor und schaltete die Lampe auf dem Nachttisch ein. Mit zitternder Hand zog er die Schublade auf und nahm einen Stapel Briefe heraus. Alle fünfzehn stammten von Roger. Jimmy öffnete den ersten Umschlag und zog ein Foto heraus.

Ein Bild von Roger, vor etwas mehr als zwei Monaten aufgenommen. Er stand auf einem Gebäude, das ganz aus Sandsäcken zu bestehen schien. Im Hintergrund waren weitere, ähnliche Gebäude zu sehen, und zwischen ihnen verliefen schmale Gräben. Roger trug eine grüne Arbeitshose und staubige Kampfstiefel. Der Oberkörper war nackt und zeigte, wie mager Roger im Laufe der letzten Monate geworden war. Um Rogers Hals hingen das Paar Hundemarken und sein Medizinbeutel. In der rechten Hand hielt er ein M-16, in der linken eine tote Ratte. Auf dem Bild lächelte sein Bruder.

Jimmy hatte das Foto schon einige Male stundenlang angestarrt und auch die kleinste Einzelheit studiert. Vielleicht, dachte er, würde Roger aus dem Bild herausklettern und nach Hause kommen, wenn er es nur lange genug anstarrte. Der Brief, mit dem es gekommen war, stellte eine andere Seite des Krieges da, als Jimmy ihn aus den Abendnachrichten kannte. Roger hatte von komischen Dingen geschrieben wie Rattenwettrennen, Schlammfußball und beim Latrinendienst Scheiße verbrennen. Und wenn sein Leben davon abgehangen hätte – Jimmy hätte nicht sagen können, was am Verbrennen von Scheiße denn nun so komisch sein sollte.

Alle Briefe, die Roger an Jimmy geschickt hatte, waren unbeschwert und lustig. Doch andere, an Tante Ruth gerichtet, erzählten eine ganz andere Geschichte. Jimmy hatte die Briefe nicht zu Gesicht bekommen sollen, aber er hatte sie im Küchenschrank gefunden, hinter Tante Ruths Krügen mit Sassafraswur-

zeln. Die Briefe berichteten von Schrecken, wie sie sich ein Elfjähriger einfach nicht vorstellen konnte. Sie sprachen von Feuergefechten und Tretminen, von Verlustlisten und Verstümmelungen. Eines war sicher: Egal, wie fröhlich sein Bruder in den Briefen an Jimmy wirkte – Roger hatte Angst. Mit dem letzten Brief an Tante Ruth hatte er mehr Geld als üblich geschickt und gebeten, daß sie ihm damit beim nächsten Pow-Wow ein besonderes Gebet erkaufe.
Jimmy legte die Briefe in die Schublade zurück, riß sich die Decke herunter und schwang die Beine über die Bettkante. Vorsichtig senkte der Junge sich in den Rollstuhl und fuhr zur gegenüberliegenden Wand des Zimmers. Dort hing Rogers Tanz-Kopfputz an einem Nagel – so niedrig, daß Jimmy ihn sich immer nehmen konnte, wenn ihm danach zumute war. Er hob die Federhaube vom Nagel und legte sie sich auf den Schoß.
Es kitzelte, als er mit der Hand vorsichtig über die Federn fuhr. Der Kopfputz hatte nichts von seiner Kraft verloren. Beim Streicheln der Federn trat Jimmy wieder Rogers Bild vor Augen. Aber diesmal sah er seinen Bruder, wie er durch den großen Eingang stolz in die Tanzarena schritt, den Kopf mit dem bemalten Gesicht hoch erhoben. Jimmy beobachtete, wie er die anderen Tänzer im Anschleichtanz herausforderte, aufs Knie fiel, um nach der Spur des Feindes zu suchen, und es niemals versäumte, sich nach der Trommel umzudrehen, wenn ein ehrender Wirbel erklang. Die Leute sagten, Rogers Medizin sei stark und der Große Geist komme über ihn, wenn er tanzte.
Eine Träne rann Jimmy die Wange hinab. Sie fiel auf eine Adlerfeder. Hastig wischte der Junge sie ab. »Bitte, Roger, komm nach Hause. Komm nach Hause, und tanze für mich.«

Alles wurde weiß. Der Blitz war so grell, daß er sein Abbild in die Innenseiten von Rogers Augenhöhlen ätzte. Die Hitze versengte Roger das Haar, und die Druckwelle warf ihn auf den Boden des Grabens.

Granateinschlag. Hab's nicht mal kommen gehört. War das eine von unseren oder eine von denen?
Roger setzte sich auf und schüttelte den Kopf, um wieder klar zu werden. Die Sicht auf dem linken Auge blieb getrübt. Als er sich mit der Hand übers Gesicht fuhr, stellte er fest, daß er verwundet war. Ungläubig starrte er auf die blutverschmierte Hand.
Der Marine tastete sich mit den Fingerspitzen ab und stellte fest, daß die Wunde nur leicht war. Direkt über der linken Augenbraue hatte er einen kleinen Schnitt auf der Stirn erhalten. Schlimmstenfalls mußte er mit ein paar Stichen genäht werden. Glück gehabt. Der Naheinschlag wäre beinahe ein Volltreffer gewesen. Rogers kugelsichere Weste und sein Helm hatten den Großteil des Schrapnells abgehalten. Er wollte gerade aufstehen, als er entdeckte, daß Lieutenant McGee neben ihm lag.
Roger wollte am Hals des Offiziers nach seinem Puls fühlen, aber er faßte nur in eine blutige Wunde. Er holte eine Schachtel Streichhölzer aus seiner Hemdtasche hervor und zündete eins davon an. Die winzige Flamme enthüllte, daß das Schrapnell die rechte Hälfte von McGees Hals und den größten Teil seines Gesichts weggerissen hatte. Der Marine erschauerte und blies das Streichholz aus.
Roger stieß sich von Lieutenant McGees Leiche fort und stand auf. Smitty feuerte noch immer mit dem M-60, als hätte er gar nicht bemerkt, daß die Stellung getroffen worden war. Erst als sich Roger neben den Schwarzen schob, bemerkte er, daß Smitty das MG mit der linken Hand bediente. Der rechte Arm hing ihm nutzlos an der Seite hinab. Knochen war zu sehen, wo das Schrapnell das obere Drittel von Smittys Bizeps weggerissen hatte.
»Ganz schöner Kracher, was, Häuptling?« grinste Smitty.
»Mein Gott!« rief Roger. Mit seinem Koppel band er Smittys Arm ab, um die furchtbare Blutung zu stillen. »Du blöder Idiot! Willst du verbluten?«
»Auf welche Weise ist doch wirklich egal«, entgegnete Smitty.

»Sterben werden wir sowieso.« Er deutete mit dem Kinn auf den Zaun. Roger sah hin und spürte, wie sich ihm vor Schreck der Magen zusammenzog.
Die Nordvietnamesen hatten mittlerweile die letzte Barrikade erreicht. In wenigen Sekunden würden sie auch diese überwunden haben und in die Schützengräben strömen. Hunderte von ihnen waren dort draußen. Zu viele, um sie zu bekämpfen.
»Wir müssen hier raus!« Roger packte Smitty am Hemd und versuchte, ihn zurück zu ziehen.
»Ich geh' nirgendwo hin«, antwortete der Mann und wand sich aus Rogers Griff. Er zielte mit dem MG und feuerte.
»Das gibt gleich ein Handgemenge! Mit dem Arm kannst du nicht kämpfen!«
Smitty ignorierte ihn.
»Die bringen dich um!« rief Roger, während er den Graben entlang hastete, um weiter hinten neue Stellung zu beziehen. Er war sich nicht sicher, ob der Marine ihn gehört hatte. Sekunden später explodierte eine Granate dort, wo der große Schwarze stand. Roger wandte sich ab und sah nicht zurück.
Je weiter Roger durch den Graben rannte, desto klarer wurde ihm, daß er nirgendwohin fliehen konnte. Die Nordvietnamesen hatten die Befestigungen durchbrochen und standen kurz davor, die Basis zu überrennen. Wohin Roger auch blickte, sah er den Feind. In den Gräben im Süden der Basis hatten die Marines die Gewehre weggeworfen und kämpften mit Bajonetten und Klappspaten.
Links von ihm erregte Bewegung seine Aufmerksamkeit. Roger drehte sich um und sah einen Vietcong, der eine Sprengladung in einen Bunker warf. Bevor der Feind sich vor der Druckwelle in Sicherheit bringen konnte, hatte Roger ihn mit einem Feuerstoß aus dem Sturmgewehr in zwei Hälften zersägt. Kaum hatte er den Partisanen getötet, da sprangen direkt vor ihm zwei reguläre nordvietnamesische Infanteristen um sich schießend in den Schützengraben.

Roger warf sich zu Boden. Der Kugelhagel schlug rings um ihn ein und bewarf ihn mit Erde. Roger feuerte zurück.
Ein Soldat brach mit einem geplatzten Kopf zusammen. Der andere wurde verwundet und drückte weiter ab.
Roger rollte sich nach rechts, um aus der Schußlinie zu kommen. Ein scharfer Schmerz schnitt durch seinen linken Oberschenkel.
Er hat mich erwischt!
Er leerte das Magazin auf den feindlichen Soldaten. Dann versuchte er aufzustehen, doch sein verletztes Bein klappte unter ihm zusammen.
Steh auf! Na los, steh schon auf. Steh doch auf!
Doch obwohl Rogers Hirn den Befehl hinausbrüllte, weigerte sich der Körper zu gehorchen. Roger sah auf sein linkes Bein und stellte fest, daß ihn mehrere Kugeln in den Schenkel getroffen hatten. Blut quoll pulsierend hervor.
O Gott. Er hat eine Schlagader getroffen.
Roger wußte, daß er verbluten würde, wenn er nicht sofort medizinische Hilfe erhielt. Er würde eine Aderpresse um das Bein legen, doch mit seinem Koppel hatte er sich um Smittys Arm gekümmert. Aber …
Er wuchtete sich auf die Ellbogen hoch und sah sich um. Sein Sturmgewehr lag nur ein paar Fuß von ihm entfernt auf dem Boden. Das Gewehr besaß einen Tragriemen, den er als Aderpresse verwenden konnte.
Muß ich mir holen. Ist meine einzige Chance.
Der Marine biß die Zähne zusammen, rollte sich auf den Bauch und kroch zum Gewehr. Er mußte nur ein paar Fuß weit kriechen, doch es kam ihm vor wie eine Meile. Roger brach kalter Schweiß aus, als der Schmerz ihm durch das linke Bein zuckte. Er hielt inne und atmete mehrmals hintereinander tief durch.
Komm schon. Komm schon! Du schaffst das!
Roger streckte den Arm aus und packte das M-16. Er zog es an sich heran. Er nahm den Tragriemen ab und band ihn sich fest um den Oberschenkel. Die Anstrengung machte ihn benommen. Mit aller Willenskraft verhinderte der Marine, daß er das Be-

wußtsein verlor. Er hatte die Aderpresse gerade fertig, als näherkommende Stimmen an sein Ohr drangen. Sie sprachen kein Englisch.
Panik befiel ihn. Mit zitternden Fingern riß er das leere Magazin aus dem Gewehr und rammte ein volles hinein. Der Marine hatte gerade durchgeladen, als vor ihm drei Nordvietnamesen um die Ecke bogen. Alle waren mit Kalaschnikows bewaffnet. Als sie Roger erblickten, rissen sie die Waffen hoch und feuerten. Roger tat das gleiche. Es war ein guter Tag zum Sterben.

Schmerz durchfuhr Jimmys Rückgrat, als er sich aus dem Rollstuhl wuchtete. Er hielt sich an der Autotür fest und schaute in den Außenspiegel, um sein Gesicht zu sehen. Tante Ruth hatte ihm die Haare geflochten, bevor sie das Haus verließen, und ihm eine Falkenfeder in den linken Zopf gesteckt. Seine Bitte hatte sie überrascht, denn bisher hatte Jimmy sich nie die Mühe gemacht, sich für ein Pow-Wow die Haare herzurichten.
Mit ruhiger Hand zog er sich mit einem roten Fettstift eine Linie quer über die Wangen. Es folgte eine schwarze Linie gleich unter der ersten.
Nach der Ankunft auf dem Festplatz hatte Jimmy gewartet, bis die Tante weggegangen war, um mit dem Vorsänger zu sprechen. Dann war er zum Auto zurückgekehrt. Die Heckklappe hatte er vorher nicht abgeschlossen, damit er Tante Ruth nicht nach dem Schlüssel fragen mußte. Sie hatte nicht bemerkt, daß er etwas hinter dem Vordersitz unter einer Decke versteckt hatte. Jimmy hatte einige Mühe damit gehabt, die Leggins und den Lendenschurz ohne Hilfe anzuziehen. Doch am Ende war es ihm gelungen, alles saß richtig. Die Leggins waren zu lang und mußten umgeschlagen werden, und die Mokassins hatte Jimmy mit Zeitungspapier ausstopfen müssen, damit sie ihm nicht von den Füßen rutschten. Das Fransenhemd ließ sich leicht überstreifen, obwohl es zwei Nummern zu groß war, und die Stachelschweinborstenmähne neigte sich nur ein wenig nach links. Am schwierigsten waren die Glöckchen, aber als er sich

weit genug zur Seite beugte, konnte er sie um die Unterschenkel binden. Jimmy wischte sich die Finger mit einer Papierserviette sauber und griff nach dem letzten Teil des Gewands.
Er stützte sein Gewicht an der Autotür und schnürte sich die Lederriemen um die Taille. Sobald sie festgebunden waren, rückte er die Federhaube zurecht, deren Schweife ihm ins Kreuz hingen. Nun mußte er sich beeilen, es war beinahe Zeit. Jimmy konnte den Ausrufer in der Arena hören, wie er um aller Aufmerksamkeit bat. Tante Ruth mußte neben dem Ausrufer stehen. In ihrer Handtasche steckte der Brief, der sie gestern erreicht hatte.
Jimmy vergewisserte sich, daß der Federschmuck richtig saß, dann nahm er den Adlerfedernfächer und den Tanzstab in die rechte Hand. Er hielt den Atem an und ließ die Autotür lange genug los, um eine Krücke vom Rücksitz zu nehmen und sie sich unter den linken Arm zu klemmen. Es bedeutete rasende Schmerzen für ihn, auf Krücken zu gehen, aber diesmal konnte er einfach nicht den Rollstuhl nehmen. Jimmy schloß die Autotür und machte sich langsam auf den Weg zur Arena.
Die Menge auf den Rängen war aufgestanden, und viele hielten den Kopf gesenkt. Jimmy bewegte sich vorsichtig, damit seine Glöckchen nicht zu laut klingelten. Er wollte nicht bemerkt werden – noch nicht.
Die Trommel stand in der Mitte der Tanzarena. Etwa ein Dutzend Sänger saßen ringsherum auf metallenen Klappstühlen. Jimmy bemerkte, daß sich einige der Sänger beim Zuhören die Hände an die Augen drückten, als wollten sie Tränen zurückhalten. Der Arena-Ansager erhob sich und stellte sich vor das Publikum. Den linken Arm hatte er um Tante Ruths Taille gelegt. Als er ins Mikrofon sprach, hallte seine Stimme über den Festplatz wider.
»Viele von euch haben Roger Thunder Horse gekannt. Er war ein guter junger Mann, ein begabter Tänzer, ein liebevoller Sohn, Neffe und Bruder. Als die Regierung Roger zu den Waffen rief, da lief er nicht davon, wie viele junge Männer es getan

haben. Er ging an den weit entfernten Ort namens Vietnam, um seinem Land zu dienen, so gut er konnte.

Vor einem Monat schrieb Roger seiner Tante Ruth, wie schlimm es dort drüben wirklich ist. Er bat sie, die Trommel um ein bestimmtes Lied für ihn zu bitten, daß er sicher nach Hause komme. Roger schickte Ruth Geld, das sie auf die Trommel legen und damit für das Lied bezahlen sollte, und das hat sie getan.

Nun, heute erst halten wir das erste Pow-Wow ab, seit Rogers Brief angekommen ist, und die Trommel sollte das Lied für ihn singen.« Der Ansager verstummte und schluckte mühsam. Er versuchte, das Zittern in seiner Stimme unter Kontrolle zu bringen.

»Gestern erhielt Ruth einen Brief von der Regierung der Vereinigten Staaten. Roger ist bei der Verteidigung seiner Stellung gegen den Vietcong im Kampf gefallen.«

Tiefes Schweigen legte sich über den Festplatz.

»Heute bittet die Trommel euch aufzustehen, während wir ein besonderes Veteranenlied für Roger Thunder Horse singen. Wir singen es auch für alle jungen Männer und Frauen, die in Vietnam ihrem Land dienen. Mögen sie wohlbehalten nach Hause kommen.«

Der Vorsänger schlug mit dem Schlegel an die Trommel. Er erhob die Stimme zum Gesang. Die anderen, rings um die Trommel sitzenden Männer fielen in das Lied ein.

Als das Lied erklang, erhob sich der Vortänzer von der Bank und begann sich zu drehen. Die anderen Tänzer – diejenigen, die Veteranen waren – warteten, bis er an ihnen vorbeikam, dann erhoben sie sich ebenfalls und schlossen sich ihm an. Der Vortänzer nahm Ruth beim Arm und führte sie durch die Arena, so daß auch sie zu Ehren ihres Neffen tanzen konnte.

Jimmy drängte sich durch die Menge und stellte sich in den Osteingang der Arena. Die Tracht, in die er gekleidet war, hatte einem der besten Tänzer im ganzen Bundesstaat gehört. Sie zu tragen, war eine der Möglichkeiten, Rogers zu gedenken. Zu tanzen eine weitere.

Als der Vortänzer an ihm vorbeikam, trat Jimmy einen Schritt vorwärts, eine Bewegung, die ihm Todesqualen bereitete. Er machte noch einen Schritt, stützte sein Gewicht auf die Krücke, schwang die Hüften und zog dann das andere Bein nach. Der Junge mußte sich auf die Unterlippe beißen, um vor Schmerz nicht laut aufzuschreien. Er würde keinen Laut von sich geben. Sein Bruder war ein Krieger gewesen. Er würde ebenfalls ein Krieger sein.

Während Jimmy sich so, langsam und voller Pein, in die Arena bewegte, sah er ein Bild von Roger vor sich – wie er stolz und flink wie der Wind tanzte –, und da wußte er, daß der Geist seines Bruders bei ihm war. Weitere Schritte brachten ihn an eine Stelle, wo jeder ihn sehen konnte.

Einer der Sänger sah auf und erblickte ihn, und ein Ausdruck der Überraschung trat auf sein Gesicht. Er stieß den nächsten Sänger an, und dieser schaute ebenfalls hin. In diesem Moment wurde Jimmy auch vom Vorsänger erblickt, einem großen, kräftigen Mann namens Henry Strong Bear. Henry lächelte, hob den Schlegel hoch in die Luft und schlug kräftig auf die Trommel.

Wie ein Herzschlag – wie der Herzschlag Gottes – hallte der Trommelschlag weit über das Land. Die Schwingungen drangen in Jimmy ein und erfüllten ihn. Zum ersten Mal in seinem Leben spürte er, was Roger gespürt hatte, und wußte, wie es war, wenn man tanzte. Das Gefühl verschlug ihm den Atem, und seine Augen füllten sich mit Wasser. Tränen rollten ihm über die Wangen. Er warf den Kopf in den Nacken und brüllte seinen Ruf. Die anderen Tänzer schrien ebenfalls und antworteten auf Jimmys Schlachtgeheul.

Wütend schleuderte Jimmy die Krücke fort. Er wartete darauf hinzufallen, aber er stürzte nicht. Wenn überhaupt etwas geschah, als er sich weiterschleppte, dann, daß seine Schritte länger wurden.

Der Junge wandte den Kopf und bog sich in einer Nachahmung der Bewegungen, die er Roger so oft hatte ausführen sehen.

Wieder schrie er auf, diesmal vor Schmerz, als die Knochen seines Rückgrats sich streckten und neu anordneten. Die Trommel schlug einen ehrenden Rhythmus. Jimmy wandte sich zu dem Klang um und hob den Fächer aus Adlerfedern.
Schwerer schlug die Trommel. Lauter sangen die Sänger. Ihre Stimmen hoben sich in den Himmel. Jimmys Leib brannte, als stünde er in Flammen, doch er verspürte nie gekannte Kraft und Beweglichkeit. Der Junge wand sich und wirbelte umher, hob die Beine hoch und stampfte bei jedem Schlag der Trommel mit einem Fuß auf den Boden. Einmal umrundete er die Tanzarena. Zweimal. Dreimal. Und während er das tat, geschah etwas Seltsames: wo seine Füße den Boden berührten, erschien plötzlich Gras. Die dünnen Halme schoben sich aus dem Boden hervor und wuchsen innerhalb eines einzigen Herzschlags um mehrere Zentimeter. Sie erschienen als die Spur von Füßen, doch die Flecken breiteten sich rasch aus, um einen dicken, grünen Teppich zu formen.
Die anderen Tänzer hielten inne und starrten wie gebannt auf das Phänomen unter Jimmys Füßen. Raunen erhob sich unter den Zuschauern, als auch sie bemerkten, was dort vor sich ging. Einige wiesen mit den Fingern. Andere beteten. Und dann begriff die Menge, daß das, was sie beobachtete, nur ein Wunder sein konnte, und begann zu jubeln.
Jimmy tanzte schneller. Verschwunden der Schmerz der Verkrüppelung. Sein Rücken war gerade, den Kopf hielt er stolz erhoben, und er drehte sich, wie noch nie ein Mann seines Stammes getanzt hatte. Und mit jedem Schritt, den er machte, wuchs mehr Gras. Dichtes, grünes, lebendiges Gras. Schon bald war der Boden der Arena, der aus festgestampfter Erde bestanden hatte, mit einem dichten Rasen bedeckt. Neues Leben, um das verlorene zu ersetzen.
Das Lied schlug von einem Veteranenlied in ein Anschleichlied um. Jimmy ließ sich auf ein Knie fallen und schirmte die Augen ab – er suchte nach einem imaginären Feind, wie Roger es so oft getan hatte. Der Junge schüttelte den Kopfputz und rollte

die Schultern, und er sprang auf, um zur Trommel zu stürmen, als der Rhythmus schneller wurde.
Aus dem Publikum eilten Sänger herbei und gesellten sich zu denen, die bereits in der Arena waren. Sie sprangen über Bänke und Klappstühle und eilten zur Trommel. Dreißig. Vierzig. Vielleicht sogar fünfzig. Sie standen in acht Reihen um das Instrument. Jimmy aber sah nur Roger.
In strahlend weißes Licht getaucht, tanzte neben Jimmy der Bruder in vollem Putz. Roger forderte ihn lächelnd heraus und trieb ihn an, noch schneller zu tanzen. Gemeinsam wirbelten sie am Rand der Tanzfläche entlang. Seite an Seite tanzten sie die Kriegstänze, die Anschleichtänze und den Krähentanz. Zusammen bewegten sie sich. Seite an Seite. Wie ein Mann.
Schließlich waren die Lieder zu Ende. Der letzte Trommelschlag verhallte. Jimmy blieb stehen und schloß die Augen. Er spürte, daß sein Herz ihm bis zum Hals klopfte, und die Nässe der Tränen auf den Wangen. Der Junge wollte die Augen nicht mehr öffnen, denn er fürchtete sich vor dem, was er sehen würde. Und doch wußte Jimmy, daß er es tun mußte. Schließlich öffnete er die Augen und sah auf. Er war allein. Roger war fort.
»Bye, Roger. Ich liebe dich.«
Er wandte sich ab und sah die Sänger, die bei den Trommeln standen, und die Menge auf den Rängen. Der Junge sah auch die Grashalme, die sich sanft im Wind wiegten, und wußte, daß etwas Außergewöhnliches geschehen war. Schließlich schaute Jimmy auf seine Beine hinab und begriff, daß er nicht nur gegangen war, sondern sogar getanzt hatte.
Er bebte am ganzen Körper und hob das Gesicht zum Himmel, um ein Dankgebet zu sprechen.
Als Jimmy damit fertig war, berührte ihn jemand am Arm. Er drehte sich um. Neben ihm stand Tante Ruth.
»Bist du okay?« fragte sie. Mit einem feuchten Taschentuch wischte sie sich die Wangen ab. Auch sie hatte geweint.
Jimmy nickte. Er holte tief Luft und verbiß sich ein Schluchzen. Der Junge wollte nicht, daß Tante Ruth seine Tränen sah.

Weinen war etwas für Kinder. Er war nun der Mann im Haus. Jimmy mußte ein Krieger sein wie sein Bruder.
»Weißt du, er war hier«, sagte der Junge schließlich. »Roger. Er hat mit mir getanzt. Hast du ihn gesehen?«
Ruth nickte. »Ja, Jimmy, ich habe ihn gesehen. Alle haben wir ihn gesehen. Er war im Wind … und im Gras.«
Sie sah ihm in die Augen und lächelte. »Und er war in dir, Jimmy. Ich sah Rogers Geist in dir, als du getanzt hast. In deinen Bewegungen, und in der Weise, wie du den Kopf hieltest. Ganz genau wie er. Sein Geist wird immer bei dir sein …«
»Er steckt im Gewand«, flüsterte Jimmy. »Rogers Geist ist in der Federhaube.«
»Nicht nur in der Federhaube«, widersprach die Tante. Sie legte Jimmy die Hand auf die Brust.
»Rogers Geist ist hier drin. In deinem Herzen. Dort wird er stets sein – für immer.«
Sie nahm Jimmy bei der Hand und führte ihn langsam aus der Arena. Der Tanz war vorüber. Hinter ihnen wuchs das Gras.

Peter Crowther

WAS WIR VOM HIMMEL KENNEN

Adam saß mit den anderen aus der fünften Klasse auf dem Rasen vor der Forest-Plains-Schule. Der Grünstreifen reichte vom Eingang der Schule bis zum Sycamore Drive, wo ein hoher Drahtzaun die Kinder vom Gehweg trennte. Im Moment hatte er die Kameraden vergessen und kniff die Augen zusammen, um sie vor dem grellen Sonnenlicht zu schützen, das sich in den Fenstern des schräg gegenüber gelegenen Krankenhauses spiegelte. Er blickte die Straße hinunter bis zur Kreuzung der Sycamore mit der Hauptstraße.

Immer noch blinzelnd, hielt Adam jetzt die Hand über die Augen, als wolle er salutieren, und sah zu, wie ein Mann an der Kreuzung die Straße überquerte und im Laufschritt einem Auto auswich, das ohnehin abgebremst hatte, um von der Hauptstraße in die Sycamore abzubiegen. Der Mann winkte dem Wagen zu und lächelte. Der Mann im Auto winkte zurück und grinste ebenfalls. Adam spürte die Wärme dieses Lächelns. Es war so kräftig wie die Maisonne. Noch stärker sogar. Wenn er es sich richtig überlegte, war es vielleicht das, was ihm zu Hause fehlte: die Wärme und das Lächeln.

Der Junge wandte sich wieder um und sah Mrs. Stewart, die aus dem Schulgebäude zurückkehrte. Sie hatte ein Buch bei sich. Aus dem Augenwinkel nahm er eine Bewegung wahr, und als er sich umdrehte, sah er gerade noch, wie Jimmy Jorgenson sich einen dicken Popel aus dem linken Nasenloch pulte und beiläufig seine Hand im Gras abwischte. »Spar dir noch was fürs Mittagessen auf, Jimmy«, bemerkte Mrs. Stewart fröhlich, während sie ihren Stuhl so herumrückte, daß sie die Gruppe ansehen konnte. Die versammelten Kinder kicherten. Ihr entging nichts.

Chrissie Clemmons, die im Schneidersitz vor ihnen saß, lehnte sich zurück und flüsterte: »Wieder 'n Stück Hirn, das du jetzt nie mehr benutzen wirst, Jimmy drei.«
Adam lächelte.
Jimmy ließ einen jaulenden Bronx-Kampfschrei los, genau wie Adam es von seinem Vater beim Spiel gehört hatte, bloß nicht ganz so laut. Chrissie streckte ihm die Zunge heraus, die rot war, weil sie Himbeerbonbons gegessen hatte, und drehte sich wieder nach vorn.
»Okay, Klasse«, verkündete Mrs. Stewart, »jetzt beruhigt euch mal.« Sie setzte sich und strich ihren Rock glatt.
Einmal hatte Brian Macready einer kleinen Gruppe staunender Möchtegern-Playboys mitgeteilt, er habe diesen Rock schon mal raufgerutscht gesehen, bis zu Mrs. Stewarts Schamhaar. »Ich sag's Euch«, hatte er in verschwörerischem Tonfall verraten, »die Frau trägt keine Unterhose.« Damals waren sie in der vierten Klasse gewesen, und Adam hatte jede Gelegenheit wahrgenommen, um hinter die Tatsachen zu kommen.
Da mußte er durch: Das war seine Pflicht.
Er hatte Bleistifte, Rechenbücher, Radiergummis und alle möglichen anderen Gegenstände fallenlassen, bloß um einen Blick auf jenes sagenumwobene Kräuselhaar zu erhaschen. Aber er hatte nie Glück gehabt. Nur eine Pause hatte man ihm wegen seiner ewigen Tolpatschigkeit gestrichen – da hatte er es fast eine ganze Woche lang probiert. Eine Warnung, die zur rechten Zeit gekommen war und ihn den Wert subtileren Vorgehens lehrte; und obwohl er seitdem wachsam geblieben war, hatte Adam gelernt, seine Gelegenheiten nur dann zu ergreifen, wenn sie sich von selbst anboten.
Aber seit jener Strafe hatte Adam sich immer abgewandt, wenn Mrs. Stewart die Beine übereinander schlug oder ein Bein hochhob, wenn sie sich bückte, um etwas vom Boden aufzuheben.
Das lag daran, daß Mrs. Stewart Mutter war.
Okay, Barnaby Stewart war eben erst sechs Jahre alt. »Das ist nicht viel mehr als gerade abgespritzt«, hatte die frühreife

Chrissie Clemmons Adam und einigen anderen eines Tages hinter der Turnhalle verraten.

Aber manche Dinge tat man einfach nicht. Und Adam hätte es bestimmt nicht gern, wenn jemand versuchen würde, einen Blick auf die Schamteile seiner Mutter zu erhaschen. Nein, Sir! Vor allem, wo seine Mom im Krankenhaus lag und sich nicht wehren konnte. Echt, wenn er je einen dabei erwischte, würde er einfach ausholen und ihm in die Fresse schlagen. Und genauso fühlte er sich auch immer, wenn er sie mit seinem Vater besuchen ging und sie von einem Arzt gestört wurden, der sie sich mal ansehen wollte.

Sie sich mal ansehen.

Also, wie sich das anhörte! Und Adam schlurfte dann Hand in Hand mit seinem traurig dreinblickenden Vater aus dem Zimmer seiner Mutter, während der Arzt die Vorhänge um das Bett zuzog und sich an die Arbeit machte. Was wollte er sich da bei ihr ansehen?

Adam fühlte, wie er rot wurde, wenn er sich vorstellte, wie der Arzt das weiße Nachthemd seiner Mutter hochschob. *»Hmmm, hübscher Dschungel da unten, Mrs. Showell. So, wenn es Ihnen nichts ausmacht, würde ich gern …«*

Der Junge schüttelte den Gedanken ab. Die Frage des Mediziners wäre sowieso Zeitverschwendung gewesen. Seiner Mutter machte nichts mehr etwas aus.

Adam streckte die Hand aus, zupfte ein paar Grashalme aus, zerrieb sie in seiner Hand und blickte auf. Mrs. Stewart hielt ein Buch in die Höhe, damit alle es sehen konnten.

»… einer unserer besten Schriftsteller«, sagte sie gerade.

Er las den Buchtitel. Junge, war der lang. *Die Taten König Arthurs und seiner Edlen Ritter: Aus den Winchester-Manuskripten von Thomas Mallory.*

»Das ist kein Titel, das ist ein Satz – da ist ja kein Ende abzusehen!« zischte Felipe Stroymaur kichernd hinter vorgehaltener Hand. Felipe sah sich irgendwie als Komiker, und zumindest unter den zehn- bis elfjährigen Schülern des fünften

Jahrgangs der Forest-Plains-Schule bestand kein Zweifel daran, daß er einmal in die Fußstapfen von Eddie Murphy und Steve Martin treten würde. Selbst Mrs. Stewart mußte manchmal über ihn lachen, obwohl sie natürlich darauf achtete, daß das niemandem auffiel. Trotzdem bemerkte es jeder.

»Felipe, du bist so was von vorlaut«, sagte Mrs. Stewart tadelnd.

»Danke, Ma'am«, antwortete er, und wieder kicherten alle.

»Kein Ende abzusehen ...«

Genau diese Worte hatte der Arzt letzte Woche Adams Vater gegenüber gebraucht, als sie ihren üblichen Wochenendbesuch im Krankenhaus absolviert hatten. Der Junge ging nur an den Samstag- und Sonntagnachmittagen mit. Sein Vater sorgte dafür, daß er seine besten Hosen und statt eines T-Shirts ein Oberhemd trug, und dann fuhren sie zum Forest Plains General Hospital und saßen ungefähr eine Stunde bei seiner Mom.

Während des ganzen Besuchs hielt John Showell die Hand seiner Frau und sah sie einfach nur an. Oder er starrte auf die Bildschirme und Meßgeräte, die auf dem Tisch neben ihr aufgestellt waren, und verfolgte die kleinen grünen Linien und Digitalanzeigen, die alle paar Sekunden piepten.

Adam war nicht bei seiner Mutter gewesen, als der Lieferwagen ihr Auto von der Seite gerammt hatte, aber manchmal – in den dunklen Stunden, wenn die Lichter gelöscht waren und er hören konnte, wie sein Vater umherlief, Kaffee trank und Zigaretten rauchte – wünschte er beinahe, er hätte es mit angesehen. Manchmal stieg er aus dem Bett, ging in das Zimmer seines Vaters und sah zu, wie er auf Moms Bettseite saß und sich flüsternd mit ihrem Foto unterhielt.

»John Steinbeck wurde 1902 in Salinas, Kalifornien, geboren«, sagte Mrs. Stewart in einem Tonfall, der dazu gedacht war, Staunen zu erzeugen. »Und im Jahre 1962 erhielt er den Nobelpreis. Weiß jemand, was das ist?«

Anscheinend niemand.

»Der Nobelpreis ...«

Während Mrs. Stewart es ihnen erklärte, betrachtete Adam das Umschlagbild des Buches.
Es zeigte einen Ritter in einer grauen Rüstung, der sein Pferd zügelte und das Schwert schwang. Das Pferd trug etwas, das aussah wie eine grün und braun gemusterte Patchworkdecke, die ihm von der Schwanz- bis zur Nasenspitze ging. Der Helmschmuck des Ritters ließ ihn unerschrocken aussehen – sogar sein Roß wirkte unerschrocken. Adam fragte sich, wie es wohl gewesen sein mochte, in den Tagen König Arthurs als Ritter zu leben.
Er sah sich unter den anderen Kindern um und merkte, daß sie sich langsam beruhigten und fesseln ließen. Mrs. Stewart las aus dem Buch vor.
»›... ein großer Marmorblock, und in den Marmor war ein Amboß eingelassen, in dem ein Schwert steckte. In goldenen Lettern stand daran geschrieben: WER DIESES SCHWERT AUS DEM STEIN UND DEM AMBOSS ZIEHT, IST DURCH GEBURTSRECHT KÖNIG VON GANZ ENGLAND.‹« Ihre Stimme hatte einen hallenden, vollen Klang angenommen, während sie die Inschrift vorlas. Nun ließ sie das Buch wieder sinken und beugte sich zu den Kindern vor. Eine leichte Brise wehte durch ihr Haar.
»›Die Menschen staunten darüber‹«, fuhr Mrs. Stewart fort, »›und brachten die Kunde von dem Wunder zum Erzbischof, der sagte: *Geht zurück in die Kirche und betet zu Gott. Und laßt keinen Menschen das Schwert berühren, ehe nicht das Hochamt gesungen ist.* Und so taten sie es, aber als der Gottesdienst vorüber war, wollten alle Lords den Stein und das Schwert ansehen, und einige versuchten auch, die Klinge an sich zu bringen, doch es gelang ihnen nicht.
Der Mann, der dieses Schwert ziehen wird, ist nicht hier, sagte der Erzbischof, *aber zweifelt nicht daran, daß Gott ihn Euch zeigen wird.*‹«
Mrs. Stewart unterbrach sich und schob eine Haarsträhne zurück, die ihr in die Augen gefallen war. Adam sah sie mit

offenem Mund an. Die Worte aus dem Buch hatten in ihm eine Erinnerung ausgelöst.

»Nicht herausziehen.«

Als Mrs. Stewart mit der Geschichte von König Arthur und dem Schwert Excalibur fortfuhr, hörte Adam schon nicht mehr zu. Statt dessen dachte er daran zurück, als er zum ersten Mal mit seinem Vater im Krankenhaus gewesen war. In den Monaten, seit er mit seinem Vater allein lebte, hatte er diese Szene immer wieder vor seinem inneren Auge ablaufen lassen.

John Showell hatte immer noch stark gehinkt, obwohl es seit dem Unfall schon einen Monat her war. Und er trug einen Verband und eine Klappe über dem rechten Auge, dort, wo er mit dem Gesicht gegen Angela Showells Hinterkopf geschlagen war. Dann war sie gegen das Fenster auf der Beifahrerseite geschleudert worden und hatte die ganze Wucht des Zusammenstoßes abbekommen, als das hintere Ende des Lasters gegen ihren Wagen prallte. Das Familienauto der Showells, eine elf Jahre alte Dodge-Limousine, war die halbe Beech Street weit auf der Bordsteinkante entlanggeschlittert und hatte den Telefonmast umgelegt. Die Lenkachse des Wagens war durch den Motorblock zurückgeschoben worden und hatte die Pedale vom Wagenboden rasiert wie ein Pistolenschuß. John Showells Füße hatten auf den Pedalen gestanden, und noch jetzt, fast acht Monate nach dem Unfall, hatte er Probleme mit dem Laufen.

Aber verglichen mit seiner Frau war John Showell gut davongekommen.

Zuerst hatte Adams Dad ihm nicht erlaubt, ins Krankenhaus mitzukommen, weil Angela Showells Gesicht so schlimm verletzt worden war. Aber schließlich war es soweit gewesen, und Adam hatte sich seine besten Sachen angezogen und sich auch sonst besondere Mühe mit seinem Äußeren gegeben. Er hatte sogar – von seinem eigenen Taschengeld – bei »Wild Things« drüben auf der Hauptstraße einen kleinen Strauß Glockenblumen gekauft. Der Besitzer, Geoff Macavoy, dessen Sohn Danny ebenfalls in die fünfte Klasse ging, wußte alles über den Unfall und hatte Adams Geld nicht annehmen wollen. Doch der Junge hatte darauf bestanden.

Als er jetzt im Gras saß und Mrs. Stewarts Stimme angenehm im Hintergrund summte, dachte Adam wieder an Mr. Macavoys Augen, und daß sie feucht geglänzt hatten.

Später an diesem ersten Nachmittag war Adam mit seinem schweigenden Vater ins Krankenhaus gegangen und hatte ihre Schritte über die gebohnerten Böden klacken gehört. Sie waren durch riesige, sich automatisch öffnende Glastüren gegangen, vorbei an einer großen, runden Rezeptionstheke und einen Flur entlang zu den Aufzügen. Sein Vater, der jetzt immer von einer Wolke von Zigarettenrauch umgeben schien, hatte den Knopf gedrückt und, die Hände in den Hosentaschen, gewartet. Adam war erstaunt gewesen, daß sein Vater selbst keine Blumen mitgenommen hatte, nicht einmal ein paar Süßigkeiten.

Mit einem *Pling* war der Aufzug gekommen, und sie waren eingestiegen. Adams Vater hatte auf die »4« gedrückt und sich an die Rückwand der Kabine gelehnt. Die Türen hatten sich mit einem *Zischsch* geschlossen, und der Junge hatte gespürt, wie der Aufzug mit einem Ruck anfuhr. Aber dann war es ihm vorgekommen, als bewegte er sich überhaupt nicht. Wahrscheinlich war das so, damit sie richtig kranke Leute herumfahren konnten, ohne daß dabei etwas verrutschte oder verschüttet wurde.

Das *Pling*, mit dem der Aufzug im vierten Stock anhielt, war Adam viel leiser vorgekommen als vorhin unten, als er dagestanden und gewartet hatte. die Türen waren aufgeglitten, und man hatte ein Blechschild sehen können, das an die Wandecke genagelt war. Auf dem Schild stand:

STATION 14
Intensivstation

John Showell, der Adam in letzter Zeit immer seltener berührte, hatte ihm den Arm um die Schultern gelegt und ihn mit ein paar Klapsen aus dem Aufzug und durch eine kleine Pendeltür aus Holzlatten hindurch zum Rezeptionspult der Station 14 dirigiert. Eine junge Krankenschwester, die tatsächlich kaum älter zu sein schien als die Mädchen aus seiner Klasse, hatte Adam herzlich zugelächelt und eine große Sache daraus gemacht, seine Glockenblumen zu bewundern. Adam hatte während des ganzen unangenehmen Auftritts geschwiegen.

Er hatte zugesehen, wie sein Vater seinen Namen in ein Buch, das auf der Theke lag, setzte und war ihm dann durch zwei hohe Pendeltüren gefolgt.

In der Mitte des kleinen Korridors, der hinter den Türen lag, war Adams Vater stehengeblieben, direkt vor einer offenen Tür, und hatte sich erkennbar aufgerichtet. Dann hatte er gesagt: »Komm, Adam, dann wollen wir mal sehen, wie's deiner Mom heute geht, was?« Und sie waren in das Zimmer getreten.

Was hatte er eigentlich erwartet?

Während vieler der einsamen Nächte, die auf diesen ersten Besuch folgten, hatte Adam versucht sich vorzustellen, was er zu finden erwartet – gehofft? – hatte. Was immer es gewesen sein mochte, er entdeckte etwas anderes, als er an jenem Sonntagnachmittag, als die ersten Blätter schon von den Bäumen fielen und die Gehwege an der Hauptstraße glitschig machten und über die kanadische Grenze schon der winterliche Schnee heranzog, den kleinen Raum betrat.

Eine Betrügerin.

Jemand versuchte, eine Betrügerin in seine Familie einzuschleusen.

Dort lag, ausgestreckt auf einem Metallbett, die dünnen Arme durch Drähte und Schläuche mit einer Ansammlung blinkender und tropfender Apparaturen verbunden, eine ausgezehrte menschliche Hülle. Er hatte die Augen mehrmals geöffnet und geschlossen, zuerst verblüfft darüber, daß jemand den absurden Versuch unternahm, ihn glauben zu machen, das da sei seine Mom … und dann hatte er noch einmal geblinzelt … dieses

Mal, um die Tränen zu vertreiben, als er erkannte, daß sie es tatsächlich war.

Der Mund der Gestalt stand leicht offen, und ihre Wangen waren eingefallen und schlaff. Die Augen waren fest geschlossen, vielleicht im Schlaf, obwohl sie sich unter den Lidern nicht bewegten. Adam wurde klar, daß alle Träume, die seine Mutter jetzt hatte – falls sie überhaupt träumte –, sich aus einsamen Landschaften zusammensetzen mußten, bestehend aus Erinnerungsfetzen, verpaßten Gelegenheiten und unerreichten Zielen. Auf ihrer Wange klebte ein langes Heftpflaster. An ihrem Kopf war mit Klebeband ein Draht befestigt. Er führte zu einem Stapel von Geräten, der aussah wie eine Hi-Fi-Anlage, und an jedem der Kästen befanden sich Digitalanzeigen und sich bewegende Leuchtkurven. Ein zweiter Draht, der mit einem Polster an Angela Showells linkem Unterarm verbunden war, lief ebenfalls in diese Anlage hinein. Adam sah zu, wie die Anzeigen blinkten und dachte, daß seine Mom jetzt nur noch auf diese Art mit ihm reden konnte.

Aber die größte und am bedrohlichsten wirkende Leitung war ein dicker Schlauch, der von einer getrennten Maschine, die neben dem Bett stand, in den Hals seiner Mutter führte. Ohne nachzudenken streckte Adam die Hand danach aus und hörte, wie jemand scharf »Nein!« rief. Er drehte sich halb um und bemerkte plötzlich, daß sie nicht allein waren, wie er zuerst angenommen hatte. Da war noch eine Frau. Sie stand von einem Stuhl auf, der an der Seitenwand des Raumes stand, und lächelte ihm zu, ein zusammengefaltetes Exemplar der Zeitschrift *Life* in der Hand. Ihr Lächeln wirkte einstudiert.

»Nicht herausziehen, junger Mann«, mahnte sie.

Er blickte sich um und sah, wie sein Vater ihn mit feucht glänzenden Augen beobachtete. Adam ließ den hübschen Glockenblumenstrauß auf die reglosen Füße seiner Mutter fallen und rannte zu ihm. Sie weinten gemeinsam.

»Man konnte es nicht herausziehen.«

»Adam?«

Er blinzelte und sah sich um. Die anderen Kinder beobachteten ihn. Der Junge räusperte sich und versuchte zu lächeln. »Ja, Ma'am«, sagte er und nahm sich zusammen.
»Paßt du noch auf, Adam? Du denkst wohl schon ans Mittagessen, hab' ich recht?«
»Nein … ich meine, ja. Doch, Ma'am, ich passe auf.«
»Gut. Das freut mich zu hören.« Und in dem Sekundenbruchteil, als der Rest der Klasse nicht mehr zu Adam hinsah, warf Mrs. Stewart ihm ein freundliches Lächeln zu. *»Ist schon okay, Adam, ich weiß, was du durchmachst.«* Dann sprach sie die ganze Gruppe an. »Also, und die Frage geht an alle: Was will uns die Geschichte von König Arthur und Excalibur sagen?«
Vorn schoß eine Hand hoch.
»Ja, Sally«, sagte Mrs. Stewart.
»Bedeutet sie vielleicht, daß es gut ist, stark zu sein?«
Mrs. Stewart nickte lächelnd. »Nun ja, das schon, Sally. Aber die Kraft, von der sie handelt, ist nicht einfach Körperkraft wie bei Arnold Schwarzenegger …« Sie hob den rechten Arm, spannte die Muskeln, sah ihn dann mißmutig an und zuckte die Achseln. Alle lachten, als sie den Arm wieder sinken ließ. »Es geht auch um die Kraft der Entschlossenheit«, setzte sie hinzu. »Das bedeutet …« Sie suchte nach den richtigen Worten. »Das bedeutet, wenn eure Sache gut ist, dann werdet ihr obsiegen.«
»Obsiegen?«
Mrs. Stewart beugte sich vor und strich über einen zerzausten Blondschopf. »Tut mir leid, Andy. ›Obsiegen‹ heißt ›gewinnen‹ … ›Erfolg haben‹, ›jemand, der … ‹«
Über den Rasen hinweg schrillte die Glocke zum Mittagessen, und in die Gruppe geriet Bewegung, die wie eine Welle am Rand begann und sich in die Mitte hinein fortsetzte.
Anscheinend innerhalb weniger Sekunden war der Rasen leer von Kindern und Büchern, und eine Woge bunter Farben rollte lärmend auf die Schulgebäude und auf die Cafeteria zu, die die Schüler erwartete.
Nur Adam und eine lächelnde Mrs. Stewart blieben zurück.

Adam sammelte seine Bücher ein, ging zu ihr, und sie lächelte voller Wärme. »Hi, Adam.«
Er nickte.
»Hat dir die Geschichte gefallen?«
Wieder nickte er.
»Also, mir auch. Sie ist klasse.« Mrs. Stewart strich sich durchs Haar, so wie Adams Mutter es früher getan hatte, und nahm ihren Stapel Papiere vom Gras. »Gehst du rein, um zu Mittag zu essen?«
»Glaub schon«, antwortete Adam.
»Hm … hm«, meinte Mrs. Stewart und nickte. »Wolltest du mich vielleicht etwas fragen?«
Adam trat von einem Fuß auf den anderen. »Was wollten Sie sagen?«
»Was meinst du?«
»Am Ende, vorhin. Sie wollten etwas sagen. ›Jemand *sein*, der …‹, haben Sie angefangen.« Er holte tief Luft. »*Was* soll man sein?«
Die Lehrerin runzelte die Stirn und versuchte sich zu erinnern, dann zuckte sie die Achseln. »Oh, jemand sein, der … ja! Ich glaube, ich wollte sagen ›jemand sein, der am Ende siegt‹.«
Der Junge nickte.
»War es das, was du wissen wolltest?«
»Ich schätze ja, aber einfach ›jemand sein‹ reicht eigentlich auch.«
Und er rannte auf die Gebäude zu. Mit verwirrter Miene blieb Mrs. Stewart zurück.

An diesem Abend saß Adams Vater, nachdem er von seinem üblichen abendlichen Besuch im Krankenhaus zurück war, mit Bob Wilson zusammen, einem Freund, der um die Ecke wohnte, und unterhielt sich mit ihm. Bob war Arzt.
Adam hatte er nach oben geschickt, um sich zum Schlafengehen fertig zu machen, aber der Junge saß im Schneidersitz auf

dem dunklen Treppenabsatz, lehnte sich an das Geländer und lauschte.
»Was soll ich dir sagen?« fragte Bob, und seine Stimme klang betrübt.
»Sprich nicht zu laut«, sagte Adams Vater.
»Oh, natürlich, tut mir leid.«
Adam hörte die Kaffeemaschine gluckern. Dieses Geräusch gehörte so sehr zur Anwesenheit seiner Mutter in diesem Haus und zu ihren Tätigkeiten, daß Adam nur eine Sekunde lang dachte, vielleicht sei es alles ein großer Witz gewesen – ein Traum oder so etwas. Daß er aufstehen und die Treppe hinuntergehen könnte, damit seine Mom ihn hochhob und herumwirbelte, während der Duft des frischen Kaffees durch das Haus zog, zusammen mit ihrem Lachen und ihrem ganzen gemeinsamen Glück.
Aber er wußte, das war unmöglich. So hörte er nur zu.
»Sag es mir einfach offen und ehrlich, das ist alles, worum ich dich bitte, Bob.«
»Ich habe es dir offen und ehrlich gesagt.«
Bob Wilson schwieg einen Augenblick lang. »Angela kommt nicht wieder nach Hause, Jack«, sagte er schließlich. »Nicht morgen, nicht nächste Woche und nicht einmal nächstes Jahr.«
»Du meinst, daß es überhaupt keine Chance gibt?«
Darauf erfolgte keine Antwort, jedenfalls keine, die Adam hören konnte.
»Aber sie atmet doch noch! Und man hat mir gesagt …«
»Gut, okay, nun ja … es gibt eine Chance. Eine Chance von eins zu einer Million, daß Angela wieder gesund wird. Aber ich sage dir – *ich* sage es dir –, das wird nicht passieren. Die Maschine atmet für sie … durch den Beatmungsschlauch, den sie ihr eingesetzt haben; nicht Angela atmet, sondern die Maschine. Der Schlauch verläuft durch ihren ganzen Hals bis in die Lunge. Er bläht ihre Lungen auf und läßt sie wieder zusammensinken – das, was du und ich allein fertigbringen – und kontrolliert das

Luftgemisch in ihrem Körper. Es ist ein mechanischer Vorgang, nichts weiter.«
Adam hörte Gläser klirren und dann ein gedämpftes: »Danke, für mich nicht, Jack.«
»Und das ist noch nicht alles, Jack«, fuhr Bob Wilson fort. »Sie bekommt Mittel zur Muskelentspannung, damit sie sich nicht gegen den Beatmungsapparat wehrt. Analgetika, um sie schmerzfrei zu halten; Beruhigungsmittel, um sie zu sedieren …«
»Gott der Ge…«
»Nein, laß mich ausreden, Jack. Sie hat einen Katheter in der Schultervene, über den Blutproben genommen werden und sie intravenös ernährt wird; in ihrer Hauptarterie steckt ein Sensor, um den Sauerstoff- und Kohlendioxydgehalt ihres Bluts zu bestimmen und dafür zu sorgen, daß das Mischungsverhältnis der Gase korrekt ist. Und sie hängt am EKG, um ihr Herz zu überprüfen.«
Ein weiteres Gläserklirren.
»Mit ihr ist es vorbei, Jack. Laß sie ruhen.«
Adam hörte ein Schluchzen.
»Laß sie in Frieden ruhen.«
»Ich … ich kann nicht. Gott helfe mir, ich kann es nicht.« John Showell schluchzte. »Das ist, als ob … als ob man von mir verlangen würde, um sie zu trauern, obwohl sie noch am Leben ist!«
Adam schlich bedrückt den Flur entlang in sein Zimmer zurück. Viel später, in der Sicherheit seines Bettes, in der Abgeschlossenheit seines Zimmers, faltete Adam die Hände hinter dem Kopf zusammen und starrte durch sein Fenster in den nächtlichen Himmel. Sein Herz schlug schnell. Jetzt oder nie.
Er schlüpfte aus dem Bett und zog sich an.
Als die Uhr an der Bibliothek Mitternacht schlug, rannte der Junge durch die dunklen Gärten hinter den Häusern zur Hauptstraße. Er fühlte sich wie ein Ritter zu Pferde, der unterwegs war, die schöne Maid zu retten.

Adam nahm an, da es anscheinend so viele Schutzheilige für so viele Dinge gab, würde es vielleicht auch einen für zehnjährige Jungen geben, die eine Mission hatten. Und tatsächlich schien jetzt alles für ihn zu arbeiten.

Die Krankenschwestern an der Hauptrezeption unterhielten sich angeregt, als er unauffällig vorbeischlich.

Der Flur, der zu den Aufzügen führte, war verlassen.

Und als er dort ankam, standen beide mit offenen Türen da … ganz so, als warteten sie auf ihn. Er trat in den rechten und drückte auf den Knopf für den vierten Stock. Mit einem bedrohlichen Zischen schlossen sich die Türen.

Als sie wieder aufglitten, rechnete Adam schon halb damit, einen Arzt zu erblicken, der auf ihn wartete … oder seinen Vater, den Schlafanzug unter dem Mantel und mit den Fingern auf seinen Oberschenkel trommelnd. Aber es war niemand da. Stille herrschte.

Auf Zehenspitzen schlich er in den Korridor und drückte sich durch die Pendeltüren. Gerade, als er weitergehen wollte, trat eine Krankenschwester aus dem Zimmer seiner Mutter und sah auf die Uhr.

Sie stand vor einer Wand. Wenn sie sich nach links wandte, würde sie weiter den Korridor hinuntergehen, wo sich noch mehr Zimmer und eine Gruppe von Schreibtischen befanden. Wenn sie nach rechts ging, würde sie direkt vor Adam landen. Er wartete. Welchen Weg würde sie einschlagen?

Die Krankenschwester rieb sich mit beiden Händen über das Gesicht und wandte sich nach links. Adam öffnete den Mund weit, damit sein erleichterter Seufzer lautlos blieb, und schlich weiter … ins Zimmer seiner Mom.

Das Licht war eingeschaltet, aber gedämpft. Es kam von zwei Wandlampen, die eine gegenüber dem Bett und die andere über dem Stuhl rechts davon. Auf dem Stuhl lag eine Ausgabe von *Time* mit Clint Eastwood auf dem Titelbild.

Die Gestalt auf dem Bett sah so aus wie immer, und der Junge fühlte sich plötzlich schuldig, weil er je daran hatte zweifeln können, daß das seine Mutter war. Ihr Gesicht war dasselbe, nur schmaler, und ihr Haar war so goldblond und zerzaust, wie es immer gewesen war.

Adam wollte mit ihr sprechen, aber er wußte, daß ihm dafür nicht genug Zeit zur Verfügung stand. Er zog die Tür hinter sich zu, damit sie allein sein konnten, er und seine Mutter.

Nun, da das ständige Gesumme der Krankenhausgeräusche, das den ganzen Tag über herrschte, verstummt war, konnte Adam seine Mutter atmen hören. Aber nein, der Laut kam nicht vom Bett, obwohl die Brust seiner Mutter sich leise bewegte, auf und ab, auf und ab, sondern aus dem Hi-Fi-Turm daneben. In einer der Boxen zischte und seufzte etwas. … *Zisch … seufz … zisch …*

Er ließ sich auf die Knie fallen und rutschte auf dem Boden zu der Ansammlung von Drähten, die von einem Teil der Apparate zum anderen führte. Hier unten war es dunkler, und es fiel ihm schwer, sich zurechtzufinden. Aber bald sah er die Steckdose in der Wand.

Adam legte sich so auf den Boden, daß er die Digitalanzeigen und die leuchtenden Kurven sehen konnte, und streckte die Hand aus, bis sie die Steckdose berührte. Er blickte zu den Anzeigen auf und zog den Stecker.

Die Anzeigen verschwanden.

Adam wartete auf das Schrillen des Alarms.

Nichts geschah.

Er rutschte zurück, wobei er genau achtgab, nichts zu berühren, das umfallen könnte, und stand auf.

Zischen … Seufzen … Zischen … Seufzen …

Adam lief es kalt über den Rücken, als habe jemand ihn mit Eiswasser überschüttet.

Voller Entsetzen sah er die Maschinen an. Die Anzeigen waren immer noch aus. Was war schiefgegangen?

Er kniete neben den Kästen nieder und lauschte.

Die Geräusche kamen aus dem großen Apparat, der auf dem

Boden stand. Er wich zurück und starrte den Kasten an. Knöpfe und winzige Schalttafeln bedeckten seine Vorderseite.
Der Junge legte sich auf den Bauch und untersuchte die Rückseite des Kastens. Es kam keine Leitung heraus. Keine Leitung führte zur Steckdose in der Wand.
Zisch ... seufz ... zisch ... seufz ... Draußen auf dem Korridor waren Schritte zu hören.
Lautlos rollte Adam sich unter das Bett seiner Mutter.
Die Schritte wurden lauter, bis sie direkt vor der Tür waren. Und dann wurden sie wieder leiser. Adam wartete, bis er nichts mehr hören konnte, und schob sich dann unter dem Bett hervor. Als er die Hand nach oben streckte, berührte er den Arm seiner Mutter. Er riß die Hand zurück, starrte seine Finger an und bewegte sie, als hätte er sie eben versehentlich in einen Topf mit Säure getaucht. Der Junge rutschte dorthin, wo es heller war, und stand auf.
Adam blickte auf seine Mutter hinab und beobachtete das fast nicht wahrnehmbare Heben und Senken ihrer Brust unter den Bettdecken. Es stimmte mit den Lauten aus der Maschine neben ihr überein.
Er trat an das Bett heran und setzte sich neben sie auf den Rand. Dieses Mal nahm er ihre Hand, die auf ihrem Bauch lag, und hielt sie in seiner. Sie fühlte sich warm an. Er beugte sich darüber und schnupperte. Sie roch nach Krankenhaus ... nach Medikamenten und Arzneien, nach Maschinen und Leitungen. Sie roch nach allem möglichen, aber nicht nach seiner Mutter.
Adam drehte sich um und schaute zur Tür, wobei er sich nervös auf die Lippen biß, dann sah er wieder ihr Gesicht an. Es war genauso, wie es immer gewesen war, und doch ... und doch war es anders. Sie war da, aber trotzdem nicht da. Es war das Gesicht der Frau, die sein ganzes Leben lang für ihn gesorgt hatte ... und das Gesicht einer Frau, die er überhaupt nicht kannte.
»Mit ihr ist es vorbei, Jack. Laß sie ruhen.«

Bob Wilsons Worte hallten in seinem Kopf wider. Er sah sie wie auf einer Schultafel, leuchtend und dann verblassend. Und dann erschien Mrs. Stewarts Gesicht.

»Diese Kraft ist nicht einfach Körperkraft – so wie bei Arnold Schwarzenegger …«

Er beugte sich tiefer und flüsterte: »Mom? Mom … bist du da, Mom?«

» … von mir verlangen, daß ich um sie trauere, obwohl sie noch lebt.«

Adam nahm eine seiner Hände von der Hand seiner Mutter und sah sie an. Sie zitterte.

»Wenn deine Sache gut ist, dann wirst du obsiegen.«

Adam hielt die Hand seiner Mutter weiter fest in der Linken, während er die Rechte nach ihrem Hals ausstreckte. Jetzt zitterte sie nicht mehr. Dann packte er den dicken Schlauch und starrte mit weit aufgerissenen Augen seine Finger an, die sich um die breite Manschette direkt über dem Verband an Angela Showells Hals schlossen.

»›Und Arthur ergriff das Schwert am Heft‹«, hörte er Mrs. Stewart sagen, *»›und zog es leicht und mit Schwung aus dem Amboß und dem Stein heraus …‹«*

Er machte sich bereit und zog.

Der Schlauch leistete keinen Widerstand und ließ sich mit einer solchen Leichtigkeit aus dem Hals seiner Mutter ziehen, daß Adam fast vom Bett fiel und knapp eine kleine weiße Schale mit seltsamen Instrumenten verfehlte. Der Junge sah zur Tür, ob es Anzeichen gab, daß jemand ihn gehört hatte, und kehrte dann zum Bett zurück.

Das Ende des Schlauchs war noch nicht heraus.

»Der Schlauch verläuft durch ihren ganzen Hals bis in die Lunge«, hatte Bob gesagt.

Adam trat vom Bett weg. Jetzt hielt er den Schlauch mit beiden Händen fest.

Er schloß die Augen und zog weiter.

Immer wieder schien er nachgreifen zu müssen, bis der Schlauch endlich herausrutschte und sich über den Boden schlängelte, am Ende feucht und glänzend.

Der Junge sah zu, wie er zur Ruhe kam. Eine kleine Blase stieg heraus, die mit einem Mal platzte.

Zisch … seufz … zisch … seufz …

Die Maschine atmete immer noch.

Adam ließ den Schlauch in seinen Händen fallen und ging vorsichtig zum Bett.

Die Brust seiner Mom bewegte sich nicht mehr. Nun lag sie wirklich still da.

Er setzte sich neben sie und hielt eine Minute oder so ihre Hand. Dann schmiegte er die Hand an seine Wange, bevor er sie sanft auf ihren Leib legte.

Als Adam ihr Gesicht ansah, glaubte er eine ganz schwache Bewegung zu erkennen … einen Schatten, der über ihre Züge huschte und davonwehte.

Obwohl sie nicht anders aussah als noch vor ein paar Minuten, strahlte jetzt so etwas wie Frieden von ihr aus. Und als Adam sich anschickte, den Raum zu verlassen, wurde ihm klar, daß das, was er da auf dem schmalen Krankenhausbett ansah, wenig mehr als ein Foto war.

Ein Bild von etwas, das einmal gewesen war … eine kurze Momentaufnahme eines vergangenen Augenblicks. Aber die Erinnerungen – *richtige* Erinnerungen – waren die unschätzbaren und immateriellen Dinge, die man im Kopf trug, keine vergänglichen Pappstückchen mit ihrer chemischen Magie und mystischen Ähnlichkeit.

Zisch … seufz … zisch … seufz … sagte die Maschine, doch irgendwie klang ihre Stimme jetzt einsam.

Adam stand auf und verließ den Raum, befriedigt darüber, daß dieses Zimmer jetzt vollkommen leer war.

Minuten später rannte er durch die frühmorgendliche Dunkelheit, der tapferste aller Ritter aus alter Zeit, in schimmernden, prächtigen Gewändern, willensstark und wahrhaftig und seinen Zielen treu …

Der Junge sog den schwachen Duft taubenetzter Levkojen und die Verheißung des Sommers ein.
Er ging nach Hause.

Abschied zu nehmen
ist alles, was wir vom Himmel kennen
und von der Hölle zu wissen brauchen.

Emily Dickinson (1830–1886)

Charles de Lint
ÜBERGANG

Kapitel 1

Das Schwert liegt neben mir im Gras, nicht ganz wirklich, sondern eher wie ein Zauber. Ich weiß nicht, wie ich es sonst beschreiben soll. Die Klinge ist einfach zu groß, um wirklich zu sein.

Ich kann mir niemanden vorstellen, der groß genug wäre, die Waffe überhaupt in der Hand zu halten, geschweige denn sie zu schwingen. Wenn man das Schwert anschaut, hat man das Gefühl, durch Wasser zu sehen, als läge man am Grund eines Sees, und alles wäre in Bewegung und die Konturen verschwommen.

Ich kann das dunkle Metall des Schwertknaufs und der Parierstange sehen, die unmögliche Länge der Klinge selbst, die das Mondlicht verschluckt, und den Riemen am Griff, dessen Leder stellenweise abgetragen ist und glänzt.

Ich könnte beinahe glauben, daß es lebt.

Wann immer ich es betrachte, setzt die Zeit aus. Ich verliere Teile der Nacht, mal zehn, mal fünfzehn Minuten, Zeit, die ich nicht entbehren kann. Dabei muß ich es vor Sonnenaufgang vollendet haben. Ich konzentriere mich, reiße den Blick los und nehme die Schaufel wieder in die Hand. Geweihter Boden. Ich weiß nicht, wie tief das Grab werden muß. Ein Meter? Zwei Meter? Ich werde einfach weiter graben, bis ich das Gefühl habe, daß es so richtig ist.

Kapitel 2

Lucy Grey war Reporterin und Kolumnistin bei der *Newford Sun*, und diese Tätigkeit brachte sie mit der Homosexuellenszene der Stadt in Kontakt. Ihr Chefredakteur war begeistert vom jüngsten Interesse der Leserschaft an homosexuellem Chic und überhaupt an allem Androgynen und schickte sie zu den Lesbenbars in der Gracie Street, um darüber einen Bericht zu schreiben, der sich schließlich zu einem Feature für die Wochenendbeilage auswuchs.

Obwohl Lucys Sexualleben eindeutig heterosexuell ausgerichtet war und sie daran auch nichts ändern wollte, mußte sie dort entdecken, daß sie zwar mit Männern schlief, im Geist aber anscheinend Frauen zugeneigt war. Die Reporterin war es leid, von Männern belästigt zu werden, und in den Lesbenbars fand sie Entspannung. Lucy konnte hier tanzen und mit den anderen Mädchen flirten und brauchte sich niemals Sorgen darüber zu machen, wie sie am Ende der Nacht allein nach Hause verschwinden konnte.

Ihre neuen Freundinnen schienen sie zu verstehen, und sie glaubte nicht, daß jemand sich daran störte, wenn sie mehr versprach, als sie geben konnte. Bis sie eines Abends auf der Toilette des *Neon Sister* zwei Frauen, die gerade ihr Make-up auffrischten, über sich reden hörte. Die beiden ahnten nicht, daß sie belauscht wurden.

»Ich weiß nicht«, sagte die eine. »Irgend etwas an ihr ist nicht ganz echt. Als würde sie jetzt, nach dem Artikel in der *Sun*, für ein Buch recherchieren – und dazu bei uns mitmachen, ohne so richtig zu uns zu gehören.«

»Wen meinst du, etwa Lucy?« fragte die andere.

Die Reporterin erkannte die Stimme ihrer Freundin Traci. Traci hatte sich schon an ihrem ersten Abend in der Gracie Street mit ihr angefreundet und sie durch die Clubszene geführt.

»Natürlich Lucy. Sie ist so, so ganz ›nur anschauen, aber nicht anfassen‹.«

»Du bist wohl sauer, weil sie nicht mit dir schlafen will.«
»Die schläft mit niemand.«
»Na und?«
»Sie kommt mir vor wie eine Touristin auf emotionaler Entdeckungstour. Aber sie ist nur auf der Durchreise. Du weißt doch, was passiert, wenn die Heteras erst einmal anfangen, sich in unseren Clubs breitzumachen.«
Dann ist das bald kein Lesbentreff mehr, dachte Lucy, die von solchen Entwicklungen schon gehört hatte. Aber diesmal verhielt es sich anders: Die Anschuldigung war gegen sie gerichtet, und Lucy mußte sich eingestehen, daß der Vorwurf nicht ganz unberechtigt war. Sie besuchte diese Clubs nicht nur, weil sie die Gesellschaft von Frauen vorzog, sondern weil sie Männern aus dem Weg gehen wollte.
Es lag nicht daran, daß sie Männer generell nicht mochte, aber ihr Beisammensein mit Männern schien niemals über die Schlafzimmertür hinauszugelangen. Lucy war weder bisexuell noch auf Experimente aus. Sie war einfach nur durcheinander und rettete sich in eine Clubszene, wo sie Gesellschaft finden konnte, ohne daß daraus Probleme entstanden.
»Du interpretierst da zuviel hinein«, entgegnete Traci. »Es ist ja nicht so, daß sie eine von uns ernsthaft anmachen würde. Sie flirtet nur ein bißchen – das tun doch alle.«
»Und du würdest nicht mal gern an ihr naschen wollen?«
Traci lachte. »Ich würde sofort bei ihr einziehen.« In ihrer Kabine lief Lucy knallrot an, und es wurde noch schlimmer, als ihre Freundin hinzufügte: »Für immer.«
»Du bist wohl auf ein gebrochenes Herz aus.«
»Das glaube ich nicht«, antwortete Traci. »Ich versuche, auf dem Boden der Tatsachen zu bleiben. Wenn sie nur Freundschaft will, dann geht das für mich in Ordnung. Und irgendwie mag ich ihre Art: gesellig, aber keusch.«
Das war eine Bemerkung, die Lucy nach diesem Abend von ganzem Herzen annahm. Offenbar hatte Traci perfekt beschrieben, wie es in ihr aussah. Bis Lucy Nina kennenlernte.

Kapitel 3

Das Ganze fängt ziemlich unschuldig an. Nina taucht eines Abends im *North Star* auf, und sie sieht genauso süß und verloren aus, wie Traci mich fand, als ich das erste Mal in der Gracie Street war und versuchte den Mut aufzubringen, einen der Clubs zu betreten. Sie trägt das Haar kurz wie Sadie Benning, dazu Kampfstiefel mit schwarzen Jeans und weißem T-Shirt. Jedenfalls sieht sie aus wie eine Femme, wirkt aber schüchtern, und so nehme ich sie unter meine Fittiche.

Später stellt sich heraus, daß sie verheiratet ist, aber die Kiste läuft nicht mehr gut. Mag sein. In ihrer Beziehung findet sich keine echte Verbundenheit – immer dieselbe Geschichte.

Sie glaubt, daß ihr Mann noch was nebenher laufen hat, kann das aber nicht beschwören. Nina ist sich nicht sicher, was sie hier will, sie möchte nur mal einen Abend rauskommen, hat aber keine Lust auf die Spielchen in den Heterobars. Also ist sie hierher gekommen und jetzt, wo sie hier sitzt, weiß sie nicht mehr so recht, was sie hier soll.

Ich sage ihr, sie soll sich entspannen. Wir tanzen ein bißchen. Trinken etwas. Als sie dann nach Hause geht, haben sich ihre Wangen gerötet, und die meisten der Schatten, die ich in ihren Augen gesehen hatte, sind verschwunden.

Wir fangen an, zusammen auszugehen. In die Clubs. Zum Mittagessen, einmal zum Abendessen. Aber kein »Gehen wir zu dir oder zu mir?«

Wir sind nur Freundinnen, außer daß ich mich nach ein paar Wochen dabei ertappe, ständig an sie zu denken, mich richtiggehend auf sie zu fixieren. Das hat nichts mit Eifersucht zu tun. Ich frage mich nicht, wo sie gerade steckt oder mit wem. Nur Gespräche, die wir mal geführt haben, kommen mir ständig wieder in den Sinn. Ihr Gesicht taucht immer häufiger vor meinem inneren Auge auf. Ihre schlanke Figur.

Fängt es so an? frage ich mich. Es gibt keine Erklärung für das, was da in mir wächst; nein, früher mochte ich Männer, nun bin ich in eine Frau verliebt, einfach so. Ich wünsche mir, mit ihr zusammen zu sein. Sie zu berühren. In ihrem Lächeln zu baden. Zu wissen, daß sie an mich denkt.

Eines Abends fahre ich sie nach Hause, und ich weiß nicht, wie es passiert, aber wir halten vor ihrem Haus, ich lehne mich an sie, und dann treffen sich unsere Köpfe, unsere Lippen, unsere Zungen. Es ist genau so, wie einen Mann zu küssen, nur alles viel weicher. Irgendwie süßer.

Wir schmiegen uns aneinander, die Hände tasten, ich streichele ihr Haar, ihren Nacken, ihre Schulter – bis sie sich plötzlich von mir löst: atemlos, wie ich, mit einem Blick in den Augen, der Überraschung und Verlangen ausdrückt, wie meiner, aber da ist noch etwas anderes. Nicht Scham. Nein, dafür hat es sich zu gut angefühlt. Eher Konfusion, ja. Und Unsicherheit, ganz sicher sogar.

»Es tut mir leid«, sage ich, denn ich weiß, sie ist nur auf der emotionalen Durchreise, so wie ich. Lesbisch nur im Geist. Wir haben darüber geredet. So oft.

»Das sollte es nicht«, antwortet sie. »Es war wunderbar.«

Ich schweige, habe Schmetterlinge im Bauch, verstehe nicht die Intensität meiner Gefühle für sie, für eine andere Frau, will sie nicht erschrecken, weiß aber, daß ich mehr will. »Gut« beschreibt nicht einmal annähernd, wie es für mich gewesen ist.

Nina seufzt. »Es ist nur so ... verwirrend.«

Das verstehe ich.

»Fühlt es sich für dich falsch an?« frage ich.

Sie nickt. »Aber nicht aus dem Grund, an den du wahrscheinlich denkst. Es ist nur ... wenn ich sicher wäre, daß Martin mich betrügt ... daß unsere Ehe beendet ist ... ich glaube, dann wäre es anders. Ich hätte nicht das Gefühl, daß ich ihn betrüge. Dann könnte ich alles machen, was ich will, oder?«

»Liebst du ihn denn noch?«

»Ich weiß nicht«, antwortet Nina. »Wenn er mich wieder betrügt, wie ich es glaube ...« Sie sieht mich hilflos an, und ich möchte

sie am liebsten wieder in die Arme nehmen, aber ich bleibe auf meiner Seite des Wagens.
»Vielleicht«, sagt sie mit leiser Stimme und großen, hoffnungsvollen Augen. »Vielleicht könntest du für mich herausfinden … für uns herausfinden …«
»Was? Soll ich ihm vielleicht folgen?«
Nina schüttelt den Kopf. »Nein. Ich dachte eher … du könntest versuchen, ihn zu verführen. Dann *wüßten* wir es.«
Mir gefällt die Richtung, die das Ganze jetzt nimmt, überhaupt nicht, aber da ist das Versprechen in Ninas Augen: Wenn ich das für sie tue, wird sie mein sein. Nicht nur für eine Nacht, sondern für immer.
»Du müßtest nicht wirklich etwas mit ihm anfangen«, sagt sie. »Wie zum Beispiel mit ihm ins Bett gehen oder so. Wir müßten nur so weit gehen, bis wir festgestellt haben, ob er bereit ist, mich zu betrügen.«
»Ich weiß nicht«, antworte ich voller Zweifel, aber ich spüre bereits, wie ich langsam nachgebe.
Nina nickt. »Ist wohl eine ziemlich dumme Idee«, sagt sie. Sie sieht verlegen weg. »Meine Güte, ich glaube es einfach nicht, daß ich dich gebeten habe, so etwas zu tun.«
Sie beugt sich vor und gibt mir rasch einen Kuß, dann zieht sie sich zurück und will aussteigen.
»Warte noch einen Moment.« Ich halte sie am Arm fest. Sie läßt sich von mir wieder ins Auto ziehen. »Ich habe nicht gesagt, daß ich es nicht tun werde. Es ist nur … wir müßten einen guten Plan haben, oder? Ich meine, wo soll ich ihn überhaupt treffen?«
Also fangen wir an, darüber zu reden, und ehe ich weiß wie mir geschieht, haben wir den Plan zusammen.
Sie erzählt mir, wo er freitags nach der Arbeit noch etwas trinken geht. Wir halten es für das Beste, wenn sie am Wochenende wegfährt. Wir planen jeden Schritt und sitzen Arm in Arm in meinem Wagen. Bevor sie endgültig geht, küssen wir uns noch mal, ein langer, tiefer Kuß, nach dem mir der Kopf schwirrt und mein Körper sich nach ihrer nackten Haut sehnt.

Ich habe anschließend nicht die geringsten Bedenken, bis ich allein in meiner Wohnung aufwache und mir langsam klar wird, auf was ich mich da eingelassen habe.
Ich erinnere mich an ihre letzten Worte, bevor sie ausgestiegen ist.
»Wenn er mich tatsächlich betrügt ... und er dich mit in unsere Wohnung nimmt, könntest du dann etwas für mich tun, bevor du gehst?«
»Was denn?«
»An der Wand über dem Kamin hängt ein Schwert. Kannst du es zu dir nach Hause mitnehmen?«
»Ein Schwert.«
Sie nickte. »Denn wenn es zwischen Martin und mir aus ist, dann kehre ich niemals wieder dorthin zurück. Ich werde ihn nicht wiedersehen wollen. Aber ...« Sie warf mir einen Blick zu, der mein Herz dahinschmelzen ließ. »Das Schwert ist das einzige, was ich mitnehmen möchte. Es hat einmal meiner Mutter gehört, weißt du ...«
Ich liege im Bett und denke daran, bis ich aufstehen muß, um zu pinkeln. Als ich mir das Gesicht wasche, beobachte ich mein Spiegelbild, wie es mich anschaut und das Wasser von seinen Wangen tropft.
»Lucy«, frage ich mein Spiegelbild. »Was haben wir uns denn jetzt schon wieder eingebrockt?«

Kapitel 4

Im *Neon Sister* war noch nicht viel los, aber die Uhr zeigte erst elf an. Lucy sah Traci allein an einem der Tische an der Tanzfläche sitzen. Sie war leicht zu entdecken, mit ihren schulterlangen Dreadlocks und ihrer kaffeefarbenen Haut, die noch von ihrem weißen T-Shirt betont wurde.
Lucy wartete einen Moment, um sicherzugehen, daß Traci tatsächlich allein war, ging dann quer über die Tanzfläche und

setzte sich zu ihr. Sie bestellte sich bei der Bedienung einen Drink, aber ihr war eigentlich nicht danach zumute, und so nippte sie nur daran. Von Tracis ruhiger Art ging immer dieses gewisse Etwas aus, was Lucy dazu drängte, sich ihr zu öffnen. Sie wußte nicht, was sie normalerweise davon abhielt, aber heute regte sich in ihr keine solche Abwehr.

»Ich bin nicht wirklich lesbisch, weißt du«, begann sie, als der Small talk zwischen ihnen verebbt war.

Traci lächelte. »Ist mir klar.«

»Du weißt es?«

Traci nickte. »Aber du bist dir auch nicht mehr sicher, ob du straight bist. Du weißt nicht, wer oder was du bist, richtig?«

»Könnte sein. Nur jetzt glaube ich langsam, ich bin vielleicht doch lesbisch.«

»Hat das was mit Nina zu tun?«

»Ist es so offensichtlich?«

»Das haben wir alle durchgemacht, Lucy.«

Die Reporterin seufzte. »Also, ich glaube, ich bin bereit, na ja, herauszufinden, wer ich wirklich bin, aber ich glaube, Nina ist es nicht.«

»Auch dazu kann ich nur sagen, willkommen im Club.«

Lucy nippte noch einmal an ihrem Drink und schaute zur Tanzfläche hinüber. Eine Stunde war vergangen, und der Club füllte sich jetzt langsam. Sie richtete ihren Blick wieder auf Traci.

»Warst du jemals in einen Mann verliebt?« fragte sie.

Traci zögerte einen Moment und nickte dann widerwillig. »Vor langer Zeit.«

»Fühlt es sich anders an – ich meine, mit einer Frau?«

»Du meinst, in dir drin?«

Lucy nickte.

»Es fühlt sich nicht anders an«, erklärte Traci. Sie betrachtete Lucy, und als sie fortfuhr, war ihr Blick ernster als sonst.

»Heteras denken immer, es sei schwer für uns, zu unserem Coming-out zu finden, uns unserer Umwelt zu offenbaren. Aber

es ist schwieriger, zu uns selbst ehrlich zu sein. Nicht, weil etwas damit nicht stimmt, wie wir sind, sondern weil wir dazu gebracht werden, es als falsch zu empfinden. Früher dachte ich, das würde sich ändern, weil die Schwulenbewegung so viele Fortschritte gemacht und so viele Rechte erkämpft hat …
Aber die Gesellschaft kippt immer noch so viel Unrat über uns, daß man meinen könnte, es hat sich überhaupt nichts bewegt. Weißt du, was mir von morgens bis abends durch den Kopf ging, als ich dabei war, mit mir selbst ins reine zu kommen?«
Lucy schüttelte den Kopf.
»Dieser alte William-Wyler-Film, INFAM, aus den frühen Sechzigern mit Shirley McLaine. Sie wird beschuldigt, lesbisch zu sein, findet heraus, daß da wirklich was dran ist, und bringt sich um. Ich habe mich für meine Gefühle schrecklich geschämt. Damals ekelte ich mich furchtbar vor mir selbst und war zutiefst verwirrt.«
»Ich schäme mich nicht«, sagte Lucy.
»Aber verwirrt bist du trotzdem.«
Lucy nickte. »Ich weiß nicht, was ich tun soll.«
»Also gut, mein Tip: Laß dir Zeit, damit klarzukommen. Sei ehrlich – zu dir selbst und zu Nina, aber laß dir Zeit.«
»Und wenn ich sie verliere?«
»Dann hat es eben nicht sein sollen.« Traci lächelte sie schief an. »Ziemlich blöd, was? Aber es steckt immer ein Körnchen Wahrheit darin – sogar in Binsenweisheiten wie dieser. Hast du Lust zu tanzen?«
Lucy dachte an den Abend, als sie belauscht hatte, wie Traci und eine andere Frau auf der Toilette über sie geredet hatten. Sie erinnerte sich, was Traci über sie gesagt hatte, und sie dachte daran, was sie für Nina empfand. Dabei wurde ihr eines klar: Ob und in welcher Form die Geschlechter zueinander fanden, war völlig egal. Manche Dinge änderten sich einfach nicht. Sie lächelte Traci an.
»Klar«, sagte sie.
Es war ein langsames Lied. Traci und sie hatten schon oft

miteinander getanzt, aber heute abend war es irgendwie anders. Heute abend mußte Lucy ständig daran denken, daß es der Körper einer Frau war, der sich an ihren schmiegte, daß sie der Arm einer Frau umschlungen hielt. Allerdings fühlte sich alles irgendwie anders an, seit sie Nina gestern abend geküßt hatte.

»Lesbe oder Hetera«, flüsterte Traci ihr leise ins Ohr, »der Schmerz ist immer gleich schlimm.«

Lucy nickte und lehnte ihren Kopf wieder an den von Traci. Ihr wurde bewußt, daß sie sich gegenseitig trösteten, aber während Traci ihr mehr anbot, war der Tanz alles, was Lucy ihr geben konnte.

Kapitel 5

Also, ich tue es. Ich treffe Martin im Huxley's, dieser Yuppie-Bar gegenüber vom Fitzhenry Park, und flirte schamlos mit ihm. Ihn anzumachen ist so einfach, daß ich mir wünschte, es gäbe dafür Preise. Dann könnte ich so richtig absahnen.

Nach dem Abendessen weiß ich schon genug von ihm, um Nina Gewißheit zu geben, aber jetzt bin ich neugierig geworden, wie es mit Martin weitergeht und wie die beiden wohnen.

Irgendwie finde ich den Absprung nicht. Auf einmal bin ich in ihrer Wohnung, in demselben Haus, vor dem ich vor ein paar Tagen mit seiner Frau in meinem Wagen saß und wir uns geküßt haben. Jetzt bin ich hier mit ihm, sitze auf ihrer Couch und beobachte, wie er an der Hausbar in der Ecke des Wohnzimmers Drinks für uns macht.

Er kommt mit einem Glas in jeder Hand zurück und reicht mir eines. Wir prosten einander zu und trinken einen Schluck. Ein wirklich guter Cognac. Ich mag das. Und ihn mag ich auch – nicht als Mann für mich, aber er scheint ein netter Kerl zu sein. Außer, daß er seine Frau betrügt – die Frau, die ich in mein Bett locken will. Mir dämmert, daß es höchste Zeit ist zu gehen.

Allerhöchste Zeit. Aber dann reißt Martin mir den Boden unter den Füßen weg.
»Also, wann hast du Nina kennengelernt?« fragt er.
Ich sehe ihn an und kann meine Überraschung nicht verbergen.
»Woher weißt du ...«
Ich beiße mir auf die Zunge, bevor ich mich noch weiter verstricke, und atme tief durch, um meine Fassung wiederzuerlangen. Gar nicht so einfach, wenn er mich mit diesen hellblauen Augen so ironisch ansieht. Vorher hatte dieser Blick mich an Traci erinnert, so ernst und gleichzeitig fröhlich, wie bei ihr, aber jetzt ist da noch etwas Unheimliches dahinter, an der gleichen Stelle, an der ich in Ninas Augen am ersten Abend den Schmerz entdeckt hatte.
»Sie hat schon andere Leute geschickt, um das Schwert zu holen.«
Ich habe den ganzen Abend versucht, nicht hinzusehen, aber jetzt kann ich den Blick nicht mehr davon losreißen. Als ich das Wohnzimmer zuerst betreten und einen kurzen Blick darauf geworfen habe, ist mir schon aufgefallen, wie riesig es ist. Unmöglich, das Ding in meine Handtasche zu bekommen. Die Vorstellung, damit rasch zu verschwinden, hatte ich da gleich aufgegeben.
»Was für eine Geschichte hat sie dir erzählt?« fährt Martin fort. »Daß das Schwert ihrer Großmutter gehört hat und daß es das einzige ist, was sie noch an die alte Schachtel erinnert?«
Nicht Großmutter, denke ich, sondern Mutter. Aber ich sage nichts. Eine der Lektionen, die ich bei der Zeitung gelernt habe: Wenn du den Mund halten kannst, wird die Person, mit der du zusammen bist, sich in neun von zehn Fällen verpflichtet fühlen, das Schweigen zu brechen. Es ist unglaublich, mit was für Dingen einem die Leute dann kommen.
»Oder hat sie dir von dem Fluch erzählt, der auf ihrer Familie lastet?« fragt er, »und daß das Schwert in seine Scheide gesteckt werden muß, damit der Fluch endet?«
Ich sage immer noch nichts.

»Oder hat sie dir die Wahrheit verraten?«

Diesmal läßt er mich schmoren, bis ich endlich frage: »Also, wie lautet die Wahrheit?«

»Nun, das ist alles Ansichtssache, nicht wahr?«

Eine unterschwellige Unruhe sagt mir, daß es jetzt endgültig Zeit ist zu gehen. Ich trinke noch einen großen Schluck zur Stärkung, nehme meine Jacke und ziehe sie an.

»Ich wollte nicht so vage klingen«, sagt er, bevor ich aufstehe. »Was immer sie dir erzählt hat, ist nur ein Teil der Wahrheit, das wollte ich eigentlich sagen. Deswegen ist alles Ansichtssache.«

Ich nicke automatisch. Was er da erzählt, habe ich während meiner ersten Woche bei der Zeitung gelernt: Es gibt keine objektiv richtige Wahrheit, nur die eigene individuelle Sicht der Dinge.

»Wir sind nicht verheiratet«, eröffnet Martin mir jetzt.

»Äh, ein bißchen spät für diese Ausrede, oder?«

»Nein, du verstehst es nicht. Sie ist kein Mensch. Sondern dieses ... dieses *Wesen.*«

Sein Blick wandert zu dem Schwert über dem Kamin und kehrt dann zu mir zurück. Mir wird bewußt, daß das Unheimliche, was ich in seinen Auge sehe, nichts als Angst ist.

»Was willst du damit sagen?« frage ich.

»Sie steht wirklich unter einem Fluch, nur ist der nicht von der Art, wie sie dir wahrscheinlich erzählt hat.«

»Sie hat nichts über einen Fluch gesagt, außer daß sie mit dir verheiratet sei.«

»Wie die Dinge liegen«, antwortet Martin, »könnte man es wirklich so sehen. Aber wir sind wirklich nicht verheiratet. Ich habe keine Gewalt über sie. Das genaue Gegenteil trifft zu: Sie jagt mir eine Heidenangst ein.«

Ich schüttle den Kopf. Wenn man seine Größe und ihre Zierlichkeit bedenkt, fällt es mir schwer, so etwas zu glauben.

»Ich habe sie vor einigen Jahren kennengelernt«, erklärt er weiter. »Auf einer Party. Ich habe ihr versprochen, daß ich ihr helfen würde, den Fluch zu brechen, aber ich habe es nicht getan. Ich habe mein Versprechen nicht gehalten, und seitdem verfolgt sie mich.«

Flüche. Verfolgung. Als ob er mir weismachen will, Nina sei ein Geist. Langsam wünsche ich mir, ich hätte es nur bei dem Spielchen im Restaurant belassen und wäre dann einfach nach Hause gegangen. Allein. Aber dafür ist es jetzt zu spät.

Er sitzt immer noch da und sieht mich hoffnungsvoll an, und obwohl ich zugeben muß, daß ich das alles für blanken Unsinn halte, kann ich doch meine Neugierde nicht im Zaum halten. Eine schlechte Angewohnheit, die sich von der Arbeit auf mein Privatleben übertragen hat. Wahrscheinlich habe ich mich allein aus diesem Grund überhaupt für diesen Job beworben.

»Also, was hat es mit diesem Fluch auf sich?« frage ich ihn.

»Sie ist in diesem Schwert gefangen«, sagt er und zeigt auf den offenen Kamin.

»Ach, jetzt hör aber auf.«

Daß Nina als falsche Lesbe durchgeht, kann ich ja noch verstehen, bei mir ging das schließlich auch. Aber daß sie noch nicht einmal menschlich sein soll und nur so tut?

»Okay, ich weiß, wie sich das anhört. Aber es ist wahr. Sie hat mir ein Jahr mit ihr versprochen – eine tolle Partnerin, klasse Sex, was immer ich mir wünschte –, aber am Ende des Jahres müsse ich meinen Teil des Abkommens erfüllen … und das konnte ich einfach nicht.«

»Und wie sah der aus?«

Das einzige, was mich jetzt noch interessiert, ist, wie weit er das alles noch treiben wird.

»Zu dem Schwert gehörte einmal eine Scheide«, erklärt Martin. »Solange die Klinge in der Scheide steckte, konnte Nina ihre menschliche Gestalt beibehalten. Aber die Scheide ging verloren oder wurde gestohlen, ich weiß es nicht mehr, und einen Zauber gab es da auch noch. Der Träger der Scheide war vor jedem Schmerz und vor jeglicher Verletzung geschützt. Jedenfalls, so wie die Dinge jetzt stehen, kann sie nur für kurze Zeitabschnitte

menschlich sein, bevor sie wieder in das Schwert zurückkehren muß.«
Ich antworte mit einem unbestimmten »Aha«.
»Das Abkommen, auf das ich mich eingelassen habe«, sagt er, »bestand darin, daß ich das Schwert am Ende des Jahres einstecken mußte, und genau das habe ich nicht fertiggebracht.«
»Warum nicht?«
»Weil ich es in meinen Körper stecken sollte.«
Ich setze mich auf. »Was? Du meinst, du solltest dich selbst damit aufspießen – so was wie *Seppuku*, wie die Samurai früher in Japan?«
Martin antwortet darauf nicht und fährt statt dessen fort: »Weißt du, um den Fluch zu brechen, muß ich dabei auch noch wirklich glauben, daß es funktioniert. Und ich muß es wollen – du weißt schon, ich muß bereit sein, mich selbst zu opfern. Ich fühle mich weder zu dem einen noch zu dem anderen in der Lage.«
Ich betrachte ihn und sehe seine Angst. Mir wird klar, daß er all das tatsächlich glaubt.
»Warum versuchst du nicht einfach, das Schwert loszuwerden?« frage ich, denn das erscheint mir als vernünftigste Lösung.
»Ich habe Angst davor. Ich weiß nicht, was mit mir passieren wird, wenn ich das tue.«
Ich denke an Nina, stelle mir vor, daß dieser große Kerl Angst vor ihr hat, und schüttle den Kopf.
»Hat Nina dich denn bedroht?«
Er läßt den Kopf hängen. »Nein, sie steht nur da am Kamin oder am Fußende meines Betts und sieht mich an. Jagt mir eine Heidenangst ein. Sie spricht nicht mehr mit mir, sie tut auch sonst nichts, außer mich anzustarren. Das treibt mich zum Wahnsinn.«
Nun, irgendwas scheint dich tatsächlich verrückt zu machen, will ich sagen. Statt dessen denke ich an das Schwert, das da an der Wand hängt. Ich versuche mir vorzustellen, daß Ninas – was? Geist? Seele? – in dieser langen Klinge gefangen ist. Aber es gelingt mir nicht mal, so zu tun, als ob ich so was glaube.

»Dann gib es mir«, fordere ich ihn auf.
Er blinzelt verwirrt und schüttelt dann wieder den Kopf. »Nein, das kann ich nicht. Sonst wird etwas Schreckliches mit mir geschehen.«
»Das glaube ich nicht«, versichere ich ihm. »Nina hat mich ausdrücklich gebeten, das Schwert mitzunehmen, wenn ich gehe. Du sagst selbst, sie hat schon andere Leute geschickt, um es zu holen. Ist es nicht offensichtlich, daß sie nur das Schwert haben will? Gib es mir, und wir verschwinden alle aus deinem Leben. Nina. Das Schwert. Ich.« *Und dein Verstand, füge ich in Gedanken hinzu, obwohl ein guter Psychiater dir vielleicht helfen könnte, etwas davon wiederzufinden.*
»Ich ...«
Martin schaut erst mich, dann das Schwert unschlüssig an. Dann trifft er eine Entscheidung. Er steht auf, holt eine Decke, wickelt das Schwert darin ein und gibt es mir.
»Hör mal«, sage ich und gehe unter dem Gewicht in die Knie, »was du wirklich noch tun solltest ...«
»Geh einfach«, unterbricht er mich.
Er wirft mich nicht unbedingt raus, aber es kommt dem doch ziemlich nahe. In Wahrheit verhält er sich so durchgedreht, daß ich nicht schnell genug weit von ihm fortkommen kann.
So schleppe ich das Schwert die Straße hinunter bis zu meinem Auto. Die Klinge paßt nicht in den Kofferraum, also lege ich sie auf den Rücksitz. Ich sehe hinauf zum Fenster der Wohnung, in der ich eben gewesen bin. Martin hat alle Lichter gelöscht.
Wie eigenartig, denke ich bei mir und setze mich hinters Steuer. Martin wirkte so normal, als ich ihn im Huxley's kennenlernte, und dann stellt sich heraus, daß ich diesseits der Irrenhaustüren noch nie jemand so Verrücktem begegnet bin. Das sollte mir eine Lehre sein. Kein Wunder, daß Nina ihn verlassen will.
Der Gedanke beschäftigt mich, und der Wagen surrt leise im Leerlauf. Aber Nina wollte Martin nicht aus diesem Grund verlassen. Ich sehe noch mal zu der dunklen Wohnung über mir hinauf, diesmal durch die Windschutzscheibe. Obwohl,

wenn ich so darüber nachdenke, würde ich in diesem Fall den wahren Grund, aus dem ich ihn verlasse, auch lieber für mich behalten.
Ich schüttle den Kopf. Was für ein Quatsch. Ich schalte auf D und fahre nach Hause. Schließlich muß ich für die Montagszeitung noch einen Artikel schreiben und habe bisher keine Idee dafür. Nur eines weiß ich: Mit Schwertern wird er nichts zu tun haben.

Kapitel 6

Nina war wirklich verreist, und so konnte Lucy sie nicht gleich anrufen.
»Ich möchte ihn nicht anlügen«, hatte sie gesagt, »sonst wäre ich genauso schlecht wie er.« Und was war damit, daß Nina sie angelogen hatte? fragte sich Lucy. Aber sie konnte Ninas Zweifel an ihrer Beziehung verstehen, nachdem sie erlebt hatte, wie verrückt Martin war. Und selbst wenn Nina nicht verreist gewesen wäre, die einzige Nummer, die Lucy von ihr hatte, war die von Martin. Sie hatte am Samstagmorgen im Telefonbuch nachgeschlagen, während die Kaffeemaschine lief.
Das Schwert lag noch da, wo sie es am Abend zuvor fallengelassen hatte – noch immer eingewickelt, auf dem Boden gleich bei der Tür –, und Lucy hatte seitdem keinen Blick daran verschwendet.
Sie wollte es nicht anschauen. Nicht, weil sie Martins ziemlich verrückte Geschichte über das Schwert und Nina glaubte, sondern weil etwas an der riesigen Waffe ihr unheimlich war. Nein, das war nicht ganz richtig. Vielmehr fühlte sie sich schon bei dem Gedanken an dieses Ding merkwürdig – als ob die Luft dicker würde oder der solide Parkettboden zu schwimmen begänne. Besser, überhaupt nicht mehr daran zu denken.
Am Samstag ging sie einkaufen, und am Abend blieb sie mit einem Video zu Hause. Sonntagnachmittag ging sie ins Büro

und arbeitete an dem Montagsartikel – sie hatte beschlossen, etwas über billige Quellen für Modeaccessoires zu schreiben. Lucy brauchte nicht lange dafür und verbrachte dann einige Stunden damit, die Unordnung auf ihrem Schreibtisch zu beseitigen, ohne dabei sichtbare Fortschritte zu erzielen. Das war das Schicksal ihres Lebens. Sonntag abend rief Nina an.

Sobald Lucy ihre Stimme erkannt hatte, spähte sie zum Flur, wo die Klinge immer noch lag, und dachte an das, was Martin ihr gesagt hatte.

»Ich hab' das Schwert«, sagte sie ohne Vorankündigung. »Hier bei mir. Möchtest du vorbeikommen und es holen?«

»Und wohin soll ich es dann bringen?« fragte Nina. »Zurück in Martins und meine Wohnung?«

»Oh. Daran habe ich gar nicht gedacht. Du mußt wohl erst eine neue Wohnung finden.«

Lucy zögerte einen Moment, aber bevor sie ihre eigene Couch als vorübergehende Schlafstätte anbieten konnte, redete Nina schon wieder.

»Ich kann nicht fassen, daß er es dir einfach gegeben hat«, sagte sie. »Gab es Schwierigkeiten? War es schlimm … ihn zu verführen?«

»So weit bin ich nicht gegangen.«

»Trotzdem«, beharrte Nina, »besonders schön kann es auch nicht gewesen scin.«

»Eher ziemlich merkwürdig.«

»Wieso merkwürdig?«

War da nicht ein neuer Unterton in Ninas Stimme? Eine Andeutung von … von was? Anspannung?

»Nun, Martin ist sofort auf mich angesprungen, genau wie du es gesagt hast«, antwortete sie. »Er hat mich nach der Arbeit im Huxley's angebaggert, lud mich zum Essen ein und dann in« – beinahe hätte sie »seine« gesagt – »eure Wohnung.«

»Das überrascht mich nicht.«

»Gut, als wir dann in der Wohnung waren, lautete gleich seine erste Frage, wann ich dich kennengelernt hätte. Nina, er hat

gesagt, ihr wärt nie verheiratet gewesen. Und er hat mir alle möglichen merkwürdigen Dinge erzählt.«
Für einen Moment ertönte vom anderen Ende nur Schweigen, dann fragte Nina: »Und, hast du ihm geglaubt?«
»Das Zeug, was er mir erzählt hat, klang so verrückt, daß ich nicht weiß, was ich glauben soll«, antwortete Lucy. »Aber ich möchte dir glauben.«
»Ich werde dir alles erklären«, sagte Nina. »Aber nicht jetzt. Ich muß noch ein paar Sachen erledigen, dann komme ich vorbei.«
Lucy spürte, daß Nina gleich auflegen würde.
»Was ist denn so dringend?« fragte sie, nur um Nina am Telefon zu halten.
Die zierliche Frau lachte. »Ach, du weißt schon. Ich muß meine Angelegenheiten regeln, mich von Martin verabschieden, solche Sachen eben.«
Lucy erinnerte sich auf einmal an Martins Angst. Er war vielleicht verrückt, aber seine Angst hatte echt gewirkt. Warum er vor Nina Angst haben sollte, konnte sich Lucy nicht im geringsten vorstellen, aber er hatte sich wirklich gefürchtet.
»Hör zu«, sagte sie, »du hast doch nicht etwa vor ...«
»Ich muß los«, unterbrach Nina sie. »Ich ruf' dich bald an.«
» ... etwas Dummes zu tun«, beendete Lucy ihren Satz.
Aber die Leitung war schon tot.
Lucy starrte den Hörer einen Moment an, bevor sie endlich auflegte. Ein nervöses Kribbeln lief ihr den Rücken hinunter, und die Luft schien wieder irgendwie dichter zu werden. Lucy drehte sich um und sah das Schwert an. Die Klinge lag immer noch, wo sie sie hingelegt hatte, in Martins Decke eingewickelt auf dem Boden.
Es gibt keine Zauberschwerter, sagte sie sich. Das stand hundertprozentig fest. Aber seit sie Martins Wohnung verlassen hatte, spürte sie einen kleinen, nagenden Zweifel in der hintersten Ecke ihres Bewußtseins, die Frage »und wenn doch?«, die sie nicht vollständig ignorieren oder mit Logik widerlegen konnte. Lucy wurde das Gefühl nicht los, daß *irgend etwas*

passieren würde, und daß dieses Etwas mit dem Schwert und Martin zu tun hatte. Und mit Nina.

Lucy stand plötzlich auf und nahm ihre Autoschlüssel vom Tisch. Vielleicht war es dumm, sich solche Sorgen zu machen, aber sie mußte es wissen. Sie mußte sicher sein, daß die Grenzen zwischen möglich und unmöglich noch immer existierten und sich nicht völlig verändert hatten.

Lucy verließ ihre Wohnung so rasch, daß sie erst auf der Straße dazu kam, ihre Jacke zuzuknöpfen.

Sie brauchte fünfzehn Minuten bis zu Ninas und Martins Wohnung. Lucy parkte am Straßenrand gegenüber und beobachtete die Wohnung im dritten Stock. Alle Fenster waren dunkel. Niemand hielt sich auf der Straße auf, bis auf einen Mann am anderen Ende des Häuserblocks, der mit seinem Stock in einem Mülleimer wühlte.

Lucy saß volle fünf Minuten im Wagen, bevor sie sich losreißen konnte. Sie fuhr langsam in der Gegend umher und hielt nach Ninas schmaler Silhouette Ausschau. Am Ende blieb ihr nichts anderes übrig, als zu ihrer eigenen Wohnung zurückzufahren und auf Ninas Anruf zu warten.

Sie setzte sich aufrecht ins Bett, stellte das Telefon neben sich und versuchte zu lesen, weil sie wußte, daß sie sowieso nicht einschlafen konnte. Nach einiger Zeit rief sie Traci an und fragte sich die ganze Zeit nervös, ob Nina gerade anzurufen versuchte.

Sie erzählte Traci alles, aber für ihre Freundin hörte sich die ganze Geschichte genauso unsinnig an.

»Seltsam«, sagte Traci schließlich.

»Meinst du, ich bausche das alles zu sehr auf?« wollte Lucy wissen.

Sie konnte fast Tracis Lächeln durch die Leitung sehen.

»Na ja, ein bißchen dick ist es schon«, antwortete Traci. »Diese ganze Sache mit dem Schwert und Nina. Aber ich habe schon immer auf meine Intuition vertraut. Wenn du das Gefühl hast, daß etwas Merkwürdiges vor sich geht, dann möchte ich wetten,

du hast recht – allerdings auf einer etwas mehr rationalen Ebene als Flüche und Heimsuchungen.«
»Und was soll ich jetzt tun?«
Traci seufzte. »Genau das, was du gerade machst: warten. Was könntest du sonst tun?«
»Ich weiß. Es ist nur so …«
»Soll ich vorbeikommen?« fragte Traci.
Am liebsten hätte sie jetzt Nina bei sich gehabt. Lucy wollte hören, daß Martin nichts von ihr zu befürchten hatte, daß Nina nichts tun würde, wodurch sie in ernsthafte Schwierigkeiten geraten konnte. Und dabei konnte Traci ihr leider nicht helfen.
»Nein«, erklärte sie ihrer Freundin. »Ich schaffe das schon.«
»Ruf mich morgen an.«
»Mach' ich.«
Irgendwann nickte sie trotz eingeschaltetem Licht aufrecht am Kopfende des Bettes und mit dem aufgeschlagenen Buch im Schoß ein.
Lucy träumte, das Schwert läge neben ihr im Bett. Und spräche zu ihr mit einer tiefen, murmelnden Stimme, die jedem hätte gehören können. Als sie aufwachte, konnte sie sich nicht mehr erinnern, was es gesagt hatte.

Kapitel 7

Am Montag, um neun Uhr morgens, bin ich völlig fertig. Die seltsamen Träume und der mangelnde Schlaf machen mich nervös. Krank vor Sorge. Nina hat immer noch nicht angerufen, und ich befürchte das Schlimmste. Mich verblüfft, was ich mir darunter vorstelle: Nicht etwa, daß sie Martin etwas angetan hat, sondern daß sie mich nicht mehr sehen will.
Ich bin schon spät dran für die Arbeit. Kurz erwäge ich, mich krank zu melden, aber ich weiß, daß ich nicht zu Hause bleiben kann – ich gehe jetzt schon die Wände hoch –, also fahre ich ins Büro. Meinen Anrufbeantworter kann ich von dort aus

abhören, und wenigstens finde ich dort etwas, womit ich mich beschäftigen kann.
Ich habe die Angewohnheit, sofort nach meiner Ankunft im Büro die Polizeiberichte zu lesen. Eine ziemlich makabre Unart, die Liste der Einbrüche, Diebstähle, Vergewaltigungen und so weiter durchzugehen, die in der vergangenen Nacht passiert sind, aber irgendwie kann ich nicht davon lassen. Dabei gehören diese Vorfälle nicht einmal in mein Ressort, ich bin normalerweise für die seichten Stories zuständig.
Ich glaube, ich beschäftige mich nur deshalb damit, weil ich mir auf diese Weise versichern kann: Okay, mit der Stadt geht es bergab, aber ich bin immer noch sicher. Ich bin in Sicherheit. Die Menschen, die ich kenne und liebe, sind in Sicherheit. Diese schrecklichen Dinge passieren, aber sie berühren mich nicht wirklich.
Wahrscheinlich hat es etwas mit diesem Drang zu tun, aus dem wir alle langsam an einem Unfall vorbeifahren. Ich glaube manchmal, es geht uns nicht so sehr darum, informiert zu sein, sondern wir wollen unsere eigene Sicherheit bestätigt sehen.
Heute morgen lese ich eine Meldung über einen vermutlichen Selbstmord in einer Wohnung, und die Straße kommt mir irgendwie bekannt vor. Der Name des Opfers wird nicht genannt, aber die Straße reicht mir.
Scheiße. Es ist Martin. Da steht nur, ein weißer Mann sprang aus seiner Wohnung im dritten Stock, aber ich weiß, daß es Martin ist. Die Gerichtsmediziner warten noch auf das Ergebnis der Autopsie, aber die Polizei ist sich ziemlich sicher, daß niemand nachgeholfen habe.
Doch ich weiß es besser, nicht wahr? Martin hat mir selbst gesagt, was passieren würde, wenn er das Schwert aus der Hand geben würde, und er sah wirklich zu Tode verängstigt aus, als ich seine Wohnung am Freitagabend fluchtartig verließ.
Aber ich weigere mich, in Nina die Täterin zu sehen. Ich kann nicht an diesen ganzen Quatsch glauben, den er mir über sie und das Schwert erzählt hat.

Ich bin erst seit fünfunddreißig Minuten aus dem Haus, aber ich rufe jetzt in meiner Wohnung an, um zu hören, ob eine Nachricht auf dem Anrufbeantworter ist. Nichts. Genau wie vor zehn Minuten. Als ich im Büro angekommen bin, habe ich gleich als erstes angerufen.

Keine Nachricht den ganzen Tag.

Ich versuche, es auszuhalten, aber am Ende mache ich früher Schluß. Zunächst lenke ich den Wagen in Richtung nach Hause, aber dann ende ich vor der Wohnung – ich suche nach Nina, sage ich mir, aber natürlich wird sie nicht hier sein. Nina würde sich nicht an dem Ort aufhalten, wo Martin aus dem Fenster gestürzt ist. Ich weiß, warum ich hierher gefahren bin: morbide Neugier. Mein Blick gleitet nach oben zu den Fenstern im dritten Stock. Eines davon ist mit Brettern vernagelt.

Ich fahre nach Hause, dusche und ziehe mich um. Dann mache ich mich auf den Weg in die Bars auf der Gracie Street und suche nach Nina. Im *North Star.* Im *Neon Sister.* Im *Girljock.* Im *Skirts.* Keine Spur von ihr.

Ich fange an, mich in den härteren Kneipen umzusehen, den Jack-and-Jill-off-Treffs und der Lederszene. Immer noch nichts. Im letzten Club, den ich aufsuche, lächelt mich eine blonde Lederlady in einem schwarzen Push-up-Bustier und Hot pants an.

Ich lächle vorsichtig zurück, aber dann spreizt sie zwei Finger zu einem V und schlängelt ihre Zunge hindurch. Sofort ergreife ich die Flucht über die Treppe, auf der ich gekommen bin. Ich bin zwar nicht mehr sicher, was ich bin – lesbisch, hetera, oder sonstwas –, aber eines weiß ich sicher: Ich stehe immer noch nicht auf Gelegenheitssex.

Draußen angekommen lehne ich mich an das Gebäude und fühle mich genauso verloren wie in der Nacht, als Traci mich unter ihre Fittiche nahm.

Ich weiß einfach nicht mehr, was ich tun, wohin ich mich noch wenden soll. Ich suche nach einer Telefonzelle – wenigstens den Anrufbeantworter kannst du abhören, sage ich mir –, da packt

mich jemand am Arm. Ich kreische und reiße mich los, aber als ich mich umdrehe, steht Nina neben mir und nicht die Blondine aus dem Club, den ich gerade verlassen habe.
»Tut mir leid«, sagt sie. »Ich wollte dich nicht erschrecken.«
Sie lächelt, aber ich sehe, daß sie es ernst meint. Nina kommt zu mir und küßt mich auf die Lippen.
Ich weiß nicht, was ich tun, was ich denken soll. So froh bin ich, sie zu sehen, und gleichzeitig habe ich solche Angst, daß sie etwas mit Martins Tod zu tun hat. Nicht durch Hokuspokus oder solches Zeug. Einfach, daß sie es nicht mehr mit ihm ertragen konnte und dann alles außer Kontrolle geraten ist.
»Martin ist tot«, sage ich.
»Ich weiß. Ich war dabei.«
Mir stockt der Atem. »Du … du hast nicht …?«
Ich bringe es nicht heraus, aber sie weiß, was ich wissen will. Nina schüttelt den Kopf. Sie nimmt mich am Arm und führt mich die Straße hinunter.
»Ich glaube, wir sollten uns unterhalten«, sagt sie.
Nina bringt mich zum Wagen, aber ich fühle mich nicht in der Lage, mich ans Steuer zu setzen, und gehe zur Beifahrertür.
»Ich kann nicht fahren«, sagt Nina.
Richtig. Also sitzen wir in meinem Auto, einen Steinwurf von der Gracie Street, schauen aus dem Fenster und schweigen vor uns hin, ohne uns zu berühren.
»Was hat er dir über mich erzählt?« fragt Nina endlich.
Ich sehe sie an. Im Licht der Straßenlaternen ist ihr Gesicht kaum mehr als eine Silhouette. Nach einiger Zeit räuspere ich mich und erzähle alles. Am Ende frage ich sie: »Ist es wahr?«
»Das meiste.«
Ich weiß nicht, was ich sagen soll. Zu gern möchte ich glauben, daß sie durchgeknallt ist, aber nichts an ihrem Verhalten wirkt verrückt auf mich.
»Wohin bist du gegangen, nachdem du mich angerufen hattest?« frage ich sie statt dessen.

Nina zögert und antwortet dann: »Zum See. Um mit meiner Schwester zu reden.«
»Deiner Schwester?«
Ich hatte noch nie darüber nachgedacht, aber natürlich muß auch sie Familie haben. Wie wir alle. Aber dann verzerrt Nina diese normale Tatsache auch wieder zu etwas völlig Abnormem.
»Sie ist eine der Herrinnen vom See«, sagt sie. »Gebunden an ihr Schwert, genauso wie ich. Wie wir alle.«
Nun ist es an mir zu zögern. Möchte ich wirklich diesen Wahnsinn auf die Spitze treiben? Aber dann frage ich: »Wie viele seid ihr?«
»Sieben – für sieben Schwerter. Meine älteste Schwester ist an das Schwert gebunden, das du wahrscheinlich am besten kennst: Excalibur.«
Bei diesen Worten muß ich mich wirklich zusammennehmen. Ich möchte laut lachen, aber Nina ist so verdammt ernst.
»Wenn du von einer Herrin vom See sprichst«, frage ich, »meinst du so wie bei Tennyson? König Arthur und all das Zeugs?«
Nina nickt. »Die Geschichten kommen der Wahrheit ziemlich nahe, aber vieles fehlt auch.«
Ich hole tief Luft. »Also gut. Aber die spielen in England. Was macht deine Schwester denn hier? Was machst *du* hier?«
»Alle Seen sind Aspekte des ersten Sees«, antwortet Nina, »genau wie alle Wälder vom ersten Wald ausgehen.«
Ich kann sie nur fassungslos anstarren.
Nina seufzt. »Ebenso wie alle Männer und Frauen sich an den ersten Mann und die erste Frau erinnern. Und an die Vertreibung aus dem Paradies.«
»Du meinst aus Eden?«
Nina schüttelt den Kopf. »Sie haben die göttliche Gnade verloren, und die Gnade macht diese Welt erst wertvoll. Aber es gibt immer einige, die sie zerstören, aus purer Lust an der Zerstörung. Die Gnade beschämt sündige Menschen, und darum schlagen sie nach ihr. Erinnerst du dich, was Martin dir über die Schwertscheiden erzählt hat, die einst unsere Schwerter beschützten?«

»Ich glaube schon …«
»Sie konnten Wunden heilen, und als das den Menschen bekannt wurde, nahmen sie die Schwertscheiden und zerteilten sie. Und mit jedem Stückchen, das sie nahmen, schwand die Gabe der Heilung ein bißchen mehr. Deshalb befinde ich mich jetzt auch in dieser mißlichen Lage. Von uns sieben haben nur noch zwei die Schwerter sicher in ihrer Scheide verwahrt. Drei sind noch im Besitz ihrer Schwerter. Nita – meine Schwester – und ich haben nicht einmal mehr das. Da unsere Schwerter entblößt sind, haben wir den größten Teil unserer Freiheit verloren. Wir sind für immer längere Zeiträume an das Metall gebunden. Irgendwann wird wohl einmal eine Zeit kommen, da wir für immer im Eisen gefangen sind.«
Nina betrachtet mich einen Moment lang und seufzt dann wieder. »Du glaubst mir kein Wort, oder?«
Ich bin ehrlich zu ihr. »Fällt nicht gerade leicht.«
»Natürlich nicht. Es ist nicht schwer, die Wunder zu vergessen, wenn man dir dein ganzes Leben lang beibringt, sie zu ignorieren.«
»Es ist nur …«
»Lucy«, unterbricht mich Nina, »ich schließe mit dir den gleichen Handel wie mit Martin. Für ein Jahr bleibe ich bei dir, aber dann mußt du deinen Teil erfüllen.«
Ich schüttle den Kopf, muß nicht einmal darüber nachdenken.
»Aber du wolltest mit mir schlafen«, sagt Nina. »Du wolltest meine Liebe.«
»Doch nicht so. Nicht mit einem Handel, als ginge es um eine Ware. Das ist für mich keine Liebe.«
Nina sieht mich nicht an. »Verstehe«, sagt sie mit Blick auf etwas, was ich nicht sehen kann.
»Sag mir, was ich tun müßte«, fordere ich sie auf.
Nina wendet mir wieder ihre Aufmerksamkeit zu. »Das bringt nichts. Du glaubst ja doch nicht daran.«
»Sag es mir trotzdem.«

»Du mußt das Schwert in dich aufnehmen, und zwar willentlich und gerne. Und du mußt daran glauben, daß du mich durch deine Tat befreist.«
»Ich stecke es einfach in mich hinein?«
»So ähnlich«, antwortet Nina. »Wenn du daran glauben würdest, wäre es dir klarer.«
»Und was würde mit mir passieren?« frage ich sie. »Würde ich sterben?«
»Früher oder später sterben wir alle.«
»Das weiß ich«, entgegne ich ungeduldig. »Aber würde ich *daran* sterben?«
Nina schüttelt den Kopf. »Nein. Aber es würde dich verändern.«
»Wie verändern?«
»Ich weiß nicht. Es ist so ...« Sie zögert und sprudelt schließlich hervor: »Ich weiß von keinem Fall, bei dem es tatsächlich jemand gemacht hat.«
»Oh.«
Wir sehen wieder zum Fenster hinaus. Die Straße ist ziemlich leergefegt. Einige Wagen parken am Straßenrand, aber es gibt kaum Verkehr, weder Autos noch Fußgänger. Doch auf der Gracie Street ist das Nachtleben noch in vollem Gange.
Warum hast du mir nicht gleich die Wahrheit gesagt? möchte ich sie fragen. Aber ich denke, ich weiß es schon. Ich glaube ihr auch jetzt nicht; welchen Unterschied hätte es da gemacht, wenn ich alles schon vor ein paar Tagen gehört hätte?
»Hast du Martin geliebt?« frage ich statt dessen. »Ich meine am Anfang.«
»Ich glaube, ich weiß gar nicht, was Liebe ist.«
Wer weiß das schon, denke ich. Ist das, was ich für Nina empfinde, Liebe? Dieses Gefühl, das immer noch in mir wächst, unter all der Verwirrung und Nervosität – ist das Liebe? Menschen sterben aus Liebe. Das kommt vor. Aber wenigstens wissen sie um die Liebe, wenn sie dieses Opfer bringen, oder?
»Ich habe ihn wirklich nicht umgebracht«, versichert sie mir. »Ich bin zu unserer Wohnung – ich weiß nicht genau, warum,

oder was ich dort tun wollte – und habe aufgeschlossen. Als er mich gesehen hat, ist er durchgedreht. Martin war völlig verängstigt. Ich bin nur einen Schritt auf ihn zu, und schon springt er aus dem Fenster mitten durch die Scheibe. Martin hat kein Wort gesagt, und er ließ mir auch keine Zeit, mit ihm zu sprechen.«
»Er hat mir gesagt, daß er Angst hat.«
Nina nickt. »Aber ich weiß wirklich nicht, warum. Martin hatte keinen Grund, sich vor mir zu fürchten. Wenn ich ihm in den zwei Jahren, seit er sein Versprechen nicht gehalten hat, nichts getan habe, warum sollte ich es dann jetzt versuchen?«
Darauf weiß ich keine Antwort. Das könnte nur Martin erklären, aber er hat das Geheimnis mitgenommen – auf seinem Sprung aus dem dritten Stock.
»Ich gehe wohl besser«, sagt Nina jetzt, aber sie rührt sich nicht vom Fleck.
»Was ist mit dem Schwert?« frage ich sie.
Sie sieht mich an. Meine Augen haben sich genug an das schummrige Licht gewöhnt, um ihren Gesichtsausdruck zu erkennen. Aber ich werde nicht schlau aus ihr. Zeigt sie Trauer? Die Erwiderung meiner eigenen Gefühle? Oder Angst? Vielleicht eine Mischung aus allen dreien.
»Kannst du etwas für mich tun?« fragt sie. »Kannst du das Schwert begraben – in geweihtem Boden?«
»Du meinst auf einem Friedhof?«
Nina schüttelt den Kopf. »Dazu braucht es ein viel älteres Heiligtum. Du kennst den Ort, wo der Fluß in den See mündet?«
Ich weiß, was sie meint. Die Stadtverwaltung pflegt dort überall den Rasen, aber es gibt da eine Stelle direkt am Seeufer, wo eine Gruppe alter Pinien einen kleinen Hain bildet. Die Bäume sind nicht mehr angetastet worden, seit die Stadt im 18. Jahrhundert gegründet wurde.
»Begrabe das Schwert dort«, fordert sie mich auf. »Heute nacht. Vor Sonnenaufgang.«
Ich nicke. »Und was wird dann mit dir geschehen?«

»Nita sagte, ich werde dann schlafen. Für immer.« Sie lächelt, aber ihr Blick bleibt hart. »Oder zumindest, bis es wieder ausgegraben wird.«
»Ich … ich würde mich auf das erste einlassen«, sage ich. »Aber ich habe solche Angst.«
Sie nickt verständnisvoll. »Weil du nicht daran glaubst.«
Kein Vorwurf ist in ihrer Stimme. Und sie sagt nichts über Liebe, darüber, daß ich das Opfer gerne bringen und sie dazu lieben müßte. Und Nina hat recht. Ich glaube nicht daran. Und wenn ich sie liebe, so liebe ich sie doch nicht genug.
Sie beugt sich zu mir und gibt mir einen Kuß. Ich erinnere mich an das letzte Mal. Er war so voller Versprechungen. Ihr Kuß. Ihr Blick. Jetzt sagt sie nur Lebewohl. Ich möchte mit ihr reden. Ihr alles noch einmal erklären. Aber ich lasse sie einfach gehen. Aus dem Auto. Die Straße hinunter. Aus meinem Leben.
Als sie weg ist, breitet sich in mir eine große Leere aus. Das Wissen, das mich nicht losläßt, tut am meisten weh: daß ich sie liebe, aber nicht genug. Sie hat zuviel von mir verlangt, sage ich mir.
Doch ich bin mir nicht sicher, ob ich das selbst glaube oder ob ich es mir nur einrede, um mich besser zu fühlen. Wenn letzteres zutrifft, so funktioniert es nicht.
Ich fahre nach Hause, um das Schwert zu holen, wickle es aus und stehe damit in meinem Flur. Während ich es halte, versuche ich, einen Teil von Nina darin zu spüren. Aber es ist nur Metall. Schließlich packe ich die Klinge wieder ein und trage sie ins Auto. Ich hole mir eine Schaufel aus dem Schuppen hinter dem Haus. Sie gehört dem jungen Mann vom Erdgeschoß, aber ich glaube nicht, daß er sie vermissen wird. Bevor er merkt, daß sie weg ist, bringe ich sie ja schon wieder zurück.
Und da stehe ich nun an der bewußten Stelle und schaufle ein Grab für ein Schwert in geweihter Erde.
Ich höre, wie das Wasser des Sees ans Ufer schwappt und der Wind in den Pinien seufzt. Von der Stadt höre ich überhaupt nichts, obwohl ich mich doch mitten in ihr befinde. Geweihte

Erde – wahrscheinlich von etwas Älterem geweiht als was uns in der Sonntagsschule beigebracht wurde. In Wirklichkeit bin ich seit jenen unschuldigen Kindertagen längst zum Agnostiker geworden. Damals war ich ein kleines Mädchen und wußte nichts über lesbische Impulse, ganz zu schweigen davon, welche zu empfangen.

Das Graben zwischen den Wurzeln der Pinien ist einfacher, als ich dachte, aber es dauert trotzdem ziemlich lange, bis ich das Loch fertig habe. Immer wieder lege ich Pausen ein, um dem Plätschern des Seewassers am Ufer zuzuhören. Oder ich halte inne und betrachte das Schwert, und die Minuten zerrinnen nur so zwischen meinen Fingern. Ich weiß nicht, wo meine Gedanken abgeblieben sind. Auf einmal komme ich zu mir, ich sitze blinzelnd neben dem Grab und starre das Schwert an. Ich denke an Nina. Und wünsche, ich hätte den Glauben und die Liebe, um die Leere in mir zu füllen.

Irgendwann dämmert schon fast der Morgen. Das Grab ist etwa einen Meter tief. Das muß reichen. Jetzt zögere ich es nur noch hinaus. Es ist alles so verrückt – ich *weiß*, daß es verrückt ist –, aber trotzdem fühle ich mich, als würde ich Nina in dem Loch begraben und mit Erde bedecken.

Ich überlege, ob ich das Schwert wieder einwickeln soll, aber die Decke gehört Martin, und irgendwie erscheint mir das nicht richtig.

Ich nehme das Schwert und wiege es für einen Moment, als ob ich ein Kind halte, ein kaltes, stilles Kind mit nur einem langen Arm. Meine Fingerspitze fährt über die Klinge. Sie ist nicht besonders scharf. Ich betrachte die Schwertspitze im Mondlicht. Man müßte sich wirklich mit voller Kraft hineinstürzen, damit die Klinge die Haut durchdringen und einen aufspießen würde. Ich frage mich, ob Ninas Wahnsinn vielleicht ansteckend ist. Auf einmal wünsche ich mir, ich würde Nina genug lieben, um dieses Unglaubliche für sie zu tun, zu glauben, zu vertrauen, tapfer zu sein – obwohl es so verrückt ist.

Plötzlich sitze ich aufrecht im Gras, mit dem Schwert auf meinen

Knien. Ich knöpfe meine Bluse auf und lege die Schwertspitze auf meine Haut, zwischen meine Brüste, nur um zu sehen, wie es sich anfühlt. Lehne mich langsam nach vorne, spüre den Druck auf die Schwertspitze und sehe nach unten, wo das Metall in meine Haut drückt.

Es ist, als hätte ich eine andere Form des Bewußtseins erreicht. Ich sehe nach unten, wo das Schwert auf meine Haut trifft, und die Spitze ist verschwunden, steckt in mir, einen Zentimeter, zwei Zentimeter.

Ich spüre nichts. Keinen Schmerz. Sehe kein Blut. Nur dieser unmögliche Augenblick, wie ein Wunder, als das Schwert in mich eindringt, immer tiefer und tiefer, je stärker ich dagegen drücke.

Ich bin schon fast auf allen vieren und immer noch versinkt das Schwert in mir, Zentimeter um Zentimeter. Es kommt nicht wieder zum Rücken heraus, sondern wird einfach von meinem Körper verschluckt. Irgendwann greife ich mit beiden Händen nach dem Schwertknauf, halte ihn mit aller Kraft und schiebe das Schwert bis zu seinem Ende in meinen Körper.

Danach weiß ich nichts mehr.

Kapitel 8

Als ich wieder zu mir komme, ist es schon heller. Man sieht die Sonne noch nicht, aber ich spüre, wie das Licht durch die Bäume fällt. Ich höre immer noch den See und den Wind über mir in den Pinien, aber jetzt höre ich auch den Lärm der Stadt.

Ich setze mich auf und sehe das Grab und die Schaufel an. Mein Blick fällt auf die Decke. Ich suche das Schwert, aber es ist verschwunden.

Ich betaste die Haut zwischen meinen Brüsten. Ich erinnere mich, wie das Schwert letzte Nacht ganz und gar in meiner Brust verschwunden ist, aber die Erinnerung kommt mir wie eine Halluzination vor.

Nein, ermahne ich mich. Glaub daran. In meinem Kopf höre ich Ninas Stimme, die mir sagt: *»Es ist leicht, die Wunder zu vergessen, wenn man dir dein ganzes Leben lang beibringt, sie zu ignorieren.«*

Und ich sage mir: *»Zweifle nicht an einem Wunder, nur weil dir beigebracht wurde, daß sie nicht wirklich sind. Vertraue auf dich selbst. Vertraue deiner Erfahrung. Und Nina. Ja, vertraue Nina.«*

Aber sie ist nicht hier. Mein Körper hat zwar das Schwert verschluckt, hat die ganze Länge des Metalls mit seinem Fleisch bedeckt, aber sie ist nicht hier.

Meine Finger entdecken eine Unebenheit auf meiner Haut, und als ich genauer hinsehe, erblicke ich ein neues Muttermal, genau in der Mitte zwischen meinen Brüsten. Es sieht wie ein Kreuz aus. Oder wie ein Schwert, das auf der Spitze steht ...

Ich fühle mich so ruhig. Eigentlich sollte ich entweder vollkommen durchdrehen oder vor Ehrfurcht und Staunen erbeben, aber da ist nur diese Ruhe. Ich sitze eine ganze Zeit lang einfach nur da und fahre mit den Fingerspitzen über mein neues Muttermal. Irgendwann knöpfe ich schließlich die Bluse zu. Ich schaufle das Grab zu – das geht um einiges schneller als das Ausheben – und bedecke den Erdhügel mit Piniennadeln. Dann packe ich die Schaufel in meine Decke ein und gehe zu meinem Auto in der Bettersfield Road zurück.

Kapitel 9

Traci muß natürlich die ganze Geschichte erfahren, also erzähle ich ihr alles. Ich weiß nicht, wieviel sie mir davon abkauft, aber obwohl sich alles so verrückt anhört, glaubt sie, daß ich daran glaube, und das reicht ihr.

Zuerst habe ich Angst, mich mit ihr einzulassen – Angst, daß ich bei ihr Trost suche, weil mir Nina nicht geben konnte, was ich für sie empfand. Aber so funktioniert das im Leben nicht.

Und wenn ich wirklich Trost suche, dann bin ich bei Traci an der richtigen Adresse.
Ich erinnere mich, wie Nina mir gesagt hat, ich würde verändert sein, nachdem ich das Schwert in mich aufgenommen hätte, aber sie wisse nicht, wie sich das Ganze auswirken würde.
Ich weiß es jetzt. Es ist keine große Sache. Es ist nicht so, daß sich meine ganze Welt verändert hätte, nur meine Sichtweise der Dinge ist etwas anders geworden. Ich bin einfach entschiedener geworden. Ich habe mein Leben in die Hand genommen. Ich lasse mich nicht mehr treiben – weder im Privatleben noch im Job. Ich bin auch nicht mehr auf die leichten, unkomplizierten Geschichten aus.
Als einzelner kann man nicht viel gegen die Ungerechtigkeit der Welt tun, aber wenigstens sorge ich dafür, daß die Leute davon erfahren. Daß jeder alles tut, was er kann, um die Dinge zu verändern. Ich will keinen Pulitzer-Preis erringen, ich möchte nur sicher sein, daß die Welt etwas besser aussieht, wenn ich dereinst abtrete.

Etwa sechs Monate nachdem ich mit Traci zusammengezogen bin, fragt sie mich eines Abends, warum ich niemals enttäuscht war, daß Nina nicht zu mir zurückkam, nachdem ich ihren Wunsch erfüllt hatte.
»Weil ich mich jetzt daran erinnere, was sie mir im Traum gesagt hat, in der Nacht, als Martin starb«, antworte ich ihr. »Weißt du, als ich geträumt habe, das Schwert liege neben mir und spräche mit mir? Als ich aufwachte, konnte ich mich nicht erinnern, aber ein paar Tage, nachdem ich im Pinienhain gewesen war, fiel es mir wieder ein.«
Traci knufft mich in die Seite. »Und willst du es mir nicht verraten?« fragt sie, als ich schweige.
Ich lächle. »Sie sagte, wenn sie befreit würde, dann könne sie wahrscheinlich nicht zurückkommen. Daß wirklich menschlich zu sein, anstatt sich nur dafür auszugeben, vielleicht bedeutet, daß sie ihr Leben noch mal neu beginnen müsse, als Kind

vielleicht, und daß sie sich dann nicht daran erinnern würde, was vorher passiert sei.«

Jetzt ist es an Traci zu schweigen. »Ist das der Grund, warum du willst, daß wir ein Kind haben?« fragt sie schließlich.

Mit moderner Technik ist alles möglich, oder? Zumindest so etwas Einfaches wie eine künstliche Befruchtung.

»Mir gefällt der Gedanke, daß sie darauf wartet, bis wir soweit sind«, sage ich.

»Also planst du ein Mädchen.«

»Das kommt mir richtig vor.«

Traci umarmt mich und zeichnet mit dem Finger mein Schwertmuttermal nach. »Meinst du, sie wird so etwas auch haben?«

»Ist das wichtig?« frage ich sie.

»Völlig unwichtig«, antwortet Traci. Sie dreht sich zu mir und umarmt mich. »Und das heißt wohl auch, daß wir uns über einen Namen keine Gedanken machen müssen.«

Ich kuschle mich an sie. Ich bin froh, endlich zu wissen, wer ich bin; zu lieben und um meiner selbst willen geliebt zu werden. Ich hoffe nur, daß Nina, wo immer und wann immer sie wiedergeboren wird, soviel Glück haben wird wie ich.

Lawrence Schimel
AM RUNDEN TISCH

Beim Abendbrot wünschte er sich, er könne verschwinden,
davongeweht von Magie, weit übers Meer,
wo er nicht mehr hören würde,
wie die Eltern sich stritten.
Er wünschte sich, er wäre
wie Merlin;
taub und stumm im Weißdornholz gefangen.
Aber es gab kein Entkommen aus dieser Tafelrunde
um den Küchentisch,
wo er nicht essen konnte,
aber auch nicht aufstehen durfte
bis der Teller leer war.
Schon am Tisch träumte er
von glücklichen Familien
und ging dann auf sein Zimmer und weinte
bis er schlief.

Ihr Leben war Krieg ohne Ende.
Geschrei, Beschimpfungen, zugeknallte Türen,
noch das harmloseste Tischgespräch
endete in einer Schlacht.

An seinem Geburtstag
riefen sie
einen Waffenstillstand aus. Friede herrschte,
bis es zur Frage um den Ort für die Feier kam.
Seine Mutter gewann.
Im Restaurant bestellte er sich einen Fruchtcocktail.
»Bist du denn schon alt genug dafür?« fragte sein Vater,

als das Glas mit dem blauen Plastikschwert
aufgetragen wurde.
»Verdirb ihm bloß nicht den Geburtstag« – schon
ging es wieder los.
Er drehte die Kirsche im Glas und war sehr allein.
»Wer dieses Schwert aus Stein und Amboß zieht«, dachte er
und versuchte angestrengt wegzuhören,
»wird rechtmäßiger König sein.«
Er hob die Dekoration aus dem Glas
und zog die Kirsche vom Plastikschwert.
Aber das änderte nichts –
der Tisch war quadratisch.
Die Kirsche fiel zurück ins Glas und wirbelte dort
die Luftbläschen auf.
Das erinnerte ihn an einen Tag im Sommerlager,
an dem sie alle an den See gegangen waren.
Ein Seil hing vom Baum,
und von dort sprangen sie ins Wasser.
Er stand auf einem Baumstumpf am Ufer
und sah ein Glitzern, wie Gold in der Goldwäscherpfanne.
Also ging er ins Wasser, um sich das näher anzusehen,
schwamm fast bis zum Mädchenlager,
was eigentlich verboten war. Tief im Wasser,
wie ein Perlentaucher,
fand er, was geglitzert hatte:
die offene Klinge eines Schweizer Taschenmessers,
in der Hand eines blonden Mädchens.
Und trotz aller Angst
mußte er immer wieder hinsehen,
wie ihr Haar sie umgab wie Algen,
die sich nach der Oberfläche streckten.
Ihr Gesicht
war so voller Ruhe.
Er wußte nicht, hatte sie
mit der Klinge die Fesseln zerschneiden wollen,

die sie an den Stein banden, oder
die Pulsadern.

Er stach in die Zitronenscheibe
in der Cola Light seiner Mutter.
Sein Vater zog die Lucky's raus und steckte sich eine an.
Seine Mutter setzte zum Einspruch an, aber
dann fragte sein Vater: »Und –
was wünschst du dir zum Geburtstag?«
Er legte das Schwert auf den Teller.
»Ich will nur, daß der Krieg ein Ende hat.«

Marion Zimmer Bradley
GIBT'S HIER DRACHEN?

Die Stadt, die Lythande betrat, wirkte unheimlich. Der bleiche, abnehmende Mond warf ein schwaches, kaltes Licht auf den Schnee, der die verlassenen Straßen der Stadt bedeckte. Wie es ihre Gewohnheit war, sah Lythande sich zuerst nach einer Schänke oder Taverne um, wo sie sich – um den Preis eines Kruges Bier, den sie niemals trank – all die mäßigen Gespräche anhören und feststellen konnte, ob jemand im Dorf eines Magiers bedurfte, der seine Dienste feilbot.

Es gab nur ein einziges Gasthaus, und das sah heruntergekommen aus. Schwaches, gelbliches Lampenlicht schien durchs Fenster. Nur eine Handvoll Leute hockte an einer alten Theke aus dunklem Holz. Lythande blickte sich zur Orientierung um und schloß dann die Augen. Sie konnte ohnehin nicht glauben, was sie da sah. Die Bevölkerung schien sämtlich einem alten Holzstich entsprungen, den sie einmal in einer Abhandlung über Hexerei gesehen hatte. Männer, Frauen und sogar einige Kinder besaßen eine gewisse Familienähnlichkeit, etwas leicht Deformiertes; und doch konnte Lythande, als sie etwas genauer hinsah, keine körperlichen Abnormitäten erkennen. Lythande fragte sich, ob diese Leute an einer geistigen Deformation litten. Ach, das war doch absurd; was sollte man sich denn überhaupt unter Geisteskrankheit vorstellen – falls so etwas überhaupt existierte?

Nun, jedenfalls war es sinnvoller, nach drinnen zu gehen, statt hier in der Kälte zu stehen, die Leute anzugaffen und abwegigen Gedanken über sie nachzuhängen.

Lythande schulterte ihr Bündel und den mit farbigem, besticktem Wollstoff überzogenen Kasten aus leichtem Holz, der ihre Harfe enthielt. Sie schob die Tür auf. Ein Hitzeschwall schlug ihr ins Gesicht und trug einen Geruch nach angebranntem Fleisch und säuerlichem, abgestandenem Bier heran. Sie war hungrig gewesen; aber als sie den Braten in diesem Gasthaus roch, war ihr mit einem Mal der bloße Gedanke an Essen widerlich.

Die Magierin trat an die Theke und bestellte sich leise einen Krug Bier. Der Wirt stellte ihr einen großen Humpen hin. Er war ein seltsamer, spitzohriger kleiner Gnom von einem Mann, der, dachte Lythande, eher wie der Dorftrottel aussah als irgendeine Art von Schankwirt.

»Weit gereist heute, Fremder?« fragte er sie mit krächzender Stimme.

»Ziemlich weit«, erwiderte Lythande höflich.

»Fremder, bist du ein Magier?« fragte das merkwürdige gnomenhafte Männchen. »Und nimmst du Aufträge zu einem vernünftigen Honorar an?«

»Bin ich und nehme ich«, bemerkte Lythande. »Aber was wäre für Euch ein vernünftiger Preis? Und wie kann ich Euch einen Preis nennen, solange ich nicht weiß, worin die Aufgabe besteht?«

Das Männlein beugte sich vor und griff nach einem Vorhang, von dem sie geglaubt hatte, er verberge ein Fenster zur Straße. Aber als er ihn beiseite zog, riß Lythande verblüfft die Augen auf – denn die Öffnung führte nicht nach draußen, sondern ließ eine Treppe erkennen, die in einer sonnigen Landschaft endete; weithin erstreckten sich von der Sonne beschienene Baumgruppen mit sommerlichem Laubkleid und ausgedehnte grüne Wiesen, wo eigentlich nichts als Schnee hätte sein dürfen.

»Du sollst bloß rübergehen und nachsehen, was da ist. Laß dir sagen, daß ein anderer Magier dreißig Silberstücke verlangt hat – also habe ich den Vorhang aufgehängt. Und den kann ich immer einfach zuziehen. Das da tut uns nichts, solange wir ihm nichts tun.«

Lythande hätte am liebsten gelacht. Einer solchen Einstellung zur Magie war sie noch nie begegnet, und sie hätte geschworen, daß sie in dieser Beziehung schon alles gesehen und gehört hatte. Doch schließlich fragte sie nur nüchtern: »Was würdet Ihr für einen fairen Preis halten?«

»Wie wär's mit drei Silberstücken, bloß um rauszugehen und nach etwas zu gucken, das vielleicht gar nicht da ist?« entgegnete der Mann mit einem unangenehmen Lächeln.

»Am oberen Ende dieser Treppe könnten Ungeheuer oder Schlimmeres lauern«, meinte Lythande bedächtig. »Was, wenn ich schneller herunterkommen muß, als ich hinaufgegangen bin? Werde ich überhaupt Zeit haben, hierher zurückzukehren und mir genug Silberstücke abzuholen, um einen mächtigen Menschenfresser umzubringen?«

Denn, so dachte sie, die Welt hinter dieser Treppe hätte sich überall befinden können – gewiß war nur, daß sie *nicht* draußen auf der verschneiten Straße lag.

Der Gnom hinter der Theke meinte: »Die Harfe da kannst du hierlassen. Ich kümmere mich drum, und um dein Bündel auch.«

Lythande betrachtete ihn mit kaum verhohlenem Mißtrauen. »Ich gebe meine Harfe nie aus der Hand. Und was ist, wenn ich etwas aus dem Bündel brauche? Ebensogut könnte ich mich von dem Blauen Stern auf meiner Stirn trennen.«

Noch einmal sah die Magierin die Treppe an. Diese Treppe war ziemlich schmal, und es würde schwierig sein, die Harfe festzuhalten, während sie die Stufen hinaufstieg. Und es war möglich, daß sie beide Hände freihaben mußte, um sich zu verteidigen oder einen Zauberbann zu schleudern.

Lythande kramte in ihrem Bündel und nahm das Buch mit den Zaubersprüchen heraus. »Dies wenigstens nehme ich mit.« Sie legte die Harfe und das Bündel nebeneinander hinter die Theke und flüsterte ein paar Worte darüber. Zur Antwort erglühte um die Gegenstände herum ein schwaches blaues Licht. »Den Rest könnt Ihr für mich aufbewahren. Wenn ich nicht zurückkehre, wird ein Mitglied meines Ordens das Bündel und die Harfe abholen und den Bann aufheben, der sie schützt.«

»Wie du meinst, edler Zauberer«, meinte Fledermausohr respektvoll und rückte von ihren Besitztümern ab. »Ist es denn wahrscheinlich, daß du nicht zurückkommst? Hast du irgendeine Vorahnung. Könntest du mir dann zumindest eine Botschaft von der anderen Seite aus zuschicken? Vielleicht über die Börsenkurse?«

»Was für eine Art von Ghul seid Ihr?« fragte Lythande angewidert.

»Nimm's mir nicht übel«, gab Fledermausohr zurück. »Aber ihr Magier – dieser ganze Quatsch über ein Leben nach dem Tode ist doch nichts wirklich Nützliches. Nie wißt ihr, welche Aktien gut stehen oder welches Pferd auf der Rennbahn gewinnt ... Ihr Magier geht mir wirklich auf den Geist.«

Ich frage mich, ob einer von euch auch nur ahnt, was ich von euch halte, dachte Lythande, aber laut äußerte sie nur ein unverbindliches Murmeln, das fast alles hätte bedeuten können. Sie steckte das Buch mit den Zauberformeln in die Tasche der weiten Hosen, die sie unter ihrer Magierrobe trug, und ging zum Fenster. Es öffnete sich zur Treppe hin. Lythande ließ sich keine Zeit, weiter darüber nachzudenken, setzte den Fuß auf die unterste Treppenstufe und stieg hinauf.

Es wurden mehr Stufen, als es den Anschein hatte, und während sie hoch oben ging, verdunkelte sich der Himmel. Auf halbem Weg spürte sie eine seltsame Orientierungslosigkeit und war nicht mehr sicher, ob sie aufwärts ging; verhielt es sich nicht eher so, daß sie sich abwärts bewegte?

Abrupt waren die Stufen zu Ende, und die Magierin kam mit einem unangenehmen Ruck zum Stehen. Jetzt herrschte vollständige Dunkelheit, und Lythande konnte in der dichten Finsternis nicht weit sehen. Sie blieb stehen und sah sich um. Hinter ihr schien die Treppe in einem dicken Nebel zu verschwinden.

Wenn ich mich jetzt umdrehte und die Stufen hinunterginge, würde ich dann in derselben Schänke herauskommen? Sie hätte nicht darauf gewettet; nicht einmal darauf, daß sie in diesem Augenblick überhaupt in das vom Feuer erhellte Innere des Gasthauses zurückkehren konnte. Wenigstens nicht, indem sie sich einfach umwandte und den Weg, den sie gekommen war, zurückging, gleich, ob er nun aufwärts oder abwärts führte. Daran, daß der Blaue Stern auf ihrer Stirn prickelte, erkannte sie, daß sich irgendwo in dem Dunkel, das sie umgab, ein machtvoller Zauber befinden mußte.

Die Magierin kramte in ihren Taschen herum. Als die Hand wieder hervorkam, umklammerte sie ein kleines, holzgeschnitztes Kruzifix, das ihr vor einigen Jahren ein Wanderpriester geschenkt hatte. Nun begann sie sich zu fragen, ob dieser mächtige Talisman sie daran hinderte, etwas sehr Böses wahrzunehmen.

Was hatte der Priester noch gesagt? »Du wirst die Wahrheit erkennen, und die Wahrheit wird dich befreien.« Ja, das war es! Sie hielt das Kruzifix in die Höhe und sprach: »Symbol der Wahrheit, zeige mir die Wahrheit!« Und mit einem Mal, als sei ein Schleier von ihren Augen gezogen worden, überzog das Licht einer glühenden, metallisch glänzenden Sonne die Landschaft mit einem giftig wirkenden Schwefelgelb. Vorsichtig steckte sie das Kruzifix wieder in die Tasche, aber die Umgebung veränderte sich nicht.

Nun, da sie festgestellt hatte, wie es hier aussah, war es wohl an der Zeit, wieder ins Gasthaus zurückzukehren; schließlich hatte der Wirt nicht mehr von ihr verlangt als herauszufinden, was hinter ihrem Fenster lag. Aber würden die Wichte dann irgend etwas unternehmen, oder würden sie ihr einfach danken, den Vorhang zuziehen und dort belassen, nach dem Motto: aus den Augen und aus dem Sinn? Und würde Lythande dadurch nicht indirekt ihren Magiereid verletzen, die Kräfte des Bösen zu bekämpfen, wo immer sie ihr begegneten?

Sie trat in das sengende Sonnenlicht, das sich auf ihrem Gesicht unglaublich heiß anfühlte. Am liebsten hätte sie sich umgedreht und wäre die Treppe wieder hinauf-(oder war es hinab?)gerannt.

Aber sie floh nicht. Schließlich hatte sie noch nichts wirklich Bedrohliches entdeckt. Mit Sicherheit wußte sie nur, daß hier ein Zauber wohnte. Sie konnte nicht sicher sein, ob er böse war, mochte das Land hier auch noch so fürchterlich aussehen. Aber ihre Eide banden sie, dem Bösen nicht den Rücken zu kehren, ohne wenigstens ihr Möglichstes getan zu haben, es zu bekämpfen.

War sie denn überhaupt für diesen Kampf gerüstet? Lythande hatte ihre Harfe bei dem Wirt gelassen, und mehr als einmal hatte allein der Klang dieses Instruments ausgereicht, ein Übel zu vertreiben. Nun, es nützte nichts, darüber nachzugrübeln; zum Guten oder zum Schlechten war sie ohne ihre Harfe an diesen Ort gekommen – sie würde sich den möglichen Gefahren ohne eine magische Waffe entgegenstellen müssen.

Aber wem oder was? Bis jetzt hatte sie nur die abstoßende Farbe einer fremden Sonne gesehen. Vielleicht würde sie ja sonst nichts mehr zu Gesicht bekommen.

Diese Sonne war unangenehm genug. Aber was war so schlimm an einer heißen Sonne und einer schwefelfarbigen Landschaft? Lag es nur daran, daß sie anders waren? Auf seine Art hätte man beides fast für seltsam schön halten können.

Dieser Gedanke war dann allerdings doch zuviel für sie. Ihr Bewußtsein revoltierte bei dem Gedanken, diese grellfarbene Landschaft *schön* zu nennen, so sehr, daß sie beinahe ihre letzte Mahlzeit von sich gegeben hätte. Mit einer heftigen Anstrengung beherrschte sie sich und brachte ihren rebellierenden Magen zur Räson. Sie richtete sich energisch auf und zwang sich, ein wenig weiter in die glühende fremdartige Landschaft hineinzugehen.

Nach einigen Schritten wandte sie sich um und suchte nach der Treppe, über die sie gekommen war. Doch war nichts von ihr zu sehen, genausowenig wie von einer Tür oder einem Ausgang. *Aha,* sagte sie sich, *es führt also vielleicht kein Weg zurück – wenigstens nicht jetzt.*

Nein! Dagegen wehrte sich ihr Verstand heftig. *Ich kann nicht hierbleiben. Es muß einen Rückweg geben; alles andere ist vollständig undenkbar.* Doch sie wußte, daß das Undenkbare sehr wohl Wirklichkeit werden konnte, und sich zu wünschen, es wäre anders, würde überhaupt nichts ändern. Also mußte sie ihre ganze Erfindungsgabe auf das Problem der Rückkehr verwenden. Vor allem mußte sie sich erinnern, wo die Treppe gewesen war, und hoffen, daß sie früher oder später eine Chance bekommen würde, sie wieder zu benutzen, selbst wenn es ein Wettrennen auf Leben und Tod wäre, verfolgt von dem wie auch immer gearteten Bösen, das hier lauern mochte.

Lythande seufzte und ging auf den Zauber zu, den sie ganz in der Nähe spüren konnte. Aus dieser Richtung erklang etwas wie ein Röhren – das sich nach einem Tier anhörte, allerdings nach keinem, das ihr bekannt war.

Was mochte das für ein Wesen sein? Vielleicht war sie nicht nur durch den Raum, sondern auch durch die Zeit gereist. Doch hatte sie keine übersinnlichen Warnungen vor einem magischen Untier erhalten. Die Magie, die sie spüren konnte, schien nicht animalischer Natur zu sein.

Vielleicht stellten ihre plötzlichen Ängste vor einem magischen Tier ja eine Art Warnung dar? Manchmal funktionierte Zauberei auf diese Art. Irgendwo in der Ferne sah sie ein Glühen, begleitet von jenem fürchterlichen Grollen. Wenn die Treppe noch dagewesen wäre, hätte sie sie sofort hinauf- oder hinabrennen können. Vielleicht war das ja der Grund dafür, daß sie nicht mehr vorhanden war.

Sie mußte allerdings herausfinden, wo die Stufen sich befunden hatten, und sei es nur für den Fall, daß hier eine Gefahr lauerte, der sie sich nur durch rasche Flucht entziehen konnte.

Das Grollen schien sich weiter auf sie zuzubewegen, und das Kribbeln des Blauen Sterns teilte ihr mit, daß die Magie nicht mehr fern war.

Zu ihrer Verteidigung führte sie lediglich zwei Dolche mit, einen magischen und einen einfachen, aber plötzlich hatte sie das Gefühl, sie könne ein Schwert gebrauchen. Nie in ihrem Leben hatte sie ein Schwert getragen, und jetzt fragte sie sich, warum sie plötzlich daran dachte.

Nach der Antwort brauchte sie nicht lange zu suchen. Ein schmaler Pfad führte durch die Bäume, und ganz am Ende des Weges stand ein etwa hüfthoher Stein, auf dem ein weiterer runder lag. Er wies ein Flachrelief auf, das ein merkwürdiges Tier mit langem Hals darstellte. Und fast bis zum Heft in den Stein hineingestoßen, steckte da ein langes Schwert.

Lythande starrte die Klinge ungläubig an. Von solchen Dingen wußte sie aus alten Balladen – sie selbst kannte und sang wenigstens ein halbes Dutzend über Schwerter, die in Steinen steckten. Aber sie hätte nie gedacht, je eines zu Gesicht zu bekommen. Selbst einem Magier geschahen solche Dinge nicht, und doch war die Klinge unverkennbar da – es sei denn, sie konnte ihren eigenen Augen nicht mehr trauen.

Das in den Stein gehauene Tier wirkte recht merkwürdig. Sie hatte noch nie etwas dergleichen gesehen, weder in einer Menagerie noch in einer exotischen Tierschau, nicht einmal in einer Ausstellung magischer Tiere eines Zauberers, der einen Vogel Roch und einen Kameloparden besaß. Und doch war der Beweis vor ihren eigenen Augen unleugbar. Gut, sie hatte sich ein Schwert gewünscht, aber sie hatte nicht erwartet, daß ihr Wunsch so prompt erfüllt würde.

Genau in diesem Augenblick vernahm sie aus den Büschen ein schreckenerregendes Röhren und sah, wie das Gehölz wogte und wackelte, als bräche etwas sehr Großes hindurch. Die Magierin riß instinktiv das Schwert aus dem großen Stein und rannte los. Wenn sie diesem seltsamen Untier von Angesicht zu Angesicht gegenübertreten sollte, hatte sie es nicht sonderlich eilig damit, ihre Befürchtungen bestätigt zu finden. Nicht einmal, um sich ihrer geistigen Gesundheit zu versichern.

Nun erhaschte sie einen Blick auf einen langen, ungewöhnlich hoch aufragenden Schlangenhals von einem merkwürdig ledrigen Grün. Das Tier besaß große Reptilaugen, die beinahe aussahen, als säßen sie auf langen, insektenhaften Stielen. Die Augen bewegten sich, und Lythande hatte das beunruhigende Gefühl, daß sie im Unterholz nach ihr suchten.

Dann trafen sich ihr Blick und der des Tiers. Es blieb wie angewurzelt stehen und starrte sie an. Lythande erwiderte sein Starren. Sie war nicht begierig, ihr neues Schwert gegen etwas so Großes oder Grimmiges auszuprobieren. Aber hatte sie denn eine andere Wahl?

Sie hielt das Schwert vor sich. Traditionell besaßen solche Waffen besondere Kräfte. Wozu war dieses hier wohl imstande? In ihrem Kopf erklang eine Stimme, als spräche der Stahl zu ihr.

Mit welchem Recht gehst du davon aus, daß du etwas gegen diese Kreatur unternehmen mußt? Du bist in ihre Welt gekommen, und nicht umgekehrt. Dieses Geschöpf ist groß und furchteinflößend, aber wenn du es in Ruhe läßt, wird es dir auch nichts antun. Dies ist nicht dein Kampf.

Die Magierin dachte darüber nach. Irgendwie war sie sich jetzt sicher, was der Wirt gewollt hatte. Sie sollte dieses Wesen töten. Sein Geschwafel, Lythande solle nur die Treppe hinaufgehen und nachsehen, was dort sei, war reine Lüge gewesen. Diese Kreatur hier vor ihr war nicht böse – was sich von dem Wirt und den anderen Dorfbewohnern nicht mit Sicherheit sagen ließ.

Sie haben mich nicht dafür bezahlt, einen Drachen zu töten oder unschädlich zu machen. Sie haben mich ausdrücklich dafür entlohnt, in die Welt hinter ihrem Fenster zu gehen und nachzusehen, was es dort gibt. Nur nachzusehen, nicht etwas dagegen zu unternehmen. Und ich habe deutlich gemacht, daß ich für die Bezahlung, die sie mir angeboten haben, auch nur das tun würde. Darin bestand der Handel, und den habe ich für meinen Teil eingehalten.

Also brauchte Lythande jetzt nichts zu unternehmen, als sogleich zurückkehren und ihre Geschichte erzählen.

Dazu mußte ihr allerdings wieder einfallen, wo sich die Treppe befand. Würde sie die Stufen wiederfinden können?

Immer noch starrte sie in die Augen des Tiers und wagte nicht, den Blick abzuwenden. Doch jetzt wandte das Tier sich von ihr ab und trabte über einen Seitenpfad davon. Es schnaufte,

knurrte und spie Feuer, setzte das Unterholz in Brand und röstete wahrscheinlich sämtliche Kleintiere, die sich darin aufhielten.
Im Schein des brennenden Waldes drehte Lythande sich rasch um und rannte auf den Punkt zu, wo sie die Treppe zuletzt gesehen hatte. Sie stolperte die Stufen hinunter und schwang sich zutiefst erleichtert durch das Fenster in die Gaststube.
Der kleine Wirt mit den Fledermausohren blickte auf. »Ah, edler Magier, wieder zurück? Was hast du auf der anderen Seite dieser Stufen gefunden?« Er sah das Schwert an, das sie immer noch in der Hand hielt.
Lythande spürte, wie sie eine Gänsehaut bekam und der Blaue Stern auf ihrer Stirn hell flammte. Das Schwert fing das Licht ein und spiegelte es zu ihr zurück. Sie war hier von Bösem umgeben; das war so sicher, als hätte die Klinge es laut hinausgeschrien, damit alle im Raum es hören konnten.
Die Magierin zwang sich, ruhig zu antworten, während sie versuchte darüber nachzudenken, was sie als nächstes tun sollte. »Ein Drache, oder jedenfalls ein seltsames Tier, das Feuer speit. Es hat die Wälder in Brand gesetzt.«
Er wirkte beunruhigt. »Und hast du die Bestie getötet?«
»Nein«, antwortete Lythande. »Das habe ich nicht; für drei Silberstücke war ich bereit, in dieses Land zu gehen und nachzusehen, was dort ist, nicht aber irgend etwas zu töten. Mein Preis fürs Töten liegt bedeutend höher.«
»Oh«, meinte Fledermausohr. »Ich dachte, euer Magiereid verpflichte euch, das Böse zu zerstören, wo immer ihr es findet.«
Allerdings, dachte Lythande. *Verlangt er auch, daß ich euch alle töte?* Laut sagte sie nur: »Also habt Ihr geglaubt, Ihr könntet mich dazu bringen, das Tier ohne Bezahlung für Euch zu töten? Mit welchem Recht erwartet Ihr von mir, eine harmlose Kreatur zu vernichten, die unschuldig ihrer Wege geht und niemandem etwas zuleide tut? Sie tut nur das, was alle Wesen tun – sie versucht, Nahrung zu finden.«
»Aber wenn sie Feuer spuckt, wird sie die Wälder niederbrennen!«

»Es sind nicht meine Wälder. Wenn der Drache sie verbrennen will, dann mag der, dem die Wälder gehören, losziehen und ihn töten, oder jemanden dafür bezahlen, das zu tun. Ich bin Magier, kein Kammerjäger. Das Tier bedroht nichts, was mir gehört.«
Aber was soll ich mit Euch machen?
Während Lythande noch über diese Frage nachdachte, vernahm sie ein Knistern hinter dem Vorhang, den der Wirt wieder zugezogen hatte, nachdem sie durch das Fenster gekommen war. Als sie unauffällig schnupperte, roch sie Rauch. *Das Feuer muß von dem Drachen in den Wäldern übergesprungen sein,* dachte sie. *Die Treppe war schließlich aus Holz. Also brauche ich wegen dieser Leute nichts zu unternehmen; die Götter kümmern sich bereits selbst darum.*
Schnell bückte sie sich, nahm, nachdem sie das blaue Leuchten gelöscht hatte, ihr Bündel und den Kasten mit der Harfe auf und schlang beides über die Schulter. Sie ging hinaus auf die Straße. Lieber wollte sie die ganze Nacht wandern, als in der Nähe dieser Leute zu bleiben, selbst wenn das Gasthaus nicht gerade im Begriff gewesen wäre, in Flammen aufzugehen.
Die Magierin kehrte der Schänke den Rücken und ließ sie schnell hinter sich. Plötzlich blähte sich das Gasthaus auf und flog mit lautem Knall in die Luft. *Sie hätten mir das gesetzmäßige Honorar nicht mißgönnen sollen,* dachte Lythande, *aber wenigstens habe ich dabei ein gutes Schwert gewonnen.* Sie steckte das Schwert sorgfältig in ihr Bündel und ging weiter. Vielleicht würde sie ja die nächste Stadt erreichen, bevor der Mond unterging oder es wieder zu schneien begann.

Esther M. Friesner

GOLDIE, LOX UND DIE DREI EXCALIBOTEN

An diesem Tag ging das Geschäft in Bermans Koscherem Schnellimbiß (Inh. Samuel Berman) nicht gut; eine der Gelegenheiten, Bestandsaufnahme an Gurken und Sauerkraut zu machen, Gummer um Gummer, Faser für Faser. Draußen vor der Tür wütete der kalte Krieg, Chruschtschow schlug mit dem Schuh aufs Pult und versprach ganz Amerika den verdienten Untergang, doch drinnen war alles Friede und Hering. Warme, nach Pastrami riechende Luft strich jedesmal durch den Gastraum, wenn Mr. Berman die Warmhaltetheke öffnete, und nichts wurde geschlagen außer der Glocke, die die einzige Serviererin - Mr. Bermans Nichte - herbeirief, wenn eine Bestellung fertig wurde.

An diesem Tag hielt sich nur ein einziger Gast im Lokal auf: Der nette, alte Mann von der Nostrand Avenue, der mit dem langen weißen Bart und dem komischen Hut, derjenige, der immer ein Omelett mit Lox - geräuchertem Lachs - und Käse bestellte, darauf zeigte und ausrief: »Da sehen wir, was mit der Regierung nicht stimmt!« bevor er es verschlang.

Doch andererseits gibt es gerade an Tagen, an denen das Geschäft nicht gut läuft, viel Zeit, um gewisse Dinge geschehen zu lassen.

Goldie Berman sah zu, wie ihr Onkel die Reihe der von der Decke hängenden Salamis zum dritten Mal abzählte. Sie seufzte, sah zum Schaufenster hinaus und sehnte sich nach Freiheit. Aber wohin konnte sie schon gehen, wenn sie nicht bleiben und im Lokal helfen mußte? Onkel Sammy erzielte einen, wie er es nannte, »anständigen Lebensunterhalt«, aber ein anständiges Taschengeld für seine hübsche Nichte sprang dabei nicht heraus.

Nun war es nicht so, daß er ihr das Geld nicht gegönnt hätte, er besaß es einfach nicht. Jeder überzählige Cent wanderte in die Rücklagen für Goldies Collegebesuch.

Vielleicht sollte ich ihm sagen, daß ich gar nicht aufs College gehen will, überlegte Goldie. Und im gleichen Gedanken wies sie die Idee von sich. Sonst würde Tante Marsha noch eine Arterie platzen. Sie war die unverheiratete Schwester von Goldies verstorbener Mama – jene, über die sämtliche anderen, selbstgefällig verheirateten Frauen der Familie bei den Treffen im Cousin's Club hinter vorgehaltener Hand tuschelten; das »späte Mädchen«, zu dem sie betulich freundlich sprachen und das sie zuckersüß anlächelten; selbst eine blinde und taube Frau hätte nicht mißverstehen können, wie sehr sie die Ärmste wegen ihres tristen, einsamen Daseins bemitleideten.

Tante Marsha war aufs College gegangen und posaunte mit einem Eifer, der ihrem Rechtfertigungsbedürfnis entsprang, allerorten ihre Überzeugung heraus, wie wichtig es für ein Mädchen sei, einen Collegeabschluß zu besitzen. Sie drohte auch immerfort damit, daß ihr ein Blutgefäß platzen werde, insbesondere dann, wenn man ihren Vorstellungen zuwiderhandelte. Niemand konnte genau sagen, ob sie sich das auf dem College angewöhnt hatte oder nicht.

Goldie wollte nicht über Tante Marshas Drängen nachdenken, sich ganz und gar der Wissenschaft hinzugeben, oder über Onkel Sammys fröhliche Weigerung, sie wie jemanden zu behandeln, die älter war als neun Jahre, oder über die ermüdende Angewohnheit der anderen Verwandten, von ihr als »Arme-Goldie-Selmas-und-Max'-kleines-Mädchen-mögen-sie-in-Frieden-ruhen« zu sprechen. Irgendwo dort draußen – jenseits des Schaufensters mit den in Gold gravierten Buchstaben, jenseits des Trubels auf der Flatbush Avenue, jenseits eines Stadtviertels, das mit einem entschlossenen Idealismus für Adlai Stevenson stimmte, wie man ihn seit den Tagen des Kinderkreuzzuges nicht mehr gesehen hatte – irgendwo dort draußen wartete auf Goldie Berman etwas Größeres.

Und wenn sie nie dahinterkommen würde, gab es noch immer Long Island. Sie kehrte dem Schaufenster den Rücken zu, lehnte sich gegen die glänzend saubere Vitrinentheke und ließ ihren Geist in unbekannte Gebiete wandern.

Oder vielmehr in erstrebte Gebiete: besser bekannt unter dem Namen Nathan Krantz, Student im zweiten Jahr am Brooklyn College, und noch dazu angehender Mediziner (also mit Aussicht auf eine Reise nach Great Neck und schließlich ein Haus mit Grundstück, in dem die Möbel prächtiger glänzten als der Küchenfußboden – hauptsächlich deshalb, weil man auf einen Küchenfußboden keinen Schonbezug aus Plastik legen konnte). Nathan Krantz jedenfalls war, wie es so schön heißt, Goldies Zauber erlegen. Er trieb sich stets in Goldies Nähe oder in der Nähe der Delikatessenhandlung herum – was oft ein und dasselbe bedeutete. Kein schlechter Fang für ein Mädchen im vorletzten Jahr auf der Midwood Highschool, wie Goldie sich gern sagte. Und immer wieder tat. Die junge Frau gehörte nicht zu denjenigen, die ihr Licht unter den Scheffel stellten – und schon gar nicht in Onkel Sammys Geschäft, wo die Scheffel mit Knoblauchdill gefüllt waren.

Deshalb war es nur natürlich, daß sie von den Gedanken an eine Zukunft, die nicht nach gestopften *Derme* roch, genügend abgelenkt wurde, um die hochgewachsene, dunkelhaarige Dame nicht zu bemerken, die jetzt den Gastraum betrat, sich an einen Tisch setzte und vergebens auf die Bedienung wartete.

Morgan le Fay gehörte jedoch nicht zu der Sorte Mensch, die man lange warten lassen durfte.

»Hast du mich nicht gehört, Magd?« Die Augen der Dunkelhaarigen blitzten. »Ich habe befohlen, mir auf der Stelle Speise und Trank aufzutragen, auf daß dein Leben nicht verwirkt sei.«

»Ja, ja, ja.« Goldie erwachte widerwillig aus der Träumerei, Mrs. Doktor Krantz zu werden. (Ein junger Mann führte ein Mädchen schließlich nicht ohne Grund in jeden Elvis-Film, der je gedreht wurde, obwohl er – im Gegensatz zu dem Mädchen – den King gar nicht mochte, wenn seine Absichten nicht ehrlich waren, oder?)

»Nun machen Sie sich mal nicht ins Hemd, Lady. Ich hab' auch nur zwei Hände.« Sie warf das blonde Haupt in den Nacken, glitt hinter die Theke und gab vor, tiefes Interesse für die Lektüre der Innereien eines Weißfisches aufzubringen.

Ein Schatten fiel über Goldie und den kleinen, goldweißen Leichnam. »Niemand trotzt der Schwarzen Morgan, es sei denn um den Preis des Lebens«, zischte die in Seide gekleidete Erscheinung. Sie hob die Arme, die in schimmernde Wellen mitternachtsblauer und mit silbernem Brokat besetzter Spinnenseide gehüllt waren. Krakenweiße Finger an bleichen Händen krümmten sich wie die Klauen eines Raubvogels über Goldies Kopf, und die blutroten Lippen der erzürnten Zauberin wanden sich in einer Litanei aus in fremder Zunge gesprochenen Flüchen.

»Goldie, kümmere dich jetzt um die Lady«, befahl Onkel Sammy milde.

»Ja, ja, schon gut!« Goldie stampfte hinter der Theke hervor und trat an den Tisch, den Morgan verlassen hatte. »Was glaubt ihr hier eigentlich, was ich bin, 'ne Sklavin oder was?«

Sie stieß eine sauber manikürte Hand in die Tasche ihrer leuchtendgelben Schürze und riß den Bestellblock heraus. »Also, was darf's sein?« fragte sie und seufzte, als vereinigten der kleine Notizblock und der abgenagte Bleistiftstummel alles Gewicht der Welt in sich.

Die Lady kehrte langsam an ihren Tisch zurück und ließ sich daran nieder. »Habe ich dir angst gemacht, Magd?« fragte sie, den Kopf schiefgelegt, als könnte sie Goldie dadurch, daß sie sie so ansah, ein verborgenes Geheimnis entlocken.

»Heute haben wir sehr gutes Corned beef, das kann ich Ihnen empfehlen.« Goldie mißachtete die Frage ebenso kunstlos, wie sie zuvor die Fragerin ignoriert hatte. »Oder wie wäre es mit einem Rinderbruststück? Das ist eine von Onkel Sams … eine von unseren Spezialitäten.« (Goldie war der festen Überzeugung, es sei unprofessionell, sich auf ihren Arbeitgeber mit dessen Vornamen zu beziehen; außerdem schmälerte so etwas auch ihr Trinkgeld.) »Tagessuppe sind Limabohnen und Gerste. Also, was wollen Sie?«

»Dich!« schrie die Lady und packte die junge Frau an den Handgelenken. Blaßgrünes Licht flammte auf, schneeweißer Rauch waberte, und die beiden Frauen verschwanden aus dem Laden.

Aus Goldies Perspektive verschwand selbstverständlich der Schnellimbiß. Das gefiel ihr nicht im geringsten. An jenem schrecklichen Tag vor drei Jahren, an dem Onkel Sammy vor der Tür stand, um sie darüber zu informieren, daß ihre Eltern bei einem Autounfall ums Leben gekommen seien (ein überraschend aufgekommener Hagelsturm in Teaneck, erklärte er), hatte er Goldie so gut wie adoptiert. Die Delikatessenhandlung (mit angeschlossenem Schnellrestaurant) war ihr zweites Zuhause geworden.

In Goldie Bermans Adern rann das Blut von Generationen netter jüdischer Mädchen, die gerade ihren Haushalt in Ordnung gebracht hatten, nur damit der eine oder andere Angehörige des Mannsvolks erschien und verkündete, die Kosaken (oder die Kreuzritter oder die Deutschordensritter oder irgend jemand sonst aus dem breiten Kaleidoskop vollgefressener, geistig unterbelichteter Rabauken) griffen an. Mit anderen Worten, es hieß, die Vorbereitungen zur koscheren Küche fallenzulassen und die Reisetasche zu ergreifen: Beeilung, oder alles ist verloren! In Anbetracht all dieser ungeplanten, aber überlebenswichtigen hastigen Aufbrüche in ihrem Rassengedächtnis war es kein Wunder, daß Goldie alle unnötigen Abschiede vom heimischen Herd verabscheute.

Selbst, wenn dieser Herd nach Pastrami roch.

»Was soll denn das?« verlangte sie zu wissen und sah sich in der Landschaft um, die öder und verlassener erschien als eine monatealte Nudelkugel. Die Frauen standen mitten auf einer windgepeitschten Ebene unter einem von schweren Sturmwol-

ken verhangenen Himmel. Wetterleuchten zuckte über das Firmament. Donner grollte wie ein vollbeladener Leichenkarren, der über ein Pflaster aus Totenschädeln rumpelte.
Goldie sah auf. »Oh, sieht ganz nach Regen aus.«
»Laßt den Sturm hereinbrechen!« rief Morgan, warf den Kopf in den Nacken und lachte in den sich verdunkelnden Himmel. »Laßt die Schleusen aller Himmel sich öffnen und ihre Ströme tosend über mich ergießen! Ich fürchte sie nicht! Ich fordere sie heraus! Ich bezwinge sie alle!«
Goldie schürzte die Lippen. »Ja, ich glaube, Sie haben recht. Es sieht gar nicht nach Regen aus.« Sie senkte den Blick auf ihren immer noch leeren Bestellblock, kaute auf dem Bleistiftstummel herum und fragte: »Also, was wollen Sie?«
Kein Blitzschlag aus ungezügelter himmlischer Gewalt hätte die dunkelgewandete Frau mehr wie vom Donner gerührt dastehen lassen können. »Magd, willst du sagen, daß du noch immer nicht erzitterst? Ich habe dich dem Busen deiner Familie entrissen, habe dich mit der Macht meines geheimnisvollen Zaubers in das Reich des Todes entführt, in die Leere von Annwn, und noch immer stehst du unbeeindruckt hier?«
Goldie sah sie aus hellgrünen Augen an. »Hm, tja«, antwortete sie achselzuckend. »Was soll ich sagen? Wenn man im Gastgewerbe arbeitet, lernt man alle möglichen Leute kennen. Das sagt mein Onk... Mr. Berman jedenfalls immer. Bis jetzt hab' ich ihm nie so recht geglaubt. Aber wissen Sie was, Lady? Kundin oder nicht, ich muß schon sagen, Sie sind echt ein Fall für die Klapse.«
Ein heißer Windstoß blies aus dem Nirgendwo ins Nichts und plusterte die gewaltigen Ärmel der dunklen Frau auf. »Du wagst es, Morgan eine *Verrückte* zu heißen?« zischte sie.
»Keine Ahnung. Wer ist Morgan?«
»*Ich* bin Morgan!« Sie grollte die Worte mit mehr Majestät, als irgendein Donnerschlag sie je hätte aufbringen können.
Goldie stammte aus Brooklyn, auch wenn ihre Eltern versucht hatten, sie in New Jersey aufzuziehen. Mit Majestät konnte man an der Flatbush niemandem imponieren.

»So? Und wie kommt's, daß Sie 'nen Männernamen haben?« fragte Goldie.
»Morgan – ist – kein – Männername!« stieß die Dame zwischen zusammengebissenen Zähnen hervor.
»Was Sie nicht sagen.« Goldie blickte auf eine Stelle, wo ein Bestand von Schwarzem Schierling die Monotonie der kahlen Felslandschaft unterbrach. »Ich bin mit einem Jungen namens Morgan Hershkowitz auf die Junior High gegangen, und wenn jemand zu ihm gesagt hätte, Morgan ist kein Männername, dann hätte er dafür gesorgt, daß dieser jemand sich wünschte, tot zu sein – hauptsächlich deswegen, weil er ihn umgebracht hätte.«
»Unverschämtes Geschöpf, ich bin Morgan le Fay, Zauberin und Königin!«
»Ach so, *Fay* … ! Fay, damit kann ich etwas anfangen. Ich hab' 'ne Tante namens Fay, unten in Miami. Freut mich, Sie kennenzulernen, Fay. Ich bin Gwendoline Berman, aber alle nennen mich Goldie.« Sie reichte der Königin von Luft und Dunkelheit die Hand.
Morgan warf den Kopf in den Nacken und kreischte auf. Doch Zornesausbrüche hatten auf Goldie ebensowenig Wirkung wie Adel und Stand.
»Pff! Was glauben Sie denn – daß ich die Krätze habe, oder was?« Sie machte eine große Schau daraus, die zurückgewiesene, zum freundschaftlichen Handschlag ausgestreckte Rechte zurückzuziehen und an der Schürze abzureiben. Dann nahm Goldie wieder die Bestellannahmepose ein. »Also, wollen Sie eine Suppe gegen den hysterischen Anfall, oder was?«
»Närrin, weigerst du dich noch immer, mich zu erkennen?« Leuchtfeuer flammte aus den gen Himmel gerichteten Handflächen der Lady und formte sich zu einem feurigen Drachen, dessen Schweif über den wolkenverhangenen Himmel zuckte und der den Schlund aufriß, um eine kleine, blondgelockte Gestalt in einem billigen Reyonkleid von Korvette's und einer noch billigeren Serviererinnenschürze zu verschlingen.

»Ich bin die Herrin der Unheiligen Mächte. Um meine bösen Ziele zu erreichen, lag ich meinem eigenen Bruder bei, dem einstigen und künftigen König über ganz Britannien! Aus diesem sündenbefleckten Beischlaf gebar ich Mordred, Feigling und Verräter, der durch seine Lust den glänzenden Traum von Camelot in Scherben zerbrach und durch seine Gier seinem Erzeuger die tödliche Wunde beibrachte. Und als diese Nachricht mir zugetragen wurde, weißt du, was ich da tat?«
Goldie zuckte wieder die Achseln. »Verraten Sie es mir, oder nicht?«
»Ich habe gelacht! Jawohl, angesichts der Zerstörung, die die Frucht meines Schoßes über das Land brachte, lachte ich!«
»Wissen Sie, über wen *ich* mich kaputtlachen könnte?« gestand Goldie. »Über Danny Kaye.«
Morgan le Fay preßte und rieb die Handflächen langsam gegeneinander, als befände sich ein gewisser weißer Hals dazwischen. Der Drache warf ihr einen verwunderten Blick zu, dann zerfiel er in eine Fontäne blitzender Funken. »Dein Lachen ist für mich nicht wichtig, Mädchen. Auch dein Name ist nicht wichtig. Ich habe nach dir gesucht, wie ich nach vielen anderen gesucht habe, nicht wegen des Menschen, der du bist, sondern wegen des Menschen, der du sein könntest.«
»Ach, deswegen also ...« Wenn nur das Pentagon von ihr gewußt hätte – Goldie Bermans Befähigung zum Sarkasmus hätte als Geheimwaffe selbst die Atombombe in den Schatten gestellt. »Und was, bitte schön, soll ich sein?«
Morgans schwarzer Blick brannte sich gierig in Goldies Augen. »Du bist die Prophezeite, die Jungfrau, das Gefäß, die Erbin aller Macht der verlorenen Lady Vivian, Nimue, der Hüterin der heiligen Klinge, die Hüterin des großen Geheimnisses des Schwertes. Jaaa, beim Speer und beim Kessel, das bist du!«
Goldie hörte eine Weile zu. Dann entschlüpfte ein Schnauben ihren zarten Nasenflügeln. Gefolgt von einem zweiten und einem dritten Prusten. Dann öffneten sich die Schleusen (des

Kicherns, nicht aller Himmel) weit und spülten Flutwellen ungebremsten Gelächters über Morgan le Fay.
»Bist du nun fertig?« fragte die dunkle Königin. Eiszapfen fielen ihr von den Lippen.
Goldie konnte nur den Kopf heben und senken, während sie darum kämpfte, weiteres Lachen zurückzuhalten. »Oh, Lady, Sie sind schon eine ulkige Type!« ging es wieder mit ihr durch. Sie lachte so laut, daß sie sich an einen Felsen lehnen und sich die Seiten halten mußte, und dann setzte sie sich auf den Boden, bis der Anfall vorüber war.
Morgan vollführte eine Geste, und ein zweiter Felsblock schwebte heran und landete in gebührender Entfernung vom ersten. Die Königin von Luft und Dunkelheit ließ sich auf den steinernen Thron nieder, schlug die Beine übereinander, griff in ihr Zauberinnengewand und zog eine Schachtel Pall Mall hervor. Mit der Zungenspitze zündete sie sich eine Zigarette an und inhalierte tief. Als sie den Rauch wieder aus ihren Lungen entließ, formten die Schwaden fremdartige Runenzeichen in der Luft.
»Na schön«, erklärte sie erschöpft dem leeren Raum. »Gut. Macht, was Ihr wollt, Merlin. Ich hab's versucht. Bei allem, was recht ist. Ich hab's wirklich versucht.«
Die Landschaft erschauerte und wackelte, und Bermans Koscherer Schnellimbiß erblühte von neuem, wo sich zuvor das Ödland von Annwn befunden hatte. Goldie fand sich wieder, wie sie auf einem der Stühle des Gastraums saß, an einem Tisch mit der dunkelhaarigen Lady und dem merkwürdigen alten Mann von der Nostrand Avenue.
»Es freut mich zu hören, daß Ihr mir endlich zustimmt, Morgan«, begann er freundlich. »All dieser hohle Hokuspokus – was soll das? Der direkte Weg ist stets der beste.«
»Das war der direkte Weg«, schmollte Morgan.
»Vielleicht für ein Mädchen aus unserem verlorenen Britannien. Aber für dieses bezaubernde Geschöpf …« Er lächelte Goldie zu und zuckte die Schultern. »Überlegt doch mal.«

»Bitte vielmals um Verzeihung«, warf Goldie ein. Sie war sich überhaupt nicht sicher, was hier eigentlich gespielt wurde. Sie wußte allerdings genau, daß es in der einen oder anderen Weise um sie ging. Sie hegte jedoch hinsichtlich einiger wesentlicher Punkte deutliche Zweifel, so zum Beispiel bezüglich der Identität des einstmaligen Zwiebel-und-Lox-Kunden – und ob dieses raus aus den Kartoffeln, rein in die Kartoffeln ihr nicht die Frisur ruinieren würde.

»Ich glaube, wir hatten noch nicht das Vergnügen.« Ihre in der Tonhöhe anschwellende Stimme verriet ihre Zweifel daran, daß es sich in der Tat um ein Vergnügen handelte.

»Wie geht es dir, meine Liebe?« fragte der alte Mann und reichte ihr über den Überresten seines Omeletts die Hand. Er sprach mit einem Akzent wie Cary Grant. »Wir sind so froh, daß du dich entschieden hast, die Queste anzunehmen.«

»Hä?« sagte Goldie.

Merlin warf Morgan einen Blick zu. »Habt Ihr etwa versäumt, es ihr zu sagen?«

»Versucht Ihr doch, ihr etwas begreiflich zu machen«, entgegnete die Dunkle Königin ungnädig. »Ich habe Migräne.«

»Ach, kommt schon, stellt euch nicht so an! Im Grunde ist es wirklich ganz einfach.« Der alte Mann goß sich aus der großen Flasche mit Dr. Brown's Cel-Ray, die auf dem Tisch stand, ein weiteres Glas Selterswasser ein.

Goldie lehnte sich nach vorn und spürte ein nervöses Ziehen in der Magengrube. Jedesmal, wenn Mr. Venable, ihr Chemielehrer, sagte: »Im Grunde ist es wirklich ganz einfach«, hatte sie im nächsten Test eine Vier minus bekommen.

»Hör zu, mein liebes Kind«, fuhr der grauhaarige Gentleman fort, »hier kommt das Gesetz der Mythopoeischen Konservierung zum Einsatz. Alle paar Jahrhunderte oder so, ein Jahrzehnt mehr oder weniger spielt keine Rolle, wird unter den Legenden, die die Welt am Bestehen halten, ein gewisser kritischer Punkt erreicht. Einige Jahrhunderte leiden zugegebenermaßen stärker unter Krisen als andere. Vor einiger Zeit war da dieser unangenehme Kerl – die deutsche Bestie –, der versuchte, den Siegfried-Terminplan lange vor dem angemessenen Zeitpunkt abzurufen. Und du weißt ja, was ihm das eingebracht hat.«

»Es hat ihm das eingebracht, was er verdient hat, aber nicht schnell genug«, knurrte Goldie zur Antwort. Sie verstand zwar nur jedes zehnte Wort, aber sie brauchte sich nicht erklären zu lassen, wer mit der »deutschen Bestie« gemeint war. Wenn nicht die Gefahr bestanden hätte, daß Gesundheits- und Ordnungsamt gleichzeitig eingeschritten wären, dann hätte sie bei der bloßen Erwähnung des abscheulichen Monstrums auf den Boden gespuckt.

Der alte Mann strahlte, als er die plötzlichen Anzeichen von Verstehen bei ihr erkannte. »Ahaa, dann bist du dir also bewußt, wie gefährlich solches unpassende Herumpfuschen an den Mythen sein kann! In einigen wenigen Fällen wird lediglich der Herumpfuscher vernichtet, doch viel zu oft gelingt es ihm leider, vorher noch eine große Anzahl unschuldiger Menschen ums Leben zu bringen.« Er schlürfte sein Mineralwasser. »Darum erschaffen wir Ritter.«

»Das machen wir auch«, rief Goldie gleich. »Onk… Mr. Berman macht gute Arme Ritter nach seinem Spezialrezept, mit Puter und Gurken und …«

»Was habe ich Euch gesagt?« Morgan le Fay sandte eine weitere Rauchrunenwolke gegen die Decke und genoß dabei Merlins plötzliche Verunsicherung.

Der Zauberer zog nicht nur die Augenbrauen, sondern auch die Hosenträger hoch. »Madam«, teilte er der Zauberin mit, »nicht durch bloßen Zufall habe ich die Karrieren so vieler weltweit bekannter Heldenarchetypen ganz allein geformt. Und ich werde der Einfalt eines einzelnen sterblichen Mädchens nicht gestatten, all dem, was Ihr und ich hochhalten, im Weg zu stehen – auch wenn Ihr und ich uns auf verschiedenen Seiten des Zaunes befinden und von unterschiedlichen Motiven getrieben werden.«

»Nur weiter so.« Morgan wedelte desinteressiert mit der

Zigarette. »Ihr habt mich überzeugt, daß Ihr die heißeste Nummer seid, seit es Scheffel in Stangen gibt. Jetzt überzeugt sie.«

»Mich überzeugen? Wovon?« fragte Goldie mißtrauisch. Während ihres kurzen Lebens hatte Überzeugungsarbeit, die an ihr geleistet wurde, meistens darauf abgezielt, sie entweder zum Kauf von etwas zu bewegen, was sie nicht brauchte, oder zum Ausziehen von Kleidungsstücken zu bringen, die sie in dem speziellen Moment und in der jeweiligen Gesellschaft nicht abzulegen wünschte.

Merlin faltete die Hände auf dem Tisch zusammen. Er sah Goldie mit einem Blick an, der vor Aufrichtigkeit und aufgesetzter Harmloser-alter-Mann-Attitüde triefte. »Meine Liebe, ich war wohl etwas nachlässig. Vielleicht wäre es besser gewesen, am Anfang zu beginnen.«

»Okay«, antwortete Goldie gedehnt und noch immer befremdet. Sie warf einen allessehenden Blick durch den Speiseraum, um festzustellen, ob ein neuer zahlender Gast eingetroffen war; doch diese beiden seltsamen Vögel hier waren die einzigen Anwesenden, und so hatte sie keine ausreichende Entschuldigung, sich von ihnen zu entfernen.

»Fragen wir zunächst einmal: Was weißt du über König Artus und die Ritter der Tafelrunde?«

Goldies Schultern waren mittlerweile gut trainiert, so oft und energisch, wie sie an diesem Tag bereits mit den Achseln gezuckt hatte. »Ein bißchen«, antwortete sie. »Ich glaube, wir haben vielleicht im Englischunterricht etwas darüber lesen müssen. Aber wir haben Englisch nach der Mittagspause, und dann bin ich immer so schläfrig. Artus war doch dieser König von England, oder? Der hat irgendwie dieses Schwert aus dem Stein gezogen, und geheiratet, und da waren all diese Ritter in schimmernden Rüstungen auf weißen Pferden, die haben Drachen getötet und Jungfrauen in Not gerettet, und so. Und ich glaube, damit hat es dann aufgehört, als sie angefangen haben, geschichtliche Ereignisse aufzuschreiben.«

Merlin hatte begonnen, mit den Fingerspitzen auf die Tischplatte zu trommeln. Morgan kicherte gehässig. »Grobe Grundkenntnisse«, bemerkte der Zauberer. »Gröbste Grundkenntnisse, aber im wesentlichen korrekt, meine Liebe. Doch auch für diese rudimentäre Gelehrsamkeit bin ich dir, wie ich dir versichern kann, in tiefster Dankbarkeit verbunden.«
Morgan stieß ihn mit dem Ellbogen in die Seite. »Ihr habt sie wieder verloren«, höhnte sie und deutete auf den leeren, glasigen Blick, der bei den Worten des Zauberers in Goldies Augen getreten war.
Merlin räusperte sich vernehmlich und berührte Goldie an der Hand. Das Mädchen fuhr vom Stuhl auf und starrte ihn wütend an. »Hey! Alles, was Sie hier kaufen können, ist ein Sandwich, Mister, okay!?«
»Ich wollte dir nicht zu nahe treten, mein Kind«, beschwichtigte sie der Graubart. Seine Zähne trafen sich, um fest aufeinander zu mahlen, ähnlich wie es Morgan ergangen war, als sie mit Goldie gesprochen hatte. »Was ich dir zu sagen versuche, ist, daß wir deine Hilfe benötigen.«
»Ach ja? Wofür?«
»Hierfür.« Er vollführte mit den Fingern ein paar komplizierte Bewegungen in der Luft, und ein gewaltiges Schwert erschien zwischen dem Sodawasser und dem kleinen Aluminiumteller, auf dem die Gurken lagen, die Mr. Berman seinen Gästen stets gratis servierte.
Goldie keuchte. Wer hätte in einer solchen Situation nicht gekeucht? Ein Schwert war direkt aus der Sagenwelt aufgetaucht und lag nun zwischen den Delikatessen. Zwei Hände waren nötig, um den Griff dieser Klinge zu umfassen und es hochzuheben – außerdem ein gesunder, starker Rükken.
»Wow!« rief Goldie. »Das ist ja vielleicht ein dicker Hund.«
Morgan stöhnte. Sie drückte die erste Zigarette auf ihrem Handrücken aus und steckte sich gleich eine zweite an.
»Also, damit soll ich Ihnen nun helfen?« fragte das Mädchen.

»Okay, wie? Wollen Sie vielleicht wissen, wo Sie es anständig scharf machen können? Onk... Mr. Berman läßt seine Messer an jedem Dienstag von Morris, dem Scherenschleifer, schärfen. Kennen Sie Morris? Er hat so ein komisches kleines Auto, ein echter alter Klapperkasten, und auf der Ladefläche steht der Schleifstein. Der Mann macht seine Arbeit gut. Sie könnten an jemand schlechteren geraten.«

»Die Schneide Excaliburs wurde gewetzt und geschärft an den Schnäbeln unsterblicher Adler, deren ausgebreitete Schwingen die Sonne verdunkelten, als die Erde noch jung war«, intonierte Morgan. »Excaliburs Klinge wurde in den Feuern aus dem Schwarzen Herzen Annwns geschmiedet und gekühlt in den mystischen Wassern des heiligen Kessels, denen die Macht innewohnt, die Toten zu erwecken. Wenn Excaliburs Schneide stumpf werden sollte, dann wird das Antlitz der Sonne sich verfinstern, der Mond wird rot sein von Blut, und die allesverschlingende See wird den bebenden Acker unfruchtbar machen. Excalibur ist das Schwert der Helden, der Stahl aus den Liedern, die verheißene Klinge – und du schlägst vor, daß wir es einem *Morris* in Schutz und Pflege geben?«

»Oh.« Goldie nickte. »Tja, wirklich dumm. Ich wette, Onkel Sammy – ich meine, Mr. Berm... ach, wen interessiert's schon, ob er mein Onkel ist! Ich wette, er könnte Ihnen bei Morris einen guten Rabatt verschaffen.«

Die Lautstärke von Morgan le Fays Aufschrei war nicht mehr meßbar. Eigentlich sah es der Königin von Luft und Dunkelheit gar nicht ähnlich, so rasch oder so regelmäßig die Fassung zu verlieren.

Merlin war sich dieses befremdlichen Umstands dank seiner langen Bekanntschaft mit der Dame bewußt. Deshalb erschien Goldie ihm in seinen Augen nur noch wunderbarer – und der großen Verantwortung, die er auf ihre Schultern legen wollte, nur um so würdiger.

»Gutes Kind«, sagte er, »wir danken dir für deine Freundlichkeit. Wenn dir Excalibur so sehr am Herzen liegt, daß du dir Gedanken machst, wie seine Klinge am besten scharf gehalten wird, dann können wir nicht die falsche Wahl getroffen haben. Du bist die Eine.«

»Ich bin was für eine?« wollte Goldie wissen (und das war ja auch durchaus verständlich).

»Du bist die Eine, die die Klinge hüten und bewahren soll bis zur Ankunft des Königs.«

»Häh?« machte Goldie.

»Jetzt ist es genug.« Morgan knallte die Faust auf den Tisch. »Das reicht. Ja, ich gebe es zu. Ich bin überzeugt. Niemand könnte sich von Natur aus so einfältig und blöde anstellen. An diesem Mädchen hat sich ganz offensichtlich jemand zu schaffen gemacht.«

»Ganz bestimmt nicht!« fuhr Goldie auf. Gerechte Empörung loderte in ihr auf. »Ich hab' Nathan nicht mal bis unter den BH gelassen! An mir zu schaffen gemacht! So was hab' ich gern, das kann ich euch sagen!«

»Morgan, seid nicht albern«, entgegnete Merlin mit einer Stimme, die so trocken war wie uralter Pumpernickel. »Das Mädchen ist von unserem großen Feind ebenso unberührt wie von jedem anderen Mann.«

»Nathan hat Achtung vor einer Dame.« Goldie gab ein herausforderndes ›Bitte-sehr‹-Schniefen von sich, schürzte die Lippen und sah Morgan trotzig an, die nur den Mund verzog.

»Glaub, was du willst«, erklärte die dunkle Königin schließlich. »Ich ziehe es vor, dem zu vertrauen, was meine Augen sehen und meine Ohren hören. Elezamwel der Verführer ist ein hinterlistiger Feind. Unermeßlich lange, seit unzähligen Jahrhunderten gelüstet es ihn schon nach den Kräften dieser anderweltlich geschmiedeten Klinge.« Bei diesen Worten deutete sie dramatisch auf das Schwert, das noch immer neben den Gurken lag. »Doch so groß die Macht seiner boshaften Hexenkunst auch sein mag, das Schwert widersteht ihm, gegürtet mit Tugend, solange es sich in der Hut eines seiner drei natürlichen Wächter befindet – Merlins, meiner selbst oder der Dame – oder an seinen rechtmäßigen Herrn und Meister verliehen ist, den einstigen und künftigen König!«

Inzwischen war Morgan aufgesprungen. In ihr hatte sich ein hübscher, familienpackungsgroßer Wutanfall zusammengebraut. Mal ganz ehrlich, es gibt immer Menschen, die ihres Lebens nur froh werden, wenn sie sich in den Mittelpunkt, auf die Hauptbühne rücken können. Natürlich werden solche Zeitgenossen dies bis an das Ende ihres Lebens abstreiten. Dennoch beharren sie darauf, die Welt als eine Abfolge epischer Vorabendserien zu begreifen, und vergessen den Umstand, daß zwischen den einzelnen Akten mehr als nur drei Werbespots für Hämorrhoidensalben stattfinden.

Und so bekam Goldie, nachdem Morgan fertig damit war, ihren Redefluß fließen zu lassen – oder ihren Wortschwall zu schwallen – und eine Pose einnahm, die mehr zu einer Darstellung auf bemaltem Glas gepaßt hätte als in den Gastraum von Bermans Koscherem Schnellimbiß, und so also bekam Goldie erneut einen Lachanfall. Im nachhinein betrachtet, war solch ein Verhalten weder als die weiseste noch als die freundlichste mögliche Antwort zu bezeichnen, die sie hätte geben können.

»Was … ist … denn … nun … schon … wieder … so … *lustig?*« verlangte Morgan zu wissen, und jedes der Worte durchquerte Dornen und Feuer, um ihr über die Lippen zu kommen.

Goldie preßte sich eine Faust gegen den Mund und bemühte sich, ihren unseligen Frohsinn niederzukämpfen. Natürlich scheiterte sie. »Ich … es tut mir leid, Lady, aber Sie … Sie sehen aus wie meine Tante Yetta, als sie herausbekam, daß Vetter Julie ein irisches Mädchen geheiratet hatte!«

»Und was ist so schlimm daran, Iren zu heiraten?« verlangte Morgan zu wissen. »Merlin und ich, wir sind vom Älteren Blute, dem Blut, das heiß und rein in den Adern der *Sidhe* fließt, welche die Abkömmlinge der Tuatha de Danann sind, der alten Götter und Helden Irlands.«

»Wenn einer von denen versuchen sollte, einen Berman zu

heiraten, werden Sie schon herausfinden, was damit nicht in Ordnung ist«, entgegnete Goldie.
Zorn schwelte in Morgan und ließ ihre Wangen von innen in rötlichem Leuchten erglühen. Merlin sprang von seinem Stuhl auf und trat zwischen die beiden Damen, bevor die Königin von Luft und Dunkelheit sich selbst entzünden konnte.
»Bitte, Kind, du wirst viel mehr erfahren und auch viel schneller, wenn du uns gestattest ohne Unterbrechung zu sprechen.« Er beugte sich vor, um Goldies Hand wie ein liebevoller Großvater zu tätscheln.
Sie entriß ihm ihre Hand. »Erklären ist erlaubt, aber das Berühren der Figüren mit den Pfoten ist verboten«, erwiderte sie schnippisch.
»Nun gut.« Merlin strich mit der Hand über den Gurkenteller. Auf der Stelle erschimmerten die Gummern in unirdischen Strahlen, dann schmolzen sie zu einem gekräuselten See aus saftig-grünem Licht zusammen. Während der Zauberer nun weitersprach, bildeten sich auf der Seeoberfläche Visionen, die seine Worte illustrierten. »Das Schwert Excalibur wurde König Artus von der Dame vom See verliehen. Einige nennen sie Vivian, andere Nimue, und wieder andere besudeln ihren ehrenvollen Namen mit Anschuldigungen, gegen mich Verrat begangen zu haben.« Nun zeigte die Vision eine liebliche Frau, von Kopf bis Fuß in weißen Brokat gekleidet, wie sie den Stamm einer Eiche offenhielt, während ein berauschter Merlin mit wackligen Knien hineinwankte. »Dabei handelt es sich selbstverständlich um ein feingewobenes Lügengespinst.« Der scharfe Blick des Zauberers suchte und fand den Goldies.
»Ja, wunderbar feingewoben«, stimmte die junge Frau zu, die nur Augen für das Gewand der Dame hatte. »Nur, daß sie einen Unterrock tragen sollte. Ich meine, man kann ja ihr ganzes Dingsbums sehen, wenn Sie mir meine Worte nicht übelnehmen.«
»Äh. Ja. Stimmt.« Merlin verlor für einen Augenblick den Faden, fing sich jedoch rasch wieder. »Nach der Schlacht von Camlann,

in der Artus Mordred erschlug und gleichzeitig von seinem Sohn die tödliche Wunde empfing …«
»Mein Junge«, gurrte Morgan.
» … befahl er seinem treuen Ritter Sir Bedivere, ihn an das Ufer eben jenes Sees zu bringen, an dem er einst Excalibur aus der Hand der Dame empfangen hatte. Sir Bedivere nahm auf das Geheiß seines Herrn das Schwert an sich, und dann befahl ihm sein Herr, es zurück ins Wasser zu werfen. Bedivere aber dachte, das Schwert sei zu wertvoll und zu schön, um ein nasses Grab verdient zu haben. Zweimal versuchte der Ritter, den Stahl in den Wellen zu versenken, und zweimal gelang es ihm nicht.«
Goldie starrte auf den Gurkenteller. Sie sah Sir Bedivere, wie er Artus' Schwert nahm und damit ans Seeufer trat, nur um dort eine Weile zu stehen, das Schwert im Schilf zu verstecken und dann zu seinem König zurückzukehren. Er kniete sich an dessen Seite und flüsterte dem Sterbenden etwas ins Ohr.
»Was sagt er?« fragte Goldie.
»Er teilt Artus mit, er habe getan wie befohlen. Nun fragt der König ihn, was er sah, als er das Schwert zurück in den See warf.«
»Was soll er denn schon gesehen haben?« Goldie fand sich außerstande, die Augen von dem Tableau vor ihr zu wenden. »Es macht Platsch.«
»Das behauptete auch Sir Bedivere«, lächelte Merlin. »Und bei diesen Worten wußte Artus, daß sein Freund ihn belogen hatte. Dennoch bestand Sir Bedivere ein zweites Mal auf der Lüge; denn er wußte nicht, daß Excalibur in der Tat ein Wunderschwert war. So konnte der brave Ritter sich ein zweites Mal nicht überwinden, es den Wassern zu übereignen, ein zweites Mal belog er den König, und wieder wußte es Artus, als er die Antwort Bediveres hörte auf seine Frage: ›Was geschah, als du das Schwert in den See warfst?‹«
»Meine Güte, muß dieser Bedivere dämlich gewesen sein«, meinte Goldie. »Ich hätte mir beim zweiten Mal wenigstens eine andere Geschichte ausgedacht.«

»Vivian dreht sich im Grab um«, murmelte Morgan und verspeiste ihre noch immer brennende Zigarette.
»Ach, seid doch still«, wies Merlin die Zauberinnnen-Königin an. »Vivian hat nicht einmal ein Grab. Wenn noch etwas von ihr übrig war, nachdem die Fische mit ihr fertig waren, dann liegt es unter dicken Schichten aus Schlick begraben.«
Goldie zupfte Merlin am Ärmel. »Und dann was?« wollte sie wissen. »Bedivere schwindelt zweimal, und wie geht's weiter? Artus beschließt, daß er die Sache besser selbst erledigt, oder was?«
Merlin bedachte das Mädchen mit einem höchst zufriedenen, anerkennenden Blick. »Aha, es besteht doch noch Hoffnung für dich, Mädchen, wenn du Interesse für die Geschichte aufbringst. Ob der böse Elezamwel nun Erfolg hatte dabei, dich mit seinem Bann zu betören oder nicht, die Wesensart deines Geistes bleibt in ihrem Kern doch unberührt. Das ist gut. Nun gut, höre der Geschichte Ende: Beim dritten Mal beschloß Sir Bedivere, die letzte Bitte seines Herrn auszuführen, und so tat er es. Er stellte sich ans Ufer des Sees und schleuderte die Klinge mit aller Kraft von sich. Das Schwert Excalibur löste sich aus seinen Fingern, wirbelte über die Wasser und ...«
»Platsch«, ahnte Goldie gleich.
»Nein«, korrigierte Merlin sie. »Als es gerade so aussah, als sei *Platsch* unvermeidbar, da reckte sich ein Arm, ganz in weißen Brokat gekleidet, aus dem See, ergriff das Schwert, schüttelte und schwang es dreimal über den Wassern, und zog es auf ewig in die Tiefen des Sees hinab.« Merlin senkte das Haupt, seine Geschichte war erzählt.
Goldie stützte das Kinn auf eine Faust. »Auf ewig ist auch nicht mehr das, was es mal war«, sagte sie und klopfte mit ihrem Bleistiftstummel gegen den Schwertknauf. »Wenigstens ist es nicht so schlimm verrostet, ich meine, wo es doch die ganze Zeit im Wasser gelegen hat und so. Wissen Sie, eigentlich ist das schon ein ziemlich bescheuerter Ort, um ein Schwert aufzubewahren. Diese Dame vom See muß schon ziemlich

quadratzurückgeblieben gewesen sein, wenn Sie mich fragen.«

»Was wir von dir wissen wollen«, entgegnete Merlin, »ist, ob du uns zeigen kannst, wie wenig zurückgeblieben *du* bist.«

»Hä?«

Der Zauberer vollführte wieder Fingergesten, und plötzlich fand Goldie sich des Bleistiftstummels, des Notizblocks, der Schürze und des Reyonkleids beraubt. Statt dessen war sie vom Hals bis zu den Fußknöcheln in ein Gewand aus weißem Brokat gehüllt. Diesmal hatte Merlin auch für einen Unterrock gesorgt.

Das war Goldie allerdings nicht genug.

»Was soll denn das?« kreischte sie schrill und sprang vom Tisch auf. »Onkel Sammy! Onkel Sammy, ruf die Polypen! Der alte Knacker hat mir die Klamotten geklaut!«

Samuel Berman sah von seiner langen Bestandsliste auf. Seine Miene wurde ernst. Er wischte sich die Hände an der Schürze ab und kam hinter der Theke hervor. »Was macht ihr Haufen Meschuggenen mit meiner Goldie?« grollte er.

Goldie rannte zu ihm, klammerte sich an ihn und benutzte seinen massigen Leib wie einen Schild. »Die sind bekloppt, Onkel Sammy! Paß auf, der Alte hat ein Schwert!«

»Wir wollen euch kein Leid zufügen.« Merlin erhob sich, die Hände in der üblichen Geste der Friedfertigkeit erhoben. »Wir sind nur hierhergekommen, um dem Kind sein Erbe zu überbringen.«

»Welches Erbe denn?« verlangte Mr. Berman zu erfahren. »Als ihre Eltern – mögen sie in Frieden ruhn – vor drei Jahren von ihr genommen wurden, bekam sie alles Erbe, das ihr zustand: so gut wie nichts.«

»Du fetter Narr, wir sprechen nicht von Tand wie vergänglichem Gut und beweglicher Habe«, verkündete Morgan voller Geringschätzung und sah auf den Delikatessenhändler hinab. »Sie ist die Auserwählte, die Erbin allen Gutes der verlorenen Lady Vivian. Ihr obliegt es jetzt, das Schwert Excalibur zu hüten, von nun an bis zur Stunde ihres Todes.«

»Hä?« bemerkte Mr. Berman.
»Ganz eindeutig handelt es sich bei dieser Form von Antwort um ein ererbtes Charakteristikum«, murmelte Merlin, an seine Kollegin gewandt.
Und diesmal kicherte auch Morgan.
Da überkam Goldie etwas Eigenartiges. Vielleicht lag es an der Art, in der Merlin mit Morgan sprach – so als sei sonst niemand zugegen; zumindest niemand, den wahrzunehmen erforderlich wäre. Vielleicht lag es auch an Morgans unverhohlener snobistischer herablassender Haltung ihnen gegenüber. Ihrem Kichern wohnte kein Humor inne, nur die Demonstration, daß sie Goldie und alles, was ihr etwas bedeutete, einfach lachhaft fand, so putzig wie die Bemühungen eines noch nicht stubenreinen Welpen.
Oder vielleicht lag es auch an der Tatsache, daß Brokat zwar sehr hübsch aussieht (selbst triefend naß noch), daß er manchen Leuten jedoch auf der Haut juckt wie der Teufel, Unterrock hin oder her. Was auch immer die Ursache sein mochte, die beiden Typen gingen Goldie gewaltig gegen den Strich, und einmal in Rage gebracht, half ihr nur noch die Entladung in einem gewaltigen Wutausbruch.
»Das ist ja wohl die *Höhe!*« Goldie wagte sich hinter der Wölbung des Körpers ihres Onkels hervor, die Fäuste geballt, und pure Kampflust im Blick. »Ihr kommt in unser Haus, und weil ihr ein lausiges Mittagessen und vielleicht noch ein Glas Cel-Ray kauft, glaubt ihr, der Laden gehört euch schon und wir sind so eine Art Doofies? Nun, ich kann euch sagen, da habt ihr euch gewaltig geirrt!«
Sie schritt kühn auf Morgan le Fay zu und drohte der Königin von Luft und Dunkelheit mutig mit einem tadelnd erhobenen Finger. »Ihr glaubt, ich wüßte nicht, was ihr Vögel vorhabt? Pah! Vielleicht bin ich nicht die Beste in Mr. Venables Klasse, aber das heißt noch lange nicht, daß ich schwer von Begriff bin! Ihr habt also dieses Schwert, was? Und es muß darauf aufgepaßt werden, bis euer Held sich herbequemt, richtig? Solange er's

hat, ist alles in Butter. Wenn er's nicht hat, müßt ihr's aufbewahren, bis er aufkreuzt. Habe ich recht oder nicht?«

»Du hast recht, und du läufst Gefahr, diesen Finger zu verlieren«, grollte Morgan.

Bevor die dunkle Lady reagieren konnte, fuhr ihr der drohende Finger mitsamt seinen vier Brüdern an die Kehle. Goldie packte Morgan am Kragen ihres Gewandes, riß sie an sich und wiederholte: »Ob ich recht habe?«

»Du … hast recht«, keuchte Morgan, die von der unerwarteten Verwegenheit des Mädchens wie vom Donner gerührt war.

Befriedigt ließ Goldie die Zauberin los. »Jede Wette, das ist noch nicht alles, wo ich recht habe. Ich behaupte zum Beispiel, daß ihr einmal eine Freundin hattet, die tief in diesem Tümpel auf das Schwert aufgepaßt hat. Ihr seid nur die Wachtposten, aber sie paßt auf die Ware auf. Nur ist sie jetzt gestorben, und ihr braucht jemand, der für sie einspringt. Das soll ich dann wohl sein. Na, wie mache ich mich?«

Merlin klatschte in die Hände, und auf seinem alten Gesicht stand ein Ausdruck reinster Freude. »Bei allen segensreichen Mächten, sie hat es! Oh, ich wußte doch, sie würde begreifen! Ich wußte, daß sie die Eine ist. Einen Moment lang hatte ich um sie gefürchtet, weil ich eine Ausdünstung des Bösen nahe bei ihr wahrnahm, doch am Ende erkannte ich, sie würde …«

»Ich kündige«, erklärte Goldie. Mit verschränkten Armen setzte sie sich an den Tisch, auf dem das Schwert lag, und trank den Rest Selterswasser gleich aus der Flasche.

»Was sagst du?« fragten Merlin und Morgan wie aus einem Mund.

Mit einem lauten Knall stellte Goldie die Flasche auf den Tisch zurück. »Ich steige aus«, wiederholte sie. »Genaugenommen kann ich nicht kündigen, weil ich den Job ja noch gar nicht angefangen habe. Und das werde ich auch nicht tun. Sucht euch eine andere Blöde.«

»Du kannst nicht kündigen!« keuchte Merlin.

»Lies es mir von den Lippen ab«, forderte Goldie ihn ganz ruhig

auf. »*Ich kün-di-ge.* Ihr gebt mir jetzt meine alten Kleider zurück, und wir sind quitt, okay?« Durch den weißen Brokat kratzte sie sich heftig die Arme.
»Aber – aber du bist die Eine!« Nun war Morgan an der Reihe. »Seit Jahren schon suchen wir nach dir. Es kann keine andere geben. Merlin und ich hüten noch die Klinge, aber wir können sie nicht auf ewig schützen. Und nicht an uns ist es, sie zu vergeben. Die Ankunft des Helden steht bevor! Der König kehrt zurück! In dieser dunkelsten aller Stunden, in der die Sterblichen die schwarzen Winde des Feuers freigesetzt haben, das die ganze Erde in ein einziges, weites Annwn verwandeln wird, muß sein Geist erneut erwacht sein unter euch! Wenn er nicht erscheint, dann steht nichts zwischen euch und eurem Untergang!«
»Und wenn er erscheint und die Klinge nicht aus deinen Händen erhält«, fügte Merlin ernst hinzu, »wird er so hilflos gegen die entfesselten Schrecken sein wie du selbst.«

Goldie lehnte sich zurück. Ein kleiner Bruchteil des Feuers schwand aus ihren Augen. So schwer von Begriff war sie, um ihre eigenen Worte zu benutzen, nun auch wieder nicht. Das Mädchen war im Schatten der Bombe aufgewachsen und konnte die Verbindungen ziehen. Ihr Blick schweifte zum Schwert. »Sieht mir aber nicht gerade nach einem Atombunker aus«, stellte sie fest.
»Dann mach dich mal auf eine Überraschung gefaßt«, entgegnete Merlin leise.
Goldie bedachte ihn mit einem wundervoll begreifenden Blick. Ihr Lächeln war weder mutig noch frech, sondern vielmehr weise. »Okay«, sagte sie. »Ich schätze, das sollte ich.« Sie streckte die Hand nach dem Schwertgriff aus.
»*Halt!*« Mr. Berman packte ihr Handgelenk mit einem Griff, der einen ganzen Truthahn kampfunfähig gemacht hätte, während das Messer auf ihn herabfuhr. »Weißt du denn überhaupt, worauf du dich da einläßt, Goldie?«
»Ja, ich glaube schon, Onkel Sammy. Ich nehme das Schwert

und passe drauf auf, bis so ein Typ vorbeikommt, der ...« Die Hüterin in spe zögerte. »Ich muß doch nicht am Grund eines Sees auf ihn warten, oder?« fragte sie Merlin.
»Nur, wenn du darauf bestehst, meine Liebe«, antwortete der Zauberer augenzwinkernd.
»Aha. Okay. Da fällt mir aber ein Stein vom Herzen.« Goldie erhob sich und ergriff das Schwert. Mit einer Hand hob sie es hoch, als wöge es nicht mehr als eine Portion Kartoffelsalat, eine kleine Portion.
»Dann ist es vollbracht.« Morgan schloß die Augen und zeichnete mit den Fingern ein merkwürdiges Symbol in die Luft. »Bewache es mit ganzem Herzen. Nun, da das Schwert Excalibur einmal mehr in die Obhut seiner Lady gelangt ist, soll es ohne ihre Zustimmung und ihren Segen an keinen anderen weitergegeben werden.« Die Zauberin öffnete die Augen und drückte Goldies freie Hand an ihre Stirn. »Erwähle mit Bedacht denjenigen, dem du diese Klinge anvertraust, denn du schenkst ihm gewaltige, ehrfurchtgebietende und überwältigende Macht.« Und damit entschwand die Königin von Luft und Dunkelheit.
»Triff eine kluge Wahl«, ermahnte auch Merlin sie. »Er, dem du das Schwert durch Wort oder Tat übereignest, wird für die Menschheit das Fortbestehen oder die Vernichtung bedeuten. Versprich mir, daß du dich dieses Vertrauens würdig erweisen wirst.«
»Okey-dokey«, antwortete Goldie. Sie krümmte den kleinen Finger und küßte ihn. »Versprochen ist versprochen und wird auch nicht gebrochen.«
»Damit liegt es in deinen schönen Händen und auf deiner Seele.« Merlins Hände tanzten durch die Luft, und er verwandelte sich: Der alte Mann stand in der vollen Tracht eines Meisterzauberers vor Goldie und Mr. Berman. Er gestikulierte erneut, und Wolken aus blauem Rauch stiegen auf, ihn zur Gänze zu umhüllen.
»Hoppla.«
Der Rauch verschwand, der Zauberer hingegen nicht. Merlin fummelte an einem kleinen Geldbeutel aus Leder herum, der an

seinem Gürtel hing. »Hätte ich fast vergessen«, gestand er kleinlaut, legte mehrere Dollarscheine neben seinen Teller und fügte einen weiteren als Trinkgeld hinzu. »Ich werde dein Lokal weiterempfehlen, meine Liebe«, lobte er, und diesmal verschwand er ohne zusätzliche Raucheffekte.

»Junge, Junge«, sagte Mr. Berman und wischte sich die Stirn ab. »Das war ja kaum zu glauben. Na ja, jetzt sind sie weg. Ich hab' zu tun.« Er watschelte zur Theke zurück und murmelte dabei stetig vor sich hin.

Goldie blieb stehen, wo sie sich gerade befand, noch immer in weißen Brokat gehüllt, und hielt weiterhin das Schwert in der Hand. Das Mädchen stierte die Klinge an, doch es war nicht das Starren von jemandem, der gerade einen Volleyball vor die Stirn geknallt bekommen hat. Nein, dieses intensive Blicken enthielt fast überhaupt keine oder sogar gar keine Verwirrung, dafür aber sehr viel ruhiges Staunen. Das Schwert war ihr kein Fremder; vielmehr kam es ihr wie die Rückkehr eines lange verlorenen Freundes vor, von dem Goldie bis zu diesem Augenblick gar nicht gewußt hatte, daß es ihn gab.

Und dann rief Onkel Sammy: »Goldie! Glaubst du etwa, du kannst die Gäste in diesem Aufzug bedienen? Geh nach hinten und zieh dir meinen alten Regenmantel über, und dann läufst du nach Hause und ziehst dir etwas Anständiges an. Wenn dich die Nachbarn so sehen!«

»Ja, Onkel Sammy«, antwortete Goldie automatisch. Noch immer starrte sie auf das Schwert. Beim Gang ins Hinterzimmer trug sie den blitzenden Stahl vor sich her wie eine Fackel, die ihr den Weg erleuchten sollte. Excaliburs Klinge schimmerte in einem Licht, das nichts zu tun hatte mit den Neonröhren an der Decke. Während das Mädchen den Blick in den Glorienschein versenkte, kam es ihr vor, als könnte sie dieser süßen Helligkeit überallhin folgen, selbst auf den Grund eines Sees. Als Goldie Mr. Bermans Regenmantel gefunden hatte, konnte sie sich nicht überwinden, das Schwert auch nur für den Augenblick abzusetzen, auch nicht für den, den sie benötigt hätte, ihre Arme in die

Ärmel des Mantels zu stecken. Schließlich versuchte sie es mit einer Art ausgeklügeltem Jonglierakt, indem sie das Schwert von einer Hand in die andere reichte, während sie sich umständlich bemühte, in den widerspenstigen Mantel zu schlüpfen. Gerade wollte sie zum Vordereingang hinaus, das Schwert noch immer in der Hand, als plötzlich …

»*Goldie!*«

Sie blieb wie angewurzelt stehen und wandte sich um. Noch nie hatte der Onkel in diesem rauhen Ton mit ihr gesprochen:

»Was glaubst du wohl, wo du hingehst?«

»Ich lauf nach Hause, wie du gesagt hast.«

»So willst du gehen?«

»Ich hab' mir den Regenmantel doch angezogen.«

»Wer spricht denn hier von Regenmänteln? Bist du denn nun mit Blindheit geschlagen, oder was? *Das Schwert, Goldie!*« Um seinen Worten mehr Gewicht zu verleihen, schlug Mr. Berman mit einer Minisalami auf das Hackbrett. »Du kannst doch schließlich nicht mit einem Stück Eisen durch die Straßen von Brooklyn spazieren! Was sollen denn die Leute von dir denken, was?«

»Daß ich ein King-size-Springmesser dabei habe, hm?« versuchte Goldie den Onkel heiter zu stimmen. Bisher hatte das jedesmal funktioniert.

»Niemand mag 'nen *Weisenheimer.*« Um es frei nach Königin Victoria zu sagen, Onkel Sammy war nicht amüsiert.

»Ja, was meinst du denn, was ich damit tun soll?« fragte Goldie und suchte im Gesicht des Onkels und im Aufschnitt nach einer Antwort. »Soll ich mir das Ding unter den Mantel schieben? Soll ich's in eine braune Papiertüte stecken? Oder was?«

Der Delikatesseninhaber verschränkte lediglich die Arme vor der Brust und starrte Goldie unglücklich und voller Bedenken an. Nun wußte Goldie nicht mehr ein noch aus. »Onkel Sammy, ich muß es mitnehmen. Du hast doch gehört, was sie gesagt haben. Ich muß mich drum kümmern. Und ich hab's versprochen.«

Mr. Berman verharrte immer noch wie ein unverrückbarer Fels.

»Haben wir denn keine Tüte, die groß genug dafür ist?«
Der Ladenbesitzer entfaltete die Arme wieder, um mit den Fingern auf das dicke Hackbrett zu trommeln. Es klang wie eine Marschkapelle, wie das Rollen zahlreicher Trommeln, die den Trauermarsch schlugen.
»Aber *Oooooonnnkeeeeellll* …« Goldie konnte prima jammern, aber nicht gut genug, um Mr. Berman umzustimmen. Allem Anschein nach war sie in eine Sackgasse geraten. Die Lage kam ihr recht beschissen vor, wenn auch nicht so dramatisch wie damals bei Tante Marsha. Die hatte nämlich einmal eine Reise auf die mexikanische Halbinsel Yucatán unternommen. Hinterher hatte sie erzählt, die Exkursion sei sehr lehrreich gewesen, auch wenn sie sich einen schlimmen Fall von *Montezumas Rache* eingefangen und dieser süße Fremdenführer namens Felipe ihr entgegen seinem Versprechen niemals geschrieben habe.
Doch plötzlich weichte Mr. Bermans Miene unerklärlicherweise sichtlich auf. »Goldie, mein Augenstern, du bist ein gutes Mädchen«, sagte er sanft. »Du gibst ein Versprechen, also hältst du es auch. Das schuldest du diesen Leuten, auch wenn sie aussahen, als wären sie geradewegs aus der Klapsmühle entsprungen. Aber mir schuldest du doch auch einiges, oder etwa nicht, hm?«
Goldie ließ das goldene Haupt ein wenig sinken. »Ja, Onkel Sammy.«
»Ich möchte ja nicht darauf herumreiten, aber wer ist als erster zu dir nach Hause gekommen, nachdem deine Eltern – mögen sie in Frieden ruhen – diesen Unfall hatten? Wer hat es dir gesagt, noch bevor die Polizei da war? Wer hat dich auf der Stelle mitgenommen und dir ein sicheres Heim geboten, in dem du gedeihen und heranwachsen konntest?«
»Du, Onkel Sammy. Du bist immer gut zu mir gewesen.«
Aus dem Augenwinkel sah Goldie etwas Helles blinken. Ohne es bewußt zu wollen, drehte sie den Kopf ein winziges bißchen und richtete den Blick auf das heilige Schwert. Handelte es sich

nur um eine Einbildung, oder spielte dort funkelndes Irisieren die Klinge auf der ganzen Länge hinauf und hinunter und öffnete wie der Kristall eines Hypnotiseurs im Verstand des Mädchens eine Tür zu schlafenden Erinnerungen, die sich unter dem plötzlichen Ansturm von Licht die Augen rieben?

Erinnerungen, die Goldie mit zurücknahmen in jene Tage vor dem schrecklichen Unfall ihrer Eltern. Eindrücke von damals, Bilder aber auch von den Wochen und Monaten, von den Jahren nach diesem schrecklichen Tag. Erinnerungen, die sich erhoben und die um sich tasteten, bis sie Goldie schließlich schockierten, und zwar nicht durch das, was sie enthielten, sondern durch das, woran es ihnen mangelte.

Mama, wie sie sich fertig machte für ein Treffen im Cousin's Club, wie sie Goldie alte Fotoalben studieren ließ, so daß sie sich an Namen und Gesichter ihrer nächsten Anverwandten erinnern konnte. (Wessen Gesicht fehlte? Wessen Name wurde unter allen anderen Onkeln nie erwähnt?)

Tante Yetta, die weinte und sagte, wie wunderschön die Beerdigung gewesen sei. (Welches Begräbnis? Warum konnte Goldie sich an gar keine Beerdigung erinnern?)

Vetter Julie, der seiner Mutter auf die Schulter klopfte und sagte, wie nett es von Onkel Sammy gewesen sei, mit den Polizisten und den Leuten vom Krankenhaus zu reden, um der armen Goldie all das zu ersparen. (Welche Polizisten? Welche Leute vom Krankenhaus?)

Und Tante Marsha, die Goldie beim Shiva gegenübersaß. Tante Marsha mit einer Ausgabe der Daily News, wo sie nach der Todesanzeige suchte und sagte, sie könne sie nicht finden, bis Onkel Sammy ihr fest ins Auge sah und befahl, noch einmal genau hinzusehen. Und nun stieß sie auf die Meldung. (Goldie erinnerte sich, wie sie hinterher die Zeitung aufgenommen und nichts entdeckt hatte, keine einzige Zeile, und auch nicht ein Wort über einen Unfall oder einen Hagelsturm aus heiterem Himmel. Einfach gar nichts.)

Mit der freien Hand rieb sich Goldie die Augen, als erwachte sie aus tiefem Schlummer oder als tauchte sie langsam aus Träumereien unter Wasser auf. Auf der Zunge schmeckte sie Verrat, und ihr brannten die Ohren, als sie Mr. Berman sagen hörte: »Und selbstverständlich bist du auch ein gescheites Mädchen, Goldie. Klug genug, um zu wissen, daß es stets mehrere Möglichkeiten gibt, ein Versprechen einzuhalten. Du kannst mir das Schwert doch einfach hierlassen, dann passe ich darauf auf, während du nach Hause gehst, dich umziehst und wieder zurückkommst. Gib es mir, ich verstecke es hier hinten, und niemand wird je davon erfahren ...«

»Okay«, sagte Goldie langsam. »Nimm es dir.« Sie legte beide Hände um den Griff und hielt das Schwert vor sich erhoben. Ein Windstoß aus Glorie löste sich von der Schneide der Klinge und zog als blasse Fahne an ihr empor.

»›Nimm‹?« wiederholte Mr. Berman ungläubig. »Was soll das mit dem ›nimm‹? Kannst du es mir nicht geben?«

»Nein«, antwortete das Mädchen ganz ruhig, »nicht dir.«

»Was redest du denn da? Du gibst es, du gibst es nicht, ich soll es nehmen? Gibt es da etwa einen Unterschied?«

»Ja, da besteht ein Unterschied.«

Als die Diskussion an diesem Punkt angelangt war, klingelte die Glocke an der Vordertür, und Nathan Krantz kam in den Laden.

»Hi, Goldie«, rief er fröhlich. Dann sah er sie richtig an. Es war ihr nicht gelungen, den Regenmantel zuzuknöpfen, und ihr Gewand aus weißem Brokat ermöglichte allen Zuschauern den einen oder anderen tiefen Blick.

»Wow«, lautete Nathans Kommentar. Goldie errötete.

»Na siehst du!« Mr. Berman winkte mit einer fleischigen Pranke nach dem zusehends nervöser werdenden angehenden Medizinstudenten. »Bist du jetzt zufrieden? Daß du jetzt hier so vor einem netten Jungen wie Nathan stehst?« An jenen Nathan gewandt, erklärte er mit theatralischer Geste: »Sie will mir das Schwert nicht geben. Hast du so etwas schon mal erlebt?«

»Nein ...« Nathans Augen richteten sich auf den Stahl. »Nein, so etwas habe ich noch nie erlebt.« Der Beiklang ehrfürchtigen

Staunens in seiner Stimme entging Goldie nicht, ebensowenig wie das verräterische Zittern seiner Knie.
Sie schienen jeden Augenblick nachgeben zu wollen. »Nie«, wiederholte er, kniete nieder und faltete die Hände, als wollte er beten.
Mr. Berman blies höchst verächtlich Atem durch die Nase aus. »Kommst du hierher für ein Sandwich oder für ein Hochamt, Jungchen? Denn wenn du ein Hochamt willst, muß ich dir leider sagen, daß uns die Oblaten ausgegangen sind. Vielleicht könnte ich dich für eine Doughnut interessieren?«
Die Witzeleien hätte er sich wirklich sparen können. Goldie überhörte sie, und Nathan achtete auf nichts anderes als das Schwert. Die beiden jungen Leute verharrten ungefähr so lange still und reglos, wie man braucht, um ein halbes Dutzend Cel-Ray-Flaschen zu öffnen. Das Schwert leuchtete derweil um so heller, als nährte ihre Ehrfurcht seine Aura.
»Halloho!« Mr. Berman schnipste vor Nathans Nase mit den Fingern. »Jemand zu Hause?«
Offensichtlich war niemand da, und Mr. Berman schnaubte erneut. »Jetzt reicht's endgültig. Ich rufe die Kerle in den weißen Kitteln an.«
»T-tut mir leid, Mr. Berman.« Mit zitternder Hand berührte Nathan seine Stirn und rappelte sich auf. »Ich weiß nicht, was in mich gefahren ist. Ich …«
»Und ich will nach Hause und mich umziehen«, verkündete Goldie. »Brokat hin und her, warm ist mir darin nicht. Den Tod holen könnte ich mir.«
»Na endlich!« Zum Ausdruck seiner abgrundtiefen Erleichterung klatschte der Delikatessenladenbesitzer in die Hände. »Das Mädchen muß also erst 'nem Meschuggenen zusehen, damit sie begreift, daß sie selbst nicht mehr alle auf der Reihe hat, aber wer bin ich, daß ich mich beklagen werde? So, Goldie, *Mamaleh*, mach, was ich dir gesagt hab': Du knöpfst dir den Regenmantel zu, gibst mir das Schwert, gehst nach Hause …«
»Nein.« Dieses Mal stand mehr als nur blinde Starrsinnigkeit

hinter dem ablehnenden Wort. Goldies Miene war so glatt und sorgenfrei, wie ein Gesicht nur aussehen kann, wenn auch die letzte Spur eines Zweifels aus dem Bewußtsein dahinter verbannt worden ist. »Ich werde es abgeben, okay?« sagte sie zum Onkel. »Ich gebe es sofort ab.«

»Gut!« Grinsend streckte er die Hände aus.

»Aber nicht an dich.«

Sie wandte sich Nathan zu und erhob die Klinge. »Empfange aus meiner Hand das Schwert Excalibur, o Held des Zeitalters!« verfügte sie, und im ganzen Schnellimbiß hallte ihre wohlklingende Stimme wider, die vor Macht zu vibrieren schien: Macht, die von Stahl ausging, der mehr war als nur Metall, und einer Midwood-Schülerin im vorletzten Jahr, die niemals wieder eine Englischstunde verschlafen würde.

Nathan Krantz fiel auf ein Knie. »Meine Dame …« Die Stimme versagte ihm. »Meine Dame, ich bin dessen nicht würdig.« Sein Brooklyndialekt war dahin und verweht.

Goldie stutzte. »Hä?«

»Eine solch große Gabe …«

»Nein, nein, nimm schon. Es ist okay. Das Schwert gehört dir. Du bist derjenige welcher.«

»Ich bin kein Held.«

»Klar bist du das, Natie. Ich meine, ich fand dich schon immer ganz toll, aber seit heute diese beiden wirklich seltsamen Leute ins Lokal kamen, scheint es so, als ob ich manche Sachen ganz einfach wüßte. Verstehst du? Wenn ich jetzt also sage, daß du ein Held bist und das Schwert nehmen solltest, dann kannst du davon ausgehen, daß das auch stimmt. Ich meine, das mußt du ja auch sein, weil du plötzlich so sprichst wie Basil Rathbone. Also willst du es jetzt ergreifen, damit ich endlich nach Hause gehen und mich umziehen kann?« Sie sah Mr. Berman an. »Onkel Sammy, wenn ich mich umgezogen habe, ist es dann okay, wenn Natie und ich ins Kino gehen oder …?«

»Ergötzen werde ich mich daran, wie du in den tiefsten Tiefen der Hölle brennst!« donnerte Mr. Berman.

Die Salamireihen über ihm schwankten wie die Leichen von Gehenkten. Er griff mit beiden Händen in die Auslage, zerrte einen kompletten halben geräucherten Lachs hervor und schwang ihn durch die Luft. Schwarzer Blitzschlag zuckte aus dem Schwanz des Fisches und fuhr der Länge nach über die aufgeschnittene Hälfte. Das saftige, rosafarbene Fleisch erzitterte und verwandelte sich in eine Stange aus verdrehtem Dornholz, in einen Zauberstab, den der smaragdgrüne Leib einer geifernden Schlange umschlang. Diesen Stab knallte Samuel Berman mit voller Wucht auf die Theke. Das Hackbrett aus Buchenholz und alles darunter verging zu Splittern.
Als der Ladenbesitzer zwischen den Hälften des zertrümmerten Tresens durchschritt, schmolz ein Ansturm unheiliger Magie alle Spuren des Ladenbesitzers dahin. An seiner Stelle stand ein hochgewachsener, dunkelhaariger Mann, der noch erlesener gekleidet war als Morgan le Fay und noch mehr Macht ausstrahlte als Merlin.
Doch die Macht war dunkle Gewalt, eine Kraft, die noch finsterer war als das rabenschwarze Haar und der ebensolche Bart, die wie durch ein Wunder Samuel Bermans vormals haarlosem Kopf entsprossen.
So neu sie in der Zaubereibranche auch sein mochte, erkannte Goldie doch die furchtbare Bedeutung dieser Metamorphose. Sie deutete mit der freien Hand – derjenigen, die nicht Excalibur hielt – auf das Herz der dunklen Erscheinung, und mit einer Stimme, die vor rechtschaffener Empörung vibrierte, verkündete sie: »Sie sind nicht Onkel Sammy!«
Der Dunkle lachte. »Ganz im Gegenteil, meine Liebe«, entgegnete er, und seine Worte glitten auf sie zu wie ein Bündel Vipern von gleicher Anzahl. »Ich bin und war es immer, dein … Onkel Sammy.«
»Sind Sie *nicht*!« kreischte Goldie. »Jede Wette, ich hab' gar keinen Onkel Sammy! Mama hat ihn nie erwähnt, und Daddy auch nicht.«
»Ach ja.« Der Finstere strich sich mit beringten Fingern über den

Bart. »Deine Eltern. Solch pingelige Kleinbürger. Als ich versuchte, mich ihnen als lange verschollener Verwandter aufzudrängen, haben sie alle Kenntnis von mir geleugnet. Und noch mehr, sie waren auch dickköpfigerweise immun gegen alle meine suggestiven Kräfte. Deine Eltern wagten es zu behaupten, ich existiere nicht.« In langgezogenen, öligen Blasen erhob sich sein selbstgefälliges Lachen. »Ich glaube, ich habe ihnen schon gezeigt, wer existiert – und wer nicht.«

Goldie ächzte. »*Du* hast sie getötet!« Kleinere Flammen ungebändigter Energie sausten an der heiligen Klinge auf und ab.

»Goldie, Goldie, ›töten‹ ist ein so … endgültiges Wort.« Und wieder das gehässige Lachen. »Ich habe sie nur … aus dem Weg geräumt.«

Goldies Augen glänzten jetzt kalt und hart. Bis zu diesem Moment hatte sie das Schwert als Treugut, als Symbol, als kostbaren Talisman gesehen. Nun dämmerte ihr, daß Excalibur vor allem anderen ein *Schwert*, etwas Todbringendes war.

Sie packte den Griff mit beiden Händen fester. Hier ging es nicht um ein Zeremoniell der Verleihung. Wenn Nathan Krantz gehofft hatte, die Waffe bald in Händen zu halten, dann sollte er endlich etwas tun oder es lassen!

»Wer zum Teufel bist du?« Die Frage zerteilte die Luft, so sicher und zielgerichtet, wie Excaliburs Klinge sich die eigene Legende geschnitten hatte.

»Rate doch einfach.« Eine schwarze Augenbraue wurde höhnisch hochgezogen. »*Ich* habe *dich* sofort erkannt. Also bin ich gekommen und habe alles in meiner Macht stehende unternommen, dich von deinem Erbe fernzuhalten. Hätte ich Morgan und Merlin um deine Dienste bringen können, dann hätte die herrenlose Klinge am Ende schon den Weg zu mir gefunden. Dummerweise konnten meine Vernichtungszauber dich nicht erreichen, denn die Erwählten Excaliburs sind immun gegen die dunklere Magie. Doch zum Glück gibt es auch noch andere Mittel und Wege.«

»Ja, jede Wette!« Goldie schwang das Schwert über die rechte Schulter nach hinten. Wenn Mickey Mantle ihre Pose kopiert hätte, hätte sie ihm auch als Supersportler nicht schlecht angestanden. »Diese – wie hieß sie doch gleich – Fay hatte recht, jawohl: Du *hast* dir an mir zu schaffen gemacht!«

»Habe ich etwa einen Fehler begangen, indem ich dir die Unschuld bewahrte?« fragte der Hexer mit falscher Verwirrung.

»Unschuld? Pah! Verdummt hast du mich, ja genau! Jedesmal, wenn ich eine schlechte Note bekam, hast du gesagt, ich solle mir keine Sorgen machen, ich würde eines Tages schon einen netten Mann heiraten! Jedesmal, wenn ich eine gute Note bekam, hast du gesagt, daß meinem Mann so was sowieso egal sein würde! Kein Wunder, daß ich beinahe nicht begriffen hätte, als man versuchte, mir zu erklären, wer ich sein soll! Du hättest mich fast zu einer doofen Nuß gemacht, du hinterhältiger, dreckiger, stinkender, verlauster ...!«

»Ich bin Elezamwel der Verführer«, erklärte der Dunkle allzu sanft. »Niemand spricht so mit mir.« Er sprang auf sie zu, den schlangenumwundenen Stab wie einen Speer auf ihr Herz gerichtet.

»Na, komm zu Mama!« schrie Goldie und hob die Klinge zum tödlichen Streich.

»Nicht, Goldie!« Nathan Krantz umfaßte ihre Hände und den Schwertgriff. »So gibst du ihm das Schwert!«

»Was tue ich?« gelang es Goldie zu fragen, einen Sekundenbruchteil, bevor der springende Elezamwel sie erreichte.

Nathan riß das Mädchen zur Seite und drückte sie gegen die Thekenreste. Der Zauberer verfehlte die beiden, landete auf dem Linoleum und schlitterte in Richtung der Toiletten. Mit einem wilden Aufbäumen zuckte er herum, fletschte die Zähne und duckte sich zu einem weiteren tödlichen Sprung.

»Ich habe gesagt, auf diese Weise gibst du ihm das Schwert«, stieß Nathan keuchend hervor und drängte Goldie von dem zischenden Zauberer fort. »Das ist alles, was dir mit Excalibur zu tun erlaubt ist – es zu überreichen. Wenn du versuchst, ihn damit zu töten, wird es nichts anderes tun, als aus deinen Händen in seine überzugehen.«

»Is' nicht wahr!« Goldies Blick glitt von Nathan zu dem Zauberer. »Meinst du ehrlich?«

»Ich hatte immer glatte Einsen in Englisch«, antwortete Nathan mit dem bescheidenen Gebaren, das eines echten Helden würdig ist. »Auch wenn ich Medizin studieren will.«

»Okay«, sagte Goldie. »Also hier.« Sie zog die Hände unter seinen hervor und überließ ihm den Griff des Schwertes. »Es soll ja sowieso deine Klinge sein, nicht wahr? Und jetzt kann ich das Ding ihm ja auch nicht mehr geben, stimmt's? Stimmt's?«

Nathan antwortete ihr nicht. Sein Blick war woandershin gerichtet. Mit Sicherheit war es unritterlich, eine Dame nicht zu beachten, aber es mußte geradezu selbstmörderisch sein, die Augen von einem erzürnten Zauberer abzuwenden.

Goldie folgte Nathans Blick, der auf Elezamwel gerichtet war. Die Augen des Finsterlings blitzten nun so sehr vor Wut, daß es für jeden ratsam war, in eine andere Richtung zu schauen.

»Oje.« Die Besonnenheit flüsterte ihr ins Ohr, es sei am besten, sich aus der Schußlinie zwischen den beiden Gegnern zu verziehen. Goldie beherzigte diesen Rat gern und sprang leichtfüßig über die zertrümmerte Theke. Im Schutz eines Stapels Weißfische und eines weiteren geräucherten Lachses ähnlich dem, der nun Elezamwels Stab darstellte, legte sie die Daumen an die Ohren, wedelte mit den Fingern, streckte dem Hexer die Zunge heraus und machte: »Ätschibätsch!«

»Lady, die Jahre sind nicht gut zu Euch gewesen«, stieß Elezamwel zwischen zusammengebissenen Zähnen hervor und erhob sich. »Nur für einen Augenblick habt Ihr mich um das Schwert gebracht. Dieser Narr dort mag Euer erwählter Held sein, aber er weiß nichts darüber, wie man eine Klinge führt, die größer wäre als ein Küchenmesser. Es ist zu lange her. Der Jüngling wird nicht behalten, was er nicht zu verteidigen vermag. Wenn Excalibur aus Eurer Hut entlassen ist, kann es jedem Mann gehören. Warum wohl bestand Artus so beharrlich darauf, daß

Bedivere es Vivian zurückgab? Selbst im Angesicht des Todes war der König eifersüchtig. Diesen Narren hier aber werde ich erschlagen und ihm vor Euren Augen das verzauberte Schwert aus den toten Händen winden. Dann endlich wird es mein sein!«
Goldie sah Nathan fragend an. »Weißt du auch darüber etwas aus dem Englischunterricht, Natie?«
Der angehende Mediziner schaute besorgt drein. »Ich kann mich nicht erinnern. Wir nehmen den Kerl wohl besser beim Wort.« Er hielt das Schwert wie einen Kricketschläger. »Okay, Mister, dann legen Sie mal los.« Die Herausforderung klang zwar zuversichtlich, doch Nathan sah einfach zu lächerlich aus.
Elezamwel warf den Kopf in den Nacken und stieß gewaltige Ströme herzlosen Gelächters aus. Er fuchtelte mit den Händen, und sein Zauberstab verwandelte sich in ein Schwert, so schwarz wie das Herz der Nacht. »Bereite dich auf den Geschmack des Todes vor, Narr!« brüllte er und griff an.
»Koste das, Klugscheißer!« höhnte Goldie. Die Besonnenheit schlug die allegorischen Hände vor Empörung über dem Haupt zusammen und gab all ihre Bemühungen auf, als Goldie auf die Theke sprang und den Lachs über dem Kopf schwang. Wie eine fischbewehrte Amazone stürzte sie vor und versetzte dem überraschten Hexer mit dem Fisch einen kräftigen, klatschenden Schlag ins Gesicht. Das schwarze Schwert entglitt Elezamwels Rechter und prallte mit gedämpftem Klirren auf das Linoleum. Der Zauberer taumelte zurück, und Goldie versetzte ihm einen weiteren Schlag, dann noch einen und noch einen. Und während die schuppigen Hiebe auf ihn niederprasselten, schrie sie: »Jetzt, Natie! Spieß ihn auf mit Excalibur, da wo's ihm richtig weh tut!«
Sie setzte gerade zum siebenten Schlag gegen Elezamwel an, als ihr dämmerte, daß sie in diesem Kampf allein stand. Das Mädchen ließ den Fisch an ihre Seite sinken (sehr unvorteilhaft für ihre Kleidung) und drehte sich Nathan zu, um festzustellen, was ihn aufhielt.
Nichts stand ihm im Weg. Jedenfalls nichts, was Goldie auf

Anhieb erkennen konnte. Nathan stand einfach nur da, seine Hände ruhten auf dem heiligen Schwert, als wäre es ein Regenschirm, und er starrte sie an. Goldie runzelte die Stirn. Sie trug noch immer den Regenmantel von Onkel Sam dem Zauberer über ihrem weißen Brokatgewand, und sie schwitzte wie ein Schwein (um es drastisch, aber treffend auszudrücken). Das Mädchen war nicht in der Stimmung, ihren erwählten Helden herumstehen zu sehen, während sie sich abrackerte.

»Wirst du dich vielleicht bequemen, den Kerl abzumurksen, wenn deine Kaffeepause vorbei ist, oder was?« bemerkte sie bissig.

»Ich kann ihn jetzt nicht töten«, entgegnete Nathan.

»Ach, du kannst ihn nicht töten? Und darf ich so kühn sein, mich nach dem Grund dafür zu erkundigen, wenn mir die Frage gestattet ist?« Ja wirklich, weitaus tödlicher als jede Atombombe war die sarkastische Zunge dieses hübschen Kindes.

»Er ist unbewaffnet.« Nathan nahm die Brille ab. Seine zuvor braunen Augen begannen zu leuchten und wechselten die Farbe zu einem reinen, klaren Blau. »Einen Unbewaffneten zu töten verstößt gegen jedes Gebot der Ritterlichkeit.« Der Jüngling fuhr sich mit den Fingern durch das kurzgeschnittene schwarze Haar, das sich in goldene Löwenlocken verwandelte, die ihm auf die Schultern hinabfielen. »Niemals habe ich einen Mann niedergeschlagen, es sei denn in ehrlichem Kampfe.« Er trat einen Schritt auf Goldie zu, und im Schreiten wuchs er, setzte Muskeln an, wurde zu groß und zu muskulös für das einfache weiße Hemd und die graue Cordhose. Sie schmolzen wie Wolkenfetzen von ihm ab und wurden durch ein königliches Gewand ersetzt, und das so natürlich, wie ein Atemzug den nächsten ablöst. Von seiner Brille blieb nicht einmal eine Erinnerung übrig.

»Artus …« Elezamwel stieß den Namen hervor wie einen Fluch.

»Artus!« Merlin war auf einmal da und sang den Namen wie einen Segen.

»Artus?« fragte Goldie stirnrunzelnd. »Natie, wenn das ein Streich sein soll, den du einem armen, dummen, unwissenden

Highschool-Mädchen spielen willst, dann sehe ich nicht, was daran witzig sein soll, vielen Dank!«

»Oh, das ist kein Scherz«, sagte Morgan, die ebenso abrupt wie Merlin erschienen war. Sie zog mit einem Finger ein paar Kreise durch die Luft, und Elezamwels schwarzes Schwert hüpfte ihr in die Hand wie ein Cockerspanielwelpe. »Das ist Artus, in der Tat. Diese Skrupel würde ich unter Heerscharen herausfühlen. Sie waren es, die ihm beim ersten Mal den Tod eingebracht haben. Aber was will man machen, diese Bedenken sind im Paket inbegriffen.« Die Königin von Luft und Dunkelheit wirbelte mit der Eleganz einer Tänzerin herum und schlug Elezamwel den Kopf von den Schultern. »Ich persönlich habe nie sehr viel mit falscher Zurückhaltung anfangen können.« Sie hauchte das blutbefleckte Zaubererschwert an und hielt wieder eine Loxseite in der Hand. Sie naschte davon. »Hmmm, das ist gut. Habt ihr zufällig Frischkäse da?«

Der Kopf des Hexers rollte in Richtung Waschräume, und sein Körper brach zusammen. Goldie gab ein Würgen von sich, doch bevor sie zu der Schweinerei auf dem allgemein schon recht verwüsteten Speiseraumboden beitragen konnte, verschwanden die diversen Teile von Elezamwels Leiche. An ihrer Stelle erschien ein Paar mittleren Alters, das wunderbare Sonnenbräune und verwirrte Mienen zur Schau trug.

Unter allen unglaublichen Anblicken, die sich heute vor Goldie offenbart hatten, war dieser bei weitem der phantastischste. »Mama?« fragte sie mit bebender Stimme. »Daddy?«

»*Goldie!*« riefen die beiden Wiederaufgestandenen voller Freude und rannten in die Arme ihrer Tochter.

»Seht, die Gefangenen des Zauberers sind entlassen aus seinem Bann und seiner abscheulichen Haft«, verkündete Merlin feierlich.

»Abscheulich?« fragte Goldies Vater. »Haft? Er hat uns nach Miami geschickt, damit wir bei Kusine Fay bleiben. Das war nicht so schlimm, außer daß wir Kusine Fay in Miami nicht verlassen konnten.«

»Willst du etwas wirklich Abscheuliches hören?« warf Goldies Mutter ein. »Drei Jahre lang Fays *Kneidelach*, das ist abscheulich. Ihre Knödel sind so wie Gummi, die gehörten in ein Handballspiel, aber nicht in eine Hühnersuppe.«
Sie berichtete gerade, wie schauderhaft Kusine Fays Matzenbällchen seien, da kniete König Artus sich vor die wiedervereinte Familie. »Meine Dame«, begann er und ergriff Goldies Hände. »Durch Eure Weisheit und Euren Mut habe ich wieder zu mir selbst gefunden und werde meine zurückgewonnenen Kräfte nutzen, uns alle zu schützen.«
»Okay.« Goldie war eine aufgeschlossene Persönlichkeit. »Aber behalte die Kommunisten im Auge, ja?«
Der König beeidete, dies tun zu wollen, dann fuhr er fort: »Während ich im Körper desjenigen, den Ihr als Nathan Krantz kanntet, gefangen war, verfiel mein Herz in Liebe zu Euch. Nun liebe ich Euch noch um so mehr. Heiratet mich, meine Dame, und gemeinsam werden wir das goldene Zeitalter zurückbringen auf die Erde. Seid mein, und herrscht auf ewig als meine geliebte Braut und Königin an meiner Seite.«
»Ach, Natie!« Goldie zog ihn hoch und sah ihm voller Verzückung in die Augen. »Na … ich meine, Artie, du weißt, daß ich dich auch liebe. Du bist ein netter Kerl und alles, aber … aber …«
»Ja?« Er legte die Arme um sie.
»Ja?« Excalibur warf einen Schatten des Segens über die Liebenden.
»Ja?« Die ganze Welt erwartete ihre Antwort.
»… bist du denn auch Jude?«

Judith Tarr
SILBER, STEIN UND STAHL

Dies war Merlins Traum,
und er schrieb ihn auf Eichenblätter
mit einer Eulenfeder und Tinte,
gemischt aus dem Blut der Eule
und des Zauberers, und aus Eichengalle.

I.

Ich sah drei Königinnen, die waren drei alte Weiber, die drei Engel waren, aber ob sie vom Weißen Gott kamen oder von seinem Feind, weiß ich nicht. Sie umkreisten einen Kessel, der eine Schale war, und darin war ein Wasser, das alles enthielt, das war und jemals gewesen ist. Sie umschritten ihn und sie sangen, und ihren Stimmen waren wie das Klirren von Silber auf Silber.

Ich sah Silber in Händen, die es umklammerten und nicht wieder loslassen mochten, Silber, das zu Münzen geprägt war, und jede Münze trug das Gesicht eines Königs oder einer Königin oder eines Gottes. Es war niemals heilig, dieses Silber, aber auch niemals unheilig. Es war einfach da.

»Heute nacht«, stieß der Mann, der das Silber begehrte, hervor, atemlos vor Kühnheit und Scham. »Im Garten. Er geht zum Beten dorthin, und seine Jünger mit ihm … Er macht so viel Aufhebens davon … wenn man ihn bittet stehenzubleiben oder ihn aufhält, dann wird er arrogant und erzählt mir …«

Die anderen waren Schatten, die ihn umgaben, bis auf die Hand, die das Silber hielt. »Ja«, sagten sie höflich, aber gelangweilt.

»Ja, ja. Morgen. Der Garten. Du bezeichnest ihn uns, du küßt ihn …«

»Wenn ich das nur nicht tun müßte …« meinte der Gierige. »Wenn ich mich im Schatten verbergen und ihn Euch zeigen …«

So etwas wie ein Hauch von festem Willen färbte die stärkste der Stimmen, die Stimme, der die Hände gehörten, der Geldbeutel und das Silber, das sang, als es von einer Handfläche in die andere floß. »Du wirst ihn uns bezeichnen. Du wirst den Mann küssen, der dein Meister ist, damit wir ihn erkennen und mit ihm tun, was wir müssen.«

»Aber …«, widersprach der Suchende.

»Geh«, sagte die Stimme, schüttete Silber in den Beutel und warf ihn vor zurückweichende Füße. »Morgen. Paß gut auf: Du wirst da sein. Sonst erinnern wir uns bestimmt an etwas.«

Der Suchende – der Verräter – wußte, was es hieß, wenn solche wie diese sich an jemanden erinnerten. Er beugte sich nieder, ergriff den Beutel und stürzte durch die Schatten davon, in die Dunkelheit hinein, und der Traum zeigte mir ein anderes Bild.

Ich sah, wie das Licht sich wandelte; wie die Abenddämmerung zum Morgen wurde und dann wieder zum Abend. Ich sah einen Garten, und Männer schlafen, die Wache hätten halten sollen, und einen, der betete. Ich kannte dieses Gebet; ich kannte dieses Entsetzen, diesen Schweiß, der so zäh und dunkel ist wie Blut. Vorausschau – Prophetie – ist Macht, und wer wüßte das besser als ich? Aber dahinter lauert die Angst. Das Dunkel ebensogut zu kennen wie das Licht. Offenen Auges seiner Todesstunde ins Gesicht zu sehen.

Ich sah die Schwerter, die Rüstungen, die kräftigen Männer, die sich um die Ölbäume scharten. Einer stürzte vor, kühn vor Verzweiflung, umarmte den Knienden und grüßte ihn mit einem Zerrbild von Fröhlichkeit: »Meister! Endlich finde ich dich!«

Und vom Gürtel des Verräters, dem Beutel, wo die Münzen wie Liebende zusammenlagen, hörte ich das Lied des Silbers.

Bedauernswert die Unbequemen, die Unruhestifter, die zu Fleisch gewordenen Götter. Diesen hier schlugen sie ans Kreuz. Andere wurden lebend im Moor begraben oder im Wald mit der goldenen Sichel aufgeschlitzt. Sie waren Mysterium und Opfer zugleich.
Sein Volk konnte ihn nicht verstehen – sein Priester und der, der ihn verriet, am wenigsten. Der Priester sollte lange genug leben, um den Ritus noch einmal zu vollziehen, das Vergießen von Blut und Leben, das die Erde stark macht.
Der andere jedoch begriff nicht. Als der Pfahl der Hinrichtung auf dem Hügel, der kahl und gerundet wie ein Schädel war, aufgerichtet wurde, rannte er blindlings und stolpernd zurück in den Garten, wo die knorrigen Bäume standen. Dort, wo der Geopferte gekniet hatte, band er die Schnur von seiner Taille los, maß die Höhe des Astes über sich und erhängte sich, getrieben von Schmerz und Verwirrung.
Auch er war ein Mysterium und ein Opfer. Während er zappelte, denn er starb langsam, fiel ein Geldbeutel zu seinen Füßen nieder. Silber rieselte heraus. Im Traum floß es wie Wasser und ergoß sich in die Schale, die ebenfalls aus Silber war. Dreißigmal klingelte es zart und hell, und die drei Königinnen sangen die Töne mit.

Ein Mann kam durch den Garten. Er weinte, und es schien, als schmerzten ihn seine Füße in ihren feinen, weichen Schuhen. Den Mann, der am Baum hing, sah er nicht. Dies blieb ihm verborgen, denn es war dunkel, pechschwarze Nacht am Mittag, und sein Blick war von Tränen verschleiert.
Er stolperte und fiel. Seine Hand streifte den Beutel und das Silber. Es blieb stumm unter seiner Berührung, rieselte langsam weiter und zog seine Hand zu etwas hin, das in der Dunkelheit des Gartens wuchs. Etwas Schlankes, kaum größer als ein

Mensch und gerader als die alten Bäume. Es gab nach, als der Mann dagegenstieß. Falls es Wurzeln besaß, waren sie schwach. Seine Zweige – ich sah Zweige, aber sie verschwanden und zogen sich in den Stamm zurück.
Endlich stand er wieder sicher, gestützt auf den Stab, der – ja, ich habe es gesehen, in meinem Traum – aus den gefallenen Münzen ausgeschlagen, gewachsen und gen Himmel hochgeschnellt war. Als er die Füße und seinen neugewonnenen Stab in den Boden stemmte, riß die Dunkelheit auf. Die Erde bebte. Ein Blitzschlag fuhr nieder, und dann kam der Regen, sanft und wie klingendes Silber.

II.

Ich sah einen Mann auf einer dunklen Straße gehen. Seine Füße waren in Lumpen gewickelt. Sein Haar war lang und grau wie die Regenschleier. Er stützte sich auf einen Stab. Das Holz des Stabs war durch den Gebrauch glatt geschliffen und zu einem silbrigen Graubraun verblaßt. Das gesamte Gepäck des Mannes bestand aus einem Beutel, doch darin waren keine Münzen; nur etwas Rundes, Hartes und Hohles wie die Schale eines Bettlers.
Er ging weit, und er ging lange. Er wanderte durch die halbe Welt, vom Regen über dem Hügel, der gerundet war wie ein Schädel, bis zu dem Regen über den Sümpfen am Fuß eines Hügels, der steil und schmal war wie ein Turm. Ich erkannte diesen Hügel selbst im Traum. Ich erinnerte mich an die drei Königinnen, die drei alten Weiber, die drei Göttinnen, Engel, Dämonen, oder welche Gestalt auch immer sie wählten. Der Hügel war von ihrer Präsenz erfüllt.
Als er den Hügel erblickte, blieb der Wanderer stehen. Ich sah den Hügel so, wie er ihn sah, keinen Turm oder Berg, sondern einen Becher, einen Staupa, auf den Boden gestürzt, aus dem der Wein davongeronnen war. Um sie herum schimmerte das Wasser der Sümpfe wie graues Silber.

»Joseph«, sagte eine silbrigsüße Stimme. »Joseph, wohin gehst du?«
Der Wanderer erschrak nicht und wandte sich nicht um, obwohl die, die hinter ihm stand, es wert gewesen wäre. Eine schöne Frau, weder Königin noch altes Weib, doch den Keim zu beidem in sich tragend. Ihr Haar war lang und bleich wie Silber. Ihre Haut schimmerte weiß, weißer als der Mond. Ihre Augen waren blendend hell wie ein Schwert, das in der Sonne aufblitzt.
»Joseph«, sagte sie wieder, »wohin gehst du?«
»Zum Ende der Welt«, antwortete er, als spräche er mit der Luft. Seine Stimme war so stählern wie ihre silbrig, grau und stark, aber schimmernd und durchdringend.
»Joseph«, sprach die Frau aus Silber und Stahl, »dies ist das Ende der Welt.«
Jetzt endlich wandte er sich um. »Ich sehe noch Land dahinter«, entgegnete er.
»Ja«, meinte die Frau. »Dennoch ist dies der Ort, den du suchst.«
Er stützte sich auf seinen Stab, war unaussprechlich müde und doch so angespannt und reglos wie eine Katze vor dem Sprung.
»Ich soll dir also trauen?«
»Immer«, entgegnete sie, »und niemals.«
Der Mann nickte. Er hatte sie nicht nach ihrem Namen gefragt. Ich dachte, daß er ihn vielleicht kannte oder nicht zu kennen brauchte, wie es die Art der Propheten ist.
»Dieser Stab«, sagte er, »stammt vom Ölberg in Jerusalem. Weißt du, wo das ist?«
»Es ist überall«, antwortete sie, »und nirgends.«
»Der Stab ist aus den Todeszuckungen eines Verräters entsprungen und aus dem Silber gesprossen, das er für seinen Verrat erhielt. Ist das ein Wunder, was meinst du? Oder eine Täuschung?«
»Was hast du da in deinem Beutel?« fragte die Frau, als habe er nichts gesagt. »Ist das eine Bettlerschale? Warum versteckst du sie? Schämst du dich?«
Sie fragte wie ein Kind, aber auch so, wie ein Seher es tun muß:

nicht um die Antworten zu erfahren, sondern um zu erfahren, welche Antworten sie erhalten würde. Ich sah, wie Joseph lächelte, und erkannte, daß er das auch wußte.
»Keine Schale«, sagte er, »und nicht der Besitz eines Bettlers. Sieh.«
Er legte die Hand auf seinen Beutel. Sie legte die ihre darüber und gebot ihm Einhalt. »Es ist nicht bereit. Noch nicht. Komm.«
»Nicht, ehe ich dir trauen kann«, erwiderte er. »Man hat mich früher schon in Versuchung geführt, angelogen und in die Irre gelockt.«
»Sicher«, meinte die Frau. »Komm mit mir.«
Die Schlichtheit ihrer Worte besiegte ihn. Andere, das sah ich jetzt, hatten sich in Lügennetzen verfangen oder ihn mit Lächeln und süßen Worten umworben. Diese hier war schön, aber kalt, und sie lächelte nie. Sie ging davon. Langsam folgte er ihr.

Sie gingen weit, und sie wanderten lange. Die Frau ging immer voraus. Manchmal war sie eine Jungfrau, manchmal eine hochschwangere Mutter, und manchmal ein altes Weib, so gebeugt und müde wie der Mann, der hinter ihr her stapfte. Es wurde ein langer, endloser Weg zu dem Berg, der so nahe erschienen war.
Joseph sagte nichts, klagte mit keinem Wort. Während er wanderte, wurde er grauer, magerer und schwächer. Sein Stab alterte zu Silber, das in der Dämmerung schimmerte.
Als er das Gesicht eines uralten Mannes trug und sie das einer Greisin, endete die lange Straße vor einer steilen Felswand. Der Berg ragte über ihnen auf. Wolken, grau wie Stahl, zogen um seinen Gipfel.
Die Frau begann, den Berg zu ersteigen. Immer noch folgte ihr Joseph. Seine Füße waren bloß, die Lumpen abgefallen. Beim Klettern hinterließ er eine Blutspur.
Aufwärts gingen sie, die Frau und der Mann aus Jerusalem, und umschritten den schlanken Turm auf dem Berge in Richtung des Sonnenlaufs. Rund und rund, wie die Sonne geht, vom Licht ins

Dunkel und wieder ins Licht. Und die alte Frau wurde mit jedem Kreis jünger, aber der Mann wurde älter, bis sie auf dem Gipfel standen, in einem Kreis von Steinen wie Silber und grauer Stahl. Die Frau stand am Eingang des Steinkreises. »Komm«, sagte sie.

Ich sah, wie das Tor sich öffnete. Ich sah das Licht, das vom Hügel herabströmte. Ich sah das Festmahl, hörte das Lachen, die Fröhlichkeit – doch alles wurde still vor dem Gesicht dieses grauen Mannes mit seinem grauen Stab und seinem Beutel, in dem keine Münzen waren, sondern nur eine Schale, wie Bettler sie bei sich tragen.
Das Licht, das so warm und golden gewesen war, verblaßte zu Silber. Das Lachen verklang, und es wurde still.
Die Festgesellschaft, strahlende Herren und schimmernde Damen, schwanden zu Nebel. Nur drei Königinnen blieben in der blassen, leeren Halle zurück, zwei, die gewartet hatten, und die eine, die ausgezogen war, um den Mann aus Jerusalem zu finden.
»Nun laß uns sehen«, sagte diese Frau.
»Nein«, widersprach Joseph.
Die Königinnen standen reglos wie Stein. Ich sah wahrhaftig Steine, jenseits dieser Halle, die ein tieferer Traum war als meiner, die sich unter einem grauen und ruhelosen Himmel im Kreis zu einem Tanz fanden.
»Was ich bewahre«, sagte Joseph, »ist weder für euch noch für sonst eine Kreatur des Schattens bestimmt.«
»Es ist für alle, die bestehen«, entgegnete die Frau.
»Nein«, wiederholte er. Er stieß seinen Stab in die steinernen Bodenplatten. Die Steine rissen auf und die Halle erbebte.
Auch er zitterte, als er versuchte, den Stab wieder herauszuziehen. Der Stab war durch den Stein gedrungen, und der Stein hielt ihn fest. Alle Bemühungen Josephs, ihn loszubekommen, waren vergeblich.
Er trat zurück. Der Stab zitterte in der Erinnerung an seine Berührung.

Alles andere war still geworden. Die Welt selbst, so sah ich es in meinem Traum, war zum Stillstand gekommen. Die Sterne verhielten ihren Lauf.
Nur der Stab bewegte sich. Sein Zittern setzte sich fort, wurde heftiger und schneller. Mit einem Mal reckte er, wie ein Kind, das aus dem Schlaf erwacht, dünne, silbrige Ärmchen, die wuchsen und nach dem Himmel griffen. Blätter brachen aus den Zweigen, ein lebendiges Grün an diesem farblosen Ort. Blüten knospten und sprangen auf, weiß wie Schnee, weiß wie frisch gegossenes Silber, und verströmten einen Duft, der ebenso süß wie fremdartig war.

Joseph stand unter den Zweigen des blühenden Baumes. Sein Gesicht, das so hart und so kalt wie Stein gewesen war, erglühte vor Staunen und dann vor Freude. Er lachte klar und kräftig wie ein junger Mann. »Wunder habe ich gesehen und erstaunliche Dinge: Lahme, die wieder gehen, Blinde, die sehen konnten, und Tote, die zum Leben erweckt wurden. Aber niemals etwas so Schönes oder so Seltsames.«
Die Königinnen standen reglos. Er band seinen Beutel auf und nahm heraus, was er bei sich getragen hatte.
Es war wahrhaftig klein, wenn man bedachte, wieviel Unheimliches es verursacht hatte. Nur eine Schale, eine einfache hölzerne Schale, noch nicht einmal mit Schnitzereien versehen, um sie zu verschönern. Kein Silber schmückte sie, keine Edelsteine belebten sie.
Und doch erhob er sie, als sei sie das Kostbarste auf der Welt. »Aus dieser Schale«, sagte er mit einer Stimme, die vor Bewegung zitterte, »hat ein Mann in der Nacht bevor er starb, den Wein seines letzten Abendmahls getrunken. Er hat den Wein sein Blut genannt.«
Die Königinnen sagten nichts.
Joseph fuhr zu ihnen herum. Seine Stimme wurde lauter. »Versteht ihr? Könnt ihr das? Wißt ihr, was das ist?«
»Ein Mysterium«, antwortete die erste der Königinnen, die, die

ihm auf der Straße zum Berg begegnet war. »Eine Opferschale. Blut der Erde, für die Erde …«
»Die Schale hat nichts mit eurem heidnischen Aberglauben zu tun! Sie ist heilig.«
»Ja«, sagte die Königin. Sie streckte die Hände aus.
Er hätte ihr die Schale entrissen, aber er befand sich in ihrem Reich, und sie war stark. Als sie die Schale berührte, hielt er den Atem an. Aber kein Blitz fuhr hernieder. Kein Beben riß die Erde auf. Sie stand vor ihm, eine weißgekleidete Maid mit einer hölzernen Schale in den Händen.
Sie hielt die Gabe ehrfürchtig und trug sie zum Baum. Joseph sprang vor, um die Maid aufzuhalten, doch sie trat geschickt zur Seite. Er stolperte und schlug lang hin. Die Herrin gönnte ihm keinen Blick, als sie vorüberging.
Vor dem Baum verneigte sie sich so tief, daß ihr langes, offenes Haar nach vorn fiel und ihre Hände und die Schale mit einem silbernen Schleier bedeckte. Mir schien, als sähe ich etwas durch den Schleier schimmern – etwas Verblüffendes, ein Aufblitzen von Scharlachrot, rot wie Wein oder Blut.
Wie zur Antwort neigten sich die Zweige des Baumes. Blütenblätter fielen wie zarter Schnee. Sie füllten die Schale bis zum Überlaufen – weiß sanken sie herab, und dunkelrot blieben sie liegen, bis ich nicht mehr unterscheiden konnte, was Blüte, was Wein oder was Blut war.
»Seht das Mysterium«, sagte die Königin, »und das Opfer.« Sie kniete nieder und setzte die Schale auf die Steine am Fuße des Baumes ab. Blüten bedeckten ihr Haar, verfingen sich in ihrem Gewand und schwebten hinter ihr her, als sie sich bewegte.
Joseph lag da, wo er gestürzt war. Er atmete noch: Ich hörte den Atem in seiner Kehle rasseln.
»Höre«, sagte die Königin, »o Mann aus Israel. Der Herr, der dein Gott ist, er ist der Eine.«
Joseph fuhr zusammen, als hätte sie ihn geschlagen, und hob den Kopf. »Gotteslästerung« rief er oder versuchte es wenigstens.

»Alles ist eins«, sagte sie. Anmutig bewegte sie die Hand auf die Schale zu. Die Schale stand dort, wo sie sie abgesetzt hatte, und war unverändert, und doch, während Joseph sie anstarrte und ich zusah, nahm sie ein anderes Gesicht, andere Gestalten an. Eine hölzerne Schale, ein eiserner Kessel, ein silberner Kelch, ein ausgehöhlter Stein – alles eins. Alles dasselbe. Alles war das Mysterium.

Joseph hielt den Blick auf das geheftet, das einmal seine kostbare Schale gewesen war. Sein Volk war halsstarrig, überheblich und eigenwillig. Ihr Eines konnte nicht Alles sein, niemals.

Aber er hatte die Schale hierhergebracht, und den Stab, der aus der Saat des Opfers erwachsen war. Er war ein Prophet, wie ich einer war – wie ich es, vermute ich, immer noch bin, in dieser Falle aus Eichen und Schweigen.

Ich sah, wie sein Kopf herabsank und sein Leben zögernd aus ihm wich. »*Nunc*«, flüsterte er, »*dimittis … Domine … Jetzt … entlasse mich … o Herr …*«

Eisen hörte ich darin, und Ironie. Aber Eisen wird zu Stahl geschmiedet, und er war Stahl, war Joseph, der aus Jerusalem gekommen war. Er bog sich, ehe er brach. Der Wanderer wußte, was er da ans Ende der Welt gebracht hatte. In diesem Wissen starb er. Möge ich ebenso gesegnet werden, ich, der ich alt werde, aber anscheinend nicht sterben kann.

III.

Ich sah einen Stein, grau wie angelaufenes Silber oder gut geschmiedeter Stahl. Er war leicht ausgehöhlt. Er stand auf einer Insel in einem See. Drei Königinnen hüteten ihn, und drei alte Frauen: Königinnen im Sonnenlicht, alte Vetteln unter den Sternen und dem Mond.

Jetzt erinnere ich mich. Ich kam daher, in meiner Jugend und meiner Arroganz, und ich fand die Königinnen dort, wo meine

Sehergabe mir befohlen hatte, sie zu suchen. Ich würde den Stein verlangen, ja, das würde ich, und ihnen drohen, wenn sie ihn nicht hergeben wollten.

Aber sie waren viel älter als ich und weiser, als es mir je vergönnt sein würde. Als ich mein Boot aus Leder und Flechtwerk auf das Ufer der Insel zog, wobei mein schwarzer Hund umhersprang und kläffte und zu nichts nütze war, kam eine Frau auf mich zu. Mein Hund begrüßte sie lautstark und freudig. Ich schalt ihn einen Narren, doch er war weise, mein schwarzer Hund.

Die Frau war schön wie die Morgendämmerung im Winter, silbern und grau und glitzernd weiß. »Merlin«, sagte sie mit einer Stimme, die klar war wie das Klirren von Stahl auf Stahl, »endlich bist du gekommen. Du willst also den Stein holen?«

Ah, dachte ich, denn ich war schlau. Sie war ebenfalls eine Seherin, und wieso auch nicht? Aber ich bezweifelte, daß sie so deutlich sah wie ich. »Stein?« fragte ich. »Brauche ich denn einen Stein?«

»Es scheint so«, antwortete sie.

»Ich hatte eher an eine Schale gedacht«, sagte ich.

»Oder einen Kessel.«

»Oder einen silbernen Kelch?« wollte sie wissen. »Sie sind alle eins.«

»Eine Schale wird genug sein«, erklärte ich hochfahrend.

»Ich glaube nicht«, meinte die Frau. »Du suchst einen Stein, und den Stahl im Stein.«

Ich schauderte, obwohl ich keinen Grund dafür hätte nennen können. Sie konnte wohl kaum wissen, warum ich gekommen war, ich, der ich so schlau war, meine Absichten zu verbergen.

Ich hatte ein Kind aus Luft und Magie und der Lust eines Königs geschaffen, seiner Begierde nach einer Frau, die ihren Ehemann mehr liebte, als sie den Zorn eines Königs fürchtete. Ich hatte das Kind fortgebracht, damit der König ihm keinen Schaden

zufügte. Es wurde Zeit, den Jungen wieder auftreten zu lassen – und der Stein, und die Last, die er in sich trug, waren ausgezeichnet geeignet, ihm die Königswürde zu verschaffen, die sein Vater, der im Sterben lag, niederlegen mußte.
Aber die Frau hatte klarer gesehen als ich, und ausführlicher, und mit größerer Kraft. Sie führte mich an einen Ort, den ich selbst im Traum kaum erkennen konnte – Umrisse aus schweigendem Grün, Wasserschimmern, das Aufblitzen einer Fischflosse –, und dort, in seiner Mitte, so fest wie das Herz der Welt, war der Stein. Und in dem Stein das Schwert.
Drei Königinnen traten mir den Stein ab. Drei alte Weiber schnitten Runen in die Klinge des Schwertes. Drei Lichtsäulen standen Wache bei dem Stein, während jeder aufgeblasene Tölpel in Britannien bei der Prüfung durch das Schwert versagte.
Die Zeit verklärt die Wahrheit. In der Geschichte, so wie sie heute erzählt wird, gehen die Narren bloß unzufrieden und ungekrönt fort. Die damalige Zeit war gewalttätiger. Wer es einmal versuchte, ging tatsächlich nur mit einer versengten Hand fort als Strafe für seine Anmaßung. Wer es nochmals versuchte, aus Zorn oder aus finsterem Mut, vergoß sein Blut auf dem Gras – das Blut der Torheit, das Blut des Opfers.
Als der Junge kam, war das grüne Gras blutverkrustet. Damals besaß er nichts, das die Blicke auf ihn gezogen hätte – noch nicht: Er war ein Knabe wie jeder andere, klug genug, um zu zögern, dumm genug, um es zu versuchen, da alle anderen es auch getan hatten, vor allem sein Bruder. Dieser pflegte in seiner Herberge seine schmerzende Hand, während der Junge sich davongeschlichen hatte, um das Schwert anzusehen und das Blut und die Überreste des letzten Mannes, der gestorben war. Der Knabe hatte nicht vor, etwas anzurühren, natürlich nicht. Aber da war der Stein, und das Schwert steckte unverrückbar darin. Der Mond versilberte den Stahl der Klinge.
Drei alte Frauen standen da und sahen zu, schweigend und unbemerkt, als er die Hand an das Heft legte. Das Schwert

glitt aus dem Stein, so sanft, so leicht und so mühelos wie eine Klinge aus der Scheide. Der Junge war verblüfft, er taumelte. Die Klinge war zu schwer für ihn. Die Wunde, die sie ihm zufügte, war leicht, bloß ein leichter Schnitt über den Schenkel, aber er blutete schnell und reichlich, und das leuchtende Rot wusch das alte schwarze Blut der Männer fort, die gescheitert waren.

Dies war Mysterium und Opfer zugleich. Blut auf der Erde, Blut auf dem Stahl. Es schuf einen König. Es brachte ein Königreich hervor, und Geschichten – mehr Geschichten als diese meine Eiche Blätter hat. Keine davon kam in meinem Traum vor. Nur der Stein und das Schwert und der Junge, dessen Blut beide geheiligt hatte.

Geschichten gehen zu Ende. Menschen sterben – selbst Menschen, die zu Sagen geworden sind, und Könige. Sogar ich werde sterben, so hoffe ich wenigstens, ich, der ich halb Teufel und ganz Zauberer bin.

Ich sah den Knaben durch die Hand eines Verräters fallen, obwohl er da kein Kind mehr war, sondern ein Mann und ein König. Ich sah das Schwert im Blut und Morast des Schlachtfelds liegen. Die Sage will, daß es davongetragen wurde und im See der Insel und der Königinnen versank. Nun gut, das ist die Sage; und es ist wahr, daß drei Königinnen den König holen kamen, doch als ich sah, wie sie sich über den Sterbenden beugten, da waren es drei alte Weiber. Sie verschmähten das Schwert, oder sie vergaßen es. Sie hoben den König auf und trugen ihn fort, meinem Traum und meinen Visionen entzogen, in ein grünes Schweigen hinein.

Ich sah das Schwert auf dem blutigen Feld. Gefallen, schartig, blutbefleckt und angelaufen, schien es nicht mehr als irgendeine sterbliche Klinge, kein größerer Preis und keine geringere Beute. Die Krähen beachteten den Stahl nicht. Ein Hund leckte an seiner Klinge, um des Blutgeschmacks willen, fand aber anderweitig, im gespaltenen Schädel eines Kriegers, eine köstlichere Ernte.

Die Männer, die das Schlachtfeld abräumten, kamen auf ihrer Runde vorbei, nahmen das Schwert und schleuderten es klirrend auf einen Haufen Beutewaffen. Schwerter und Rüstungen, Speere, zerbrochene und heile Schilde, Wappen, die ich gekannt hatte, um die ich weinte – unter so vielen verschwand ein einziges einsames Schwert, wie magisch es auch sein mochte, und doch erkannte ich es. Mein Traum war daran gebunden.

Ich sah das graue Licht des Morgens. Ich sah das Schwert auf einem Stück Stoff liegen, und rundherum waren seinesgleichen ausgestellt. Es war nur ein Schwert. Nur Stahl, am Heft mit Silber eingelegt. Seine Runen waren verblaßt. Im bleichen Licht verschwanden sie. Die strahlende Magie war aus ihm gewichen, das Licht, das darauf gelegen hatte, um einem König seine Königswürde zu verleihen.

Und doch wohnte noch Macht in ihm. Eine tiefe Macht wie die, die im Inneren der Erde lebt; die im Samenkorn das Leben weckt, die die Blüte am Zweig aufbrechen läßt. Eine schlafende Macht, die sich im Schlafe wandelt.

Ich hörte das Klappern von Münzen, die als Bezahlung für das Schwert niedergelegt wurden. Das Gesicht des Käufers sah ich nicht. Nur die Münzen und die Klinge, graues Silber, grauer Stahl. Das Silber sang einen weichen Diskant zu dem tiefen Lied des Stahls.

Dies war das Lied, das es sang: *Schwert zu Münze. Münze zu Stab. Stab zu Schale, die der Gral ist, der der Stein ist. Stein wird, wenn es Zeit ist, zum Schwert. Dann das Schwert wieder zur Münze. Und immer so weiter.*

Ein Beutel Münzen für das Leben eines Gottes. Ein Stab aus dem Blut dessen, der diesen Gott verraten hat. Eine Schale, um das Blut des Gottes aufzufangen. Die Schale, die sich in Stein verwandelt, in dem das Schwert gefangen ist. Münze, Stab, Schale, Schwert. Immer anders, immer weiter. So ist es immer gewesen. So muß es immer bleiben.

Nun seht her. Seht sie, die mich gefangen hat, Jungfrau und Königin, mit ihrem Eichenstab, der einst mir gehörte. Sie sucht einen Gral und in dem Gral ein Schwert, und wenn das Schwert schartig und abgewetzt und fast vergessen ist, einen Beutel Münzen als Bezahlung für das Schwert.

Die Macht zieht weiter. Dies ist das Mysterium. Das ist das Opfer, für immer und ewig.

Seht, wie ich träume, gefangen im hohlen Stamm dieser Eiche. Münze. Stab. Schale. Schwert. Münze. Stab. Schale …

Richard Lee Byers

DER KIRCHHOF VON ST. PAUL'S, AM NEUJAHRSTAG

Zitternd und schniefend humpelte der schlaksige Fünfzehnjährige durch das Labyrinth der verwinkelten Straßen. Unter seinen unsicheren Schritten knirschte der Schnee. Wenn er jemandem begegnete – was selten geschah, denn fast ganz London war unterwegs zum Turnier –, wandte er das Gesicht ab. Er schämte sich für seine blauen Flecke, seinen ausgeschlagenen Zahn und besonders für seine Tränen.

Als er um eine weitere Ecke bog, fand er sich vor der hochaufragenden Kathedrale aus Kalkstein wieder, an der er gestern mit seinem Pflegebruder und seinem Pflegevater vorbeigeritten war. In der Mitte des jetzt verlassenen Kirchhofs stand der Marmorblock, darauf der Amboß, und durch beide hindurch war das Schwert gestoßen. Das edelsteinbesetzte Heft der Waffe leuchtete selbst im schwachen winterlichen Sonnenlicht wie eine Fackel.

Der Junge sah die Klinge mit zusammengekniffenen Augen an. Ein wilder Ausdruck trat in sein zerschlagenes, ausgezehrtes Gesicht. Er blickte sich um und vergewisserte sich, daß niemand ihm zusah. Dann huschte er zu dem Stein, kletterte hinauf, packte das Schwert an seinem eiskalten Heft und versuchte, es herauszuziehen.

Obwohl er mit aller Kraft daran zerrte, wollte es sich nicht bewegen. Schließlich sprang er, außer Atem und ärgerlich über seine eigene Torheit, unbeholfen von dem Piedestal, sank dann auf den gefrorenen Boden und lehnte sich mit dem Rücken gegen den Sockel.

Ein Schatten fiel über ihn.

Erschrocken blickte der Knabe auf. Ein großer Mann mit einer

hohen, alabasterfarbenen Stirn und dunklen, tiefliegenden Augen stand über ihm. Die Handschuhe des Neuankömmlings waren mit Pelz besetzt und sein Gürtel mit Granaten und Silberfäden verziert. Sein mit Hermelin geschmückter Umhang hing bis auf die Schäfte seiner weichen Lederstiefel herab.
Der Junge sprang auf und versuchte fortzulaufen. Der graubärtige Eindringling packte ihn bei seinem fadenscheinigen, offensichtlich von jemand anderem geerbten Waffenrock und riß ihn zurück.
»Bleib einen Augenblick«, sagte der Mann mit einer leisen, aber gebieterischen Baritonstimme. »Wie heißt du, und was glaubst du, was du da eben getan hast?«
»Mein Name ist Arthur«, stammelte der Junge. »Ich habe mich hier nur ausgeruht.«
Die obsidianfarbenen Augen des hochgewachsenen Mannes bohrten sich in die wäßrig blauen seines Gefangenen. »Tu dir selbst einen Gefallen und lüge mich nicht an. Es ist nicht leicht, die Wahrheit vor Merlin zu verbergen.«
Merlin der Magier? Der Mann, von dem die einfachen Leute schworen, er sei der Sohn eines Teufels? Arthurs Knie zitterten. »Schon gut! Ich habe versucht, das Schwert zu nehmen. Aber ich schwöre, ich hätte es zurückgebracht.«
Die Augen des Zauberers verengten sich. »Es zurückgebracht?«
»Ja, Mylord. Mein Pflegebruder ist nach London gekommen, um bei dem Turnier zu kämpfen. Aber gestern abend hat er eine Zechtour gemacht, und als er heute morgen erwachte, krank vom vielen Trinken, entdeckte er, daß er irgendwo in einem Bordell sein Schwert vergessen hat. Da ich sein Knappe und daher verantwortlich für seine Waffen bin, hat er mir die Schuld gegeben. Er hat mich verprügelt, mich auf die Straße geworfen und mir verboten, ohne seine Klinge zurückzukehren.« Der Junge blinzelte die Tränen fort, die ihm wieder in die Augen stiegen. »Er wollte mich nicht einmal ins Gasthaus zurücklassen, um meine Mütze und meinen Mantel zu holen. Ich habe ja versucht, das Schwert zu finden, aber ich kenne die Stadt nicht

und die Tavernen und liederlichen Häuser, die er besucht hat, und selbst wenn, jetzt ist alles geschlossen. Als ich diese Klinge gesehen habe, dachte ich, ich könnte statt dessen die nehmen.«

»Bist du so einfältig?« fragte Merlin. »Weißt du nicht, was für ein Schwert dies ist?«

Arthur schluckte. »Doch, Mylord. Wie könnte es anders sein? Die Leute reden von nichts anderem. Angeblich kann nur der rechtmäßige König es herausziehen. Aber ich war so verzweifelt, mir war so *kalt*, daß ich dachte, nun, es könnte nicht schaden, wenn ich es versuchte.« Er zögerte. »Ich schätze, ich wollte es sowieso probieren, seit ich es gestern gesehen habe. Bloß, um zu sehen, ob ich es kann.«

Merlin legte den Kopf zur Seite. »Du meinst, einfach so zum Spaß?«

Arthur spürte endlich, daß der Zauberer ihm nichts Böses wollte, und zog eine Grimasse. »Ja, Mylord. Ich bin ja nicht so dumm zu glauben, *ich* könnte herrschen. Schließlich weiß ich, daß, was immer mit Excalibur wird, die Krone an einen Herzog oder Grafen gehen muß, nicht an ein Findelkind, das nicht einmal die Namen seiner wirklichen Eltern kennt.«

Nun war es Merlin, der zögerte. Schließlich sagte er: »Aber ich kann es dir verraten, denn durch meine Kunst habe ich dich in dem Moment erkannt, als ich dich gesehen habe. Und ich vermute, unter diesen Umständen hast du das Recht, es zu erfahren. Gezeugt hat dich König Uther, und deine Mutter war Königin Igraine.«

Der magere Junge starrte ihn mit offenem Mund an. »Das ist verrückt. Ihr macht Euch über mich lustig.«

Merlin erwiderte: »Ganz und gar nicht. Sicherlich weißt du, daß ich Uthers Ratgeber war?« Arthur nickte. »Auf seinen Befehl hin habe ich deiner Mutter geholfen, ihre Schwangerschaft zu verbergen, und deiner Geburt beigewohnt. Danach habe ich dich auf der Türschwelle eines gewissen Sir Ector ausgesetzt, eines unbedeutenden Ritters, der in Wales wohnte, weit vom Hof entfernt. Ich habe mich oft gefragt, ob du noch am Leben bist.«

Zu seinem Erstaunen, vielleicht weil Merlin Ectors Namen wußte, erkannte Arthur, daß er dem Mann jetzt glaubte. In der Brust des Knappen zog sich etwas schmerzhaft zusammen. »Aber *warum?* Ich muß es wissen. Warum wollte mein Vater mich fortgeben?«

Der Zauberer zuckte die Achseln. »Er hat es mir nie sagen wollen. Du bist um die Zeit empfangen worden, zu der er Igraines ersten Mann erschlagen hatte. Vielleicht fürchtete er, du seiest in Wirklichkeit Tintagels Abkömmling. Oder er bedauerte, dich außerhalb einer legitimen Ehe gezeugt zu haben. Möglicherweise wollte er sichergehen, daß sein Königreich an einen Sohn geht, der auf die rechte Weise empfangen worden war.«

»Mein ganzes Leben lang haben Kay und die anderen auf mich Findelkind herabgesehen«, sagte Arthur verbittert. »Nun erzählt Ihr mir, daß ich auch meiner wirklichen Familie nicht gut genug war.« Seine Mundwinkel zuckten.

»Es tut mir leid, wenn dich das schmerzt«, meinte Merlin. »Aber du mußt den Kummer beiseite schieben und überlegen, welche Möglichkeiten jetzt vor dir liegen. Verstehst du nicht? Was immer er vorhatte, es ist Uther nicht gelungen, weitere Kinder zu zeugen. Dein Anspruch auf die Krone ist berechtigter als der eines jedes anderen im Land.«

Tatsächlich war Arthur so daran gewöhnt, sich als das bescheidene Mündel zu sehen, das von Sir Ectors Mildtätigkeit lebte, daß er bis zu diesem Moment *tatsächlich* nicht begriffen hatte, was die Erzählung des Magiers bedeutete. Nun überlief der Schock ihn wie ein Schaudern. Vor seinen Augen drehte sich alles, und er fragte sich, ob er träume. Könnte er wirklich König werden? In Reichtum statt Armut leben? Und jeder würde sich vor ihm verbeugen und Kratzfüße vor ihm machen statt umgekehrt! Er würde Befehle geben, die Großen des Reiches um sich versammeln und …

Aus dem Augenwinkel sah er Excalibur funkeln. Die goldene Schrift auf der bläulichen Klinge glitzerte. Seine süßen Phantasien zerstoben.

»Nein«, sagte er niedergeschlagen. »Ihr vergeßt, daß ich das Schwert nicht herausziehen konnte. Ich bin wohl doch Tintagels Sohn. Entweder das, oder Gott hält mich für unwürdig.«

»Erzbischof Brice hielt es für sicher, daß Excalibur uns von Christus gesandt ist«, antwortete Merlin. »Ich bin nicht dieser Ansicht. Allerdings weiß ich nicht, woher es stammt, obwohl ich so meinen Verdacht habe. Aber ich kann dir sagen, daß eine Macht, wie dieses Schwert sie verkörpert, immer einen Preis hat. Ich glaube, daß die Klinge *wirklich* für dich bestimmt ist, Arthur. Warum sonst sollte das Schicksal dich gerade jetzt nach London zurückführen? Aber das Schwert wird sich dir nur ergeben, wenn du entschlossen bist, den Preis zu zahlen.«

Dem Knaben fiel wieder die teuflische Abstammung des Zauberers ein. »Meint Ihr«, fragte er stockend, »daß ich meine Seele verpfänden muß?«

Merlin schnaubte verächtlich. »Nein. Du hast offenbar zu viele Schauergeschichten gehört. Aber ich glaube, du mußt akzeptieren, daß dich, wenn du Excalibur nimmst, der Druck der Ereignisse zwingen wird, dich dein ganzes Leben lang auf dieses Schwert zu stützen.«

Arthur breitete die Hände aus. »Das verstehe ich nicht.«

Merlin wandte sich um und betrachtete die magische Waffe. »Excalibur leuchtet hell, nicht wahr? So hell, daß es die Hand verdunkelt, die es ergreift.« Er fuhr wieder herum und sah den Jungen an. »Bist du ein guter Schwertkämpfer?«

Arthur zwinkerte verblüfft über diesen abrupten Wechsel des Themas. »Kein sehr guter«, gestand er. »Kay sagt, ich fechte wie eine lahme Vettel.«

»Nun, mit Excalibur wird das anders sein, glaub mir. Die Klinge wird dir Geschick, Kraft und Würde verleihen. Ihre Schneide wird Kettenpanzer durchschlagen wie Pergament. Wenn du sie führst, wirst du so gut wie unbesiegbar sein. Aber du wirst nie erfahren, ob du auch ohne das Schwert schließlich ein mächtiger Kämpfer geworden wärest.«

Arthur zuckte die Achseln. »Was macht das für einen Unterschied?«

»Ich weiß es nicht wirklich, denn ich kann nicht in die Zukunft sehen. Aber gelegentlich kann ich den Schatten, die das Morgen auf das Heute wirft, eine Bedeutung entnehmen. Ich glaube, wenn du das Schwert nimmst, werden Edelleute und einfaches Volk sich gemeinsam hinter dich stellen, und das aus dem einfachen Grund, weil die Prophezeiung jedermanns Phantasie angeregt hat. Du wirst lange und größtenteils gut herrschen, fremde Heere und Riesen besiegen, wirst Gegenstand von Legenden werden, die so lange währen werden, wie die Menschen fortfahren, sie zu erzählen. Aber manchmal, in Nächten, wenn der Schlaf dich flieht, wirst du Excalibur betrachten, das an seinem gewohnten Platz neben deinem Bett liegt, und du wirst dich fragen, ob das, was der König erreicht hat, wirklich dir gehört. Vielleicht hätte jeder arme Schlucker, der das Schwert besessen hätte, sich mindestens ebenso gut geschlagen.«

»Und das soll der hohe Preis sein, vor dem du mich gewarnt hast?« fragte Arthur ungläubig. »Den bezahle ich gern. Ich verachte mich *sowieso* schon selbst, Lord Merlin. Wenn man jahrelang Kränkungen herunterschluckt und mit groben Bauernflegeln zusammenlebt, lernt man das.«

Er kletterte auf den Marmorsockel.

»Wenn ein König an sich selbst zweifelt, kann dies seine Fähigkeit zu herrschen untergraben«, erklärte Merlin unerbittlich. »Das kann ihn kampflüstern machen, wenn er nachsichtig sein sollte, oder unentschlossen, wenn es soviel nötiger wäre, daß er handelt. Ich fürchte den Krieg um des Krieges willen. Ein Massaker an unschuldigen Kindern, welches das des Herodes aussticht. Verrat, der vertuscht wird, bis er das Reich in Stücke reißt.«

Wütend starrte Arthur auf den Magier hinab. »Seid Ihr sicher, daß all diese Dinge geschehen werden?«
»Nein«, gab Merlin zu. »Ich sagte dir ja, es sind alles nur Schatten, die im Dunkel tanzen und verschwimmen.«
»Warum soll ich dann auf Euch hören?«
Merlin ließ die Schultern herabsacken. Mit einem Mal wirkte er müde und alt. »Ich weiß es nicht. Vielleicht solltest du es lieber lassen. Obwohl ich mein Bestes gebe, um dir zu raten, ebenso, wie ich stets deinem Vater gedient habe, so weiß ich dennoch nicht, was du tun solltest. Vielleicht hat der Herr Excalibur geschickt. Vielleicht ist es dein Los, es zu tragen. Vielleicht ist es besser, das Risiko einzugehen, daß Camelot befleckt wird und vergeht, als die Möglichkeit in Kauf zu nehmen, daß es die Tafelrunde niemals geben wird.«
Der Knabe umfaßte wieder Excaliburs Griff. Die Muskeln an seinen mageren Armen schwollen an. Dann ließ er das Schwert los und wandte sich wieder Merlin zu. »Gott soll Euch verfaulen lassen, weil Ihr mir diese Dinge gesagt habt. Was wird aus mir werden, wenn ich die Klinge nicht nehme?«
Ein Leuchten glomm in Merlins ebenholzschwarzen Augen auf. »Auch das kann niemand mit Sicherheit vorhersagen. Ich hoffe, daß du mit der Zeit deine angeborenen Tugenden entdeckst und dich wohler in deiner Haut fühlst. Darüber hinaus wirst du vielleicht friedlich in einem ruhigen Winkel der Welt leben. Oder du könntest den Thron erringen, wie andere Könige es getan haben, ohne auf Wunder und Omen zurückzugreifen. Angesichts des Ehrgeizes vieler Barone wäre dies eine lange, gefährliche Aufgabe, aber, so meine ich, nicht unmöglich. Solltest du beschließen, es auf diesem Weg zu versuchen, werde ich Zeugnis über deine Herkunft ablegen.«
Arthur wies auf die Kathedrale. »Dann laßt uns jetzt damit beginnen, beim Erzbischof.«
Automatisch drehte Merlin sich um, der Bewegung von Arthurs Arm folgend. »Gern, mein Lehnsherr, falls er hier ist. Aber wenn ich mich nicht irre, ist er zum Turnier gegangen, mit …«

Arthur packte Excalibur am Heft und zog. Augenblicklich löste die Klinge sich zischend aus dem Amboß. Leise knurrend holte der Junge mit dem Schwert nach dem Mann aus, der unter ihm stand.

Merlins Kopf flog von seinen Schultern getrennt. Sein Körper fiel mit einem dumpfen Geräusch zu Boden. Blut schoß heraus und färbte eine Schneewehe rot.

Als Arthur auf das grausige Bild herabblickte, fühlte er sich doch ein wenig beschämt. Es war kaum ritterlich, einen Gegner von hinten niederzuhauen. Aber er hatte Angst gehabt, das teuflische Wesen da unten könnte noch Gelegenheit haben, ihn zu verfluchen.

Und außerdem hatte Merlin einen unehrenhaften Tod verdient. Weil er Arthur seinen Eltern gestohlen hatte. Weil er versucht hatte, ihn um seine einzige Chance auf Ruhm zu prellen. Hätte Arthur ihn weiterleben lassen, wer konnte sagen, welchen Verrat er dann als nächsten ausgeheckt hätte?

Der Junge grinste. Die Kälte machte ihm nichts mehr aus. Behende sprang er von dem Stein und ging dann mit großen Schritten in Richtung Gasthaus davon. Arthur wußte, daß er sich bald der Welt würde offenbaren müssen, aber zuerst hatte er vor, eine Rechnung mit Kay zu begleichen.

Brad Linaweaver
DIE ANDERE SCHWERTSCHEIDE

Blinde Augen, die sich im Dunkeln öffnen und schließen, weiche Münder, die lautlos Worte formen, Gebilde, die Finger sein mögen und sich ausstrecken, um über gesundes Fleisch zu streichen, wenn man im Halbdunkel an geheimen Gängen vorübergeht ... So war es immer, wenn ich Merlin einen Besuch abstattete. Er hatte schon auf seine Privatsphäre gehalten, als er noch unter den Lebenden geweilt hatte. Jetzt war er endgültig zum Eigenbrötler geworden.

Nicht, daß er eigentlich tot war, aber für die Außenwelt hätte er es ebensogut sein können. Er hatte das Gerücht verbreiten lassen, Morgan le Fay habe ihn besiegt. Eine völlig absurde Vorstellung für jeden, der die Fähigkeiten der beiden kannte. Wir vom Kleinen Volk sind nicht eine Minute darauf hereingefallen. Merlin spielte immer sein eigenes Spiel. Das Problem mit ihm war, ihn auf unsere Seite zu bringen.

Der Anführer unseres Feenvolkes hatte mich für diese Reise auserwählt, weil ich einmal als Spion an Arthurs Hof tätig gewesen war. Vom ersten Augenblick an, als Merlin mich in der Außenwelt gesehen hatte, hatte er mich als das erkannt, was ich bin. Er half mir jedoch, nach Camelot zu kommen, natürlich im Rahmen seiner ewigen Diplomatie: Man jongliere mit den gegensätzlichen Interessen einander fremder Welten und versuche jedermann zu überzeugen, daß es dort gemeinsame Interessen gibt, wo keine sind. Tja, dafür war er eben Magier.

Natürlich hielten die Menschen mich für einen Menschen, genauer für ein kleines Mädchen. Guinevere glaubte sogar, ich sei ein Bastard, Ergebnis eines von Lancelots früheren Abenteuern. Die Gleichgültigkeit des großen Ritters gegenüber diesem Kind brachte sie natürlich nicht von diesem Verdacht ab, sie

war sich nämlich bewußt, daß manch ein Vater sich seinen legitimen Sprößlingen gegenüber nicht anders benahm.
Meine Aufgabe bestand darin, Arthur im Auge zu behalten. Der König hatte keine Ahnung von meiner wahren Natur. Merlin und ich waren uns einig, daß es das Klügste sei, das geheimzuhalten. Aber ich hätte dem alten Halunken schon zugetraut, daß er dem Herrscher von Camelot diskret nahelegte, seine Majestät möchte sich doch bei diesem Kind von seiner besten Seite zeigen. Andererseits spielte der König vielleicht bei jedem Kind, das die Gastfreundschaft seines Schlosses genoß, den lieben Onkel.
Arthur schätzte mich auf ungefähr zehn Jahre. Da lag er allerdings um einen Faktor von eins zu zehn daneben! Nach nur einem Jahrhundert in den grünen Wäldern und zerklüfteten Felsen dieser Inseln galt ich bei meinem Volk immer noch als junger Spund, aber man hielt mich schon für alt genug für schmutzige Geschäfte mit dem menschlichen Gelichter. Merlin war am Frieden interessiert. Wir bereiteten uns auf den Krieg vor.
Ich war ein guter Spion. Keine Andeutung von Ekel huschte über mein Gesicht, wenn der König die Finger durch meine blonden Locken gleiten ließ oder mich freundlich tätschelte. »Süßes Kind«, nannte er mich. Ich lächelte und kicherte. Merlin machte mir sogar Komplimente darüber, wie gut ich meine Rolle spielte.
Dieser Zauberer! Mit der einen Hand hilft er, und mit der anderen macht er einem einen Strich durch die Rechnung. Ich blieb am Hofe und gab meine Berichte in einem speziellen Zaubertrank weiter, den ich auf den Boden schüttete. (Damals dachte ich, der Zauberer würde nicht dahinterkommen, welcher Art Magie ich mich bediente. Inzwischen weiß ich es besser.) Meine einzige Sicherheit bestand darin, daß es nicht ewig so weitergehen konnte.
Als Schwachstelle in Arthurs Panzer stellte sich das Techtelmechtel zwischen Lancelot und Guinevere heraus. Wir kamen zu dem Schluß, daß diese Krise uns wie gerufen kam, um

Forderungen an Merlin zu stellen; vor allem, weil wir erst kürzlich das größte Geheimnis des Magiers entdeckt hatten. Wir hatten das Versteck des anderen Schwertes gefunden!

Alles schien sich zu unseren Gunsten zu entwickeln: Der Ehebruch der beiden spaltete das Königreich, die blöden Ritter verzettelten ihre Kraft in einer bescheuerten Suche nach dem Gral der Christen, und Arthur war in tiefste Verzweiflung versunken. Sobald wir von der Existenz des anderen Schwerts erfuhren, waren wir sicher, daß Merlin noch einmal über unser Arrangement verhandeln würde.

Ich war nicht überrascht, als der Zauberer aus der Welt der Menschen verschwand. Bei Merlin ist nie etwas einfach. Er war schon häufig wochenlang verschwunden, bevor er wieder an den Hof zurückkehrte. Aber dieses Mal schien es, als habe er sich endgültig verabschiedet.

Er hatte die Geschäfte Camelots über Excalibur geführt und selbst dabei sein gewohntes Gespür für Diskretion walten lassen. Welche Pläne wir auch mit dem anderen Schwert haben mochten, wir konnten sicher sein, daß er uns etliche Schritte voraus war. Bei solchen Gelegenheiten war es schwer zu glauben, daß in seinen Adern überhaupt menschliches Blut floß.

Wir vom Feenvolk haben unsere eigene Magie. Dank ihrer spürten wir Merlins heimlichen Aufenthaltsort auf, und so kam es, daß ich seine privaten Tunnel erforschte. Zu anderen Zeiten war ich ein willkommener Gast gewesen, aber jetzt machte es mich doch nervös, hier einzudringen.

Sein Labyrinth war weit komplexer als unsere eigenen Konstruktionen. Und wo wir zur Beleuchtung auf rauchfreie Fackeln angewiesen waren, oder manchmal auf die Körper kleiner Tiere, die ein gelbliches Leuchten abgaben, da hatten Merlins Kräfte die Wände seiner Festung mit einem permanenten Licht ausgestattet. Der einzige Nachteil bestand darin, daß die Farben sich, während man hindurchging, ständig veränderten und eine beinahe hypnotische Wirkung erzeugten. Bei Merlin war nie etwas zufällig.

»Du verschwendest deine Zeit«, sagte er, als ich von hinten an ihn herantrat. Merlin beugte sich gerade über ein kleines Wasserbecken. Er hat schon immer gern geprahlt. Nichts konnte den großen Merlin jemals überraschen! Wenigstens wollte er diesen Eindruck erwecken.

»Ich repräsentiere den Rat«, erwiderte ich im feierlichsten Tonfall, den ich zustande brachte.

»Und ich repräsentiere die Gilde vom Lollipop«, antwortete er, während er sich umdrehte, um mich anzusehen.

Ich hatte keine Ahnung, wovon er redete. Selbst wenn er sich über der Erde aufhielt, gab er sich mit Vorliebe kryptisch. »Mach dir keine Gedanken darüber«, meinte er, als lese er meine Gedanken. »Manche Leute sagen, ich sei hinter meiner Zeit zurück. Dadurch vertrete ich natürlich mitunter ungewöhnliche Standpunkte.«

Zum ersten Mal, seit ich ihn kannte, hatte ich das Gefühl, persönlich werden zu können, und sagte: »Manche Leute glauben, du wärest das Ergebnis einer Vergewaltigung.«

»Man erzählt sich so viel über mich, daß ich das meiste vergesse. Wenn du ›Leute‹ sagst, meinst du dann die über oder die unter der Erde?«

Er versuchte mich zu reizen. Ich nahm kein Blatt vor den Mund: »Menschen sind keine Leute.«

»Ah ja, das offizielle Parteidogma«, meinte er.

»Einige von uns schenken den Behauptungen, du seiest irgendwie menschlicher Abstammung, keinen Glauben. Jeder kann das Opfer häßlicher Gerüchte werden. Andere versteigen sich zu der Ansicht, daß man bei jemandem von deinen Verdiensten sogar über einen menschlichen Elternteil hinwegsehen könnte.«

»Das ist äußerst zuvorkommend«, war seine Antwort. »Ich bin sicher, es gibt Menschen, die dir gegenüber ebenso tolerant sind.«

Das Problem bei der Diplomatie ist, daß sie einem eine Selbstbeherrschung abverlangt, die noch weit über das hinausgeht, was normale Höflichkeit gebietet. »Das meinst du doch wohl nicht ernst, Merlin.« Ich hörte, wie meine Stimme schrill wurde.

»Sehr wenige Menschen wissen überhaupt sicher, daß wir existieren. Für die anderen sind wir Sagen oder Aberglaube. Sie kennen uns überhaupt nicht.«

»Und daher können sie sich keine begründete Meinung über euch bilden?«

»Genau.«

»Während du schon mit Tausenden und Abertausenden von Menschen zusammengekommen bist, auf deren Kenntnis deine Einschätzung basiert, ja?«

Bis zu diesem Augenblick hatte ich seinen Sarkasmus nicht bemerkt. Er sprach für gewöhnlich mit monotoner Stimme, außer wenn er brüllte, um einem bestimmten Punkt Nachdruck zu verleihen (wie es meist der Fall gewesen war, wenn er den jungen Arthur unterrichtete).

Mich wahllos mit all dieser Kritik zu überhäufen, schien mir damals etwas unfair. Also verteidigte ich mich (wieder ein Fehler): »Dein Problem ist der Rat. Ich will nur …«

»Nein, du willst nicht *nur*, und das ist das wahre Problem!«

Ein Lord meines Volkes hatte mich vor solchen Vertracktheiten gewarnt, als ich mich zum ersten Mal für den diplomatischen Dienst beworben hatte. Es gibt so viele Standpunkte wie Sterne am Himmel. Ein cleverer Debattierer ist jemand, der genauso starrköpfig ist wie man selbst, aber den Anschein zu erwecken vermag, er sei objektiv. Auf diese Art konnte Merlin mich stundenlang in Diskussionen verwickeln. Und ehrlich gesagt, so viel Zeit hatte ich nicht …

»Wie lange ist es eigentlich her, seit du etwas gegessen hast?« fragte er mit einer Besorgnis, die ganz untypisch für ihn war. Vielleicht war seine Trickkiste ja bodenlos, aber ich hätte nie gedacht, daß zu seinen Kunststücken auch Kochen gehörte.

Ich war so verblüfft, daß ich nichts zu sagen wußte. Mit einem Griff, der ebenso fest wie freundlich war, packte er meinen Arm und führte mich tiefer in die Tiefen der Höhle. Sie war teilweise schöner anzusehen als die Kristallwände meines eigenen Heims.

Und wenn ich geglaubt hatte, wir vom Volk hätten jede Art von unterirdischem Labyrinth gemeistert, dann hatte ich nicht mit Merlins Kräften gerechnet. Zum ersten Mal in meinem Leben hatte ich das unangenehme Gefühl, mich verlaufen zu haben. Jeder Korridor sah gleich aus, obwohl alle Farben des Regenbogens über mich hinwegglitten und angenehme, krabbelnde Geräusche namenlose Sehnsüchte stillten.

»Hier entlang«, sagte Merlin, dessen Stimme um so tiefer wurde, je tiefer er mich in sein geheimes Reich führte. Er hätte nichts zu sagen brauchen. Seine Hand hielt mich immer noch fest im Griff.

Und dann setzte mein Herz einen Schlag aus, als wir vor einem riesigen Schwert standen, das tief in etwas steckte, bei dem es sich anscheinend um eine Art Pilzbewuchs handelte.

»Excalibur«, sagte ich, aber noch in dem Moment, als das heilige Wort über meine Lippen kam, wußte ich, daß das nicht möglich war.

»Nein«, antwortete Merlin. »Dies ist nicht das Schwert, das der König vermißt.«

»Ich hätte nie gedacht, daß ich einmal das Anti-Excalibur zu sehen bekäme.«

»Mir schien das hier ein guter Platz für eine kleine Küche zu sein«, sagte er und lächelte matt. Erst, als er sich anschickte, eine Tür in der Seitenwand des Tunnels zu öffnen, bemerkte ich, daß er mich nicht mehr festhielt. Sein Griff war so fest gewesen, daß ich immer noch seine Finger auf meinem Arm spürte, und das Gefühl war mir nicht unangenehm.

Das mit der Küche war kein Witz gewesen. In der Mitte des Raumes dampfte ein großer Kessel. Der Duft, der ihm entstieg, war angenehm und nur ein wenig süßlich. Fässer mit verschiedenen Arten von Kräutern und Pflanzen waren ordentlich an der Wand aufgestapelt. In der Nähe stand ein kleiner Holztisch. Es entging mir nicht, daß dieser Tisch vollkommen rund war.

Wir sprachen nicht miteinander, als sei durch unserer Debatte

etwas Unangenehmes in der Atmosphäre zurückgeblieben. Worte hätten das herrliche Mahl auch verdorben.
Ich war nicht hungrig gewesen, bis ich den ersten Löffel Eintopf probiert hatte. Während ich gierig den Rest der scharf gewürzten Mischung verputzte, spürte ich, wie Merlin mich betrachtete. Wir wußten beide, daß dies nur eine Atempause in unserem Kampf war, aber ich war entschlossen, sie zu genießen.
»Warum haben sie dich geschickt?« fragte er, als ich zu Ende gegessen hatte.
Ich dachte, das hätten wir alles schon durchgekaut. Als Spion hatte ich den Feind von nahem gesehen – diese menschliche Pest, die sich über diese schönen Inseln ausgebreitet hatte wie Ruß aus einem dreckigen Kamin. Man hätte ein älteres und erfahreneres Mitglied meiner Rasse auswählen können, aber die Ehre war mir zugefallen, weil ich mich so lange in der Nähe von König Arthur, seinen Untertanen ... und von Merlin aufgehalten hatte.
Ich versuchte, das Thema zur Sprache zu bringen, um das es wirklich ging: »Wir verstehen nicht mehr, was du zu erreichen versuchst. Ich bin hier, um das herauszufinden.«
Als er aufstand, fiel mir wieder einmal auf, um wieviel größer als ein normaler Mensch Merlin war. Angesichts meiner winzigen Statur ragte er turmhoch über mir auf. Mit seinem Mantel, der in grünen und braunen Erdfarben gehalten war und um ihn herumwirbelte, kam er mir vor wie ein riesiger Baum, aber einer, den weder eine Axt noch eine andere Klinge jemals fällen konnte.
Seine Antwort kam ziemlich von oben herab. »Was an deinem Ansatz nicht stimmt, ist die Annahme, man hätte jemals meine Ziele erraten können. Und was glaubst du selbst denn, Kleiner?«
So leicht würde er mich nicht hinters Licht führen. Es hatte schließlich Abkommen, Versprechen, Verträge gegeben!
»Das weißt du ganz genau«, erklärte ich. »Die Menschen dürfen hier nur leben, wenn sie unter Kontrolle gehalten werden. Man muß ihnen aber verwehren, sich unbegrenzt zu vermehren.«

Sein Lächeln beunruhigte mich langsam, ganz zu schweigen von den Worten, die über diese schmalen Lippen kamen: »Es gibt niemals genug Raum, um sich unbegrenzt zu vermehren, für niemanden. Selbst das Kleine Volk braucht Platz.«

Das ging mir nun langsam wirklich auf die Nerven, daß er uns ständig mit diesem menschlichen Abschaum verglich. Ich mußte mich anstrengen, nicht zu brüllen. »Wir waren zuerst hier. Wir gehören hierher. Die Menschen sind die Eindringlinge.«

Obwohl wir uns unter der Erde befanden, waren wir immer noch nahe genug an der Oberfläche, um zu hören, wie über uns ein Donnerschlag krachte, dem ein Wolkenbruch folgte. Es war die Jahreszeit dazu. Eigentlich war es immer die Jahreszeit dazu.

»Die Tiere waren vor euch da«, entgegnete er ruhig.

»Und wer versteht es besser, für sie zu sorgen und mit ihnen zusammenzuleben als wir?«

Ich dachte schon, er würde dagegenhalten, daß wir manchmal Tiere töten, genau wie die Menschen, um uns zu ernähren und zu kleiden … und um unsere Zaubersprüche zu wirken. Auch ein Gegenargument war mir schon eingefallen, nämlich, daß wir lange nicht so viel jagten wie die anderen. Und dann war da noch die Sache mit den Bäumen. Wir fällten nie einen Baum, ganz gleich aus welchem Grund. Aber Merlin schlug eine andere Richtung ein.

»Kleiner«, sagte er, »diese Art von Vergleich hat keinen Zweck. Ich gestehe ja zu, daß die Menschen nicht so auf die Erdkräfte eingestimmt sind wie ihr.«

»Oder du«, erwiderte ich, froh über die Gelegenheit, einmal ein ehrliches Kompliment loszuwerden.

Mit unaufhörlichem Trommeln strömte der Regen nieder. Alles, woran ich denken konnte, war der frische Schlamm, der sich bilden würde, und daran, wie viele Menschen wohl darin ausrutschen und sich ihren dummen Hals brechen würden. Mit seiner unheimlichen Macht schien Merlin geradewegs in meine Seele zu blicken.

»Warum haßt das Kleine Volk die Menschheit?« fragte er.

Die bloßen Worte entflammten eine unkontrollierbare Wut in mir. Ich sprang so schnell auf, daß ich seinen kleinen Tisch umwarf. »Wir sind zornig auf dich, Merlin! Auf dich ...!« Ich wollte mir selbst Einhalt gebieten, aber die Worte strömten nur so aus mir heraus, so heftig wie der Regen, der über uns niederstürzte.

Ich fuhr fort: »Wir dachten, du würdest deinen Einfluß im Herzen Camelots dazu nutzen, die Menschen in ihre Schranken zu weisen. Du solltest sie spalten, damit sie einander an die Kehle gehen. Du solltest sie damit beschäftigt halten, sich gegenseitig umzubringen.«

Mit jedem Satz, den ich ihm an den Kopf warf, schien sein Gesicht zu altern. Er wandte sich ab und sah die Wand an, hinter der das Schwert wie ein anklagend erhobener Finger wartete.

Ich konnte mich nicht bremsen: »Die Druiden waren das Beste, was wir von den Menschen erwarten konnten. Und du warst der Beste von ihnen, viel besser – weil du mehr als menschlich bist. Und jetzt stehst du zwischen der heidnischen und der christlichen Welt, zwischen dem Wald und dem, was Rom, das jetzt wieder in den Staub versinkt, in den es gehört, hier eingeschleppt hat. Die Menschen glauben an dich. Du hast ihnen Arthur geschenkt. Du hast ihm Excalibur in die Hand gegeben. Du ...«

Ich wollte ihn möglichst hoch heben, damit ich ihn nachher um so tiefer herabzerren konnte. Noch einmal konnte ich die entscheidenden Ereignisse vor meinem inneren Auge sehen, und wie die scheinbare Einheit, an deren Schaffung Merlin beteiligt gewesen war, uns anfänglich beunruhigt hatte. Aber als der Ehebruch von Lancelot und Guinevere seine Wirkung zeigte und alles auseinanderfiel, als das Schwert Excalibur nur noch eine verlorene Hoffnung war, die Ritter zu vergeblichen Unternehmungen auszogen und die Zauberin Morgan le Fay den Schmerz aller anderen zu ihrem persönlichen Schatz machte, da nahmen wir an, Merlin sei geschickter gewesen, als irgend jemand erwartet hatte. Das war um so leichter zu glauben, als er zugelassen hatte, daß Morgan le Fay ihn besiegte und er daher im Augenblick von Arthurs größter Prüfung nicht mehr an der Seite des Königs stehen konnte.

Als uns erstmals die Nachricht erreichte, Merlin strebe vielleicht immer noch nach der Einheit und der Wiederherstellung von Camelot, da war der Gedanke zu fürchterlich, um ihn zu ertragen. Aber der Elf legte dem Rat Beweise vor. Merlin wob neuen Zauber zugunsten Arthurs und seines verdorbenen Reichs.

Und so beendete ich meine Tirade schließlich mit den Worten: »Wir können nicht glauben, daß du daran arbeitest, die Ausbreitung menschlicher Wesen in unserer Heimat zu begünstigen.«

Ich hatte mich derart in Rage geredet, daß ich kaum noch Luft bekam. Als Merlin die Felswand lange genug betrachtet hatte, drehte er sich um und bedeutete mir, mich wieder zu setzen. Bevor er dasselbe tat, bückte er sich, wobei seine Knochen erheblich knarrten, und stellte den Tisch wieder auf.

»Gegen deine Kritikpunkte ist eigentlich nichts einzuwenden, Kleiner. Menschen sind nicht gerade das beste Rohmaterial. Nimm zum Beispiel Guinevere. Ich habe Arthur vor ihr gewarnt, aber es hat nichts genutzt. Blindheit ist sein größter Fehler. Was sie angeht …«

Meine Zeit am Hof war nicht verschwendet gewesen. »Sie hat ihre Eide gebrochen«, sagte ich, was mir genauso vorkam, als hätte man einen unabdingbaren Schritt in einem wichtigen Zauber unterlassen.

»Das war nur allzu vorhersehbar«, sagte er und seufzte schwer. »Sobald einmal Langeweile oder Enttäuschung ins Spiel kommen, kann man ebensowenig damit rechnen, daß eine Ehefrau ihrem Gatten treu bleibt, wie man von einem Geier erwarten kann, über trockenen Knochen zu verweilen, wenn in der Nähe verfaulendes Fleisch liegt, das nur darauf wartet, daß er ihm seine zärtliche Zuwendung widmet.«

Zu hören, wie Merlin eine so vollkommen vernünftige Meinung

über den Feind zum Ausdruck brachte, wiegte mich in einer falschen Sicherheit. War es möglich, daß er die Dinge endlich klar sah? Schließlich ist Hoffen ja nicht verboten …
»Nichts von dem, was ich über die Menschen sagen kann«, erklärte er mir, »könnte ich nicht auch über das Kleine Volk sagen. Loyalität ist ein Wert an sich.«
Er kam näher und zog etwas unter seinen wallenden Gewändern hervor. Aus seinen langen, bleichen Fingern funkelte mir ein glitzernder Kristall entgegen. »Loyalität ist so selten«, flüsterte er, »wie ein Edelstein im Schnee. Ich breche niemals mein Wort, weder über noch unter der Erde.«
Das Abendessen war eindeutig beendet. Ich war mir sicher, daß ich keinen Nachtisch wollte. Wieder öffnete Merlin die Wand und winkte mich dorthin zurück, wo das Schwert im unsteten Licht der Höhlenwände blinkte.
»Ich weiß, warum du gekommen bist«, sagte er. »Aber wir werden nicht über dieses kleine Juwel diskutieren, ehe du nicht weißt, wo ich stehe.«
In dem Augenblick, als wir wieder im Tunnel standen, erklang ein Stöhnen und Wimmern aus dem Dunkel. Die urtümlichen Wesen, die Merlins Reich bewachten, hatten vielleicht nicht allzuviel Köpfchen, aber was ihre Loyalität anging, gab es wenig Zweifel. Sie würden für Merlin sterben, immer vorausgesetzt, sie waren jemals wirklich lebendig gewesen.
Er wies auf das Schwert, wobei er achtgab, es nicht zu berühren, und fuhr fort: »Ich habe niemals versprochen, die Interessen einer Gruppe über die einer anderen zu stellen. Es sind immer Einzelwesen, die sich meine Treue erwerben. Arthur hat sich sein Schwert verdient. Ich werde ihn nicht mehr bestrafen, als er sich schon selbst bestraft hat.«
Ohne daß Merlin dazu beitrug, Arthur glauben zu machen, dieses Schwert sei Excalibur, würde der König niemals die falsche Klinge über seinen Kopf schwingen und seine Ritter zurück zu den Fahnen rufen. Und die finstere Magie, die alles zunichte machte, was Excalibur erreicht hatte, würde niemals

losgelassen. Wir waren mehr als bereit, das zu vollenden, was Lady Guinevere begonnen hatte.

»Warum haßt du die Menschen?« fragte er. Darauf hatte ich keine Antwort parat. Die Gefühle gingen einfach zu tief. Die Menschen betrachteten uns bloß als unansehnliche Kreaturen, ungeschlacht und häßlich wie Koboldkot. Wir sagten uns, sie seien Feinde der natürlichen Welt; aber selbst wenn sie niemals ein Feld gerodet oder ihre Pflüge durch die Erde gezogen hätten, würden wir ihnen dennoch übelwollen.

»Verzeih einem alten Mann«, sagte er und legte mir die Hand auf die Schulter. Die Tatsache, daß ich nicht vor seiner Berührung zurückzuckte, war Beweis genug dafür, daß er wirklich keiner von *denen* sein konnte.

»Man kann nichts gegen seine Borniertheit tun, wenn man nie etwas anderes gekannt hat«, erklärte er. »Aber du kannst in eure Höhlen zurückkehren und berichten, daß ich die Macht dieses Schwertes nicht gebrauchen werde, um die zu vernichten, die ich liebe!«

»Was ist mit dem echten Excalibur geschehen?« fragte ich geistesgegenwärtig. Er schüttelte nur den Kopf. Falls er es geheimhalten wollte, so war mir das ziemlich egal. Im Augenblick war die Macht, die unmittelbar vor mir lag, alles, was mich interessierte.

»Du würdest es gern anfassen, nicht wahr?« fragte er. Nun war ich an der Reihe, den Kopf zu schütteln. »Nur zu«, sagte er. »Das Schwert beißt nicht.«

Ich stand ganz nahe vor dem Anti-Excalibur. Am Boden, unter der Klinge schienen Schatten zu huschen. Zuerst dachte ich, es sei das Leuchten von den Wänden, das mir einen Streich spielte. Doch die Wahrheit war weit beunruhigender. Als ich mich bückte, um den Boden zu untersuchen, sah ich, daß die schimmlige Substanz unter dem Schwert sich tatsächlich bewegte. Ich wich heftig zurück und fiel beinahe hin.

Merlin, verläßlich wie der Fels unter mir, fing mich auf. »Na, na«, sagte er. »Ich dachte, du wüßtest das. Dieses Schwert ist im

Laufe von vielen Jahrhunderten hier gewachsen. Nur eine besondere Hand wird diesen Sproß aus seinem Garten ernten; so wie nur die richtige Hand Excalibur aus dem Stein gezogen hat.«

»Die falsche Hand«, hörte ich mich flüstern, aber es war, als habe jemand anderes die Worte ausgesprochen. »Eine Hand, die zur Zerstörung bestimmt ist.«

»Du kannst es trotzdem berühren«, wiederholte Merlin. »Deine Hand ist nicht menschlich, und wie du nur allzugut weißt, kann nur eine menschliche Hand die dunkleren Kräfte dieser Klinge befreien.«

Plötzlich kam ich mir sehr dumm vor. »Was hast du vor?« fragte ich mit kaum verhohlenem Mißtrauen.

Noch nie zuvor hatte ich Merlin, den Zauberer, lachen hören. Obwohl ich heute fast zweitausend Jahre alt bin, bete ich zu allen Göttern und Göttinnen über und unter der Erde, daß ich dieses Lachen nie wieder hören muß. Es lag keine Freude darin, nur kaltes Wissen.

Seine Augen veränderten sich, während er mich beobachtete. Ich erinnerte mich an das Licht, das in dem kleinen Juwel, das er zwischen den Fingern gehalten hatte, aufgeblitzt war. Nun war es, als wäre das Licht seinen Arm hinauf und in seine Augen gewandert. Das helle Leuchten war äußerst schmerzhaft.

»Wir wissen, was ihr wollt«, sagte er, gab aber keinen Hinweis darauf, wen er mit »ihr« meinte. »In diesem Schwert sind die dunkelsten Mächte der Erde konzentriert. Ihr werdet es nicht in Arthurs Hände legen. Arthurs Geschick liegt anderswo. Aber selbst wenn er nur noch eine Erinnerung ist, werdet ihr immer noch versuchen, diesen tödlichen Stachel einem menschlichen Anführer in die Hände zu geben. Auf ewig können wir dies nicht verhindern.«

Zuerst war das Vibrieren unter meinen Füßen kaum merklich. Ich achtete nicht einmal darauf, bis ich ein lautes Rumoren hörte. Merlins Augen tanzten vor mir wie Zwillingskometen, doch sein Körper blieb aufrecht wie eine Säule im Boden verankert. Und dann neigte der ganze Tunnel sich in einem verrückten Winkel, und ich stürzte, stürzte ... und es gab nichts, woran ich mich hätte festhalten können, außer dem Schwert. Kaum hatte ich mich wieder gefangen, da kehrte alles in den Normalzustand zurück. Das Erlebnis war so farbig gewesen, daß ich es einen Augenblick lang für echt hielt. Und dann erkannte ich, daß die Geräusche und das Beben pure Illusion gewesen waren. Das Ausbleiben von herabstürzenden Felsen hätte mich warnen sollen, daß Merlin immer noch Merlin war! Er hatte diesen ganzen Aufstand inszeniert, nur damit ich die Hand ausstreckte und das Heft des Anti-Excalibur umfaßte.

Seine Augen waren wieder normal. Ihr Blick war auf meine Hand gerichtet. Uns vom Volk ist es untersagt zu fluchen, sonst hätte ich einen solchen Schwall von Verwünschungen losgelassen, daß er den ewigen Regen in den Schatten gestellt hätte.

»Ich danke dir«, sagte er. »Ich brauchte deine Mitarbeit. Indem du das Schwert vor jeder menschlichen Hand berührt hast, trägst du dazu bei, seiner Magie eine andere Richtung zu geben. Nun wird sie auf den, der es einmal benutzt, zurückfallen, aber nur, wenn er auf einem guten Weg ist. Die Menschheit in England kann durch diese Klinge und durch das echte Excalibur gerettet werden, wenn nötig ... aber auf verschiedene Arten und zu verschiedenen Zeiten ...«

Ich muß ein so entsetztes Gesicht gemacht haben, daß Merlin einen kurzen Anflug von Mitgefühl verspürte. Das Gewicht dessen, was ich getan hatte, zog mich nach unten, als zwinge mich eine unsichtbare Hand, mich niedergeschlagen zu Boden sinken zu lassen, in einer Höhle, die mit einem Mal viel dunkler schien. Ich schluchzte so laut, daß ich die Worte des alten Magiers kaum verstehen konnte.

»Tss, tss«, sagte er, »so schlimm ist es nun auch wieder nicht. So leicht läßt sich negative Magie nicht zerstreuen. Das Anti-Excalibur kann nicht dazu verwendet werden, die Macht eines englischen Anführers über bestimmte Grenzen hinaus auszudehnen. Ganz offensichtlich wollt ihr nicht, daß die Engländer zu mächtig werden oder ihre Nachfahren sich zu weit ausbreiten. In einem zukünftigen Augenblick großer Gefahr wird diese Waffe die Dinge im Gleichgewicht halten und die natürliche Ordnung der …«

»Nein!« schrie ich und sprang auf. Es war mir nur recht, daß der Zorn an die Stelle meiner unerträglichen Frustration trat. »Du hast mich reingelegt! Jetzt werde ich nie mehr zu meinem Volk zurückkehren können. Sie werden es erfahren. Und sie vergeben nie.«

Er hockte sich neben mich, aber ich war dankbar, daß er mich dieses Mal nicht berührte.

Sanft fragte er: »Sind das nicht die Wesen, für die du dein Leben gegeben hättest?« Ich nickte stumm; meine Augen schwammen in Tränen.

»Du kannst bei mir bleiben«, fuhr er fort. »Ich werde deine Lebenserwartung erheblich verlängern. Du brauchst nicht nach bloß fünfhundert Jahren im Winde zu verwehen. Du kannst dich zu meiner wunderbaren Einsamkeit gesellen. Es gibt noch andere Welten als diese. Nimm Abstand von den Kämpfen der vielen. Mach dir den Standpunkt des einen zu eigen. Der Stamm der Menschen und dein eigener erfüllen keinen nützlichen Zweck, außer gelegentlich ein interessantes Einzelwesen hervorzubringen.«

Einige Zeit sprach er auf diese Weise weiter, und obwohl mich das, was er sagte, zuerst abstieß, begannen die Worte auf mich zu wirken, so wie fließendes Wasser schließlich die Oberfläche des zerklüftetsten Steins glätten wird. Die Liebe, die ich für selbstverständlich gehalten hatte, schien vollkommen unwirklich. Ich war gescheitert. Die, die ich liebte, würden mich für dieses Versagen zerstören, wenn sie könnten.

Nur äußerst vage erinnere ich mich daran, wie ich mit ihm nach draußen ging. Keine urtümlichen Wesen behinderten uns. Die Tunnel waren leer und führten in eine andere Welt. Der Regen hatte aufgehört.

Vor uns erstreckte sich eine monotone Landschaft aus Schlamm, der die Farbe von Exkrementen aufwies, ebenso wie den dazu passenden Gestank.

»Dieser verfluchte Ort«, hörte ich Merlin halblaut murmeln, während er sich die Nase zuhielt. Ich hatte Gerüche noch nie zuvor so wahrgenommen. Die typische süße Frische nach einem Regen fehlte vollständig.

Wir wanderten über die Hügel von England. Kein Mensch oder Tier nahm Notiz von uns. Die Kombination aus Merlins Kräften und der Logik seiner Argumente schien schließlich unwiderstehlich. Und zum ersten Mal begann ich, Einzelheiten in seinem Gesicht zu registrieren. Selbst im bleichen Licht des Spätnachmittags schienen seine buschigen weißen Augenbrauen wie kleine, gezackte Blitze, die für immer über einem strengen Blick standen. Ich wünschte mir verzweifelt, ihm zu vertrauen, weil ich kein Volk mehr hatte, zu dem ich gehörte.

Als die Nacht kam, vollführte er mit seinen Händen komplizierte Gesten in der Luft, und die Sterne verwandelten sich in zwinkernde Augen. Noch nie hatte ich mich so einsam gefühlt wie in diesem Moment, umgeben von Myriaden potentieller Richter, deren Gleichgültigkeit nur von meiner inneren Leere übertroffen wurde. Ich brauchte verzweifelt etwas, um sie zu füllen, egal was … und Merlin wußte das.

Er verlieh mir Kräfte. Sie waren schwer zu meistern, aber ich nahm die Herausforderung begierig an. Da waren Methoden, mit deren Hilfe ich meinen Körper verlassen und durch Raum und Zeit reisen konnte. So standen mir zahllose Welten zur Verfügung, die ich erforschen konnte.

Die schiere Masse dieser Ereignisse und Umgebungen ließ meine eigene Vergangenheit immer unbedeutender erscheinen. Äonen vergingen, ohne daß ich Merlin überhaupt zu Gesicht bekam. Und dann kam schließlich der Augenblick, als er mir zu verstehen erlaubte, daß all diese kalten Augen, mit denen das schwarze, nächtliche Himmelszelt übersät war, meine eigenen gewesen waren, gesättigt von einer Million Visionen.

Als Merlin mich zurück nach England brachte, hatte ich das

Schwert beinahe vergessen. Camelot war jetzt nur noch ein Traum – es war für immer verloren, aber man gedachte seiner mit schmerzlicher Sehnsucht. Verschwunden waren die Britisch sprechenden Kelten und ihre Probleme mit den Sachsen. An ihrer Stelle hatte sich aus Schlamm, Felsen und Erde eine neue Welt erhoben, eine Welt aus Stahl und anderen Metallen, während das verfluchte Schwert in seinem schwammigen Bett gewachsen war. Auch der Himmel war angefüllt mit kaltem Metall, das auf die Erde herabregnete, wo es heiß wurde wie die brennende Sonne. Und dieses neue England hatte einen neuen Anführer hervorgebracht.

»Sieh ihn dir an«, sagte Merlin. Wir sahen aus sicherer Entfernung zu, ungesehen und gleichgültig; aber irgendwo in meiner uralten Brust war noch etwas Neugierde lebendig. »Sieh dir an, was er ist!«

Dieser Mann hatte das Schwert gefunden, das Anti-Excalibur, in seinem weichen Bett aus Dreck, das über die Jahrhunderte hart geworden war. Als er das Heft umfaßte und daran zog, bekam der getrocknete Schlamm um das Schwert herum Risse und gab nach. Mit einem heftigen Ruck hielt er die Klinge vor sein Gesicht, während drei alte Frauen versprachen, diese besondere Waffe werde das Blatt gegen den Gegner wenden und England retten.

Der Mann kam mir nicht besonders königlich vor. Er war klein und gedrungen. Anstelle eines Profils besaß er ein Mondgesicht mit schweren Hängebacken und einer vorstehenden Unterlippe, die ihm einen kampflustigen Ausdruck verlieh. Seine Kleider waren unförmig und grob und sahen nicht im geringsten bequem aus. Auf dem Kopf trug er ein formloses schwarzes Ding. Er war alt und benutzte einen Stock. Mit dem Schwert in der einen, einem Stock in der anderen und seiner dicken Wampe war die Gesamtwirkung ein wenig lächerlich. Dies war kein König Arthur.

»Dies ist ein historischer Tag«, dröhnte er in einer Stimme, die weit größer war, als sein Körper es verdiente. »Ich denke an

Kaiser Karl und Alexander den Großen, aber vor allem denke ich an Arthur Pendragon. Wenn ich Excalibur führe ...«

»Aber ...« Meine Gedanken sprachen zu Merlin wie ein Flüstern in der Leere. Er antwortete: »Du weißt, welches Schwert heute gefunden worden ist.«

Der schwarzgekleidete Mann verneigte sich vor den drei alten Frauen, die ihn zu so viel konzentrierter Macht geführt hatten. »Ich habe diese Aufgabe nicht angenommen«, sagte er, »um die Auflösung des Empire zu leiten.«

Ich wußte, wie das unmittelbare Ergebnis aussehen würde, noch bevor Merlin den Wandteppich der Zeit zurückzog, um mir die Zukunft zu zeigen.

Viele englische Leben wurden durch das Schwert gerettet, von dem ich geglaubt hatte, es werde ihr Untergang sein. Aber die negativen Energien waren freigesetzt und flossen den ehrgeizigeren Zielen dieses Möchtegern-Arthurs zu. England würde nicht die ganze Welt, sondern nur noch es selbst sein.

Von denen, die einmal mein Volk gewesen waren, gab es nun nur noch so wenige, daß ich kaum glauben konnte, sie einmal gefürchtet zu haben. Aber es waren immer noch genug, um ein Riesengeschrei über die Menschheit anzustimmen, die sich wie eine Flut immer weiter ausbreitete und nicht einmal durch den schlimmsten Vernichtungskrieg einzudämmen war.

Mit einem Mal war ich Merlin nicht mehr dankbar dafür, daß ich dank seiner Zauberei so viele überlebt hatte.

Irgendwo liegt immer noch das echte Excalibur und ist den Blicken aller Weisen entzogen. Ich bin nicht neugierig auf seinen Verbleib, und Merlin scheint es vergessen zu haben.

Was das andere Schwert angeht, das aus dem Mark des Erdinneren gewachsen war, so löste sich die Klinge auf wie ein Eiszapfen an einem Sommertag, als der Himmel über England wieder ruhig war.

Ruhe ist immer das Beste.

Daniel H. Scheltema

ENDE DER HOFFNUNG

Was liegt hier als Geisel?
Was hat man gebunden?
Unsere Hoffnung sinkt
Und mit ihr alle Zuversicht.

Grauverhangen die Wolken
Sich sammeln ums Banner
Um zu verströmen Dunkel und Wind
Medusenhaar wirbelt dicht an dicht
Und matt und trüb wird
Die Hoffnung auf Licht.

Bald schwindet sie völlig, der Geist zerbricht
Der Sturm dringt in jede Abwehr ein
Findet jeden, dem es an Mut gebricht
Und stürzt mit Macht über ihn herein.

Eine bleiche Hand erscheint, entschlossen,
Zu greifen, berühren, erfassen die Klinge
Fest aus dem Stein zu ziehen den rettenden Stahl
Den Griff zu umschlingen mit Händen so warm.

Nun reckt das Schwert, daß alle es sehen
Zu finden Erlösung von Not und Pein
Doch es dauert nur kurz, bis sein Licht gebricht
Und es zurückkehrt, sein Glanz im Schatten
erlischt.

Eine bleiche Hand erscheint aus dem See
In stummem Wunsch zu trotzen dem Weh
Nun, da sich geschlossen hat das Rund
Erneut zu warten auf Wassers Grund.

Bald schwindet die Hoffnung, der Geist zerbricht
Der Sturm dringt in jede Abwehr ein
Findet jeden, dem es an Mut gebricht
Und stürzt mit Macht über ihn herein.

Grauverhangen die Wolken sich sammeln ums Banner
Um zu verströmen Dunkel und Wind
Medusenhaar wirbelt dicht an dicht
Und matt und trüb wird die Hoffnung auf Licht.

Unsere Hoffnung sinkt
Und mit ihr alle Zuversicht.
Vermögen wir denn zu bergen,
Was nicht gefunden werden kann?

J. M. Morgan
DER WACHTRAUM

War es eine Vision oder ein Wachtraum?
John Keats, »Ode an eine Nachtigall«

Sie bemerkte ihn im Vorübergehen, einen jungen Mann, noch in den Zwanzigern. Sein blondgesträhntes Haar hatte er zu einem Pferdeschwanz gebunden, und er trug einen locker sitzenden Hut. Der Fremde befand sich auf der Überführung und starrte auf die Autos hinunter, die mit siebzig Meilen die Stunde auf der Autobahn unter ihm dahinrasten. Seine Kleidung – ein grünes Baumwollhemd und Khakihosen – war ausgebeult und schmutzig. Doch er fiel ihr nicht wegen seines Aussehens oder seiner Kleidung auf, sondern weil er im Rollstuhl saß.

»Wollen Sie springen, oder sehen Sie sich bloß die Autos an?«

»Wie?« Als er sich zu ihr umwandte, sah sie, daß seine Augen blau waren. Ein schöner Farbton, kein schwaches, verwaschenes Blau, sondern dunkel und dramatisch wie ein See, dessen Tiefe man nicht kennt. So kam ihr dieser Mann vor, geheimnisvoll und dramatisch. »Haben Sie etwas gesagt?«

»Ich habe mich gefragt, woran Sie wohl denken.«

»Ach.« Er schien überrascht, dann verärgert über ihre Neugierde. »Keine Sorge, ich wär' schon nicht gesprungen.«

»Das ist gut.«

»Ich könnte nicht einmal über das Gitter klettern.«

»Oh. Also haben Sie doch daran gedacht … zu springen?«

»Lady, kann Ihnen das nicht egal sein?«

»Ich finde Sie interessant. Wenn Sie nichts anderes zu tun haben …«, sie warf einen Blick auf die Autobahn unter ihnen,

»würde ich mich gern ein wenig mit Ihnen unterhalten. Kann ich Ihnen in der Kneipe da drüben ein Bier ausgeben?«

Er sah sie neugierig an. Sie war alt, grauhaarig und runzlig und ging am Stock. Ihr Rücken war zudem verkrümmt, was man allgemein einen Witwenbuckel nennt. Nichts Anziehendes war an ihr, außer daß sie angeboten hatte, ihm ein Bier zu spendieren.

»Wer sind Sie?« fragte er. »Eine Sozialarbeiterin oder so was?«

»Mein Name ist Eleanor«, antwortete sie. »Und Sie sind ...?«

»Calder ... James Calder.«

»Calder. Das gefällt mir. Es klingt freundlich.«

Soll sie mich doch nennen, wie sie will, dachte er.

»Kommen Sie mit, Calder?« Mit einem Nicken wies sie auf die Kneipe.

»Sicher, wieso nicht?«

Gemeinsam überquerten sie die belebte Straße. Beide achteten aufmerksam auf den Verkehr, Calder, weil er sich in seinem Rollstuhl nicht weit über dem Boden befand und für die Autofahrer schwer zu erkennen war, und Eleanor, weil sie mit ihrem Stock langsam gehen mußte und den schnellen Wagen nicht so rasch ausweichen konnte. Beide benutzten die sanft geneigte Behindertenrampe statt des Bordsteins, um auf den Gehweg zu gelangen. So war es für sie leichter.

Sie setzten sich in eine Ecke im hinteren Teil der Kneipe, wo Calders Rollstuhl und Eleanors Stock niemandem im Weg sein würden. Er bestellte ein Pils, sie ein Guinness. In dem halbdunklen Winkel des Lokals war schwer zu erkennen, daß er ein Krüppel und sie alt war.

Sie unterhielten sich. »Sie sind ziemlich jung für eine so schwere Behinderung. Wie ist das passiert?«

»Ich bin so geboren.«

»Sie haben nie laufen können?«

»Nein.«

»Das ist hart.« Er tat ihr leid. »Dann haben Sie eben die Autos beobachtet und sich gewünscht, Sie könnten fahren.«

»Klar, so war's wohl. Autos kommen mir so schnell vor, so stark.«
»Und Sie beneiden sie um diese Kraft?«
»Ein bißchen. Ich möchte irgendwo hingehen, etwas mit meinem Leben anfangen, etwas Besonderes vollbringen.«
»Wirklich? Und was würden Sie für ein solches Leben geben?«
Der Fremde zögerte nicht. »Alles.«
Eine Weile schwieg sie, als grüble sie über etwas aus ihrer Erinnerung nach. Er sah sie an und bemerkte eine Trauer auf ihrem Gesicht, die ihm zuerst nicht aufgefallen war. Sie mußte ein einsames Leben führen, so alt und allein. Vielleicht hatte sie ihn deshalb angesprochen; weil sie eine andere Stimme brauchte, die auf ihre eigene antwortete. Der Gedanke deprimierte ihn. In ein paar Jahren würde er vielleicht so sein wie sie. Wenn er nicht vorher ein Ende machte. Er hatte daran gedacht, heute Schluß zu machen, überlegt, wie er einen Drahtschneider an den Zaun mitnehmen könnte, unter dem die Autobahn lag, und ...
»Wären Sie möglicherweise bereit, das Leben, das Sie führen, aufzugeben«, fragte sie, »für die Aussicht auf ein abenteuerliches, von leidenschaftlicher Liebe und Macht erfülltes?«
»Wenn ich nur gehen könnte«, erwiderte er.
»Laufen und reiten«, erklärte sie ihm. »Sind sie schon einmal geritten, Calder? Ich sehe Sie auf einem schwarzen Pferd vor mir. Ihr Haar flattert im Wind, und Ihre langen Beine schmiegen sich an die Flanken des Hengstes.«
»Sie haben vielleicht Phantasie, Eleanor. Oder liegt es am Alkohol?«
»Der Alkohol?« Sie starrte ihre geleerten Gläser an. »Ja, Sie haben recht. Sie brauchen noch etwas zu trinken.«
Er versuchte sie davon abzubringen, doch sie bestand darauf. Als sie in der Menge der Gäste verschwand, verlor er sie aus den Augen, diese komische alte Frau, die über Dinge redete, von denen er träumte und wußte, daß er sie nie bekommen würde. Ein paar Minuten später kehrte sie in ihre Ecke zurück und hielt zwei Krüge mit dunklem Bier in den Händen.
»Guinness«, klärte sie ihn auf. »Trinken Sie.«

Das Dunkle schmeckte stärker als das Bier, das er gewöhnlich trank, und war es wohl auch, denn schon nach wenigen Schlucken fühlte er sich seltsam. Ihm war nicht übel, aber sehr, sehr eigenartig zumute.
»Ich will Ihnen Ihren Traum erfüllen, Calder. Kämpfen Sie nicht dagegen an. Schließen Sie die Augen und lassen Sie es zu. Jetzt«, sagte sie, und er gehorchte.
Etwas geschah. Mit geschlossenen Augen spürte er, wie eine Energie ihn durchfuhr wie ein Wind, der direkt in sein Rückgrat, sein Herz und seine Seele wehte. Ein starkes Brausen, das ihn davontrug. Er hatte Angst hinzusehen, denn irgendwie wußte er, daß er sich über oder unter etwas befand, das er nicht verstand, oder daß er geradewegs auf dem Weg dorthin war. So hielt er die Augen fest geschlossen, wie Eleanor befohlen hatte, und wartete.
Der Energiefluß, den er gefühlt hatte, wurde zu etwas Neuem, einem beständigen Heben und Senken, einer Macht unter ihm, die nicht die seine war, sich aber mit ihm bewegte. Zuerst spürte er ihre Kraft, dann bemerkte er den Tiergeruch, und schließlich hörte er jemanden rufen: »Calder, der Ast! Seid Ihr blind?«
Er öffnete die Augen und erblickte eine Welt, die ein anderes Gewand angelegt hatte.
Und zog den Kopf ein. Knapp entging er dem tiefhängenden Ast einer Eiche, der seinem dahinsprengenden Hengst direkt im Weg hing und ihm den Schädel einzuschlagen drohte.
Der junge Mann riß an den Zügeln, beugte die Knie, drückte die Unterschenkel zurück, verlagerte sein Gewicht im Sattel nach hinten und brachte das galoppierende Pferd zitternd zum Stehen.
Sein Pferd, auf dessen Rücken er ritt. Mehr noch, das er meisterhaft beherrschte! Er lenkte es durch den leichten Druck seiner Schenkel und das Geschick seiner Hände an den Zügeln. Er war der Herr des Hengstes, auf dessen Rücken der Schweiß glänzte, den er auf der Haut des Tieres gerochen hatte – und das Roß bewegte sich auf sein Geheiß.

»Zeit, daß wir zur Nacht anhalten«, sagte der Mann, der Calder zuvor angerufen hatte. Dunn lautete sein Name. Calder kannte ihn, obwohl er nicht begriff, wie er zu dem Mann gekommen war oder seinen Namen erfahren hatte. Der Name war einfach da, ein Teil von ihm, ebenso wie sein Geschick im Reiten.

»Euer Hengst hat vor einem Blitz am Himmel gescheut. Ich habe ihn auch gesehen. Ihr hattet die Augen geschlossen, Calder. Und kein Wunder, schließlich haben wir heute einen weiten Weg zurückgelegt. Es könnte ein Gewitter gewesen sein, dieser Blitz, oder Gott weiß was. Ich möchte diese Wälder nicht gern nach dem Dunkelwerden durchqueren. Am nächsten Wirtshaus halten wir an und rasten.«

Wenn das hier ein Traum war, dann der farbigste, den Calder je gehabt hatte. Er konnte das feuchte Gras riechen, das unter den Hufen des Pferdes zermalmt wurde, und den muffigen Geruch der wollenen Kleidung, die er trug. Sein Haar war lang, sein Körper ungewaschen, aber er spürte eine Kraft im Rücken, die er nie gekannt hatte. Seine Beine fühlten sich an wie ein Teil seiner selbst, muskelbepackt und stark.

»Ich habe finstere Geschichten über diesen Eichenwald gehört. Hier sollen seltsame Dinge geschehen sein, für die kein Mensch eine natürliche Erklärung weiß. Die Pächter nennen ihn Geisterbachwald, nach dem Wasserlauf, der zu jenem stillen Teich im Herzen des Wäldchens führt. Manche wollen den Geist gesehen haben, das behaupten sie jedenfalls. Und einige sind in den Tiefen dieses gottverfluchten Wassers ertrunken.«

Die Sonne stand tief und färbte den Himmel des späten Nachmittags rötlich. Die Laute des Waldes umgaben sie: das plötzliche Auffliegen einer Waldschnepfe, das Rascheln eines unsichtbaren Raubtiers zwischen den Bäumen, den Schrei seiner Beute, abgeschnitten durch einen plötzlichen Tod.

Dunn warf ihm einen verdrossenen Blick zu und meinte: »Nur der Umstand, daß die Geschäfte des Königs so dringlich sind, hätte mich an einen so heidnischen Ort bringen können. Gott möge uns behüten und sicher durch dieses uralte Land führen.«

Schweigend ritten sie dahin. Dunns rechte Hand spielte mit dem Heft seines Schwertes. Das leise *Tock-Tock* der Pferdehufe und das laute Schnauben aus den geblähten Nüstern der Tiere war die Musik dieses Ortes. Auch Calder hatte ein Schwert an seiner Seite, aber er legte die Rechte nicht darauf. Statt dessen streichelte er mit der flachen Hand den warmen Hals des Hengstes.
Für Calder war der Wald ein Wunder. Die uralten Bäume erhoben sich als die unerschütterlichen Götter dieses Landes, und der sich dahinschlängelnde Fluß war seine Seele. Die Männer und ihre Tiere waren Eindringlinge in dieser vorzeitlichen Welt, dieser hochaufragenden Kathedrale aus lebendigem Holz. Doch sie flößte keine Angst ein, sondern Ehrfurcht.
Die beiden ritten weiter, und der Baumbestand wurde zum Waldrand hin dünner. In Mustern aus Blattwerk und Sonne fiel das Licht durch diese Grenze und umrahmte die Schneise in den Wäldern, und die wehrhaften Äste der Bäume zerschnitten den schräg einfallenden Schein des Sonnenuntergangs.
Calder vernahm den Schrei, einen unmenschlichen Klang wie das Heulen des Tiers, das von einem Wolf oder Bären angefallen wird. Nur, daß dieser Schrei schlimmer war. Und er schien nicht abbrechen zu wollen, steigerte sich zu einem nervenzerfetzenden Kreischen der Todespein und sank endlich zu einem zittrigen Jammern nicht endender Qual herab.
Dunn bekreuzigte sich. »Bei der Jungfrau! Was für ein Dämon mag das sein?«
»Ich glaube nicht, daß es ein Dämon ist«, meinte Calder, »sondern jemand, der gräßliche Schmerzen leidet.«
»Gott bewahre uns vor der Sünde, die solches Leiden hervorgerufen hat«, murmelte Dunn.
»Vielleicht können wir ja helfen«, fiel Calder ein, selbst erstaunt über die Worte, die aus seinem Mund kamen. Mit schnellen Tritten grub er dem Hengst die Fersen in die Flanken.
»Haltet Euch fern!« brüllte Dunn. »Gott weiß, was für ein Hexenwerk dahinter steckt.« Aber Calder war ihm schon weit voraus und jagte auf die höllischen Schreie zu.

Es war nicht weit bis zur Hütte des Pächters. Ein rußiger Rauchfaden stieg aus dem Kamin auf und zeigte an, wo sie im Schutz der Bäume lag. Die Hütte stand am Rand von Broadmoor, dem Dorf, in das man Calder und Dunn als Boten ihres Königs geschickt hatte.
Die Schreie machten den Hengst nervös. Er warf den kräftigen Hals von einer Seite auf die andere und stieß unruhig den Atem durch die aufgeblähten Nüstern. Seine scharfen Hufe wühlten die gestampfte Erde vor der Hütte auf.
Calder besänftigte das Tier mit beruhigenden Worten und strich mit der Hand tröstend über den schweißnassen Hals des Hengstes. »Ruh dich aus, ruh dich aus, mein Schöner, mein Starker. Nicht du bist in Gefahr.« Er warf die Zügel über einen Baumast und befestigte sie so, daß das Tier nicht durchgehen konnte, wenn es plötzlich erschreckt wurde.
Beim nächsten Schrei riß ein Mann die Tür der Hütte auf und rannte nach draußen. »Gottes Gnade, ich schwöre, ich kann es nicht mehr ertragen! Lieber Herr Jesus, schenk ihr Linderung!« Der Mann war von kleiner Statur, fast ein Zwerg. Von seinem Schädel standen spärliche, fettige Haarbüschel wie Drähte ab. Gekleidet war er in ein weites, wollenes Hemd, und an den schmutzigen Füßen trug er Sandalen von der gröbsten Art.
»Was quält die Frau da drinnen?« fragte Calder und wies auf die offene Tür.
Der Mann fuhr mit den stumpfen Fingern durch das Haar, das ihm in die Stirn hing. »Sie liegt in den Wehen, und ich fürchte, die werden sie umbringen.«
»Wie lange geht das schon so?«
»Drei Nächte. Es ist schwer genug, solche Pein am Tag mitanzuhören, aber wenn es dunkel wird und ich sie schreien höre … Ich kann es nicht mehr ertragen. Wenn der Herr sich gnädig erwiese, würde Er sie sterben lassen und dem ein Ende machen. Gott bestraft uns beide. Sie trägt den Sohn in sich, den ich mir gewünscht habe – ich weiß es. Und nun werden sie beide für unsere Sünde sterben.«

Calder wußte nicht, von welcher Sünde der Mann redete, und es war ihm auch gleich. »Ist jemand bei ihr? Sie muß doch gewiß einen Arzt haben.«
»Einen Arzt? Ihr seid ein größerer Narr als ich, wenn Ihr annehmt, ein studierter, ein gebildeter Mann wie ein Arzt ließe es sich einfallen, unter den einfachen Leuten von Broadmoor zu leben.«
»Kann man nicht einen Heiler aus einem anderen Dorf holen lassen?«
»Und womit soll ich ihn bezahlen? Ich bin ein armer Mann. Für uns gibt es nur den Priester, um die Lebenden zu segnen und die Toten zu salben.«
»Mutter Maria, hilf mir«, ließ sich aus dem Inneren der Pächterhütte ein verzweifeltes Gebet vernehmen. Nach drei Tagen ununterbrochenen Schreiens war die Stimme rauh und heiser. »Laß mich sterben, ich flehe Dich an, laß mich *sterben* … !« Das letzte Wort verschmolz mit ihrem nächsten schrillen Schmerzensschrei, bei dem der Ehemann sich duckte und mit den groben Händen die Ohren zuhielt.
Calder wäre der Frau selbst zur Hilfe gekommen, aber er wußte nichts über schwierige Geburten. Es hätte sogar seine Kenntnisse überstiegen, eine Frau bei einer gewöhnlichen Geburt zu unterstützen – und dies hier war eindeutig alles andere als ein normaler Fall.
»Gibt es denn keine Hebamme, die ihr beistehen könnte?«
Der Mann warf einen verstohlenen Blick in Richtung Wald. »Nur die, die am Geisterbach lebt.«
»Ihr müßt zu ihr gehen, Mann. Schnell, was hält Euch zurück?«
»Das kann ich nicht, nicht einmal für meine Frau da drin, nicht einmal für den Sohn, den sie mir schenkt. Man sagt, die Hebamme am Geisterbach sei eine Hexe.«
»Eine Hexe! Um Gottes willen, Eure Frau liegt im Sterben. Wollt Ihr denn nichts unternehmen, um sie zu retten?«
»Um meiner Seele willen, ich kann nicht.«
Die Feigheit dieses Mannes machte Calder rasend. Wenn seine

eigene Frau in Todesgefahr schwebte, würde nichts auf Gottes Erde ihn davon abhalten, ihr zu helfen, weder König, noch Krone noch die Angst vor dem Tod.

»Sagt mir, wo ich sie finde. Ich gehe zu ihr«, erklärte er.

»Der Priester wird zornig werden«, murmelte der Ehemann besorgt.

»Verdammt soll der Priester sein und Ihr auch! Sagt es mir sofort.«

Der Waldbauer war sichtlich schockiert über diese Worte, beschrieb ihm aber den Weg zu dem Ort, den man den Geisterbach nannte.

Als Calder davonritt, näherte Dunn sich der Hütte und rief den Freund an. »Was für eine Verrücktheit ist das? Habt Ihr sämtlichen Verstand verloren? Ihr reitet ja zurück in die Wälder!«

Calder hielt sich nicht damit auf, Erklärungen abzugeben. Dunn würde nur zu bald verstehen, was er vorhatte. Der Hintersasse konnte ihn aufklären, oder die Schreie der Frau in der Hütte würden ihm Antwort geben.

Er hätte vielleicht gewartet und Dunns Hilfe bei dieser Aufgabe gesucht, doch er erinnerte sich gut, welche Angst diese Wälder seinem Kameraden eingeflößt hatten. Obwohl er im Kampf gegen Menschen tapfer war, hätte Dunn es nicht gewagt, noch einmal in den Eichenwald zu reiten, nicht einmal um einer Frau willen, die so elend dran war wie die Frau des Pächters.

Allein kam er sowieso schneller voran. Calder hielt sich auf dem Weg, von dem der werdende Vater gesprochen hatte, und hörte bald das sanfte Plätschern von Wasser auf einer Lichtung vor ihm. Die Bäume lichteten sich zu einem offenen Hügel, eine kahle Erhebung in diesem mit hochaufragenden Bäumen bestandenen, von Laubwerk eingehüllten Land. In der Mitte der Lichtung lag ein Teich.

Calder wurde erst jetzt bewußt, wie durstig er war. Der Tag ging bereits zur Neige. Seit dem frühen Morgen hatten er und Dunn nicht angehalten, um etwas zu sich zu nehmen. Auch der Hengst

schnaubte. Er roch das nahe Wasser und hatte es eilig, dorthin zu kommen.
Der Frau, die in den Wehen lag, würde es nichts nützen, wenn der einzige, der für sie eintrat, vor Durst zusammenbrach. Nein, es gab noch viel zu tun, und er brauchte ein gehöriges Maß an Kraft für seine Aufgabe. Der Ritter spürte den Schmerz in den Hüftgelenken, Knien und Knochen, als er aus dem Sattel glitt. Der Hengst stieß ein offensichtlich freudiges Keuchen aus, als das Gewicht von seinem Rücken genommen war.
Die Hütte der Hebamme würde nicht weit vom Teich entfernt liegen – so hatte der Pächter es ihm gesagt. Calder blickte sich um und sah nichts außer dem ruhigen Wasser. Keine Welle kräuselte seine Oberfläche. Nicht ein Laut durchbrach die tiefe Stille.
Er lief nicht gleich los, sondern stand einen Augenblick nur da. Eine ferne Erinnerung regte sich in ihm … etwas, auf das er sich kaum besinnen konnte. Es war ihm, als habe er nie zuvor gestanden, niemals Schritte getan oder gespürt, wie seine Beine das Gewicht seines Körpers trugen. Was für ein Zauber war das? Hatte die Nähe des Teiches diesen Traum über ihn gebracht? Oder war es dieser Wald, vor dem Dunn ihn gewarnt hatte?
Nein, das war töricht. Dennoch fiel ihm auf, wie seltsam und herrlich es war, nach einem so langen Ritt wieder auf eigenen Beinen zu stehen. Sein Rücken schmerzte gräßlich, und in seinen Schenkeln pochte ein dumpfer Schmerz. Mit drei langen Schritten trat er an den Rand des Gewässers, kniete sich hin und tauchte die Hand ins Wasser.
Sogleich kräuselten ringförmige Kreise die Oberfläche, gingen auseinander hervor wie die Glieder einer Kette und breiteten sich aus, bis sie das andere Ufer des Sees berührten. Calder beugte das Haupt und trank das kühle Wasser aus der hohlen Hand. Es schmeckte herrlich, anders als alles, was er jemals … nein, da war noch ein anderes Getränk gewesen. Er erinnerte sich, daß er auch da gedacht hatte, wie seltsam und verwunder-

lich es seine Sinne berührt hatte. Irgendwo weit entfernt von hier. Aber wann? Und wo?

Im nächsten Augenblick zerstoben alle Fragen, denn in dem sanft wogenden Wasser vor sich erblickte er das Gesicht einer Frau.

Ihr Haar war wunderbar anzusehen. Wie flüssiges Kupfer trieb es auf dem Wasser und breitete sich in langen, lockigen Strähnen aus, die sich wie die Ringe auf der schimmernden Oberfläche des Weihers ausbreiteten.

Ihre Augen waren offen und blickten ihn eindringlich an. Erst jetzt erkannte er ihre geheimnisvolle Schönheit. Und sie bewegte die Lippen. Ihre Stimme drang von unterhalb der Wasseroberfläche zu ihm.

»Habt keine Angst vor mir, Calder. Ihr habt gefunden, was Ihr sucht.«

»Wer seid Ihr?« fragte er, aber noch während er die Worte aussprach, verflog die Vision, und das Licht, das bis in die Tiefen des Teiches gedrungen war, verblaßte. Sie war fort.

»Wartet!« rief er. »Lady, ich brauche Eure Hilfe ... eine Frau liegt in den Wehen.«

Er fühlte, wie ein Schaudern die Luft erfüllte und etwas Warmes ihn durchrann. Als er aufstand, um festzustellen, welche Art von Magie über ihn gekommen sei, sah er in einigen Fuß Entfernung eine junge Frau stehen. Ihre Hand lag auf dem Hals des Hengstes. »Was für ein Wesen seid Ihr?« fragte der Ritter.

»Ich bin die Frau, die Ihr gesucht habt, Calder – Ariana, die Hebamme.«

»Woher wißt Ihr das?«

»Ich habe Euch sprechen gehört, gerade eben.«

Calder schien es so, als wäre die Vision aus dem Teich gestiegen und stünde nun vor ihm. Und er fühlte sich zu ihr hingezogen, wie ein Fluß vom Meer angezogen wird.

»Wir müssen uns beeilen«, erklärte sie. »Ich habe Kräuter gesammelt, die dieser Mutter helfen werden. Die Frau muß zur Ruhe kommen, sonst werden beide sterben, sie und das Kind.«

Bevor er ein weiteres Wort sagen konnte, wandte die Frau sich um, ging vor ihm her und verschwand zwischen den Bäumen. Sie folgte nicht dem Weg, den der Pächter ihm gewiesen hatte, sondern einem eigenen.

»Wartet«, rief Calder, dann folgte er ihr zu Fuß und führte sein Pferd über den Pfad.

Der Ritter beobachtete, wie sie vor ihm herging, ihren leichtfüßigen Schritt, die schwingende Bewegung ihrer Hüften und die Anmut, die in jedem Schritt lag, den sie tat. Noch nie hatte er eine Frau wie sie gesehen. Er wäre ihr gefolgt, wo immer sie ihn hinführte. Nach einer Weile verließen sie den Schutz der Bäume und standen auf einer offenen Lichtung.

Ariana drehte sich zu ihm um und sah ihn an. »Welche Bezahlung bietet Ihr mir für meine Dienste an der Frau des Waldbauern?«

»Bezahlung?« fragte er verwirrt. Der Ritter konnte sich nichts vorstellen, was diese Frau von ihm haben wollte. Und dann erschien die Antwort tief aus seinem Inneren, stieg auf wie das Leuchten eines Traumes. »Meine Treue auf ewig, Mylady.«

»Auf ewig«, flüsterte sie. »Das ist genug.«

Wo einen Augenblick zuvor nur die Waldlichtung gewesen war, erstreckte sich jetzt unter ihnen das Tal. Calder sah die Hütte des Hintersassen, die Rauchwolke, die aus ihrem gedrungenen Kamin aufstieg, und zwei Männer – Dunn und den Waldbauern selbst –, die auf dem Vorplatz aus gestampfter Erde standen.

»Wie habt Ihr ...« setzte er an, aber Ariana warf ihm einen Blick zu, und er sagte nichts mehr. Der Zauber dieses Ortes und dieser Frau hatte seinen Geist und seinen Verstand gefangengenommen. Bereitwillig ergab er sich dem Traum.

Die Schreie der werdenden Mutter schallten ihnen, falls das überhaupt möglich war, noch schriller entgegen als zuvor. Calder spürte unter diesen Lauten, wie seine Magenmuskeln sich zusammenkrampften.

»Leben zu schenken, ist von allen Dingen am härtesten zu tun«, sagte Ariana.

»Werdet Ihr ihr helfen?«

Ariana wandte sich zu ihm um. »Sie ist weder Eure Frau noch Eure Geliebte, und doch habt Ihr so viel aufs Spiel gesetzt, um sie zu retten.«

»Aufs Spiel gesetzt? Ich habe nichts weiter getan, als eine Hebamme zu holen. Das ist wenig genug.«

»Ich weiß, was die Dörfler über mich sagen. Man nennt mich eine Hexe, weil ich weiß, welche Tränke man aus den Kräutern und Pflanzen der Erde braut. Sie haben Angst, diese Leute, und sie rufen nur nach mir, wenn der Tod auf ihrer Schwelle steht, so wie jetzt. Wir müssen uns beeilen. Durch den Blutverlust schwindet ihre Kraft. Vielleicht ist es bereits zu spät.«

Der Waldbauer bekreuzigte sich und trat zur Seite, als Ariana näherkam. »Setzt Wasser zum Kochen auf«, erklärte sie ihm. »Ich werde viel davon brauchen.«

Er schien solche Angst zu haben, daß er sich kaum bewegen konnte.

»Schnell, Mann!« rief Calder. »Sie will Eure Frau retten.«

»Was wird der Priester dazu sagen?« flüsterte der Mann, nachdem Ariana die Hütte betreten hatte. »Welche Buße wird er mir auferlegen, weil ich eine Hexe geholt habe, damit sie meine Frau behandelt? Gott, was habe ich getan? Wir sind verflucht, wir beide. Verflucht.«

Calder schob den zitternden Ehemann beiseite. »Aus dem Weg. Ich werde das Wasser selbst holen. Wenn Eure Frau überlebt, habt Ihr das dem Mut der Hebamme zu verdanken; denn sie weiß genau, was Ihr über sie denkt und wie Ihr sie hinter ihrem Rücken nennt.«

Der Ritter holte einen Eimer Wasser vom Brunnen und goß die Flüssigkeit in einen Kessel, der auf dem Feuer stand. Aus dem kleinen Raum auf der anderen Seite der Mauer hörte er die Stimmen der beiden Frauen. Er hockte sich vor dem Feuer nieder und hörte zu, während er darauf wartete, daß das Wasser kochte.

»Ihr seid eine Hexe, sagen die Leute. Helft mir. Ich kann es nicht länger ertragen.«

»Ich werde Euch helfen.«
»Tötet das Kind und schneidet es mir aus dem Leib«, flehte die Frau.
»Nein, das kann ich nicht. Bald wird Euer Schmerz gelindert sein. Habt keine Angst. Ich werde an Eurer Seite bleiben und Euch Ruhe schenken.«
Ein Schatten verdunkelte die helle Türöffnung. Einen Fuß vor der Schwelle stand Dunn. »Kommt heraus, Calder. Dies hier ist nicht unsere Angelegenheit.«
»Ich habe es aber zu meiner Sache gemacht.«
»Wollt Ihr mich in diesen Handel mit dem Teufel hineinziehen? Die Hebamme ist eine Hexe. Der Ehemann fürchtet sie. Er ist eben davongerannt, um den Priester zu holen. Dies kann nicht glimpflich ausgehen. Und wir haben nichts damit zu tun. Unsere Reise gilt dem Auftrag des Königs. Laßt uns aufbrechen, bevor es zu spät ist.«
»Wenn der Ehemann den Priester holen gegangen ist, dann ist es ohnehin zu spät.«
»Das hier geht Euch nichts an«, wandte Dunn ein.
»Ich habe die Hebamme um Hilfe gebeten. Ich werde sie beschützen, solange sie meine Bitte erfüllt.«
»Seid Ihr so besessen von dieser Hexe, daß Ihr nicht mit mir reiten wollt, nicht einmal, um Euer Leben zu retten? Glaubt Ihr, der Priester wird Euch dafür danken, diese Frau hierher gebracht zu haben? Gebraucht Euren Verstand, Mann. Sie verbrennen Hexen ebenso wie diejenigen, die ihnen helfen. Ich werde nicht bleiben, um mit Euch sinnlos den Tod zu erleiden.«
»Dann geht«, sagte Calder. »Ich werde die Frau nicht diesem Schicksal überlassen.«
»Ich weiß nicht, was der König davon halten wird.«
»Der König ist ein guter und barmherziger Mann. Ich fürchte ihn nicht.«
»Er ist aber auch Christ«, erwiderte Dunn. »Vergeßt das nicht.«
Dunn wandte sich ab und verließ ihn. Kurz darauf vernahm Calder das Klappern von Pferdehufen auf dem hartgetretenen

Boden vor der Hütte. Es war dunkel, und er hatte Dunn allein ins nächste Dorf reiten lassen. Dunn war mehr als ein Reisegefährte. Er war sein Freund – im Kampf hatte er ihm einmal das Leben gerettet –, und Calder schuldete ihm Besseres als diese Behandlung. Aber er konnte nichts daran ändern. Der Ritter hatte Ariana seine Treue gelobt. Nicht für König oder Freundschaft würde er sie im Stich lassen.

Aus dem Kessel stieg Dampf auf. Calder nahm ihn vom Haken und setzte ihn auf den Einsatz im hinteren Teil des Kamins, um ihn warm zu halten. Die Müdigkeit überwältigte ihn. Er hockte sich an eine Wand, lehnte sich zurück und schloß die Augen.

Als er erwachte, herrschte Dunkelheit in dem Raum, und von dem hellen Feuer war nur noch die Glut übrig.

»Calder«, erklang Arianas Stimme aus dem Schutz der Nacht heraus, »Ihr seid nicht mit Eurem Freund geritten?«

»Ich habe Euch meine Treue gelobt, Mylady.«

»Schon viele haben einen solchen Eid vergessen.«

Der Ritter erhob sich, als sie nähertrat. »Wie geht es der Frau?«

»Sie sind beide tot, Mutter und Kind.«

Damit hatte Calder nicht gerechnet. Er hatte geglaubt, Ariana würde diese Frau durch den Zauber retten, der ihr innewohnte.

»Aber der Trank, den Ihr gebraut habt ...«

»Er hat ihre Schmerzen gelindert, aber nicht mehr. Es war zu spät, um ihr Leben zu retten. Sie rufen mich immer erst, wenn ein Leben am seidenen Faden hängt. Ich konnte nichts mehr für die beiden tun.«

Calders Sorge galt nicht der toten Mutter und ihrem Kind; für sie war alle Hilfe vergebens. Er fürchtete um Ariana. Der Waldbauer war ins Dorf gegangen, zum Priester. Wenn der Morgen graute, würden sie hier sein. Nun, da Mutter und Kind gestorben waren, würde es noch schlimmer für Ariana werden. Sie war hier nicht sicher. Sie mußte diesen Ort sofort verlassen.

»Calder«, sagte sie, »man kann nicht jedesmal das Leben retten, das einem anvertraut ist, aber versuchen muß man es immer.«

Gott, schenke mir Kraft, dachte er. *Ich will sie nicht brennen sehen.*
»Werdet Ihr mit mir gehen, Lady? Kommt fort, in die Wälder.«
»Glaubt Ihr, die Wälder werden mich beschützen?«
»Nein, Lady. Das werde ich tun.«

Sie ritten zusammen auf dem Rücken seines Pferdes. Ariana saß dicht hinter ihm im Sattel. Er spürte die Wärme ihrer Arme, die sie um seine Brust geschlungen hatte, und das leichte Gewicht, als sie den Kopf an seine Schulter lehnte und einschlief.
Im Dunkeln war in den Wäldern nicht nur das Leben eines Menschen in Gefahr. Es hieß, daß die Geister der Verdammten frei durch diese Haine streiften, die die Alten einmal verehrt hatten. Die Überreste ihrer grob behauenen Altarsteine lagen über das Land verstreut wie abgenagte Knochen. Während sie durch den Wald ritten, spürte Calder, wie ihn die Schatten dieser Geister berührten.
»Ich bin müde, Calder. Lenkt das Pferd dorthin.« Sie wies auf eine schmale Lücke zwischen den Bäumen. »Es ist fast Morgen. Ich möchte gern ausruhen, bevor der Tag über mich kommt.«
Der Hengst bewegte sich leicht zwischen den Bäumen, als sähe er in einem Licht, das Calders Augen nicht wahrnahmen. Ein wenig weiter kamen sie an eine freie Stelle im Wald, eine offene Wiese mit einem Steinhaus neben dem Bach.
»Wer wohnt hier?« fragte er, mißtrauisch angesichts einer so abgeschiedenen Wohnstatt.
»Eine Hexe«, antwortete sie. »Tretet ein. Es gibt Korn, um Euer Pferd zu füttern, und etwas zu trinken, um Euren Durst zu stillen.«
Der Ritter zögerte.
»Ich wohne hier«, meinte sie. »Traut Ihr mir etwa nicht?«
Calder schwang das Bein über den Hals des Rosses, stieg ab und folgte ihr ins Innere der Steinmauern des Hauses.
Sie brachte ein Scheffel Korn für den Hengst und Wein für Calder. Das Getränk schmeckte süß. Calder nahm einen tiefen

Zug von dem köstlichen Trank und spürte, wie sich Wärme in ihm ausbreitete. Er blickte sich um, um einen Blick auf die Einrichtung zu werfen. Bündel von getrockneten Kräutern und Blumen hingen von den Dachsparren. Auf einem Brett an der Wand standen irdene Krüge aufgereiht. Die Hexe sah, daß er sie bemerkte.

»Sie enthalten heilende Pulver. Nichts von dem, was dort steht, würde Mensch oder Tier Schaden bringen.«

»Ich bitte Euch, rechtfertigt Euch nicht. Ich habe keine Angst vor Euch, Mylady.«

Ariana sah ihm eindringlich in die Augen. »Ist das wirklich wahr?«

»Könnt Ihr an meiner Treue zu Euch zweifeln, nachdem ich sogar meinen Pflichten gegenüber dem König abgeschworen habe?«

Statt einer Antwort fragte sie ihn: »Was habt Ihr heute in dem Teich gesehen?«

Er sprach in aller Offenheit. »Eine Erscheinung.«

»Ich möchte gern, daß Ihr ihr einen Namen gebt.«

»Wie soll ich dieses Bild nennen? Eine Frau, wie ich noch nie eine gesehen habe. Sie muß eine Göttin gewesen sein.«

»Keine Göttin, Calder, aber eine weise Frau vom Alten Volk«, sagte Ariana. »Sie ist eine von denen, deren Heimat inmitten dieses Waldes gelegen hat. Ihre Zeit ist vorüber, wie für alle von ihrer Art. Dennoch ist sie noch dort, im Geist des Wassers. Die Leute sehen sie als bösen Geist, aber sie ist nur einsam und sehnt sich nach Trost.«

»Wie kommt es, daß Ihr dies wißt?«

Sie wandte den Blick ab. »Wer, wenn nicht ich?«

Die ganze Nacht hindurch, bis der letzte Stern in der Morgendämmerung verblaßte, erzählte Ariana ihm Geschichten vom Alten Volk. Sie sprach von Wassergeistern, Waldkobolden und Sirenen des bewaldeten Tals – allesamt Namen, die ihnen diejenigen gegeben hatten, die nicht verstanden, welche Mächte die Alten dazu brachten, in den Felsen, den Teichen oder den Waldhainen zu leben.

Am Morgen, als Calder schon glaubte, nichts könne jemals wundersamer sein als die Worte von Arianas Lippen, kam sie auf ihn zu und küßte ihn. Er wagte es nicht, die Hand auszustrecken, um sie zu berühren, obwohl alles in ihm sich danach sehnte, die Arme um ihre Taille zu legen, ihre dunklen Locken zwischen seinen Fingern zu spüren und sie in seine Umarmung zu ziehen.

Der wunderbare Traum wurde durch das Stampfen vieler Pferde unterbrochen. Eine Männerstimme schrie: »Da, das Haus auf der Lichtung. Holt die Hexe heraus!«

»Sie kommen, mich zu holen«, sagte Ariana und entfernte sich von Calder fort. Die weise Frau schenkte den Männern, die sich vor der Tür versammelt hatten, keinen Blick, sondern starrte in das Feuer im Kamin. Sie begann zu zittern.

»Ich werde Ihnen erklären, was Ihr für die Frau des Waldbauern zu tun versucht habt«, sagte er, um ihre Furcht zu lindern. »Bitte, habt nicht solche Angst. Ich werde es ihnen erklären und sie dazu bringen, es zu verstehen.«

»Ihr seid es, der nicht begreift. Sie sind gekommen, um die Hexe zu töten. Glaubt Ihr, irgend etwas könnte sie aufhalten?«

»Ich werde mich zwischen sie und Euch stellen, Lady.«

»Sie werden mich verbrennen.«

»Nicht, solange ich lebe.«

Ihre Mundwinkel verzogen sich zu einem kaum wahrnehmbaren Lächeln. »Haltet meine Hand, Calder. Eure Liebe schenkt mir Mut und Beistand.«

Im nächsten Augenblick flog die Tür auf, und fünf Männer, bewaffnet mit Breitschwertern, Keulen und Handäxten drangen in das Steinhaus ein. Calder schob Ariana hinter sich und schlug mit seinem kampfgestählten Schwertarm auf die Meute ein.

Einen rothaarigen Bullen von einem Mann traf der Schlag von Calders Klinge quer an seinen dicken Hals. Er fiel auf die Knie und rang mit blutüberströmter Kehle nach Luft.

Ein anderer sprang vor, und auch diesen traf Calder und

stieß ihm das Schwert in den breiten knochigen Wall seiner Brust. »Duncan!« rief ein anderer Mann. »Er hat Duncan getötet!«

Calder hörte einen Schrei hinter sich, drehte sich um und sah, wie ein graubärtiger Mann durch das Fenster kletterte und die weise Frau packte. Sein Dolch saß an ihrer Kehle.

»Ariana!«

Calder stürzte auf den Graubart zu und wandte dabei den drei Männern an der Tür den Rücken zu. Als er mit dem Schwertarm ausholte, fühlte er, wie die Klinge eines Dolches zwischen seinen Schultern eindrang. Das letzte, was er zu sehen bekam, bevor es finster um ihn wurde, war, wie Ariana aus dem Haus gezerrt wurde.

Als Calder wieder zu Bewußtsein kam, hörte er das Prasseln des Feuers. Die Luft, die er atmete, war glühend heiß, und der erstickende Gestank brennenden Fleisches drang ihm in die Nase. Dann hörte er sie schreien ... und wußte Bescheid.

»Ariana!« Er versuchte, vom Boden aufzustehen, aber ein stechender Schmerz zerrte an seinen Rückenmuskeln. Der Dolch hatte sein Ziel gefunden und ihn beinahe das Leben gekostet, aber noch atmete er. Solange der Ritter lebte, würde er auch um Arianas Leben kämpfen.

Ihre qualvollen Schreie bewirkten, daß er sich auf die Knie erhob, und dann auf die Füße. Nur von seiner Willenskraft angetrieben, stolperte er aus dem Raum und hinaus auf die freie Fläche vor dem Haus. Der Anblick, der ihn erwartete, raubte ihm beinahe den Verstand. Ariana war an einen Baumstamm gefesselt. Um sie herum, bis an ihre bloßen Beine heran, hatte man ein Höllenfeuer aus loderndem Holz aufgeschichtet. Und die Flammen versengten sie.

Der Priester und seine Gefolgsleute standen an einer Seite und sahen aus sicherer Entfernung zu. Sie machten keine Anstalten, Calder aufzuhalten, als er einen unsicheren Schritt nach dem anderen auf den Scheiterhaufen zu tat. »Legt keine Hand an

ihn«, befahl der heilige Mann. »Soll er doch mit ihr in der Teufelsfackel brennen.«
Des Ritters Beine wurden schwächer und trugen ihn kaum noch. Bei jedem Schritt spürte er, wie der Schmerz seinen Rücken durchzuckte. Aber er ging zu ihr … auf die Hitze und die Flammen zu. Jetzt konnte Calder seine Beine nicht mehr spüren, aber das Entsetzen in ihren Augen zog ihn voran. Wenn er in die Flammen stürzte, würde er bei ihr bleiben. Bei ihr bleiben, selbst bis zum Tod.
Das Feuer sauste an ihrem Kleid hoch und ergriff ihr langes dunkles Haar. Arianas Schreie zerfetzten das Himmelszelt, zerrissen seine Augen, die sie anblickten, und alles, was für ihn die Wirklichkeit bedeutete. Er würde sie losschneiden. Und wenn sie ihn dafür umbrachten, er würde sie befreien. Der Ritter zerrte das Schwert hinter sich her, weil er nicht mehr in der Lage war, das Gewicht des Stahls mit dem rechten Arm anzuheben.
»Er will ihre Fesseln durchschneiden!« schrie einer der Männer des Priesters. »Haltet ihn auf! Er will die Hexe befreien!«
Als Calder das mächtige Schwert schwang, zerrten die Männer des Priesters an seinem Arm und rissen ihm das Heft aus der Hand. Calder spürte, wie ein Hagel von Schlägen sich über seinen Rücken und seine Beine ergoß, von schweren Keulen, die mit tödlicher Wucht trafen.
Aber er stand neben ihr und hatte nur seinen Mut und seine Liebe, um ihr in ihrem Entsetzen und ihrer Todespein Beistand zu gewähren. In diesem Augenblick streckte Calder den Arm in die Flammen hinein und faßte Arianas Hand.
»Hier bin ich!« brüllte er. »Ich werde Euch nie verlassen, Mylady.«
Das Feuer griff nach seiner Hand. Der Ritter spürte, wie die Flammen seine Haut versengten. Aber er verließ sie nicht. Erst jetzt begegnete ihr Blick dem seinen, und einen Augenblick lang wußte er, daß sie seine Liebe erkannte.
Ein Keulenschlag traf Calders Rücken. Der Ritter hatte das

Gefühl, als bräche sein Körper entzwei, und dann verlor er das Bewußtsein.

Als James Calder erwachte, war sein Kopf über den Tisch in einer dunklen Ecke der Kneipe gesunken. Die Hand hatte er zur Faust geballt. Es schmerzte, die Finger auseinanderzuzwingen. Das Fleisch seiner Hand war unverletzt, die Haut nicht von den Flammen gerötet oder schwarz verkohlt.

»Ariana!«

Er versuchte aufzustehen – er mußte sie finden –, aber er hatte kein Gefühl in den Beinen. Der junge Mann konnte sein Gewicht nicht vom Stuhl heben. Mit den Fäusten schlug er sich auf die Oberschenkel, versuchte, die Muskeln zu aktivieren, die eingeschlafen waren … und dann sah er die Räder an dem Stuhl.

»Ariana!« rief er noch einmal aus.

»He, Freundchen, nun halt mal die Luft an«, knurrte der Wirt von der Theke. »Es ist reichlich spät. Ich bin ein verträglicher Mensch. Ich habe Sie Ihren Rausch ausschlafen lassen, aber jetzt wird es Zeit, daß Sie nach Hause gehen.«

»Wo ist sie?« schrie Calder.

»Wo ist wer? Ach, die alte Dame? Die ist gegangen, als Sie hinüber waren.«

»Nein, nicht Eleanor.« Es überraschte ihn, daß er sich an den Namen der alten Frau erinnerte. »Wo ist Ariana?«

»Kommen Sie schon, machen Sie hier keinen Ärger. Ich schließe jetzt. Morgen, wenn Sie wieder nüchtern sind, kriegen Sie ihren Kopf schon wieder sortiert.«

Wie war das möglich? Wie hatte alles einfach verschwinden können? Ariana war wirklich. Das wußte er so sicher, wie ihm klar war, daß er sie liebte. Zum ersten Mal in seinem Leben hatte er gespürt, wie es war, zu gehen und zu rennen, auf einem Pferd zu reiten und in einer Schlacht zu kämpfen. Aber Calder hatte viel mehr verloren als die Kraft seiner Beine. Er war der einzigen Hoffnung auf Liebe verlustig gegangen, die ihm je im Leben begegnet war.

Calder verließ die Kneipe, indem er die Räder seines Rollstuhls mit der Kraft seiner Hände und Arme antrieb. Er wußte, wo er wohnte, kannte das Haus und die Straße. Der Schlüssel steckte in seiner Tasche. Diese Welt war real; die andere war ein Traum gewesen. Als er den vertrauten Straßen zu dem einsamen Ort folgte, den er sein Zuhause nannte, war sein Herz so bleischwer wie seine Beine.

Sobald die Eisenwarenhandlung am nächsten Morgen öffnete, kaufte Calder eine Drahtschere. Er brauchte keine Plastiktüte. »Rette einen Baum«, sagte er. Der Wald, grün und üppig …

Am späten Nachmittag nahm er die Drahtschere mit zur Autobahnüberführung. Heute würde seine Einsamkeit zu Ende sein. Er hielt den Rollstuhl auf der der Kneipe gegenüberliegenden Straßenseite an, so wie an jenem Tag. War es wirklich erst gestern gewesen? So viel war geschehen. War es möglich, daß all das in so kurzer Zeit geschehen war?

Mit der Drahtschere und seinen kräftigen Händen riß er einen breiten Spalt in den Maschendraht. Er beugte sich vor und betrachtete den Verkehr auf der Autobahn unter ihm. Seine Finger krallten sich in die Drahtmaschen hinein. Er brauchte sich bloß aus dem Stuhl hochzuziehen und …

»Wollen Sie springen, oder schauen Sie sich bloß die Autos an?«

»Wie?« Er drehte den Kopf, um sie anzusehen, und all seine Sinne flogen ihr in der Hoffnung zu, sie sei nicht im Feuer gestorben, oder in dem Traum.

»Hallo, Calder.« Es war Eleanor, alt und runzlig. Nicht Ariana.

Er stieß mit der Drahtschere nach ihr. Sein Rollstuhl kippte um, und er fiel hinaus auf den Gehsteig. »Wissen Sie, was Sie getan haben?«

»Was *glauben* Sie denn, was ich getan habe?«

»Sie haben zugelassen, daß sie die Krieger und der Priester getötet haben – Ariana meine ich. Sie haben sie sterben lassen.«

Während Calder sprach, sah er, wie die tiefen Furchen in ihrem

Gesicht zu verschwinden begannen und ihr graues Haar dunkler wurde, bis es ein glänzendes Schwarz annahm.
Die Augen, die ihn aus Eleanors Gesicht heraus anblickten, wurden dunkel wie die Wasserstelle, in der er sie zum ersten Mal erblickt hatte.
»Ariana? Bist du es wirklich, oder habe ich ein Trugbild vor mir?«
»Kommt es darauf an? Bin ich nicht die Frau, die du geliebt hast? Und bist du nicht der Mann, der mir durchs Feuer hindurch die Hand entgegengestreckt hat, um mir beizustehen?«
»Aber wie ist es möglich, daß du hier bist? Wie können wir an diesem Ort zusammensein?«
»Nur für eine kurze Weile. Ich kann nicht bleiben. Man hat uns eine Gunst gewährt, Calder, ein Geschenk. Ich bin hergekommen, um dich zu sehen, und dann muß ich gehen.«
Er konnte nicht glauben, daß sie ihm wieder entrissen werden sollte. »Ich wäre gestorben, um bei dir zu bleiben«, flüsterte er.
»Ja, ich weiß«, erklärte sie. »Vor langer Zeit hat etwas, das ich getan habe, meinem Volk das Ende seines irdischen Lebens bereitet. Die meisten der Alten flohen zu den westlichen Inseln, aber einige blieben in dieser Welt gefangen wie der Wassergeist, den du in dem Teich im Wald gesehen hast. Für den Schaden, den ich angerichtet hatte, wurde eine Strafe über mich verhängt – alle paar Jahrhunderte muß ich in die Welt zurückkehren und noch einmal erleben, wie ich gestorben bin.«
Er war entsetzt. »Du bist mehr als einmal verbrannt worden?«
Sie nickte. »Oft.«
»Und dennoch bist du zurückgekehrt.«
»Ich hatte keine andere Wahl. Eine Ewigkeit lang habe ich nach einem Beschützer gesucht, der sein Leben aufs Spiel setzen würde, um mich zu retten. Ich habe immer starke Männer gewählt, von denen ich glaubte, sie würden mit der Kraft ihrer Arme für mich kämpfen. Aber wenn das Feuer drohte, überließen sie mich den Flammen. Alle«, sagte sie, »bis du gekommen

bist. Dein Mut und deine Liebe haben mich von den Fesseln befreit, die mich an diese Welt gebunden haben.«

»Aber ich habe versagt. Ich habe dich nicht vor dem Feuer gerettet.«

»Du hast es versucht, und darauf kommt es an. Du hättest dein Leben gegeben, um meines zu retten. Und nun – würdest du gern mit mir gehen?« Sie streckte ihm ihre Hand hin.

»Ja … aber was meinst du?«

»Steh auf, Calder. Zuerst werden wir zu Fuß gehen, du und ich, und dann wird der Hengst uns holen kommen und uns auf dem verborgenen Pfad zu den westlichen Inseln tragen.«

Er sah sich um. »Werde ich je hierher zurückkehren, in dieses Leben?«

»Nein«, erklärte sie. »Wir gehen in eine andere Welt, die vor langer Zeit für die Alten bereitet wurde.«

»Du bist eine von ihnen?«

»So ist es. Und ich erwähle dich zu meinem Liebsten. Willst du jetzt mit mir kommen und diese Welt hinter dir lassen?«

Zu seinem Erstaunen trugen Calders Beine sein Gewicht, als er aufstand. Über eine Schwelle aus Mut und Glauben hinweg trat er in Arianas Umarmung. Hand in Hand schritten sie gen Westen, auf die sinkende Sonne zu.

Als die Kneipengäste die breite Lücke im Zaun sahen, den auf die Seite gekippten Rollstuhl und die Drahtschere, die auf dem Gehweg lag, glaubten sie, James Calder sei in den Tod gesprungen. Obwohl seine Leiche nie gefunden wurde, ließen die wenigen Menschen, die ihn gekannt hatten, eine Messe für ihn lesen.

»Kann man die Einsamkeit auf einer Landkarte vermessen?« fragte der Geistliche. »Wohin kann sie das menschliche Herz führen? Lasset uns hoffen und beten, daß James Calder das Glück gefunden hat, das ihm hienieden nie zuteil wurde.

Randy Miller

DER SCOUT, DER SLUGGER UND DIE STRIPPERIN

Eddie Oslin beschloß, sich doch an den Enchillada-Teller mit grünem Chili zu wagen; denn er hoffte, daß das darauf folgende bittere Brennen in seinem Magen seine Gedanken von dem Tumbleweed ablenken würde, das über den U. S. 87 gefegt war. Er hatte dabei die Gewalt über seinen Mietwagen verloren und war von der Fahrbahn abgekommen, was ihn das linke Hinterrad gekostet hatte. Der schmalbrüstige Notreservereifen war natürlich platt, und so war Oslin mit Niedrigstgeschwindigkeit in dieses Kaff namens Camel gerollt. Ihm wurde gleich klar, daß er nicht so bald von hier fortkommen würde, als er an der Tankstelle Amerikas vermutlich letzte Zapfsäulen erblickte, die noch nicht auf digitale Ziffern umgestellt worden waren. Als er auch noch feststellen mußte, daß die Getränke- und Schokoriegelautomaten über ein mindestens ebenso biblisches Alter verfügten wie die Benzinsäulen, erschien es ihm doch klüger, lieber zu Fuß zu Romero's Café zu laufen.

Der Mechaniker schickte den Lehrling nach Big Spring, um dort ein Ersatzrad zu besorgen, da Kombiwagen, wie Oslin einen fuhr, in Camel nahezu unbekannt waren. Eddie befürchtete, daß der Lehrling auf dem Rückweg eine längere Pause in Form eines Besuchs im Schnapsladen einlegen würde.

Wenn der Wagen in halbwegs absehbarer Zeit fertig wurde, woran starke Zweifel berechtigt schienen, konnte er es vielleicht noch rechtzeitig nach Midland schaffen, um dort den letzten Flug von Southwest nach Dallas zu erwischen. Zurück in die Zivilisation. An einen Ort, wo der Wind nicht unaufhörlich wehte, der Himmel nicht so voller Staub war, daß man ständig husten mußte, die Werkstätten mit allen Arten von Reifen

ausgestattet waren und der liebe Gott kein Tumbleweed über den Highway schickte. Und natürlich zurück in sein Haus, wo der gesegnete Baseballschläger sicher aufbewahrt lag.
Oslin stopfte sich fetttriefende Pommes frites in den Mund, die er vorher geistesabwesend in eine kleine Schale mit einer roten Soße tunkte, während er in seinem Taschenkalender nachblätterte, wann er die Ausscheidung im nächsten Monat an der Midland Lee High besuchen konnte. Die Texas Tech und die New Mexico State hatte er gestern abend in Lubbock abgeklappert – und auch schon seinen Bericht über den Catcher der Red Raiders geschrieben, in dem er darauf hinwies, daß der junge Mann seine Fußarbeit verbessert habe, aber immer noch etwas an seiner Wurfhand tun mußte.
Während er die letzten Bissen der superscharfen Enchilladas zu sich nahm, fragte er sich, warum die Regals sich überhaupt die Mühe machten, die Schulen in Westtexas von einem Baseball-Scout durchforsten zu lassen. Niemand erwartete, hier ein überragendes Talent zu finden – woher auch, wo der Wind im Frühjahr mit dreißig bis vierzig Meilen in der Stunde über das Land fegte und die Schulen ihre Diamonds – wie die Baseballspielfelder dank ihrer fünfeckigen Form genannt wurden – mit Reihen von hohen Bäumen umgeben mußten, um sie vor den Böen zu schützen. Die meisten kleineren Städte verfügten nicht einmal über ein Diamond, und ihre Schüler liefen verdammt schlechte Zeiten, weil sie sich lieber auf Football stürzten – und im Sommer war es mit dem Training Essig, weil sie dann auf den Feldern arbeiten und bei der Ernte mithelfen mußten.
Daheim in der Zivilisation, so sagte er sich, brauchte man nur einen Stein in die Luft zu werfen und würde dort, wo er wieder auf den Boden fiel, sofort einen aussichtsreichen Kandidaten aufspüren – gleich ob in Dallas, Houston oder Austin.
Oslin trank den Rest seines Kaffees, bezahlte an der Kasse, verließ Romero's Café und beschloß, die nächsten zehn Minuten damit zu verbringen, durch Camel zu spazieren. Wenn er schon

den Nachmittag irgendwie herumkriegen mußte, konnte er ja auch etwas für seine Fitneß tun.
Er kam an geschlossenen Läden und einem geöffneten Haushalts- und Eisenwarengeschäft vorbei. An der Kreuzung bog er nach rechts ab. Ein Windstoß erfaßte seine dunkelblaue Regalskappe und trug sie entlang der Straße davon. Als er sie endlich wieder aufgelesen hatte, blieb er stehen und sah sich um.
Oslin befand sich am Rand des heruntergekommensten Diamonds, das er je gesehen hatte. Auf dem Spielfeld war überhaupt kein Gras mehr, nur braune Erde, Unkraut, Kletten und Glasscherben. Eine Beleidigung für jeden, der sein Leben dem Baseball gewidmet hatte, und Oslin haßte dieses Dreckskaff dafür, seinen Diamond so vernachlässigt zu haben.
Eine Gruppe Kids ließ sich vom Zustand des Platzes nicht abhalten und spielte hier. Vier kamen auf den Scout zu, der hinter dem Zaun am rechten Rand stehengeblieben war. Sofort erwachte sein professioneller Instinkt. Zwei von ihnen, ein Weißer und ein Mexikaner, beide hager und knochig, sprangen über den Zaun und bauten sich auf der Straße auf.
Oslin betrachtete das Plate, wo die beiden anderen Aufstellung nahmen. Der Größte aus dem Quartett – ein Meter fünfundachtzig, fünfundneunzig Kilogramm – stellte sich mit dem Schläger auf den Platz des Hitters. Der andere übernahm den Part des Pitchers und warf den ersten Ball. Der Hitter traf ihn, und der Ball sauste durch den Wind, über den Zaun und weit über den ausgestreckten Handschuh des kleinen weißen Jungen auf der Straße hinaus.
Nachdem der Große den vierten Ball in Folge über den Zaun geschickt hatte, erkundigte sich der Scout bei dem Mexikaner in gebrochenem Spanisch.
Oslin erfuhr, daß der Knabe auf dem Plate Arturo Reyes hieß, gerade die High-School abgeschlossen habe und bald auf einer Ranch außerhalb der Stadt anfangen würde. Nein, Arturo habe noch nie in einem Baseball-Team gespielt, sei aber bei den Camel High Fighting Camels, dem sechs Mann starken Football-

Team der örtlichen Schule Quarterback und Linebacker gewesen und habe für das hiesige Basketball-Team die meisten Körbe als gefürchteter Rebounder geworfen.
Der Scout versuchte, den Jungen auf dem Diamond ganz unvoreingenommen zu studieren. Im Schwung wies er noch einige Schwächen auf, aber seine rohe, ungeschliffene Körperkraft machte vieles wieder wett.
Arturo ließ jetzt den Pitcher an den Schläger und stellte sich auf die Shortstop-Position. Oslin ging in Gedanken seine Checkliste durch – Schnelligkeit: Unbedingt Zehn. Wurfarm: Sehr kraftvoll. Fußarbeit: Daran mußte er noch arbeiten, um richtig in Form zu kommen, ansonsten aber durchaus brauchbar. Am Handschuh: Einfach unfaßbar, vor allem, wenn man in Betracht zog, auf was für einem miserablen Feld er spielte.
Den Jungen wollte er genauer unter die Lupe nehmen. Er betrat vorsichtig diesen Witz von einem Diamond und winkte.
»Jungs, würde es euch etwas ausmachen, wenn ich eurem Freund hier ein paar Bälle zuwerfe? Ihr könntet für uns die Catcher spielen.«
»Völlig unnötig. Arturo erwischt alles, was Sie werfen.«
Der Große drehte verlegen den Kopf zur Seite.
»Ein alter Knabe wie ich braucht ein Ziel, auf das er werfen kann, mehr nicht. Ich will nur herausfinden, ob euer Freund wirklich so gut ist, wie es bis jetzt den Anschein gehabt hat.«
Die Jungen bezogen ihre Position, und der Scout stellte sich auf den Platz, auf dem sich normalerweise der Mound befunden hätte. Oslin zählte mittlerweile sechzig Jahre, konnte aber immer noch die Spieler aus der Minor League in Florida ins Schwitzen bringen. Mehr noch, er vermochte einem Baseball verschiedene Drehs zu geben, wozu von den Kids hier wohl niemand in der Lage war.
Arturo trug abgeschnittene Jeans und ein verschlissenes und ausgebleichtes bauchfreies T-Shirt. Er war kräftig und drahtig gebaut und besaß sehr breite und muskulöse Schultern.
Der Junge traf den Ball fünfzehnmal hintereinander und schick-

te ihn regelmäßig weit hinaus in die Luft. Der Scout probierte alles Mögliche aus, einen Curve und einen Knuckleball, er warf hoch, er warf niedrig, nach innen und nach außen, und dem Batter entging nicht ein einziger Wurf.

»Hast du dir schon mal überlegt«, fragte Oslin ihn danach, »im Profi-Baseball Karriere zu machen?«

Arturo zuckte die Achseln. »Sie meinen, so wie Nolan Ryan?«

»Schätze, das Zeug dazu hättest du. Damit würdest du auf jeden Fall einen Haufen mehr verdienen als mit der Arbeit auf einer Ranch. Natürlich müßte ich dich erst gegen ein paar richtige Pitcher auf einem bespielbaren Diamond testen, aber ich glaube, du hast genau das, was einen guten Mann ausmacht. Bist du je in einem Baseball-Team gewesen?«

»Nöh, nie. Hab's mir aber immer irgendwie gewünscht.«

Während der längeren Unterhaltung mit Arturos Eltern erfuhr Oslin, daß der Junge die meisten Sommer damit verbracht hatte, mit seinen Leuten von Ort zu Ort zu ziehen. Die Reeves waren als Wanderarbeiter unterwegs. Arturo war das einzige von sieben Kindern, das es zum High-School-Abschluß gebracht hatte.

Und viel später, als der Wagen wieder fahrbereit war, nachdem er der Familie Reeves mit den Worten »die Prämie wird bei Vertragsunterzeichnung fällig« die Sache schmackhaft gemacht, und sich ausführlich mit Arturos High-School-Trainern unterhalten hatte, verließ er endlich Camel.

Zehn Meilen außerhalb des Ortes fuhr er vom Highway ab und hielt den Wagen vor einer Entkernungsmaschine an. Daß er seinen Flieger nicht mehr erwischen würde, war ihm nun schnurzegal. Der Scout stellte den Motor ab, stieg aus und trat hinaus in die Nacht. Kein Laut war zu vernehmen. Und in dieser gesegneten Stille, in der man manchmal das Flüstern des Himmels hören konnte, bedankte sich Oslin beim lieben Gott dafür, ihm Tumbleweed geschickt zu haben. Und er betete darum, endlich jemanden gefunden zu haben, der mit einem Baseballschläger umzugehen verstand.

Der Scout arrangierte für seinen Schützling am folgenden Wochenende einen Vorstellungstermin am Howard Junior College in Big Spring.
Arturo erschien in zerschlissenen rotbraunen Trainingshosen und einem Camel-High-Basketballhemd über einem weißen T-Shirt, und er wehrte nicht jeden Ball ab, den die Pitcher des hiesigen Junior College ihm warfen. Aber er stellte sich erstaunlich rasch auf jeden von ihnen ein, gleich, ob deren Spezialität scharfe Slider oder schnelle Fastballs waren, und schließlich gelang es ihm, einige Bälle über die Barrikade zu schießen. Auf dem Infield war er nur mittelprächtig, aber auf dem Outfield bewies er gute Instinkte und zeigte, daß er ziemlich schnell laufen konnte.
»Oslin, ich bin gewillt, dem Jungen sofort ein Stipendium zu gewähren, auch wenn ich kaum glauben kann, daß er noch nicht einen Tag in seinem Leben richtig Baseball gespielt hat. So ungeschliffen und untrainiert, wie er ist, spielt er trotzdem besser als die meisten meiner Jungs im Team.« So weit die Worte von Harry Lambert, dem Coach des Howard-Junior-College.
»Harry, ich weiß aus absolut sicherer Quelle, daß der Bengel nie wieder in seinem Leben eine Schulbank drücken will. Wenn du ihn trotzdem willst, sollst du ihn haben. Aber zuerst will ich noch etwas mit ihm ausprobieren. Dafür brauche ich noch etwa zwanzig Würfe.«
Der Scout rief seinen Schützling zu sich und gratulierte ihm zu der guten Leistung. Dann sagte er: »Arturo, ich möchte, daß du etwas für mich tust. Ich habe hier einen Schläger, der schwerer ist als der, mit dem du eben gespielt hast. Es handelt sich dabei um einen Forty-Four-Ounces-Bat, die schwerste zulässige Schlägerklasse. Und dieses Stück ist mir lieb und wert. Ich selbst habe ihn vor vierzig Jahren benutzt, als ich noch aktiver Spieler war. Und jetzt möchte ich einmal sehen, ob du mit dem Holz umgehen kannst.«
»Klar. Der kommt mir gar nicht so schwer vor. Eigentlich liegt er ziemlich gut in der Hand.«

Arturo vollführte ein paar Probeschläge, bevor er auf dem Wurfmal Position bezog, um sich dem Lefthander des College zu stellen. Den ersten Wurf verfehlte er, und auch den zweiten.

Der Lefthander bekam das Zeichen, es mit einem Slider zu versuchen, und sein Ball wurde voll vom Holz erwischt und flog im hohen Bogen über den Center-Field-Zaun. Genauso erging es dem nächsten und dem übernächsten Wurf. Lambert fiel die Zigarre aus dem Mund. Die anderen Howard-Spieler johlten und pfiffen erstaunt. Der Lefthander hingegen verließ unter grimmigem Gemurmel das Diamond.

Und Oslin fing mit glänzenden Augen an, in Gedanken die Karriere seines Schützlings in der Major League zu planen.

Eddie Oslin hatte einundvierzig Seasons im Profi-Baseball gespielt, hatte es aber dennoch nie bis in die oberste Liga geschafft. Vielleicht, wenn er noch eine Season länger aktiv gewesen wäre …

Damals hatte er in der Class-D-League angefangen, zu jener Zeit, als noch so gut wie jeder Ort in den USA seinen eigenen Minor-League-Club besessen hatte. Der Manager seines Teams hieß Gussie Groelsch, war die halbe Zeit besoffen und hoffte nur noch darauf, hier draußen mitten im Nirgendwo von Nebraska das Zeitliche zu segnen. An einem Abend war Gussie gar nicht erst zum Spiel erschienen, und Oslin, der Neue im Team, war einstimmig von den anderen dazu bestimmt worden, Groelsch von seinem Barhocker loszueisen.

Er fand ihn aber in seinem kleinen Zwei-Zimmer-Bungalow, der drei Blocks vom Stadion entfernt stand. Oslin half dem Mann in die Toilette, ließ ihn dort allein und schloß sogar die Badezimmertür. Nach seiner Vorstellung besaß selbst ein Volltrunkener Anspruch auf Würde und Privatleben.

Der Junge sah sich im Wohnzimmer des Trainers um, entdeckte dort nicht viel Interessantes und blieb schließlich vor einer verblichenen, gerahmten Fotografie stehen, die im anderen

Zimmer über dem zerwühlten Bett hing. Ein junger Gussie Groelsch war darauf zu erkennen, der einem anderen Mann mit breiter Brust, dicken Lippen und einem Riesenlächeln den Arm um die Schultern gelegt hatte. Jeder amerikanische Baseballfreund, der vor dem Zweiten Weltkrieg aufgewachsen war, hätte Babe Ruth sofort wiedererkannt.

Und dann stieß er auf den schweren Baseballschläger. Wie jeder andere Achtzehnjährige das auch getan hätte, nahm er ihn gleich auf und wuchtete ihn sich auf die Schulter.

Im ersten Moment hatte er das Gefühl, sich einen Brückenträger aufgelegt zu haben. Doch dann kam es ihm im Dämmerlicht, das mühsam durch die verdreckten Fenster drang, so vor, als würde der Schläger kurz aufleuchten. Oslin betrachtete ihn genauer.

Das Klebeband, das um den Griff gewickelt war, hatte sich fast schwarz verfärbt, und das glatte Holz war so dunkel wie die Tampico-Zigarren, die sein Vater rauchte. Es schien auch sonst wenig mit den nußbraunen Eschenholzschlägern gemein zu haben, das seine Teamkameraden benutzten.

Ein heiseres Flüstern ertönte von der Tür: »Er war der Größte. Babe hat ihn mir damals, neunzehndreiundzwanzig, geschenkt, als wir mit dem Team über die Dörfer gezogen sind. Sein Dank dafür, daß ich ihm aus den Fängen einer ziemlich wütenden Kleinstadtschönen geholfen habe. Ich habe mit eigenen Augen gesehen, wie er mit diesem Schläger einmal in Paducah, Kentucky, einen Ball hundertfünfzig Fuß weit geschlagen hat. Hat damit einem Vogel das Nest aus einem Baum geschleudert. Und er hat immer erklärt seinen ersten Home Run in einer World Series mit diesem Holz geschafft zu haben.«

Oslin erinnerte sich heute noch daran, wie er damals in Groelschs billigem Schlafzimmer ein paar Probeschläge hingelegt hatte. Die glasigen Augen des Coachs hatten sich kurzfristig darauf konzentrieren können und sich dann geschlossen.

»Sieht aus wie für dich gemacht, mein Junge. Nur wenige können mit einem Schläger so umgehen wie du. Die meisten sind dazu nicht in der Lage. Schätze, von nun an sollte er wohl dir gehören. Hör zu, Junge, ich glaube, ich schaffe es heute nicht mehr bis zum Stadion. Nimm das Ding mit, und sieh zu, ob du auf dem Diamond etwas damit anfangen kannst. Paß aber auf, das Holz ist ziemlich schwer. Laß dir davon nicht den Schwung vermasseln. Aber wenn ich dich so ansehe, du hast die richtigen Schultern, um mit so einem Schläger zurechtzukommen. Barron soll sich heute abend um euer Line-up kümmern.«

Oslin kam an jenem Abend nicht häufig ins Spiel. Aber als er dann doch einmal an der Reihe war, schleppte er im Neunten Inning den Vierundvierziger aufs Plate. Ein kräftiger Schwung, und der Ball verschwand jenseits der Stadionlichter in die Nacht von Nebraska.

Nicht nur der Ball, sondern auch Gussie Groelsch. Als Oslin und die anderen nach dem Spiel nach ihm sehen wollten, war der Coach bereits tot.

Während sie dort auf das Eintreffen des Arztes warteten, fand einer der Teamkameraden im Vorgarten einen Baseball. Eddie Oslin wußte sofort und zweifelsfrei, daß sein Home-Run-Ball irgendwie seinen Weg bis an Groelschs Schwelle gefunden hatte.

Der junge Mann rauschte durch die Evangeline League, die Sally League und die Texas League. Er brachte bedeutende Werte zusammen, konnte auf viele Home Runs verweisen, leistete mit jedem Aufstieg in eine höhere Liga mehr und legte am Ende der Season in Rochester auch noch seinen Abschluß mit Bestnoten hin.

Dann rief ihn die Armee zu den Fahnen, und am Eröffnungstag der Majors-Spiele traf ihn auf irgendeinem Hügel in Korea ein Granatsplitter ins linke Knie. Zwanzig Jahre zu früh für einen Hitter mit Aussicht auf eine glänzende Karriere. Oslin wußte, daß sein Aufstieg im Profi-Baseball schon beendet war, noch ehe er richtig begonnen hatte.

Drei Jahre lang schlug er sich in den Minor Leagues als Pinch-Hitter herum, bis er bei den Regals als Talentsucher, als

Scout anheuerte. Fünfundzwanzig Seasons lang gab er ihnen alles und wetzte seinen müden Hintern auf den immer gleichen Aluminiumsitzen in den Stadien ab, wo er Tausende junger Spieler genau beobachtete und insgeheim hoffte, eines Tages auf einen zu stoßen, der den Vierundvierziger-Bat zu schwingen vermochte. Von den meisten Baseballgewaltigen wurde er als einer der besten Scouts aller Zeiten angesehen.
In seiner Garage richtete er sich einen Trainingsraum ein und verbrachte die spielfreien Winter damit, sich an dem Schläger in Form zu halten. Ende der sechziger Jahre zahlte er dreitausend Dollar dafür, die Holzfäule aus seinem Holzhaus zu bekommen.
Der Vierundvierziger faulte nicht.

Als Oslin über den Damm zum Hauptquartier der Regals in Clearweater, Florida, eilte, sah er den Jungen, wie er gebannt dastand und auf die Tampa Bay starrte. Klar, wenn man achtzehn Jahre lang nur in der Wüste von Texas Staub geschluckt hatte, brachte einen eine solche Menge Wasser schon aus der Fassung.
Arturo hatte sich bei allem, was Oslin ihm vorsetzte, geschickt angestellt, und anders als fünfundneunzig Prozent aller heutigen Baseballspieler hatte er auf einem Foto Babe Ruth identifizieren können. So hatte es den Scout sehr gefreut, als der Junge begriff, welche Bedeutung der Vierundvierziger-Schläger für ihn hatte.
Als sie das Stadion betraten, schickte er Arturo gleich in den Umkleideraum, weil er noch etwas mit Rudy Prince, dem Director der Minor-League-Mannschaft, zu besprechen hatte.
Prince war nicht eben begeistert.
»Ich verstehe diesen Brief nicht, Oslin. Persönlicher Berater? Ein eigener Coach für ein halbes Kind? Und die Stellung eines Major-League-Trainers, sobald der Junge es bis dorthin geschafft hat?«

Oslin dachte an die Gesichter der Kids in Camel zurück und wußte, daß Prince es noch früh genug kapieren würde.
»Fünfundzwanzig Jahre lang habe ich für diese Firma gearbeitet und mich nicht einmal beschwert«, antwortete er. »Man kann mich also durchaus als loyalen Mitarbeiter bezeichnen. Deshalb will ich es Ihnen mit einfachen Worten erklären: Wenn Sie jetzt nicht zustimmen, auch wenn Sie Arturo Reyes noch nicht spielen gesehen haben, fahre ich gleich rüber nach Saint Pete zu den Jolters und dann zu den Firecats nach Bradenton. In unserem Sport finden sich ein Haufen Jungs, die heute als Bauarbeiter ihre Talente vergeuden würden, wenn ich sie nicht zu ihrer Zeit als Spieler empfohlen hätte. Und andere haben sich mit ihnen eine goldene Nase verdient ... Aber vergessen Sie nicht, Rudy, daß ich mit Arturo zuerst zu Ihnen gekommen bin. Loyalität bedeutet mir nämlich noch etwas. Allerdings ist diese Firmentreue nur noch zu einem bestimmten Preis zu haben.«
»Und wenn er es nicht packt? Wenn er nicht zu seinem Spiel findet?«
»Wenn Arturo Ihnen nicht gefällt, verkaufe ich sein Flugticket nach Hause und lege mich mit ihm an den Strand, wo wir dann alles in Margaritas anlegen. Trotzdem sollten Sie jetzt unterschreiben.«
Als Rudy und Oslin auf den Sitzen hinter dem Schlagmal Platz nahmen, betrat sein Schützling das Spielfeld. Vor einer Woche noch hat er nicht einmal gewußt, was lange Strümpfe sind, dachte der Scout, und heute sieht er schon wie ein All Star aus der Oberliga aus.
Er hob eine Hand, und Arturo blieb stehen. Ein Pitcher und ein Catcher wärmten sich schon jenseits der Foul-Line auf.
»Rudy, ich kann die Schlagzeilen schon vor mir sehen: MANAGER DER REGALS GEFEUERT. Unterzeile: ›Hat neuen Babe Ruth nicht erkannt – Schlimmste Dummheit der ganzen Baseballgeschichte‹.«
Der Mann seufzte nur, und der Scout gab ein neues Zeichen.

Bei dem Pitcher handelte es sich um den ehemaligen Major-League-Spieler Dan DeSalvo, den die Jolters im letzten Herbst entlassen hatten. In seiner besten Zeit hatte DeSalvo einen Sharp Curve Ball und einen Tailing Fastball hinlegen können, der es auf neunzig Meilen in der Stunde brachte.
Der Pitcher begann mit den üblichen Tricks und Spielereien, die er in seinen sechs Seasons in den Minor Leagues gelernt hatte, bevor er in die Major League gekommen war. Die dienten vor allem dazu, den Battern seine Geringschätzung zu zeigen. Und hier war ein Grünschnabel aus der Provinz, der erst recht nicht seinen Respekt verdiente. DeSalvo war unrasiert und schien die geschwollenen Augen kaum aufzubekommen.
Der Werfer wollte diesem kleinen Scheißer in seinem blütenweißen Aufzug von Anfang an keine Chance geben, aber er getraute sich nicht, ihm schon gleich beim ersten Wurf mit einem Inside Pitch zu kommen. Statt dessen gab er dem Bengel einen Fastball zu fressen, der außerhalb der Strike Zone landen sollte.
Doch DeSalvo fiel die Kinnlade runter, als der Ball statt dessen über den Left-Field-Zaun segelte. Am liebsten hätte er jetzt alle Nachsicht abgelegt und den Burschen in Grund und Boden gespielt, aber Prince gab ihm von seinem Platz aus das Zeichen, einen Curve zu werfen.
Er warf ihn aus dem Handgelenk, verfolgte, wie der Ball kurz vor dem Batter zu Boden sank und mußte dann mit ansehen, wie er über die zweite Base hinwegsauste – und im geraden Flug vor der Warning Track landete.
Irgendwann gelang es dem Baseball-Veteran dann, den Jungen doch einen Ball verpassen zu lassen, aber nie zweimal mit demselben Wurf.
Schließlich legte er eine kurze Pause ein, drehte sich dann unvermittelt um die eigene Achse und warf den hohen, harten Ball, der den Neuen an den Kopf traf. Arturo fiel sofort zu Boden.
Prince sprang auf und wollte DeSalvo anbrüllen, aber Oslin hielt

ihn zurück und flüsterte ihm zu: »Er soll noch einmal so über den Plate hinwegwerfen.«
Der Manager gab dem Pitcher das entsprechende Zeichen. DeSalvo folgte, und Arturo traf den Ball diesmal. Er prallte vom Knöchel des Pitchers ab und flog weiter. Das Krachen des Knochens war im ganzen Stadion zu hören.
Prince starrte den Scout mit großen Augen an. »Hat er das mit Absicht gemacht?«
»Spielt das wirklich eine Rolle, Rudy? Ist das wirklich wichtig? Freu dich doch lieber darüber, daß noch kein anderer Scout und kein anderes Team diesen Jungen bislang beim Spielen gesehen haben.«
Der Manager verschränkte die Hände hinter dem Kopf, lehnte sich zurück und grinste wie ein Hund, der ein geheimes Knochenversteck angelegt hat. »Wissen Sie was, wenn dieser Bengel ein schlechtes Jahr hat, bringt er es nur auf vierzig Home Runs.«

Sechs Wochen später war Arturo Reyes bereits die Geißel der Liga des Staates Florida. Seine Tabelle verzeichnete bereits 426 Treffer und zwanzig Home Runs. Sogar die großen Tageszeitungen, die sonst nie über die Minor League berichteten, fingen jetzt an, über den Jungen zu schreiben.
Sein Team-Manager, Don Washburn, wurde mit dem Ausspruch zitiert: »Wenn Sie irgendwo Geld herumliegen haben, kaufen Sie damit so viele Baseballkarten von ihm, wie Sie nur können, und sperren Sie die gut weg. In zwanzig Jahren sind diese Karten ein Vermögen wert. So einer wie Arturo ist mir in meiner ganzen Laufbahn noch nicht untergekommen. Der Junge ist lernwillig, stark, schnell und ein geborener Anführer. Wenn jemand eine Methode kennt, wie man Menschen klont, soll er mir sofort Bescheid geben. Ich würde meine Frau und eines meiner Kinder dafür hergeben, ein ganzes Dutzend von ihm in meiner Mannschaft zu haben.«
Oslin beobachtete seinen Schützling vom Dugout, der Trainerbank der Regals aus. Arturo hatte binnen eines Tages gelernt,

Fly Balls zu fangen, und seine Wurfhand hatte sich wunderbar entwickelt. Kaum einer wagte noch, gegen ihn auf der Base zu stehen. Den Switch Hit hatte er binnen zwanzig Minuten begriffen, und er hatte auch herausgefunden, wie man sich auf den Base Paths am besten bewegte und wie man sich am effektivsten aufs Base warf. Mehr noch, der Junge kam auch ziemlich gut damit klar, ständig auf Reisen zu sein und mehr Zeit mit der Mannschaft als mit sonst jemandem zusammenzusein. Tatsächlich war Arturo längst viel zu gut für die Minor League. Am wichtigsten aber war für den Scout, daß er deutlich sehen konnte, wie sehr dem Jungen dieser Sport bereits am Herzen lag. Das konnte man zum Beispiel an seinen kraftvollen Schritten erkennen, wenn er von Base zu Base lief, oder wenn er auf dem Schlagmal Position bezog, oder an der Art, wie er lächelte, wenn er auf der Bank saß und den gegnerischen Pitcher studierte.

Der Deal mit Prince zahlte sich für Oslin aus. In zwei Wochen würden er und Arturo zu den Majors fliegen. Selbst der Manager gab zu, daß der Junge reif für die oberste Liga war. Arturos Eltern würden ihr Leben lang keine einzige Erdnuß oder Zwiebel mehr ausbuddeln müssen; die Prämie, die sie bei Vertragsunterzeichnung erhalten hatten, war so hoch, daß sie davon ganz Camel hätten kaufen können. Der Knabe selbst verdiente für einen Achtzehnjährigen unverschämt gut und würde in vier zehn Tagen noch reicher werden.

Der Scout kannte den Pitcher, der heute abend für die Minor-League-Mannschaft der Pipers werfen würde. Er hatte Rod McCleary selbst einmal zusammen mit einigen Kollegen in Augenschein genommen, und alle hatten wie mit Röntgenaugen auf das große Talent der TCU gestarrt. Rod McCleary war gleich von der Amateurliga übernommen worden. Der Junge hatte an mehreren überregionalen Ausscheidungen wie der All America teilgenommen und die Horned Frogs in die College World Series geführt. Und zum ersten Mal in seinem Leben würde Rod heute nicht der beste Spieler auf dem Platz sein. Oslin freute

sich schon diebisch auf die spannende Begegnung zwischen den beiden.
Die beiden ersten Batter der Regals waren schnell raus, und die Menge auf der Tribüne schrie nach ihrem Star – »Ar-tuuuu-rohh!«
Rod verspeiste in aller Ruhe Rosinen aus einer Tüte und ließ den Blick über seine Mitspieler auf den Außenpositionen wandern. Als er sich zum Plate umwandte, spazierte da der junge Slugger ohne die geringste Eile heran.
Unvermittelt sauste eine junge Frau mit einem ziemlich großen, sogar sehr großen Busen aufs Spielfeld. Die Wächter hatten sie gar nicht kommen sehen und standen wie erstarrt da. Die Kleine erreichte Arturo und küßte den verblüfften jungen Mann ohne Umschweife mitten auf die Lippen. Die Wächter hatten sich wieder gefaßt, trabten heran und wollten sie vom Diamond führen. Aber der junge Star erbat Auszeit, drängte sich zwischen die Sicherheitsmänner und die Schöne, küßte ihr die Hand mit den langen, lackierten Fingernägeln und bot ihr seinen Arm an. Sie hakte sich graziös bei ihm ein und ließ sich von ihm zu ihrem Platz zurückführen.
Viele klatschten und freuten sich über soviel Ritterlichkeit. Manche lachten über den Vorfall. Nur einer, der im Trainergraben hockte, schäumte vor Wut. Oslin hielt es nicht mehr auf seinem Sitz, und er fluchte hemmungslos vor sich hin, als Arturo keinen von Rods Bällen fing und nach dem dritten Wurf raus war.

Morton Strange, dessen Visitenkarte ihn als AGENT FÜR ALLE BEREICHE auswies, hatte sich eines Abends nach der Arbeit mit seiner jüngsten Klientin unterhalten, der Fabulous Fatima.
»Was könnte noch schlimmer sein, als in diesem Drecksloch zu arbeiten? Im Umkleideraum krabbeln die Kakerlaken herum, besoffene Buchhalter betatschen dich auf Schritt und Tritt, wenn du nicht den einen oder anderen Gast in der Besenkammer an dich ranläßt, kommst du überhaupt nicht auf deinen Schnitt,

und man hat dir den Künstlernamen ›Fabulous Fatima‹ verpaßt. Eine größere Beleidigung für dich als Individuum ist ja wohl kaum vorstellbar. Du solltest dich mit deutlich mehr Klasse umgeben, meine Liebe. Was hältst du davon, in einem richtigen, echten Pornofilm mitzuspielen?«
Bertha Ann Stegall konnte sich eine Menge Schlimmeres vorstellen. Zum Beispiel ihren Vornamen Bertha, oder aber diese Riesendinger mit Körbchengröße DD, die aus dem mädchenhaften Oberkörper wucherten, oder deswegen Big Bertha hinterhergerufen zu bekommen, oder zwischen rostigen Maschinen und alten Pontiacs aufgewachsen zu sein, oder von der Mutter für jeden Scheiß windelweich geprügelt und vom Vater ständig begrapscht worden zu sein.
Und selbst eine so verkackte karierte Jacke zu tragen und sich Agent zu schimpfen, wie ihr letzter Freier hier, war nicht so schlimm, wie im »Ale 'n' Tail« auf den Tischen zu strippen.
Allerdings kamen Pornos für sie nicht in Frage. Zu viele von ihren Kolleginnen hatten das schon versucht und vergeblich auf Ruhm und Reichtum gehofft. Und davon abgesehen glaubte Bertha Ann nicht, daß sie mit ihrem Gesicht, so wie es unter den falschen Wimpern, dem vielen Rouge und dem künstlichen Blond aussah, beim Film wirklich Karriere machen konnte, nicht einmal im Pornofilm.
Morton Strange ließ sich davon aber nicht abbringen und schlug ihr als nächstes den alten Baseballtrick vor. So etwas war schon einige Male ausprobiert worden, hatte bislang stets funktioniert und würde bei ihr aller Wahrscheinlichkeit erst recht ein Erfolg werden. »Publicity ist Publicity, und dieses Baseball-Wunderkind ist zur Zeit das Stadtgespräch. Da müßte was bei abspringen.«
»Baseballspieler sind zum Kotzen, Mortie.«
Nicht erst als Fabulous Fatima, sondern auch schon als Bertha Ann hatte sie Baseballspieler kennengelernt, wenn sie nach dem täglichen Frühjahrstraining regelmäßig alle Bars und Strip-

tease-Schuppen in ganz Florida heimgesucht hatten. In dieser Jahreszeit traf man sie ständig und überall an. Sie gaben lausiges Trinkgeld, tranken zuviel, grölten und belästigten dann jeden Rock in Reichweite. Bertha Ann haßte sie, alle Stripperinnen haßten sie, und auch die Rausschmeißer konnten sie nicht ab; denn wenn Baseballspieler ein Lokal betraten, kam es dort regelmäßig zu einer Schlägerei.

Aber dieser Agent hier hatte vielleicht gar nicht so unrecht. Davon abgesehen mußte sie dieses Wunderkind ja auch gar nicht mögen, sondern ihn nur küssen. Und nach ihren Jugendjahren in Shacktown mit seinen drittklassigen Wohnwagenparks und etlichen Engagements in diversen Strip-Schuppen machte ein Kuß ihr nun wirklich nichts mehr aus.

Am nächsten Abend begaben sie beide sich ins Minor-League-Stadion und ließen sich unweit des Tors nieder, aus dem die Spieler aufs Feld liefen. Bertha Ann trug weiße Shorts und ein rosafarbenes Top, über das sie einstweilen ein blaues Männerhemd gezogen hatte. Der Agent sagte ihr, sie solle es bis zum Kragen zuknöpfen.

»Du willst doch nicht schon vor deinem großen Auftritt zuviel Aufmerksamkeit erregen, oder, Baby?«

Fabulous Fatima bekam ihr Stichwort, schälte sich aus dem Hemd und gelangte mit Stranges Hilfe aufs Diamond. Sie haßte sich dafür, welchen Eindruck sie nun erwecken mußte, und konzentrierte sich darauf, zum Plate der Heimmannschaft zu gelangen, ehe die Wachmänner sie abfangen konnten.

Sie sah Arturo in die Augen. Bertha hatte in den Augen von Männern schon alles Mögliche erblickt, von Lust über Gier und Verachtung bis Haß – und meist eine Kombination aus allen vieren. Doch heute entdeckte sie dort zum ersten Mal Respekt.

Fabulous Fatima sprach kein Wort, als Morton Strange sie später zum »Ale 'n' Tail« zurückfuhr.

»Ich mag sie aber, Mr. Oslin«, entgegnete Arturo und dachte dabei an die ausgesprochen faden und farblosen Farmerstöchter daheim in Camel. »Sie ist die schönste Frau, die ich je gesehen habe.«

»Dann können das aber noch nicht sehr viele Frauen gewesen sein. Mein Junge, diese Kleine ist nichts als ein Paar Titten. Flittchen wie sie habe ich von Hawaii bis New York gesehen, und eine ist wie die andere. Die kleine Nutte hat nichts anderes vor, als dich an ihren Haken zu bekommen, Arturo. Sie hat begriffen, daß sie durch dich rasch an einen Haufen Geld kommen kann, und wenn sie genug von dir hat, läßt sie dich bedenkenlos fallen. So etwas sagt man heute zwar kaum noch, aber dieses Mädchen taugt nichts, Junge. Sie will dich nur aussaugen, aber du selbst bist ihr vollkommen schnuppe. Flittchen wie die liefen schon zu meiner Zeit den Spielern hinterher, und anscheinend hat sich daran bis heute nichts geändert. Vergiß sie, und das möglichst schnell.«

Diesen Vortrag hielt Eddie Oslin seinem Schützling nun schon seit zwei Wochen, wenn auch in immer neuen Versionen.

»Das kann ich nicht«, flüsterte der Junge, während er den Baseballschläger hin und her drehte.

Der Scout dachte daran, daß die kleine Nutte in den letzten vierzehn Tagen bei sechs Heim- und zwei Auswärtsspielen aufgetaucht war und Arturo bei diesen Matches nicht einmal getroffen hatte. Wenn sie sich jedoch einmal nicht blikken ließ, bereitete der Junge der Gegenseite regelmäßig ein Fiasko.

Oslin hatte sich auf den Weg in den Schuppen gemacht, in dem sie »tanzte«, und ihr Geld geboten, wenn sie den Jungen in Frieden ließe und aus der Stadt verschwände. Die Kleine hatte so hochmütig abgelehnt, als wäre sie die Königin von Saba und nicht eine billige Schlampe. Er hatte sie schließlich angeschrien und angebrüllt, bis dieses Wiesel von einem Agenten, der ständig um sie herumschlich, den Rausschmeißer gerufen und der ihn vor die Tür gesetzt hatte. Dieser Mistkerl, erkannte der Scout, war wohl hin und her gerissen. Auf der einen Seite schielte er schon danach, Arturo eines Tages seinem Stall einverleiben zu können, und auf der anderen Seite wollte er die Stripperin mit den Riesentitten nicht verlieren, weil er die bestimmt noch irgendwann einmal auf ein anderes Opfer ansetzen konnte.

Am nächsten Tag schickte sie Arturo ein kleines Gebinde. Schließlich hatte er ihr am Tag zuvor Rosen im Wert von hundert Dollar liefern lassen.

Oslin tat von nun an kein Auge mehr zu und lebte in der ständigen Sorge, daß seine Altersversorgung wie ein liebeskranker Kater aus dem Haus schlich, weil seine Hormone ihm keine Ruhe ließen.

Am Ende aber schlief der Scout dann doch auf der Couch seines Apartments ein, und der neue Babe Ruth schlich hinunter zum Parkplatz, wo er Bertha Ann Stegall traf.

Die beiden unterhielten sich auf den Vordersitzen ihres ramponierten alten Volkswagenkäfers, bis der Morgen dämmerte.

»Es kommt mir so vor, als befänden wir beide uns in der gleichen Situation, Arturo. Ständig sitzen uns diese Leute im Nacken und folgen uns überallhin.«

»Was würdest du denn am liebsten tun, Bertha Ann?«

»Beim ›Glücksrad‹ die Buchstaben herumdrehen, oder meinetwegen auch in einer anderen Game-Show. Game-Shows sind nämlich hypercool, meinst du nicht auch? Da geben sie einem wunderschöne Kleider zum Anziehen, und man muß nicht tanzen.«

»Na gut, wenn du das wirklich möchtest, warum nicht?«

»Nein, was ich wirklich möchte, ist, nie wieder vor einem Haufen Pennern auftreten zu müssen. Nie wieder einen von ihnen mit ins Bett nehmen und nur von Trinkgeldern leben zu müssen. Und diese Dinger hier auf Normalmaß verkleinern. Vielleicht besuche ich auch eine Kunstschule. Was möchtest du denn am liebsten tun?«

»Das einzige, was mir wirklich gefällt, ist das Baseballfeld. Ich möchte nie mehr Zwiebeln ernten müssen. Baseball spielen ist wirklich klasse. Aber ohne dich will ich nicht mehr spielen.«

Das junge Glück machte an diesem Morgen an vier Stationen halt.

Im Village Inn nahmen sie Eier, Plätzchen und Bratwurst im eigenen Fett zu sich.

Im Servive Merchandise waren sie die ersten Kunden und deckten sich mit Hochzeitskleidern ein.

Von Sam Rudnick, der von sich behauptete, der Welt ältester Friedensrichter zu sein (»Über dreihunderttausend Personen haben bei mir den Bund fürs Leben geschlossen«), ließen sie sich anschließend trauen.

Dort borgten sie sich auch die Gelben Seiten aus, klappten die Abteilung mit den diversen Rechtsbeiständen auf und suchten Hand in Hand Paul Nobel, Rechtsanwalt, aus.

Oslin, nach einem ganzen Tag verzweifelter Suche mit seinen körperlichen Kräften wie mit den Nerven am Ende, betrat den Umkleideraum mit einem Gesichtsausdruck, wie ihn sonst nur Eltern aufsetzen, deren Kind gerade Superman gespielt hat und vom Garagendach gesprungen ist.

Der Fremde in dem teuren italienischen Anzug trug den Gesichtsausdruck eines Vaters, dessen Tochter gerade von ihrem neuen Freund mit dem schicken Wagen mit Liegesitzen nach Hause gebracht worden ist – zwei Stunden zu spät.

Arturos Miene war keine Spur von Vernunft anzumerken. Allerdings schien er einen goldenen Ring an einer Kette um den Hals zu tragen. Auch wenn er als frischgebackener Ehemann noch im siebenten Himmel schwebte, war ihm doch irgendwie klargeworden, daß er, wenn er den Schläger hielt, kaum einen Ehering tragen konnte.

Der Fremde, ein Rechtsanwalt, fing an, den Sachverhalt zu erläutern, als ein Sicherheitsmann mit einem glänzenden schwarzen Schulterholster hinzutrat.

Er, Paul Noble, hatte hier eine richterliche Verfügung in der Hand, der Mr. Eddie Oslin jeden Kontakt mit Mr. Arturo Reyes

untersagte. Diese Verfügung sei in Kraft, bis er, Paul Noble, der neue Agent von Mr. Arturo Reyes, mit Mr. Eddie Oslin eine Übereinkunft gefunden hätte. Der juristisch miserable und leicht anfechtbare Vertrag zwischen Mr. Eddie Oslin und Mr. Arturo Reyes sei mit sofortiger Wirkung hinfällig geworden.
Noble zeigte dem Scout im folgenden die richterliche Verfügung und auch den neuen Vertrag, nach dem er, Paul Noble, mit sofortiger Wirkung der Agent sowohl des Baseballspielers wie auch von dessen Gattin sei.
»Verstehen Sie, Oslin, die Regals wollen Sie eigentlich gar nicht, sondern nur Arturo. Und wenn ich mir seine Statistiken so ansehe, verstehe ich auch, warum. Solange Sie und Arturo eine freundschaftliche Beziehung zueinander pflegen konnten, war mit Ihrer Abmachung ja auch alles okay. Aber nachdem Sie ihn in den letzten vierzehn Tagen unaufhörlich wegen seiner mittlerweile angetrauten Frau mit Vorwürfen überschüttet haben, hält er es für besser, wenn Sie beide von nun an getrennte Wege gehen.«
»Das ist das Werk dieser Nutte! Sie steckt zweifellos dahinter, nicht wahr?«
»Ich versichere Ihnen, daß es sich nicht so verhält. Mr. Reyes ist aus freien Stücken zu mir gekommen und hat mich im Laufe unserer Unterredung gebeten, Sie darüber in Kenntnis zu setzen, daß diese Maßnahme von ihm, und nur von ihm, angeregt wurde … Wir sind gewillt, Sie großzügig abzufinden, aber nichtsdestotrotz haben die Regals erklärt, daß sie lieber Arturo in ihrem Clubhaus sehen wollen als Sie. Und es wäre dem Verein auch nicht recht, wenn Sie in ihrem Clubhaus ein und aus gingen, während Arturo längst für Chicago oder New York spielte.«
»Und was ist mit meinem Vierundvierziger? Geben Sie mir wenigstens meinen Schläger zurück!«
»Ich fürchte, da spielt Ihnen Ihr Gedächtnis einen Streich, Mr. Oslin. Uns liegen eidesstattliche Erklärungen von Bürgern aus Camel, Texas, und anderen Ortschaften vor, die Zeuge Ihres

mündlichen Vertrags mit Mr. Reyes waren. Demnach haben Sie nicht gesagt: ›Arturo, ich leihe dir diesen Schläger‹, sondern ›Arturo, ich möchte dir dieses Holz schenken‹. Sie werden sicher mit mir übereinstimmen, Mr. Oslin, daß zwischen beiden Aussagen ein erheblicher Unterschied besteht.«

Eddie ließ die Gruppe wortlos stehen, stampfte hinaus zu seinem Leihwagen und umklammerte das Lenkrad, als wollte er es erwürgen. Der Scout war noch immer wie gelähmt, als die Sicherheitsmänner zehn Minuten später Morton Strange – den Agenten für alle Bereiche – vom Gelände warfen und ihm striktes Hausverbot erteilten, während der Anwalt und die junge Frau mit den Riesentitten, die einen wertvollen Diamantring am Finger trug, dabei zusahen.

Der Scheck wurde Oslin direkt aufs Konto überwiesen, und so mußte er sich daran die Finger nicht schmutzig machen. Er kündigte bei den Regals und durfte zu seiner Genugtuung feststellen, daß seine Reputation enorm angestiegen war. Nacheinander stellten die Pipers und die Greyhounds den Mann ein, der Arturo Reyes aufgespürt hatte, und feuerten ihn wieder, weil er keine Berichte über hoffnungsvolle Talente mehr einreichte.

Wie jeder Fan weiß, hat Arturo in seiner ersten Profi-Season 350 Treffer gelandet und während der World Series drei Home Runs hingelegt. Die Regals schickten Oslin anstandshalber einen der Meisterschaftsringe der World Series. Eddie schickte ihn ihnen zurück, nachdem er ihn zuvor ein wenig mit einem Schneidbrenner bearbeitet hatte.

Später begingen die Regals die Dummheit, den Forderungen des Anwalts für einen neuen Vertrag nicht entsprechen zu wollen. Arturo wechselte sofort zu den Jolters und konnte noch rechtzeitig zum Frühjahrstraining in die Mannschaft aufgenommen werden. Er erhielt von ihnen einen Rekordvertrag.

An einem wetterlaunischen und stürmischen Juniabend in Texas flackerten in der Straße, in der Eddie Oslin wohnte, kurz die Lichter und gingen dann ganz aus. Texas Electric gelang es jedoch binnen Minuten, die Stromversorgung wiederherzustellen. Und so mußte es erst Morgen werden, bis ein aufmerksamer Jogger an der Antenne auf Oslins Dach eine menschliche Leiche entdeckte.

Die Polizei schrieb in ihrem Bericht, daß es sich um einen Unfalltod handelte, aber einem der Beamten am Tatort war der offenbar wutentbrannte Gesichtsausdruck des Opfers aufgefallen.

Dieser Polizist erkundigte sich beim Elektrizitätswerk und erfuhr, daß es um zwanzig Uhr dreiundvierzig zu dem Stromausfall gekommen war. Daraufhin untersuchte er Oslins Fernsehapparat und entdeckte zweierlei: Der Bildschirm war eingeschlagen, und der Mann hatte Channel 8 eingeschaltet gehabt. Ein Anruf beim Sender belehrte ihn, daß wenige Minuten vor dem Stromausfall ein neuer Werbespot gesendet worden war.

Stimme aus dem Off: Arturo Reyes, Sie sind schon jetzt eine Baseball-Legende. Liegt es vielleicht an Ihrem Handschuh?

Arturo: Nein, nicht am Handschuh.

Off-Stimme: Dann vielleicht an Ihrem Wurfarm?

Arturo: Nein, nicht an meinem Wurfarm.

Off-Stimme: Möglicherweise an Ihrem Schläger?

Arturo: Nein, nicht am Schläger.

Off-Stimme: Vielleicht an Ihren Schuhen?

Arturo: Nein, Sie scheinen sich im falschen Werbe-Spot zu befinden. Es liegt an meinem Herrenparfüm – Fair Ball. Für die Momente, in denen man nicht schlecht riechen möchte.

Off-Stimme: Dann liegt es also an Ihrem Herrenduft, Mr. Reyes?

Fatima: Es ist mehr als nur ein Herrenduft.

Im Polizeibericht war noch etwas Ungewöhnliches festgehalten. Mitten im Vorgarten von Mr. Oslins Haus wurde unweit der unbenutzt daliegenden Morgenzeitung ein leicht eingedellter Baseball gefunden.

Der ermittelnde Beamte kam zu dem Schluß, daß Mr. Oslin ihn während seines Tobsuchtsanfalls aus dem Fenster geworfen haben mußte – aber ganz sicher würde man sich da nie sein können.

Ardath Mayhar
DIE WAFFE

Die vergrabene Waffe schlief, denn nichts hatte sie seit über einem Jahrtausend gestört, und ihre Kräfte hatten sich in die Tiefen der Zeit zurückgezogen. Die Erde, die sie umgab, war still und feucht. Seit ein trauernder Ritter das Schwert in einen vergessenen See geschleudert hatte, damit es dort versteckt blieb, war es nicht mehr in seiner unbegrenzten Macht erglüht.
Diese verborgenen Kräfte waren kaum mehr eine Erinnerung, und es war unwahrscheinlich, daß sie je wieder erwachten. Wenn die Gier die Klinge nicht aufgestört hätte, wäre sie vielleicht nie mehr geweckt worden.

Die Einheimischen standen unzufrieden vor sich hin murmelnd beisammen und sahen zu, wie der Bauplatz freigeräumt wurde. Daß man eine amerikanische Baufirma geholt hatte, um diesen Komplex zu errichten, war für sie wie ein Schlag ins Gesicht, wo die Arbeit in dieser Gegend doch so knapp war.
Henry Carnes erriet, daß der Gedanke an die fetten Löhne, die diese Ausländer verdienen, eine Folter für die Männer bedeutete, die ihre Familien allein mit Arbeitslosenunterstützung durchbringen mußten.
Das Eintreffen von Jordan Harp lenkte ihre Aufmerksamkeit auf einen ebenen Platz, wo noch vor einer Woche uralter Wald gestanden hatte. »Niemand außer 'nem Amerikaner würde eine Baustelle in einem verfluchten Hubschrauber besuchen«, brummte ein ausgemergelter Mann. Obwohl sie nichts sagten, war offensichtlich, daß seine Mitbürger diese Meinung teilten.
Aber Henry beeilte sich, seinen Arbeitgeber zu begrüßen, und hoffte, er werde mit dem Anfang zufrieden sein. Das Einkaufs-

zentrum, das Harp hier in dieser malerischen Gegend bauen wollte, versprach das beachtliche Vermögen, das er schon gehortet hatte, noch um etliche Millionen zu vermehren. Der Komplex war nur einer von Dutzenden, die über den ganzen Globus verteilt waren, und jeder erhob sich mitten in einem Gelände, das einmal eines der letzten Gebiete unberührter Naturschönheit gewesen und jetzt zu asphaltierten Parkplätzen verwandelt worden war.

Harp sah sich mit starrem Blick um und besichtigte den feuchten, freigekratzten Boden, der einmal ein Sumpf gewesen war, und den eingeebneten Wald, der jetzt nur noch aus Stümpfen und Stoppeln bestand. Das liebte er, dachte Henry zum tausendsten Mal: Natur, seinem Willen unterworfen. Das war offenbar das wirkliche Ziel dieses Mannes, ein stärkerer Antrieb als der, noch mehr nutzlose Millionen einzuheimsen.

Zerstreut nestelte Harp an seinem Medaillon aus Rohgold, während er den Bauplatz überprüfte. Auch dieses Schmuckstück war ein Symbol seiner Macht.

»Hier sind die Pläne, Sir.« Henry nahm dem Vorarbeiter die Rolle Blaupausen ab. »Möchten Sie, daß ich Ihnen zeige, wo alles stehen wird?«

»Nein.« Der Bauherr hatte eine hohe Stimme, beinahe altjüngferlich, obwohl er in dem Ruf stand, von Jugend an ein Schürzenjäger gewesen zu sein. »Es geht hier los. Das ist alles, was ich brauche. Es ist Ihre Aufgabe, das verdammte Ding zu entwerfen und den Bau zu beaufsichtigen. Machen Sie sich an die Arbeit!«

Unhöflich wandte er Henry den Rücken zu und ging auf die Gruppe englischer Arbeiter zu. Über den Zaun hinweg, der das Baugebiet umschloß, gaben sie seinen Blick wütend zurück, und Henry war mit einem Mal besorgt.

Er eilte hinter Harp her und faßte ihn am Ellbogen. »Es wäre vielleicht besser, Sir, diesen Leuten nicht zu nahe zu kommen. Sie sind ziemlich außer sich, weil man nicht sie eingestellt hat, um die Arbeit zu machen. Wir hatten ein paar kleinere Fälle von

Vandalismus, und ich habe den Verdacht, daß einige dieser Männer dafür verantwortlich sind. Wir wollen doch nicht, daß Sie jetzt Schwierigkeiten mit ihnen bekommen, oder?«

Harp drehte sich um und starrte ihn an, als könne er ihn nicht verstehen. »Schwierigkeiten? Mit *denen* da ...?« Wegwerfend wies er auf die finstere Truppe vor dem Zaun. »Sie machen wohl Witze!«

Aber zu Henrys Erleichterung machte Harp kehrt, ging das Gelände der ersten Baustelle ab und stieg dann wieder in den Hubschrauber. Erst als sein Boß sicher in der Luft war, entspannte sich Henry und wandte sich wieder seinen Pflichten zu.

Ein Einkaufszentrum zu entwerfen war schon schwer genug, auch ohne Kindermädchen spielen zu müssen für so einen egoistischen ... Aber er gebot sich Einhalt. Es stand ihm nicht zu, den Mann zu kritisieren, der ihn für seine Dienste so fürstlich entlohnte.

Die Bulldozer standen bereit, um die Gruben für das Fundament auszuheben. Bei diesem schweren, feuchten Grund mußte das anständig erledigt werden, sonst kam es später zu Bodensenkungen oder allen möglichen anderen Problemen, vor allem mit der Straße. Selbst im feuchten britischen Klima konnte er es bestimmt bis Mitte des Sommers schaffen, die Fundamente zu gießen und vielleicht sogar das Innere zu trocknen. Schließlich war es erst März.

Der erste Bulldozer rumpelte rasch in den Graben. Die Fahrerkabine verschwand jetzt aus dem Blickfeld, und die anderen Maschinen waren bereits wieder in ihren jeweiligen Einsatzgebieten bei der Arbeit. Henry schlenderte zum Rand der Grube, blickte hinunter und sah zu, wie sich der Torfboden vor der schweren Schaufel auftürmte.

George ließ den Motor aufheulen, aber dann war ein plötzliches schrilles Kreischen von Metall auf Stein zu vernehmen, und der Bulldozer kam zum Stehen. Besorgt sprang Henry in die Grube hinunter.

In dieser Tiefe hätte eigentlich kein Fels liegen dürfen. Vielleicht handelte es sich dabei um etwas, das vor langer Zeit hierher geraten war, als die alten Briten ihre Steinkreise aufgestellt hatten. Wenn das der Fall war, würden sie monatelang feststecken und sich mit diesen Idioten von Archäologen herumzanken müssen.

Aber Henry hatte sich schon Möglichkeiten überlegt, um solche Dinge nicht zum Problem werden zu lassen. Was niemals offiziell gefunden worden war, konnte auch nie zum Streßfaktor werden. Wenn er einen irgendwie antik aussehenden Stein auftat und ihn in Stücke schlug, hätte er damit Bauschutt geschaffen, den man einfach abtransportieren konnte.

George setzte den Bulldozer von dem Hindernis zurück, und die Schaufel schrammte kreischend über den störenden Gegenstand. Erde rutschte nach, aber Henry erhaschte einen kurzen Blick auf etwas Langes, Blaßgraues.

»Kommen Sie schon, George, und bringen Sie Ihre Schaufel mit. Wollen mal sehen, was Sie da aufhält«, rief er, aber nur gerade so laut, daß der Fahrer ihn hören konnte.

Gemeinsam kratzten sie die feuchten Erdklumpen von dem Stein, der wie ein Sarg aussah. Henry runzelte die Stirn. Das war ein harter Brocken. Mit dem Gerät, das ihm zur Verfügung stand, würde er den niemals knacken. Dann überlegte er, ob der Stein wohl so dick war, wie er aussah.

»Lassen Sie uns mal an der Seite graben«, meinte er.

Sie gruben kräftig mit dem Spaten und stellten fest, daß das Ding nur etwa dreißig Zentimeter dick war. Henry grinste. »Wir können es hochstemmen, auf die Seite stellen und dann mit der Bulldozerschaufel zerschlagen.«

Die beiden Männer hoben den Stein an, und er löste sich mit einem schmatzenden Laut und stand endlich auf der Kante. Ein hübsches Teil, bemerkte Henry bedauernd. Gewundene Ranken waren darin eingehauen, die in der einen Windung einen Löwen und in der anderen ein Schwert umrahmten. Das Stück mußte extrem alt sein. Dabei war das Gebiet Sumpfland gewesen, seit es schriftliche Aufzeichnungen über diese Gegend gab.

Einen Augenblick lang zögerte der Bauleiter. Er liebte alte Dinge, selbst wenn seine Arbeit verlangte, daß er sie zerstörte. Henry grämte sich um die alten Bäume, die schon gefallen waren, aber er hatte sich auf Gedeih und Verderb an Jordan Harp gebunden. Das bedeutete, daß er zerstörerisch wirken und dem Reichtum Altäre errichten mußte, statt wunderbare und schöne Dinge zu erschaffen.

Aber George hob schon die Schaufel des Baggers an, schüttelte die Erde ab und brachte sie über dem Rand der Steinplatte in Position. Henry trat zurück, und George ließ das schwere Metall auf den Block fallen.

Es gab ein Krachen und Knirschen, dann einen Lichtblitz, und George schrie. Henry sah, wie das Metall des Bulldozers zu glühen begann, zuerst rot, dann gelb und schließlich weiß und gleißend hell. George wand sich in krampfartigen Zuckungen, und einen Moment lang war sein Skelett als Schatten unter seinem verglühenden Fleisch zu erkennen.

Henry spürte, wie er zurückgeschleudert wurde und an der Wand der Grube landete. Das Höllenfeuer, das den Bulldozer umschloß, versengte ihm das Gesicht. Als das Licht wieder rot wurde und schließlich verschwand, schüttelte er benommen den Kopf.

Wo waren die Männer? Hatten sie nicht gehört oder gesehen, was hier unten passiert war?

Der Bauleiter taumelte vorwärts, und durch die Schuhsohlen spürte er den schwelenden Boden. Unter der Schaufel des Baggers lagen graue Steinsegmente, in regelmäßige Teile zersprungen, als seien sie einmal so zusammengesetzt worden. Ein helles Leuchten drang zwischen den Stücken hervor, und Henry bückte sich, angezogen von einer unbekannten Macht, und tastete nach dem Licht.

Seine Finger trafen auf eisiges Metall inmitten des qualmenden Schutthaufens. Ohne an den bedauernswerten George oder den ruinierten Bulldozer zu denken, hob er es heraus.

Ein Schwert. Lang, exquisit gearbeitet und doch von schlichter

Linienführung, lag es in seiner Hand, als wäre es dafür gemacht. Verwirrt sah er zu, wie die Stahlklinge sich hoch erhob und seine Hand weit mehr bewegte, als daß er die Klinge führte.
Er bemühte sich, das Schwert zu beherrschen, doch es bewegte sich weiter und drehte ihn zu dem zerstörten Bulldozer um. Die Waffe sank nach unten und berührte ganz sanft die ausgeglühte Schaufel.
Metall strich über Metall, und der ganze Maschinenapparat zerfiel zu Staub, der sich mit der Asche des unglücklichen Fahrers vermischte. Einen Herzschlag später war nichts mehr übrig, das man als Mensch oder Baufahrzeug hätte identifizieren können.
In dem Schwert prickelte die ganze Zeit schon eine seltsame elektrische Ladung, die jetzt abnahm. Endlich gelang es Henry, die Waffe abzulegen. Sein Arm und seine Hand fühlten sich taub an, und sein Kopf dröhnte vor Fragen, auf die es keine Antwort gab.
Dann begann das Wasser in den Graben zu strömen. Henry packte die Klinge und kletterte los, um der Flut zu entkommen. Als er oben anlangte, stellte er fest, daß kein Arbeiter zu sehen war, und auch kein Bulldozer und keine aufgestapelten Stahlträger in der Ferne.
Wald, uralt und unberührt, erhob sich jenseits der Ufer eines Sees, der sich jetzt füllte und seine alten Umrisse annahm. Als Henry aus dem Gewässer hinauswatete, sah er ungläubig, daß seine Füße mit Lumpen umwickelt waren und er ein grobes Hemd trug. Und eine untrügliche Gewißheit sagte ihm, daß er keine Unterhose anhatte.
Der Bauleiter stolperte in den Schatten einer dicken Eiche und sank zu Boden. Das Schwert, das er immer noch umklammerte, traf mit einem leisen Klirren auf eine der knorrigen Wurzeln, und das Geräusch schien die Brise stillstehen zu lassen, die die Blätter bewegt hatte.
Einen Augenblick lang kam das Vogelgezwitscher zum Schweigen. Fassungslos starrte Henry den See an, der jetzt mit dunk-

lem, moorigem Wasser gefüllt war, und das Dorf, das dahinter lag.
Hütten aus Flechtwerk drängten sich ungelenk um einen Pfahl, an dessen Spitze sich ein seltsam geformtes Symbol befand. Eine Frau saß auf einer Bank vor einer Tür, hielt ein langes Hemd hoch, das dem seinen sehr ähnlich sah, und schüttelte den Kopf über die ausgefransten Löcher darin. Zwei Männer kamen aus dem Wald und trugen ein Reh, an eine Stange gebunden, zwischen sich.
Was war in dem Moment, als die Baggerschaufel die Steintruhe berührte, mit ihm geschehen? War er tot? Verrückt? Oder war er in eine Zeit zurückgekehrt, die vor dem England lag, das er kannte?
Alle Menschen, alle Maschinen, alles war zu Staub zerfallen, wie George und der Bulldozer. Aber der Wald war doch gefällt worden! Wie hatte er innerhalb von Minuten in seiner alten Herrlichkeit wiedererstehen können? Welche Macht wohnte diesem lange begrabenen Schwert inne?
Unsicher stand Henry auf. Er mußte herausfinden, wie weit diese Veränderung ging. Irgendwo mußte es eine Grenze geben, wo die Verwandlung zum Stillstand gekommen war, und er würde so lange laufen, bis er sie fand. Er nahm das Schwert, das ihm jetzt eine schwere Bürde war, und machte sich nach Osten auf, wo die Sonne an einem unverschmutzten Himmel aufging.
Bald hatte er sich in einem Gewirr von alten Baumstämmen und ausladenden Wurzeln vollständig verlaufen. Stolpernd und beinahe schluchzend bewegte er sich weiter vorwärts. Er hatte Angst, im Kreis zu gehen, denn durch das dichte Blätterdach war die Sonne nicht zu sehen.
Wieder erwachte das Metall prickelnd zum Leben, und Henrys Finger schlossen sich fester um den Griff. Das Schwert bewegte sich und hob sich, um ihm eine Richtung zu zeigen. Henry hatte keinen anderen Führer. Er mußte gehen, wohin das Schwert ihn lenkte.
Lange, lange Zeit wanderte er durch den Wald, und als es dunkel

wurde, begann das Schwert zu glühen, ein schwaches Leuchten, das nur wenig besser war als überhaupt kein Licht.
Er fragte sich, warum er nie müde oder hungrig wurde. Das konnte nur eine Auswirkung des Schwertes sein, dachte er noch, bevor sein Geist fühllos wurde. Danach bewegten sich seine Beine, seine Füße machten Schritte, und seine Hand hielt das Schwert, als wäre er ein Roboter, der sich nach dem Willen eines anderen bewegte.
Tage und Nächte vergingen, während er sich durch den Wald schleppte. Von Zeit zu Zeit kam er an eine karge Lichtung, wo Menschen in Hütten lebten und mit einfachen Holzwerkzeugen kleine Felder bearbeiteten. Immer wieder rückten die Bäume zusammen, und Henry begann zu verstehen, warum es in alten Texten immer hieß, England sei früher von einem Ende zum anderen ein einziger Wald gewesen.
Sein Bewußtsein erwachte aus dem Schlaf und begann sich mit den Fragen zu beschäftigen, die ihn quälten. Nahm das hier denn überhaupt kein Ende? Würde er nie wieder in die moderne Welt mit ihrem bebauten Land, ihren überfüllten Städten und ihrem dicht bevölkerten Himmel herauskommen
Wenn das Schwert ruhte, kämpfte er sich blind vorwärts. Wenn es zum Leben erwachte, folgte er ihm, wohin seine Spitze wies. Und nach vielen Tagen des Wanderns kam er an eine Stelle, wo ein Sonnenstrahl durch einen Riß im Blätterdach drang. Das Licht fiel auf etwas Funkelndes, das in Armeslänge über dem Weg hing.
Henry streckte die Hand aus und bekam das goldene Glitzerding zu fassen. Ihm stockte der Atem vor Verwunderung und Verzweiflung. Er hielt Jordan Harps Medaillon in der Hand: eine goldene Harfe, in die am unteren Ende die Initialen *J.H.* eingraviert waren, an einer Goldkette.
Hatte der Helikopter sich ebenso aufgelöst wie der Bulldozer, zusammen mit seiner Besatzung? War dies alles, was von dem Imperium aus Chrom, Stahl und Stein übriggeblieben war, das Jordan Harp in einer Welt, die anscheinend nicht mehr existier-

te, geschaffen hatte? Hatte der seltsame Effekt des Schwertes sich ausgedehnt wie eine Welle in einem Teich und alles, was ihm in den Weg kam, verändert? Und warum hatte er nicht auch dieses Schmuckstück vernichtet?

Dann erwachte der Verstand des Ingenieurs. Dies war rohes Gold, das so, wie es aus der Erde kam, in die Hände des Juweliers gelangt war. Alles, was künstlichen Ursprungs war, hatte sich anscheinend in Staub aufgelöst.

Henry tastete mit der Zunge im Mund herum, denn er erinnerte sich plötzlich an seine Amalgamfüllung. Er war zu verwirrt gewesen, um die Lücke, die sie hinterlassen hatte, zu bemerken, aber jetzt erkannte er, daß sein Backenzahn nur noch die Form eines Kraters hatte. Der Molar war nicht mehr rund und fest, sondern da war einfach eine Höhlung, wo die von Menschenhand geschaffene Füllung gesessen hatte, und die Oberfläche fühlte sich seltsam glasig an, als sei dort etwas geschmolzen.

Er legte sich die Kette um, rückte die Harfe auf seiner Brust zurecht und seufzte. Das Schwert war noch nicht mit ihm fertig. Henry hatte noch etwas zu erledigen, das war klar, denn das Heft zerrte an seiner Hand, und die Spitze drängte eilig voran und zog ihn mit, als wäre er ein Hund, der einem Wild nachjagte.

Als er aus dem Wald in helles Sonnenlicht und auf ausgedehnte Wiesen heraustrat, blinzelte er. Tagelang hatte er so helles Licht nicht mehr gesehen, und nun blendete es ihn fast.

Der Ingenieur gewöhnte sich jedoch rasch an die Helligkeit und die Luft und erkannte, daß er über einen breiten See auf eine Stadt schaute … eine richtige Stadt, wenn auch keine moderne. Das höchste Gebäude war ein Turm inmitten der von Zinnen gekrönten Mauern. Die mit stumpfem grauen Schiefer oder roten Ziegeln gedeckten Dächer waren höher als die Mauern, aber keines erhob sich allzuweit über dem Boden.

Zum ersten Mal, seit seine seltsame Suche begonnen hatte, fühlte Henry, wie er von Erregung ergriffen wurde. Er stand vor einer mittelalterlichen Stadt – vielleicht war er sogar in das dunkle Zeitalter der Völkerwanderung gelangt. Als Architekt

war er fasziniert. Die Vorstellungen von Künstlern und die Fotos von rekonstruierten Gebäuden reichten – das erkannte er sofort – nicht aus, um zu zeigen, wie solche Orte damals wirklich ausgesehen hatten.
Er versuchte, sich auf den See zuzubewegen. Es mußte doch einen Pfad oder eine Straße geben, die am Ufer entlang verlief und zu dieser fernen Vision führte. Aber das Schwert ließ ihn nicht aus den Klauen. Statt dessen zerrte es ihn, widerstrebend und schimpfend, am Waldrand entlang und auf eine Lücke zu, wo ein Weg zwischen den Bäumen verlief.
Endlich ergab er sich und folgte ihm. Es tat ihm leid um die vertane Gelegenheit, aber auf eine merkwürdige Weise fühlte Henry sich von dem Schwert beherrscht, und er wußte, er mußte sich ihm unterwerfen.
Die Straße war kaum mehr als eine Wagenspur. Zwei ausgefahrene Furchen wanden sich durch den Wald und umgingen dicke Bäume, Felsen oder Stellen, an denen Bäche schwer zu durchqueren waren. Nach einiger Zeit stieg das Gelände langsam an, und die Bäume wurden kleiner und weniger knorrig.
Und dann, als er um eine Kurve bog, hatte der verdutzte Henry ein Schloß wie aus einem Märchenbuch vor sich: goldene Türme, Zinnen und Banner, die fröhlich im Wind knatterten, der vom Meer her wehte, dort, unter der Klippe, auf der die Burg sich erhob.
Das Schwert, das bisher nur einen ständigen Zug ausgeübt hatte, begann jetzt zu zerren wie ein eifriger Hund, der seinen Herrn gerochen hat. Henry mußte rennen, um Schritt mit seiner eigenen Hand und der Klinge zu halten, die jetzt auf ein Tor in der Mauer zustürmte. Ihr Glühen war zu einem hellen Lodern geworden, das noch heller wurde, als Henry sich dem Wassergraben näherte, der die Mauern umgab.
Soll ich etwa schwimmen? fragte sich der Bauleiter.
Aber das Schwert zögerte nicht. Es beschrieb eine Acht in der Luft, und Flaschenzüge knarrten, als die Zugbrücke sich langsam senkte, um sich über den Graben zu legen. Hilflos davon-

gezogen, sprang Henry auf den Rand, bevor die Brücke noch ganz unten war. Hals über Kopf raste er auf die schweren Tore zu, immer dem Schwert nach. Als die Klinge das eisenbeschlagene Eichenholz berührte, erzitterten die hohen Tore und zersprangen in tausend Splitter.

Henry spürte, wie sein Arm unter dem Gewicht der Waffe herabsank. Zum ersten Mal, seit er sich auf den Weg gemacht hatte, war das Schwert vollkommen ruhig. Doch seine Hand hielt es immer noch umklammert und schien nicht in der Lage zu sein, sich von dem Griff zu lösen. Als er eintrat und sich umsah, mußte er die Klinge hochnehmen, damit sie nicht im Staub schleifte.

Henry sah gleich, daß dieser Ort errichtet war, um schweren Angriffen standzuhalten. Auf der Innenseite des Tores befand sich ein kleiner umbauter Raum mit Stegen oben auf der Mauer. Jeder Feind, der im Krieg das Tor durchbrach, würde sich hier in der Falle finden, während Bogenschützen seine Männer mit Pfeilen eindeckten. Aber die Tore, die ihn nach innen hätten abschließen sollen, standen offen und ließen die sanfte Mailuft in den Hof dahinter wehen.

Als er nähertrat, wandten sich vier Männer in Kettenhemden um und starrten ihn fassungslos an. Zwei Frauen stolperten über das Kopfsteinpflaster davon, rannten ins Gebäude und schlugen die Tür hinter sich zu.

Henry hielt das Schwert in die Höhe. Nun wurde es wieder lebendig, begann erst zu prickeln und dann zu pochen. Als zwei der Männer ihre Schwerter zogen und ein dritter den Bogenschützen auf den Zinnen etwas zubrüllte, kam ein hochgewachsener Mann die Treppe des Hauptturms herunter und schritt auf sie zu.

Henry spürte, wie seine Knie zuckten. Er hatte noch nie im Leben vor jemandem gekniet, aber nun sank er auf die Pflastersteine und in den Staub nieder und reichte das Schwert diesem Mann von königlicher Gestalt, der dastand und aus haselnußbraunen Augen fragend zu ihm herabblickte.

»Ich habe Euch ... dies gebracht«, keuchte Henry. Es war das erste Mal, daß er sprach, seit George mit seinem Bulldozer verschwunden war.
Der Mann sagte etwas, aber sosehr er sich auch bemühte, Henry konnte seine Worte nicht verstehen. Trotzdem streckte der Mann die behandschuhte Hand aus, und er nahm das Schwert, das zu glühen begann und leuchtete wie nie zuvor. Ein leises Summen erfüllte die Luft, und Henry spürte es in den Knochen, die jetzt auf die Waffe eingestimmt schienen.
»Artorius Rex!« riefen die Wachen. »Excalibur!«
Jene haselnußfarbenen Augen blickten in Henrys braune. Langsam stand der Ingenieur auf. Nun fühlte er sich von der Macht bezwungen, die dieser Mann ausstrahlte. Er spürte die Kette, die um seinen Hals hing, zog sie über den Kopf und reichte sie dem König.
»Sie hat einem anderen König gehört«, sagte Henry. »Nun ist sie Euer, und Ihr werdet eine Macht des Guten sein. Warum sonst hätte all dies geschehen sollen?«
Der König lächelte auf ihn hinab. Er hielt die Harfe in die Höhe, und sie glitzerte im Sonnenlicht. »Dies ist das Zeichen einer Macht, die dunkel ist«, sagte er, und obwohl Henry die Worte nicht verstand, begriff er klar, was sie bedeuteten.
Der König erklomm eine steinerne Treppe, stellte sich an die dem Meer zugewandten Zinnen und blickte in die bewegten Wellen hinab. Er hob die goldene Harfe über den Kopf und schleuderte sie fort. Das hell glitzernde Schmuckstück flog über den Rand der Klippe und verschwand in dem Wasser darunter.
Dann wandte Arthur sich mit vor Freude leuchtendem Gesicht um. Wieder redete er in der archaischen Sprache, die Henry aber mit einem Mal gut verstand. »Die Welt ist erneuert. Nie wieder werden wir dunkle Zeiten fürchten müssen. Die Menschen werden frei sein. Das Land wird bestellt werden und sie reich machen, aber die Wälder werden nicht zerstört werden. Städte werden aufsteigen, aber auf saubere Weise und ohne ihre Bewohner zu vergiften.

Kommt, meine Freunde. Wir müssen hinausgehen in dieses wiedererstandene England und unserem Volk sagen, daß die bösen Zeiten zu Ende sind und die Vergangenheit in besserer Form und in hoffnungsvollerer Gestalt wiedergekehrt ist.«
Henry spürte, daß sein Herz schneller klopfte. Veränderte sich die ganze Welt genauso wie England? Würde er jetzt miterleben dürfen, daß Arthur, der zum Leben zurückgekehrt war, wie die alte Prophezeiung es vorhergesagt hatte, sein Schwert wieder aufnahm und der gesamten Menschheit ein neues und besseres Leben schuf?
Lächelnd folgte er dem König und seinen Männern. Etwas in ihm, das lange geschlummert hatte, begann aufzublühen.
Dies würde eine Welt sein, in der es sich zu leben lohnte!

Brad Strickland
DAS SCHWERT IM NETZ

Armour rieb sich die Augen, die von der Kathodenstrahlung bereits so rot und gereizt waren, als hätte man sie mit Sandpapier geschmirgelt, gähnte und drückte eine Funktionstaste. In der oberen linken Ecke des Bildes erschien ein kleines, schwarzes Rechteck. In grünen Leuchtziffern blinkte ihn die Uhrzeit an: 02:12:43. Die letzte Ziffer sprang auf vier und schließlich auf fünf, bevor Armour wieder die Taste anschlug, um die Zeitanzeige abzuschalten. Schon nach zwei Uhr morgens, und er hatte seit – seit wann eigentlich? – nicht geschlafen? Sonntag nacht, vor achtundvierzig Stunden?

Er gähnte so stark, daß seine Kiefer knirschten. Dann rückte er von seinem Computer ab und verschränkte die Arme vor der Brust. Der Rechner brummte ohne sein Zutun eifrig vor sich hin und führte ein komplexes Programm aus. Vor ihm stand ein 686er Merlin mit 40 MB RAM, 896er Festplatte, 19200er Round-table-Modem, kurz, mit allem Drum und Dran. Vor zehn Jahren hätte noch niemand außer wichtigen Forschungsinstituten von Universitäten über eine solche Anlage verfügt. Armour hatte den Rechner vor kurzem zum Geburtstag bekommen.

Seine Hand langte nach einer halbvollen Dose Cola; er schluckte den abgestandenen, süßen Inhalt hinunter und rülpste leise. Wenn er wollte, konnte er sich die Befehlszeilen des Programms auf dem Bildschirm anzeigen lassen; die alphanumerischen Codes würden blitzschnell über das Bild flimmern. Aber das faszinierte ihn schon lange nicht mehr. Wenn ihm danach war, konnte er das Programm verlangsamen und einen Teil der Rechnerkapazität nutzen, um etwas zu spielen und sich so die Zeit zu vertreiben, bis der Computer seine Aufgabe gelöst hatte.

Auf welches Spiel hatte er jetzt Lust? Vielleicht »Mayday Tournament«, in dem er immer Lancelot war? Die 3D-Grafiken waren ziemlich scharf, der digitalisierte Klang von Hufschlägen, Lanzen- und Schwertergeklirr war recht aufregend, aber dieses Spiel beherrschte er bereits vollkommen. Es machte keinen besonderen Spaß, wieder von vorne anzufangen, wenn er doch schon alle Finten und Tricks des Gegners kannte. Oder »Empire Conquest«? Nein, er wußte mittlerweile so viel über militärisches und diplomatisches Taktieren, daß er in weniger als drei Stunden Herr der Welt wäre, sogar wenn er den höchsten Schwierigkeitsgrad einstellte. Armour gähnte noch einmal und kippte den letzten Rest Cola hinunter. Er würde eben einfach das Programm arbeiten lassen.

Aber entnervend war es doch, genauso schwer wie einen Zahn gezogen zu bekommen. Armour hatte das Programm selbst geschrieben und war sich sicher, daß es gut und fehlerlos war. Jetzt mußte er es nur noch laufen lassen – doch er spürte die Anstrengung des Computers und verstand, wie mühsam die Aufgabe war. Zähne ziehen? Von wegen, es war mehr, als ob man ein Schwert aus einem Felsen ziehen wollte, verbesserte er sich grimmig. Dieses Icon hatte er ausgesucht, um ihm den Erfolg des Programms anzuzeigen. Das Symbol schimmerte in einem Kästchen in der unteren rechten Ecke, ein glänzendes Schwert, das in einem grauen Granitblock steckte. Wenn alles klappte, wenn es wirklich gutging, dann würde eine gepanzerte Faust in den Kasten fassen, nach dem Schwertknauf greifen und die Klinge aus dem Stein herausziehen. Bis jetzt war das noch nicht passiert.

Niemand konnte Armour hierbei helfen. Dies war sein ganz privates Projekt. Einige seiner Freunde, Perce, Kaye oder Wayne, hätten vielleicht ihre Hilfe angeboten, aber er hatte sich dieses Experiment ganz alleine einfallen lassen, hatte selbst das Programm geschrieben, und er hatte keine Lust, den Spaß mit jemandem zu teilen. Zumindest jetzt noch nicht. Er schloß die schmerzenden Augen und nickte vor sich hin.

Nach einer Zeit, die ihm wie zwei Minuten vorkam, sprach der Computer zu ihm: »Das Tor ist geöffnet.«
Armour schreckte hellwach auf. Die gleiche Botschaft leuchtete auf dem Bildschirm, obwohl das Schwert in dem Kasten in der Ecke immer noch im Felsen steckte. Wenigstens würde er jetzt die Chance haben, danach zu greifen. Er drückte den Knopf für die Zeitanzeige und sah, daß es kurz nach fünf Uhr morgens war. Er hatte mehr als zwei Stunden in seinen Drehstuhl zurückgelehnt geschlafen. Seine Schultern taten höllisch weh, sein Mund fühlte sich trocken und abgestanden an, und in seinem Kopf hämmerte es. Trotzdem, er hatte das Tor geöffnet, er war drinnen, und mit diesem Gedanken schoß ein Schwall Adrenalin durch seinen Körper. Jetzt war der alles entscheidende Moment gekommen, und er hatte vielleicht nur ein paar kurze Minuten Zeit.
Seine Finger flogen über die Tastatur, und er veränderte die Befehlszeilen des Programms. Der Bildschirm erwachte zu hektischem Leben und füllte sich Zeile um Zeile mit Zahlen und Buchstaben, leerte sich wieder und füllte sich erneut. Der Merlin suchte nach neuen Routen im Netzwerk, er ortete und überprüfte Anlaufstellen, probierte und erkannte codierte Schlüssel – und bemühte sich die ganze Zeit über, nicht aufzufallen, im Cybernetz möglichst unsichtbar zu bleiben.
»Komm schon«, drängte Armour den Rechner.
»*Komm* schon. Jetzt *muß* es schnell gehen.«
Auf der Hauptanzeige wurden die gefundenen Schaltstellen und Datenbanken abgehakt. Ihre Zahl stieg rasch an, erst Hunderte, dann Tausende. Aber immer noch verbarg sich der Schlüssel, die zentrale Kontrollinstanz, irgendwo im Netz. Die Sekunden flogen nur so dahin, und mit jedem Moment wurde es wahrscheinlicher, daß man Merlins Eindringen entdeckte. Sollten die Bullen den Computer in der Leitung erwischen, dann hätten sie auch Armour. Und wenn die Cyberpolizei ihn erwischte – nein, an die Folgen wollte er lieber nicht denken.
In seinem Geist malte er sich ein echtes Schwert aus, mit einer

Klinge ganz aus schimmerndem Stahl, einem juwelenbesetzten Knauf, wunderbar in der Hand zu halten und so verlockend nah: Aber die Klinge war in massivem Granit versenkt, geradezu damit verschmolzen. Wenn man das Schwert betrachtete, verstand man dessen feste, bleibende Bindung an den Stein. Nach dem Knauf zu greifen und vorsichtig daran zu ziehen – ein hoffnungsloses Unterfangen. Die Umklammerung der Klinge durch den Stein war wie organisch gewachsen, unverrückbar, so ewig wie die Welt und unveränderbar wie der Kurs der Sterne. Ausgeschlossen, es auf diese Weise zu versuchen.
»Jetzt komm endlich«, bedrängte Armour den Computer noch einmal.
Natürlich gab es da noch das andere legendäre Schwert, das nicht in Stein gefaßt, sondern in einem nachgiebigeren Element, nämlich Wasser, verborgen lag. Aber das kam erst später dran. Das Schwert aus dem Stein zu befreien, bewies Ehrenhaftigkeit, aber das andere Schwert zu erringen – das Zauberschwert, das in einem ständig verschwimmenden, wäßrigen Netzwerk aus Licht und Schatten am Boden eines verzauberten Sees festgehalten wurde –, das zu tun, bewies wahre Macht. Wenn er dieses Schwert der Macht in Händen hielt, wäre er ein echter König – immer unter der Voraussetzung, daß die Polizei im Netzwerk sein Vorhaben nicht entdeckte, bevor er das jeweilige Schwert ergattert hatte.
Würde er es bemerken, wenn sie ihm auf die Spur kamen? Würde der Merlin ihre Computer entdecken, ihre Suchsignale wahrnehmen und ihn warnen? Und selbst wenn dem so war, was könnte er schon tun? Nichts, entschied er – nicht in einer Welt, die von Kommunikationsleitungen umspannt war und von einem Informationsnetzwerk zusammengehalten wurde. Wohin er auch entfloh, sie würden ihn finden. In diesem Spiel ging es um alles oder nichts.
Ein Fanfarenstoß erklang aus den Stereolautsprechern, die mit der Soundkarte des Merlin verbunden waren. Von drei herzhaften Hochrufen begleitet, tauchte eine gepanzerte Hand auf. Sie

griff nach dem Schwertknauf und zog die Waffe mühelos aus dem Stein. Der Bildschirm des Merlin wurde weiß und in einer verschnörkelten, altenglischen Schreibschrift mit schwarzgoldenen Buchstaben erschien eine triumphierende Botschaft: »Sire, ich habe die sechs Rechner aufgespürt, die alle Regierungsgeschäfte steuern. Ich erwarte eure Anweisungen.«

Armours Finger flogen über die Tasten. Er löschte die Zugangscodes und stornierte die cleveren Back-ups, von deren Existenz er wußte. Der Computer zeigte ihm den erfolgreichen Abschluß an. Dann befahl Armour dem Rechner, sie alle durch seinen persönlichen Code zu ersetzen. Nun könnte er endlich »Empire« in der Wirklichkeit ausprobieren und sein eigenes Reich aufbauen. Solange das Spiel dauerte, würde er die Befehle geben. Alle Ressourcen des Landes, die gesamten Streitkräfte, die Informationsnetzwerke, Kontrolleure, Akteure und Provokateure müßten allein seinen Anweisungen folgen.

»NEUEN CODE EINGEBEN«, verlangte der Merlin.

Mit einem müden, aber siegesbewußten Lächeln auf den Lippen gab Arthur Armour die Buchstaben ein:

E-X-C-A-L-I-B-U-R.

Dann nahm der neue Monarch, fünfzehn Jahre alt, das Schwert aus dem Netzwerk und begann, sein Reich zu regieren.

Terry Tappouni

EINST UND ZUKÜNFTIG

Erhebt Euch, einstiger und zukünftiger König!
Zieht aus meinem bangen Herzen
Diesen Speer der Unwissenheit
Den Camlan dort versenkte.

Gewichtiger Grabstein, verschaff dir Flügel
Und trag ihn hierher
Damit er die Schultern der wenigen berühre
Die an seiner Tafel verblieben.

Was sollen wir tun, wir Männer und Frauen
Die träumen von moosbewachsenen alten Zeiten
Und bereit sind zu streiten für ein Ziel
An das wir uns nicht erinnern können.

Ihr, o König, pflanztet Samen von Idealen
Doch fielen sie von uns
Bevor sie in uns Getreuen
Ihre Wurzeln fanden.

Ideale, die braver Mann nicht konnt' erfassen
Und um Dir die Wahrheit zu gestehen
Die wir gern zurückließen
Unter dem felsigen Grund des Reichs.

Da es uns an Mut gebrach
Verließen alle die Steine unberührt
Versperrten die Ohren
Vor dem Donner aus Deinem Grab

Und zogen uns zurück von Dir
Und in die Greuel des Fürstenzanks.

Sie ertrugen
Die Pest von fünfhundertzweiundvierzig
Und auch, daß die Erde aufbrach
Und die Flammen verschlangen, was unschuldig war.

Doch Du nicht entstiegst Deinem Grab
Um jene zu erretten
Die Kirchen errichteten
Auf den Gebeinen der Vergangenheit.

Jahre vergingen
Und Schweigen verhüllte die Schiffe
Die Geiseln trugen
Jünglinge aus Königshäusern
Deren Leben man erworben hatte
Mit Blut und Verrat.

Selbst dann noch nicht
Hast Du Dich geregt
In Deinem Grab
Unter bewachsenem Stein.

Zu meiner Zeit
Das Böse kam
Und überflutete
Deine geheiligten Anger.

Der Gestank
Von verkohlten Leibern
Herangeweht von Osten
Rührte nur die Gräser.

Du hast weitergeschlafen
Zusammengerollt
Am Grund der Zeit.

Warum solltest Du Dich jetzt zeigen
Um die Kinder der Nacht zu wiegen
Die ihren Haß vor sich her tragen
Wie eine helle Kerzenflamme?

Mercedes Lackey
EINST UND DEREINST

Michael O'Murphy erwachte mit dem schlimmsten Kater seines Lebens. In seinem Kopf hämmerte eine Axt, und sein Magen fühlte sich an wie bei einem Unterseesturm vor den Orkneys. Außerdem war er nicht allein im Bett.

Was zum Teufel ist gestern passiert?

Die Kopfschmerzen breiteten sich von seinen Augen über die Seiten bis in den Nacken aus. An seinen Magen wagte er gar nicht zu denken. Sein Bettgenosse war lang, kalt, hart und sehr schwer.

Ich habe ein Brett mit ins Bett genommen? Hatte ich es denn so dringend nötig? Michael, mit dir geht es wirklich bergab!

Wie immer lag er auf der Seite. Das unbekannte Objekt ruhte an seinem Rücken. Im Moment konnte er nicht mehr spüren als etwas Hartes, das unnachgiebig und ziemlich unbequem gegen sein Rückgrat drückte. Er war sich nicht ganz sicher, ob er wirklich wissen wollte, was das für ein Gegenstand war, bevor er in Gedanken den letzten Abend rekonstruiert hatte. Das war natürlich nicht unbedingt vernünftig, aber mit dem schlimmsten Kater seines Lebens ist ein Mensch einfach kein rationales Wesen mehr.

Den Grund für das denkwürdige Besäufnis hatte er noch deutlich im Kopf: die Kündigung seines Hafenjobs, die er am Abend von seinem Vorarbeiter erhalten hatte. *Das muß dann wohl der gestrige Freitag gewesen sein, wenn ich nicht das ganze Wochenende verschlafen habe.*

Er war nicht der einzige, der gestern gefeuert worden war; sie hatten die halbe Mannschaft der Werft entlassen.

Also wieder stempeln gehen, und Gott sei Dank ist das mit der Kleinen vom Urlaub nichts Ernstes geworden. Das hätte mir gerade noch gefehlt, eine Frau, die an mir rumnörgelt, weil ich meinen Job verloren habe, auch wenn das gar nicht meine Schuld gewesen ist.

Zu seinen Kopfschmerzen und der Übelkeit gesellten sich jetzt auch noch Depressionen. Michael O'Murphy gehörte nicht zu den Männern, die Stempelngehen mit Würde ertragen konnten. Er blinzelte vorsichtig mit dem rechten Auge, und das Licht, das seinen Schädel durchbohrte, ließ ihn zusammenzucken. Dann fiel sein Blick auf den Boden neben dem Bett.

Ja, da lag die Kündigung, zu einem Knäuel zusammengeballt, und daneben seine Stiefel – nebst zwei Flaschen Jameson's, die eine leer, die andere halb voll und sorgfältig verschlossen.

Ach, du große Scheiße. Soweit ich mich entsinne, habe ich nicht so oft einen ausgegeben, also muß ich das meiste selbst getrunken haben. Kein Wunder, daß ich mich wie im Fegefeuer fühle.

Er schloß das Auge wieder und hing den Erinnerungen nach, die die Whiskeyflasche wachgerufen hatte. Also, man hatte ihn gefeuert, und mit ihm die Hälfte der Mannschaft. Und sie hatten beschlossen, ihren Frust gemeinsam zu ersäufen.

Aber nicht in einem Pub und schon gar nicht zu den dortigen Preisen. In einem Pub kann man sich nicht unglaublich, hoffnungslos und abartig besaufen, wenn man nicht schweinemäßig viel Geld ausgeben kann. Also hat sich jeder selbst ein paar Flaschen gekauft, und wir haben uns bei Tommy getroffen.

Irgendwie hatten sie alle vor, sich dort vollaufen zu lassen, aber Tommy hatte einen Wagen, und er hatte eine Idee. Der Stauer hatte im Fernsehen irgendeinen Quatsch über »Eiserne Jungs« oder so was Idiotisches gesehen, drüben in Amerika …

Sagte, wir wären alle irgendwie im Arsch und »müßten mit unserem inneren Selbst in Verbindung treten«. – Schwor, daß unsere Batterien »aufgeladen« werden müßten, damit wir wieder auf die Beine kommen, und wollte aufs Land rausfahren …

Tommy hatte was von »männlichen Bindungsritualen« gefaselt, mit Trommeln wie bei den Indianern, und natürlich Kampftrinken. Der Mann redete, als ginge es um eine Art Weihe.

Die anderen hatten schon, bevor sie bei ihm ankamen, die Flaschen kreisen lassen, und irgendwann klang viel Getrommel, halbnackt tanzen und eine Menge trinken nach einer prima Idee. Also quetschten sie sich in Tommys alten Morris Minor, wo sie gerade noch Platz genug hatten, ihre Flaschen zu heben.
Irgendwo hielten sie dann, und alle kletterten hinaus. Michael erinnerte sich dunkel an einen Wald, vielleicht irgendein geschütztes Gebiet. Und so war es ein Glück, daß sie nicht erwischt und in den Knast gesteckt wurden. Tommy hatte von irgendwoher eine Trommel besorgt.
Sie lag mit dem restlichen Plunder im Kofferraum verstaut. Jeder schnappte sich eine Flasche, Tommy nahm die Trommel, und los ging's in den Wald. Sie johlten und benahmen sich wie ein Haufen Bekloppter bei einem Karnevalsumzug.
Wie Tommy das Feuer anbekommen hatte, und vor allem, warum niemand es bemerkt hatte – Michael hatte keine Ahnung. Er erinnerte sich an eine Menge Getrommel, noch mehr Gejohle, Geschrei und Flüche über die Bosse der Welt, jede Menge Schnaps, und daß einige Jungs ihre Hemden ausgezogen hatten und sich wie eine Meute Affen aufführten.
Da ungefähr wollte ich nur noch meine Ruhe haben.
Michael war mitsamt seinen Flaschen in den Wald gestolpert, wobei er einem ständig weiterwandernden Mondstrahl folgte, zumindest hatte er es noch so im Gedächtnis. Das Gesinge und Getrommel waren leiser geworden, und die Bäume erschienen so groß wie damals, als er noch ein Kind gewesen war und alles riesig ausgesehen hatte.
Sie waren wie die Bäume in den alten Geschichten, so mächtig wie der Baum in Sherwood, den sie Robin Hoods Eiche nennen.
Da er nicht vorhatte umzukehren, gab es nur eine Möglichkeit, und zwar dem Weg zwischen den Stämmen und dem bißchen Mondlicht zu folgen, das ihn zu locken schien.
War da nicht auch Nebel? Ich glaube schon. Moment mal. Genau dann tauchte der richtige Weg auf.
Da war der Nebel, ein merkwürdiger, blauer Dunst. Er hatte alles

gedämpft, Michaels Schritte ebenso wie den Lärm seiner Freunde am Feuer. Bald kam es ihm vor, als sei er das einzige menschliche Wesen weit und breit in einem Wald, so alt wie das Leben und voll unheilverkündender Stille.

Michael wußte noch, wie die Bäume spärlicher wurden, so daß er seinen Spaziergang abbrechen und umkehren wollte. Dann fand er sich an einem Seeufer wieder. Wahrscheinlich war es bei normalem Tageslicht ein ganz normaler Weiher, aber gestern nacht war er von Nebelschwaden verhangen, so daß man das andere Ufer nur ahnen konnte, und durch die völlige und absolute Stille des Ortes und das Mondlicht, das alles silbrig schimmern ließ, sah er ganz anders aus – unheimlich, etwas beängstigend und so, als gehöre er nicht in diese Welt.

Michael war stehengeblieben, eine Flasche in jeder Hand, ein Denkmal der Trunkenheit, wie er vermutete. Mehr als alles andere hielt ihn seine Trägheit dort fest. Wenn Michael jetzt die Augen schloß, konnte er die Szene immer noch vor sich sehen, so lebendig, als ob er dort stünde. Das Wasser lag wie ein gläsernes Tuch über einer dunklen und unvorstellbaren Leere. Der Vollmond hing wie eine große chinesische Laterne direkt über der dunklen Silhouette der Bäume hinter ihm, und bläulicher Nebel wallte überall in Wellen, dünnen Zungen und großen, durchscheinenden Schwaden. Kaum einen Meter von ihm entfernt war ein merkwürdiges Boot am Ufer vertäut, ein grob gezimmertes Ding, das offensichtlich aus einem einzigem Baumstamm gefertigt und mit einer Axt behauen worden war. Selbst das Schilf um das Boot zu seinen Füßen raschelte in dieser atemlosen Stille nicht.

Dann durchbrach ein Geräusch die Nacht: ein einzelnes Klatschen von der Mitte des Sees. Überrascht hatte Michael gesehen, wie sich ein Arm aus dem Wasser hob und ihm bedeutete, ihm zu folgen.

Michael dachte natürlich, daß jemand ins Wasser gefallen war oder daß jemand beim Schwimmen einen Krampf bekommen hatte. Vielleicht sogar einer seiner Freunde, der sich dem See von der anderen Seite genähert und Lust auf ein Bad bekommen hatte. Er hatte keinen Moment daran gedacht, Hilfe zu holen, genau wie er nicht gezögert hatte, dem Schwimmer, wer immer es sein mochte, selbst zu Hilfe zu eilen.

Er ließ seine Stiefel in das Boot fallen und sprang hinterher. Er wollte die Leine losmachen, aber es gab keine – er suchte nach Rudern, um zu dem Schwimmer zu gelangen, aber auch da Fehlanzeige. Trotzdem bewegte sich das Boot direkt auf den ausgestreckten Arm zu, als würde es von ihm angezogen. Und daß der Kahn sich bewegte, kam Michael nicht einmal merkwürdig vor, zumindest nicht zu diesem Zeitpunkt.

Er erinnerte sich, wie er noch gedacht hatte, daß die Person offenbar vollständig bekleidet ins Wasser gefallen sein mußte, denn der Arm war von einem langen weißen Ärmel verhüllt gewesen. Und es mußte sich um eine Frau handeln – der Arm war zu weiß und zart für einen Männerarm.

Erst als er schon recht nahe dran war, wurde ihm bewußt, daß man außer dem Arm *nichts* sehen konnte, daß die Frau nun schon ziemlich lange unter Wasser war und daß der Arm, der aus dem Wasser ragte, etwas in der Hand hielt.

Aber blöd wie ich war, kam mir das nicht wichtig vor.

Er hatte alles außer dem Arm ignoriert, alles, was keinen Sinn ergab, nicht bedacht. Als das Boot die Frau erreichte, hatte er sich so weit hinausgelehnt, daß er beinahe selbst ins Wasser gefallen wäre, und nach dem ausgestreckten Arm gegriffen.

Aber irgendwie entglitten ihm Hand und Arm, obwohl er *ganz sicher* war, daß er kräftig und fest zugepackt hatte. Michael fiel ins Boot zurück und schlug hart und schmerzhaft auf dem Boden auf. Mit festem Griff umklammerte er, was vorher die Unbekannte im Wasser gehalten hatte. Er sah die Sterne und mehr als das, und als er wieder zu sich kam, war das Boot bereits wieder am Ufer, und von der Frau fehlte jede Spur.

Aber er hatte ihr Schwert.

Ihr Schwert? Ich hatte ihr Schwert?

Nun betastete er das lange, harte Etwas an seinem Rücken.
Meine Güte, es ist tatsächlich ein Schwert!
Michael wußte nicht genau, was danach passiert war, aber irgendwie mußte er zu den Jungs zurückgelaufen sein, und sie alle waren wohl in Tommys Auto in die Stadt zurückgefahren, denn schließlich lag er ja hier bei sich zu Hause.
Mit einem Schwert im Bett.
Mit einer Giftspritze im Bett, davon habe ich Ehemänner schon klagen hören, aber doch nicht mit einem Schwert.
Michael setzte sich langsam und sehr vorsichtig auf. Ebenso sorgfältig griff er dann in das Knäuel aus Decken und befreite das Schwert der ertrinkenden Frau daraus.
Die Waffe sah echt und alt aus, und sie war verdammt schwer. Er wog sie in den Händen und grunzte überrascht. Wenn die alten Säcke in lang vergangenen Zeiten, über die man Filme drehte, mit solchen Klingen aufeinander eingedroschen hatten, dann waren wohl Knochenbrüche genauso verbreitete Verletzungen gewesen wie Schnittwunden.
Aber das Schwert war nichts Ausgefallenes, nicht wie man es aus Filmen oder Comics kannte. Ein einfacher schwarzer Schwertknauf, der mit Leder umwickelt war, mit etwas Kupfer am Griff und einer einfachen schwarzen Lederscheide. Das Ganze wog vielleicht soviel wie vier Stemmeisen dieser Länge.
Er griff spielerisch nach dem Schwertknauf und zog leicht daran. Das Schwert glitt aus der Scheide, und er verspürte undeutlich den Wunsch, einen Blick auf die Klinge zu werfen.
»PENDRAGON!«
Eine Stimme donnerte in seinem Kopf, ein Orchester nur aus Trompeten, und alle spielten fortissimo.
Michael ließ das Schwert fallen, und es krachte auf seine Zehen. Er schrie vor Schmerz auf und zog in einem Reflex die Füße an, so daß das Schwert auf den Boden fiel. Die Klinge glitt zur Hälfte aus der Scheide.
»Was, zum Teufel, war das?« keuchte er, massierte seine armen

Füße mit beiden Händen und wiegte sich vor und zurück. Obwohl er nicht mit einer Antwort gerechnet hatte, bekam er eine.

»Das war ich, Pendragon.«

Seine Augen wollten ihm aus dem Schädel springen, und er sah sich panisch nach dem Witzbold um, der sich eingeschlichen haben mußte, während er schlief. Aber da war niemand, und hier gab es auch nirgends ein Versteck. In seinem möblierten Zimmer standen nur vier schäbige Einrichtungsgegenstände: ein Bett mit Eisenrahmen, ein billiger Schreibtisch, ein Nachttisch und ein Stuhl. Michael kam sich dabei zwar wie eine verängstigte alte Tante vor, aber trotzdem bückte er sich und sah unter das Bett: Auch da war nichts.

»Du suchst an der falschen Stelle.«

»Ich hab' das Radio angelassen, das muß es sein«, murmelte er. »Das ist nur irgendein dämliches Hörspiel. Ich hasse diese Nervensägen bei der BBC.« Er langte nach dem Radio auf dem Nachttisch und suchte den Knopf zum Abschalten. Aber der Empfänger war schon aus und außerdem kalt, was wohl bedeutete, daß er gar nicht eingeschaltet gewesen war.

»Pendragon, ich bin auf dem Boden, genau da, wo du mich hast fallen lassen.«

Michael ließ seinen Blick über den Fußboden gleiten. Als einziges ließen sich dort außer seinen Stiefeln die Whiskeyflaschen und das Schwert ausmachen.

»Ich hab' noch nie gehört, daß Jameson-Flaschen im Kopf eines Typen gesprochen hätten«, brummte er und massierte weiter seine Füße. »Und meine Stiefel haben auch noch nie Konversation betrieben.«

»Mach dich nicht lächerlich«, erklärte die Stimme barsch. *»Du weißt, wer ich bin, genauso wie du weißt, wer du bist.«*

Das Schwert. Das mußte es sein. »Und was genau bin ich dann?« fragte er und überlegte, wann wohl die Männer in den weißen Kitteln zur Tür reingestürmt und ihn an einen ruhigeren Ort verbringen würden.

Das ist einfach Schwachsinn. Ich muß verrückt geworden sein. Da rede ich mit einem Stück Metall und bilde mir ein, es antwortet mir sogar.

»Du bist der Pendragon«, erklärte ihm das Schwert geduldig und wartete. Als er darauf lediglich mit einem verständnislosen Schulterzucken reagierte, fuhr es, inzwischen wesentlich ungeduldiger, fort.

»Du bist der König, der war und der sein wird. Der Krieger gegen die Dunkelheit.«

Wieder legte der Stahl eine Pause ein, und Michael hatte noch immer keine Ahnung, um was es ging.

»Du bist Arthur«, rief das Schwert, und Michael zuckte zusammen. *»Du bist König Arthur, Kriegsherr und Held.«*

»Jetzt bist *du* verrückt geworden«, entgegnete Michael unwirsch. »Ich glaube so einen Quatsch nicht! König Arthur, was Blöderes ist dir wohl nicht eingefallen!«

Alles, was er von König Arthur wußte, waren Dinge, die er in seiner Kindheit gehört hatte – Geschichten in Schulbüchern, ein Disney-Film, Weihnachtsaufführungen. In seinem Kopf tauchten verschwommene Bilder von Kronen und roten Filzroben, Blechschwertern und Rüstungen aus Pappmaché auf – und obendrein noch sprechende Eulen und dumme Zauberer. »König Arthur! Wer's glaubt, wird selig!«

»Aber du bist es!« sagte die Klinge verzweifelt. *»Du bist der Pendragon! Du wurdest wiedergeboren, um ein Held zu sein! Erinnerst du dich denn nicht?«*

Er schnaubte nur. »Ich bin Michael O'Murphy, ich arbeite am Hafen, ab Montag bin ich wieder auf Stütze, und ich glaube verdammt noch mal nicht, daß irgend jemand heutzutage noch irgendwelche dämlichen Könige braucht! Es gibt schon genug Probleme mit denen, die – *Mein Gott!«*

Er fiel auf sein Bett, als das Schwert sein Gehirn mit einem Schwall von Bildern bombardierte. Die Szenen waren lebendiger als Filme, denn er war *ein Teil* von ihnen. Schlachten und Feste, Siege und Tragödien, Erfolge und Mißerfolge – eine grimme

Bastion gegen die Mächte der Dunkelheit, die für die kurze Zeitspanne eines Menschenlebens hielt.
Das alles ergoß sich in der kurzen Zeit zwischen zwei Atemzügen in seinen Kopf. Und als er sich wieder aufsetzte, erinnerte er sich.
An alles.
Michael kniff die Augen zusammen und rieb seinen arg mitgenommenen Kopf. »Mein Gott!« beschwerte er sich. »Du könntest einen ja auch vorher warnen!«
»Glaubst du mir jetzt?« Das Schwert klang ziemlich siegesgewiß. Genau wie die Nonnen in der Schule, wenn sie mit den Schlägen »nur zu seinem Besten« fertig waren.
»Ich glaube, daß du verdammt gut darin bist, einen Haufen Müll in den Kopf eines Mannes zu pusten und ihn dann glauben zu machen, es wäre sein eigener«, antwortete er dickköpfig und starrte das glänzende Stück Metall an, das ungefähr zehn Zentimeter lang aus der Scheide gerutscht war.
»Ich verstehe immer noch nicht, was das alles soll, sogar wenn ich dir glauben sollte.«
Hätte das Schwert prusten können, hätte es jetzt wahrscheinlich genau das getan.
»Du verstehst nicht – du bist Arthur! Ich bin Excalibur! Du mußt mich in die Hand nehmen und benutzen!«
»Aber wofür denn?« fragte Michael und grinste bei dem Gedanken, mit dem Riesending Konservendosen zu öffnen. »Einen guten Dietrich würdest du nicht abgeben, und Holz kann man mit dir auch nicht hacken, selbst wenn ich einen Holzofen hätte, was nicht der Fall ist. Niemand wird mir glauben, daß du eine etwas ungewöhnliche Säge bist, und es gibt Gesetze dagegen, mit so einem Teil wie dir am Gürtel herumzulaufen. Also was mache ich, binde ich ein Schild an dir fest und gehe zu einer Demo?«
»Du … du …« Weil ihm die Worte fehlten, rettete sich das Schwert in eine Flut von Bildern. Doch durch das erste Mal war Michael gewarnt und hielt jetzt stand.

Diesmal war es allerdings schwieriger, die Bilder zu ignorieren. Er sah, wie er die Waffe nahm und seine Kämpfer um sich scharte – alle seine Freunde von den Docks, diejenigen, die mit ihm darüber gemeckert hatten, in was für einem miserablen Zustand die Welt war. Michael verfolgte, wie er sie zu einer Armee formierte und in die Straßen aussandte, um mit dem dortigen Unrecht aufzuräumen. Er sah sich selbst als Anführer einer neuen Ordnungsmacht, die die Dealer, die Perversen, die Schläger und die anderen Tunichtgute verfolgte und ihnen allen zeigte, wo es langging.

Pendragon erblickte, wie seine Armee die Stadt wieder sicher machte für die Menschen, die in ihr lebten; er wurde Zeuge, wie sie die Nacht von den Kräften der Dunkelheit zurückeroberten. Er beobachtete, wie mehr und mehr Menschen sich unter seinem Banner und für seine Sache versammelten, wie er den Kreuzzug von Stadt zu Stadt fortsetzte, bis die glücklichen Bürger das Haus Windsor aus dem Buckingham Palace verjagten und ihn auf den Thron setzten. Und danach konnte ein zehnjähriges Kind einen Goldbarren vom einen bis zum anderen Ende der Insel tragen, ohne von Räubern oder sonstigen Rabauken belästigt zu werden.

»Oder versuch es mal damit, wenn dir die erste Vision nicht gefallen hat!«

Diesmal sah er sich nach Irland übersetzen und die Anführer aller sich bekriegenden Parteien herausfordern. Und er schlug sie alle, einen nach dem anderen, im ehrlichen Kampf. Er brachte endlich Frieden in dieses Land, das schon so lange von Fehden zerrissen war, daß jedes irische Kind weiß, was ein Molotow-Cocktail ist. Und der letzte britische Soldat verließ die Insel mit einem Lächeln auf den Lippen und einem Kleeblatt am Kragen. Ein wohlgeordneter Rückzug, da die Ordnung wiederhergestellt war. Das Land erblühte im Wohlstand, Irland nahm eine bedeutende Rolle unter den Nationen der Welt ein, und der Begriff *irische Ehre* wurde ein Synonym für Vertrauen. Das war nun wirklich grausam, ihm eine solche Vision an den Kopf zu

werfen! Er stand nicht auf die britische Oberherrschaft, aber die IRA war in ihrer Art genauso schlimm wie die PLO – und auch das gehörte zu den Dingen, die er nicht ändern konnte.
Bis jetzt.
»Oder das hier – erweitere deinen Horizont und blicke über dein eigenes erbärmliches Universum hinaus!«
Der Anfang war gleich, er brachte das Schwert nach Irland und stellte dort Frieden her, und danach zog er weiter – auf das europäische Festland, nach Südosteuropa, er übernahm das Kommando über die UN-Streitkräfte und zwang die streitenden Parteien mit harter Hand zu einem echten, dauerhaften Frieden. Ja, es gab Blutvergießen, aber nicht das Blut der Unschuldigen floß, sondern das der Idioten, die die Kämpfe anstachelten, und am Ende konnte das gleiche zehnjährige Kind mit dem Goldbarren von Galway bis nach Sarajevo laufen, ohne daß ihm ein Haar gekrümmt wurde oder es auch nur ein unfreundliches Wort hören mußte.
Dann gab ihn das Schwert endlich frei, und Michael saß blinzelnd auf seinem schäbigen, alten Bett in seinem schmuddeligen Zimmer und hielt sich noch immer die schmerzenden Zehen. Alles in seiner kleinen Welt schien ihm so jämmerlich, wo er doch nur die Hand ausstrecken mußte, um eine größere und prachtvollere zu gewinnen.
Michael betrachtete die Waffe neben seinem Bett, und das Metall schien ihm siegesgewiß zuzuzwinkern. »Du glaubst wohl, du hast mich jetzt am Haken, was?« fragte er bitter.
Er bekam keine Antwort. Die war auch nicht nötig.
Aber er kannte genug Antworten auf all diese Versuchungen, die ihm durch den Kopf schossen. Denn nun *erinnerte* er sich an Arthur – und an Guinevere und Lancelot und Agravaine und Morgaine.
Und Mordred.
O ja. Er zweifelte nicht daran, daß es irgendwo da draußen auch einen Mordred geben würde, der nur darauf wartete, daß er das Schwert in die Hand nahm. Trotz der Bedrohung durch Aids war

er nicht besonders vorsichtig gewesen, und es war durchaus möglich, daß eine ganze Reihe Bastarde aus seinem Samen hervorgegangen waren. Zur Hölle, es gäbe sogar einen Mordred, wenn der nicht sein Sohn wäre. Für jeden Helden des Lichtes entstand ein Ritter der Dunkelheit. Das hatte er schon vor langer Zeit begriffen. Für einen besten Freund gab es immer auch einen großen Verräter – und hatte nicht sogar Petrus Christus durch Lüge verraten? Jede große Liebe brachte einen großen Verlust mit sich.
Nein, ihn erwartete *nicht* der einfache Zug von Sieg zu Sieg, den ihm das Schwert vorgaukelte. Er war älter und wesentlich reifer als der jungenhafte Arthur, der Excalibur beim letzten Mal geführt hatte. Michael durfte sich nicht von Träumen blenden lassen. Am wahrscheinlichsten erwartete ihn ein Schicksal wie jenes: Ein Typ in New York hatte etwas Ähnliches beabsichtigt und seine Jungs die Guardian Angels genannt, und sogar er hatte nur mit einer kleinen Spitze des Eisberges in einer einzigen Stadt aufgeräumt – von Hunderten ganz zu schweigen.
Und dieses Szenario würde nur so lange bestehen, bis die Eltern irgendeines Tunichtguts ihn verklagten. Was würde ihm ein Schwert vor Gericht denn schon nützen? Was könnte er tun, den Richter enthaupten?
Außerdem war dies das Zeitalter der Boulevardzeitungen und der Sensationspresse. Eine Zeitlang würden sie ihn lieben, und dann würden sie ihn zerfleischen. Wenn die schon eine Zeitlang einen Riesenwirbel mit Charles und Di gemacht hatten, was würden sie dann erst aus ihm machen – und Guinevere und Lancelot – und Mordred?
Denn Mordred und Morgaine waren sicher auch hier, und vielleicht hatten sie sogar einen Vorsprung. Womöglich lauerten sie schon darauf, daß er auftauchte, damit sie bezahlte Killer auf ihn ansetzen konnten.
So gesehen könnte Mordred sogar Anwalt sein, der in diesem Moment schon mit Papieren und Verträgen gerüstet war und ihn in der Klapsmühle einwies, bevor er auch nur zwei Schritte

getan hätte! Oder ein Sensationsreporter, dessen Stärke darin lag, in anderer Leute Dreck zu wühlen. Michaels Vergangenheit würde in der Zeitung kein besonders schönes Bild abgeben.

O nein. Nie und nimmer.

»Das glaube ich nicht, mein Freund«, erklärte er, und bevor das Schwert zu weiteren schlauen Tricks greifen konnte, faßte er den Griff und schob es wieder fest in die Scheide.

Drei Stunden und sechs Aspirin später betrat er das nächste Pfandleihhaus mit einem länglichen, in alte Zeitungen eingewickelten Bündel unter dem Arm. Michael reichte es dem älteren Indonesier, der den Laden betrieb, über den Tresen.

Der alte Sack packte es aus und betrachtete das Schwert ohne den geringsten Anflug von Überraschung. Wahrscheinlich hatte er weiß Gott merkwürdigere Dinge über diese Theke wandern sehen. Er ließ es aus der Scheide gleiten und untersuchte die Klinge, ehe er sie wieder hineinschob. Erst dann sah er Michael durch das Gitter an.

»Ziemlich weicher Stahl. Vielleicht antik, vielleicht auch nicht, kann man nicht sagen. Fünf Mäuse«, sagte er. »Nimm es, oder laß es.«

»Einverstanden«, antwortete der Pendragon.

Jody Lynn Nye
WER DAS SCHWERT EHRT

Die Macht ist ein guter Lehrmeister«, erklärte Merlin. »Wenn man sich nämlich mit den großen Mächten einläßt, reicht schon ein kleiner Fehler aus, daß einem die Finger bis zum Ellenbogen abgebrannt werden. In anderen Fällen erfährt man den Zustand der Gnade, oder deren Abwesenheit. Und genau damit haben wir es hier zu tun. Ich empfehle dir also, alle Hilfsmittel sinnvoll zu benutzen, um soviel wie möglich zu lernen.«

Arthur wußte nicht, ob sein alter Lehrmeister damit auf das heilige Schwert Excalibur, auf die Herrschaft eines Königs oder auf alles beide anspielte. Auf jeden Fall erschien ihm die Periode, in der er sich im Zustand der Gnade befunden hatte, eindeutig zu kurz.

In den letzten drei Monaten war der junge König durch das halbe Land gereist – von seinem alten Zuhause im Nordwesten Britanniens nach London, von dort zurück nach Galova und jetzt wieder hinauf nach Luguvalium, um gegen die Sachsen zu kämpfen; und in dieser Zeit hatte er kaum eine Atempause gefunden, geschweige denn Muße, um nachzudenken.

Für einen zwölfjährigen Knaben hatte die unerwartete Krönung zum König, mit all ihrem Pomp und den endlosen Zeremonien, nicht nur Anstrengung, sondern auch Aufregung bedeutet. Gar nicht erst zu reden davon, wie bang ihm danach vor der Zukunft geworden war!

Arthur spürte immer noch, wie Excalibur in seiner Hand gesummt hatte, als er es am Griff hielt. Das Metall des Handstücks hatte sich nicht mehr von seinem Fleisch lösen wollen und sich so mit seiner Handfläche vereint, als wäre es ein Bestandteil des Jungen.

Sein Bruder Kay hatte ihn wieder und wieder aufgefordert, das Schwert zurück in den Stein und den Amboß zu stoßen, um es dann ein weiteres Mal herauszuziehen. Am deutlichsten konnte Arthur sich noch daran erinnern, wie auf der Miene des Älteren an jenem verschneiten Neujahrstag gerechte Empörung und Ungläubigkeit schließlich offener Begeisterung über Arthurs großes Glück gewichen waren. Obwohl Kay sich lautstark darüber beschwerte, daß er nicht derjenige sein durfte, dem die Königskrone beschieden war, war er am Ende doch stolz, daß die Ehre des Throns über einen kommen würde, der seiner engsten Familie angehörte.
Der Bruder, dessen Geistesgaben keineswegs in Britannien ihresgleichen suchten, hatte sich schließlich für die seinen Ohren angenehmste Interpretation entschieden, um mit der Enttäuschung darüber fertig zu werden, daß das Schwert nicht ihn zum zukünftigen Herrscher des Landes erwählt hatte.
Kay befleißigte sich im folgenden einer ganz eigenen Art von Heldenverehrung, die sich vornehmlich darin ausdrückte, seinem jüngeren Bruder die Grundkenntnisse des Schwertkampfs und anderer für einen Ritter unerläßlicher Dinge beizubringen. Deswegen hatte Merlin auch nichts dagegen, daß Kay den Jungen weiterhin unterrichten durfte, obwohl er doch die besten Schwertkämpfer des ganzen Landes zum Lehrdienst hätte rufen können – jeder von ihnen wäre stolz gewesen, diesem Befehl nachzukommen. Aber der Zauberer – er wollte lieber jemanden haben, den die Ehrfurcht vor diesem Amt nicht erdrückte. Arthur mußte von jemandem unterrichtet werden, der sich noch den Blick für sein jugendliches Ungestüm bewahren konnte und nicht davor zurückscheuen würde, ihn auf seine Fehler aufmerksam zu machen.
Die Sonne ging bald unter. Arthur war nach dem Sieg über die Sachsen ins Feldlager zurückgekehrt und fühlte sich vollkommen zerschlagen. Seine Beine waren so steif, daß er Mühe hatte, sich von seinem Lager zu erheben, um seinen Freund und Lehrmeister zu begrüßen. Merlin verfolgte die Bemühungen des

jungen Königs, auf die Beine zu kommen, mit sanftem Amüsement. Sofort forderte er den Knaben auf, sich bei Kay zu weiteren Schwertübungen einzufinden, obwohl er doch seit dem frühen Morgen in der Schlacht gefochten hatte.

»Nur die wenigsten Kämpfe enden nach einem Handgemenge«, mahnte der walisische Zauberer. Wenn Arthur jetzt viel übte und sich gut vorbereitete, würde er keine Probleme haben, wenn einmal eine Schlacht von einem Sonnenaufgang zum nächsten durchgefochten würde.

Der Junge erklärte sich schließlich einverstanden, und unter den Augen seines Lehrmeisters machte er sich daran, einen Baumstamm in Kleinholz zu verwandeln. Doch ein Stamm konnte sich schließlich nicht bewegen und zählte daher nicht als »richtiger Gegner«.

Arthur mußte gegen einen lebendigen Kontrahenten antreten, gegen jemanden, der ihm ausweichen und auch zurückschlagen konnte. Der Junge fühlte sich zwar nach dieser Übung immer noch müde, aber wenigstens waren seine Glieder nicht mehr steif. Also winkte er seinen Pflegebruder Kay heran, mit ihm die Klinge zu messen. So kräftig der ältere auch sein mochte, ein paar Hiebe gegen den Übungsstamm brachten ihn schon ins Schwitzen. Arthur hingegen verspürte nach seiner Anstrengung nicht mehr als Hitze zwischen seiner Handfläche und dem Schwertgriff.

Gegen einen lebenden Gegner zu fechten, verlangte ihm jedoch erheblich mehr ab.

»Du mußt deine Deckung aufrechterhalten, Bruder, ich meine, Königliche Hoheit. Versuch mal, das hier abzuwehren«, rief Kay und schwang seine schwere Klinge über den Kopf des Jüngeren. Er trat lässig einen Schritt beiseite, als der kleine König mit ausgestreckter Waffe auf ihn zustürzte. Arthur rannte mit Excalibur blindlings weiter, weil sein Ziel sich unvermittelt entfernt hatte, und geriet ins Stolpern.

»Paß auf, daß deine Füße nicht schneller werden als der Rest von dir. Mensch, Bruder, das kannst du doch viel besser! Bei al-

len Heiligen, das haben wir doch schon geübt, als wir noch klein waren und mit Schilfrohren aufeinander losgegangen sind.«
Arthur keuchte und sandte Wolke um Wolke in die eiskalte Luft. Ein Baum geriet ihm in die Quere, und er blieb daran hängen. Der Junge schob eine Strähne seines dichten haselnußbraunen Haares aus den Augen und wischte sich mit dem Ärmel den Schweiß fort, der sonst auf seinem Gesicht und an den Augenbrauen festgefroren wäre.
Kay war stark genug, seine schwere Klinge mit einer Hand zu bedienen. Er hob den Stahl jetzt und winkte seinem Bruder damit zu, ihn nochmals anzugreifen. Seine Arme waren bloß, und er trug nur das leichte, lange Hemd, das er für seine Schwertübungen verwendete. Offenbar fürchtete er nicht im geringsten, von Arthurs Waffe getroffen zu werden.
Der Junge atmete immer noch schwer und rannte auf den Gegner zu, Excalibur hoch über den Kopf geschwungen. Kay schüttelte nur den Kopf, als er Arthurs Attacke ohne die mindestes Mühe auswich. Der König stolperte wie zuvor ungehindert weiter und trudelte wie ein betrunkener Falke auf das Unterholz zu. Die nackten, knotigen Arme eines Apfelbaums streckten sich vor ihm aus, um ihn zu umarmen. Erneut wurde er unfreiwillig aufgehalten. Verärgert spuckte er Blätter und Zweige aus und wischte sich über das Gesicht.
Ganz gleich, was er anfing, er stellte sich regelmäßig zu unbeholfen an. Ein Wunder und ein Sieg über die Sachsen änderten nichts an Arthurs grundsätzlichen Problemen. Drei Monate reichten eben bei weitem nicht, um einen zwölfjährigen Knaben mit den Muskeln eines ausgewachsenen Mannes auszustatten oder ihm die Umsicht eines erfahrenen Kriegsmanns einzubleuen. Mochte Excalibur ihm während der Schlacht auch noch soviel Magie schenken – wenn er mit seinem Bruder übte, schien alle Kraft des Zauberschwertes sich verflüchtigt zu haben, so als könne dieses Stück bearbeiteten Stahls den Unterschied zwischen echtem Krieg und bloßer brüderlicher Rangelei deutlich erkennen.

Merlin hatte diese Senke, die fernab des Krönungsortes lag, für die tägliche Schwertübung ausgewählt. Bevor das Licht dieses Tages sich endgültig verabschiedete, hatte Arthur sich mit einem Versprechen an den Zauberer verpflichtet, an sich und seinen Fähigkeiten zu arbeiten, aber insgeheim spürte er, daß die Sache für ihn hoffnungslos war. Er war und blieb eben Arthur, ein zwölfjähriger Knabe. Nur das Schwert verwandelte ihn in der Schlacht in einen Krieger – dasselbe Schwert, das ihn auch schon zum König gemacht hatte.
Dann hörte Arthur hinter sich ein Kichern und wirbelte sofort herum, um dem Frechling die Schwertspitze an die Kehle zu setzen. Das Lied von Excalibur summte durch seinen Arm und von dort in sein Herz. Tödlicher Grimm mußte auf seiner Miene stehen, denn der Neuankömmling, König Coel von Rheged, wich sofort zwei Schritte weit zurück. Mit brennenden Wangen senkte der Knabenherrscher den Stahl gleich wieder.
»Mylord, das tut mir leid«, sagte Arthur zerknirscht. Die Macht des Schwertes zog sich von ihm zurück, und er war wieder der Junge, der er zuvor gewesen war.
»Gott im Himmel, Knabe, ich habe mich schon gefragt, wie Ihr uns heute nachmittag gegen die Athelingen zum Sieg führen konntet, wenn Ihr kaum eine Stunde später wie ein Küchenjunge auf einem klebrigen Küchenboden herumtorkelt«, erklärte der stämmige Mann und schob die großen, haarigen Hände in den Gürtel. »Jetzt aber erkenne ich, daß Ihr Euch nur im Schwertkampf geübt habt.«
»Tja, dann wißt Ihr es jetzt eben«, entgegnete der junge König steif, ehe er begriff, daß der Ältere es nur gut mit ihm gemeint hatte. »Ich bitte vielmals um Vergebung, Mylord.«
»Niemand hat hier ein Interesse daran, Euch wie einen Narren aussehen zu lassen«, sagte Coel freundlich und klopfte dem Jungen kameradschaftlich auf den Rücken. »Ich postiere einen Mann in Hörweite, für den Fall, daß Ihr mich zu sprechen wünscht. Er wird auch bestimmt nicht hierher sehen.«

König Coel marschierte davon und zerstampfte mit seinen großen Füßen das gefrorene Gras wie eine Viehherde.
»In der Schlacht hast du dich bewiesen«, erklärte Merlin, der wie aus dem Nichts neben Kay auf der Wiese auftauchte. Der walisische Zauberer hatte sich eine schwere Robe und einen Umhang über Hemd und Hose geworfen, um sich vor der Kälte zu schützen. Sein dichtes dunkles Haar, das an den Spitzen weiß wurde, wirkte wie eine Parodie auf den Frost, der immer noch an den Baumästen hing. »Deswegen nimmt Coel dich auch ernst. Du hast an der Seite von zwei der größten Krieger Britanniens gefochten, nämlich Rheged und Caw von Strathclyde, und hast weder sie noch deinen verstorbenen Vater beschämt.«
Arthur fiel jetzt wieder ein, daß Coel zu den ersten gehört hatte, die in London vor ihm auf die Knie gefallen waren und ihm den Treueid geleistet hatten – trotz des jämmerlichen Anblicks, den der Junge ihm geboten hatte. Da hatte Arthur also auf dem Thron gesessen, das Schwert lag auf seinen Handflächen, und sein Lied hatte seinen mageren Körper durchdrungen, der in den viel zu großen Kleidern steckte, die sein Bruder abgelegt hatte – und dennoch strahlte er so viel Majestät aus, wie sie durch ein Loch in der Wolkendecke herniederstrahlte, wenn Gott auf Seine Welt hinabblickte.
Und vor ihm hatte der König von Rheged sein Knie gebeugt, ein Mann, der in seinem Kettenhemd so beeindruckend und stark wie ein Burgtor wirkte. Er hatte tatsächlich im Matsch des Friedhofs gekniet und seine Hände auf die des Knaben gelegt, als wäre dies das Selbstverständlichste auf der Welt.
»Ich wollte ihn nicht beleidigen«, sagte der Junge kleinlaut.
»Das hast du doch auch gar nicht getan«, entgegnete Merlin fröhlich mit seiner walisischen Singsangstimme. »Glaub es mir, für einen Moment hat er sich selbst vor sich gesehen, wie er als Knabe war.«
Arthur schob trotzig das Kinn vor. »Hätte er denn heute morgen die Schlacht gewinnen können?« fragte er, als müsse er sich verteidigen.

»Gewiß nicht«, antwortete der Zauberer und legte seinem Schützling eine Hand auf die Schulter. »Komm jetzt, es ist Zeit fürs Abendbrot.«
Der König seufzte. Aus dem Munde seines väterlichen Freundes klangen diese Worte so, als befänden sie sich daheim auf Ectors Stammburg, wo seine Pflegemutter Sofia mit den gluckenden Bediensteten in der Halle auf sie wartete.
Wie weit waren sie hier von Galava entfernt? Das Abendbrot hier im Feldlager bestand höchstwahrscheinlich wieder aus einem Stück Wildbret und einem Kanten undefinierbaren Brotes.
»Tja, was erwartest du denn mitten im März auf einem Schlachtfeld anderes?« fragte Merlin, der wieder einmal seine Gedanken gelesen hatte. »Diejenigen mit einem verwöhnteren Geschmack haben sich bereits zu den Verwundeten zurückgezogen, um sie zu versorgen. Und dorthin sollte ich mich bald auch gesellen.«
Er ruderte mit den Armen durch die Luft, die sich daraufhin verdeckte, und stieg auf. Vorsichtig folgte ihm Kay – und damit verschwand der ganze Apfelbaumhain.

Die letzten Strahlen der schwachen Frühjahrssonne verzogen sich hinter die Mauern der zerstörten Abtei. Die Soldaten hatten ihre Mahlzeit noch nicht beendet (es gab fetttriefenden Hammelbraten und Haferbrot).
Arthur, der noch nach römischer Sitte erzogen worden war, empfand es als höchst abstoßend und faszinierend zugleich, wie die Krieger Fleisch und Brot verschlangen. Während er Caw von Strathclyde beobachtete, wie er schmatzte, rülpste und sich im Kauen noch lebhaft unterhielt, überkam es ihn, und er wischte sich die fettige Hand am Hemd ab – bis er den strengen Blick bemerkte, den Merlin auf ihn richtete. Der Zauberer reagierte schon bei der kleinsten Liederlichkeit streng. Arthur blinzelte schuldbewußt und suchte nach der Serviette, die unter das Kissen, auf dem er saß, geschoben war.
An dieser Tafel ging es ansonsten alles andere als förmlich zu.

Die Männer riefen einander allerlei zu, grölten und bewarfen sich mit Essen. Manchmal bezogen sie den König sogar in ihre rauhen Späße ein, doch dabei behandelten sie ihn immer noch mit einer Art von Ehrfurcht, als sei der Knabe ein Fleisch gewordenes Wunder oder eine Erscheinung, die man nicht beleidigen oder erzürnen durfte, wenn man nicht wollte, daß es mit dem eigenen Glück vorbei war.
Die Schlacht war mit weniger Verwundeten und Toten gewonnen worden, als normal gewesen und allgemein (mit Ausnahme von Merlin natürlich) erwartet worden war – und das alles hatten sie dem jungen Drachen zu verdanken, der sie in den Kampf geführt und mitgerissen hatte.
Dennoch genoß Arthur es, dem derben Treiben der Männer zuzusehen. Was ihn nach dem Mahl erwartete, war ungleich förmlicher und deutlich ernster. Sobald Arthur seine Portion gegessen hatte, würden Merlin und Ector ihn zur Rats- und Gerichtssitzung begleiten.
Recht zu sprechen war die Königspflicht, die der Knabe am wenigsten mochte. Vor allem mochte er nicht auf diese Sitzungen gehen, weil die älteren Fürsten und Könige dort stets reichlich Gelegenheit fanden, sich über seine Unerfahrenheit lustig zu machen und ihm unter die Nase zu reiben, daß er für das Amt des britannischen Herrschers noch viel zu jung sei.
Arthur schob den Teller beiseite und stopfte das Tuch unter das Kissen zurück.
»Bist du bereit?« fragte Ector.
»Nur noch einen Moment«, antwortete der Junge, wandte sich an den Zauberer und stellte verblüfft fest, wie sehr er in den letzten drei Monaten gewachsen war. Er konnte seinem Lehrmeister fast schon auf gleicher Höhe in die Augen sehen.
»Merlin, kann ich zu der Ratssitzung heute abend Excalibur mitnehmen?«
»Nein.« Die Augen des Walisers waren wie tiefe schwarze Seen und blickten unerbittlich. Arthur sah in ihnen das Spiegelbild seines eigenen verzweifelten Gesichts.

»Bitte!«
»Nein.«
»Ich brauch' es aber bei mir!« bettelte er. »Das Schwert verleiht mir Selbstvertrauen.«
»Nein.«
Nun wollte Ector dazu etwas sagen, aber Merlin hob eine Hand.
»Ich will Excalibur aber mitnehmen, und Ihr könnt mich nicht daran hindern.«
»Mein Junge, ich bin der einzige Mann in deinem ganzen Königreich, bei dem du deinen Willen nicht durchsetzen kannst. Laß die Klinge hier. Eines Tages wirst du den Grund dafür erkennen. Und jetzt komm.«
»Ihr werdet schon früh genug merken, wie sehr ich die Klinge brauche«, entgegnete Arthur mürrisch. Merlin aber verdickte bereits die Luft, und sie stiegen hinein.
Rings um ein großes Lagerfeuer vor Ectors Zelt, das rasch zum königlichen Pavillon umfunktioniert worden war, hatte man etliche Sitze aufgestellt. Direkt vor der Zeltklappe befand sich ein alter römischer Stuhl. Der Junge hatte diese x-förmigen Gebilde schon immer gehaßt, weil man den ganzen Hintern voller tiefer Rillen hatte, wenn man länger als ein paar Minuten darauf saß. Doch anscheinend hatte heute jemand eingedenk seines hohen Status ein dickes, besticktes Kissen auf die Sitzfläche gelegt, um es dem jungen Herrscher angenehm zu machen. Dankbar ließ der Knabe sich darauf nieder und legte die Hände auf die Armlehnen.
Coel und die anderen Fürsten nahmen auf den anderen Sitzen Platz. Während der Knabenkönig nach Lot von Lothian Ausschau hielt, glaubte er, aus den Schatten ringsherum Geflüster und Getuschel zu vernehmen. Die Truppen des Königs aus dem Norden hatten lange nicht an der Schlacht teilgenommen. Lot hatte sie bis zum späten Nachmittag zurückgehalten, als das Kriegsglück sich den Briten zuzuwenden schien. Wenn er dann nicht den Sachsen in die Flanke gefallen wäre, hätte das Arthurs

Streitmacht viele hundert Tote und womöglich auch den Sieg gekostet.
Merlin hatte dem Jungen anvertraut, daß der Nordkönig seine Soldaten aus zwei Gründen so lange zurückgehalten habe: Zum einen wollte er vermeiden, daß seine Getreuen abgeschlachtet würden, wenn an diesem Tag die Sachsen den Sieg davongetragen hätten. Zum anderen wollte er sicherstellen, daß alle sehen und erkennen konnten, wie wichtig seine Hilfeleistung war.
Arthur freute sich nicht eben darauf, diesen Mann nun vor sich zu zitieren, dem man nachsagte, wenn er sich beleidigt fühle, reagiere er bösartig wie ein verwundeter Keiler. Außerdem vertrat Lot die Überzeugung, Arthur habe die Krone nur dem Schwert zu verdanken und trage sie daher zu Unrecht. Merlin und auch Ector hatten dem Knaben erklärt, daß er sich früher oder später mit diesem Fürsten auseinandersetzen müsse.
»Je früher, desto besser«, hatte der Zauberer gemahnt, »wenn du Wert auf ein großes, geeintes Königreich legst. Andernfalls spielst du nur den Sachsen in die Hände und läßt das große Bündnis zerbrechen, das dein Vater geschmiedet hat.«
Die Männer, die da miteinander flüsterten, teilten sich mit, daß Lot es wohl vorzog, sich nicht vor dem Rat zu zeigen. Und das schien niemanden sonderlich zu überraschen. Arthur bezweifelte sehr, einen erfahrenen Kriegsfürsten dazu zwingen zu können, einem unreifen Knaben auf dem Thron den Respekt zu erweisen, der einem König gebührte – ganz gleich, wie bedeutend und tatkräftig seine Vorfahren gewesen waren.
Merlin und Ector nahmen an seiner Seite Platz, und er lauschte nun den Fällen, die vor ihn gebracht wurden.
Zuerst schleppte man sächsische Gefangene, die man gefesselt hatte und denen blutgetränkte Fetzen vom Leib hingen, vor den König. Über einige von ihnen wurde das Todesurteil verhängt, und diese Männer wurden gleich abgeführt und hinaus aus dem Lichtkreis des Feuerscheins gebracht. Andere gefangene Feinde wurden von den Fürsten als Sklaven beansprucht.

»Dieser da hat zwei meiner besten Männer erschlagen. Ich verlange entweder seinen Rücken oder seinen Kopf«, rief Caw grimmig und mit Blick auf einen zerzausten blonden Hünen, der stur geradeaus starrte. Wenn er die Sprache der Briten verstand, so ließ er sich davon nichts anmerken.
Arthur sah Ector ratsuchend an. Der Graf nickte.
»Ich spreche Euch diesen Gefangenen zu«, verkündete der König und zuckte zusammen, als Caws Männer den Sachsen fortschleppten und ihm dabei den Rücken entblößten. Die Schulterwunde, die der Mann in der Schlacht empfangen hatte, brach dabei wieder auf.
»Gerechtigkeit, hohe Herren!« rief ein Bauer aus der Gegend östlich von Luguvallium und verlangte Entschädigung für die Schäden, die die Sachsen auf seinem Grund angerichtet hatten. »Sie haben meinen Hof niedergebrannt und mich und die Meinen hinaus in den Winter gejagt. Gibt es denn keine Gerechtigkeit mehr für einen armen Mann, der tagaus, tagein im Schweiße seines Angesichts schuften muß?«
Arthur tat der Bauer leid, aber er wußte nicht, wie er ihm helfen sollte. Coel befreite ihn aus dieser Lage, indem er sein halb kahles Haupt vom Alekelch hob.
»Wer ist dein Grundherr, Mann? An ihn mußt du dich wegen Wiedergutmachung wenden, nicht aber an den Hochkönig. Nun sag, wem mußt du Frondienst leisten?«
Der alte Caw von Strathclyde, von dessen vielen Söhnen drei Arthur auf dem Schlachtfeld als Leibwächter gedient hatten, grunzte seine Zustimmung.
»Schickt ihn fort, Junge. Wenn es diesem zerlumpten Kerl wirklich so sehr darum gegangen wäre, die Barbaren aus unserem Land zu vertreiben, hätte er heute zusammen mit uns auf dem Feld gestanden und Eindringlinge erschlagen.«
Und so verlief der Rest des Abends. Arthur, der noch keinerlei Erfahrung darin besaß, seine Autorität zur Geltung zu bringen, konnte nur zu dem, was die anderen Könige und Fürsten erklärten, nicken und seine Zustimmung geben.

Als das Königsgericht endlich beendet war, stürmte der Junge gleich in sein Zelt und hockte sich auf sein Lager. Excalibur ruhte in seinem Ständer. Arthur streckte eine Hand aus, um den Stahl zu berühren, und spürte gleich das willkommene Summen wie von einer Katze, der es wohl geht. Die Anspannung, die sich während der letzten Stunden in ihm aufgebaut hatte, verging allmählich.

»Ich bin mir da draußen wie ein Bauerntölpel vorgekommen«, beichtete er der Klinge.

Das Rascheln von Stoff erklang. Merlin folgte dem Knaben ins Zelt und legte ihm eine Hand auf die Schulter.

»Tja, du bist eben noch jung, und daran läßt sich nun einmal nichts ändern, zumindest vorerst noch nicht. Aber selbst wenn du schon seit frühester Jugend zusammen mit deinem Vater geherrscht und Recht gesprochen hättest, würden dich immer noch alle für einen Grünschnabel halten. Du hast doch wohl nichts anderes erwartet, oder?«

Arthur drehte sich herum, um seinen Lehrmeister anzusehen.

»Wenn ich Excalibur hätte mitnehmen dürfen, wäre der heutige Abend ganz anders verlaufen. Nächstes Mal gehe ich nicht ohne das Schwert auf die Sitzung.«

»Nein.«

»Bitte ...«

»Nein.« Merlin verzog keine Miene, und auch seine Stimme blieb gelassen wie stets. Der Junge hingegen verlor die Beherrschung. Er riß das Schwert aus dem Ständer, reckte es versehen mit Scheide und Gurt hoch in die Luft, und spürte gleich das alte Selbstvertrauen, das ihn regelmäßig überkam, wenn er seine Klinge hielt.

»Ich nehme Excalibur mit. Das halte ich nämlich für besser. Ich bin schließlich der König, und so lautet mein Wille.«

»Ja, du bist der König«, schmunzelte Merlin und zog amüsiert die Brauen zusammen. »Endlich sprichst du auch wie einer. Also gut, meinetwegen, führe es bei der nächsten Versammlung an deiner Seite. Du wirst schon sehen, was dann passiert.«

Als Arthur sich schlafen legte – das Schwert ruhte an seiner Seite –, sagte er sich, daß er endlich seinen Willen durchgesetzt, wenn auch nicht das letzte Wort behalten hatte.

Früh am nächsten Morgen kehrten die berittenen Späher zurück und meldeten, daß die Reste der sächsischen Streitmacht Richtung Osten flöhen und auf ihrem Weg plünderten, raubten, mordeten, sengten und schändeten. Die Briten ließen ihre Bediensteten zurück, um das Lager zu sichern, und brachen gleich auf, das Werk zu Ende zu bringen, das sie gestern begonnen hatten.

Diesmal arbeiteten alle Kontingente zusammen. Lot, ein sehniger, muskulöser Mann mit einer Aura von Eleganz und Unbekümmertheit, erschien rechtzeitig an der Spitze seiner Truppen. Er grüßte die anderen Fürsten mit einem Nicken und Arthur mit einer Verbeugung, so als wäre am gestrigen Tag nichts geschehen.

Arthur ärgerte sich über diese Respektlosigkeit des Nordkönigs, konnte im Moment aber nichts dagegen unternehmen und beschloß, diesem Fürsten heute zu beweisen, daß er ein Herrscher war, mit dem man rechnen mußte.

Ein paar Meilen südöstlich von Luguvallium stießen sie auf die Sachsen, und an diesem Tag schien sich alles zu bewahrheiten, was Arthur je über die Furchtlosigkeit und Raserei der Invasoren gehört hatte.

Kaum zeigten sich ihnen die britischen Truppen, drehten die blonden Riesen sofort um und stürmten auf sie ein. Den Fürsten blieb nichts anderes übrig, als rasch ihre Befehle zu geben und sich dem Kampf zu stellen.

Das rote Drachenbanner des Hauses Pendragon knatterte im Wind, als Arthur Excalibur zog, emporhob und seine Soldaten in die Schlacht führte.

Die beiden Armeen trafen mit Getöse aufeinander. Obwohl die Briten dem Gegner zahlenmäßig überlegen waren, ließen die Sachsen sich davon nicht beirren und kämpften wie rasende

Raubtiere. Jeder einzelne von ihnen wehrte mit seinen Axt- oder Hammerschwüngen vier Briten gleichzeitig ab.
Arthur lenkte sein Roß mit den Knien und suchte und fand den Anführer der Invasoren, den Kriegsfürsten Colgrim. Mit Excalibur in seinen Händen konnte er nicht viel falsch machen. Die Klinge verhinderte, daß der Sachsenfürst ihm auch nur den leichtesten Hieb beibringen konnte, ehe er schwer getroffen darniedersank und von den Pferdehufen zertrampelt wurde.
Der Knabe bescherte seinen Leibwächtern einen Ausbruch von Angstschweiß nach dem anderen, als er sich wieder und wieder ins dichteste Getümmel stürzte und jeden Zweikampf überlebte, ohne auch nur einen Kratzer abzubekommen.

Excalibur entwickelte sein Eigenleben, und sein Siegeslied rauschte in Arthurs Blut, bis er nichts anderes mehr hören konnte, weder das Klirren von aufeinanderprallendem Stahl noch die Schreie der Verwundeten und Sterbenden. Gemeinsam waren Knabe und Schwert unbezwingbar und verteidigten ihr Land.
Als der Rausch, der über ihn gekommen war, verging, wurde Arthur wieder zu dem zwölfjährigen Jungen auf einem Schlachtroß, und das Lied Excaliburs verging zu einem leisen, aber angenehmen Summen. Er steckte das Schwert in die Scheide zurück und führte seine müden Krieger heim ins Lager. Einmal spürte er einen Blick in seinem Rücken, drehte sich um und hielt nach Merlin Ausschau. Aber die bohrenden Augen gehörten Lot. Er erwiderte dessen Starren mit ausdrucksloser Miene und fragte sich, was dem König aus dem Norden wohl gerade durch den Kopf gehen mochte.
»Hochkönig!« riß ihn die Stimme Coels aus seinen Überlegungen.
»Mylord?« Arthur richtete sich im Sattel auf und wandte sich dem Fürsten zu.
»Wir haben viele Verwundete und sind noch weit fort vom Lager. Außerdem haben wir etwa zwei Dutzend von diesen

sächsischen Tieren gefangen. Euer Einverständnis vorausgesetzt, würde ich vorschlagen, die Sachsen sollen die Verwundeten tragen, denen sie ja schließlich diese Verletzungen beigebracht haben. Hieltet Ihr das nicht auch für klüger?«
»Ja, ein guter Vorschlag, Mylord«, erklärte Arthur. Er fühlte sich ein wenig beschämt, weil er so wichtige Fragen vergessen hatte, und war Coel dankbar dafür, diese Scharte auf diplomatische Weise ausgewetzt zu haben.
In diesem Moment lenkte Lot seinen Rappen neben das Roß des Königs.
»Wenn er uns besser geführt hätte, wäre die Anzahl unserer Verwundeten nicht so hoch ausgefallen«, schimpfte der Fürst laut genug, daß alle in der Nähe ihn vernehmen konnten.
»Wenn Arthur uns nicht geführt hätte«, widersprach Coel noch gereizter und mindestens ebenso laut, »lägen wohl viel mehr der Unseren in ihrem Blut. Welcher Feind könnte einem solchen Helden wie ihm widerstehen? Seid gerecht, Lot von Lothian. Wir konnten weder das Schlachtfeld aussuchen noch die Umgebung erkunden. Doch hat nicht eines unserer Pferde sich ein Bein gebrochen, dabei wimmelt es auf dem Feld von Maulwurfshügeln. Arthur hat den Sieg für uns errungen. Er ist unser Glücksbringer.«
Feuer loderte in den schwarzbraunen Augen des Nordkönigs auf. »Wir brauchen nicht so sehr Glück, Coel von Rheged, als Feldherrenfähigkeiten.«
»Nun, ich meine, die haben wir bereits. Wenn Ihr gestattet, mein König.« Er betonte die Anrede deutlich, ehe er sein Pferd umwandte und zurück zu den Gefangenen ritt.

Auf der Versammlung an diesem Abend hielt Lot mit seinem Unmut nicht hinter dem Berg. Arthur hatte wieder auf dem römischen Stuhl Platz genommen, doch diesmal hatte er Excalibur quer über seine Knie gelegt. Lot befand sich zu seiner Rechten, murmelte ständig leise vor sich hin und verdrehte die Augen bei jedem Richterspruch, den der Hochkönig von sich

gab. Die Anwesenheit des Schwertes half dem König aber dabei, weise Recht zu sprechen.
Nach dem zweiten Tag unaufhörlichen Kampfes fühlte der Junge sich so erschöpft, wie er das nie für möglich gehalten hätte. Für solche Müdigkeit schien es einfach keine passenden Worte zu geben. Dennoch bestand der Zauberer unverständlicherweise bei seiner Rückkehr ins Lager darauf, daß der Knabe seine täglichen Schwertübungen nicht vernachlässige. Arthur mußte danach jedoch zugeben, daß er sich tatsächlich besser fühlte. Ein paar Grundübungen und Probekämpfe lösten die Krämpfe in seinen Muskeln und halfen ihm, den zurückliegenden Tag aus einer anderen Perspektive zu sehen.
Auf der abendlichen Versammlung traten mehrere Bauern und Landeigner aus der Umgegend auf und führten Klage gegen die sächsischen Piraten. Mit Excalibur auf seinen Knien spürte der Knabe größeres Selbstvertrauen und nutzte die Weisheit, die tief in ihm steckte. Er erinnerte sich an ähnliche Fälle, die vor Ector gebracht worden waren und denen er als kleiner Junge gelauscht hatte, damals auf der Stammburg des Grafen. Statt die Klageführer von Coel oder Caw abweisen und fortschicken zu lassen, spürte Arthur eine magische Kraft in sich aufsteigen und vernahm zu seiner eigenen Verwunderung höchst weise Urteile.
»Man soll ihnen einige von den Gefangenen aushändigen«, erklärte seine Stimme, »die ihnen helfen sollen, das wiederaufzubauen, was zerstört wurde. Diejenigen, bei denen die Not am größten ist, sollen als erste unter den Sachsen auswählen dürfen.«
»Was?« rief Caw und sah sich der Aussicht auf neue Sklaven beraubt. »Aber, Hochkönig … ach, ist ja auch einerlei. Ich müßte die flachsblonden Sauhunde ja doch nur durchfüttern.«
Coel, der neben Caw saß, nickte dazu. Arthur, der neben Ector stand, sah den Grafen grinsen.
»Gut gesprochen, mein Sohn. Wohl getan.«
Lot räusperte sich und stützte sich auf den anderen Ellenbogen.

»War das Eure eigene richterliche Weisheit, oder haben wir da eher das uralte Wissen Eurer kostbaren Klinge vernommen?«
»Was macht es schon, wo eine Entscheidung herkommt, solange sie nur recht und billig ist?« hielt Ector dagegen. »Sein leiblicher Vater hätte es nicht besser anfangen können. Vermutlich hätte er sogar weniger wohlfeile Worte gefunden.«
»Ihr habt selbst das Gesicht des Knaben gesehen, Graf Ector«, lachte Lot. »Ich beobachte ihn schon den ganzen Abend. Der Junge ist kein Weiser oder Seher, er vermag nur so, wie diese es mit Wasser in einer Schüssel tun, aus dem Stahl zu lesen, was zu sagen ist. Dieser Arthur hat genausowenig von einem Richter wie von einem Krieger an sich – und König ist er nur dank seines Schwertes.«
Excalibur fühlte sich in diesem Moment sehr schwer auf Arthurs Knien an. Der Junge bemühte sich aber, seiner Miene nichts davon anmerken zu lassen. Was Lot da gerade zum Ausdruck gebracht hatte, ähnelte zu sehr den Fragen, die ihn selbst bisweilen plagten. Dennoch schmerzte es den Jungen, sie laut ausgesprochen zu hören.
Also wollte er sich an diesem Fürsten rächen, richtete sich noch gerader auf und legte sich in Gedanken zurecht, was er nun entgegnen würde. Zum Beispiel, was er von Lots Zurückhaltung am gestrigen Tag hielt, wo er die Briten Stunde um Stunde wie Wäsche an der Leine hatte hängen lassen, bis es ihm gefiel, gegen die Sachsen vorzugehen, wie er es geschworen hatte. Excalibur summte jetzt intensiver und bedrohlicher, weil sein Herr so frech herausgefordert worden war. Ein leises Zupfen am Arm lenkte den jungen König jedoch ab, und gleich wurde das Summen wieder leiser.
»Sag jetzt besser nichts«, mahnte Merlin.
Obwohl ihn das gehörige Überwindung kostete, er sich auf die Zunge beißen und die Zähne aufeinanderpressen mußte, hielt der Knabe den Mund.
Lot hingegen machte einen enttäuschten Eindruck, so als hätte

er sich schon darauf gefreut, den Jungen in aller Öffentlichkeit demütigen zu können. Seines Opfers beraubt, wandte er sich statt dessen gegen Caw.

»Zwei Eurer Speerträger sind heute einem meiner Hauptleute in die Quere gekommen. Die groben Kerle haben sein Pferd niedergestochen. Ich verlange Schadensersatz von Euch, Caw von Strathclyde.«

»Was? Wie war das?« Der ältere Krieger starrte Lot über das Feuer hinweg an. »Euer Hauptmann wäre meinen Soldaten nie in die Quere gekommen, wenn er mit seiner Einheit in der Linie geblieben wäre. Gebt Euch selbst Schadensersatz. Einer dieser Speerträger hat eine klaffende Schulterwunde, weil das Pferd Eures Hauptmanns ihn getreten hat.«

»Meine Herren, ich bitte Euch!« Arthurs klare, aber helle Stimme schnitt in die Auseinandersetzung der Fürsten und hörte sich an wie eine Lerche, die einen Schwarm Krähen zur Ruhe bringen will. »Es ist schon spät. Sollten wir nicht morgen die Einzelheiten dieses Vorfalls untersuchen und dann zu einem gerechten Ausgleich finden? Wenn wir geschlafen haben, können wir bestimmt mit ruhigerem Kopf an diese Sache gehen.«

»Verstehe, der Knabe ist heute länger auf, als er eigentlich darf«, murrte Lot, erhob sich und machte sich auf den Weg zu seinem Zelt. »Aber wenn das Schwert es so möchte, will ich mich fügen.« Die Versammlung kam zu ihrem Ende, und Arthur zog sich ohne ein weiteres Wort zurück, wobei er Excalibur fest an sich gepreßt hielt. Das Schwert, das sich während der Schlacht so leicht in seinen Händen anfühlte, erschien ihm jetzt so schwer wie die klobigen Eisenstangen, mit denen sein Pflegevater ihn früher auf der Burg hatte üben lassen. Arthur zwang die Tränen zurück, die mit einem Mal in seinen Augen brannten.

»Das stimmt alles nicht, und das weißt du auch«, sagte Merlin, als sie sich allein im Zelt befanden. »Excalibur ist nur der letztendliche Beweis für deine Stellung, nicht aber die Ursache deines Königtums. Das Schwert hat jedermann vor Augen geführt, daß du wahrlich der Sohn von Uther und kein Betrüger bist.

Allein hätte die Klinge aus dir genausowenig einen Herrscher machen können, wie sie dir dazu verhilft, ein guter Schwertkämpfer zu werden. Das alles mußt du selbst bewerkstelligen! Ach, übrigens, du hast gut daran getan, Lot keine Gelegenheit zum Reden zu geben. Wenn du ihm geantwortet hättest, säßen wir jetzt noch da und müßten uns seine Beschuldigungen anhören. Ich habe ihn bei froheren Gelegenheiten schon erlebt, und wenn er heute seinen Willen bekommen hätte, würde es hier in unserem eigenen Lager zu Blutvergießen gekommen sein.«

»Ihr habt recht gehabt«, sagte Arthur kleinlaut. »Ich hätte das Schwert nicht zu der Versammlung mitnehmen dürfen. Aber es hat sich so gut angefühlt, es auf meinen Knien zu spüren. Ist es denn wirklich so falsch, sich auf seine Weisheit zu stützen?«

»Nein, wenn du zuvor gelernt hast, dich auf dich selbst zu stützen«, entgegnete der Zauberer. »Die härtesten Schlachten mußt du mit leeren Händen ausfechten. Und wenn du die hinter dir hast und immer noch Excalibur mitführen willst, wohin du auch gehst, wird niemand etwas dagegen haben, und kein Hahn wird danach krähen.«

»Aber heute abend hat die Klinge mich mit Weisheit versehen. Alle haben meine Urteile respektiert.«

»Doch wer hat in Wahrheit diese Urteile gesprochen?« fragte Merlin freundlich. »Zumindest in diesem Punkt hat Lot recht gehabt. Du mußt erst deine Grenzen kennenlernen, bevor du mit deinen wahren Qualitäten umgehen kannst. Erst wenn du bereit bist, eine Macht anzuerkennen, die größer ist als die deine, hast du die wahre Demut erreicht, und erst aus ihr geht echte Größe hervor.«

Der Knabe lachte freudlos. »Hört sich ganz nach dem Gegenteil von dem an, wie es in unserer Welt wirklich zugeht.«

»Wie bei allen Wahrheiten haben wir es auch hier mit einem Paradox zu tun. Wenn du der Überzeugung bist, daß nur das Schwert dich zum König macht, dann danke lieber ab, und übergib Excalibur jemandem, der seiner würdiger ist.«

»Nein, das möchte ich aber nicht tun. Das wäre nämlich nicht recht.«
»Dann mußt du auch die Vorhaltungen und den Widerspruch anderer ertragen. Doch laß dich durch solche Anwürfe nicht davon abbringen, das Richtige zu tun und den rechten Weg zu beschreiten.«
Arthur wäre am liebsten nach Hause zurückgekehrt. Wenn das Königsein so blieb, wie es sich ihm bislang dargestellt hatte, lag ihm wirklich nicht mehr viel daran. Warum nicht den anderen die Politik überlassen und wieder ein ganz normaler Mensch werden?
Der walisische Zauberer schüttelte den Kopf.
»Das geht nicht mehr. Nie mehr. Der Kuckuck ist bereits aus seinem Ei geschlüpft.«
»Merlin, wollt Ihr mir einen Traum weben?« bat der Junge.
Die Träume waren der Teil seiner Ausbildung, der ihm bei weitem am besten gefiel. Von Mal zu Mal, besonders wenn der Junge einen kniffligen Stoff zu lernen hatte, sang der Zauberer ihm ein magisches Schlaflied, das ihn im Traum zu einem Baum, einem Fisch, einem Vogel, einer Pflanze oder einem ähnlichen Lebewesen machte.
Jeder Traum barg in sich eine Weisheit, die ihm bei seinem jeweiligen Problem weiterhalf. Und jedes Traumgeschehen kam ihm sehr wirklich vor, obwohl er sich danach nie ganz sicher war, ob sich das tatsächlich ereignet hatte. Bei einer solchen Lehrgeschichte war er selbst eine Schnecke gewesen und hatte sich mit einem Karpfen angefreundet, der in einem Teich lebte. Für einen Moment hatte er geglaubt, der alte Fisch erkenne ihn, doch dann hatte er nur mit der Schwanzflosse gewedelt und war in die dunklen Tiefen auf dem Grund verschwunden.
Der Waliser lächelte jetzt und holte sich die kleine Harfe, die im geschützten Teil des Zelts abgestellt stand.
»Doch nur einen kurzen Traum. Ich muß noch den Verwundeten singen, um sie mit Kraft zur Genesung zu versehen, und für die Sterbenden den Weg in die nächste Welt ebnen.«

In diesem Moment wurde Arthur wieder zu einem kleinen Jungen und erklärte schmollend: »Aber ich brauche Euch.«
»Ich bin doch noch bei dir. Nur kann das nicht immer so sein.«
»Wohl weiß ich, daß die Krieger Euch mehr benötigen«, bekannte der Knabenkönig nun beschämt.
»Das meinte ich nicht, sondern vielmehr, daß ich eines Tages nicht mehr dasein werde. Das ist dir auch schon seit langem bekannt. Doch keine Angst, du wirst schon lernen, als König auf eigenen Füßen zu stehen – schließlich bleibt dir gar nichts anderes übrig. Und bis dahin werde ich für dich dasein.«
Er hockte sich auf die Kante von Ectors leerer Bettstatt und setzte das Instrument auf sein Knie.
Arthur machte es sich in seinen Fellen gemütlich und wünschte sich insgeheim, er könne wieder zum Kuckucksei werden und in der Eierschale verschwinden. Oder auf Ectors Stammburg zurückkehren, wo er den Zauberer ganz für sich allein gehabt hatte. Kay war damals oft eifersüchtig gewesen, und das hatte sich erst mit Excalibur gelegt: Heute vertrat er die Ansicht, daß es nur recht und billig gewesen war, daß des Königs Hexenmeister zu ihnen gekommen war, um den Jungen aufzuziehen, mit dem er noch soviel vorhatte.
Mittlerweile war es jedoch Arthur, der Eifersucht entwickelte, weil die neuen Pflichten ihm so oft seinen besten Freund und Lehrmeister entführten. Natürlich war es die Pflicht des Königs, zugunsten seiner Soldaten, die des Beistands bedurften, zurückzustehen, aber es konnte ja wohl nicht schaden, wenn die Verwundeten noch einen Moment länger warteten.

Während die Töne, die Merlin den Harfensaiten entlockte, sich wie ein Netz um ihn legten und ihn immer tiefer in den Schlaf zogen, entspannte sich der Junge und ließ vor seinen Lidern Bilder entstehen …
Er glaubte, sich in einem dunklen Eichenwald zu befinden, in dem aber trotz des dichten Laubwerks eigentümlich helles Licht

herrschte. Also mußte Hochsommer sein … doch als was war er hier?
Eine leichte, feuchte Brise kitzelte die Blätter, und während sie tanzten, roch Arthur Lehmboden, Blumen und viele Tiere, deren Geruch er jedoch genau zu unterscheiden vermochte.
Dann bemerkte er runde, goldfarbene Augenpaare im Halbdunkel, und leises Heulen und Zwitschern, so als würde sich wer unterhalten.
Nun erkannte er einige Dutzend Eulen, die sich zu einer Ratsversammlung auf den Eichenästen niedergelassen hatten und ihn anblickten. Gelegentlich konnte er sogar ihre Gesichter ausmachen und meinte, sie ähnelten denen der Fürsten und Könige, die allabendlich mit ihm zu Rate saßen.
Coel war eine gelbbraune große Eule mit einem weißen V über dem Schnabel, das sehr an die starken, buschigen Augenbrauen des Mannes erinnerte. Der Vogel mit den kurzen Ohren neben ihm mußte Caw sein – das intensive gelbe Starren seiner Augen ähnelte dem des echten Königs. Lot hatte die Gestalt eines Uhus angenommen. Gewaltig und mit grauweißem Gefieder hockte er da und sah mit orangegelben Augen um sich, in denen sich Wahnsinn spiegelte. Der Rest der Anwesenden setzte sich aus Schleiereulen und Käuzchen zusammen.
Der Junge sah an sich herab und entdeckte Federn an seinen Beinen und weiße Socken. Seine Flügel waren an den Enden abgerundet, ideal für ein lautloses Herabstoßen und Greifen – kurzum, er saß als Schnee-Eule hier.
»Dabei hätte ich gedacht, ich wäre zu einer Schleiereule oder zu einem Steinkauz geworden«, verwunderte er sich laut.
»Nein, hier wird jeder zu dem Vogel, aus dessen Ei er geschlüpft ist«, informierte ihn eine heulende Stimme freundlich.
Er entdeckte auf dem Ast neben sich eine ziemlich große Schnee-Eule und hielt den Atem an. Das war Uther, sein leiblicher Vater. Arthur war dem Mann erst einmal begegnet, als der alte König in den Norden gereist kam, um die Grenzbefestigungen am Hadrianswall zu inspizieren. Damals hatte er

sich gefragt, ob das wohl Uthers einziger Grund gewesen war, so weit zu reiten.

»Du hast dich nicht geirrt«, erklärte der weißgefiederte Vogel. »Ich bin tatsächlich dort oben erschienen, um dich zu sehen. Wer würde nicht gern erfahren, wie sein Erbe aussieht, wie er sich entwickelt hat und was aus ihm zu werden verspricht? Und nun kann ich erkennen, daß ich mit dir sehr zufrieden sein darf.«

Uther spreizte seine weiten silbernen Flügel und erhob sich leise in die Luft. Die Schwingen trugen ihn zu einem anderen starken Ast, auf dem er sich mit kräftigen Klauen festkrallte.

Arthur war jetzt ganz allein auf seinem Ast.

»Und nun sprich«, forderte sein Vater ihn auf.

»Das kann ich nicht«, sagte der Junge. »Dafür bin ich viel zu unwissend.«

»Wenn du an einem Punkt nicht mehr weiter weißt, dann bitte um Rat«, entgegnete Uther. »Die erste Lektion der Weisheit verlangt zu ergründen, was man weiß und was man nicht weiß.«

»Das erklärt Merlin mir auch andauernd. Er hat mich sogar gezwungen, Plato zu lesen.«

»Das ist mir bekannt.« Der Junge entdeckte ein amüsiertes Funkeln in den großen Augen seines Vaters. »Er hat es mir nämlich erzählt. Aber glaub mir, mein Sohn, ich habe meinen Lehrmeistern auch nicht immer zugehört.«

»Hört mich an, Ihr Herren!« ließ sich ein Würger mit schriller Stimme vernehmen und sah sich mit kurzsichtigen Augen auf der Lichtung um, auf der sich die Ratsvögel versammelt hatten. »Diese schurkischen Krähen haben mein Nest zerstört und die Maus gestohlen, die ich gefangen hatte, um sie an meine Jungen zu verfüttern. Helft mir! Gebt mir Nahrung für meinen Nachwuchs!«

Arthur öffnete den Schnabel. Die Klage des kleineren Vogels hörte sich sehr ähnlich derjenigen an, die zuvor am heutigen Abend vor ihn gebracht worden war. Die Federn an seinem

Bauch fingen an zu jucken, und er kratzte sich dort gedankenverloren mit einer Kralle, während er versuchte, sich daran zu erinnern, wie der Fall ausgegangen war.
Der Würger hüpfte auf einen Zweig vor ihn, und sein schmales, schwarzgefiedertes Gesicht füllte sich mit Hoffnung.
»Ich ... äh, auf wessen Grund geht dieser Vogel zur Jagd?« fragte er stammelnd die hohen Herren.
»Auf dem meinen«, meldete sich eine Schleiereule.
»Werdet Ihr ihm Hilfe gewähren?«
»Ja, das will ich. Er soll zwei Spitzmäuse und eine Feldmaus als Schadensersatz erhalten, muß aber sofort zu seinem Nest zurückkehren, hat er seine Familie doch zu lange der Gefahr durch die Räuber ausgesetzt. Wie jedermann weiß, verspeisen die Krähen nicht nur Ungeziefer.«
Der dankbare Würger eilte gleich davon, und die Eulen tschirpten miteinander. Selbst der Uhu hatte nichts einzuwenden.
»Gut gemacht«, lobte Uther von seinem Platz aus.
»Wirst du mich unterrichten?« fragte Arthur.
»Das brauche ich nicht mehr«, entgegnete der alte König. »Du weißt schon viel und lernst eifrig. Aber ich will dir ein Andenken geben.«
Damit steckte die Schnee-Eule den Kopf unter einen Flügel und zupfte dort eine Feder heraus. Die Stelle, wo jetzt etwas fehlte, war deutlich auszumachen, ungefähr so wie eine Zahnlücke.
Er reichte seinem Sohn die Feder mit einer Kralle. Arthur nahm sie sofort, und seine Krallen streifen kurz die des Vaters.
»Und nun, leb wohl.«
Der Knabe preßte die Gabe fest an sich. »Aber du darfst noch nicht gehen.«
»Ich muß aber, und du wirst dir noch einige Klagen anhören müssen.«
Andere Vogelstimmen ertönten nun und wurden so laut, daß das leise Murmeln seines Vaters darunter kaum noch zu hören war.
»Herr! Gnädiger Herr, hört mich an, bitte!« rief ein Vogel und

hüpfte mitten in die Schar der Bittsteller. Als der junge König den hysterischen Klageführer dazu gebracht hatte, sich in die Reihe zurückzustellen, war Uther Pendragon verschwunden.

Arthur erwachte im ersten Morgengrauen vom üblichen Lagertreiben. Mit halb geöffneten Lidern drehte sich Ector auf seiner Schlafstatt herum und wickelte sich fester in sein Schafsfell. Wenn ihn fror, pflegte er aufzuwachen. Kay schnarchte die Decke an. Ihn konnte wahrlich nichts aus dem Schlaf holen. Das vierte Strohlager war leer – Merlin mußte wieder irgendwo unterwegs sein. Vielleicht hatte er auch gar keine Zeit gefunden, sich hinzulegen.

Arthur erinnerte sich nun, was der Zauberer gestern abend vorgehabt hatte, und er nahm sich vor, ebenfalls nach den Verwundeten zu sehen. Der Junge erhob sich, als ihn etwas Spitzes in die Hand stach. Seine Rechte hielt immer noch die lange Feder der Schnee-Eule.

»Danke«, sagte er leise.

Kay gab Schnaufen und Schnauben von sich.

»Oh, du bist schon auf«, murmelte sein Pflegebruder schläfrig. Dann trat er die Felle zurück, stand auf, warf sich den Umhang über die Schultern und ging nach draußen.

»Heda!« rief er den Bediensteten zu. »Herbei, herbei! Wasser und Ale für den König. Der König ist erwacht! Sputet euch!«

Sobald der ältere Bruder außer Sicht war, kramte Arthur unter dem Strohsack den kleinen Beutel hervor, in dem er seine Wertsachen und sonstiges Allerlei aufbewahrte. Der abgewetzte Lederbeutel enthielt die Amulette, die seine Pflegemutter ihm geschenkt hatte, und dazu die Andenken aus den Träumen, die Merlin um ihn gewoben hatte.

Die Fischschuppe von der Größe seines Daumennagels, ein ziemlich glatter Stein, ein paar Eicheln und andere Schätze, die jeder andere vermutlich gleich fortgeworfen hätte. Ganz unten am Boden des Beutels lag das Kreuz, das der Zauberer ihm gegeben hatte. Es stammte von Igraine, seiner leiblichen Mutter, und befand sich direkt neben dem Drachenring, den Uther einst getragen hatte. Liebevoll plazierte der Junge die Feder zwischen die beiden Kostbarkeiten.

Ihm blieb keine Zeit mehr, dem Waliser von seinem jüngsten Traum zu berichten, denn heute folgte der König mit seinen Getreuen den berittenen Spähern. Es ging darum, die versprengten Reste der Sachsen aufzuspüren, die sich in Gehöften oder im Wald eingenistet hatten.

Der junge König kämpfte Seite an Seite mit den anderen Rittern. Er focht mit gespenstischer Sicherheit, teilte kräftig aus, konnte aber nicht getroffen werden.

Sie konnten einen von Colgrims Stellvertretern gefangennehmen, und auf den erhob sofort Lot Anspruch. Der Nordkönig zeigte dabei ein ebenso begeistertes wie boshaftes Grinsen.

Die letzten Sachsen versteckten sich erfolgreich irgendwo im offenen Land. Sie konnten sich den Briten entziehen, auch wenn das für sie bedeutete, eine ebenso lange wie hungrige und kalte Heimreise antreten zu müssen. Obwohl es sich bei den Invasoren um blutdürstige und barbarische Kämpfer handelte, konnte man ihnen doch ihr praktisches Denken nicht absprechen. Und dafür mußte Arthur ihnen Bewunderung zollen.

Nachdem der Feind endgültig geschlagen war, hieß es für die Soldaten, ihre Verwundeten zu versorgen und die Toten zu begraben.

Der junge König besuchte das provisorische Lazarett, das man im Kreuzgang der verlassenen Abtei eingerichtet hatte. Er trat zu jedem Verwundeten, von denen manche auf nicht mehr als eine Handvoll Stroh gelegt worden waren, sprach mit denen, die noch bei Bewußtsein waren, und fragte einen jeden, ob er etwas für ihn tun könne. Einem Mann, der eine so schlimme Brustwunde erlitten hatte, daß selbst der in Heilkunde ungebildete Knabe erkennen konnte, wie nahe er dem Ende war, brachte er auf dessen Verlangen hin Wasser.

Die Toten hatte man in den überwucherten Klostergarten gelegt. Der Anblick der Frauen, die hierhergekommen waren, um unter den Gefallenen nach ihren Männern zu suchen, bereitete Arthur große Traurigkeit. Und es versetzte ihm geradezu einen Stich, als er sah, wie sich ihre Mienen aufhellten, kaum daß er den Garten betreten hatte. Statt ihn mit Vorwürfen zu überschütten und ihm die Schuld am Tod ihrer Gatten zu geben, erklärten sie ihm, wie dankbar sie dem Hochkönig dafür seien, ihr Heim und ihr Land verteidigt und den Feind vertrieben zu haben.

»Auch wenn es sie ihren Mann oder ihren Sohn gekostet hat, ist es ihnen doch wichtiger, von der Plage der Sachsen befreit worden zu sein«, erklärte er später ungläubig.

»Erkenne den Wert in allem, was du benutzt – sei es Schwert, Kelch oder Mann«, entgegnete der Zauberer geheimnisvoll. Merlin beugte sich gerade über einen Mann, dem der Arm aufgerissen worden war. Arthur bemerkte darüber hinaus, daß ihm auch zwei Finger fehlten. Er nahm die Schüssel mit dem rotgefärbten Wasser, die Merlin ihm in die Hand drückte.

»Wie geht es ihm?« wollte Coel wissen, der gerade auf sie zukam.

»Er wird es überleben und wieder für Euch fechten«, antwortete der Waliser.

»Seid bedankt dafür, Merlin«, sagte der König von Rheged erfreut. »Der Mann ist mir lieb und wert. Brauchst du irgend etwas, Ger?«

»Nein, Mylord«, sagte der Krieger mit matter Stimme. »Vielen Dank, Herr.«

»Dann komm bald wieder auf die Beine. Die jungen Mädchen werden dich vermissen, wenn du dir damit zu lange Zeit läßt«, grinste Coel, zwinkerte, legte eine Hand auf seinen Schwertgriff und marschierte davon.

»Mylord!« rief Arthur, und der Fürst blieb stehen und drehte sich zu ihm um.

»Ja? Sir.«

Dem Jungen saß plötzlich ein Kloß in der Kehle. »Ich … ich wollte Euch nur sagen … Nun, ich bin dankbar für Eure Hilfe und Unterstützung, Mylord.« Zum Schluß hatte er seine Stimme doch noch in den Griff bekommen.

»Nun ja, Ihr habt ja auch alle Anzeichen an Euch, die einen guten Herrscher ausmachen«, entgegnete Coel mit freudigem Lächeln. »Sorgt nur dafür, daß Ihr richtig in Eure Aufgabe hineinwachst. Ich glaube, für den Anfang habt Ihr das schon sehr gut gemacht.«
»Mylord. Ich will zu Lot von Lothian. Wollt Ihr mich zu ihm begleiten?«
»Ein Rechtsspruch bei hellem Tageslicht? Natürlich, wenn Ihr das wünscht. Wir nehmen unterwegs noch Strathclyde und Cornwall mit.«
»Ich glaube, ich bringe die Angelegenheit lieber jetzt als später hinter mich.«
»Ich werde direkt hinter dir stehen, mein Junge«, versprach Merlin.

Die Männer von Lothian waren schon damit beschäftigt, ihre Zelte abzubauen und Wasser über die Lagerfeuer zu schütten. Ein paar vor Ehrfurcht fast sprachlose Bewaffnete geleiteten Arthur und seine Begleiter zu einem der noch stehenden Zelte. Außer den zuvor Genannten hatten sich auch Kay und Ector dem Zug angeschlossen.
»Gib Kay Excalibur«, flüsterte Merlin dem Jungen zu, kurz bevor sie das Zelt des Nordkönigs erreichten.
»Was?« Arthur starrte ihn fassungslos an. »Niemals!«
»Ich sage dir, gib es ihm. Erinnere dich, wie es beim letzten Mal war, als du die Klinge dabeihattest!«
Widerwillig öffnete der Knabe seinen Schwertgurt und überreichte dem völlig verblüfften Bruder den Stahl. Und das keinen Moment zu früh, denn schon warf Lot die Zeltklappe zurück und schritt den Edlen entgegen.
»Na, was haben wir denn hier? Wollt Ihr mich zur Rede stellen oder fordern?« fragte er mit Blick auf Coel von Rheged.
Die Fürsten schwiegen, und Arthur erklärte leise, aber bestimmt: »Mir blieb keine andere Wahl.«
Der Nordkönig erlaubte sich den Spott, über den Jungen hin-

wegzuschauen, so als könne er nicht erkennen, wer da gerade gesprochen hatte.
»Ihr stellt meine königliche Autorität in Frage«, fuhr der Knabe fort.
Der Fürst von Lothian baute sich breitbeinig wie zum Kampf auf und wippte auf den Fußballen.
»Ja, das tue ich«, erwiderte der Mann streitlustig. »Wagt Ihr es etwa, mich deswegen herauszufordern, Welpe?«
»Nein, Mylord«, entgegnete Arthur immer noch überaus höflich. »Im Gegenteil seid Ihr es, der mich herausfordert. Und so stehe ich hier vor Euch, ohne mein Schwert und ohne sonstigen Zauber. Ich bin das, was Ihr vor Euch seht, nicht mehr und nicht weniger. Deshalb frage ich Euch, anerkennt Ihr, daß ich der Sohn des Uther bin?«
Mürrisch antwortete Lot: »Ja.«
»Welche Bedingungen muß ich dann noch erfüllen, damit ein Kriegsmann von Eurem Rang gewillt ist, mir zu folgen? Mut? Führungskraft? Weisheit?«
Der Fürst von Lothian lachte laut. »Ihr seid viel zu jung, um eine dieser Eigenschaften zu besitzen.«
Arthur schluckte und wünschte, er hätte jetzt Excalibur an seiner Seite. Nur wenige Schritte von ihm entfernt lag es in der Hand seines Pflegebruders. Doch dann erkannte er, daß die mächtige Weisheit dieser Klinge zu leicht sein eigenes Urteilsvermögen beeinträchtigen konnte. Merlin hatte recht: Er mußte diesen Kampf allein und mit leeren Händen durchstehen. Allmählich versammelte sich eine Menschenmenge um die Gruppe und rückte so nahe heran, wie sie es nur wagte.
»Nun, Mylord, ich werde wachsen. Ich will auch gar nicht behaupten, schon alles zu wissen. Zu viele sind hier, die mich besser kennen. Aber ich habe das Recht auf meiner Seite, und mit diesem Recht erkläre ich Euch, daß Ihr mir, Eurem Hochkönig, zu folgen habt.«
»Und warum sollte ich das tun?«
Lots trotziger, grimmiger Blick ähnelte sehr dem des Uhus, den

der Junge in seinem Traum gesehen hatte. Einen normalen Mann hätten solche Augen bangen lassen, aber Arthur fürchtete sich nicht länger vor dem ungehorsamen König.
»Weil Ihr meinem Vater den Treueid geschworen habt. Ich verlange von Euch, mir denselben Eid zu leisten.«
»Uther war ein erprobter und erfahrener Führer«, entgegnete der Nordkönig. »Ihn konnte ich achten. Aber Ihr seid noch ein Kind.«
»Ich mag noch längst nicht so sein wie er«, entgegnete der Junge ernst, »aber ich werde auch nichts dazulernen, wenn ich mich nicht jeder Herausforderung stelle. Ich würde mich darüber freuen, an Eurem Rat und Eurer Erfahrung teilhaben zu dürfen. Ihr könnt nicht warten, bis ich ausgewachsen bin, und Euch erst dann unserer großen Aufgabe anschließen, Britannien zu einen. Entweder folgt Ihr mir jetzt, oder den Sachsen wird es über kurz oder lang gelingen, unser Land zu zerstückeln. Wollt Ihr mir nun den Treueid leisten?«
»Das ist doch eine sehr vernünftige Forderung«, erklärte Coel dem Nordkönig und klopfte dem Knaben auf die Schulter. »Das Schwert scheint ja doch noch Eure Zunge gelöst zu haben, mein Junge. Nun, Lothian, was sagt Ihr dazu?«
»Als Oberster unter Euren Beratern sage ich ja«, entgegnete der Nordkönig gedehnt, damit auch alle Umstehenden es mitbekamen und sehen konnten, daß er sein Gesicht gewahrt hatte. Sein Blick wanderte an der Reihe der Edlen entlang und blieb zuletzt an Arthur hängen. »Wenn Ihr mir diese Stellung einräumt, will ich Euch den Treueid leisten.«
»Dann kniet nieder«, forderte der Hochkönig ihn auf und streckte eine Hand nach Kay aus. Wenig später verspürten seine überreizten Nerven das warme Summen von Excalibur. Er nahm den Stahl mit beiden Händen. Lot, der bereits ein Knie gebeugt hatte, legte seine Hände auf die seines neuen Herrn.
»Ich, Arthur, Sohn des Uther Pendragon und nach allem Recht König von Britannien, höre und anerkenne den Eid, der vor meinem Schwert Excalibur geschworen werden soll.«
Die Klinge summte lauter und schien in seinen Händen zu

vibrieren. Diese Magie mußte auch der Nordkönig spüren, denn als er nun seine Stimme erhob, klang er ungewohnt unterwürfig. »Ich, Lot von Lothian, schwöre meine Treue.«
Als der Fürst seinen Eid geleistet hatte, gab Arthur seinem Bruder das Schwert zurück.
Lot erhob sich mühelos und verbeugte sich dann vor dem Knaben. »Wenn Ihr mich jetzt entschuldigen wollt, Hochkönig, aber eine Menge Arbeit wartet, und ein langer Weg liegt vor uns.«
»Die Arbeit wartet auf uns alle«, erklärte Arthur. Würdevoll drehte er sich um und schritt zurück zu seinem Zelt. Coel mußte an sich halten, um nicht laut zu lachen.
Arthur wartete, bis der Nordkönig ihn nicht mehr sehen konnte, und verlangte dann von Kay die Klinge zurück. Sofort band er sie sich wieder um. Das Summen des Schwertes schien Lob und Zustimmung auszudrücken. Endlich war er die Bürde losgeworden, die ihn mehrere Tage und Nächte lang niedergedrückt hatte. So konnte er leichtfüßiger und gelöster voranschreiten.
»Na, jetzt glaubst du mir hoffentlich«, sagte Merlin, der zum ersten Mal ein wenig Mühe hatte, mit dem König Schritt zu halten. »Du hast dir gerade selbst bewiesen, daß du auch ohne Excalibur ein fähiger und tatkräftiger Herrscher sein kannst.«
Der Junge zog das Schwert aus der Scheide und schnitt damit Muster in die Luft, bis der Wind zur Melodie des Stahls sang. Die Klinge lag jetzt so leicht wie in der Schlacht in seiner Hand, und das gefiel ihm sehr.
Plötzlich lachte er so laut, daß sich alle zu ihm umdrehten. »Ich möchte das Schwert aber trotzdem weiterhin behalten!«

Susan Dexter
WEM GEGEBEN WIRD …

Dreimal schickte Arthur den Bedivere los, sein Schwert Excalibur in den verwunschenen Teich zu werfen. Zweimal weigerte sich der Ritter, der ein vernünftiger Mann war, eine so wunderbar gearbeitete Klinge einem eiskalten, nassen Grab zu überantworten. So log er denn seinen König an und meldete ihm fälschlicherweise, den Auftrag erfüllt zu haben. Aber Bedivere war ein schlechter Lügner, und Arthur durchschaute seine Aussage, vor allem nach dem, was der Edle über den Wind und die Wellen und das Hin und Her im Wogen des kleinen Sees zu berichten hatte.
So schickte er Bedivere mit strenger Miene von neuem aus und machte aus seiner Enttäuschung keinen Hehl.
»Was habt Ihr gesehen?« fragte er den Ritter, als dieser zum dritten Mal zurückkehrte.
»Ich band den edelsteinbesetzten Gürtel um das goldene Heft und schleuderte dann das Schwert mit aller Macht, damit es weit hinaus in den See fiele. Doch siehe da, noch ehe es die Wasseroberfläche durchstoßen konnte, fuhren eine Hand und ein Arm, der in Samt gehüllt war, aus dem Naß, ergriff Excalibur am Heft, schüttelte den Stahl und ließ ihn dreimal durch die Luft kreisen, bevor er mit ihm in der Tiefe entschwand«, berichtete der Ritter und schlotterte am ganzen Leib.
Und so wurde der König Arthur von weinenden Herrinnen davongetragen nach Avalon, aber nicht um dort zu sterben, wie man sich im Volk erzählte, sondern um dereinst wiederzukehren …

Doch Arthur würde nicht zurückkehren. Kernan hatte nicht mitbekommen, wie man den Leib des Königs fortgetragen hatte, aber er war in Arthurs letzter Stunde in seiner Nähe gewesen, und er hatte genug Männer sterben sehen, um zu wissen, daß es mit ihm zu Ende ging, auch wenn er König war.

Kernan zog noch einmal an den Rudern, zog sie dann ein und legte sie in die zerbrochenen Halterungen. Wasser tropfte von ihnen herab und fiel in den See zurück.

Der Ritter glaubte nicht an Arthurs angebliche Unsterblichkeit; er sah keinen zwingenden Grund dafür, warum es sich so verhalten sollte. Und genausowenig nahm er Bediveres phantastischen Bericht über Excaliburs Ende für bare Münze. Der Getreue hatte an jenem Tag viel Blut verloren, er wußte, daß sein König im Sterben lag, und aller Mut hatte ihn verlassen. Gut möglich, daß der Mann im Fieberwahn geredet oder eine Halluzination gehabt hatte.

Kernan zog ein geteertes Seil aus dem Versteck unter der Ducht des Kahns und band ein Ende an den rostigen Dregganker.

Frostkalter Nebel bedeckte den Weiher Dozmary wie ein Leichentuch. Wenn im Umkreis von einer Meile ein Baum gestanden hätte, wären seine Äste nackt und bloß gewesen. Der Winter war nicht gerade die Jahreszeit, die der Ritter sich für seine Aufgabe gewünscht hatte, aber in den kalten Monaten konnte er am ehesten sicher sein, nicht gleich von den wachsamen Augen der Sachsen entdeckt zu werden.

Bedivere mußte das Schwert tatsächlich in diesen See geworfen haben, denn nach der Schlacht bei Camlann war kein Mann mit Excalibur aufgetaucht und hatte behauptet, Arthurs rechtmäßiger Nachfolger zu sein. Der alte König war stur genug gewesen, um zu befehlen, sein Schwert in einem Wasser zu versenken, damit Excalibur niemals von jemandem dazu benutzt werden konnte, Ansprüche auf den Thron zu erheben.

Aber was den in Samt gekleideten Arm und die Hand anging, die das Schwert aus der Luft gefangen und dann dreimal herumgeschwungen haben sollte – nein, das konnte nur eine Wahnvorstellung gewesen sein, erzeugt und genährt von tiefen Wunden und dem Bewußtsein der Niederlage.

Excalibur mußte noch dort liegen, wo Bedivere es hingeworfen hatte. Wahrscheinlich ruhte es irgendwo im kalten und dunklen Schlamm unter der Wasseroberfläche des Weihers Dozmary. Daran konnte nicht der geringste Zweifel bestehen.
Kernan ließ den Ankerhaken langsam in die Fluten, bis er spürte, wie er den Grund erreichte. Nun wußte er, wie tief der kleine See war. Er sicherte das andere Ende des Seils an der Ducht und fing wieder an zu rudern, damit die Haken unten Schlamm und Wasserpflanzen aufwühlten.
Drei Jahre waren seit Arthurs Tod vergangen. Andere Männer hatten versucht, die Reste der königlichen Armee wieder zusammenzuführen und sich mit ihnen gegen die Flut der sächsischen Invasoren zu stemmen. Einige von diesen hatten sich sogar auf Arthurs Thron gesetzt. Manchen war auch ein Sieg über die blonden Hünen geglückt, aber im Endeffekt durfte sich keiner von ihnen einbilden, die Gefahr abgewendet zu haben. Die letzten Flammen der Zivilisation, das letzte Leuchten der Vernunft, flackerte nur noch wie die Flamme einer niedergebrannten Kerze. Bald würde Dunkelheit sich über das Land senken und die Briten endgültig ihr Knie vor den Jarls, den sächsischen Grafen beugen müssen.
Kernan zog den Anker hoch und warf ihn wieder hinein. Die Menschen im Lande brauchten ein Symbol, etwas, um das sie sich scharen konnten, einen Beweis, daß Arthur zurückkehrte, um sie zu retten. Und dazu wäre auch eine Lüge geeignet, allerdings eine solche, die den Briten wieder Mut und Kampfeswillen bescheren würde – bevor alles zu spät und verloren war. Kernan würde vielleicht jeden Quadratzoll des Sees absuchen müssen, aber wenn er damit seinem Volk Excalibur zurückbringen konnte, wäre das alle Mühen wert gewesen.
Der Ritter verschwendete keine Zeit damit, die seichten Stellen in Ufernähe abzuklappern, wo im Sommer das Schilf wuchs, das zu den Wintersturmwinden unheimliche Melodien rauschte. Bedivere mochte verwundet gewesen sein, aber ein erfahrener Kämpfer wie er hatte die Klinge sicher ein Stück weiter gewor-

fen. Und anders als das Meer besaß dieser Teich keine Gezeiten, die Gegenstände hin und her bewegten.
Excalibur mußte noch an derselben Stelle liegen, an der es nach Bediveres Wurf gelandet war.
Kernan brauchte drei Tage, um das Zentrum des kleinen Sees zu durchforsten. In immer engeren Kreisen zog er den Anker über den Grund, bis er an eine Stelle gelangte, wo das Seil nicht mehr lang genug war, um das Hakeneisen bis ganz nach unten hinabzulassen. Der Ritter hätte nie gedacht, daß dieser Teich so tief sein könnte - oder so lang.
Allerdings hatte er das Gewässer für breiter gehalten, auch wenn ihm die Stunden, in denen er herumruderte, bald endlos vorkamen.
In dieser Winterkälte im Wasser nach dem besonderen Fang zu fischen, brachten ihm nichts anderes ein als gefrorene Zehen, einen verspannten Rücken und so rissige Finger, daß sie aufplatzten und zu bluten begannen, auch wenn er nichts davon bemerkte. In seiner Pein erschien ihm die selbstgewählte Aufgabe immer unlösbarer - und der See immer riesiger.
Als er mit dem Anker den Grund nicht mehr erreichen konnte, hatte er noch längst nicht die eigentliche Mitte des Weihers erreicht. Kernan spähte zum Ufer. Sollte es Bedivere wirklich vermocht haben, das Schwert so weit zu schleudern? Mit etwas Glück vielleicht, sagte er sich, denn wenn Excalibur näher am Ufer gesunken wäre, hätte er es längst gefunden; denn mittlerweile hatte er genug versunkene Äste und Wasserpflanzen hochgezogen, um damit ein ganzes Dutzend Wassergeister zu verpflegen.
Die ganze Nacht wälzte sich Kernan auf seiner Bettstatt hin und her, während er darüber nachsann, wie und wo er die Suche fortsetzen sollte. Er fand keine andere Möglichkeit, ganz nach unten zu gelangen, als selbst dorthin hinabzutauchen. Mehr Seil besaß er nämlich nicht, und wenn er sich auf die Suche nach weiteren Stricken machte, würde er Argwohn erregen oder gar einer sächsischen Patrouille in die Hände fallen.

Es wunderte den Ritter ohnehin, daß die Besatzer nicht längst auf ihn aufmerksam geworden waren, auch wenn der Teich Dozmary ziemlich abgelegen lag und von jedem gemieden wurde, der seine fünf Sinne noch beisammen hatte und nicht Kernans große Verzweiflung verspürte.

Zusätzliches Seil war auch sicher nicht die Antwort auf sein Problem. Es war schon schwierig genug gewesen, mit einem einzigen Haken den Seeboden abzusuchen und darauf zu achten, kein größeres Stück der Fläche zu überspringen. Und je tiefer das Wasser wurde, desto schwieriger gestaltete sich auch die Suche. Ob winterkaltes Wasser oder nicht, er würde tauchen müssen – andernfalls könnte er die ganze Geschichte gleich abblasen.

Als er beim ersten Morgenlicht aufstand und nach draußen ging, erwartete ihn eine herbe Enttäuschung. Der Teich war zugefroren, und die eisige Luft brannte auf Kernans Gesicht und den bloßen Händen, als er seinen Kahn aufs Wasser schob. Der Wind war schneekalt und schnitt schärfer als eine Schwertklinge.

Das Eis war kaum dicker als das Glas der Butzenscheiben, die man in Kirchen oder bei den Reichen fand und das dazu diente, die offenen Fenster zu bedecken. Die Schicht würde sein Gewicht nicht tragen, und der Kiel des Kahns brach sich seinen Weg durch den See, ohne daß der Rumpf dabei beschädigt wurde.

In der Mitte des Gewässers hackte der Ritter mit einem seiner Ruder ein größeres Loch ins Eis. Die Tropfen, die dabei hochsprangen, gefroren gleich wieder auf der vom Wind zerzausten Wolle von Kernans einst purpurfarbenem Umhang.

Nun legte er den Ritterumhang ab, entledigte sich der schweren Reitstiefel und zog sich das rostfleckige Hemd über den Kopf aus. Die eisige Luft traf seine ungeschützte Haut unerwartet hart, und er schrie vor Schreck und Schmerz. Kernan hatte geglaubt, sich ausreichend gegen die Kälte abgehärtet zu haben. Offenbar war er da zu optimistisch gewesen.

Als er sich über den Bootsrand in den See hinabließ, wurde es für ihn noch schlimmer. Das Eiswasser saugte ihm alle Kraft aus dem Knochenmark und raubte auch noch den letzten Rest an Körperwärme aus seinen Adern. Seine Zähne klapperten so heftig, daß er sich eine Faust in den Mund schob, weil er befürchtete, sie könnten sich gegenseitig zertrümmern. Dann überkam ihn ein starkes Zittern, das sich vom Kopf abwärts zu den Schultern und zu den Armen fortsetzte.

Kernan löste sich vom Kahn. Er wußte, daß er sofort tauchen mußte, weil er die eisige Umarmung des Wassers nicht mehr ertragen konnte. Das Naß nahm ihm all seine Lebenskraft, und so durfte er keine weitere Zeit damit verschwenden, über sein Unbehagen nachzudenken.

Schließlich war er Ritter und darin erprobt, alle Härten des Lebens mannhaft zu ertragen und den Schmerz als etwas Nebensächliches abzutun und nicht weiter zu beachten.

Kernan beugte sich vor, stieß sich hinab und schwamm auf den Grund zu.

Allerdings hatte er große Mühe, über eine gewisse Tiefe hinauszugelangen. Wenn man nicht schwamm, sank man hinab, aber nur etwa eine halbe Elle tief. Als Kind war Kernan im Meer geschwommen, und von damals wußte er noch, daß man mit den Armen voran tauchen mußte, um nach unten zu gelangen und dem Drang des Körpers entgegenzuarbeiten, wie ein Korken nach oben zu treiben. Seine Beine, mit denen er viele Jahre lang sein Streitroß gelenkt hatte, waren ausreichend durchtrainiert, trieben ihn hinab und unterstützten das, was die Arme weiter unten begannen.

Seine Finger stießen auf Schlamm. Kernan tastete den Grund ab und öffnete die Augen. Hier unten herrschte Halbdunkel, und nur wenig Licht fand von oben seinen Weg bis auf diesen Grund. Je mehr Schlick seine Hände aufwühlten, desto schlechter wurde die Sicht. Er konnte nirgends etwas entdecken, das aus dem Boden aufragte, auch nicht den Griff eines Schwertes, dessen Spitze im Grund versunken war.

Wenn Excalibur flach aufgekommen und so liegengeblieben

war, würde er es erst recht nicht erspähen, sondern höchstens durch einen glücklichen Zufall mit den Fingern ertasten können. Seine Lunge fing an zu brennen. Er mußte sofort zurück nach oben, um aus- und wieder einzuatmen. Kernan drehte sich, so daß sein Kopf wieder nach oben gelangte, und stieß sich in Richtung des Lichtgevierts ab, das so weit über ihm matt leuchtete. Ein Dutzend Schwimmstöße, und das Licht wurde heller. Seine Arme und Beine arbeiteten schneller und kräftiger, er mußte es unbedingt schaffen …

Und brach durch das Wasser. Die alte Luft verließ explosionsartig seine Lippen. Die frische Luft, so willkommen sie ihm auch war, brannte so kalt, daß das Naß des Sees ihm im Vergleich dazu warm vorkam. Der Ritter trat Wasser und keuchte. Als seine Lungen sich nicht mehr verkrampften, füllte er sie mit soviel Luft, wie ihm nur möglich war, und tauchte dann sofort wieder hinab, um mit wenigen raschen Stößen erneut den Grund zu erreichen.

Unten mußte er feststellen, daß es nicht eben leicht war, die Stelle wiederzufinden, an der er vorhin gesucht hatte. Schließlich durfte er keinen Fleck Grund unbeachtet lassen und wollte andererseits nicht dieselbe Stelle mehrmals abtasten. Wenn er nur eine Armeslänge von der ursprünglichen Position abwich, blieb eine Fläche unberücksichtigt, auf der leicht ein Schwert ruhen konnte. Und dabei konnte er nur so schmerzlich wenig Grund absuchen, ehe seine Lungen dringend nach neuer Luft verlangten!

Jedesmal, wenn er wieder hinabtauchte, kam es ihm so vor, als könne er weniger Zeit unten verbringen als vorher. Seine Gliedmaßen wurden schwerer und müder, und seine Energie ließ spürbar nach.

Bald wußte er nicht mehr, wie oft er den Grund besucht hatte und wie lange er dieses Treiben noch aushalten konnte. Nur ein Narr hätte jetzt noch weitergemacht, und dennoch gab er sein Bemühen nicht auf. Nicht einmal im Traum wäre es ihm eingefallen, ins Boot zurückzusteigen oder gar zum Ufer zurück-

zurudern. Nur noch einen Versuch, schwor er sich, und das wieder und wieder.
Manchmal kam er zu nahe am Rand des Eislochs nach oben und schnitt sich das Gesicht und die bleich gewordenen Hände auf. Längst füllte er seine Lungen nicht mehr ausreichend mit Luft, weil ihn die Unruhe antrieb, so rasch wie möglich wieder nach unten zu verschwinden. So blieben ihm nur noch Sekunden, um ein neues Stück Grund abzutasten, ehe der Luftmangel ihn wieder hinauftrieb.
Er stieg hinauf und öffnete schon den Mund, um keine Zeit zu verlieren und seine Lungen rasch mit neuer Luft zu füllen. Höher und höher ...
Kernan bemerkte den Schatten über sich nicht. So traf sein Schädel den Kiel seines Kahns, und das Holz ließ sich nicht so leicht entfernen wie das dünne Eis. Statt frischer Luft atmete der Ritter einen Schwall eisigen Wassers ein. Er zappelte, taumelte, sank ein Stück hinab und konnte endlich dank einer übermenschlichen Anstrengung neben dem Boot die Wasseroberfläche erreichen.
Er klammerte sich an den eisigen Rand des Kahns, keuchte, spuckte und hustete Wasser aus. Sobald er wieder bei Kräften war, würde er ins Boot zurückkehren. Höchste Zeit, daß er sich Ruhe gönnte und Feuer machte, um sich aufzuwärmen. Nur noch einen Moment. Nach dem unerwarteten Zusammenstoß mit seinem Kahn fühlte er sich immer noch benommen, und vor seine Augen hatte sich Schwärze gelegt, in der Funken von solcher Helligkeit herumtanzten, wie die schwache Wintersonne sie nicht bewirken konnte.
Der Ritter umfaßte mit beiden Händen den Bootsrand, auf dem sich bereits Rauhreif gebildet hatte, und versuchte, genug Willenskraft zu sammeln, um sich an Bord zu hieven.
Seine Schultern spannten sich schon an, um ihn dabei zu unterstützen.
Doch dann gab er dies Bemühen auf. Bei seinem letzten Besuch auf dem Grund hatten seine Finger doch etwas ertastet,

oder? Die Fingerspitzen hatten etwas gestreift, das eindeutig härter als der Schlamm gewesen war, und wenn die elende Schwäche seiner vermaledeiten Lungen ihn nicht in ebenjenem Moment gezwungen hätte, sich wieder an die Oberfläche zu begeben …
Über den Stoß an den Kopf hätte er das beinahe vergessen, aber jetzt konnten seine Finger sich deutlich daran erinnern. Etwas Kreuzförmiges … wie der Griff eines Schwerts …
Schon befand er sich wieder auf dem Weg zum Grund des Sees. Wie aus eigenem Antrieb und ohne sich zu irren, strebten die Hände der Stelle im Dunkel zu, wo sie etwas entdeckt hatten. Tatsächlich, da ragte etwas Längliches aus dem Schlick. Kernan legte seine Arme darum, und es löste sich nicht auf. Dann zog er daran, wandte alle verbliebene Kraft dafür auf.
Seine Lungen schrien, aber wenn er jetzt nicht das Schwert freibekam, würde er es vielleicht nie mehr wiederfinden. Er umklammerte den Griff und stieß sich gleichzeitig mit den Beinen ab.
Diese verfingen sich in den Schlingpflanzen und konnten sich kaum noch bewegen. Schlamm stieg vom Grund auf und verfinsterte dem Ritter zusätzlich die Sicht auf das von hier unten recht klein wirkende Lichtgeviert, zu dem er unbedingt gelangen wollte.
Als er wieder klarere Sicht auf das Loch im Eis besaß, wußte er, daß er es nicht mehr schaffen konnte.

»Seine eigene Narretei hat ihn zu uns geführt, Schwestern. Also soll er auch hier unten bleiben.«
Die Stimme hallte in Kernans Kopf wider. Ja, es war wirklich verrückt von ihm gewesen, da mußte er ihr zustimmen. Warum hatte er in seinem Wahn auch Bediveres Geschichte glauben müssen und sich stur in den Kopf gesetzt, hier suchen zu wollen? Diese Sturheit war es dann auch gewesen, die ihn verraten hatte, indem sie ihn wieder und wieder dazu verleitete, Mal um Mal ins eisige Wasser hinabzutauchen, wider aller Logik und über

die Grenzen seiner körperlichen Kräfte hinaus. Beinahe wäre er ertrunken.

»Er ist gekommen, um das Schwert zu stehlen. Dafür muß er hart bestraft werden.«

Diese neue Stimme plätscherte kalt und erbarmungslos wie Wasser, das gegen die nebelverhangenen Gestade seines Geistes schlug.

Ich bin also doch tot, erkannte der Ritter, und ihm wurde noch kälter als zuvor. Ja, bei dem Versuch, mit dem Schwert an die Wasseroberfläche zu gelangen, mußte er ertrunken sein. Und nun lag er hier in der Unterwelt und wartete darauf, daß über ihn gerichtet wurde. Kernan versuchte, seine Seele darauf vorzubereiten, aber die kalte zweite Stimme hatte alle Hoffnung zunichte gemacht.

Während er jetzt so nachdachte, wollte ihm keine einzige gute Tat einfallen, die er begangen hatte. Alles, was ihm in den Sinn kam, war eine endlose Folge von Vergehen und Handlungen, die anderen Schmerz und ihm selbst Schuld eingebracht hatten. Kernan war einer von Arthurs Rittern gewesen, aber für jedes Licht, das die Recken vor der Flut der Dunkelheit gerettet hatten, war literweise Blut vergossen worden, von allen an der Tafelrunde, aber eben auch von ihm. Über dem Plätschern des Wassers hörte er jetzt schon die krächzenden Schreie von Raben über einem Schlachtfeld.

»Gewiß, Schwestern, er wollte es nehmen, aber nicht stehlen; denn sein Herz war rein. Wir wollen ihn daher nicht bestrafen, sondern ihm das gewähren, um dessentwegen er sich auf den Weg hierher gemacht hat.«

Eine dritte Stimme, und diese klang sanft wie ein leichter Regen im Frühjahr, der in diesen Teich tropfte und den Ritter bestärkte.

»Die Klinge wurde ihm aber nicht überreicht.«

»Dennoch müssen wir sie ihm geben.«

»Ist er ihrer denn überhaupt würdig?«

»Das Schwert dient demjenigen, dem es ausgehändigt wurde.«

»Wem gegeben wird …«

Kernan war zu schwach, um die Augen öffnen zu können. Die streitenden Stimmen vergingen wie ein letztes Plätschern der Wellen am Strand oder wie die Spuren eines Traums nach dem Erwachen.
Er spürte Gras unter sich und Wärme auf seiner Haut. Licht drang zwischen seine Lider und zwang ihn, die Augen aufzuschlagen. Die Sonne! Kernan öffnete die Augen ganz, hob den Kopf und sah sich verwundert um.
Offenbar war er in einen herrlichen grünen Sommerwald gelangt. Über ihm schimmerten grüne Baumwipfel, und unter ihm erstreckte sich das weiche Grün des Grases.
Kernan erhob sich vorsichtig, und in seinem Kopf herrschten Klarheit und Leichtigkeit. Die Erinnerung an das eisige Wasser und die Frostkälte, in denen er sich eben noch befunden hatte, verging rasch. Vermutlich war das alles nur ein Traum gewesen.
Er stand am Ufer eines kleinen Gewässers, aber das war nicht der halb zugefrorene Teich von vorhin, sondern eine Quelle, die tief und verborgen zwischen moosbewachsenen Felsen entsprang und von Farn und Pfefferminzsträuchern umgeben wurde. Noch während er hinschaute, kletterte ein schwarzweiß gestreifter Dachs über die Steine und trank. Obwohl das Tier Kernan deutlich sehen mußte, fürchtete es sich nicht vor ihm.
Seine Sinne verschwammen wieder, und vor ihm wirbelte die Waldlandschaft wie Rauch, der von einem Lagerfeuer aufsteigt. Der Ritter konnte sich nicht erinnern, wie er hierher gelangt war. Jetzt erst fiel ihm auf, wie sehr ihm der Kopf schmerzte. Irgend etwas mußte ihm auf den Schädel gefallen oder geschlagen sein und hatte ihn ohnmächtig werden lassen. Wahrscheinlich hatten seine Mitstreiter ihn daraufhin für tot gehalten und einfach liegenlassen. Womöglich waren sie zurückgedrängt worden und planten, später zu ihm zurückzukehren, um ihn zu bergen.
Kernan sah sich um und machte im Gras ein paar Hufeindrücke aus, aber keine Anzeichen von einem Kampf.
Er kniete an der Quelle nieder und trank. Das Wasser war sehr

kalt, gab ihm aber Kraft wie der beste Wein. Als er sich wieder erhob, fühlten seine Beine sich kräftiger an.

Hier an dem Wasser zu warten, erschien ihm wenig sinnvoll. Am besten folgte er den Hufspuren und dann denen eines Hirsches, zu denen sie zu führen schienen. Dann würde er bestimmt über kurz oder lang auf seine Kameraden stoßen. Und dort würde er dann zu essen, zu trinken und eine Erklärung für das finden, was vorgefallen war.

Der Ritter brach gleich auf, weil es ihn nach allen dreien drängte. Die Hufabdrücke hörten viel zu schnell auf, aber er stieß auf einen Pfad, der sich durchs Unterholz wand und für jemanden, der sich im Wald zu Hause fühlte, gut begehbar erschien.

Kernan schritt tüchtig aus und spürte, wie seine Kraft zurückkehrte. Von Gawaine hatte man sich erzählt, daß er seine Stärke von der Sonne am Himmel beziehe und von der Morgendämmerung bis zum Mittag nahezu unbezwingbar sei. Je tiefer die Sonne danach im Westen versank, desto mehr nahm sein Heldenmut dann ab und erreichte dann wieder das Maß der anderen Ritter. Kernan hatte das immer für ein Märchen gehalten, das vor allem dazu ersonnen worden war, um abergläubische Feinde in Panik zu versetzen, doch jetzt überlegte er, ob nicht vielleicht doch etwas an dieser Geschichte war. Die Mittagsstunde ging vorüber, und er verspürte noch keinerlei Anzeichen der Erschöpfung, die nach so vielen Stunden Laufens im Wald doch normal gewesen wären.

Schräg fielen lange Lichtspeere durch das Blätterdach, während die Sonne im Westen immer tiefer sank. Der Ritter hatte noch niemanden von Arthurs Streitmacht getroffen, und mittlerweile ging er auch nicht mehr davon aus, auf einen Kameraden zu stoßen.

Doch plötzlich trug der Wind den Geruch von Rauch heran, und er eilte darauf zu, so gut es ihm im Unterholz möglich war. Gelegentlich schob er sich durch einen Strauch, wenn der Pfad eine andere Wendung als in die Richtung nahm, in die er unterwegs war.

Die Nacht brach herein, aber Kernan hatte keinerlei Schwierigkeiten, seinen Weg zu finden. Kein Dornbusch war ihm unpassierbar, keine Steigung oder jähe Senke in der Lage, ihn länger aufzuhalten. Der Rauch in der Luft wurde stetig intensiver, und bald war er davon überzeugt, daß er nicht von einem Lagerfeuer oder dem Meiler eines Waldköhlers stammen konnte. Andere Gerüche mischten sich darin, die ihm bekannt vorkamen – nach Eisen und nach Blut.

Der Ritter stieß auf eine breite Schneise zwischen den Bäumen. Hier mußte vor kurzem eine größere Gruppe durchgezogen sein. Moos und Gräser waren zertrampelt, Zweige abgerissen oder in Kniehöhe abgeknickt. Ja, Männer waren hier gelaufen, und auch ein paar Pferde. Kernan sah ein Stück Metall am Boden blinken, und als er es aufhob, entpuppte es sich als Ring aus einem Kettenhemd. Hier und da lagen Getreidekörner verstreut, und einmal stieß er auf eine Lederflasche, die nach Ale stank.

Wenn man all dies zusammennahm, konnte man nur zu einem Schluß gelangen: Krieg. Hier wurde erschlagen und geplündert. Höchstwahrscheinlich waren die Sachsen wieder auf einem Beutezug. Der Ritter bewegte sich von nun an mit der gebotenen Vorsicht und folgte dem Pfad, der ihm in seinem Leben so vertraut geworden war.

Endlich erreichte er den Waldrand und blieb im Schutz der letzten Bäume stehen, um sich nicht zu verraten. Seine Augen vermochten immer noch, in der Dunkelheit etwas zu erkennen, aber seine anderen Sinne wußten ihm viel mehr zu berichten.

Der Rauchgeruch trieb nun sehr stark heran, und Kernans Nase teilte ihm mit, daß ein Stück voraus nicht nur Holz, sondern auch Wolle, Stroh und Federn brannten. Auch nahm er das Aroma von gebratenem Fleisch wahr – und den kupferartigen Geruch von vergossenem Blut.

Bis dorthin war es nicht weit, eine Viertelmeile vielleicht, sicher direkt hinter dem Hügel, der sich vor ihm erhob.

Seine Ohren meldeten ihm keine sich nähernde Gefahr, und so löste der Ritter sich aus dem Schutz des Waldes und lief

geschwind den Hang hinauf. Und als er erstmals Stimmen hörte, bewegte er sich von Deckung zu Deckung weiter.
Ja, das Gegröle von Betrunkenen und gellende Schreie wie von jemandem, der in Todesangst versetzt ist oder schlimme Schmerzen erleiden muß.
Kernan stolperte über einen getöteten Hofhund. Ein abgebrochener Speer hatte ihn durchbohrt, und das Tier selbst im Tod noch die Zähne in den Schaft geschlagen. Nicht viel weiter erhoben sich die qualmenden Reste eines abgebrannten Stalls. Der Ritter duckte sich hinter das schwarze Holz und achtete nicht auf die Hitze, die immer noch davon ausströmte.
Rote Flammen tanzten vor einem Bauernhaus. Man hatte das Strohdach angezündet, aber das Feuer war ausgegangen, bevor es das ganze Gebäude verschlungen hatte. Die Flammen, die Kernan sah, stammten von einem Lagerfeuer, über dem man ein erschlagenes Schwein briet. Ungefähr ein Dutzend Männer hockten darum herum. Rötliches Licht funkelte auf ihren Panzerungen, Kettenhemden wie Schuppenpanzer, auf dem Nasenschutz eines Helms, von einem messingbeschlagenen Buckel eines bunt bemalten Schilds – und von einem kurzen Sachsendolch, der der Bauersfrau an die Kehle gehalten wurde.
Er war nur einer, dazu unbewaffnet, gegen mehr als zehn Sachsen, die gewappnet waren und ihre Schwerter, Äxte und Speere dabeihatten. Nun gut, sie hatten dem Alkohol zugesprochen, waren aber noch längst nicht so betrunken, um für den Ritter ein leichtes Spiel zu sein.
Das Geräusch von reißendem Stoff ertönte, und schon war die Frau ihres Gewands entledigt.
Sie gab keinen Laut von sich und wehrte sich auch nicht. Kernan sah unweit von ihr einen Mann auf dem Boden liegen, vermutlich der Bauer, den man erschlagen hatte. Wahrscheinlich glaubte die Frau, daß es für sie keine Rettung mehr gäbe und deswegen jeder Hilfeschrei vergeblich wäre.
Aber halt, in der offenen Tür des Hauses konnte der Ritter in der Dunkelheit zwei weitere Gesichter entdecken. Kinder, die

vermutlich geschont werden sollten, wenn die Mutter sich den Plünderern hingab.

Frauen und Kinder. Die Hilflosen, die zu schützen die Ritter Arthurs geschworen hatten; selbst wenn sie keine Waffe mitführten, auch noch mit ihrem letzten Blutstropfen.

Kernan stieß einen gewaltigen Schrei aus und sprang in den Feuerschein. Alle drehten sich zu ihm um. Blaue Augen blitzten, hinter flachsblonden Bärten erschollen Warnrufe und überraschtes Grunzen.

Der Ritter schlug wild um sich und wünschte, er hätte wenigstens ein Schwert. Dann würde er nämlich hier stechen, dort abschlagen und drüben einen Hieb versetzen. Kein einziger dieser Barbaren hätte eine Chance gegen ihn …

Irgendwann stellte er fest, daß sich niemand gegen ihn wehrte. Kernan stolperte über eine Leiche, und seine Beine zitterten, als wäre er über viele Meilen gerannt oder hätte gerade mehrere Stunden Schlacht hinter sich.

Das Lagerfeuer war zertrampelt, die Scheite auseinandergerissen. Nur hier und da glomm noch etwas auf. Der Ritter war der einzige, der im Kreis des Feuerscheins noch aufrecht stand.

Dort lag ein Sachse mit aufgeschlitzter Kehle, dort war einer zusammengebrochen, aus dessen aufgerissenem Bauch die Eingeweide quollen. Ein Stück weiter lag einer wie schlafend auf dem Rücken. Etwas hatte ihn so tief und gründlich ins Herz gestoßen, daß er von seinem Übergang in eine andere Welt kaum noch etwas bemerkt haben dürfte.

Dem Ritter schmerzte der Schädel ganz furchtbar. Seine Knie drohten nachzugeben, und er sank hinab, weil sich alles in ihm drehte. Kernan wollte die Leichen zählen, war aber nicht dazu in der Lage. Er sah keinen überlebenden Plünderer und hörte auch niemanden, der sich anschlich, um ihn von hinten zu ermorden.

Hatte er wirklich all diese Sachsen erschlagen? Irgend jemand mußte mit dem Schwert unter ihnen gewütet haben, hatte gestochen und geschlagen, wie der Ritter selbst es sich vorgestellt hatte, wäre er im Besitz einer Klinge gewesen. Aber waffenlos vermochte er nicht mehr als einen Gegner zu erwürgen, vor allem, wenn ihm das Überraschungsmoment zu Hilfe kam – spätestens danach hätte man ihm ein Messer in den Rücken gestoßen oder ihm die Kehle durchschnitten.

Ein Mann gegen ein Dutzend. Nicht einmal so gewaltige Helden wie Gawaine oder Lancelot hätten dabei den Sieg erringen können. Kernan hatte zwar schon von Berserkern gehört, die sich vor der Schlacht in einen blutberauschten Wahn hineinsteigerten, aber so etwas schien ihm hier nicht der Fall zu sein.

Etwas regte sich. Kernan hob den Kopf und rappelte sich wieder auf. Aber das war nur die Bauersfrau, über und über mit Blut bespritzt, das nicht von ihr stammte. Sie wich langsam vor dem Ritter zurück und streckte abwehrend die Hände aus.

Kernan schüttelte den Kopf. Befürchtete sie etwa, er wolle jetzt das fortsetzen, was die Sachsen vorhin begonnen hatten? Wofür hielt sie ihn denn? Dann lachte er, weil er sich gut vorstellen konnte, wie wenig er in seinem jetzigen Zustand wie ein Ritter von Arthurs Tafelrunde aussah. Doch die Laute, die aus seiner Kehle kamen, hörten sich sehr befremdlich an.

Die beiden Mädchen wagten sich endlich aus dem Eingang und drängten sich gleich an ihre Mutter. Das kleinere hatte den Daumen in den Mund gesteckt und schien nur aus Augen zu bestehen. Das andere war schon recht groß und beinahe eine Frau, aber noch nicht ganz. Kernan starrte sie mit einem seltsamen Verlangen an und dachte an die Jungfrauen, die bei Hof Arthurs Königin begleitet und mit ihrer Anwesenheit die ganze Burg verschönt hatten.

Ihm war etwas schwindlig, und seine Füße schienen so weit entfernt zu sein, als ginge er auf Stelzen. Wahrscheinlich war er verwundet worden, sagte sich der Ritter, und verlor reichlich Blut. Aber da er nirgendwo Schmerzen verspürte, erinnerte er sich seiner Pflicht, diese drei Hilflosen zu mehr Schutz zu führen, als er ihnen bieten konnte. Am ehesten zu einem benachbarten Hof oder in ein Dorf. Womöglich stand hier irgendwo eine

Höhenfestung. Die sächsischen Banditen fielen lieber über Schwache und Hilflose her, statt solche Stätten anzugreifen, die sich selbst in diesen ruhigen Zeiten zu verteidigen verstanden. Bei dieser Gruppe hier, die nun in ihrem Blut lag, handelte es sich bestimmt nicht um richtige Soldaten, die in den Krieg gezogen waren, sondern um Banditen oder Piraten. Gut möglich, daß sich nicht weit von hier eine Feste oder ein Dorf befand.
Die Frau legte ihm einen Arm um die Schulter, und ihre ältere Tochter nahm das kleine Mädchen an die Hand. Und so führte Kernan sie den Weg entlang, vorbei an Feldern und Wald, bis sie ein weiteres Gehöft erreichten, dessen einziger aufsteigender Rauch vom Feuer unter dem Haferbrei stammte, der zum Frühstück zubereitet wurde.
Der Ritter ließ die drei dort zurück. Die Frau entfernte sich gleich von ihm und rief laut genug, daß die Hofbewohner sie hören konnten. Das größere Mädchen folgte ihr rasch mit der kleineren Schwester an der Hand.
Doch auf halbem Weg blieb die Maid stehen und warf Kernan einen sehnsüchtigen Blick nach – der war jedoch schon längst ins Dunkel des Waldes eingetaucht.
Er folgte einem Pfad, den nur ein so gutes Auge wie das seine entdecken konnte. Kernan fragte sich, warum er die drei Hilflosen ohne ein Wort des Abschieds verlassen hatte. Eine große, völlig unerwartete Schüchternheit war in jenem Moment über ihn gekommen, der er nichts hatte entgegensetzen können. Wenigstens waren die drei in Sicherheit, und er hatte seine Pflicht als Ritter getan. So konnte er nun seines Wegs ziehen.
Das Grün im Wald wurde dunkler, als die Sonne vom Firmament verschwand. Kernan lief unbesorgt weiter. Ein Licht schien ihm zuzuwinken, doch als er ihm näherkam, entdeckte er, daß es sich nur um eine Lücke im Laubwerk handelte, die weniger dunkel als der Rest des Forsts erschien.
Dann erreichte er eine Lichtung, auf der das Wasser eines Weihers glitzerte.
Der Ritter verspürte keinen Hunger, aber er hatte großen Durst.

Er kniete sich vor das Gewässer und trank in langen, langsamen Zügen. Dabei erinnerte er sich mit einem schmerzhaften Stich in seinem Innern dessen, das zu finden er einst ausgezogen war: die magische Klinge, mit deren Hilfe er das für sein ganzes Volk hätte vollbringen können, was er eben für die Bauersfrau und ihre beiden Töchter getan hatte. Wenn er den Stahl doch nur bekommen hätte …

Er öffnete die Augen just in dem Moment, in dem ein Mondstrahl seinen Weg zu dem Wasser des Weihers fand. Kleine Wellen breiteten sich kreisförmig darauf aus, als dem Ritter ein paar Tropfen von den Lippen sickerten. Doch das störte kaum das Bild, das ihm die Wasseroberfläche zeigte, so rein und klar, als hätte hier ein Meistersilberschmied einen Spiegel für den König selbst angefertigt.

Kernan starrte sein Abbild an.

Ein weißes Pferd blickte zurück. Oder vielleicht eher ein Hirsch, dem das Geweih fehlte? Wasser troff von seiner langen Schnauze und brachte den Weiherspiegel in Unordnung. Die winzigen Wellen zogen an seinen langen, schlanken Läufen hinunter, bis hinab zu den gespaltenen Hufen.

Kernan hob verwundert den Kopf.

Das Bild auf dem Wasser tat es ihm gleich. Und Mondlicht funkelte auf dem langen, gedrehten Horn, das ihm aus der Stirn wuchs.

In Kernans Kopf drehte sich alles, und seine Sinne verweigerten ihm ihren Dienst. Ein Druck lastete auf seinem Schädel, doch nicht etwa von Schmerz, sondern vielmehr von einer unvertrauten Last.

Das Herz ging ihm über, denn genau diese Last hatte er gesucht.

»Das Schwert dient demjenigen, dem es gegeben.«

Langsam senkte er das Horn zum Wasser hinab, bis die Spitze leicht die Oberfläche durchdrang. Danach hob er die magische Klinge wieder.

So sandte Excalibur den drei Herrinnen vom See seinen Gruß.

Bill Fawcett
DÄMONENSCHWERT

Der Schrei begann voller Zorn, doch sein Ende kündete von Schmerz. Er ertönte von links und unterhalb der Stelle, an der sie stand. Morganna hoffte, daß der Laut nicht aus ihren eigenen Reihen stammte. Der alte König, dessen Land sie gerade verteidigten, sah der Zauberin in die Augen und versuchte, auch dann noch zuversichtlich zu erscheinen, als er sein Schwert aus der Scheide zog.

Schon seit drei Tagen focht eine Armee, die die hiesigen Könige zusammengeführt hatten, gegen die überlegene Streitmacht Arthurs, des selbsternannten Königs aller Briten. Am Abend zuvor hatte Morganna die Führer beschworen, standzuhalten und nicht länger zurückzuweichen. Wenn die Krieger sich noch weiter zurückdrängen ließen, wären all ihre Länder verloren. Doch nun sorgte sich die Druidin, daß sie die Soldaten der Könige zu einem aussichtslosen Kampf ermutigt hatte.

Die dunkelhaarige Frau wagte einen Blick um den Baumstamm herum. Sie verbarg sich dort schon länger, als es ihrem Stolz zuträglich war, aber erst jetzt glaubte sie, sich gefahrlos hervorwagen zu können. Als die beiden feindlichen Frontlinien mit ihren Fußsoldaten und Rittern aufeinandergeprallt waren, hatte der Pfeilregen der Bogenschützen weitgehend aufgehört.

Nur wenige Fuß vor der Zauberin lag ausgestreckt ein Knappe. Ein Pfeil war ihm so tief in die Seite eingedrungen, daß nur noch die Heftfedern herausragten. Kein Leben wohnte mehr in ihm, und die Botschaft, die er Morganna oder dem alten König hätte überbringen sollen, hatte er mit in den Tod genommen.

Die zehn Herrscher an der Spitze des Heeres hatten beschlossen, oben auf einem Hügel Stellung zu beziehen. Obwohl sie schon zweimal besiegt worden waren, blieb ihnen nichts anderes übrig, als den Kampf fortzusetzen. Bevor Arthur, der Kriegskönig der Briten, entschieden hatte, daß der Thron nur ihm allein gebühre, hatte es in Britannien mehrere Dutzend Kleinkönige mit jeweils eigenem Reich gegeben. Die meisten der Herrscher, die jetzt gegen Arthur kämpften, hatten ihm einmal Treue und den Eid geschworen oder mit seinen Truppen gegen die sächsischen Invasoren gefochten. Doch heute setzten sie in ihrer Verzweiflung alles aufs Spiel, was sie besaßen oder ihren Kindern hinterlassen wollten.

Der Hügel war dicht mit Bäumen bestanden, und Stämme und Laubwerk hatten ihnen Schutz vor den Pfeilen der walisischen Söldner geboten, die der Kriegskönig in seinem jüngsten Versuch angeworben hatte, die Gesamtherrschaft über alle Briten zu erlangen. Diese Erhebung hatten die zehn Könige einige Tage zuvor gezielt ausgewählt: Die eine Seite konnte kaum erklommen werden, und für jemanden mit Rüstung war sie absolut unbezwingbar. Damit vermochte der Feind ihrer kleineren Armee nicht in die Flanke oder in den Rücken zu fallen. Die Frontseite der Höhe stieg ziemlich steil an, und ein mit Kettenhemd und Schild gewappneter Krieger würde auf diesem Hang rasch ermüden.

Da die vereinten Truppen nur wenige Stunden vor Arthurs Streitmacht eingetroffen waren, hatten sie gerade noch Zeit gefunden, auf halber Höhe des Hangs eine nicht sehr hohe Stakenpalisade zu errichten und ihre Schwerter, die nach drei Tagen dauernder Schlacht stumpf und schartig geworden waren, neu zu wetzen.

Die behelfsmäßigen Verteidigungswerke waren gerade noch rechtzeitig fertig geworden, und die Soldaten der Armeen aus den zehn Königreichen hatten sich in den Schatten gehockt und gewartet. Sie waren sogar zu erschöpft gewesen, um sich Sorgen über die bevorstehende Entscheidungsschlacht zu machen.

Dann waren viel zu schnell Arthurs berittene Späher erschienen und hatten ihrem Herrn die feindlichen Stellungen gemeldet. Binnen einer Stunde kündete das vertraute Klirren und Klappern

von Rüstungen davon, daß die Hauptstreitmacht des Kriegskönigs eingetroffen war. Kaum wurden Arthurs erste Soldaten sichtbar, wie sie sich die Höhe hinaufmühten, da surrten auch schon die ersten Pfeile durch die Luft.
Die Zauberin beobachtete das Schlachtengetümmel und hatte bald nur noch wenig Hoffnung auf einen Sieg. Immer mehr Schreie erfüllten die Luft und wetteiferten mit dem Klirren von Metall und den dumpfen Schlägen, wenn Klingen auf Schilde prallten. Von ihrem Standort aus konnte Morganna die Linie, die ihre getreuen Mitstreiter entlang des Hangs gebildet hatten, fast zur Hälfte überblicken. Hier und da spiegelte sich das durch die Baumwipfel dringende Sonnenlicht in glänzend polierten Waffen oder brachte das Blut, das aus frischen Wunden strömte, zum Aufleuchten. Die Druidin wandte sich von dem Gewoge der Kämpfe unmittelbar vor ihr ab, ließ den Blick schweifen und erkannte nun, daß der Kriegskönig die Masse seiner Truppen ins Zentrum warf, das sich direkt vor ihr nach links erstreckte.
Noch während sie hinsah, wurden die Linien der Verteidiger nach innen gedrückt. Unwillkürlich wich die Druidenpriesterin ein paar rasche Schritte zurück. Brüllend vor Wut und Enttäuschung stürmte jetzt der alte König, dem dieses Land hier gehörte, den Hügel hinunter. Ihm folgten die übrigen Herrscher dieses Landstrichs, die Arthur vereint daran hindern wollten, sich ihrer angestammten Lande und Häuser zu bemächtigen, die schon ihren Vorfahren gehört hatten.
Drei Jahre waren vergangen, seit Arthur zum Kriegskönig aller Briten ausgerufen worden war, nachdem er sie bei Badon Hill zum Sieg geführt hatte. Im darauffolgenden Jahr führte er kleine berittene Einheiten von mehreren Seiten gegen die übriggebliebenen sächsischen Invasoren.
Wenig später war der alte Mann – ein Zauberer, der sich zum Glauben an den toten Gott bekehrt hatte – auf den Plan getreten.
Zunächst wurde die Anwesenheit Merlins in den Heerlagern kaum wahrgenommen. Alle Arten von Sonderlingen und Neu-

gierigen fühlten sich von der Macht und dem Ruhm angezogen, die Arthur mit seinem Sieg bei Badon Hill erlangt hatte. Doch nach und nach fand der walisische Priester bei dem Kriegskönig Gehör. Er erzählte ihm alte Geschichten vom Imperium der Römer und aus der Zeit, als diese Britannien beherrscht hatten. Anfangs jedoch fiel diese Saat des Gedankens an weitere Eroberungen bei Arthur kaum auf fruchtbaren Boden. Die Sachsen waren zu schwer angeschlagen, um noch eine Bedrohung darzustellen, und die meisten Soldaten und Könige, die Arthur für diesen Feldzug um sich geschart hatte, verließen bereits sein Heer, um nach Hause zurückzukehren. Sie hatten drei Jahre auf dem Schlachtfeld gestanden, und selbst die Söldner waren des Krieges müde.

Doch dann hatte Merlin dem Kriegskönig das Dämonenschwert gegeben. Morganna wußte, daß diese Klinge von finsteren Mächten geschmiedet worden war. Sie hatte die düstere Ausstrahlung der Sidhe, des bösen Feenvolks, spüren können, als sie jenes eine Mal in die Nähe des Schwerts gekommen war. Damals – es war die Zeit gewesen, als die Bauern ihre Felder bestellten – hatte sie sich in einem Dorf aufgehalten, um ein Kind mit Kräutern gegen Krämpfe zu behandeln. Die Druidin wollte gerade den Eltern mitteilen, daß es ihrem Knaben wieder besser ginge, als Arthur an der Spitze seiner Reiter herangezogen kam. Er saß auf einem herrlichen schwarzen Hengst und war an ihr vorbeigeritten, ohne auch nur einen Blick auf sie zu werfen. Ein Glück für sie wie für ihn, daß die junge schwarzhaarige Frau mit dem ungefärbten, handgesponnenen Kleid nicht auffiel. So konnte er auch das schmerzhafte Zusammenzucken und leise Stöhnen nicht bemerken, mit dem die empfindsame Zauberin auf die Präsenz dieses furchtbaren Schwertes reagierte.

Die Klinge hatte Morganna und ihren Geist für sich einnehmen wollen, so wie ihr das zuvor schon bei den Rittern gelungen war, die den Kriegskönig begleiteten. In jenem Augenblick hatte die Priesterin die Gefahr und den bösen Zauber erkannt, die dem Stahl innewohnten. In den Geschichten der Barden war häufig von solchen Waffen die Rede. Meist handelte es sich um Schwerter, die als Geschenk übergeben wurden – und die Menschen ins Verderben stürzen sollten. Gesandt waren sie aus den vergänglichen Reichen der vertriebenen Sidhe. Aus Rache für ihre Verbannung machten diese Wesen gern den Feinden der Erdmächte solch vernichtende Gaben zum Geschenk.

In den Jahren ihrer Ausbildung auf der Heiligen Insel hatte Morganna von solchen Waffen erfahren. Die meisten stammten aus den finsteren Zeiten, in denen die Briten noch kein wirkliches Volk gewesen waren. Man kannte Zauberschwerter, die Flammen werfen konnten, und solche, die ihre Träger unverwundbar machten. Von einer dieser Dämonenwaffen erzählte man sich im Flüsterton, sie raube angeblich jedem die Seele, dem sie eine Wunde schlagen konnte.

Dieses Schwert hier, dem man den Namen Excalibur gegeben hatte, verhielt sich jedoch noch perfider als alle anderen Zauberklingen. Brachten letztere wenigstens einen sauberen Tod und kaum mehr, verlieh Excalibur seinem Träger die Macht, andere zu beherrschen. Wenn Arthur mit diesem Stahl irgendwo auftauchte, wollten ihm bald alt und jung folgen, und zwar ganz und gar. Keine Forderung des Kriegskönigs erschien diesen Anhängern dann unberechtigt, und kein Opfer war ihnen zu groß. Und nach dem Funkeln in den Augen des Königs zu urteilen, das die Zauberin bei seinem Vorbeiritt bemerkt hatte, erzeugte das Schwert auch bei seinem Träger das Bedürfnis, die durch Magie gewonnenen Fanatiker seines Gefolges in den Krieg und zu Ruhm und Größe zu führen.

Doch selbst mit der Macht Excaliburs im Rücken wichen Arthurs Männer jetzt vor der Stärke der zehn Könige und ihrer Leibgarde zurück. Da die meisten Soldaten des Kriegskönigs nur durch Leder geschützt waren, fiel es den gepanzerten Herrschern und ihren ebenso gewappneten Getreuen leicht, ihre Reihen zu lichten. Aus dem schon sicher geglaubten Sieg des Usurpators wurde Rückzug, als die Edlen dem Gegner Streich auf Streich versetzten. Schließlich kletterten Arthurs Mannen in panischer

Flucht über die Palisaden zurück, und so manch einen von ihnen traf dabei noch ein Speer in den Rücken.
Die Gefolgsleute Excaliburs hatten vorher kein Pardon gegeben, und deswegen wurde nun auch ihnen keins gewährt.
Der Schlachtenlärm hielt noch eine Weile an, ebbte dann aber allmählich ab. Die kritischste Phase war überstanden, und die zehn Könige kehrten wieder auf die Hügelkuppe zurück. Als sie näherkamen, entdeckte die Druidin, daß sie einen Mann tragen mußten. Der alte König, der kurz zuvor noch so stolz und voller Sorge gewesen war, war offensichtlich schwer verwundet worden. So, wie sein Kopf herabhing, ließ sich eindeutig erkennen, daß kein Leben mehr in ihm war. Aus der Nähe schließlich sah Morganna das Loch, durch das eine Schwertspitze das Kettenhemd durchdrungen hatte und ihm ins Herz gefahren war.
Sie unterdrückte ihre gleich aufsteigenden Tränen und versuchte, sich zusammenzunehmen. Da der Rat der Druiden sie von der Heiligen Insel ausgesandt hatte, um diese Menschen zur Verteidigung zusammenzurufen, durfte sie jetzt vor ihnen keine Schwäche zeigen. Doch innerlich wuchs ihr Haß auf die Sidhe und das, was sie in Morgannas Welt gebracht hatten. Und dieser Zorn verdrängte die Sanftmut, die dieser Frau sonst innewohnte, noch weiter.
Von der Mittagsstunde bis zum Sonnenuntergang wogte die Schlacht hin und her, doch konnten Arthurs Truppen die primitiven Palisaden der Verteidiger auf halber Hanghöhe nicht mehr überwinden.
Die Druidin setzte sich jetzt offener der Gefahr aus, indem sie Wasser verteilte und den übriggebliebenen Verteidigern Mut zusprach. Bald würden sie sich ausruhen können. Die Dämmerung rückte näher, und mit einem nächtlichen Angriff war kaum zu rechnen. Die Hexe sehnte sich nach dieser Atempause, auch wenn die Schlacht mit dem ersten Lichtstrahl unweigerlich ihre Fortsetzung finden würde.
Schließlich kehrte Morganna hinter das Zentrum der eigenen

Reihen zurück und ließ sich an dem Baum auf den Boden sinken, hinter dem sie zuvor Schutz gesucht hatte. Die Männer des Kriegskönigs hatten sich gerade zum dritten Mal zurückgezogen, um sich neu zu formieren, und die Zeit der Bogenschützen war noch nicht wieder gekommen. Für diesen kurzen Moment erschien der Wald fast friedvoll, und die Eichen erinnerten Morganna an das Versammlungstal auf der Heiligen Insel und an glücklichere Zeiten.

Doch nun änderte Arthur seine Strategie: Statt zuerst die walisischen Bogenschützen vorzuschicken und die Verteidiger bedrängen zu lassen, sandte er die Masse seiner Krieger gleich aus dem Wald nach vorn. Mit merklich größerer Entschlossenheit drangen die gepanzerten Ritter und die in Leder gekleideten Fußsoldaten in die geschwächte Holzbarriere ein. Ohne Rücksicht auf das eigene Leben warfen sie sich gegen die gespitzten Pfähle, um auf die dahinterstehenden Soldaten der nur noch neun Könige einstechen zu können. Wieder wurde die Linie der Verteidiger langsam, aber unaufhaltsam zurückgedrängt – und erneut mußte die einzige Reserve der Verbündeten, die Leibgarde der Könige, von der Kuppe heranstürmen, um das Schlimmste zu verhindern. Während die von Kettenhemden geschützten Soldaten an der Zauberin vorbeihasteten, warf sie einen Blick über das Schlachtfeld und dann zu den Bäumen weiter unten, denn für die unerwartete neue Energie der eigentlich ermüdeten Angreifer mußte es einen Grund geben.

Einige Atemzüge lang war von Arthur oder seinem Teufelsschwert nichts zu erkennen. Doch dann zeigte er sich, begleitet von einem Fanfarenstoß aus Jagdhörnern. Von ihrem erhöhten Standort unweit der Hügelkuppe erschien er Morganna weniger eindrucksvoll als damals in dem Dorf, wo er an ihr vorübergeritten war. Er hatte bewußt den Helm abgenommen, damit seine Soldaten erkennen konnten, daß er unter ihnen weilte. Der Kriegskönig war jünger, als Morganna gedacht hatte, und noch aus mehreren hundert Schritt Entfernung sah man ihm seine Erschöpfung an. Sein Umhang war zerrissen und blutver-

schmiert. Umgeben von den Bannern der Könige, die sich ihm unterworfen hatten und ihm jetzt dienten, wirkte er tatsächlich nicht mehr wie einer der Kleinkönige, sondern wie ein wahrer Kriegsherr. Die Zauberin fragte sich, wieviel an seiner kriegerischen Erscheinung wirklich echt und wieviel davon Täuschung war, die Arthurs Anhänger beeindrucken sollte.
Doch als Morganna verfolgte, wie der Kriegskönig seinem Roß die Sporen gab, um sich in die Schlacht zu stürzen, erkannte sie gleich, daß zumindest die Blutflecken keine Täuschung waren. Die Angreifer brachen in Jubel aus, als Arthur sein schweres, dunkles Streitroß vorantrieb, bis es an die Palisaden stieß. Mit einem weiten Hieb streckte er zwei Verteidiger nieder. Als deren Blut mit der Klinge in Berührung kam, vernahm Morganna ein hohes Summen, das selbst für sie kaum zu hören war. Der Gesang der Sidhe-Waffe hing jedoch bald immer durchdringender in der Luft, während ihr Stahl seinen Zauber bewirkte.
Hatten die Mannen des Kriegskönigs vorher schon tapfer gefochten, so griffen sie nun ohne Rücksicht auf Leib und Leben an. Mit Bestürzung beobachtete die Druidin, wie sich nicht weit unterhalb von ihrem Baum ein Mann in ein Schwert warf, damit der ihm nachfolgende Kämpfer den nun waffenlosen Verteidiger niederstechen konnte. Morganna hatte schon Geschichten von Berserkern gehört, die mit den feuerhaarigen Riesen aus den eisbedeckten Ländern des Nordens gekämpft hatten, doch diese Todesverachtung übertraf alles vom Geist noch Faßbare. Die Hexe hätte diese Krieger bewundern können, hätte sich deren Vorgehen nicht so schmerzlich auf die eigenen Reihen ausgewirkt. Gegen den rasenden Angriff von Arthurs fanatisierten Kriegern schien kein Kraut gewachsen zu sein.
Während die Horden des Kriegskönigs unter dessen Führung mit neuem Kampfesmut vorstürmten, entstand bei den Verteidigern unvermittelt der Wunsch, zu Arthur überzulaufen und lieber ihm zu folgen, als sich gegen ihn zur Wehr zu setzen. Für viele wurde das Zögern, das diesem Widerstreit der Gefühle

folgte, zum entscheidenden und tödlichen Fehler. Die Schreie der Sterbenden und Verwundeten ersetzten nun den leise gewordenen Chor der Schlachtrufe, der bis eben noch aus den Kehlen der Soldaten der neun Könige erklungen war.

Erst als Blut an den Saum von Morgannas Gewand spritzte, erkannte sie, daß nun alles verloren war. Auf der gesamten Breite der Palisadenwand brachen die Angreifer durch, während die letzten Verteidiger ihre Waffen fortwarfen und um Gnade flehten. Arthur ritt an den Pfählen entlang und schlug mit dem Dämonenschwert Schneisen in die handbreiten Stangen, als wären sie nicht dicker als Zweige. Über dem abflauenden Lärm von Schlacht und vollkommener Niederlage sang das Schwert weiterhin sein geheimnisvolles Lied.

Wer sich noch nicht ergeben hatte, wandte sich jetzt zur Flucht. Der Priesterin blieb nichts anderes übrig, als sich den Fliehenden rasch anzuschließen; denn selbst ihr fiel es schwer, dem teuflischen Summen zu widerstehen. Nur noch ein paar Minuten an diesem Ort, und sie hätte den Erfolg dieses Mörders bejubelt, den örtlichen Kleinkönigen ihr Land gestohlen zu haben, das ihnen seit Dutzenden Generationen gehörte.

Äste und Zweige zerrten an der Zauberin, während sie durch das dichteste Unterholz im Wald brach, das sie finden konnte. Doch jedes Hindernis, das ihre Flucht verlangsamte, würde die berittenen Verfolger noch länger aufhalten. Und die Druidin hatte mit dieser Taktik Erfolg: Hinter sich hörte sie den gotteslästerlichen Fluch eines Kriegers, dessen Pferd vor dem dornigen Gestrüpp gescheut hatte.

Das Atmen fiel ihr zunehmend schwerer, doch ausruhen oder stehenbleiben durfte sie nicht. Die letzten Stunden hatten für sie aus ständiger Flucht und ständigem Entkommen im letzten Moment bestanden.

Als Morganna den Hügel der verlorenen Schlacht verlassen hatte, war der Ruf Arthurs hinter ihr erschallt. »Ihr nach!« hatte er befohlen. »Sie trägt die Schuld an diesem Krieg!« Da sich

außer der Zauberin keine weitere Frau auf dem Schlachtfeld befunden hatte, hatte kein Zweifel aufkommen können, wen er damit meinte. Noch die müdesten Soldaten waren gleich weitergeeilt, um seinem Befehl Folge zu leisten – darunter auch einige, die der Hexe noch vor vier Tagen zugejubelt hatten, als sie die Botschaft des Hohen Rats überbrachte, ihren Kampf zu unterstützen. Zu Morgannas Glück hatten die meisten von ihnen in den drei Tage währenden Kämpfen ihre Pferde verloren, und so hatten sie ihr nicht allzuweit folgen können.
Nur diese letzten drei, von denen jetzt noch zwei übrig waren, schienen nicht aufgeben zu wollen. Zudem ritten sie gute Pferde, so daß der Druidin klar wurde, daß sie sich etwas anderes einfallen lassen mußte, als nur vor ihnen davonzulaufen.
Der Flucht müde und in der Gewißheit, doch bald gefaßt zu werden, ließ sich die dunkelhaarige Hexe inmitten eines Gestrüpps auf dem Boden nieder und versuchte, sich zu sammeln. Ihre Verfolger waren durch das dichte Laubwerk noch kaum auszumachen. Die Dornen der Rotbeersträucher, die Morganna umgaben, stachen ihr in den Rücken und in die Arme. Eine fette hellblaue Spinne ließ sich auf einem Ast neben ihrem Gesicht herab. Die Zauberin zwang sich, nicht in Panik zu geraten und ruhig zu atmen – und sich auf die innere Ruhe zu konzentrieren, die sie jetzt am dringendsten benötigte. Als ihr Herz nicht mehr so schnell schlug, wagte sie es, sich umzusehen, obwohl die beiden Reiter sich den Sträuchern schon bis auf Bogenschußweite genähert hatten.
Einen angstvollen Augenblick lang fürchtete Morganna schon, daß der Schlachtenlärm alle größeren Bewohner des Waldes vertrieben hatte. Zu ihrer Erleichterung entdeckte sie jedoch bald einen Bären, der an einem nahegelegenen Bach geduldig und mit erhobener Tatze auf Beute wartete. Die Druidin entschuldigte sich bei den höheren Wesen für ihre Not und ließ ihren Geist in den zotteligen Fischjäger fahren.
Knurrend griff der Bär an und riß mit einem einzigen Prankenhieb einem der Streitrösser die Flanke auf. Als die Krallen das

Fleisch aufschlitzten, bockte das verwundete Pferd und schüttelte sich vor Schmerz. Sein Reiter wurde gegen einen Baum geschleudert und sackte dort zusammen.
Bei dem letzten Verfolger handelte es sich um einen Ritter. Sein schweres Kettenhemd verlieh ihm ausreichend Zuversicht. Er zog sein Schwert, sprang aus dem Sattel und stellte sich dem großen Braunbären entgegen. Die beiden Kontrahenten umkreisten sich vorsichtig, bis die Bestie sich plötzlich umwandte und knurrend Miene machte, auf das Pferd des Ritters loszugehen. Das Roß riß sich vor Panik los und nahm vor der Gefahr Reißaus. Der Ritter starrte verblüfft auf das Untier, das ihn mit seinem Angriffsungestüm und seinem auch sonst ungewöhnlichen Verhalten überraschte. Normalerweise liefen Waldbären schon beim Anblick eines Kindes davon. Diese Kreatur hier, so fürchtete er, mußte daher entweder krank oder irrsinnig geworden sein. Sowohl das eine wie das andere ließ den Bären zu einem äußerst gefährlichen Gegner werden.
Dennoch fühlte sich der Recke verpflichtet, der Bestie entgegenzutreten, und sei es nur, um seinen benommenen Kameraden vor ihr zu schützen. Ohne Zweifel würde er das Untier besiegen können. Sein Schwert verlieh ihm die nötige Reichweite, und die Rüstung gewährte ihm Schutz.
Die Verwunderung des tapferen Ritters steigerte sich aber noch, als der Bär plötzlich innehielt, sich verdutzt umsah und sein aggressives Knurren unvermittelt in ein verwirrtes Wimmern überging. Als der Recke diese Gelegenheit wahrnehmen wollte und die Bestie angriff, drehte die sich gleich um und machte sich geräuschvoll in die Tiefen des Waldes davon.
Während der Krieger seinem Kameraden, der gerade erst wieder zu sich kam, auf die Beine half, wurde ihm bewußt, daß sie jetzt keine Reittiere mehr besaßen. Außerdem war einer von ihnen verwundet, und die Sonne würde bald untergehen. Der Ritter sah keine Hoffnung mehr, die Frau, die sie bereits seit Stunden verfolgten, noch aufspüren und ergreifen zu können. Erschöpft legte er sich den Arm des Benommenen um die Schulter und

trat so mit ihm den langen Rückmarsch zum Lager des Hochkönigs an.
Auch Morganna mußte ihrer Erschöpfung Tribut zollen. Sie legte sich auf die Seite und schlief unter dem dornigen Beerengestrüpp gleich ein. Bis auf das orientierungslose Herumtapsen eines an sich selbst irre gewordenen Braunbären ging nun alles im Wald wieder seinen gewohnten Gang.

Weniger als zwei Dutzend müder und entmutigter Männer kauerte um das Lagerfeuer. Der Wald, der sie an allen Seiten umgab, war dunkel und, wie sie hofften, auch frei von Feinden. Morganna saß in ihrer Mitte. Sie wußte nicht, wie die Krieger reagieren würden, wenn sie das Wort ergriff. Schließlich war sie es gewesen, die die waffenfähigen Männer dieser Gebiete zum Widerstand aufgerufen hatte. Mehr noch, die Botschaft, die die Druidin von der Heiligen Insel überbracht hatte, hatte schon fast den Charakter eines Befehls an die Krieger besessen. Verstohlen blickte sie in die Runde, wußte sie doch, daß ihr ein schrecklicher Tod bevorstand, wenn den Soldaten bewußt wurde, daß die Hexe die ganze Schuld an ihrer Niederlage trug.
»Man muß ihn trotzdem aufhalten«, knurrte eine heisere Stimme in die leisen Gespräche hinein.
»Womit denn?« und »Wie denn?« hallte es geringschätzig zurück.
Es war Percival, der da gesprochen hatte, der Sohn des alten Königs, den Morganna hatte sterben sehen. Trauer und Verbitterung standen für jeden deutlich sichtbar in seinem Blick.

»Wir haben eine Schlacht verloren, ja«, fuhr er fort. »Aber solange wir leben und kämpfen können, solange können wir ihn aufhalten.«
In einigen der Männer keimte Hoffnung auf, die meisten aber ließen weiterhin die Köpfe hängen. Der Königssohn erhob sich und ragte wie ein Turm über seinen Kameraden auf, als er jetzt erklärte: »Wir dürfen unseren Widerstand nicht aufgeben.

Arthur hat alle Briten der Knechtschaft des Bösen unterworfen. Doch seine Macht ist nur deshalb so groß, weil er Excalibur besitzt, dieses von Dämonen geschmiedete Schwert!«

Seine Stimme hatte sich immer mehr gesteigert, bis er am Schluß fast brüllte. Einige der ängstlicheren unter den Soldaten warfen bereits nervöse Blicke in die sie umgebende Finsternis.

»Aber wir waren dreihundert, und jetzt sind wir kaum noch zwanzig«, wandte ein grauhaariger Ritter ein.

»Man kann ihn nicht besiegen«, fügte ein anderer hinzu. Als er seine Worte mit einer Bewegung seines schwerverletzten Arms unterstreichen wollte, verzog er gequält das Gesicht.

»Nicht in der Schlacht«, bestätigte einer der ehedem zehn Könige, der überlebt hatte.

»Richtig, nicht in der Schlacht«, nickte Percival. Mit nachdenklicher Miene ließ er sich wieder am Feuer nieder.

Langes Schweigen folgte. Doch anders als zuvor war jetzt auf noch mehr Gesichtern Nachdenklichkeit zu erkennen.

»Der Grund für unsere Niederlage ist einzig und allein Arthur«, brummte schließlich ein Krieger. »Nur sein Tod wird unsere Rettung sein.«

»Ich werde keinen Meuchelmord begehen«, brummte der Ritter, der vorhin gesprochen hatte.

»Das hat ja auch niemand von Euch verlangt!« fuhr Percival ihn barsch an, um dann beherrschter fortzufahren: »An allem, was geschehen ist, trägt nur Arthur die Schuld. Er ist wie eine Seuche, die wir selbst über uns gebracht haben, als wir ihn zum Kriegskönig aller Briten erwählten.«

»Zum Kriegskönig, ja, doch nicht zum Hochkönig, der über allen anderen steht«, entgegnete eine Stimme voller Verbitterung.

»Aber er hat uns zum Sieg über die hellhäutigen Invasoren geführt«, gab der älteste überlebende König seinen Mitstreitern zu bedenken. »Und das zu einer Zeit, als wir schon dachten, alles sei verloren.«

»Das Dämonenschwert!« Zum ersten Mal wagte es Morganna, ihre Stimme zu erheben.

Percival und einige der anderen starrten sie an.
»Nicht Arthur hat das alles bewirkt«, erklärte sie sichtlich nervös. »Es liegt allein an seiner Klinge.«
Gespannt warteten die anderen darauf, mehr zu erfahren. Erleichtert über die Bereitschaft der Männer, ihr zuzuhören, redete die Druidin gleich weiter.
»Excalibur ist das Werk von Dämonen. Das Schwert besitzt nicht nur eine gottlose Schärfe, es verleiht seinem Träger auch die Macht, andere dazu zu bewegen, ihm blindlings zu folgen. Jetzt kennt Ihr auch den wahren Grund dafür, daß Eure Gefolgsleute zu ihm übergelaufen sind oder ihre Waffen weggeworfen haben, als der Kriegskönig persönlich in die Schlacht eingriff.«
Viele in der Runde nickten zustimmend. Jeder von ihnen hatte die Macht der Klinge gespürt. Die Frau in ihrer Mitte faßte nur in Worte, was sie alle vermutet hatten. Percival lächelte grimmig und forderte Morganna mit einer Handbewegung auf fortzufahren. Sein Lächeln war kalt und von nachdenklicher Rachsucht erfüllt.
»Also müssen wir ihm das Schwert abnehmen«, verkündete sie den Kriegern.
»Aber er hat es immer bei sich«, wandten mehrere aus der Gruppe ein. »Und sobald er die Klinge in Händen hält und ihre Kraft auf sich übergehen läßt, wird ihm jeder, vom König bis zum Strauchdieb, sofort nachlaufen und uns verraten.«
»Ich bin aber kein solcher Lump!« protestierte einer der Soldaten, der dem Singen des Stahls nicht gefolgt war.
»Vielleicht wäre es besser für dich gewesen, du wärst mit den anderen übergelaufen«, gab einer seiner Kameraden zurück.
Die Kämpfer sahen einander an, als suchten sie nach einem Ausweg oder als fragten sie sich, wer von ihnen die anderen wohl verraten würde.
»Wann schläft Arthur eigentlich?« fragte die Zauberin.
Einer der Ritter, der bei Badon Hill an der Seite des Kriegskönigs gekämpft hatte, schüttelte den Kopf.
»Er hat einen leichten Schlaf und außerdem eine Wache vor dem

Zelt«, entgegnete er. Dabei verschwieg er jedoch, daß er selbst am Tag vor der Schlacht bei Badon Hill diese Aufgabe noch mit Stolz erfüllt hatte. »Sobald sich ein Fremder dem Zelt des Königs nähert, wird Alarm geschlagen, und er greift dann sofort nach seinem Schwert, und ...« Der Recke beendete den Satz mit einer Bewegung der flachen Hand am Hals und einem Achselzucken.
Wieder trat Schweigen ein, ein zu langes Schweigen. Morganna war besorgt. Der Hohe Rat hatte sie hierher gesandt, um Arthur aufzuhalten, bevor er die tausendjährige Tradition und Stabilität zwischen den Mächten zerstören konnte. Die Zauberin würde erst in ihre Heimat zurückkehren, wenn sie ihre Aufgabe erfüllt hatte. Niemals würde sie die Heilige Insel und die Druiden einem Schicksal preisgeben, das weit schlimmer wäre als die früheren Plünderungen der Römer. Arthur hatte keinen Hehl daraus gemacht, daß er jeden Widerstand brechen und keine Macht neben sich dulden werde – und die Druiden waren seit dem Augenblick, in dem das Schwert erschienen war, seine unnachgiebigsten Feinde gewesen.
»Wir werden ihn nie allein im Schlaf antreffen«, meinte schließlich einer der überlebenden Kleinkönige.
»Nicht allein«, warf Percival wölfisch grinsend ein. »Im Schlaf vielleicht, aber auch dann nicht allein.«
Bei diesen Worten sah der Königssohn Morganna an. Die anderen folgten seinem Blick. Die Zauberin schaute verwirrt zurück, und es dauerte eine Weile, bis sie verstand, was der Ritter da vorschlug. Als sie endlich begriff, wäre sie vor Entsetzen am liebsten aufgesprungen und in den Wald gelaufen, um sich dort irgendwo zu verstecken. Doch statt dessen zwang sie sich, ruhig sitzen zu bleiben und gründlich nachzudenken.
War ihr Haß auf Arthur stark genug, um diese Aufgabe durchzustehen? Rechtfertigte die Vernichtung des Schwertes wirklich jedes Opfer? Sogar dieses Opfer? Die Hexe war zwar wohlgestaltet und hübsch anzuschauen, aber was, wenn Arthur sie dennoch verschmähte und damit den ganzen Plan zum Scheitern brachte? Die Lust wurde vom Kriegsgott Mars regiert, und

bei all den vielen Toten auf dem Schlachtfeld würde ihr Appetit schon reichlich gestillt sein. Aber die alten Weiber wußten zu erzählen, daß der Kampf den fleischlichen Hunger der Männer häufig anregte. Außerdem gab es bestimmte Kräuter ... ja, so könnte es gehen. Rohrkolben hatte Morganna ganz in der Nähe gesehen, aber wo sollte sie Kümmel und die übrigen Zutaten herbekommen?
Die Gedanken der Druidin rasten und entwickelten immer genauere Pläne und Strategien. Noch bevor sie Percival zusagte, die ihr zugedachte Aufgabe zu übernehmen, überlegte sie schon, wie sie das Opfer lohnenswerter gestalten konnte. Da ihre Stimme jetzt vor Aufregung zu schrill geklungen hätte, nickte sie dem Königssohn nur mit sichtlichem Schaudern zu.

Die Jagdgesellschaft setzte sich aus Edelmännern und ihren Bediensteten zusammen. Bei den meisten handelte es sich um jene Könige, die Arthur schon Lehnstreue geschworen hatten, gleich nachdem er Kriegskönig geworden war. Die übrigen hatten ihre Besitztümer gerade erst an den Herrscher verloren und waren jetzt sichtlich bemüht, dem Eroberer zu Gefallen zu sein. Die Jagd währte bereits sechs Stunden, als einer dieser Besiegten sein Pferd an die Seite des Hochkönigs lenkte.
»Da hinten liegt ein Dorf.« Er wies mit seinem Sauspieß nach rechts. »Wir könnten dort die Pferde tränken und Getreide fassen.«
Der Herrscher dachte über den Vorschlag nach. Er befand sich in großzügiger Stimmung. Die vor zwei Wochen siegreich beendete Schlacht hatte den letzten ernstzunehmenden Widerstand gegen seine Alleinherrschaft über alle Briten gebrochen. Seit der letzte römische Kaiser seine Legionen nach Rom zurückgeführt hatte, waren die Briten nicht mehr unter einem König vereint gewesen. Erst Arthur hatte dies zuwege gebracht. Der Hochkönig genoß seinen Erfolg. Er legte die Hand selbstbewußt auf den Knauf von Excalibur und entgegnete: »Die Zeit

ist schon recht fortgeschritten. Nehmen wir heute abend die Gastfreundschaft Eurer Bauern in Anspruch. Morgen dürft Ihr uns dann in angemessenerer Umgebung bewirten.«

Der Edelmann nickte, erfreut und besorgt zugleich. Durch die Aufstellung der Streitmacht, die er in der Schlacht gegen Arthur verloren hatte, waren fast alle seine Mittel aufgebraucht. Nur mit großen Schwierigkeiten würde sein Haushofmeister ein Mahl auftragen lassen können, das sich so vornehmen Gästen als würdig erwies. Mit ein paar Worten entsandte er seinen Knappen zu seiner Stammburg, damit er dort den hohen Besuch anmelden sollte, der am nächsten Tag eintreffen würde. Doch darüber hinaus durfte der Kleinkönig sich schmeicheln, soviel Anerkennung von seinem Lehnsherren erfahren zu haben, und mit wachsender Freude führte er die Gesellschaft in das kleine Dorf.

Der Ort besaß keinen Namen und nicht mehr als acht strohgedeckte Hütten. Die meisten Bewohner fristeten ihr Dasein damit, Baumfrüchte zu pflücken und gegen Getreide zu tauschen. Bei den männlichen Dörflern durfte man darüber hinaus davon ausgehen, daß sie erfahrene Wilddiebe waren, wie das in solch abgelegenen, ärmlichen Gemeinden oft der Fall war.

Mit freundlichen, aber nicht zu vielen Worten an den Dorfältesten sorgte der Edelmann dafür, daß sich die Dörfler am Abend die größte Mühe geben würden, den vornehmen Trupp zu bewirten. Alle Briten waren freie Männer, und der Adlige mußte dafür sorgen, daß ihnen die heute abend verbrauchten Lebensmittel ersetzt oder bezahlt wurden. Den Hochkönig bei sich zu beherbergen, war natürlich eine große Ehre. Wahrscheinlich würden die Bewohner ihrem Ort von nun an den Namen »Königsrast« oder eine ähnlich wichtig klingende Bezeichnung geben. Namen aber bedeuteten wenig, wenn die Dörfler einer besonderen Ehre wegen im Winter Hunger leiden mußten.

Die Hütten erwiesen sich als so primitiv, daß sie für die noble Jagdgesellschaft nicht akzeptabel waren. Deshalb schlug man

im Ort große und bunte Zelte auf, neben denen die Behausungen der Bauern wie Zwergenhütten erschienen.
Als die Sonne untergegangen war, speisten die edlen Herren in einem großen blaugestreiften Zelt mitten im Dorf. Die eine Seite hatte man an einem Maibaum befestigt, auch wenn die beiden Priester des toten Gottes, die den Trupp begleiteten, sorgfältig darauf bedacht waren, diesen Pfahl nicht so zu nennen – schließlich handelte es sich bei der Aufstellung solcher Pfähle um einen heidnischen Brauch. An beiden Enden der Ortschaft waren kleinere Zelte für diejenigen aufgestellt worden, die nach dem Gelage noch über genügend Kraft verfügten, so weit zu laufen. Die Seiten des Zeltes im Zentrum hatte man hochgezogen, und tief in den Boden gerammte Fackeln spendeten Licht.
Das Mahl war schon weit fortgeschritten, als Arthur die Frau zum ersten Mal bemerkte. Einige der Edelmänner amüsierten sich bereits darüber, da ihr Lehnsherr es der Dorfschönen offenbar schon seit einiger Zeit angetan hatte. Mit dem dunkelroten Haar und den wohlgeformten Hüften war sie die mit Abstand ansehnlichste junge Maid im ganzen Ort. Ihr Verhalten dem König gegenüber war schon mehreren Edlen aufgefallen, die sich untereinander fragten, warum Arthur ihre Offerten noch nicht wahrgenommen hatte. Anders als sonst üblich war kein säuerlicher bäuerlicher Ehemann in ihrer Nähe, der sie unbedingt beschützen wollte. Allerdings hatte der Hochkönig sich bisher auch nur selten von solchen unbedeutenden Hindernissen abhalten lassen.
Als Arthur nun endlich die Frau an sich riß und sie stürmisch küßte, brandeten an der Tafel Beifall und Hochrufe auf.
»Er hat mich bemerkt!« Morganna wußte nicht, ob sie sich darüber freuen oder entsetzen sollte. Zweimal hatte sie Arthur schon berührt, aber der Kriegskönig war so damit beschäftigt gewesen, die Geschichte einer seiner zahllosen Siege zum besten zu geben, daß er die Dorfschöne kaum beachtet hatte.
Vor Verzweiflung war die Druidin, die sich das Haar mit Henna gefärbt und die Haut mit Beerensaft nachgedunkelt hatte, wieder

in den Wald gegangen. Dort hatte sie Arme und Hände in den Zaubertrank getaucht, der seine Lust anregen sollte. Die Hexe ließ die Arme länger in dem Sud, als man sie gelehrt hatte, denn sie wollte die Wirkung unbedingt verstärken, damit sie sichergehen konnte, daß der Kriegskönig später blind vor Leidenschaft sein würde.

Nach ihrer Rückkehr ins Zelt begann das Gebräu zu wirken, und nachdem sie einmal mit ihrer duftenden Hand sein Gesicht gestreift hatte, konnte sie gleich die Veränderung auf der Miene des jungen Königs erkennen.

In den nächsten Minuten bemühte sich Morganna weiter, den Herrscher zu verzaubern. Wenn sie ihm Wein nachgoß, berührte sie ihn regelmäßig leicht und beugte sich weit vor. Doch dabei mußte sie feststellen, daß ihr schwindlig wurde. Die Kräuter wirkten einfach zu stark. Die Druidin hatte sich bald nicht mehr ganz in der Gewalt. Körperliche Lust war Männern und Frauen gleichermaßen gegeben, und dieselben Dämpfe, die Arthur schließlich auf sie aufmerksam gemacht hatten, benebelten allmählich auch ihren Geist. Der Sirenengesang Excaliburs tat ein übriges, und die Zauberin mußte alle verbliebene Konzentrationsfähigkeit aufbieten, um sich an ihren Auftrag zu erinnern. Die Hexe haßte Arthur zwar immer noch, doch jetzt wollte sie ihm unbedingt beiliegen. Er stellte eine Gefahr für alles dar, was ihr etwas bedeutete, und dennoch verspürte sie das starke Bedürfnis, von ihm genommen zu werden.

Ihre Begierde war fast greifbar wahrzunehmen und legte sich wie ein Schleier um ihre Gedanken. Gleichzeitig stand ein Teil von ihr neben ihr und wunderte sich über die Kraft ihres Verlangens. Und wieder ein anderer Teil wollte angesichts dessen schreien, was ihr jetzt gleich bevorstand.

Würde Morganna ihn so stark hassen können, daß sie seine Nähe ertragen konnte? Würde das von dem Kräutersud angestachelte Begehren ihr ausreichend Leidenschaft verleihen, um den König abzulenken?

Wenn Arthur allerdings weiter dem Met so zusprach, würde er

bald so betrunken sein, daß er gar kein Interesse mehr für sie aufbringen könnte. Und dann bestand wohl kaum noch die Möglichkeit, den Plan an einem anderen Ort ein weiteres Mal zu beginnen. Sie trug ihm jetzt Naschwerk auf und strich ihm dabei noch einmal verlockend über die Schulter.

Als nächstes bemerkte die Druidin durch den Schleier ihres körperlichen Verlangens, daß der Kriegskönig sich erhoben hatte und sie quer durch das Zelt führte, in dem die hohen Herren noch an der Tafel saßen. Die Hexe gab sich große Mühe, die Ohren vor den rauhen Bemerkungen der Edelmänner zu versperren, und schloß dichter zu dem Herrscher auf. Nach der langen Jagd, die den ganzen Tag gewährt hatte, roch Arthur nach Pferd und Schweiß. Sein Geruch war so streng, daß er Morganna eigentlich hätte abstoßen müssen, doch wundersamerweise steigerte er ihr Verlangen um ein Vielfaches.

Arthur war kaum noch in der Lage, gerade zu gehen. Als er einer brennenden Fackel auswich, wäre er beinahe hingefallen.

Hat er das Schwert etwa zurückgelassen? fragte sich die Zauberin besorgt. Die Wirkung des geheimen Tranks hatte ihren Höhepunkt erreicht, und sie konnte ihre Umgebung nicht mehr deutlich erkennen.

Der Kriegskönig hatte sie bislang an der Hand hinter sich hergezogen. Jetzt hakte sich die Druidin an seinem linken Arm ein. Als sie mit der Hüfte an den Griff des Dämonenschwertes stieß, verbrannte es durch ihr wollenes Kleid hindurch ihr Fleisch. Sie kreischte vor Schmerz. Das löste bei den versammelten Edelleuten, die diese Laute mißverstanden, nur grölendes Gelächter aus. Endlich gelangten die beiden in die klare Vollmondnacht hinaus.

Morganna wechselte rasch auf die andere Seite des Herrschers. Dort spürte sie zwar immer noch die Wirkung des Schwertgesangs, war jedoch vor seinem brennenden Biß sicher. Die zwei oder drei Schritte dorthin erforderten ihre gesamte Konzentration. Eigentlich hätte der Schmerz ihre Sinne schärfen oder ihr helfen müssen, sich wieder in die Gewalt zu bekommen, doch statt dessen verschwamm die Welt vor ihren Augen nur noch stärker. Erst als sie schon die halbe Strecke zu Arthurs Zelt zurückgelegt hatten, begriff ihr Verstand, daß er Excalibur mit sich führte. Niemand schien ihnen zu folgen. Zwischen dem rotgoldenen Herrscherzelt und dem etwa zwanzig Schritte entfernten Waldrand stand ein Soldat Wache. Mit breitem Grinsen beobachtete der Mann, wie Arthur die Dorfschöne in sein Zelt zerrte. Innen schlug dem Paar der schwere Geruch von schweißgetränkter Kleidung und nassem Leder entgegen.

Mit ungeschickten Fingern versuchte der angetrunkene Kriegskönig, die Bänder seines Lederwamses zu öffnen. Nun war es also soweit. Morgannas Herz raste, und sie unterdrückte mit Mühe das Bedürfnis, sich auf der Stelle zu übergeben. Nach einem Moment beugte sie sich vor, zwang ein Lächeln auf ihre Lippen und half dem Mann, den sie am meisten haßte, aus den Kleidern.

Arthur stand schwankend da. Er trug jetzt nur noch sein Unterzeug und das Schwert. Im nächsten Moment stürzte er sich taumelnd auf die Zauberin und zerriß das Oberteil ihres Hemdes. Der Kriegskönig war nur grob, schien keine Zärtlichkeit zu kennen und gehorchte lediglich seiner Begierde.

Als die Druidin den Luftzug des Windes an ihren Brüsten spürte, zuckte ihre Hand gleich zu Arthurs Gesicht hoch. Im letzten Moment beherrschte sie sich und verwandelte den Angriff in eine lustbetonte Liebkosung. Arthur bekam nicht mit, wie die erneute Berührung mit der Kräutermixtur an ihrer Hand ihn noch weiter erregte. Benebelt und in gesegneter Sorglosigkeit versuchte er, die Schöne an sich zu drücken.

Morganna zwang sich, seine Berührung so lange auszuhalten, bis sie feststellen konnte, daß seine Erektion nicht weiter zu steigern war. Dann schob sie ihn sanft von sich.

»Nicht hier.« Die Druidin verzog das Gesicht und dachte kurz nach. Im Zelt war es wahrscheinlich sauberer als in den Bauernhütten. Würde er Verdacht schöpfen, wenn sie ihn hier herauslockte? Bevor der betrunkene König reagieren konnte, schlüpfte Morganna aus ihrem Hemd und auf der Rückseite des prächtigen Zelts ins Freie hinaus.

Zögernd spähte die Zauberin ins Zelt zurück. Obwohl sie sich vor dem ekelte, was unweigerlich folgen würde, bemühte sie sich doch, dem Kriegskönig einen auffordernden Blick zuzuwerfen. Hinter sich hörte sie das überraschte Lachen des Wachsoldaten.

Arthur trat jetzt mit glasigen Augen aus seinem Zelt heraus. Zusammen wankten die beiden in den nahen Wald. In der Ferne blökte schrill ein Lamm, doch in Morgannas Ohren rauschte das Blut so laut, daß sie die Laute des Jungtiers nur am Rande ihres Bewußtseins wahrnahm. Die Zauberin hatte vor, ihren Feind zwischen die Bäume zu führen, und konnte sich nur darauf konzentrieren.

Die überlebenden Verteidiger hatten den Plan gefaßt, daß Percival, der das Königszelt zu beobachten hatte, ihnen folgen sollte. Als die Druidin mit dem Herrscher an der Wache vorüberzog, nahmen ihre benebelten Sinne doch wahr, daß der Soldat sein Schwert halb aus der Scheide zog. Sie befürchtete für einen Moment, erkannt worden zu sein, und rechnete damit, von seiner Klinge getroffen zu werden. Doch als nichts dergleichen geschah, seufzte sie vernehmlich, und Arthur deutete ihre Erleichterung als Zeichen der Wollust.

Dann kamen sie an dem Gebüsch vorbei, in dem Percival sich laut Plan verborgen halten sollte. Die Druidin zog das Gesicht des Königs rasch an ihren Busen. Sie liefen schwankend weiter, und das Geräusch, das entstand, als der Königssohn dem Wachsoldaten sein Schwert in den Rücken bohrte, ging ebenso wie der Sturz des Mannes in Arthurs kehligem Lachen unter. Als Percival den Toten außer Sichtweite zog, war das Paar schon so weit entfernt, daß es davon nichts mehr bemerkte.

»Weit genug«, entschied die Hexe jetzt. Arthurs grobe, ungeschickte Liebkosungen bereiteten ihr allmählich Schmerzen, und ihre eigene Lust war im rasenden Schlag ihres Herzens schon längst untergegangen. Die nachlassende Wirkung des

Suds konnte sie jedoch nicht von dem abbringen, was sie jetzt zu tun beabsichtigte. Haß und Berechnung leiteten nun ihr Handeln.
Die Zauberin preßte sich an den König, um ihre Brüste aus den Griffen seiner schwieligen Hände zu befreien. Dann stieß sie ihn zurück, hielt ihn auf halbe Armeslänge von sich und flüsterte ihm mit verführerischem Lächeln zu, daß er sie jetzt nehmen solle. Wie die Druidin gehofft hatte, entledigte er sich sofort seines Schwertgurtes und des Unterzeugs.
Als seine Wäsche zu Boden fiel, rang die Hexe sich ein Kichern ab und lief noch ein paar Schritte in den dichten Wald hinein. Verwirrt vom Kräuterliebeszauber und benommen vom Met konnte Arthur zuerst nicht mehr tun, als dazustehen und ihr hinterherzustarren.
Die Zauberin unterdrückte das dringende Bedürfnis, einfach weiterzurennen und ihm davonzulaufen. Also blieb sie stehen und bewegte aufreizend die nackten Hüften. Als das noch nicht reichte, tänzelte sie ein wenig näher zu dem Kriegskönig.
»Nehmt mich hier im Laub«, forderte sie ihn mit bebender Stimme auf.
Grinsend und zustimmend grunzend wankte Arthur auf sie zu. Morganna kam ihm jetzt noch ein Stück entgegen, um sich gleich darauf wieder von ihm zu entfernen. Dann trat sie erneut auf ihn zu und entzog sich ihm ein weiteres Mal. Dieses Spiel wiederholte sie für einige Zeit, und der Herrscher folgte ihr stets. Schließlich waren sie weit genug von der Stelle entfernt, an der Arthur sein Unterzeug und das Schwert der Sidhe zurückgelassen hatte. Jetzt kam alles auf Percival an.
Noch einmal entfernte die Hexe sich von ihm, doch jetzt reichte es dem Kriegskönig, und er war ihres neckischen Treibens müde. Die kühle Luft und die Anstrengungen, die Morganna ihm zumutete, ließen ihn rasch wieder zur Besinnung kommen. Doch sie hielt ihn immer noch hin. Sie mußte sichergehen, daß ihrem Verbündeten genug Zeit zum Entkommen blieb.
»Jetzt, du Luder!« rief Arthur und warf sich auf sie. Morganna

wich unter seinem Anprall zurück und spürte, wie seine schmutzigen Fingernägel ihr Schulter und Brüste zerkratzten. Jede Strieme, die sie hinterließen, brannte wie Feuer. Um dem Schmerz zu entfliehen, wich die Zauberin noch weiter zurück, bis sich ihr ein niedrig hängender Ast zwischen die Schulterblätter bohrte. Entschlossen und verärgert über ihr törichtes Treiben ließ der Herrscher nicht von ihr ab.

»Jetzt, mein König«, hauchte die Zauberin so verlockend, wie es ihr angesichts des brennenden Rückens nur möglich war.

Da erklang aus der Ferne ein Hornsignal.

Percival hatte das Schwert an sich gebracht und befand sich in Sicherheit! Sie hatten es geschafft! Die Befriedigung darüber linderte ihre Schmerzen deutlich.

Wie vereinbart hatte der Königssohn das Signal erst gegeben, als er sich weit genug in Sicherheit gebracht hatte. Da Arthurs Begleiter nicht einmal eine ungefähre Ahnung davon hatten, in welcher Richtung sie suchen mußten, konnten sie ihn in der Dunkelheit nicht mehr aufspüren.

Percival würde das Dämonenschwert noch vor Sonnenaufgang in den tiefen See versenken, den die Verschwörer dazu bestimmt hatten. Das Gewässer war von zauberischen Najaden bewohnt, die die Klinge auf ewige Zeiten und erst recht vor den Sidhe verbergen würden. Wenn die Hexe ebenfalls entkommen konnte, würden Arthur und seine Getreuen niemals erfahren, wo sich der Stahl befand.

In ihrer Freude darüber vergaß die Druidin beinahe den nackten, erregten und zornigen König, der sich nur zwei Schritte von ihr entfernt befand. Sie konnte sich im letzten Augenblick seinen ausgestreckten Armen entziehen.

Aus Arthurs Stimme sprach jetzt Zorn und nicht mehr Leidenschaft. Der Hochkönig war es nicht gewöhnt, zurückgewiesen zu werden – schon gar nicht von einer Bauerndirne, die ihn auf eine so alberne Verfolgungsjagd gelockt hatte.

Die starken Hände des Herrschers drückten Morganna ohne Mühe ins Laub. Unter der Heftigkeit seines Ansturms prallte die

Druidin mit Hinterkopf und Schultern gegen die zerfurchte Rinde eines Baums. Ihr wurde schwarz vor Augen, und während sie sich langsam zum Bewußtsein zurückkämpfte, spürte sie wie durch einen Schleier, daß er sich auf sie legte und ihre Schenkel auseinanderdrängte.

Der plötzliche Schmerz zwischen ihren Beinen ließ sie beinahe tatsächlich in Ohnmacht fallen. Wieder rang sie gegen die Bewußtlosigkeit an. Ein Teil von ihr wollte sogar, daß rings um sie herum alles in Schwärze versinke, so als könne sie damit der von ihr provozierten und bewirkten Wirklichkeit entfliehen.

Schmerz, Wut und Verzweiflung wechselten sich in ihr ab, während die Welt vor ihren Augen abwechselnd verschwamm und sich wieder klärte. Die Hexe klammerte sich schließlich an ihren Zorn, bis sich ihr das Mondlicht der Nacht wieder zeigte.

Arthurs Mund befand sich an ihrem Ohr, und sie hörte sein Keuchen und seinen stoßweisen Atem. Er lag so schwer auf ihr, daß sie kaum Luft holen konnte.

Die Zauberin hatte keine Erfahrung mit Männern, und die körperliche Liebe bereitete ihr Unbehagen. Arthur tat ihr weh und suchte nur die Befriedigung des Verlangens, das ihr Zaubertrank in ihm erweckt hatte.

Morganna bekam eine Hand frei, und als ihre Finger den rauhen Untergrund, auf dem sie lag, absuchten, spürten sie ein Stück des Astes, der bei ihrem Zusammenprall mit dem Baum abgebrochen war. Das Holz war nicht groß, vielleicht zwei Finger dick und zwei Hände lang, doch an der Bruchstelle hatte sich ein scharfes, gezacktes Ende gebildet. Wie ein Messer stieß die Hexe ihm den kleinen Stock von den Seite in den Hals.

Die Zauberin spürte, wie die Spitze sich in Arthurs Fleisch bohrte. Er stieß ein überraschtes Gurgeln aus. Noch einmal stach sie zu. Der König richtete sich ein Stück auf, schlug um sich und versuchte, ihr Handgelenk zu fassen zu bekommen und sie aufzuhalten.

Morganna kreischte ihm ihren ganzen Haß entgegen, versuchte, sich unter ihm hervorzuwinden und stieß noch einmal zu.

Zur Antwort durchzuckte ein stechender Schmerz ihren Unterleib. Der Kriegskönig grunzte befriedigt.
Während die Hexe sich weiter gegen ihn wehrte, erhob Arthur sich auf die Knie und löste sich aus ihr. Er bebte vor Zorn. Morganna schob sich auf dem Rücken von ihm fort, zog ein Knie an und rammte es ihm in die Weichteile. Tief befriedigt vernahm sie, wie er vor Schmerz heulte und sie dann mit Verwünschungen überschüttete.
Die Druidin zog sich an dem Baum hoch. Arthur versuchte ebenfalls aufzustehen, fiel aber wieder zurück und faßte sich ans Gemächte, weil die Bewegung den Schmerz ihres Kniestoßes von neuem in seinen Weichteilen entbrennen ließ.
Morganna wandte sich ab und lief davon. Das wenige an Vollmondlicht, was durch die Baumwipfel drang, reichte kaum aus, einen Weg durch den dichten Wald aufzuzeigen. Zweimal wäre die Zauberin beinahe über kaum sichtbare Baumstümpfe oder Wurzeln gestolpert, und ständig stieß sie sich an Ästen, die sie nicht gesehen hatte, den Kopf oder die Schultern an.
Eine Weile taumelte der Kriegskönig hinter ihr her, befahl lautstark, sie solle stehenbleiben, und drohte ihr die verschiedensten Foltern an.
Der Hexe fiel erst jetzt ein, was sie vorher während ihrer rein emotionalen Rachsucht nicht bedacht hatte. Arthur mußte glauben, sie lebte in dem kleinen Dorf, und höchstwahrscheinlich würde er die Bewohner für Morgannas Tat sühnen lassen und sie schlimm bestrafen. Hoffentlich hatte jemand aus der Verschwörergruppe daran gedacht, die Dörfler zu warnen und sie zur Flucht bewegt. Wenn der Kriegskönig erst einmal entdeckte, daß man ihm heimtückisch sein Schwert gestohlen hatte, würde er sicher rasch auf die Dorfschöne schließen und die Bauern in seinem gerechten Zorn erschlagen lassen.
Allmählich wuchs der Abstand zwischen der Hexe und dem König. Er war zwar sehr stark, aber eher Reiten oder Schwertkampf gewohnt, als nächtens zu Fuß durch einen finsteren Wald zu irren. Da sein von Morgannas Kräutern entfachtes Verlangen

befriedigt worden war, sah er bald auch keinen Grund mehr dafür, das dumme Luder weiter zu verfolgen und noch länger hier herumzustolpern.
Er rief ihr noch ein paar Beleidigungen hinterher und kehrte dann um. Bald verlor sich das Stampfen seiner bloßen Füße auf dem Waldboden unter den Nachtgeräuschen der Forsttiere.
Erst jetzt verlangsamte die Zauberin ihre Schritte. Sie war zwar immer noch nackt, aber wohl in Sicherheit. In ihrem Herzen kämpfte die Freude über die erfolgreiche List mit der Abscheu über den Preis, den sie dafür hatte entrichten müssen ... auch wenn sie es ja selbst so gewollt hatte.
Schluchzend fand sie eine Stunde später ihr erdfarbenes Gewand und den Silbergürtel, den ihre Helfer für sie versteckt hatten. Aber Morganna wollte noch nicht ihre Blöße bedecken, sondern lief erst hundert Schritte weiter auf das Rauschen von Wasser zu, das mit jedem zurückgelegten Meter lauter wurde und schließlich die Laute ihres Kummers übertönte.
Wenig später konnte die Hexe sich in einem Bach waschen. Das Wasser war so kalt, daß es sie fröstelte, aber es half ihr, sich der letzten Reste des Zaubertranks zu entledigen. Die dunkelhaarige Frau nahm sich viel Zeit dafür, alle Spuren von Arthurs Berührungen wegzuwaschen. Obwohl es ihr in dem eiskalten Wasser schon weh tat, hörte sie erst damit auf, als ihre Arme müde wurden und ihr Körper fast taub war.
Nun stieg Zorn in ihr auf, aber es gab hier nichts und niemanden, an dem sie ihn hätte auslassen können. Mehr als eine Stunde war sie nun schon durch den weglosen Wald geirrt.
Ein Stück voraus hatte man ein Pferd für sie angebunden, so daß sie schon bald die Heimreise zur Heiligen Insel antreten konnte. Von den Verschwörern bekam sie keinen mehr zu Gesicht.
Arthur war weit weg, und vielleicht dämmerte ihm gerade, daß Excalibur endgültig für ihn verloren war. Einen Moment lang bedauerte die Druidin, daß ihre Helfershelfer keinen Dolch für sie zurückgelegt hatten. Sein Tod wäre ihr eine größere Befrie-

digung gewesen als das Knie in den Unterleib. Vielleicht hätte sie die Briten nicht nur von dem Dämonenschwert, sondern auch von dem Usurpator befreien sollen. Die Vorstellung gefiel ihr sehr, und während sie bis zum Bauch im kalten Wasser kniete, stellte sie sich genüßlich vor, wie sie dem Kriegskönig einen langen Stahl in die Brust stieß.

Doch wenig später erhob sie sich fröstelnd aus dem Bach und zog sich an.

Während die Zauberin sich das saubere Kleid überwarf, sagte sie sich, daß ihre Rachegelüste besser befriedigt würden, wenn sie Arthur am Leben ließ. Mit der Hilfe von Excalibur hatte er über ein Dutzend Königreiche zerstört. Danach war es ihm nur dank der Macht des Schwertes möglich gewesen, seine früheren Feinde zu beherrschen.

Doch jetzt befand sich die Dämonenklinge nicht mehr in seinem Besitz. Die Streitmacht des selbsternannten Hochkönigs war immer noch beträchtlich, aber nicht mehr unbesiegbar.

Schon bald würden seine jetzigen Verbündeten ihren Eigensinn wiederentdecken und nach Ablösung und Vergeltung rufen. Nach und nach würden ihn auch seine Freunde im Stich lassen …

Vermutlich würde es noch Jahre dauern, aber der Kriegskönig würde am Ende doch mitansehen müssen, wie sein Reich Stück für Stück zerfiel – und er würde nichts unternehmen können, um es in seinem Bestand zu bewahren.

Die Zauberin schwor sich, ihr Leben lang mit aller Kraft für den Untergang dieses zusammengeraubten Reiches zu streiten.

Die Hexe band sich den Gürtel um, und während sie zu dem Pferd hinübereilte, das Percival oder ein anderer für sie hier zurückgelassen hatte, wurde ihr Schritt beschwingter.

Diese Geschichte war ausgestanden. Ohne das Dämonenschwert der Sidhe war Arthurs Schicksal besiegelt.

Die Druidin bewies weder Gnade noch Großmut, wenn sie ihn am Leben ließ. Langsam wärmten die ersten Sonnenstrahlen die Erde. Die letzten Tage von Camelot waren angebrochen.

Susan Shwartz
AUFGEWÜHLT

Dunkelheit senkte sich über das Wasser. Die Herrin vom See regte sich in ihrem Palast tief unter den Fluten. Als das Licht des Mondes auf die leichten Wellen fiel, färbte es sich rot. An der Grenze zwischen dem Reich der Herrin und der Oberwelt trieb Blut, und sie weinte.

Sie ließ ihren Tränen noch freien Lauf, als die Wellen schon längst das Wasser vom Blut Camlanns reingewaschen hatten. Es war nicht das erste Mal, daß die Herrin um das Königreich trauerte, das sich jenseits der Grenzen des Gewässers erstreckte. Sie hatte auch geweint, als die Männer aus der Oberwelt ihr zur vereinbarten Zeit den Pflegesohn genommen hatten. Die Herrin hatte ihn gut auf das Leben bei Hofe vorbereitet und dafür gesorgt, daß er auch in den Kriegskünsten unterwiesen wurde. Die Ausbildung unter Wasser hatte ihn schnell und stark werden lassen. Aus ihm würde ein guter Ritter werden, hatten die Menschen gesagt.

So dankten sie ihr zum Abschied und hinterließen nur Leere und Leid. Und es war nicht das erste Mal gewesen, daß die aus der Oberwelt ihr Kummer zugefügt hatten. Doch das Schlimmste stand ihr noch bevor.

Hatte Lancelots Mutter wohl genauso ihren Tränen freien Lauf gelassen, als König Ban ihren Sohn in die Obhut der Zauberin gegeben hatte? Dann wäre nicht die Herrin vom See, sondern diese Königin die erste – wenn auch noch lange nicht die letzte – Frau gewesen, die Lancelot vom See zum Weinen gebracht hatte. Und dann hätte man sich an ihren Pflegesohn, den sie zur Höflichkeit gegenüber Frauen erzogen hatte, wie es die Pflicht aller Seeherrinnen war, nicht nur als an einen Ritter und treuen Geliebten erinnert, sondern auch als an einen Verräter.

Die Lady erhob sich von ihrem Lager. Schwebend umspielten das Haar und das samtene Gewand ihren Körper. Ein vorbeischwimmender Fisch berührte sie am Fuß, und sie ließ ihn an einigen ihrer Gedanken teilhaben.
Habe ich dich vernachlässigt, mein Kleiner?
Vor ihrem geistigen Auge ließ sie ihr Reich vorüberziehen, in das sie sich zurückgezogen hatte: weder Seebeben noch Vulkanausbrüche, keine getöteten Wasserbewohner und keine Zerstörung der uralten Gärten in der Tiefe. Die Zauberin war eine gute Schloßhüterin; war das immer schon gewesen. Selbst in diesen Zeiten hatte sie ihr Königreich vor dem Gift der Oberwelt zu schützen vermocht. Dennoch hatte das Perlmutt an den Wänden ihres Palastes an Glanz verloren.
Doch war es noch nicht so matt, als daß sie nicht darin hätte erkennen können, wie auch sie allmählich ihre Schönheit verlor, die das Geburtsrecht aller Zauberinnen war, ob sie nun oben auf der Erde Morgan folgten oder den eher zurückgezogen lebenden Königinnen unterhalb der Wassergrenze.
Hätte die Herrin gesehen, wie sich einer ihrer eigenen Diener, dessen Schuppen ebenfalls an Glanz verloren hatten, in die Sicherheit der Felsen zurückzog, um dort Genesung zu finden oder den Tod zu erwarten, hätte sie gewußt, was das bedeutete und was zu tun wäre. Für sich selbst aber konnte sie weder Heiler herbeirufen, noch konnte sie dem Tod entgegentreten, und das fließende Wasser trieb ihre salzigen Tränen hinunter zum Großen Meer.
Als die Herrin vom See erfahren hatte, daß ihr Sohn mit Arthurs Königin in seine Festung *Joyous Garde* geflohen war, hatte sie sich in ihren Palast weit unterhalb der Grenze zwischen Wasser und Erde zurückgezogen, war auf ihr Lager gesunken und hatte den langen Schlummer zu sich befohlen, der Zauberinnen eigen war.
Mittlerweile hatte sie so lange geruht, daß selbst der Schlaf ihr keine Zuflucht mehr bot, auch wenn er an sich für Wesen von ihrer Art keine Schande war.

Die Zauberin schaute hinauf zu der mondbeschienenen Wasseroberfläche. Der Grenzbereich zur Oberwelt glitzerte und war so glatt gespannt, daß man glauben konnte, er wolle die Herrin unbedingt vor einer großen Gefahr beschützen. Doch hatte sie nicht so lange geschlafen, daß sie die Schlacht auf der Oberwelt vergessen hätte, von der sie sich bekümmert abgewandt hatte. Das Blut auf dem Wasser hatte sie geweckt, und außerdem das Gefühl, daß ihr noch weitere Aufgaben bevorstanden. Sie mußte wieder Schloßhüterin sein – ihre Stellung auf ewige Zeiten.
Die Zauberin war nicht wie die sterbliche Elaine, wie eines der Mädchen, die sich nur aus der Welt zurückziehen, von ihr abwenden und an dem Kummer zugrunde gehen konnten, den Lancelot ihnen zugefügt hatte. Die Herrin vom See war nämlich nicht in der Lage zu sterben, und das erschien ihr als das weitaus grausamere Schicksal. Sie durfte sich zwar zurückziehen und auch schlafen – letztendlich mußte sie immer wieder erwachen und zurückkehren, um die ihr zugedachte Rolle in den Geschehnissen der Oberwelt zu übernehmen.
Maria, erbarme Dich der Frauen …
Die Herrin hatte ihrem Pflegesohn sogar erlaubt, die Priester der oberen Welt aufzusuchen, da er lernen mußte, an den Altären des Erdengottes statt an den heiligen Quellen zu beten. Deshalb hatte sie dem Jungen zugehört, wenn er von seinen dortigen Erfahrungen berichtete, hatte ihm immer wieder die Fragen gestellt, die er auswendig lernen und richtig würde beantworten müssen – bis sie die Fragen und Antworten selbst ebensogut kannte wie er.
Die Zauberin hatte in jenen Tagen viel über diese Lehre der Oberweltler nachgedacht. Damals hatte sie sich alle Mühe gegeben, ihre Erleichterung zu verbergen: Mochte dieser Glaube noch so streng sein, Lancelot würde nicht einmal dort die Liebe einer Mutter missen müssen – ganz gleich, was dieser Gott ihm sonst noch abverlangen mochte.
Maria, erbarme Dich der Frauen …
Oberhalb der Wassergrenze konnten die Frauen dieses Mitleid

gut gebrauchen; denn ihnen waren so viele eigene Grenzen gesetzt.

Nynyve, die Führerin aller Seeherrinnen, hatte einen aus der Oberwelt zum Mann genommen und ihn zu einem Preis, den nur die Göttin kannte, vor allem Ungemach bewahrt. Seit der Vermählung hatte die Herrin vom See Nynyve kaum mehr und ihren Gatten, Sir Pelleas, noch seltener zu sehen bekommen.

»Und Ihr seid Euch ganz sicher«, hatte sie von Nynyve wissen wollen, »daß Euer Pelleas Euch achten und sich um Euretwillen von allem Krieg und Kampf zurückhalten wird?«

Die oberste Herrin hatte ihr mit einem nachdenklichen, lieblichen Lächeln geantwortet. Sie war schon als Kind außerordentlich hübsch gewesen und dann zu einer schönen und mächtigen Dame herangereift, die alle anderen Zauberinnen führen und erst recht einen Mann verlocken und von seinem eingeschlagenen Weg abbringen konnte.

»Erinnert Ihr Euch an Sir Eric, dessen Königin ihm, den Umständen gehorchend, auf allen seinen Taten und Unternehmungen folgte, damit er seine Ehre bewahren konnte?«

Ja, sie konnte sich an ihn erinnern. Sir Eric war schon seit langer Zeit tot, im Kampf an der Grenze gefallen, während Königin Enig zusammen mit den schwarzgekleideten Frauen weinte, die der Maria des Weißen Christus dienten.

»Ich würde nicht zulassen, daß mein Ritter mir auf solche Weise von der Seite gerissen wird«, entgegnete Nynyve entschieden.

»Wie aber könnt Ihr sicher sein, daß sich Euer Ritter nicht dazu verleiten läßt, in diese Welt von Waffen und Krieg zurückzukehren?«

»Ich kann mich nur bemühen.« Wieder zeigte sie dieses geheimnisvolle Lächeln, diesmal versehen mit einer Spur von Selbstgefälligkeit. Wahrscheinlich spielte sie damit darauf an, daß der Ritter der Herrin vom See ja weder ihr Mann noch ihr Liebhaber gewesen war, sondern nur ihr Pflegesohn, und sie ihn trotzdem verloren hatte. Da hatte Nynyve gut lächeln: Sie hatte sich über die Torheiten der Oberwelt zwar gegrämt, aber sie hatte gerettet, was sie liebte, und sie hatte niemals lernen müssen, was Trauer ist.

Das Tragische an allem war, daß der Pflegesohn der Herrin nie wirklich etwas Böses im Sinn gehabt hatte. Seine Liebe kam nicht leichthin, sondern wenn, dann aus seinem tiefsten Innern. Herz sprach direkt zu Herz. Seine Liebe durchdrang ein Herz, ein Königreich und die Welt.

Lancelot war ein aufrichtiges und ebenso liebevolles wie liebenswertes Kind gewesen, und aus einem solchen Knaben war dann ein guter Mensch herangereift. Die Herrin vom See hatte in sein Herz hineingesehen und ihr Urteil über ihn gefällt, wie es nur eine Unsterbliche vermochte.

Weil Lancelot ein so guter Mensch war, wurde seine Liebe auch erwidert. Arthur hatte ihn zum ersten Ritter seines Reiches ernannt und dabei sogar den Sohn seiner Schwester übergangen – der darüber aber keinerlei Neid empfand. Gerade wegen Lancelot blieb er in Britannien und verzichtete auf sein Erbteil am Königreich. Und was Guinevere anging – nun, Guinevere war der Ursprung seines Zorns und seiner Traurigkeit gewesen, die erst ein Ende gefunden hatten, als das Rittertum der ganzen Welt vernichtet war und dessen Blut die Gewässer trübte, die sich ebenfalls in der Obhut der Herrin befunden hatten.

Die Wasser befanden sich in Unruhe, und die Zauberin wußte, was dies nach dem Glauben der Oberwelt bedeutete – sie hatte oft genug mit ihrem Pflegesohn darüber gelesen. Vor langer Zeit gab es in einem trockenen Land einen Teich mit Namen Siloam. Wenn das Wasser in ihm erzitterte, besagte dies, daß ein Wunder nahte, und der erste, der den Teich aufsuchte, würde dort Heilung finden.

Für sie bedeutete das aufgewühlte Wasser eine Unruhe wie an jenem Tag, als man Lancelot in ihre Obhut gegeben hatte – und genauso in der Stunde, als man ihn ihr wieder genommen hatte. Die Herrin vom See breitete die Arme aus. Die weiten Ärmel ihres Gewandes breiteten sich aus und glänzten im einfallenden Mondlicht erst silbern, dann rosafarben und schließlich indigoblau. Das dunkle Haar fiel ihr über die Schultern, und der Saum des Kleides umspielte ihre nackten Füße. Sie erhob sich über die dachlosen Wände ihres Palasts und stieg zu dem aufgewühlten Leuchten empor, das Wasser und Luft voneinander schied.

So nah an der Grenze konnte sie hören, wie die Menschen vor Schmerzen schrien, und auch die Gesänge der Priester, die sich jetzt hervorwagten, um die Seelen der Erschlagenen zu retten. Am schlimmsten aber war für die Herrin das Wimmern, mit dem manche den Schmerzen zu trotzen versuchten, der stoßweise gehende Atem und das Röcheln, das ihr anzeigte, daß zumindest einige von ihrem Leiden erlöst wurden. Selbst die großen Raubfische töteten schneller.

Der Zorn trieb sie schneller aus der dunklen Tiefe durch das aufgewühlte Wasser hin zu dem fahl einfallenden Licht.

Wo waren die Priester zuvor gewesen, als sie vielleicht etwas hätten bewirken können?

Und wo warst du? fragte sie sich selbst.

Wie leicht es doch fiel, sich einzureden, daß die Bewohner von Erde und Luft sie nichts angingen, besaßen sie doch einen eigenen König und eigene Gesetze. Wie einfach eine solche Haltung doch für die Herrin gewesen wäre, denn schließlich beruhte dieses Wissen auf Tatsachen. O ja, sie hatte sich auf diese Wahrheiten, mochten sie auch nur teilweise gültig sein, verlassen und sich scheinbar beruhigt auf den Grund des Sees zurückgezogen. Solange sie schlief, hatte sie auch keine Gewissensbisse verspürt.

Aber die Zauberin hatte einen dieser Menschen, einen Königssohn, aufgezogen, und sogar jetzt noch wurden Herrinnen wie sie von Rittern, Fürsten und Prinzen als ehrenwerte Verbündete betrachtet. Wahrscheinlich mußte sie froh sein, daß man sie in diesem Krieg nicht um Hilfe angegangen war.

Vor Zeiten war auch so etwas vorgekommen, und zu ihrem Entsetzen wurde sie auch jetzt von jemandem gerufen.

Die Schreie waren so furchtbar, daß die Zauberin am liebsten

wieder umgekehrt wäre. Unter Wasser konnte man die Schreie der Menschen nicht vernehmen. Und sie hatte der Oberwelt schon aus weit geringerem Anlaß entsagt – eben weil sie genau solche Qualen erwartet hatte.
Jetzt konnte die Herrin erkennen, wer sie gerufen hatte: ein Verwandter ihres Pflegesohns. Sie waren alle miteinander verwandt, diese Krieger der Erde und der Luft. Untereinander erzählten sie sich Geschichten von einem Ritter namens Kain, der seinen Bruder erschlagen hatte – und das nannten sie ein furchtbares Verbrechen. Und dennoch töteten sie selbst ohne Unterlaß weiter: der Bruder den Bruder, der Sohn den Vater und so weiter und so fort.
So war es immer gewesen – bis auf die kurze, jetzt zu Ende gegangene Zeit, als ihr Sohn einem König gedient und sich erwiesen hatte, daß sie beide einander wert waren.
Wie ein Geist schwebte der Ritter, der die Herrin vom See gerufen hatte, über dem Wasser und bot einen Anblick, der ihr irgendwie vertraut war: dunkles verfilztes Haar, bleiches Gesicht, Augen wie ausgebrannte Kohlen und ein blasser, feingeschnittener Mund, aus dessen Winkeln Blut rann.
Die Zauberin erhob sich über die Grenze. Der plötzliche Luftansturm raubte ihr den Atem. Sie verspürte Schmerzen, die sie erzittern ließen und mit Zorn erfüllten.
Der Ritter riß bei ihrem Auftauchen die Augen auf, als säße er in einem winzigen Boot und sähe einen Kraken vor sich aus dem Wasser schnellen.
Sie kannte ihn – das war Bedivere. Auch er war ihr schon begegnet, doch jetzt zauderte er. Vielleicht hatte der Edle sich schon die ganze Nacht gefürchtet, aber er wich nicht vor ihr zurück.
Die Zauberin sah, was er in den Händen hielt. Ein Schwert. Und als sie es erblickte, vergaß sie alles um sich herum.
Excalibur.
Ja, sie kannte diese Waffe. Die Herrin war Zeugin gewesen, wie sie im Feuer eines Meervulkans geschmiedet wurde. Auf der

langen Klinge, der Stein, Blut oder Verrat immer noch nichts hatten anhaben können, zogen Wirbel, so kompliziert wie die Muster der Gezeiten auf einem Sandstrand, ihre Bahn. Die Zauberin erinnerte sich an diesen Stahl, denn sie hatte ihn an den Locken ihres Haars und an ihrer glatten Haut geprüft.

Die Herrin hatte es zusammen mit einer Scheide – Krieg und Frieden symbolisch vereint – dem König überreicht. Die Scheide aber war verlorengegangen – gestohlen worden, um der Wahrheit die Ehre zu geben. Und mit ihr war der ewige Friede verschwunden, wenn auch nicht die Hoffnung darauf.

Das Schwert jedoch hatte Arthur behalten. Und nicht einmal seine eigene Schwester, die versuchte, es ihm zu stehlen, hatte es ihm nehmen können. Doch daß nun Bedivere hier am See war und die Klinge hielt ...

Kaum anzunehmen, daß man ihn mittlerweile zum König ausgerufen hatte. Die Herrin vom See betrachtete Excalibur genauer. An seinem Knauf glänzte matt ein Amethyst von einem versunkenen Schiff. In der Hand des wahren Königs hingegen hätte der Edelstein vor Freude gefunkelt. Außerdem hätte sich Bedivere, wäre er wie durch ein Wunder tatsächlich Herrscher geworden, beim Anblick der Zauberin weder gefürchtet noch Anstalten getroffen, sich vor ihr zu verneigen. Dann hätte er ihr auch nicht das Schwert dargeboten und versucht, Erklärungen abzugeben.

Oder waren das etwa Entschuldigungen, die der Ritter da stammelnd hervorbrachte? Daß der sterbende König ihm das Schwert anvertraut habe, ihm, Bedivere, dem letzten seiner getreuen Ritter, auf daß er es im See versenke, damit es nicht in Feindeshand fallen könne? Daß der Edle aber statt dessen die Klinge im Schilf verborgen und seinem Herrn dennoch gemeldet habe, er habe den Befehl getreulich ausgeführt?

Und dies sollte sogar dreimal in Folge so geschehen sein?

Dreimal?

Während Arthur blutend und mit Schmerzen am Ufer lag und seine Wunden vielleicht schon nicht mehr zu schließen waren?

Die Zauberin spürte den kalten Zorn der Unsterblichen in sich aufsteigen und bemerkte, wie sich dieser funkelnd in Bediveres Augen sowie in dem Amethyst im Knauf des Schwertes widerspiegelte, das der Ritter ihr schon vor Stunden hätte überbringen sollen. Tränen liefen ihr in solchen Strömen über das Gesicht, als stünde sie unter einem Wasserfall. Die Herrin vom See erhob sich nun ganz aus den Fluten.

Der edle Bedivere war mit Lancelot verwandt und einer von Arthurs Getreuen von der Tafelrunde. Die Zauberin hätte ihn mit der gebotenen Höflichkeit begrüßen und ihm die Hand zum Kuß darreichen sollen, bevor sie mit vornehmen Worten um die Klinge bat. Doch nichts dergleichen hatte sie getan. Sterbliche wie Zauberinnen waren nicht nur in ihren Ritualen gefangen, sie verzerrten sie auch noch, während sie die Klingen in den Wunden derjenigen umdrehten, die sie gerade niedergehauen hatten.

Ihre Hand schnellte nach vorn. Sie wollte Excalibur *jetzt!* Funkelnd fiel das Mondlicht auf ihre langen Fingernägel.

Bedivere gab ihr endlich die Klinge. Im letzten Moment schleuderte er ihr den Stahl zu, achtete jedoch darauf, die Spitze nicht gegen sie zu richten – obwohl er doch befürchtet haben mußte, sich gegen eine wilde und erzürnte Herrin vom See verteidigen zu müssen.

Das Gefühl des Schwerts in ihrer Hand beruhigte sie. Mit freudigem Herzen schwang die Zauberin die Waffe. Einmal, um die Klinge auszuprobieren; ein zweites Mal, um den verlockenden Gesang beim Durchschneiden der Luft zu vernehmen; und ein drittes Mal aus purer Lust.

Sie spürte den Stahl so glühend heiß wie damals, als er in der Schmiede geboren wurde.

So begierig, Herrin? Es würde dir besser anstehen, ruhig Blut zu bewahren.

Ohne den zitternden Ritter weiter zu beachten, ließ sie sich wieder ins Wasser hinabsinken. Die Fluten umspülten ihre Augen und ihre Gliedmaßen und streichelten ihr Haar, konnten aber die Empörung in ihrem Herzen nicht vollständig lindern.

In ihr Schloß auf dem Grund des Sees zurückgekehrt, setzte sie sich wie ein König, der eine Kriegserklärung entgegennimmt und über eine Antwort entscheiden muß, mit Excalibur auf den Knien auf ihren Thron.

Am anderen Ende der Halle versammelten sich ängstlich ihre Untertanen, die, noch unschlüssig, nicht wagten, sich von ihr zu entfernen und die sich während der Schlacht in die Tiefe des Sees und in die sichere Nähe der Zauberin geflüchtet hatten. Nun hielten sie jedoch Abstand zu ihr, und dieses Zaudern erzürnte die Herrin nur um so mehr. Soweit war es also schon gekommen, daß jene, denen sie Schutz gelobt hatte, sie mieden! Dieses brutale Spiel, das Ritter und Könige an Land spielten, mußte endlich sein Ende finden. Nynyve mochte sich zurückziehen und sich um ihre privaten Angelegenheiten kümmern, wie ihren Gemahl und ihre Ländereien. Den Seeherrinnen jedoch, die allein blieben – wenn auch nicht immer aus Überzeugung und aus freien Stücken –, bot sich eine solche Möglichkeit nicht. Nynyves Ritter Pelleas mochte seine Waffen niederlegen und sich nicht nur vom Schlachtfeld, sondern auch von allen Wettbewerben und Ehrenhändeln zurückziehen, in denen es doch nur darum ging, wer von allen der tapferste oder edelste Ritter sei. Gewonnen hatte all diese Wettkämpfe ohnehin ihr Pflegesohn – und der Preis dafür hatte für ihn wie für die ganze Welt im Krieg bestanden.

Nein, Nynyves Entscheidung konnte nicht die ihre sein. Die Zauberin glaubte fest daran, unerschütterlich wie die Mönche in ihren Klöstern oder die Kirche des Ostens, daß Krieg und Rittertum auch Verderben über ihr eigenes Reich bringen würden – wenn das nicht schon längst geschehen war. Denn weitgehend oblag es ihrer Verantwortung, mit wem sie verkehrte oder welche Schmerzen sie empfing. Das würde sie in Zukunft beherzigen müssen, oder niemals in der Lage sein, sich Respekt zu verschaffen.

Die Herrin preßte Excaliburs Schneide an ihr Handgelenk, wie an dem Morgen, an dem das Schwert geschmiedet worden war. Eine kleine Blutwelle löste sich aus der Wunde und verteilte sich rasch im Wasser. So weit hatte sie die Erinnerung wiederhergestellt.

Nun hob sie den Kopf. In ihren Augen stand immer noch Wut, als sie den Blick nach oben lenkte. Der Himmel über dem See füllte sich mit dem ersten fahlen Licht der Dämmerung. Die Herrin zwang sich, ruhig zu bleiben, gleichmäßig zu atmen und sich in Geduld zu üben.

Dann hörte sie Musik.

Wie eine recht geführte Klinge besitzt auch jeder Zauber sein eigenes Lied. Eines erklang von dem winzigen Kahn, der sich als einziger von allen am Ufer allein in tieferes Gewässer vorwagte und in dessen Kielwasser mehr glitzerte als nur das vom Ruderschlag aufgewühlte Naß.

Sieh genauer hin, Herrin vom See.

In dem Boot sitzen drei Königinnen in schwarzen Gewändern. Zwischen ihnen liegt, bedeckt von ihren Umhängen, ein hochgewachsener Mann. Seinen Kopf krönt nur ein blutgetränkter Verband. Und natürlich hat er sein Schwert nicht mehr.

Es ist König Arthur.

Und bei den Frauen handelt es sich um die Königin von North Galys, die Königin der Ödlande sowie Morgan le Fay – deine alte Widersacherin.

Bedenke, dies ist dein Opfer!

Die Herrin vom See erhob sich. Da die Scheide nicht mehr existierte, befestigte sie Excalibur unbedeckt an ihrem Gürtel, der reich mit Aquamarinen, Amethysten und Perlen verziert war.

Sie warf den Kopf in den Nacken und stieß sich aus ihrer Halle hinauf durch das Wasser in Richtung Kahn.

Als sie durch die Oberfläche brach, richtete sich ihre Anderssicht auf die obere Welt. Die Venus war aufgegangen, und die

Göttinnen waren in dieser Nacht unterwegs. Mit Venus waren auch die anderen Sterne am Himmel erschienen, und unter ihnen ritten kometengleich Schlachtjungfern aus dem eisigen Norden heran. Die Hufe ihrer Pferde schlugen aus der Dämmerung Funken, denn sie trugen eine schwere Last: Auf jedem Sattel lag ein toter Mann – Dänen und Jüten, Friesen und Schweden, die auf dem einzigen Weg in die Heimat waren, der ihnen jetzt noch blieb.

Auch das mußte aufhören, dachte die Zauberin. Aber das war nicht ihre Aufgabe, sondern die der Oberweltler.

Die Herrin hob den Blick zu den unsterblichen Walküren. Die erste Reiterin, sehr jung und sehr kühn, winkte ihr so fröhlich zu, als könne kein Leid ihr je etwas anhaben. Dennoch verspürte die Zauberin keinen Neid, wußte sie doch zu gut, daß der Kummer über alle Frauen gleichermaßen hereinbrach.

Maria, erbarme Dich der Frauen.

In dem Maße, wie die Männer der Oberwelt es zuließen.

Dennoch befanden sich die Weiber jenseits des Wassers in einer deutlich besseren Lage als die Zauberin, die sich selbst darum kümmern mußte, wenn ihr jemand ein Unrecht zugefügt hatte; denn jene wurden von ihren Männern verteidigt.

Die Hüterinnen der Gefallenen verschwanden in Richtung Norden. Für die Herrin vom See wurde es Zeit, sich um ihre eigenen Angelegenheiten zu kümmern. Mit Excalibur an ihrer Seite brach sie nach Avalon auf. Eine seltsame Last für eine Dame, die keine Schlachtjungfer oder Schildgefährtin war.

Die Herrin ließ ihre Gedanken treiben und stellte sich vor, die lebende Hülle für diesen Stahl zu sein. Wenn man ein Kind auf diese Weise, nämlich am Gürtel, trüge, würde das weniger Erstaunen hervorrufen als eine Klinge ohne Scheide. Und wenn man es recht betrachtete, dann handelte es sich bei der Bezeichnung für die Hülle eines Schwertes und der für ihre verborgensten Stellen doch um ein und dasselbe Wort – und besaß auch die gleiche Bedeutung: Blut und Mut und die Angst vor dem Tod, aus denen das Leben entstand.

Nach dieser Nacht, so schwor sie sich, würde einer der Könige fehlen, vor denen man sich fürchten mußte – und damit eine Ursache für den Tod weniger.
Der Himmel hellte sich jetzt auf, und die Banner der Morgendämmerung wurden entrollt. Der Blick der Herrin vom See suchte das Kielwasser des Bootes mit den drei Göttinnen an Bord, die zu einem Eiland ruderten, das sich nur zwischen Nacht und Dämmerung zeigte. Schon bald würden die Schleier des Morgennebels die Insel mitsamt dem Torr, jener Erhebung, die aus ihrer Mitte ragte, bedeckt haben und sie vor den neugierigen Augen der Sterblichen verhüllen.
Im Augenblick jedoch konnten noch alle das Land im Wasser erreichen, die den Weg dorthin kannten und den Willen und die Kraft besaßen, ihn auf sich zu nehmen – den Weg nach Avalon, wo es nach Apfelblüten duftete und die Lebensenergie auch jetzt noch pulsierte.
Avalon hatte an Land ein Gegenstück, doch herrschten dort die Priester des Weißen Jesus. Wie es hieß, sei er selbst dort gewandelt und habe nicht davor zurückgeschreckt, jenen Achtung entgegenzubringen, die der Göttin dienten – dafür sprach ja wohl auch die Verehrung für Seine Mutter, oder? Heute aber regierten dort die Priester, und die Herrin vom See würde nicht zulassen, daß diese sie bei den Dingen störten, die sie jetzt unbedingt vollbringen mußte.
Die Zauberin schritt über die Wellen auf Avalon zu. Hinter ihr reihten sich die Schaumkronen, die ihre Füße auf dem Wasser erzeugten, wie zu einer Perlenkette auf.
Der Morgen rückte mit seiner Eskorte von hellen Fahnen heran. Die Herrin vom See hörte, wie das Lied der Macht in einen Freudenschrei mündete. Gerade, als die Zauberin den Fuß auf die Insel setzte, hüllte der Nebel Avalon vollständig ein und trug es aus dem Blickfeld der Welt davon.
Nach und nach machten Muscheln und Sand dem grünen Eilandinnern Platz. Wie seltsam sich das Land zu ihren Füßen anfühlte! Der Duft unzähliger Apfelblüten hing in der Luft. Aus

uralten Erinnerungen wußte sie, daß um die Mittagszeit dank des einschläfernden Summens der Bienen alle an diesem Ort das Bedürfnis verspürten, sich im Schatten der Apfelbäume niederzulegen und zu ruhen.

Die Königinnen hatten ihre Wahl klug getroffen: Avalon war ein guter Ort, an dem ein verwundeter König Genesung finden konnte – vorausgesetzt, die Heilung war noch möglich.

Und wenn Arthur gesundete? Was würde dann aus der Oberwelt, der Welt auf dem festen Land, werden, wenn er mit wehenden Bannern, Fanfaren und funkelnden Schwertern zurückkehrte? Und was für oben galt, mußte auch für unten zutreffen: Was würde dann aus ihr selbst werden?

»Was sucht Ihr hier, Niviene?«

Die Göttin schützte sie, indem die Zauberin bei ihrem richtigen Namen angesprochen wurde. Die Herrin vom See kannte diese Stimme – zu ihr sprach die oberste Herrin vom See, Pelleas' Königin.

»Ein Ende all dieses Leidens im Namen des ewiglichen Ruhms.«

Man hatte sie bei ihrem richtigen Namen genannt. Notgedrungen mußte sie innehalten und höflich und aufrichtig sein – wenn auch nicht unbedingt alle Wahrheit offenlegen.

»Ihr wollt zu Arthur, dem König?« fragte Nynyve. Wie nahe sie sich doch selbst beim Namen noch waren. Nynyve und Niviene. Sogar ihre Stimmen klangen recht ähnlich.

Die Herrin verneigte sich, weil sie ihrer Stimme nicht mehr vertraute.

»Um ihn zu segnen, während er gesundet? Mein Herrscher selbst hat sich das gewünscht, und so steige ich vom Torr hernieder.«

Der für gewöhnlich fröhliche, wenn auch etwas selbstgefällige Blick der Göttin verdunkelte sich.

»Er ist schwer verletzt. Der König wird leiden müssen. Ihr tut recht daran, hierher zu kommen und ihn zu segnen …«

Nein, überhaupt nicht, und erst recht nicht, wenn sie bedachte, was ihr Herz aufwühlte und ihr Blick sicher verriet. Allein schon die Luft von Avalon besaß Magie, und bestimmt würde Nynyve

die Stimmung ihres Gegenübers ebenso spüren wie die wahre Absicht, die sie hierher geführt hatte.
So kam es dann auch. Die Königin hob mißtrauisch den Kopf und sah sie an.
»Niviene, seht mich an!«
Die Herrin vom See erschrak über den Tonfall Nynyves und gehorchte der Aufforderung.
»Ich bitte um Euer Einverständnis, aber Ihr … Ihr müßt schwören, daß Ihr dem König, meinem Herrn, wahrhaftig Heilung wünscht.«
Niviene senkte den Kopf, um anzuzeigen, daß sie diesmal den Gehorsam verweigerte.
»Dann kann ich Euch nicht passieren lassen.«
So weit war es also schon gekommen: Nicht nur Mann gegen Mann, Vater gegen Sohn, sondern auch Zauberin gegen Zauberin – Frau gegen Frau? Doch halt, einmal war es tatsächlich schon so gewesen, unter Morgans Herrschaft, als sich die Hände vieler Frauen gegen sie gewandt hatten.
Dasselbe galt auch für Guinevere, die eigentlich ein besseres Schicksal verdient hatte, als mutwillig Männerherzen zu zerstören.
Nun ergriff Niviene zum ersten Mal wieder das Wort. »Lady Nynyve, ich bitte um Vergebung, doch … doch muß ich weitergehen. Und das werde ich auch tun, selbst wenn Ihr mir den Weg versperrt.«
Die Königin breitete die Arme aus, doch nicht, um ihre Schwester zu umarmen, sondern um ihr den Durchgang zu verwehren.
Die Herrin vom See streckte die Hände aus und schritt auf Nynyve zu, doch ebenfalls nicht, um sie schwesterlich zu begrüßen, sondern um sie beiseite zu schieben; und es war ihr in diesem Moment gleich, wenn sie dafür geschlagen würde.
Oh, solches Verhalten war unerhört und rüttelte an den Grundfesten … Niviene wagte es, die Hand gegen eine heilige Königin zu erheben. Die beiden Frauen prallten gegeneinander, rangen miteinander, schoben sich vor und wieder zurück, gerieten ins

Keuchen, ließen endlich voneinander ab und standen sich schließlich schwer atmend gegenüber.

Ich will nicht mit dir kämpfen.

Der Gedanke sprach aus Nynyves Gesicht, und in ihren Augen spiegelte sich Nivienes Bedauern wider.

»Wieso müßt Ihr das tun?« wollte die Königin wissen. »Damit seid Ihr nicht besser als der, der seinen König verraten hat ...«

Meinte sie damit Arthurs Sohn, oder verachtete sie etwa auch das Kind, das die Herrin vom See aufgezogen hatte? Nivienes Bedauern wich rasch dem wiedererwachten Zorn.

»Und Ihr, solltet Ihr nicht zu Hause sein und über Euren Ritter wachen, damit er sich nicht den Zeh stößt oder die Kampfeslust in ihm erneut entfacht wird und er sich davonschleicht, um sich wieder in Fehden und Abenteuer zu stürzen?«

Nynyve erbleichte sofort und ließ die Arme sinken; denn die Seeherrin hatte ausgesprochen, wovor sie die meiste Angst hatte, und diese Furcht raubte ihr alle verbliebene Kraft.

Nun konnte Niviene die Kontrahentin ohne größere Mühe beiseite schieben.

»Wartet!« rief die Königin.

Doch nun gab es für die Herrin vom See kein Zögern mehr. Die Zeit des Wartens war endgültig vorüber. Und bald würde es auch mit allen Tapferkeiten, Gemetzeln und Kriegen ein Ende haben. Nynyve malte komplizierte Zeichen in die Luft, und unvermittelt mußte die Herrin vom See doch stehenbleiben. Aber nicht wohlgeformte Hände und lange Fingernägel hielten sie fest, sondern Dornen, die sich ihr in Stirn, Hals und Arme bohrten. Ihr Blut und Fetzen ihres Kleides blieben an den Ranken zurück. Dann blieb auch noch Excalibur an einem störrischen Ast hängen. Die Zauberin riß das Schwert los, und Blut tropfte von ihrer Hand auf die Klinge.

Sie hätte vor Schmerzen aufheulen mögen, aber die Scham hielt sie zurück. Über Kratzer sollte sie Tränen vergießen, wo sie doch am Ufer ihres Sees die Schreie derer gehört hatte, die im Sterben lagen?

Nur noch ein einziger Tod, dachte die Zauberin, dann wären sie alle wieder frei.
Endlich konnte sie sich aus dem Gestrüpp befreien und drehte sich um. Nynyve war verschwunden. Und vor ihr stand der Dornbusch, der sie jedoch nicht länger bedrängte.
Mit brennenden Augen betrachtete Niviene den Strauch, der sie gepeinigt hatte. Blut bedeutete Kraft, und in diesem Moment erkannte sie, daß sie stärker war als diese Dornen.
Die Zauberin hatte schon von solchen Büschen gehört. In anderen Geschichten vom Tod, in denen er hinter einer Maske aus Ehre und Liebe daherkam, wie es dort hieß. Joseph von Arimathaia habe einst einen Stock nach Avalon gebracht und in die Erde gestoßen. Dieser habe dort gleich Wurzeln geschlagen, und daraus sei der Dornbusch hier vor ihr entstanden. Heute, so lange Zeit nach Josephs Reise – angeblich in Begleitung des Weißen Christus –, hatte der Strauch der Lady wie auch Nynyve den Weg zum Torr versperren wollen, jener Erhebung, die sich wie eine zum Gruß ausgestreckte Hand über der Insel erhob.
Dies war die Geschichte des Dornbuschs in der Welt der Menschen und ihres Menschengottes, jener Welt, die sich selbst – und auch die Zauberin – dadurch beraubt hatte, daß sie ihre Hoffnungen auf unlauteren Ruhm und falsche Ehre setzte. Die aus der Oberwelt sprachen davon, daß man Opfer bringen müsse. Welchen Nutzen aber brachte ein Opfer, das nur überflüssiges Leid verursachte?
Was jedoch bedeutete in dieser Welt der Dornenstrauch? Ein Hindernis vielleicht, das sich Eindringlingen in den Weg legte? Die Herrin konnte sich nicht vorstellen, daß man sie von Avalon fernhalten wollte. Sie hatte schließlich die Küste dieser Insel erreicht und bereits betreten. Die Zauberin hatte sogar ihren Blutzoll entrichtet.
Noch mehr Blut. Es auf Avalon zu vergießen, tat ihr besonders weh.
Die Herrin vom See weigerte sich, das einfach zu akzeptieren,

aber sie nahm an, daß sie in dem Augenblick, als sie ihre Kräfte erprobte, einer Prüfung unterzogen worden war.
»Und, habe ich bestanden?« fragte sie laut.
Die Zauberin griff in die langen, mit uralten Dornen dicht bestückten Zweige. Wieder wurde sie gestochen, doch diesmal fiel es ihr nicht schwer, den Schmerz zu ignorieren. Als Niviene die Hände zurückzog, zeigten sich die Dornen dunkel - doch nicht für lange, denn mit einem Mal verwandelten sich die Stacheln in Blüten: vierblättrige weiße Blüten mit blutrotem Rand an jedem Blütenblatt.
»Darf ich passieren?« wollte sie vom Dornbusch wissen.
Die Zauberin entschied, die Verwandlung als Omen zu betrachten: Wenn sie schon keine Zustimmung zu dem erhielt, was sie beabsichtigte, so doch die Erlaubnis, es wenigstens zu versuchen.
Ihr langes Gewand strich über das Gras auf dem Weg zum Torr, der grün und steil vor ihr aufragte. Tiefe Fußabdrücke und nicht das sanfte Streicheln von Gewändern markierten dann den Weg nach oben.
Die Stapfen im kräftigen Gras zeugten von der Kraft derer, die sie hinterlassen hatten. So tief, wie die Abdrücke erschienen, sah es danach aus, als hätten die drei Königinnen, die hier hinaufgestiegen waren, eine schwere Last mit sich geführt – einen Mann, der das Gewicht eines Königreiches auf den Schultern trug.
Doch auch so etwas würde in Zukunft niemandem mehr aufgebürdet werden.
Wie in Glastonbury, dem mythischen Gegenstück auf der Oberwelt, hing auch hier der Duft von Apfelblüten schwer in der Luft. Dort lag der Torr in einem grünen Tal und war dem heiligen Michael geweiht, und ein verwitterter Turm mit dolchförmigen Fenstern erhob sich auf dem steilen Hügel.
Auch hier auf Avalon besaß das Tal, aus dem der Hügel mitsamt seines Aufsatzes erwuchs, die Form einer schüsselartigen Senke. Die Erhebung hier aber war weder Festung noch Kirche, sondern

ein runder Wehrturm, den die Fischer in uralter Zeit erbaut hatten. Seine Mauern waren aus Stein gebaut und vom Regen glänzend ausgewaschen. Sie waren so schräg wie die Hänge der umliegenden Hügel.

Ein steiler Aufstieg erwartete die Zauberin, der sich vor allem für solche Wesen als anstrengend erwies, die sich normalerweise schwimmend und nicht gehend fortbewegten. Vornübergebeugt erklomm die Herrin vom See den von Generation auf Generation geduldiger Frauen ausgetretenen Weg. Nivienes Herz fühlte bald mit ihnen.

Aber du hast keine Zeit, keine Zeit.

Weiter quälte sie sich mühsam hinan. Mehr als einmal mußte sie sich am Fels aufstützen. Der Tau auf dem Gras wischte ihr das Blut von den Händen und brachte ihren geschundenen Füßen Linderung. Einmal fiel sie mit dem Gesicht voran auf den Boden, atmete den frischen Grasgeruch ein und nahm die innere Kraft der Insel tief in sich auf. Die hartnäckige Kraft der Erde – wie wenig sie doch darüber wußte.

Wäre Excalibur in einer Scheide verborgen gewesen, hätte die Zauberin das Schwert vielleicht als Stütze genutzt. Doch die Klinge war gefährlich, eben eine Waffe und keine Pflugschar. Die Zauberin war Zeugin gewesen, wie der Stahl gehärtet worden war, und schon bald würde sie das Schwert in seine letzte Scheide stoßen.

Für immer, ein für allemal.

Die Herrin vom See konnte sich nicht mehr so recht erinnern – war es schon immer so beschwerlich gewesen, den Torr von Avalon zu besteigen? Vielleicht lag dieser Ort auch so jenseits der Welt, daß er nicht dafür bestimmt war, von jemandem mit einem Schwert erklommen zu werden – jedenfalls hatte sie das Gefühl, von Excalibur mehr als nur körperlich aus dem Gleichgewicht gebracht zu werden.

Eines aber wußte die Zauberin noch: Wenn man den Torr erstieg, kam immer dann, wenn Herz und Schläfen am heftigsten pochten und sich ein Schleier vor die Augen legte, der Moment, in dem das Land zurückfiel, der Zeitpunkt, an dem man die ganze Talschüssel überblicken konnte und der Wind Augen und Organe erfrischte.

Die Herrin vom See hatte den Gipfel erreicht. Klar und silbern glitzerte das Wasser um die Insel herum, und sie sehnte sich nach seiner Kühle.

Wie stets stand der Turmeingang Wind und Wetter und allen Besuchern offen. Die Schwelle war von den bloßen Füßen all derer abgewetzt, die seit dem Bau hierhergekommen waren. In der Oberwelt wäre diese Stätte mit Bannern und Gold, Weihrauch und Myrrhe vollgestopft gewesen, und drinnen wie draußen hätten sich singende Männer und unterwürfige, in Schwarz gehüllte Frauen gedrängt.

Der hiesige Turm übte hingegen auf die Ankömmlinge eine beruhigende Wirkung aus. Tageslicht fiel nur durch den Eingang, hier und da durch ein Loch in den Mauern und durch einen hoch oben gelegenen Rauchabzug ein. Brennende Lampen und Kohlenfeuer verbreiteten im Tal den Duft von Apfelbaumholz.

Niviene hörte Bienen summen, ein ununterbrochenes Lied, fast schon ein Wiegenlied, das sie einzuschläfern drohte. Wenn sie jetzt ihre Augen schlösse, könnte sie sich in Gedanken ungezählte Jahre zurück und in das Haus ihrer Mutter versetzen. Wenn sie die Lider senkte, röche sie den dampfenden Haferbrei und das für den Winter hoch über der Feuerstelle räuchernde Fleisch.

Tränen drohten ihr in die Augen zu steigen, die sie jedoch rasch unterdrückte. Die Zauberin war nicht so weit gekommen, um jetzt sentimental zu werden.

Im Innern des Turms knieten weder Mönche noch Nonnen. Nur eine einzige Frau saß auf dem Fußboden. Sie hatte den Kopf auf den Ellenbogen gesenkt wie eine Mutter, die nach durchwachter Nacht am Bett ihres kranken Kindes schläft. Doch der Arm dieser Frau hier lag auf einer niedrigen, reich verzierten Bahre, auf der Arthur, König der Briten, ausgestreckt ruhte. Man hatte ihm die

Krone abgenommen und ihm den Kopf mit frischen Leinentüchern umwickelt.
Die Kniende spürte die Gegenwart der Herrin vom See und hob den Kopf. Ihre Züge waren verhärmt, und ihre Augen von Tränen und Müdigkeit angeschwollen. Einen Moment lang mußte Niviene an Bedivere und die glühenden Augen in seinem aschfahlen Gesicht denken, als er vor ihrem Zorn zurückgeschreckt war. Bei dieser Frau aber hatten Avalons Heilkräfte schon eingesetzt. Geschmeidig erhob sie sich, lächelte und verließ den Turm …
Wie kommt sie dazu, mich einfach anzulächeln?
Erst später fiel der Zauberin auf, daß die Wartende bis auf Krone und Schuhe wie eine Königin gekleidet gewesen war.
Eine Königin, die die Arbeit einer Magd verrichtet hatte.
Aber waren sie nicht alle Diener – oder sollten es zumindest sein?
Der Anblick von Nivienes Lumpen, ihrer blutigen Hände und Füße oder ihres zerkratzten Gesichts hatte die Frau nicht erschreckt. Sie befanden sich hier auf der Insel Avalon, wo jedes Weib eine Königin und jede Königin in ihrem Herzen frei war, ohne weitere Prüfungen ganz Frau sein zu können.
Warum war die fremde Königin gegangen? Weil Niviene von nun an auf den König achtgeben sollte?
Die Zauberin würde mehr tun als nur das.
Nun war die Zeit gekommen, der großen Prüfung, der sich jede Frau gegenübersah, ein Ende zu bereiten: einen Mann zu lieben, der sie, gleich wie sanft, zur Seite schob und in den Tod ging, weil Männer eben lieber von Fanfaren und Bannern träumten, als in Langeweile zu altern.
Maria, erbarm Dich der Frauen.
Aber es war nicht Maria, der die Herrin vom See dienen wollte. Schweigend trat sie an die Bahre. Auf Avalon verlief die Zeit nicht wie auf der Oberwelt. Die Minuten, die ihre Reise über das Wasser bis hierher gedauert hatte, waren auf der heiligen Insel zu Stunden geworden.

In diesem Zeitraum hatten die Königinnen den Herrscher bereits versorgt und gepflegt, ihn gebadet, ihm die in Wald und Feld Avalons wachsenden Kräuter auf die Wunden gelegt (der vertraute Duft stieg Niviene gleich in die Nase), ihn verbunden und ihm saubere Kleider angezogen. Schließlich hatten sie ihn auch noch bis an die Brust mit einem Leichentuch wie mit einer Decke bedeckt – doch bestand es aus einem edlen Stoff und trug das Wappen Pendragons, den Roten Drachen.

Die Herrin betrachtete Arthurs Gesicht. Zu Tode verwundet, erschienen seine Züge noch bleicher als das verwitterte Gold von Bart und Brauen. Sein Antlitz war reglos, edel geformt und in seiner Entrücktheit von der Welt und womöglich auch vom Leben selbst unnahbar. Doch man konnte nicht erkennen, wie es in dieser Stunde wirklich um ihn stand.

Gewölbte Lider deckten Augen, von denen sie wußte, daß sie dieses ruhige Gesicht von befremdlicher Stille – es schien eher das eines Monuments als das eines Menschen zu sein –, wenn sie erst geöffnet wurden, in einen Helden verwandeln konnten, der die Männer bei ihren Herzen zu packen verstand, wie ein Magnetstein Eisen anzog.

Trotz Arthurs schwerer Wunden spürte die Zauberin die Anziehungskraft, die von diesem Mann ausging. Wie schade für die Königin, daß sie das nicht ebenfalls verspürt hatte. Dieser Edelmut, der von dem Herrscher der Briten ausging, im Verein mit seinem Schmerz, war zu verführerisch. Die Gewißheit dessen lastete so schwer auf ihr wie das Gewicht Excaliburs an ihrem Gürtel – zog sie aber auch noch näher zu ihm hin.

Arthurs Hände waren um eine Rose gefaltet, denn sein Schwert befand sich bei Niviene.

»Mörder«, flüsterte die Herrin vom See.

Er hatte den Tod mit sich gebracht – den Tod des Glaubens, den von Freunden, den der Liebe, den von Armeen und dieses Mal den eines ganzen Volkes. Die Herrin vom See hatte jeden Tod mitansehen müssen und wußte nicht, ob sie mit solchen Erinnerungen würde leben können, wiewohl sie doch unsterblich war.

Die Zauberin sah auf die reglose Gestalt hinab und verzweifelte schier an den weißen Verbänden, die sie bedeckten.

Die drei Königinnen hatten ihn nach Avalon gebracht, damit hier seine Wunden heilten. War das tatsächlich die Wahrheit oder nur eine weitere, noch größere Lüge, um die Männer der Oberwelt auch weiterhin in Knechtschaft zu halten, wo sie nur auf das Flattern des Banners mit dem Roten Drachen warteten, um ihr Leben und das ihrer Söhne wegzuwerfen, während die Weiber wieder zittern und bangen und hernach die Toten vom Schlachtfeld tragen mußten?

Niviene wußte um die Kraft, die von Avalon ausging. Die Kratzer in ihrem Gesicht waren bereits verheilt. Dabei hätte man doch annehmen mögen, daß Wunden, die hier auf der Insel geschlagen worden waren, viel länger dafür brauchten. Sie konnte sich gut vorstellen, daß das Eiland Verletzungen heilen konnte, die in der Außenwelt unrettbar tödlich gewesen wären.

Das Licht der Feuer warf ein Flackern auf Arthurs Gesicht. Wie friedvoll seine Züge jetzt aussahen – man wollte es kaum für möglich halten … und ihr Pflegesohn war ein liebenswerter Junge gewesen, bevor das Königreich dieses Königs Arthur und die Frau dieses Herrschers ihm den Glauben und eine Zeitlang auch den Verstand geraubt hatten.

Lancelot war durch den Wald geirrt, und obwohl er inzwischen seinen Geist wiedergefunden hatte, glaubte die Zauberin nicht, daß der Jüngling, der eine Königin entführt und Männer getötet hatte, die ihm so nahe gestanden hatten wie Brüder, schon wieder so recht bei Sinnen war.

Noch ein Verbrechen, das man Arthur anlasten mußte: Er hatte den besten Ritter der Welt zugrunde gerichtet.

Der König hatte ihren Frieden gestört, sie zum Rückzug gezwungen und schließlich auch noch ihre erzwungene Ruhe erschüttert.

Alles lag nur an diesen Geschichten, diesen gräßlichen Träumen

von Tapferkeit und Ruhm. Sie würden für immer ein Ende finden, wenn die Herrin jetzt Excalibur nähme und Arthur den Stahl tief ins Herz bohrte.
Und das wäre nur gerecht. An einigen Orten lagen Selbstmörder begraben, denen man einen Pflock ins Herz gerammt hatte, damit sie nicht wiederauferstehen und in die Welt zurückkehren konnten, die sie vorher verschmäht hatten.
Ja, das wäre gerecht, dachte die Herrin vom See. Mit dem Leben seines Königreiches hatte Arthur schließlich auch sein eigenes Leben verwirkt.
Die Zauberin löste Excalibur von ihrem Gürtel. Der Amethyst glomm düster im trüben Licht, und die Klinge schimmerte im Licht des Feuers rötlich – ein Vorbote des Blutes.
Mit beiden Händen hob sie den Stahl …
So gutaussehend – so stark … und nun so hilflos … Ist dies eine Aufgabe für dich, Niviene?
Tränen traten ihr in die Augen, und sie senkte die Lider. Dann stieß sie mit aller Kraft Arthurs Schwert nach unten.
»Halt!«
Eine Energie ergriff von der Zauberin Besitz. Ihre Arme erstarrten in der Bewegung, als hätte eine unsichtbare Macht sie gelähmt. Die Herrin stemmte sich mit aller Kraft gegen diese Barriere und versuchte, das Schwert die letzten, tödlichen Zoll niederzudrücken – doch das gelang ihr nicht. Eine fahle Flamme zuckte von der Klinge in ihre Hände, deren Finger sich um den Griff geklammert hatten, und hielten die Waffe in der Luft fest.
Die Frau, die den Turm betreten hatte, kümmerte sich nicht um Bescheidenheit und Demut Avalons. Morgan le Fay trug keine Trauer zur Schau, erschien weder mit entblößtem Haupt noch mit nackten Füßen. Aufrecht, mit funkelnden Augen und großen Schritten kam sie in ihrem edelsteinbesetzten schwarzroten Gewand daher.
Die Schwester dieses Königs, die Feindin dieses Königs und zuletzt auch unter den Königinnen, die ihn von der Oberwelt fortgetragen hatten.

Diese Herrin war es, die Niviene an der Durchführung ihres Vorhabens hinderte.

»Legt das Schwert nieder«, forderte sie kalt. Mochte Morgan in ihrem aufregenden Leben auch vieles verloren haben, ihre Neigung zum Befehlen gehörte offensichtlich nicht dazu.

»Damit es Euch diesmal gelingt, den Stahl zu stehlen?«

Morgan hatte versucht, das Schwert durch eine Imitation zu ersetzen und das echte von einem schwachen Liebhaber bewachen lassen, doch am Ende hatte sie versagt.

Als die Königsschwester antwortete, trug sie dabei das typische kämpferische Grinsen eines streitbaren Kelten zur Schau.

»Meine Schwester war für eine Königin immer schon zu nachgiebig. Sie hätte Euch nie mit Arthur allein lassen dürfen. Nynyve hat mich gerade noch rechtzeitig gewarnt.«

Nynyve hatte sich mit Morgan gegen ihre eigene Schwester verbündet? Die Welten waren wirklich auf den Kopf gestellt worden!

»Nynyve konnte mich nicht aufhalten, Königsschwester, und sie mußte meinem Befehl gehorchen. Was bringt Euch darauf, Ihr könntet es besser?«

Morgan schüttelte heftig den Kopf, und die in ihr Haar eingeflochtenen Edelsteine glitzerten prächtig. »Eure Schwester wollte eben einfach nicht glauben, daß Ihr tatsächlich so weit gehen würdet. Sie war immer schon zu weich und arglos ... Aber das seid Ihr Seeherrinnen ja alle. Wenn es einmal hart auf hart kommt, fangt Ihr gleich an zu weinen und zu klagen und zieht Euch auf den Grund Eures Wassers zurück. Gewiß seid Ihr zu zart für diese rauhe Welt. Wenn Ihr mich fragt, so seid Ihr einfach zum Jammern und Wehklagen bestimmt ... Doch ich muß zugeben, daß Ihr weiter gegangen seid, als ich es Euch zugetraut hätte. Ihr wagtet einen ehrenwerten Versuch, in dem Ihr Euren Mut unter Beweis gestellt habt ... Nun ist aber genug damit. Jetzt legt brav das Schwert zur Seite.«

»Wie könnte ich das, da Ihr mich doch an jeder Bewegung hindert?« gab Niviene zurück. Sollte Morgan sie doch freigeben, dann würde die Zauberin Arthur endlich die Schwertspitze ins Herz stoßen können, bevor ihre alte Widersacherin sie daran zu hindern vermochte. Und danach durfte die Königsschwester sie ruhig vernichten, denn dann konnte sie mit dem beruhigenden Wissen aus dem Leben scheiden, die Welt von einer großen Last befreit zu haben.

Wieder trat dieses Funkeln in Morgans Augen. »Ihr braucht nur den Willen aufzubringen, das Schwert beiseite zu legen, dann vermögt Ihr Euch wieder frei und ungehindert zu bewegen.«

»Gebt mich frei!«

Die Königsschwester lachte kreischend wie ein Falke. »Glaubt Ihr etwa, Ihr könntet mich übertölpeln und Euch rascher bewegen, als ich Euch wieder zu verzaubern vermag? Vergeßt nicht, ich bin Morgan, und Ihr nur eine Frau, die bei der ersten Schwierigkeit aufgibt und lieber ihre Tränen fließen läßt.«

Diese großspurigen Worte enthielten nicht nur Kränkung, sondern auch viel Wahrheit, und so wurde Niviene sehr wütend. Tief am Ende ihres Rückgrats saß ein Energiekern, von dem sie schon zu Beginn ihrer Ausbildung gelernt hatte, wie man ihn nutzte und einsetzte.

In Avalon war es die Erde selbst, die die Kraft besaß. Die Herrin vom See sandte ihren Willen tief hinunter, nahm die Energie vom Boden dieser Insel in sich auf, sandte sie durch ihr Rückgrat und gab sie an ihre Schultern und Arme weiter. Stück für Stück senkte sich nun die Schwertspitze Excaliburs weiter hinab.

Das Licht, das die Klinge umgab, wurde heller, und der Stahl hob sich plötzlich wieder, hielt aber inne, als Niviene ihren Willen mit noch mehr Avalonkraft versah.

»So mögen wir hier bis zum Jüngsten Tag stehen«, bemerkte die Herrin.

Sollte Morgan sich darüber den Kopf zerbrechen. Im Gegensatz zu den Seeherrinnen hatte die Königsschwester schon früh die Zauberschule verlassen und seitdem nur ihre eigenen Pläne und Intrigen im Sinn gehabt. Wenn Arthur nicht mehr lebte, wäre die Welt ein ruhigerer Ort. Auch Morgans verschlungene Wege würden dann ihr Ende finden, selbst wenn sie und Niviene auf immer und ewig auf Avalon Krieg führen müßten.

»Seid meiner Worte gewiß: Ich werde nicht zulassen, daß Ihr meinen Bruder tötet!«

Wäre Niviene nicht auf der Hut gewesen, hätte Morgan sie mit diesem Schwur völlig aus der Fassung bringen können.

»Und warum nicht? Ihr habt doch selbst nach seinem Tod gestrebt!«

Wieder zeigte ihre Widersacherin dieses eigentümliche Lachen.

»Das war nur der Versuch herauszufinden, wie erfolgreich ich sein könnte. Ihr aber wollt gleich das ganze Spiel zerstören – Könige und Ritter, Burgen und Paläste, Glaube und Unglaube, und das für alle Zeit.«

»Ein Spiel?« Die Stimme der Herrin vom See überschlug sich so sehr, daß die Scham ihr das Gesicht rötete. »Seht Euch doch an, was Euer Spiel uns gebracht hat!«

Niviene beließ es dabei und sprach nicht weiter, weil sie für den Zweikampf gerüstet sein wollte. Sie konzentrierte ihre Gedanken auf die Königsschwester.

Der beste Ritter der Welt. Einmal brach sich mein Pflegesohn bei der Unterweisung am Schild das Handgelenk. Er hat nicht einmal darüber geklagt, sondern zugesehen, die Ausbildung so rasch wie möglich fortzusetzen, um seine Stärke wiederzuerlangen.

Der Jüngling ritt später nach Camelot. Er diente dem König und liebte dessen Königin, verlor darüber den Verstand, zerstörte den Frieden und das Leben einer Herrin vom See und nahm am Ende dem König seine Ritter.

Und das alles, um einen Platz in dem zu finden, was Ihr »Spiel« nennt!

»Ja«, zischte Morgan. »Und jetzt seht Ihr einmal, was wir damit gewonnen haben!«

Die Sachsen ins Meer zurückgetrieben. Ganze Skriptorien voll mit Geschichten, die Ihr angeblich verabscheut. Neue Straßen, über die alten römischen gebaut, die so sicher sind, daß eine

Jungfrau unbeschadet eine Kiste Gold vom Hadrianswall oben im Norden bis hinunter nach Tintagel im Südwesten tragen könnte.

Das Spiel der Könige – Plan und Gegenzug. Ihr aber zieht Euch ins Wasser zurück und verlegt Euch aufs Klagen. Was habt Ihr denn schon getan, um das Spiel in Eurem Sinn zu beeinflussen?

Das Schwert hob sich einen ganzen Zoll.

»Euresgleichen ist es doch immer gutgegangen«, fuhr die Königsschwester giftig fort. »Euch schönen Herrinnen vom See. Jedesmal, wenn eine von Euch bei Hofe angerauscht kam, haben sich alle Ritter in Ehrfurcht verneigt. Beneidet haben die Edlen Sir Pelleas um sein Glück, und hinter seinem Rücken über ihn geredet. Aus jedem ihrer Worte hörte man Bewunderung heraus – und Lust. Ich aber hatte ein Königreich und einen König, um die ich mich kümmern mußte, während Ihr nichts weiter zu tun brauchtet, als Euch irgendwo zu zeigen und Eure Schönheit verehren zu lassen. Und wenn Ihr einmal ein wenig verstimmt wart, was habt Ihr getan? Euch auf den tiefen Grund Eures Sees zurückgezogen und Bäche von Tränen vergossen. Und für diese Zähren wolltet Ihr auch noch gepriesen werden! Das war die Rolle, die Ihr gespielt habt, und Ihr habt lange genug Euren Nutzen daraus gezogen. Doch jetzt, da die unerfreulichen Seiten des Spiels zutage treten, wollt Ihr alles zerstören und unsere Stellung gleich mit, und für alle Zeit.«

»Ihr hättet Camelot doch selbst dem Untergang preisgegeben, wenn Ihr es nur gekonnt hättet!« beschuldigte die Herrin des Sees sie.

»Aber nein, ganz im Gegenteil. Wenn ich gekonnt hätte, hätte ich den Thron an mich gebracht und selbst dort geherrscht. Vielleicht gelingt mir das ja, wenn wir dieses Spiel von neuem beginnen. Und es muß und wird ein nächstes Mal geben, mögt Ihr auch noch so angestrengt versuchen, das zu verhindern.«

Zum ersten Mal sah die Königin Niviene offen in die Augen, und einen Moment später weinte sie.

Tränen flossen Morgan über die Wangen.

»Ihr seid ja so naiv, so ungeheuer dumm«, sagte die Königsschwester. »Versteht Ihr denn nicht? Ich trage die Folgen dieses Spiels auf meinen Schultern: Reichtum, Armut und das Schicksal ganzer Armeen. Ich habe das schon immer auf mich genommen. Ihr aber, die Ihr Euch in Eurem schmucken See versteckt ... wenn Ihr das Spiel zerstört, seid Ihr dann in der Lage, dessen Folgen auf Euren Schultern zu tragen?«
Niviene verließ unversehens der Mut. Die Zauberin Morgan in Tränen aufgelöst? Um wen weinte die Lady, doch nicht etwa um sich selbst?
Unvermittelt erhielt sie eine Vision von Morgan, die früh in die Ausbildung gekommen war, um dann in dieser Schule die Macht an sich zu reißen. Bei diesem Coup hatte es sich nur um ein Vorspiel zur Eroberung des Königreichs gehandelt, über das sie und ihr Gemahl dann herrschen sollten – des Vorläufers des großen geeinten Reiches. Die Königsschwester hatte das Land mit der Hilfe von Zauberinnen in Aufruhr versetzt und verwüstet. Und sie und ihre Damen hatten sich da noch nicht untereinander als Feindinnen betrachtet, von denen eine die andere ausspionieren wollte, sondern als Freundinnen und eine Art Familienmitglieder, bei denen jede von den anderen umsorgt und geschätzt wurde.
Und jetzt war die Reihe an ihr ...
Wenn du Morgan wissen läßt, was du gerade siehst, wird sie dich erst recht bekämpfen.
»Da Ihr zu glauben scheint, soviel stärker als ich zu sein, warum nehmt Ihr das Schwert dann nicht einfach selbst?« fragte Niviene. »Euch hat es doch schon immer danach verlangt.«
Morgan schnaubte nur ungeduldig. »Man hat es nun aber einmal Euch gegeben.«
»Und was werdet Ihr mit Excalibur anfangen, falls ich es ablegen sollte?«
Morgan zeigte auf Arthur. »Es ihm überreichen – meinem Bruder.«
Wieder füllten sich ihre Augen mit Tränen. »Was er auch getan

haben mag, er war mir doch stets lieb und teuer.« Sie unterdrückte ein Schluchzen. »Und vielleicht kann ich ihm das in der nächsten Runde des Spiels auch sagen.«
Die Königin kniete sich neben die Bahre und streichelte ihrem Bruder über das Gesicht.
»Wenn er gerufen wird und wieder erwacht ...« Morgan hob den Kopf und sah die Seeherrin an. In ihrem Blick lag der entrückte Glanz, der eine Prophezeiung ankündigte.
»Denn in der Stunde, in der ihn sein Land am nötigsten braucht, wird er gerufen werden, und er wird den Ruf vernehmen. Und ich werde für ihn dasein wie hier, in der Stunde seines Todes.«
Die feste Überzeugung, die in diesen Worten mitschwang, ließ Niviene erschauern.
Die Herrin vom See konnte nicht anders, als ihren Haß und den Wunsch nach Vergeltung aufzugeben – und sogar auf die Gelegenheit verzichten, wie Morgan zu werden, eine der Spielerinnen in diesem Spiel.
Arthur würde gerufen werden, und Arthur würde wieder erwachen. Und seine Schwester würde dasein, an seiner Seite knien und ihn mit Excalibur gürten.
Und wo würde Niviene dann sein?
Noch einmal ins Spiel gebracht, um sich von allen bewundern zu lassen und dann in Hilflosigkeit und Trauer wartend zurückgelassen zu werden?
Nein, einmal in ihrem Leben wollte sie nicht nach der Pfeife einer anderen tanzen, einmal sollte jemand tun, was sie verlangte!
Die Herrin prüfte, ob sie die Klinge wieder bewegen konnte, denn die Willenskraft der Zauberin schien geschwächt zu sein. Sie konnte sich vielleicht aus ihrer Macht befreien und Arthur die Klinge doch noch ins Herz stoßen ...
Aber die Königin hatte geweint – wenn ihr soviel daran lag, sollte sie das Schwert auch bekommen.
»Nehmt es«, sagte Niviene. »Gebt Excalibur Eurem Bruder.«
Die Königsschwester betrachtete ihre Hände, als stünden darauf

Zauberformeln geschrieben, die sie noch nie dort bemerkt hatte. Zum ersten Mal in all den Jahren, die sie sich bereits kannten, zögerte Morgan. »Ich weiß nicht …«

»Nehmt es!« wiederholte Niviene strenger. Der Stahl zitterte in ihrer Rechten. Das Muster auf der Klinge füllte sich mit loderndem Feuer.

Nehmt es, bevor ich mich selbst zu dem mache, was ich verabscheue … bitte …

Die Zauberin streckte die Hände nach der Klinge aus, aber die Herrin hielt das Schwert noch am Griff fest.

Die Königin will es also haben. Dann soll sie die Waffe auch an der Klinge anfassen, ganz gleich, was passiert.

Nivienes Kratzer an Händen, Armen und im Gesicht von dem Ringkampf mit dem Dornbusch brannten noch immer.

Morgan legte eine Hand auf den Stahl. Ein Zischen erklang, wie wenn Haut mit heißen Kohlen in Berührung kommt. Gleich darauf erlosch das Feuer, das die Klinge schützte. Das Gesicht der Königsschwester verlor alle Farbe, und nur ihr überaus roter Mund stach aus der Leichenblässe heraus. Die vollen Lippen wurden aber immer dünner, weil die Zauberin versuchte, einen Schrei zu unterdrücken.

Sie nahm die Klinge mit beiden Händen, und in dem Augenblick, als beider Frauen Hände das Schwert berührten, konnte Niviene die Schmerzen der Königin, aber auch ihren Willen spüren, sich diese nicht anmerken zu lassen.

Und genau dieser überstarke Wille war es, der Morgan die Kraft gab, selbst dann noch zu kämpfen, wenn ihre Trauer am größten war. Die Herrin vom See erschauerte wieder und überließ ihr Excalibur. Dann betrachtete sie ihre Hände und erwartete schon, sie verbrannt zu sehen, als ob sie einen Meineid geschworen und das heiße Eisen sie gebrandmarkt hätte.

Jetzt hielt die Königin endlich das Schwert. Sie hatte Excalibur begehrt und Intrigen gesponnen, um in seinen Besitz zu gelangen. Doch nun brannte der Stahl von ihrer eigenen Energie.

Dennoch beugte sie sich noch einmal über ihren Bruder, so wie eine Welle, kurz bevor sie sich kräuselt. Vorsichtig hielten ihre verwundeten Finger immer noch das Schwert an der Klinge.
»Öffnet seine Hände für mich«, bat die Königsschwester mit gedämpfter Stimme.
Die Herrin vom See erfüllte ihr den Wunsch und nahm Arthur die rote Rose aus den Händen. An ihre Stelle legte Morgan das Schwert.
Bevor Niviene des Königs Finger darum schließen konnte, bewegten sich diese von allein darauf zu. Der Herrscher Britanniens nahm Excalibur an sich und schlief mit einem tiefen Seufzer der Erleichterung wieder ein.
»Er wird gesund werden«, erklärte seine Schwester mit zitternder Stimme.
Vielleicht, so hoffte Morgan, würde der alte Streit zwischen ihr und ihrem Bruder ebenfalls verheilt sein, sobald er wieder erwachte. Wenn nicht, würden sie erneut Gegner sein in dem Spiel, das die Zauberin gerade gerettet hatte.
Wie es auch kommen würde, Niviene war sich bewußt, daß Morgan ihm unter keinen Umständen verraten würde, was sie getan hatte.
Als die Königin sich erhob, konnte die Seeherrin ihre Hände erkennen. Sie waren schwarz verbrannt und von Blasen übersät. Niviene stockte bei diesem Anblick der Atem.
»Und wenn ich das Schwert nicht genommen hätte, wie Ihr es von mir verlangt habt?« fragte die Königsschwester. Der alte Hochmut war in ihre Stimme zurückgekehrt.
»Dann hätte ich wahrscheinlich doch noch zugestoßen.«
Die Königin lachte und zuckte gleich vor Schmerz zusammen. »Das glaube ich nicht. Dafür seid Ihr einfach zu weich. Sogar meine Verbrennungen bereiten Euch Leid.« Und wieder zeigte sie dieses allzu wissende Lächeln. »Gebt es ruhig zu. Es tut Euch doch schon weh, wenn Ihr einen Feind Schmerzen erleiden seht. Und ich bin nicht einmal Eure Feindin.«
In diesem Satz lag soviel Wahrheit, daß er die Seeherrin wie ein

Stich an ihrer verwundbarsten Stelle traf. »Zeigt mir Eure Hände.«
Mit der roten Rose, die Arthur zuvor gehalten hatte, strich die Seeherrin über Morgans Hände. Als von den Blütenblättern Tau auf die verbrannte Haut tropfte, entspannte sich die Zauberin sichtlich.
Plötzlich hielten beide Frauen den Atem an. Vor ihren Augen färbte sich die Rose weiß. Die Blütenblätter fielen ab, bis nur noch eine vierblättrige Blüte mit roten Rändern übrigblieb. Der Rosenduft verstärkte sich gleichzeitig und vermischte sich mit dem Geruch von Äpfeln und Salz. Dies war Avalons ureigenes Aroma – eine Mischung aus Mai, Klagen und endlich reicher Ernte.
»Von mir stammt diese Verwandlung nicht«, sagte Morgan le Fay. »Habt Ihr das etwa bewirkt?«
Die Herrin vom See schüttelte den Kopf. »Nein, aber als ich mir an dem Dornenstrauch die Hände aufgerissen habe und Blutstropfen herabfielen, sind die gleichen Blüten aufgesprungen.«
»Sie können Wunden heilen«, bemerkte die Königin nachdenklich. »Vielleicht …«
Von draußen erklangen Schritte, die sich rasch näherten. Im nächsten Moment erschien atemlos die barfüßige Königin im Turm, die Niviene schon beim Eintreten hier bemerkt hatte. Sie wirkte aufgeregt wie ein Klatschweib, das eben eine Neuigkeit aufgeschnappt hat. In ihrem Seidenrock, den sie nach oben gerafft hatte, lagen Blüten mit vier Blättern, deren Rand rot war und die stark nach Äpfeln, Rosen und Salz rochen.
»Diese hier fand ich an dem Dornbusch«, verkündete sie gleich.
»Da seht Ihr«, meinte die Königin, »ich habe es ja gesagt.«
»Es ist ein Wunder, ein wahrhaftiges Wunder …«
Die Zauberin und die Herrin sahen sich skeptisch an und wußten, daß jede von ihnen den gleichen Verdacht hegte.
Morgan verzog nachdenklich die Stirn. »Die Vorstellung, daß hier … Mächte von außen ihre Hand im Spiel haben, gefällt mir ganz und gar nicht.«

Maria, erbarme Dich der Frauen …
Was aber, bei der Göttin, wenn die Jungfrau Maria genau das getan hatte?
Niviene konnte Morgans Gedanken beinahe hören: Die nächste Runde des Spiels würde anders, völlig anders verlaufen.
»Besonders überrascht bin ich allerdings nicht darüber«, fügte die Königsschwester nachdenklich hinzu. Ihre Stimme klang schon wieder ganz wie die einer gekrönten Herrscherin.
Die barfüßige Königin sah die beiden Zauberinnen verwundert an. Niviene sammelte die Blüten aus ihrem Rock, hielt sie Arthur ans Gesicht und bedeckte sein Lager damit. Dann schob sie die immer noch aufgeregte Frau lächelnd und allem zustimmend, was sie heraussprudelte, aus dem Turm – auch wenn sie zugeben mußte, daß ihr bei dem Gerede über das Wunder, das sich hier auf dem heiligen Hügel Avalons ereignet haben sollte, schon ein wenig mulmig wurde.
Lachend vor Freude lief die barfüßige Königin den Hügel hinunter. Ohne Zweifel wollte sie ein zweites Mal den blühenden Dornbusch bewundern.
»Was für ein Sinneswandel«, meinte Morgan, die ihre spitze Zunge nun endgültig wiedergefunden hatte. »Dabei wart Ihr doch eigentlich gekommen, um meinem Bruder den Stahl in die Brust zu stoßen.«
Die Herrin zuckte die Achseln.
»Ihr habt ja selbst gesagt, daß es nur ein Wurf in einem Spiel war, und nicht das Spiel selbst.« Sie erwiderte das Lächeln der Königin.
»Nun gut«, meinte Morgan. »Da Ihr Euer Spiel aufgegeben habt, gebe ich auch diese Spielrunde auf. Oder würdet Ihr das am Ende bedauern?«
Sie kniete sich an die Bahre ihres ehemaligen Feindes. Eine weitere Königin, die an Arthurs Seite wachte. Noch eine Klagende, die Mut genug besaß, um nicht zu verzweifeln.
»Ihr werdet von mir hören«, versprach die Herrin vom See zum Abschied. Schließlich wartete auf sie ein eigenes Reich.

Aber Niviene wußte, daß auch ihr noch Jahre des Wartens bevorstanden. In dieser Zeit konnte sie sich Vorwürfe machen und in Erinnerungen leben oder aber sich auf den Tag vorbereiten, an dem es wieder einen Ruf, ein Erwachen und ein Her und Hin geben würde – eben das, was Morgan als Spiel ansah. Und als was betrachtete die Königin dieses Treiben? Als ein Wunder, eine neue Chance. Vielleicht würde Arthur in der neuen Runde nicht schwach werden und einen Sohn zeugen, der ihn schließlich verriet.

Vielleicht würde seine Königin ihn als Mann und nicht nur als Herrscher lieben. Und vielleicht würden die Söhne anderer Frauen – oder ihre eigenen – nicht an dem zugrunde gehen, was angeblich sein mußte.

Aber Niviene würde nicht mehr gegen Morgan le Fay ankämpfen müssen. Die beiden Frauen waren jetzt aneinander gebunden. Blut, Leben und ein Schwert vereinten sie und zwangen sie auf dieselbe Seite.

Und dennoch entblödete sich diese Hexe nicht, sie jetzt zu fragen, ob sie das Klagen, die ruhigen Jahre und das darauf folgende Geschehen bedaure, da die nächste Zeit doch anscheinend noch mehr Unruhe bringen würde.

Die Herrin hatte geglaubt, daß sie alles bedaure. Aber jetzt, da das Spiel vorüber war, würde ihr Morgan seltsamerweise sogar fehlen.

Wer von ihnen beiden hatte eigentlich mehr Grund, verlegen zu sein?

Das alles spielte jetzt keine Rolle mehr. Niviene würde eine Welt ohne Morgan bedauern. Sie würde es auch bedauern, wenn ein anderer von den Mitspielern in der nächsten Runde fehlen sollte – und erst recht, wenn für sie selbst kein Platz mehr darin bestünde.

»Ich habe gefragt, ob Ihr es bedauert.«

Was sollte sie denn bedauern? Daß sie in so furchtbare Verzweiflung gefallen war, daß sie ihrer aller Zukunft ein Ende bereiten wollte? Daß sie keinen Frieden für sich gefunden hatte?

Weshalb sollte sie Frieden finden und ihre Klagen unter den Fluten ausleben, wenn ihr vielleicht eine Chance winkte?
Die Wasser hatten sich bewegt. Wie in der Geschichte niedergelegt, war ein Wunder geschehen. Die Herrin vom See erwiderte Morgans Lächeln.
Dann trat sie an Arthurs Bahre und berührte die Dornenblüten.
»Nein«, antwortete sie, »nicht mehr.«

Joe Haldeman

GERTRUDE RETTET DIE WELT

Wie auch jenes uralte Schwert, das tief im Stein
geduldig wartete auf seinen Helden,
so hatte auch dieses Schwert eine tödliche Macht –
mehr als nur die Schärfe des Stahls: Die Schärfe von Worten.
Kam jemand mit üblicher Kraft daher, riß das Schwert
sich rasch wieder los – und stellte eine Frage.

Fehlten dir dann die Worte zur Antwort
stach das Schwert dich tief in die Brust
– ein weiterer tapferer Held,
dem es aber an Geist gebrach,
dessen Kraft nicht die Sprache war,
wurde Opfer dieser ironischen Macht.

Macht war auch die Verlockung der Sphinx.
Diese Macht zu erringen, kamen viele
und stellten sich der Frage,
obwohl sie wußten, daß ihnen die Antwort
beinahe sicher fehlte. Kein wahrer Held
konnte sich dem entziehen. Dem Schwert,
der Sphinx, der Herausforderung –
Für Menschen war es ein Schwert, für andere
was immer ihr Bild der Macht –
Schlange, Dorn oder Flamme –
sie schickten ihre Helden zu hören die Frage
(die kein anderer vernahm), und immer wieder
starb einer, erstochen, gebissen, verbrannt,
weil die Worte ihm fehlten.

So riefen sie denn nach Helden, die stark
in Worten waren, um sich dem Schwert zu stellen –
doch keiner war stark in Worten und gleichzeitig dumm.
Sie fielen, bis sie lernten, mit ihrer Macht
in uralte Zeiten zu reisen, die Toten zu wecken
und hier ihren Ritter, den Helden, zu finden.

Den fanden sie, und nichts an ihm wie erwartet:
schlampig, dick, ironisch – eine Frau! In einem Wort:
Gertrudestein. Ihr neu belebter Geist
war stark mit Worten, focht mit ihnen.
Tot war sie ohnehin, voll Macht und Mut.
Die Antwort, die sie gab, saß wie ein Schlag:

Das Schwert glitt aus dem Stein und flüsterte
was viele schon verzweifeln ließ:
»Was ist die Antwort?« Sie aber fragt bedenkenlos zurück:
»Was war die Frage?«

Gary Gygax
PFLICHT

Hört meine Geschichte von Wahrheit und Schicksal:
Alles war in mir, und ich war alles. Die tiefe Ruhe von *Sein* und *Nicht-Sein* durchdrang mich.
»Erwache, und sei bereit.«
Ich hörte den Befehl, verstand ihn aber nicht, und tat mein Bestes, ihn abzuwehren. Doch die Stimme war stark, sie weckte mich und brachte unvermittelt das Gefühl von Trennung über mich – ein Schmerz von solcher Eindringlichkeit, wie man ihn weder beschreiben noch sich vorstellen kann. Um dem zu entrinnen, strebte ich mit aller Kraft zu dem Zustand des All-Seins zurück.
Ein Schild umgab mich. Ich spürte ihn und klammerte mich an seine beruhigende Masse. Hinter ihm lag … nichts. Nur Trennung.
»Reinige deinen Leib.«
Dieses Mal erkannte ich die Stimme wieder. Ich war tatsächlich erwacht, obwohl ich das nicht gewollt hatte.
»Reinigen?« Wieder begriff ich nicht, was von mir verlangt wurde, und hatte auch nicht den Willen, dieser Aufforderung nachzukommen.
Gewaltige Feuer flackerten rings um mich auf. Nur einmal hatte ich solchen Schmerz verspürt. So direkt nach der Trennung konnte ich ihn kaum ertragen. Das, was um mich war, verging zu Nichts, und ich war wahrlich allein.
Kein All-Sein mehr und kein Schild. Nur ich … was immer ich auch sein mochte. In meiner Pein schrie ich so laut, wie mir nur möglich war.
»Der Zeitpunkt ist gekommen.«
Als ich diese Worte vernahm, vergingen die Feuer. Die lecken-

den Flammen konnte ich nicht mehr spüren, aber die große Hitze blieb. Die Schmerzen brachten mich zur Raserei.
»Nimm an die Gestalt, die ich dir befehle, die Form, die ich für dich plante und die Macht, die ich dir eingebe!«
Und so wie diese Worte auf mich herniederprasselten, trafen mich auch Schläge. Meine Wut stieg ins Unermeßliche und half mir, mich nicht zu unterwerfen. Wieder und wieder fuhr der Hammer auf mich herab, und ich leistete ihm Widerstand. Doch ohne Erfolg.
Ich spürte, wie mein Leib beschlagen und so in eine bestimmte Form getrieben wurde. Nach jedem Schlag fühlte ich mich mehr allein und abgetrennt. Nun bezähmte ich meinen Zorn und kämpfte mit kalter Entschlossenheit gegen diese Mißhandlung an.
Doch wieder umfingen mich die Flammen. Neuer Schmerz. Neue Hammerschläge. Und meine Form veränderte sich immer mehr. Wie lange diese Folter angedauert hat, weiß ich heute nicht mehr. Aber diese Pein werde ich niemals vergessen.
»Und nun werde gehärtet!«
Schlimmeres Leid erwartete mich.
»Verschmelze mit der Magie, über die ich gebiete.«
Und während der Hammer wieder erklang und mir meine endgültige Gestalt verlieh, kam die von der Stimme beschworene Macht tatsächlich über mich, und ich erfuhr, was sie war.
»Auf der Welt der Menschen herrschen nur Chaos und Krieg!«
Die Geräusche ergaben nun für mich einen Sinn. Viele Dinge waren mir jetzt bekannt, denn ich besaß die magische Macht. Da ich noch nicht zu sprechen vermochte, sandte ich meine Entgegnung in Form reiner Gedankenenergie: »Das schert mich wenig, bin ich doch weder ein Mensch noch auf deren Welt.«
Gleich darauf ertönte eine Gedankenstimme, die ohne Laute und Töne zu mir sprach: »Du bist Caliburnus – mein Werkzeug.«
»Sollte ich das wirklich sein?« Noch während ich meinen Trotz hinausschickte, wußte ich, wie zwecklos das war. Dennoch mußte ich es wenigstens versuchen.

»Ja, so sei es. Das Böse hat sein Zepter erhoben. Tag um Tag verdunkelt sich die Erde der Menschen mehr. Du wirst das ändern. Und jetzt schau her.«
Mir blieb keine andere Wahl. Und zum ersten Mal vermochte ich zu »sehen«. Eine Landschaft breitete sich vor mir aus, auf der ich die Pflanzen, Blumen und Gräser der Menschenwelt erkannte. Zuerst blickte ich von oben darauf hinab, doch dann sauste ich abwärts, gehalten von einer gepanzerten Hand.
Die Hand gehörte zu einem Mann in einer Rüstung, der einen bunten Wappenrock trug. Er ritt auf einem Pferd, und der Sattel bestand aus fein bearbeitetem Leder, das an Sattelknopf und Hinterzwiesel mit Samt bedeckt und mit Silber beschlagen war. Offenbar ein Ritter im Kampf. Und ich – ich war sein Schwert! Diese Vorstellung war neu für mich, doch auch alt, uralt … Als er mich herabriß, rief er meinen Namen – »Excalibur!« – und richtete meine Spitze auf einen Koloß.
»Ist das ein Riese?«
Meine Gedankenfrage wurde von der lieblichen Frauenstimme beantwortet, die schon meinen Werdegang beaufsichtigt hatte.
»Ja, Caliburnus, das ist ein Riese. Ihm wirst du zu gegebener Zeit gegenüberstehen.«
Voller Widerwillen versuchte ich, mich abzuwenden und zu entfernen. Aber dazu besaß ich überhaupt keine Macht, und meine Bemühungen blieben ohne das geringste Ergebnis. »Ich soll diesem Wesen das Leben nehmen – dabei wohnt ihm nichts Verderbtes inne!«
»Du wirst ihm einst das Leben nehmen, und ja, du hast recht. Der Gigant, den man den Riesen vom Mont Saint Michel nennt, ist nicht schlecht. Aber so wird es nun einmal kommen.«
»Ich weigere mich, sinnlos ein Leben zu nehmen, und sei es von diesem …«
Aber es war schon zu spät. Der Teil meines Körpers, der meine Klinge darstellte, wurde bereits in das weiche Material gebohrt, aus dem dieser Riese zusammengesetzt war. Was bei den Menschen Haut, Muskeln, Sehnen und Knochen heißt, hielt mich

nicht im mindesten auf. Ich stieß, stach und drang bis zur Querstange meines Griffs in den Hünen ein. Finsternis umgab mich, dann gelangte ich in rotes Licht.

»So will es das Schicksal, und so wirst du es vollbringen, Caliburnus. Daran ist nichts mehr zu ändern.«

Das Bild verschwand vor mir, oder vielleicht wurde meine Sicht auch wieder geschlossen. Auf jeden Fall war ich froh, das nicht mehr schauen zu müssen. Die Dunkelheit, in der ich mich jetzt wiederfand, genügte mir, und ich erkannte, daß sie mich seit dem Moment begleitet hatte, in dem ich abgetrennt wurde und allein war.

»Du bist hart und grausam«, beschwerte ich mich voller Selbstmitleid bei der lieblichen Stimme, die in mir sprach.

»So werden die Menschen dich heißen, nachdem sie mit deiner scharfen Schneide und mit deiner spitzen Zunge Bekanntschaft geschlossen haben.«

»Niemals wird es dazu kommen!« Ich entdeckte, daß mir große Zauber innewohnten, und es kam mir vor, als könnte ich die Magie, die sie über mich gelegt hatte, irgendwann aufheben und danach zu dem All-Sein zurückkehren, das ich so vermißte. Ich mußte mich nur heftig genug anstrengen.

Nun erkannte ich auch, daß meine Schöpfer gezwungen gewesen waren, mir solche Kräfte zu verleihen, wenn sie wollten, daß ich existierte und mehr war als ein bloßes Stück geschlagenen Stahls.

Ich verfügte über einen eigenen Willen!

»Du willst also, daß ich zum Töter werde und allem, das sich mir entgegenstellt, das Leben nehme?«

Die Stimme widersprach mir nicht und entgegnete statt dessen: »Hast du denn bereits herausgefunden, wer ich bin, Caliburnus?«

»Du bist die Fee Viviane, und du hast die Zwergenschmiede dazu gebracht, mich aus dem All-Sein herauszubrechen und zu dem zu schlagen, was ich jetzt bin. Doch ich spüre, daß du gerecht und nicht grausam bist. Du liebst das Leben, nicht aber den Tod.«

Ja, das stimmte tatsächlich, und so wagte ich zu fragen: »Warum hast du dann eine solche Aufgabe für mich vorgesehen?«
»Caliburnus, das ist die Pflicht, die mir auferlegt wurde. Und auch du mußt deine Pflicht tun. Sei stark, und weiche nicht von deinem Weg ab. Nimm die Aufgabe und die Pflicht an, Schwert, so wie du Form und Aussehen, Schneide und Spitze, Kraft und Zauber angenommen hast!«
»Du bist voller Niedertracht!« schleuderte ich ihr entgegen, als mir bewußt wurde, daß ich trotz allem noch nicht fertiggestellt war. Mir fehlte noch etwas.
»Nein! Niemals werde ich Unschuldige töten und das kurze Dasein von so bedauernswerten Geschöpfen wie Riesen und Menschen vorzeitig beenden.« Mein Widerstand war nur eine Farce. Längst war ich zu ihrem Werkzeug geworden.
Ich wurde gestreichelt, und sie liebkoste mich auch mit Worten, die ich noch nicht verstand.
»Noch bist du kein perfektes Werkzeug, Caliburnus. Uns steht noch ein langer Weg bevor, ehe es endlich soweit ist«, erklärte sie mir sanft.

Als ein Schatten in der hintersten Ecke von Vivianes hohem Turm auftauchte, sprach die Fee, ohne sich umzudrehen: »Wie könnt Ihr es wagen, unangekündigt und uneingeladen in meinen Palast einzudringen, Wurm?«
Diesmal klang in ihrer lieblichen Stimme die Härte von Eisen mit, und sie hielt sich kerzengerade. Das konnte nicht verwundern, denn ein Dämonenkind, das eine Menschenfrau geboren hatte, war mit Abstand das gräßlichste aller Geschöpfe.
Nun bewegte sich der Schatten wieder und nahm festere Gestalt an. Und endlich trat ein hochgewachsener Mann aus dem Halbdunkel des inneren Ganges.
»Ich bitte vielmals um Verzeihung, liebste Herrin«, bat er höflich und blieb erst einen Schritt vor der Fee stehen.
Viviane drehte sich noch immer nicht zu ihm um. »Verzieht Euch, aber rasch, Dämonenbrut!«

»Bitte, nennt mich doch Merlin«, entgegnete der Mann freundlich, aber mit Nachdruck, während sein Blick lüstern über den Leib wanderte, dessen Form sich in dem bleichen und rosagoldenen Licht, das durch die Turmfenster drang, abzeichnete. »Ihr wißt, daß ich Euch nicht widerstehen kann und deswegen Eure Nähe suche.« Seine Miene war tatsächlich die eines Mannes, dem der Liebreiz einer Frau den Verstand geraubt hatte. Merlins ohnehin schon große Augen weiteten sich immer mehr und wurden riesig wie Hühnereier, während die dunkel leuchtenden Pupillen hin und her wanderten, weil sie sich am Körper Vivianes nicht satt sehen konnten. Fast konnte man meinen, ein Possenreißer wollte einen durch und durch Liebeskranken vorstellen, obwohl es hier doch kein Publikum gab, um seine Hanswurstereien zu bewundern.

Selbst die Fee weigerte sich, sich zu ihm umzudrehen und somit seine Anwesenheit anzuerkennen. »Ihr lügt wie stets, Wurmgezücht. Soll ich Euch in die tiefste Hölle zurückschicken?«

»Vielleicht könntet Ihr das, Lady Viviane, vielleicht aber auch nicht. Ich bitte Euch, damit noch ein Weilchen innezuhalten.« Der Mann räusperte sich, ein nervöses, heiseres Geräusch. »Was ich eben damit sagen wollte, als ich erklärte, ich sei Euch verfallen, war …«

»Eine Lüge«, unterbrach die Fee ihn barsch und wandte sich nach diesen Worten endlich zu ihm um. Der Sohn des Dämons keuchte und wich fast vor ihr zurück, als sie sich ihm zeigte.

Doch es war ihre übergroße Schönheit, die diese Reaktion bei ihm auslöste. Nicht ihre Verachtung, sondern ihre Anmut traf ihn wie ein körperlicher Schlag.

Als Merlin gegen ihren Vorwurf keinen Einwand vorbrachte, fuhr sie fort: »Eure verderbte Triebhaftigkeit zwingt Euch immer wieder hierher, Wurm, und eure Lust macht, daß Ihr mir wie ein läufiger Hund überall hinterherkommt.«

Der große Mann verzog gekränkt das Gesicht. »Für meine Herkunft kann ich nichts. Niemandem ist es vergönnt, sich seine Eltern auszusuchen. Daß ein Inkubus mich zeugte, dafür trifft mich keine Schuld. Deshalb muß ich Euch eindringlich bitten, schönste aller Feen, erweist mir zumindest die Gnade, mich mit meinem richtigen Namen anzureden.«

Viviane bedachte ihn mit einem spöttischen Lächeln, dem nichts Anmutiges oder Liebliches innewohnte. »Das erfleht Ihr? Wohlan denn, Merlin, ich bin geneigt, Euch bei dem Namen zu nennen, unter dem Euch die Sterblichen kennen. Denn Euch bei Eurem wirklichen Namen zu rufen, wäre eine zu schlimme Lästerung von allem, was heilig ist. Und nun erweist mir den Gefallen, von dieser Komödie abzulassen. Warum seid Ihr nach Pharee gekommen und habt mich in meinem Heim aufgesucht?«

Als hätte er nichts von ihrer Beleidigung bemerkt, lächelte der hochgewachsene Mann, verbeugte sich und fragte: »Darf ich mich setzen?«

»Was das angeht, so mögt Ihr verfahren, wie es Euch beliebt. Ich für meinen Teil werde jedenfalls stehenbleiben.«

Der Raum in dem hohen Turm wies ein Sofa, Lesepult und einen Stuhl auf. Merlin verschmähte letzteren und breitete sich lieber auf den samtenen Kissen aus. »Ihr geruht sicher, hier zu liegen«, flüsterte er so ergriffen, als spräche er ein Gebet.

Vivianes Züge blieben selbst in ihrem Zorn noch perfekt. »Wird es mit Eurer Fleischeslust denn nie ein Ende haben?«

»Nur wenn ich Euch beiliegen darf.«

»Dann wird Eure Lust wohl nimmermehr enden«, gab die Fee zurück. »Nun sagt mir endlich, was Euch zu diesem unverzeihlichen Eindringen in meinen Palast getrieben hat, oder ich werde Euch mit Gewalt aus meinem Turm fegen! Ihr mögt ein Schwarzkünstler sein, aber in meinem Heim ist es niemandem angeraten, meine Macht herauszufordern.«

Der große Mann starrte sie verlangend an. Viviane war nicht besonders groß, aber so schlank und feingliedrig, wie das nur bei Wesen ihrer Art möglich war.

Alle Feen sind von äußerster Schönheit, doch Viviane besaß eine so unvergleichliche Anmut, daß alle anderen Feen dagegen schlicht und unauffällig wirkten.

Ihre Locken schimmerten wie Seidenfäden, krönten ihr Haupt und fielen ihr bis zu den Hüften herab. Der silberne Glanz ihres Haars verwandelte sich, wenn das Sonnenlicht schräg darauf fiel, in rotes Gold. Ebenso wechselte auch ihre Augenfarbe mit dem vorherrschenden Licht – und mit dem Wandel ihrer Stimmungen. Wenn Viviane guter Dinge war, waren ihre Augen vom Blau eines wolkenlosen Sommerhimmels. Doch wenn sie sich empörte oder wütend wurde, verwandelten sie sich in düstere und gefährliche graue Sturmwolken.
Auch wenn Merlin erkannte, daß ihr Blick ihm kein Entgegenkommen verhieß, konnte er in ihrem Antlitz keinen Makel erkennen. Die Lippen der Fee, mit ihrer roten Festigkeit und ihrem entschlossenen Zug, verlockten ihn nur, sie weiterhin zu umgarnen; und die strenge Miene, die sie gerade aufgesetzt hatte, konnte nicht vom weichen Ebenmaß ihrer Züge ablenken. Sie war schlank und geschmeidig, aber mit den richtigen Rundungen an all den Stellen versehen, auf die es einem Mann, und in diesem Fall auch einem Dämonensohn, ankam. Aus dem Ausschnitt in ihrem samtenen Gewand erhoben sich elfenbeinerne Zwillingshügel, die dank der dunkelroten Farbe des Kleides noch weißer wirkten. Die Schwellung dieser beiden setzte sich unter dem Ausschnitt noch fort, und weiter abwärts folgte ein silberner Gürtel. Dieser umschloß eine Taille, die Merlin leicht mit seinen langen Fingern umschließen konnte.
Diese Vorstellung beschäftigte ihn so sehr, daß seine Hände sich erhoben und die langen Finger sich an den Spitzen trafen. Er ging noch weiter und krümmte die Finger, so als wolle er Vivianes Pobacken umschließen.
Die Lady legte streng die Stirn in Falten. »Alter Mann, jetzt geht Ihr entschieden zu weit!«
»Ich habe Euch doch schon nackt gesehen«, murmelte er.
Sein Blick heftete sich an ihre Augen, und Entschiedenheit gab sich auf seinem runzligen Gesicht mit Unsicherheit ein Stelldichein.
»Ja, zu meiner immerwährenden Schande«, gab die Fee zu. »Ihr

habt Euch immer schon sehr gut aufs Anschleichen und Herumspionieren verstanden. Doch das führt Euch zu nichts – belassen wir es also dabei. Ihr seid bestimmt nicht aus Eurem Erdloch hier herauf gekrochen, um meine Liebe zu erflehen oder Euch mit Gewalt das zu nehmen, was ich Euch stets verweigern werde. Euch treibt ein grimmigerer und wichtigerer Anlaß um, nicht wahr?«

Merlin schüttelte den Kopf und verscheuchte damit die Lüsternheit, die ihn beinahe übermannt hätte. Er öffnete die Lider weit über den vorstehenden Augen, fuhr sich mit beiden Händen durch das kurzgeschnittene eisengraue Haar und gab sich so ein ganz neues Erscheinungsbild.

Sofort war alles Begehren aus seiner Miene verschwunden, und der Verstand regierte wieder sein Tun. »Dabei verehre ich Euch doch so sehr.«

»Was habt Ihr mir zu sagen?«

»Ich will Euch mit jeder Faser meines Herzens.«

Vivianes Miene verlor ein wenig von ihrer Strenge, als sie entgegnete: »Nicht, solange ich lebe.«

War es ihr wirklich ernst damit? fragte sich der Dämonensohn. Hatte ihre Stimme bei den letzten Worten nicht viel weicher geklungen? »Ich will Euch alles geben, was ich zu geben vermag.«

»Alles, was Ihr zu geben vermögt? Nun, darunter wird sich wohl kaum etwas finden, woran es mir mangelt oder wonach es mich gelüstet. Ich flehe Euch an, Merlin, erspart es mir diesmal, mir wieder Eure ewig gleiche Litanei anhören zu müssen. Ich habe Euch die Gnade gewährt, Euch nicht mehr Wurm oder dergleichen zu nennen, aber ich verlange, daß Ihr mir endlich den wahren Beweggrund Eures Hierseins nennt. Ihr dürft es als weitere Gnade auffassen, daß ich Euch mein Ohr leihe. Noch mehr Gunst …«

»Noch mehr Gunst darf ich erhoffen, Königin der Schönheit? Darf ich mich dann erkühnen …«

Viviane stampfte mit dem Fuß auf – einem kleinen, zierlichen

Fuß. »Ihr schwachsinniger alter Tattergreis! Ich bin Eurer Sprüche endgültig müde. Meine letzte Gunst besteht darin, mich zu bezähmen und meine Macht zurückzuhalten, auch wenn ich Euch lieber mit der Peitsche meiner Zauberkraft dorthin zurückjagen würde, wo Ihr hingehört und Euer weiteres Dasein in Heulen und Zähneknirschen verbringen dürft!«

»Genug! Ich will ja reden.« Der große Mann erhob sich und blickte ernst zu der Fee hinab. »Edle Herrin vom See«, begann er.

Viviane zuckte nur die Achseln. »Ja, so nennen mich die Sterblichen. Obwohl der Name durchaus passend ist, kann man ihn dennoch nicht als angemessen ansehen.«

»Aber er wird es dereinst sein«, widersprach der Dämonensohn. »Ich habe nämlich in die Zukunft gesehen.«

Die Fee fuhr einen Schritt zurück und mußte sich mit einer Hand an der Armlehne des Stuhls festhalten. »Warum habt Ihr es gewagt, eine solche Gefahr auf Euch zu nehmen?«

»Um Euretwillen, Lady, und damit will ich nicht etwa wieder darauf zu sprechen kommen, wie sehr ich Euch anbete.«

»Sondern?«

Merlin betrachtete sie für eine längere Weile. Als es der Fee unter seinem Starren unbehaglich zu werden schien, nickte der Dämonensohn. »Euch besorgt etwas zutiefst, und das ist nicht allein meine Anwesenheit. Nun, mag es sein, was es will. Doch ich muß Euch sagen, Gnädigste, daß Ihr Euren Zauber nicht so gut abgeschirmt habt, wie Ihr glaubtet.«

»Zauber? Wovon faselt Ihr denn jetzt schon wieder, Wurm?«

»Merlin!«

»Gut, Merlin. Ich habe keine Magie gebraucht. Da müßt Ihr Euch wohl geirrt haben.«

Die großen Augen des Dämonensohns verengten sich, und er tat ihre Worte mit einem boshaften Grinsen ab. »Ich bin tatsächlich, wie Ihr es mir oft genug vorgeworfen habt, ein Wortverdreher. Ohne Frage auch ein erfahrener Lügner und ein ebenso großer Täuscher. Das liegt zweifelsohne in meiner Abstammung begründet. Aber wenn Ihr Euch in diesen Künsten übt, verzeiht, aber dann seid Ihr ein hoffnungsloser Fall.«

»Das glaubt Ihr? Welche Beweise habt Ihr denn dafür? Pharee ist mein Reich und liegt weit entfernt von der Welt, auf der Ihr Euch ausgebreitet habt, Merlin. Hier, in meinem Land, kommt es zu mannigfaltigen Strömungen aller magischen Kräfte. Nichts, was ich getan habe, kommt dem, was Ihr mir unterstellt, auch nur im entferntesten nahe. Deshalb weise ich Eure Worte zurück!« Sie streckte eine Hand aus und zeigte mit einem Finger zum Ausgang. »Ihr habt mich über alles Maß beleidigt. Nun verzieht Euch!«

Aber Merlin blieb stehen, und seine Züge entspannten sich. »Also habe ich doch richtig geraten. Ihr habt tatsächlich einen Zauber bewirkt. Da Ihr somit Euren eigenen geschworenen Prinzipien untreu geworden seid, liebste Viviane, sind auch Eure Kräfte geschwunden, mich zu vertreiben. Daher bleibe ich, und ich glaube, wir werden uns noch einiges zu erzählen haben, oder?«

Die Fee wurde kreidebleich. Sie mußte sich auf dem Stuhl niederlassen, und ihre nun taubengrauen Augen blickten beinahe ängstlich, als sie den Besucher ansah. »Das ist vollkommen unmöglich.«

»Ich habe Euch doch gesagt, daß ich der größte aller Zauberer bin, Viviane, und Euch auch angeboten, meine Macht mit Euch zu teilen. Und das war keine Prahlerei. Doch was habe ich darauf als Antwort erhalten? Nur Euren Spott. ›Was kann ein Dämonensohn einer Fee schon bieten, die bereits alle Magie besitzt?‹ Nun, edle Fee, jetzt könnt Ihr es erkennen. Meine Macht reicht bis nach Pharee, und sogar darüber hinaus.«

Der hochgewachsene Mann schien bei diesen Worten noch größer zu werden, wirkte mit einem Mal breiter, jünger und tatkräftiger. Auch seine Stimme vibrierte vor Tatkraft und Selbstsicherheit.

»Natürlich konnte das Schmiedewerk nicht unbemerkt vonstatten gehen. Auch wenn Ihr es getarnt habt, so konnte ich doch spüren, daß gewisse Kräfte im Spiel waren. Das erregte meine Aufmerksamkeit, und so suchte ich nach der Quelle der Energieströme, die laut rauschend heranflossen, um irgendein Reservoir zu füllen.«

Je mehr Merlin anwuchs, desto winziger wurde die Aura, die die Dame umgab. Mit der Stimme eines jungen Mädchens flüsterte sie: »Das Schmiedewerk …«

Als der Dämonensohn sie so sah und ihre Schwäche bemerkte, frohlockte er innerlich. Doch nach außen hin ließ er sich nicht das kleinste Anzeichen seines Triumphs anmerken. Je mehr die Fee an Selbstsicherheit verlor, desto stärker ließen ihre Kräfte nach. Und mit ihrer nachlassenden Energie vermochte Merlin noch weiter hinter ihren Schild zu gelangen. Heute kam er weiter, als er gehofft hatte, vielleicht sogar bis dorthin, wonach es ihn schon so lange sehnte …

»Ihr seht angegriffen aus, teuerste Herrin. Bitte, ruht Euch doch auf den Kissen aus. Nein, fürchtet Euch nicht vor mir. Ich bin vollauf damit zufrieden, auf dem Stuhl Platz zu nehmen, den Ihr gerade noch durch Eure Berührung ehrt.«

Als er bemerkte, wie sehr sie zögerte, wußte Merlin, daß seine Macht vollständig war. Und um das zu demonstrieren, schnippte er einmal mit den Fingern. Der Gedankenbefehl, den er diesem Signal mitgab, wurde augenblicklich befolgt. Binnen weniger Herzschläge füllte sich die Turmkammer mit Wasser-, Wald-, Feld- und sonstigen Geistern, und dazu gesellten sich andere Wesen aus dem Reich des Kleinen Volks. In der Versammlung von dienstbaren Geistern fanden sich auch einige Eisenkrieger in polierten Rüstungen und mit funkelnden Waffen.

»Oh!« entfuhr es Viviane, und sie blickte schockiert drein. »Ich …«

»Die Herrin verlangt von Euch, ihr eine Flasche Fliederwein zu bringen – jenes Getränk, das aus den Blüten gemacht wird, die man im Licht des Vollmonds gesammelt hat, um sie dann für ein Jahrhundert in silbrigem Schatten abzulagern«, teilte der Dämonensohn den Kreaturen mit. »Was mich angeht, so dürstet es mich nach Lotuswein. Das wäre alles für den Augenblick. Und nun sputet euch!«

»Meine Königin?« fragte ein Hauptmann der Eisenmänner-Leibwache.

Merlin verzog finster das Gesicht und starrte das Wesen bedrohlich an. Doch Viviane schaltete sich gleich ein. »Tut, wie euch der Wu…, mein Gast geheißen. Ihr dürft euch zurückziehen.«

»Wie Ihr befehlt, Euer Majestät«, knurrte der Offizier. Er verbeugte sich tief vor der Fee, warf dem Zauberer einen trotzigen Blick zu und führte seine Soldaten aus dem Raum. Die anderen verzogen sich ebenfalls. Einige lösten sich einfach in Luft auf, andere sausten davon, als wäre ein Teufel hinter ihnen her, und die übrigen hüpften, krochen oder sprangen.

»Was soll ich dazu sagen?«

Merlin neigte ihr freundlich den Kopf zu und antwortete: »Nichts, Königin meines Herzens. Laßt uns beide schweigen, bis man die Erfrischungen gebracht hat.«

»Ja, so wollen wir es halten«, entgegnete sie ungewohnt bescheiden.

Natürlich mußten sie nicht lange warten. Dienern aus dem Feenreich und den anderen Zwischenwelten kann man vieles nachsagen, aber nicht, daß sie langsam seien. Kurz darauf standen eine gewundene Flasche mit perlendem Wein und ein Kristallkelch für die Dame bereit, und vor Merlin wartete eine Flasche aus Elfenbein, dazu ein fingerhutgroßer Pokal mit einem zerbrechlich wirkenden Stiel, das Ganze geschnitten aus einem einzigen Rubin und vor ihn gestellt, damit er den kostbaren Lotuswein nicht hinunterstürzte. Die Geister, die die Getränke gebracht hatten, zogen sich gleich wieder zurück.

Zunächst tat sich nichts, und beide schwiegen weiterhin.

> »Maiengold und Krötendreck,
> Halt uns alle Geister weg!«

Viviane lachte so hell, daß es in seinen Ohren wie die wunderschönste Musik klang. »Was für ein grauenhafter Reim!« kicherte sie.

»Zugegeben, kein Ruhmesblatt der Dichtkunst«, gestand der Zauberer großzügig zu, »aber die Barriere, die diese Magie errichtet, ist höchst zuverlässig, das kann ich Euch versichern.«
»Oh, dessen bin ich mir absolut sicher«, entgegnete sie. Sie nippte kurz an ihrem Wein, drehte den Kelch und sah zu, wie die letzten rosagoldenen Sonnenstrahlen durch das Kristall drangen und dahinter auf den Marmorwänden feurige Punkte aufblitzen ließen. »Das habe ich jetzt gebraucht, Merlin. Das und die wundervollen Farben, die es erzeugen kann! Mundet Euch der Trunk auch?«
Der große Mann wandte den Blick von den tanzenden Amethystpunkten ab und goß sich ein wenig von der tintenblauen Flüssigkeit in den Fingerhut. »Diesem Saft wurde kein Gift beigemischt, und er enthält die Essenz der Lotusblume, genau, wie ich es mir gewünscht habe. Was bleibt mir da mehr zu sagen?«
»Nun, wie wäre es mit: ›Vielen Dank, edle Herrin‹?«
»Nein, Viviane, nicht jetzt. Die Zeit für höfisches Getue ist vorüber ... obwohl sie vielleicht irgendwann wiederkehren mag.«
»Ach so, verstehe. Solange die Leidenschaft Euch plagt, sprudelt Ihr über vor Freundlichkeit. Aber wenn Euch das nichts einbringt, schiebt Ihr gleich wieder den Korken in diese Flasche.«
»Ach was! Ihr könnt mich nicht länger ablenken. Ich möchte den Gegenstand jetzt sehen, den Ihr mit Zauberkraft geschaffen habt.« Noch während er sprach, sandte er einen Gedankenstrahl aus, um festzustellen, was der Fee jetzt durch den Kopf ging.
Viviane nippte noch einmal an ihrem Wein, erhob sich dann und fuhr sich mit beiden Händen über die Rundungen ihres Körpers. »Dieser Saft steigt mir zu Kopf, großer Magier. Laßt uns statt dessen andere Wunder schauen – und genießen.«
Mit wiegenden Hüften näherte sie sich der Couch.
Merlin hätte beinahe alle Beherrschung verloren. Mit der größten Willensanstrengung verbannte er alle Gedanken an ihre Schönheit und die Phantasien, die sie in ihm auslöste, aus

seinem Geist. Dabei kam ihm zugute, daß sein Suchstrahl auf einige nützliche Informationen gestoßen war.
»Die Waffe, Viviane.« Wieder spionierte er in ihren Gedanken.
Sie stemmte die zierlichen Fäuste in die Hüften und sah ihn wütend an: »Ihr liebt mich überhaupt nicht!«
»Liebe? Damit kenne ich mich nicht aus. Ich begehre Euch, ja, verzehre mich auch nach Euch und verlange nach Euch. Aber das tut nun nichts zur Sache.« Er hatte entdeckt, was er zu erfahren suchte. »Zeigt mir das *Schwert*, Herrin, die Klinge, der Ihr den Namen Caliburnus gegeben habt.«
Obwohl er sich nichts von seinem Triumph hatte anmerken lassen und auch verborgen hielt, wie er an dieses Wissen gelangt war, argwöhnte sie gleich, wie er sich seine Kenntnisse verschafft hatte. Sofort versiegelte die Fee ihren Geist mit einem mächtigen Schutzzauber. So stark war dieser Bann, daß die Reste seines Strahls augenblicklich verbrannten und diese Hitze selbst sein Inneres durchfuhr. Doch der Dämonensohn war so zufrieden, daß er nur grinste.
»Ihr werdet das alles nicht mehr so komisch finden, wenn ich … wenn ich …«
»Ihr habt weder Drohung noch Zauber mehr, vor denen ich mich fürchten müßte, liebste Viviane. Ihr habt Euch nur selbst kompromittiert. Doch gebe ich Euch mein Wort darauf, Lady, daß ich mich nicht über Euch amüsiere. Mein Lachen ist ohne Fröhlichkeit und bezieht sich allein auf das Schicksal, das Eure wie das meine.«
»Was soll das denn schon wieder heißen?«
Merlin stärkte sich mit ein paar Tropfen seines Weins und entgegnete dann, während er den Fingerhut zum dritten Mal füllte: »Tröstet Euch, edle Herrin, bewahrt Ruhe. Versteht bitte, daß ich jetzt den Gegenstand meines langen Strebens und Trachtens in Händen halten möchte, auch wenn ich dafür meinen tiefsten Herzenswunsch beiseite schieben muß.«
»Ihr wollt mir doch nicht weismachen, daß Ihr Eure Lust wie ein Roß zu zügeln versteht!«

»Nicht unbedingt wie bei einem Roß, edle Dame. Aber ich glaube, Ihr habt sehr wohl verstanden, was ich zum Ausdruck bringen wollte. In der Tat habe ich mich lange nach Euch verzehrt, nur ...«

»Nur was?«

»Habe ich eine Pflicht zu erfüllen.«

Wieder schien Viviane nicht zu begreifen. »Was für eine ungeheure Pflicht könnte man Euch wohl auferlegt haben?«

»Eine, die meinen Schützling ebenso betrifft wie die Welt der Sterblichen. Aber Ihr habt nichts damit zu tun, Königin der Feen.«

Der Dämonensohn erhob sich und streckte die Hände aus. »Wie gern würde ich Euch jetzt in meine Arme bitten, aber ich verlange vielmehr von Euch das, auf das ich bei seiner dritten Namensnennung gestoßen bin. Übergebt mir den Gegenstand, die Waffe, das Schwert – Caliburnus.«

Der Schutzzauber um ihren Geist wurde noch stärker, als sie entgegnete: »Nun gut, ich gestehe ein, Merlin, daß ich schwach geworden bin, aber nicht so sehr, wie Ihr das erhofft habt. Ihr sagt, Ihr hättet einer Pflicht nachzukommen. Nun, dann will ich Euch mitteilen, daß ich ebenfalls gewissen Grundsätzen gehorche und Forderungen nur nachkomme, wenn sie gerechtfertigt sind. In Eurem Fall ist das nicht so, und deswegen verweigere ich mich Eurem Begehr und trotze Eurem Zauber. Was Ihr verlangt, ist bloß Eurer Vorstellung entsprungen, und es gibt nichts, womit Ihr mich dazu zwingen könnt, Euch etwas auszuhändigen.«

»Verzeiht, aber das vermag ich doch. Caliburnus ist der Name des Schwertes, und das habt Ihr schon so gut wie zugegeben. In diesen Stahl habt Ihr das gegeben, was Wesen wie Euch eigentlich gar nicht zur Verfügung stehen dürfte, wie Gewalt, Zorn und Haß, Viviane. Ihr habt die Klinge mit dem Zauber versehen, Freude am Töten zu haben und mit Lust zu zerstören. Diese Kraft war so gewaltig, daß ich zuerst nicht wußte, woher Ihr sie bezogen habt. Doch jetzt bin ich mir dessen ziemlich sicher.«

»Ich verfluche Euch!«
»Mich?« Merlin lachte laut. »Wenn Ihr mich wegen dieser Kenntnisse und wegen der Klinge verdammen wollt, dann nur zu.«
»Euch und Eure Kinder und Kindeskinder!«
»Meinetwegen die auch noch. Darf ich jetzt um das Schwert bitten?«
Die glänzenden platinblonden Locken verdeckten ihr Gesicht, aber die Stimme, die hinter diesem Vorhang ertönte, klang unvermutet stark. »Nein, dürft Ihr nicht. Denn ich werde Euch nicht gehorchen und Euch nicht zu Willen sein.«
Mit einer Behendigkeit, die man eher von einem Jüngling oder einer Raubkatze erwartet hätte, war der Mann über ihr. Er packte Viviane und riß sie zu sich herum. Ein Gefühl des Triumphs überkam ihn. Seine Hände zitterten vor Erregung, und seiner Stimme hörte man die Leidenschaft für diese Fee deutlich an. Doch was er sagte, klang nicht danach: »Caliburnus ist im Kampf unbezwinglich. Seine Klinge kann weder schartig werden noch rosten. Niemand vermag seine Schläge abzuwehren, und kein Panzer widersteht dem Biß dieses Stahls. Und nichts und niemand kann das Heft und die Hand, die es hält, voneinander trennen. Derjenige, der diese Waffe besitzt, wird der oberste König sein, und alle anderen sind ihm untertan.«
»Ihr wißt noch längst nicht alles«, flüsterte die schöne Fee.
Merlin hielt sie immer noch fest, preßte sie an sich und senkte den Kopf, so daß er ihr direkt ins Gesicht blicken konnte.
»Als wenn ich mich so leicht übertölpeln ließe! Natürlich braucht ein Schwert eine Scheide. So habe ich es Euch doch immer wieder selbst gesagt, und am liebsten würde ich jetzt mein eigenes Schwert in die dafür geschaffene Scheide stecken!« Zur Unterstreichung seiner Worte drückte er seinen Unterleib gegen den ihren.
Viviane stieß einen spitzen Schrei aus und drückte mit ihren kleinen Händen gegen seine Brust. Sie erkannte, daß in Merlins riesigen Augen der Wahnsinn stand – so hin und her gerissen

war er zwischen seinen beiden Begierden, daß man seinen Blick kaum anders deuten konnte.
»Gut, Ihr habt obsiegt. Ich will Euch geben, was Ihr von mir verlangt.« Irgendwie gelang es ihr in diesem Moment, ihm zu entschlüpfen und zu enteilen.
»Glaubt Ihr, Ihr könntet mir entfliehen?« Der Zauberer warf selbstbewußt den Kopf in den Nacken. Aber von der Fee war nichts mehr zu sehen.
»Das kann nicht sein! Ich habe einen Zauber gewoben, der alle andere Magie abwehren und sie …« Er brachte den Satz nicht zu Ende, weil ihm in diesem Moment seine Niederlage bewußt wurde. Der Dämonensohn sackte sichtlich zusammen.
Doch dann fiel ihm etwas ein, und er richtete sich wieder auf. Ein leises Klirren, gefolgt von einem Strom magischer Energie, den Merlin so deutlich spüren konnte wie Normalsterbliche das Wehen des Windes.
»Sie gehorcht!«
Aus dem Nichts erschien ein schlanker Arm, in dessen Hand ein mächtiges Breitschwert in seiner reich mit Gold verzierten Scheide lag.
Der hochgewachsene Mann ergriff die Waffe augenblicklich, und während er Caliburnus hielt, zeigte sich Viviane in ihrer ganzen Schönheit. »Ich habe getan, was Ihr von mir verlangtet.« Zum Zeichen ihrer Unterwerfung senkte sie züchtig die Lider.
»Wahrlich ein wunderbares Schwert, Herrin«, bemerkte er, während er Form und Verarbeitung begutachtete. »Ist der Schutz, der auf die Scheide gelegt wurde, so mächtig wie der, der dem Stahl innewohnt?«
»Niemals wird derjenige, der sich diese Scheide umgebunden hat, an einer Wunde verbluten, Merlin. Diese Hülle schließt alle Wunden, lindert jeden körperlichen Schmerz. Aus großer Pein macht sie kleine, kleine läßt sie vollends vergehen.«
Die Dame schwieg, als der Dämonensohn das Schwert aus der Scheide zog. Nach einem Moment sah er sie fragend an, und sie

erklärte ihm: »Ihr habt die große Magie dieser Klinge bereits gelesen.«
Merlin sah sie fragend an. »Und?«
»Caliburnus kann nur von demjenigen auf die beste Weise eingesetzt werden, dem ich es übergebe. In diesem Falle wärt Ihr das.«
»Ha! Ich wußte doch, daß an der Sache ein Haken ist. Doch vergeßt nicht, Ihr befindet Euch immer noch in meiner Gewalt.«
»Ja, dem ist so.«
Stahl vibrierte, als Merlin die Klinge in die Scheide zurücksteckte. »Behaltet das Schwert noch für eine Weile, Königin Viviane. Später sollt Ihr es einem anderen als mir überreichen. Für jetzt habe ich etwas anderes mit Euch vor, Schönste der Schönen.«
»Wenn Ihr mir die Waffe zurückgebt, Merlin, soll Euch Euer Herzenswunsch erfüllt werden«, sagte sie. »Ob ich das will oder nicht, ich muß mich Eurem Befehl beugen.«
Die Linien in seinem runzligen Gesicht wurden tiefer. »So habe ich mir das aber nicht gedacht.«
»Manche Dinge entziehen sich sogar Eurem Einfluß, Merlin. Ihr müßt Euch entscheiden: Wenn Ihr von Eurem Anspruch auf Caliburnus ablaßt, sollt Ihr statt dessen mich bekommen. Wenn Euch aber mehr an dem Schwert liegt und ich es in Eurem Namen einem anderen überreiche, sind Eure anderen Ansprüche verfallen, und danach haben wir beide nichts mehr miteinander zu tun. Nun, wie wollt Ihr Euch entscheiden?«
Der Dämonensohn wurde aschfahl im Gesicht und knirschte mit den Zähnen. Außenstehende hätten den Eindruck gehabt, daß seine Augen endgültig aus dem Kopf quellen wollten. Nur mit äußerster Mühe gelang es ihm, seinen Zorn zu bändigen.
»Ihr wolltet zwischen mich und meine Pläne treten, Viviane. Endlich durchschaue ich das! Indem Ihr mich zu verführen trachtetet, hofftet Ihr, mich von meiner wahren Aufgabe abzubringen. Dieses Mal muß ich mit unbefriedigter Lust von dannen ziehen, aber ich verspreche Euch, daß es nicht noch einmal dazu kommen wird.«

»Ihr werdet mir auch nicht noch einmal so nahe kommen wie heute, Wurm.«
»Merlin ist mein Name. Ihr mögt das sagen und sicher auch glauben, aber ich denke, daß es anders kommen wird. Doch soll es fürs erste so sein, wie Ihr es eben bestimmt habt. Zu dem Zeitpunkt, den ich bestimme, und an dem Ort, der mir genehm ist, sollt Ihr mit diesem Schwert und dieser Scheide erscheinen und dann demjenigen, den ich auserwählt habe, beides ohne Zögern und ohne Pferdefuß überreichen.«
Die Fee nickte gehorsam und legte dann den lieblichen Kopf schief. »Und wer soll der Auserwählte sein?«
»Arthur.«
Kaum hatte Merlin diesen Namen ausgesprochen, erfolgten ein gewaltiger Blitz und ein mächtiger Donnerschlag, als tobte ein schlimmes Unwetter am Himmel. Ob Merlin selbst diesen Zauber bewirkt hatte oder Viviane dafür verantwortlich war – der Hexenmeister befand sich nicht länger im Turm und auch nicht mehr im Land Pharee.

Zur festgelegten Zeit trug die Fee mich fort aus ihrer Welt, dem Reich, das auch mein Heim war. Fort von dem Ort, an dem ich einst gewesen war, bevor man mich aus dem All-Sein gerissen und in diese Form gebracht hatte, die ich so sehr haßte.
Es ging angeblich um Pflicht. Vielleicht um ihre. Vielleicht auch noch um meine. Doch zu welcher Pflicht bekannte sich Merlin? Sicher nicht zu einer, die der unseren ähnlich war. Ja, genau darum ging es. Zu meiner jetzigen Form war ich durch Vivianes Macht und Zauber gekommen, und dennoch hatte der Dämonensohn mich ihr entrungen und mich in sein eigenes Reich gezwungen.
Würde ich dienen? Mit Freude sogar. Während der kurzen Zeit zwischen Merlins Besuch und Vivianes Reise auf die Welt hatte ich den Unterschied zwischen Existieren und Sein ergründet, und weil ich war, konnte ich auch die Bedeutung von Pflicht und meine Rolle dabei zur Gänze verstehen. Denn gäbe es diesen

Zwang zur Pflicht nicht, wäre ich lediglich ein langes Stück durch Magie bearbeitetes Metall, das im Reich der Feen geschlagen und geschmiedet worden war. Das hätte mir sicher auch gefallen, aber Bestimmung und die Macht des eigenen Willens zu erfassen, wurde mir nur durch das Verstehen der Pflicht möglich.

Ich, Caliburnus, bin niemals in einen Eisenamboß und einen darunter liegenden Stein gestoßen worden. Und auch nicht in den Stein allein. Bei dem Schwert, das mit jener Geschichte verknüpft ist, handelte es sich um eine Klinge, die von einem Meisterschmied in der Welt der Menschen hergestellt worden war. Jenes Schwert war eine ganz gewöhnliche Waffe, doch wird es sicher nicht verwundern zu erfahren, daß wieder einmal Merlin seine Hand im Spiel hatte. Er verzauberte die Klinge dergestalt, daß niemand, den er nicht dafür auserkoren hatte, sie aus Amboß und Stein ziehen konnte. Und indem Arthur dieses Schwert herauszog, erhob er auch Anspruch auf den Königsthron – obwohl er ja nicht sonderlich viel dafür geleistet hatte.

Doch ein solcher Anspruch, vorgebracht von einem Bankert, dem Sproß eines Königs und einer Königin, die zwar verheiratet gewesen waren, aber nicht miteinander, und unterstützt von einem Dämonensohn, kann eigentlich nicht auf viel Gegenliebe stoßen. Und so weigerte sich die eine Hälfte der Großen des Reiches schlichtweg, Arthur als neuen Herrscher anzuerkennen, während die andere Hälfte nur müde abwinkte. Es bedurfte schon mehr als eines solchen Taschenspielertricks, wie ein Schwert aus einem Amboß zu ziehen, den jemand auf einen Stein gestellt hatte. Das hatte der gerissene Merlin natürlich ebenfalls bedacht und deswegen weder Kosten noch Mühen gescheut, mich in seine langen Finger zu bekommen.

So sandte der Zauberer Viviane folgende Botschaft: »Erscheint am ersten Tag nach Neumond an dem Tor, welches sich in den Hügeln vor Camelot erhebt. Und vergeßt bloß das Schwert nicht!«

Die Fee verließ also Pharee, um in das Reich der Menschen zu gelangen. Jenseits des kleinen Bergsees, der den Durchgang zwischen den beiden Welten bildet, präsentierte sie mich als Excalibur. Arthur nahm die Klinge an.

Warum plötzlich Excalibur und nicht mehr Caliburnus? Nun, sozusagen nach dem Motto: Neuer Besitzer, neuer Name. Schließlich hatte ich vorher ja der Herrin vom See gehört.

»Wollt Ihr mir Euer Schwert überreichen, Lady?« fragte Arthur. Viviane händigte mich ihm gleich aus. Und von diesem Moment an war ich sein – genauso wie er mir gehörte. Zusammen hatten wir beide vieles in die Wege zu leiten, und dafür stand uns nur wenig Zeit zur Verfügung.

»Du bist also Excalibur ... In der Tat scheinst du mir eine geeignete Waffe zu sein, um mit ihr die Arbeit eines Königs zu erledigen.« Während Arthur so zu mir sprach, konnte ich mich eines zauberischen Energiestroms nicht erwehren. Wie brannte ich darauf, meine Pflicht zu erfüllen! Diese Kraft ging von mir in seine Rechte über und raste weiter seinen Arm hinauf. Als der Jüngling die Magie verspürte, schrie er voller Triumph: »Merlin, dies ist das Schwert, mit dem ich die ganze Welt erobern könnte!«

Doch noch war er nicht der neue Hochkönig, der Pendragon Britanniens. Noch hatten die Fürsten und Ritter des Reiches keineswegs zugestimmt, Arthur als ihren obersten Herrscher anzuerkennen.

Er war allerdings tatsächlich der Sohn Uthers. Und Uther, den letzten Hochkönig oder Pendragon hatte man als körperlich sehr starken Mann gekannt, der darüber hinaus jedoch nur Schwächen aufwies. Das hatte mir die Fee erzählt, und ich weiß, daß sie mir die Wahrheit sagte. Als Merlin vor Zeiten dem Uther erlaubte, seine Lust bei der Frau eines anderen zu befriedigen und so Arthur zu zeugen, verlangte der Dämonensohn dafür natürlich eine Bezahlung. Er forderte und erhielt den Säugling, um ihn in seine Obhut zu nehmen. So bekam er ein Kind in die Hand, das er nach eigenen Vorstellungen formen konnte und

das, sobald es König geworden war, für die Einflüsterungen seines Lehrmeisters stets ein offenes Ohr haben würde.
Doch wie nun weiter? Arthur besaß zwar mich, Excalibur, aber wenn der Dämonensohn ihn zum neuen Hochkönig gekrönt hätte, wäre das nicht mehr als ein schlechter Scherz gewesen. Der Pendragon hätte dann über wenig mehr als eine Handvoll Bauern in einem abgelegenen Winkel des Reichs geherrscht. Und um den Rest des Reiches gewaltsam zu erobern, um sein Geburtsrecht durchzusetzen, war er nun doch zu schwach. Solch ein lächerlicher Kleinkönig aber hätte nicht gerade Merlins Vorstellung von Würde entsprochen, und er hätte sich selbst zum Narren gemacht, wenn er diesem machtlosen Fürsten gedient hätte.
Also verzichtete der Niederweltler auf Pomp und Krönung und beließ seinen Zögling erst einmal in dem Flecken, der ihn freiwillig als Fürsten anerkannte.
Doch es sollte noch schlimmer für den Zauberer und seine Pläne kommen. Arthur verliebte sich nämlich unsterblich in seine Halbschwester. Morgan, die in ihrem Ehrgeiz und in ihrer Skrupellosigkeit dem Jüngling mindestens ebenbürtig war, bestärkte ihn in seinen Wünschen und Begierden. Bald beherrschte das Gerede von diesem inzestuösen Techtelmechtel nicht nur seinen Hof, sondern das ganze Land. Die Dinge entwickelten sich zur Katastrophe, als Morgan schwanger wurde.
Das konnte Merlin nun wirklich nicht mehr akzeptieren. Seine Pläne hinsichtlich seines Schützlings gingen weit über die Ideen dieser beiden jungen Leute hinaus, und Morgan war ihm auch in sonstiger Hinsicht dabei wenig nützlich.
So entschied der Dämonensohn, daß es für Arthur höchste Zeit wurde, sich im Ausland zu tummeln. Zum Beispiel in den Landen, die jenseits des Kanals lagen. Dort konnte der Jüngling sich ausreichend Ruhm erwerben, um die Schande, die er in seiner Heimat angerichtet hatte, vergessen zu machen.
Merlin war davon überzeugt, daß dieser Plan in zweifacher Hinsicht Erfolg bringen würde. Solange der König außer

Landes war, konnte der Zauberer all die schwachen und eitlen Kleinkönige, Fürsten und sonstigen Herrscher mit Bestechung und schönen Worten dazu bringen, seinen Kandidaten als Pendragon anzuerkennen; wenn nötig, würde er auch mit kryptischen Prophezeiungen und einem gerüttelt Maß an Magie nachhelfen.

Zum anderen bräuchte er sich keine Sorgen um den Jungen zu machen, denn ich war ja bei ihm.

Als fahrender Ritter querte Arthur das Wasser und gelangte nach Gallien, und meine Scheide und ich hingen die ganze Zeit an seinem Gürtel.

In Gallien nun wollte er Heldentaten vollbringen, um aller Welt zu zeigen, was für ein tapferer und hervorragender Ritter er doch sei.

Diese hehren Worte beschreiben allerdings nur höchst ungenau, was man in jenen Zeiten von einem Ritter verlangte, damit er sich als brauchbarer Herrscher erwies. Mit »Heldentaten« waren nur zu oft Brutalität und Blutbad gemeint; ein »hervorragender Ritter« mußte auch Hinterlist und Verrat beherrschen, und unter »tapfer« verstand man vornehmlich, welche Menge an Erschlagenen jemand vorweisen konnte. Die Ritter und Fürsten Galliens und der anderen Lande, die Arthur durchreiste, hielten sich in dieser Hinsicht durchaus an Definitionen, wie sie auch in Britannien Gültigkeit hatten.

So suchten wir uns also einige Recken aus, die es in bezug auf Raffgier und Tötungsrate zu einigem Ansehen gebracht hatten, und bezwangen sie, um unseren eigenen Ruhm zu begründen. Solche Männer zu finden, war wirklich nicht schwer.

Sie selbst mußten ihrem blutigen Handwerk ja ebenfalls nachgehen und zogen daher viel herum, so daß die Wahrscheinlichkeit recht groß war, an einem einzigen Tag gleich auf mehrere von ihnen zu stoßen.

Eine typische Begegnung zwischen uns und einem fremden Ritter verlief ungefähr so:

»Ich will hier durch!« rief Arthur.

»Ich lasse Euch aber nicht«, antwortete der andere.
Und schon griff man zu den Waffen. Zuerst ritten beide mit eingelegter Lanze aus Eschenholz aufeinander zu, und wenn das noch nicht reichte, zog man das Schwert. Eines mußte ich meinem Arthur allerdings lassen: Er verstand sich prächtig auf den Umgang mit Waffen, saß sicher im Sattel, stach zielsicher zu und war ausdauernd, zäh und kräftig. Um als Ritter mehrere Heldentaten zu überleben, muß man über alle diese Qualitäten verfügen.
Manche der Besiegten nahm Arthur in sein Gefolge auf und schickte sie gleich packen und auf die Reise in seine Heimat. Einige wenige Besiegte entflohen und konnten sich in Sicherheit bringen. Die meisten aber ließ er in ihrem Blut liegen. Genauer gesagt war das mein Werk. Meine Pflicht.
Eines Tages kamen wir dann in die Gegend des Mont St. Michel, und nun wußte ich bereits, was geschehen würde. Ein unglücklicher Bewohner des Reiches Pharee stolperte aus Versehen durch ein Portal zwischen den Welten und mußte dann unvermittelt feststellen, daß er auf der Erde gefangensaß. Verloren und abgetrennt von allem, was er kannte, ohne Freunde, schrecklich einsam und hungrig, fing der Riese an, sich von dem zu ernähren, was er hier antraf – Schafe und Rinder. Die Bauern rotteten sich zusammen, um ihn zu vertreiben und zu töten. Was sollte der arme Riese tun? Er konnte sich nur verteidigen. Dabei kamen einige der Dörfler ums Leben. Ich tötete ihn schließlich, als meine Spitze, von Arthurs Hand geführt, in sein Herz eindrang.
Heute weiß ich, daß ich ihn damit eigentlich erlöst habe, denn der Unglückliche hätte niemals den Weg zurück gefunden. Außerdem habe ich damit nur meine Pflicht erfüllt. Mein Leib und mein Wille stellten das Werkzeug dar, mit dem Arthur sich Ruhm erwerben sollte. Und in den Augen der Menschen vollbrachte der junge König tatsächlich Taten von gewaltiger Kühnheit und unglaublicher Ritterlichkeit. Die Nachricht von seinem Mut verbreitete sich wie ein Lauffeuer im ganzen Land. Und

noch vor unserem zweiten großen Triumph hatte die Kunde schon Britannien erreicht.
Nach dem armen Riesen trafen wir auf noch mehr herumziehende Ritter und erschlugen sie regelmäßig. Doch irgendwann stellte Arthur fest, daß eine viel größere Herausforderung auf ihn wartete. Er lernte ein vornehmes Fräulein kennen und gewann ihre Gunst, indem er ihr mehrfach schwor, sie aus ihrer Not zu retten und ihren eifersüchtigen Verlobten zu durchbohren. Diese Edle nun erzählte ihm von einer furchtbaren Bestie, die in der Nachbargemarkung ihr Unwesen trieb.
Das interessierte meinen Ritter. Er vergaß gleich alle Liebesschwüre und Versprechungen und konnte nicht schnell genug ihren Armen und dem törichten Liebesgeplänkel in ihrem Pavillon entfliehen.
»Wartet, Herr Ritter! Haltet ein! Das ist der falsche Weg. Ihr habt mir doch geschworen, den ...«
Den Rest des Satzes bekamen wir nicht mehr mit, weil wir schon im Sattel saßen und dem Roß die Sporen gaben – aber irgendwie hörten sich die weiteren Worte des vornehmen Fräuleins auch mehr nach Verwünschungen und unflätigen Beschimpfungen an.
Hatte mich unsere erste Großtat angewidert, bei der wir den dummen, aber im Grunde nicht bösen Riesen erschlagen hatten, so wurde ich bei dem nächsten Heldenstückchen für alles entschädigt. Genau so wie die junge Dame berichtet hatte, trieb in der Umgebung von Losanne eine dämonische Katze ihr Unwesen. Dieses Monster war wahrhaft unnatürlichen Ursprungs – ein Geist von tiefster Verderbtheit war in eine normale Katze gefahren und hatte sie in ein grausames und teuflisches Untier verwandelt. So handelte es sich bei der Katzenbestie von Losanne in Wahrheit um eine Kreatur aus der Unterwelt, die sich dieser Hülle bediente, um Schrecken und Verderben über die Menschen zu bringen. Nimmersatt und blutdürstig terrorisierte das Ungeheuer die gesamte Region.
Bis wir uns ihm entgegenstellten. Wie fing der Dämon an zu

heulen, als er meinen stählernen Biß zu schmecken bekam! Doch zu spät begriff das Ungeheuer, daß meine Klinge dem Gegner nicht nur das Blut, sondern auch den Geist nahm. Davon wußten weder Arthur noch Merlin etwas. In seinem stolzen Übermut hatte der Zauberer geglaubt, Viviane vollständig bezwungen und alles über Caliburnus in Erfahrung gebracht zu haben – aber er hatte sich geirrt.

Wie dem auch sei, die Erde wurde von einer weiteren höllischen Plage befreit. Nun gut, nur ein Dämon war erschlagen worden, und nicht einmal ein bedeutender, aber für das Fortkommen des Königs stellte das einen wichtigen Schritt dar. Und wenn meine Pflicht darin bestand, solche Bestien zu beseitigen, dann wollte ich sie um so lieber erfüllen.

Nach solch ritterlichem Wagemut und vollbrachtem Blutbad hatte Arthur seine Ehre wiederhergestellt und durfte heim nach Britannien.

Wir beide überquerten also erneut den Kanal, diesmal jedoch in Begleitung von einer Gruppe Schlagetots, die so recht nach dem Geschmack des Königs waren und die er deswegen »meine loyalen Ritter von Gallien« zu nennen beliebte.

Doch trotz aller titanischen Taten im Land jenseits des Kanals hing immer noch eine düstere Wolke über Arthurs Ruf.

»Ich werde alle erschlagen, die behaupten, ich sei des Throns nicht würdig. Bei Gott, ich werde ihnen zeigen, wer in diesem Land der Oberherr ist!« Der junge König war ziemlich sauer, und mit mir als seiner Waffe war er auch in der Lage, diese Drohung wahr zu machen.

Doch Merlin zog ihn beiseite und erklärte ihm weise: »Bedenke vorher dies: Wenn du deine Krone mit Feuer und Schwert erringst, wirst du Untertanen bekommen, die bei deinem ersten Anzeichen von Schwäche rebellieren. Besser wäre es, du würdest erst hier in Britannien eine gewaltige Tat vollbringen. Möglichst eine, die noch ungeheuerlicher ist als jede Herausforderung, die du in Gallien gemeistert hast. Dann werden die Menschen dich als ihren vorherbestimmten Führer akzeptieren.«

Den Zauberer bewegten zwei Gründe, seinen Schützling zu dieser Aufgabe zu drängen. Wieder durfte ich mich auf meine Pflichterfüllung freuen. Da es unter Dämonen keine Solidarität noch irgendeine Form von Hilfeleistung gab, konnte Merlin sich seines Einflusses auf Arthur nur begrenzt sicher sein. Und jetzt hatte sich tatsächlich ein anderer Dämon ganz in der Nähe niedergelassen, und dieser würde den gerissenen Alten mindestens ebenso in Bedrängnis bringen wie die Schar der zanksüchtigen und bockigen Kleinkönige, die sich immer noch weigerten, den Jüngling als ihren Hochkönig anzuerkennen.
So wurde es also Arthurs Aufgabe, hinauszureiten und diesen neuen Dämonen zu erschlagen. Der junge König ließ sich hierbei, wie auch sonst gern und häufig, von seiner stetig wachsenden Bande fröhlicher Schwertschwinger begleiten. Trotz Merlins eindringlicher Ermahnung kam es, wie es kommen mußte. Die Helden ließen sich viel Zeit, zu dem Ungeheuer zu gelangen, und suchten unterwegs ihren eigenen Ruhm durch neue Zweikämpfe zu mehren. Und wenn der Gegner nicht willig war, dann wurde eben mit Provokation und Beleidigung nachgeholfen – Hauptsache, es kam ein Gemetzel dabei heraus.
Aber schließlich stießen wir dann doch noch auf den Bau, in dem der Dämon hauste.
Bei diesem Untier handelte es sich um Trwtch Trwyth, den wahnsinnigen Keiler. Wir befanden uns schon weit in Wales, in einem tiefen Wald, als das Ungeheuer uns angriff. Arthur hatte noch kaum nach ihm Ausschau gehalten, aber das Wildschwein fand uns sofort.
Schon mit der ersten Attacke riß es mit seinen Hauern zwei Pferden den Bauch auf und brachte auch gleich noch deren Reiter um. Dieses Massaker erschütterte Arthur. Wenn er jetzt allein gewesen wäre, hätte er sicher die Flucht ergriffen, aber das ging ja leider nicht, weil alle seine Spießgesellen zusahen. Unter entsetzlichen Flüchen stieg der junge König von seinem Pferd und trat mit mir dem Eber entgegen. Zunächst wollte er allerdings seinen Speer einsetzen – ein sinnloses Unterfangen

gegen eine unnatürliche Bestie. Die Eisenspitze glitt wirkungslos vom behaarten Rücken des Keilers ab, und das Tier zertrampelte den Schaft zu Splittern.
»Bei allen Himmeln!« rief Arthur voller Zorn und Schmerz, als er sich nach diesem Manöver wieder aufgerappelt hatte. »Ich schicke dich in die tiefsten Tiefen der Hölle zurück!« Der König war verwundet worden, aber nur ein dünnes Blutrinnsal lief aus der Stelle, wo der Kettenpanzer an seinem Oberschenkel von einem Hauer aufgerissen worden war.
Schon flog ich aus der Scheide. Der Dämon, der sich auf der Menschenwelt die Gestalt dieses Wildschweins gegeben hatte, stürmte auf Arthur zu. Das Ungeheuer wußte natürlich nichts von den geheimen Kräften in meinem Stahl. Seine roten Äuglein glühten in Vorfreude auf das Gemetzel, das es gleich anzurichten hoffte. Um Merlin zu verhöhnen, wollte es dem König den Bauch aufschlitzen und dessen Eingeweide von Baum zu Baum aufhängen.
Ein einziger meiner Schläge machte dieses hochfahrende Vorhaben zunichte. Das Dämonengeheul, das nun ertönte, während der Keiler starb, klang mir süßer in den Ohren als das Gekreische der Katze, in die der Dämon gefahren war.
Man stelle sich einmal vor, dieser Unhold flehte jetzt tatsächlich um Gnade. Obwohl so etwas einem Dämon theoretisch wesensfremd ist, beweist dieser Vorfall doch, daß die dazu erforderlichen Worte Teil seines aktiven Sprachschatzes sind. Nun gut, selbst Anwälte nehmen Begriffe wie Ehrlichkeit und Aufrichtigkeit in den Mund … Aber ich schweife ab.
Ein weiteres Übel war vom Antlitz der Erde getilgt, doch um welchen Preis? Bewirkte ich nicht eine viel größere Untat, indem ich die Pläne des dämonengezeugten Merlin unterstützte?
Nein! Ich hatte nur meine Pflicht erfüllt.
So ritten Arthur und seine Mannen im Triumphzug durch Wales zurück in Richtung Heimat. Den abgeschlagenen Keilerschädel trugen sie wie eine Trophäe vor sich her. Ein jeder, der sich nicht gleich ausreichend beeindruckt zeigte und sich dem König auf

der Stelle unterwarf, wurde ohne Federlesens zum Zweikampf gefordert und einen Kopf kürzer gemacht. Ich darf zu meiner Ehrenrettung erklären, daß mein Stahl daran keinen Anteil hatte.

Die Waliser, gleich ob sie anfangs für Arthur oder gegen ihn waren, erkannten ihn daher bald in ihrer Gesamtheit als Herrscher an. Sie nannten ihn aber nicht *Gwledig*, was soviel wie Fürst heißt, denn als solchen sahen sie ihn nicht. Vielmehr sprachen sie ihn mit *Amher-Adawr* an – in Anlehnung an den römischen Imperator, dessen Legionen einst in dieses Land gekommen waren: Dieser Ausdruck bedeutete soviel wie Eroberer oder Kaiser.

So hatte Arthur sich ein ganzes Land untertan gemacht und ritt stolz heim. Ein solcher Zug hat entschieden seine Vorteile, und damit sind nicht nur die Tribute der auf dem Weg liegenden Fürsten oder die schamlos willigen Damen gemeint, die sich ihm überall zu Füßen warfen. Aus Wales kehrte er mit einer deutlich angewachsenen Ritterschar zurück. Und als die Kleinkönige entdeckten, mit wie vielen Kriegern er heranzog, überzeugte sie das recht schnell, ihn als Hochkönig anzuerkennen. Sie unterwarfen sich ihm gleich und schworen ihm den Treueid. Und wer wollte ihnen daraus einen Vorwurf machen, konnte doch niemand gegen sein Schwert bestehen, ganz zu schweigen von dem Zauberer, der Arthur als Berater diente und hinter seinem Thron stehen durfte.

Die folgenden Ereignisse dürfen wohl als allgemein bekannt vorausgesetzt werden. Die Abenteuer in den Jahren seiner Herrschaft sind oft besungen und dabei verdreht und verzerrt worden, aber immerhin werden sie auch heute noch erzählt.

Immer wieder taten sich einige Kleinkönige zusammen, um gemeinsam Arthurs Joch abzuschütteln, und viele Kriege mußten gekämpft werden. Arthur zeugte einen weiteren illegitimen Sohn, aber diesmal mit einer Frau, die ihm nicht verwandtschaftlich nahestand – und so bekam er nicht mit dem Sohn gleich einen Neffen dazu.

Nach vielen Jahren der Schlachten, der Kämpfe und der Blutbäder stand endlich der ganze Süden Britanniens unter seiner Herrschaft, und Arthur regierte von einer starken Burg namens Camelot aus. Wie ein Misthaufen die Fliegen, so zog diese Feste jeden Schlagetot an, der in der Lage war, ein Stück Rüstung zu finden, der sich auf einem Pferd halten konnte und nichts lieber tat, als sein Schwert zu schwingen.

Die besten, amoralischsten und blutdürstigsten dieser Kerle schlug er persönlich zum Ritter und nahm sie auch an seinen Hof auf. Bald hatte er eine solche Streitmacht zusammen, daß keiner der verbliebenen selbständigen Könige ihm mehr wirkungsvoll Widerstand leisten konnte. Oh, einige haben es versucht, das aber mit ihrem Leben bezahlt. Merlin erkannte ihre Verschwörung stets früh genug und schickte Unfrieden und Zweifel in ihre Reihen. Wenn Arthur dann mit seiner Bande heranrückte, blieb ihm selten mehr zu tun übrig, als die Reste abzuschlachten.

Anscheinend eine unschlagbare Verbindung – hier der zauberische Dämonensohn, da der kluge und charmante Tyrann und dort das Schwert mit seiner Scheide, um das Werkzeug von Merlins Ehrgeiz unbezwingbar zu machen. Tausend große und kleine Schurken erschlug ich, damit ein einzelnes großes Übel Britannien beherrschen konnte. Jawohl, ich habe mit Eifer und nimmermüde daran mitgewirkt. Und diese Pflicht beglückte mich von Jahr zu Jahr mehr. Doch tief in meinem Innern wußte ich, daß auch diese Zeit zu Ende gehen würde …

»Gott ist nicht dein Freund«, ermahnte der Magier Arthur einmal, als der König zu überstürzt handelte und beinahe darüber sein Leben verloren hätte. Nun gut, ich war auch nicht Arthurs Freund, aber wenigstens diente ich ihm …

Sobald der König sein Reich gefestigt hatte, gab er sich dem Luxus und dem Müßiggang hin. Komfort war ihm mit einem Mal wichtig, er feierte nur noch, sprach reichlich dem Alkohol zu und ließ sich gern zur Nacht von einer »Hofdame« verwöhnen.

Camelot wurde zum Tummelplatz für alles Verderbte und Ruchlose, und auf den Festen überbot man sich in degenerierten Darbietungen. Solche Liederlichkeit verschlingt aber sehr viel Geld, und Arthurs Reich war auf Krieg und Tod begründet, nicht aber auf Fleiß und Regsamkeit.

So beschwerte sich der nicht mehr ganz junge König eines Tages bei seinem zauberischen Berater, und Merlin dachte über das Problem nach.

Viviane tauchte auf und setzte gleich ihre Kräfte dazu ein, den Dämonensohn zu verführen, der den König wie eine Marionette führte. In den Jahren seit ihrer letzten Begegnung hatte der Magier so viel zu tun gehabt, daß ihm darüber sein altes Verlangen nach der Fee ganz aus dem Sinn gekommen war. Die Herrin vom See verstand es jedoch vortrefflich, die alte Flamme in ihm wieder zum Lodern zu bringen. Er wurde zu Wachs in ihren Händen, und bald manipulierte die Fee ihn genauso, wie der Magier es mit dem König anstellte.

Viviane war es dann auch, die ihm die Idee von einem runden Tisch einpflanzte. Wäre solch eine Runde nicht eigentlich ein mächtiges Symbol von Wachstum und Fruchtbarkeit? Schrie das Volk nicht gerade nach solchen Segnungen?

Dies gab Merlin an Arthur weiter, und der König handelte sofort. Wenig später schon stand der runde Tisch in der Großen Halle seiner Burg. Und tatsächlich ging es dem Land von da an besser. Wer von den Totschlägern und Leuteschindern im Dienst des Königs übertraf die anderen? Das konnte nun niemand mehr sagen, denn an einem runden Tisch haben alle die gleiche Position.

So fingen die Ritter an, untereinander zu streiten und auch zu kämpfen, um festzustellen, wer einen höheren Rang einnähme – denn ohne Hierarchie und Ordnung ist der Teufel nicht weit.

Merlin erkannte, daß hier irgend etwas nicht stimmte. Aber da er Viviane so sehr verfallen war, arbeitete sein Geist nicht mehr sonderlich klar, und er stieß nicht auf die Ursache des Problems.

Doch noch war der dämonische Hexenkünstler nicht geschlagen.
Man warb Lancelot an, und er und Arthur wurden bald unzertrennliche Freunde. Nun brauchten die Recken nicht mehr darüber zu streiten, wer dem König am nächsten stand – Lancelot war unter ihnen allen der Erste. Mit einem so mächtigen Kämpfer an der Spitze konnte die Ordnung rasch wiederhergestellt werden, und niemand wagte es mehr, dagegen zu revoltieren. Natürlich waren einige nicht damit einverstanden, aber die zogen dann lieber auf Abenteuer aus, und wem das zu anstrengend war, der wurde einfach des Hofes verwiesen.
Merlin gelang es noch einmal, alles wieder ins Lot zu bringen. Das wiederum ließ die Fee nicht ruhen, und so setzte sie ihre Zauberkraft dazu ein, daß Arthur sich kopfüber und unsterblich in Guinevere verliebte. Merlins Proteste und Warnungen fruchteten nichts. Auch seine Bemühungen, Vivianes Zauber durch Gegenzauber aufzuheben, verfehlten ihre Wirkung. Arthur wollte nicht mehr von der Schönen lassen.
Er heiratete die Prinzessin, und bald brachte auch Guinevere ihre schlechten Seiten zum Vorschein. Sie setzte Arthur so überdeutlich und wiederholt mit Lancelot Hörner auf, daß der König dieses miese Schauspiel bald nicht länger ertragen konnte. Doch er schickte den Ritter fort und behielt die Natter, um sie weiterhin an seinem Busen zu nähren.
Als Guinevere ihn dann allerdings mit einem anderen betrog, diesmal mit Mordred, seinem bösartigen eigenen Sohn und größten Feind, machte Arthur mit dieser Schlampe kurzen Prozeß.
Das geschah nur leider viel zu spät … doch ich eile den Ereignissen voraus.
Kurz nach der Verbannung des Lancelot spielte Viviane ihre größte Rolle. Sie zog endgültig an den Hof von Camelot und gab sich als eine der Huren aus, die dieser Ort aufgrund seiner Macht und seines Reichtums natürlich wie die Fliegen anzog. Doch auch andere Gemeinheiten standen in der Burg auf der

Tagesordnung: Heimtückischer Mord, Entführung und Vergewaltigung schienen niemanden mehr aufzuregen. Keiner fragte nach Sitte, Moral und Ordnung.

Als Merlin die Fee inmitten dieses lasterhaften Treibens entdeckte, glaubte er, Viviane habe ihre so teuer hochgehaltenen Prinzipien endlich über Bord geworfen, um sich ins Vergnügen zu stürzen und der Sinnenlust zu frönen.

Der Zauberer näherte sich ihr, machte ihr den Hof, wurde zurückgewiesen und verdoppelte seine Anstrengungen. Selbst Arthur und einigen seiner Muskelmänner ging auf, daß das kein gutes Ende nehmen konnte, und sie bestürmten ihn mit Warnungen. Aber der Dämonensohn stellte sich allen solchen Ermahnungen gegenüber taub. Schließlich entledigte er sich aller Vernunft und versprach der Fee, ihr jeden Wunsch zu erfüllen.

Was nun folgte, ist vornehmlich im Reich der Sage anzusiedeln, doch einiges fußt auch auf Tatsachen.

Viviane verlangte von ihm, dem Dämonensohn, einen absolut unverletzlichen Ort zu schaffen, in den niemand eindringen könne; denn wenn es überhaupt zu einem Zueinander zwischen ihnen beiden kommen sollte, dann nur an einer Stätte, wo niemand Zeuge werden könne.

Der Zauberer öffnete ein Tor zu dem Raum, der manchmal die »Zwischendimension der Unergründlichkeit« genannt wird. Die Nische, die er dort anlegte, ließ sich nur mit einem besonderen magischen Schlüssel betreten oder verlassen. Um sie dorthin zu locken, ging er mit ihr dorthin und reichte ihr den Schlüssel.

Seinen Fehler begriff er erst, nachdem er die Nische als erster betreten hatte.

Viviane schloß das Tor gleich hinter ihm, zerstörte den Schlüssel und entfernte sich rasch von diesem Ort. Der »Fels«, als der diese Nische in Märchen und Sagen gern dargestellt wird, ist also in Wahrheit ein unendlich kleiner Punkt in einem unendlich weiten Kosmos.

Bevor es nach dem Gesetz der Wahrscheinlichkeit dazu kommen würde, daß jemand auf die Idee käme, einen zweiten solchen Schlüssel herzustellen und dann auch noch die richtige Stelle zu finden, wäre selbst ein Magier wie Merlin längst zu Staub zerfallen.
Viviane holte nun von Pharee andere Feen nach, die ihr in ihren Bemühungen beistehen sollten. Ohne jemanden wie Merlin, der ihnen hätte Einhalt gebieten können, gingen sie bald in der Burg ein und aus und unterstützten Viviane nach Kräften.
Viele Erzählungen aus dieser Zeit sind bekannt, doch wirken sie unsinnig und einer zu blühenden Phantasie entsprungen, wenn man nichts von der Invasion der Feen weiß. Demnach hätten merkwürdige Fräuleins bald dieses und bald jenes getan. In einer Sage heißt es sogar, die Herrin vom See sei von Balin enthauptet worden. Tatsächlich hat der Ritter einer Fee den Kopf vom Rumpf getrennt, doch bei dieser Unglückseligen handelte es sich nicht um Viviane, sondern um eine ihrer Helferinnen.
Nach diesem Vorfall wurde Viviane von Kummer und Schuldgefühlen überwältigt. Sie sprach mit mir über ihre Seelenpein, und ich versuchte, sie zu beruhigen. Schließlich würde hier ein gerechter Krieg geführt, und jeder, der gegen das Böse antrete, mußte sich des Risikos bewußt sein. Um sicherzustellen, daß das Opfer der Fee nicht umsonst gewesen war, vereinten die Fee und ich unsere Kräfte, und der letzte Akt in diesem Drama konnte beginnen.
Natürlich erreichten wir nicht alle unsere Ziele. Viviane wollte Arthur schon viel früher umbringen und ersann den Plan, daß Morgan mich stehlen und einer ihrer zahlreichen Liebhaber den König mit mir ermorden solle.
Morgan hatte es am Hof zu einigem Ansehen gebracht. Weil man sie ständig zusammen mit Viviane und anderen Feen sah, nannte man sie später selbst so, nämlich Morgan le Fay.
Arthurs Schwester hatte bereits eigene Ränke geschmiedet und hielt ihren Plan für erfolgversprechender als den der Herrin vom See, doch sie ließ sich überzeugen. Statt, wie sie es vorgehabt

hatte, den König dazu zu überreden, ihr das Schwert zu borgen, stahl sie mich also mitsamt Scheide. Meine Kräfte waren damit allerdings noch längst nicht auf den neuen Besitzer übertragen, und so überlebte Arthur den Anschlag und ließ den Attentäter hinrichten.

Als Viviane dann Morgan dabei half, vor dem Zorn ihres Bruders zu fliehen, erschien auch der Zeitpunkt günstig, meine Scheide »verlorengehen« zu lassen.

Da Arthurs erster Ritter im Exil schmachtete und sein zauberischer Berater verschwunden war, lag im Reich bald alle Ordnung danieder. In den Augen aller, die guten Wesens waren, hatte das Reich sich selbst diskreditiert. Arthur schien dem Untergang geweiht.

Doch trotz aller Schicksalsschläge und Verluste bestand es weiter und hielt sich noch ziemlich lange.

Immerhin waren die schrecklichsten Kämpfer weiterhin am Hof versammelt und Arthur und seiner Sache ergeben. Dem Reich stand also ein langsamer und blutiger Niedergang bevor, der Not und Elend sowohl über die Vornehmen wie die Armen bringen würde.

Arthur selbst bemerkte ebenfalls, daß nichts mehr in Ordnung war, aber er gab nicht sich, sondern seinem Volk die Schuld daran.

Um das Ende zu beschleunigen, sandte Viviane dem Gawain eine Vision, in der sie in Gestalt von Merlin auftrat. Die Vision kündete von Wundern und Reliquien – und sprach eine davon ganz besonders an.

Gawain eilte danach sofort zu seinen Kameraden und berichtete ihnen, daß der Zauberer ihm im Traum erschienen sei. Nicht lange danach beherrschte die Vorstellung von einem Gegenstand, der Frieden und Wohlstand bringen könne und nur durch das sündige Treiben bei Hof verlorengegangen sei, die Phantasie aller auf Camelot.

Natürlich mag es jetzt dem einen oder anderen Leser merkwürdig vorkommen, daß so ungehobelte und lasterhafte Kerle sich einer so grundanständigen Sache anschließen könnten – aber so verhielt es sich tatsächlich.

Eines Abends, als alle Ritter sich wieder einmal den Bauch vollgeschlagen und dem Ale so zugesprochen hatten, daß sie glasige Augen hatten und sich kaum noch auf den Stühlen aufrecht halten konnten, erhob sich der Neffe des Königs schwankend, um einen Schwur zu leisten.

»Verdammt will ich sein, wenn ich mich nicht ein Jahr und einen Tag auf die Suche nach diesem Gral begeben werde!« schrie Gawain mit sich überschlagender Stimme.

»Ach, haltet doch das Maul, elender Idiot!« fuhr Arthur ihn an, weil er den Rest gar nicht erst hören wollte.

»Wer kommt mit mir, Ihr Herren? Oder sind hier nur Feiglinge versammelt?«

Arthur protestierte lautstark und nannte sie Narren, Blödiane, Trottel und anderes. Aber seine besten Ritter achteten nicht auf ihn und brachen schon am nächsten Tag auf, um diesen Wundergegenstand, den Heiligen Gral, zu finden.

Sie zerstreuten sich in alle Himmelsrichtungen und sollten nicht wiederkehren. Unterwegs hatten sie so viele Zweikämpfe zu bestehen, bis auch der letzte von ihnen untergegangen war. Das stimmte mich froh.

Als die besten und kühnsten Schwertschwinger des exklusiven Clubs, den man die Ritter der Tafelrunde nannte, Camelot verlassen hatten, wagte Mordred den offenen Aufstand. Seine Mutter Morgan lag ihm schon lange damit in den Ohren, denn sie wollte sich an ihrem Bruder rächen und außerdem selbst die Macht ausüben. Eigentlich war ihr von Arthur nicht übel mitgespielt worden, aber sie war ebenso machtversessen und tückisch wie ihr Halbbruder, wenn nicht noch mehr. Mordred versammelte eine riesige Streitmacht um sich, und mit dieser schien ihm der Sieg sicher.

Arthur schickte in seiner Verzweiflung Boten an alle, die ihm einmal gedient hatten, daß sie ihm zu Hilfe kommen sollten. Selbst dem verbannten Lancelot wurde Vergebung versprochen, wenn er sofort zurückkehre und an der Seite des Königs kämpfe. Eine ansehnliche Armee kam schließlich auf Camelot zusammen und brach zur Entscheidungsschlacht auf.

Der König mußte Mordred mit Waffengewalt bezwingen. Die letzten großen Recken standen auf seiner Seite. Ihm gegenüber befanden sich Mordred und Morgan, die zwar mehr, aber weit weniger kundige Totschläger um sich geschart hatten. Jeder Strauchdieb und Taugenichts war ihnen willkommen gewesen. Die epische Schlacht zwischen Vater und Sohn wurde von all denen gefürchtet, denen bei allem Wahn und bei aller Niedertracht noch etwas gesunder Menschenverstand zu eigen war. Überall brach das Reich zusammen – so sehr, daß auch Arthur und Mordred die Augen nicht davor verschließen konnten.

Beide beschlich eine düstere Vorahnung, und sie spürten, daß sie alles zerstören würden, was vorher aufgebaut worden war, das Gute wie das Schlechte.

Vielleicht begriffen die Kontrahenten in diesem Augenblick, in welch gewaltigem Ausmaß sie manipuliert worden waren.

Zur großen Überraschung aller, die geglaubt hatten, die beiden Heere würden übereinander herfallen und einander wie tollwütige Hunde erschlagen, schlug der König einen Waffenstillstand vor, und Mordred ging sofort darauf ein. Die beiden trafen sich, jeder in Begleitung seiner Leibwache, in der Mitte zwischen den beiden Schlachtreihen. Und sie besprachen, was ich gerade angedeutet habe, nämlich daß ihre Auseinandersetzung alles zerstören würde, was besitzens- und erhaltenswert war, und damit die Welt verwandelte.

»Laßt uns von diesem Kampf Abstand nehmen, Mordred«, drängte Arthur. »Das Reich ist groß genug, um es zwischen uns zu teilen. Und wenn ich im Sterben liege, werde ich dich zu meinem Nachfolger ernennen, damit du Hochkönig von Britannien werdest.«

»Das wird aber nicht die Schlange zufriedenstellen, die Eure Schwester und meine Mutter ist«, wandte Mordred ein.

Der König lachte grimmig. »Wer soll denn mit mir das Reich

beherrschen und nach mir König werden, Ihr oder Morgan? Wenn Ihr sie nicht zum Schweigen bringen könnt, so wie es mir mit Guinevere gelungen ist, dann werdet Ihr wohl …«

Die Bedeutung dessen, was unausgesprochen blieb, entging dem Jüngeren nicht, und er rief gleich: »Ganz recht, mein Vater, ich werde sie umbringen müssen! Und das will ich allein bewerkstelligen, denn im Gegensatz zu ihr traue ich niemandem zu, das auf die rechte Weise zu tun.«

»Dann ist der Bund zwischen uns beschlossen.«

Mordred legte seine offene Hand in die Arthurs. »Besiegelt und beschworen. Von nun an will ich Euer treuester Vasall sein, König von Britannien, und Ihr werdet mich gleich jetzt zu Eurem rechtmäßigen Nachfolger ernennen.«

Die beiden standen da und beäugten sich. Jeder erwartete vom anderen eine Hinterlist, und damit hatten sie sicher nicht unrecht. Dennoch bestand der Zwang zur Einigung, und so blieb es Arthur überlassen, hier und jetzt einen Ausweg aus dem Dilemma des zu befürchtenden Verrats zu finden.

»Das will ich an dieser Stelle verkünden.«

Mordred lächelte, denn mit der Zusage waren ihm einige seiner Ängste genommen. Fürchtete sein Vater ein Attentat, so schreckte den Sohn die Vorstellung, ergriffen, eingekerkert und hingerichtet zu werden. Die vierzehn Leibritter auf jeder Seite hörten, wie dieser Bund geschlossen wurde, und freuten sich. Sie würden heute nicht ihr Leben verlieren und konnten ihr altes Lotterleben ungestört fortsetzen. Auf Arthurs Befehl wurde an die kleine Gruppe zwischen den Schlachtlinien Wein ausgegeben, um den Friedensschluß zu feiern.

Doch keiner von beiden Heerführern hatte an mich gedacht. Meine magische Scheide, die angeblich von der fliehenden Morgan in einen See geschleudert worden war, war mir in Wahrheit nie fern gewesen. Das hätte anders auch gar nicht möglich sein können. Schließlich war sie fester Bestandteil meiner Existenz.

Arthur trug mich während der Verhandlung mit Mordred an

seiner Seite, und ich, Excalibur, rief nun meine Scheide herbei. Die Kraft, die mir innewohnte, die Magie, die Viviane mir eingegeben hatte, verstärkte nur meinen eigenen Willen, und so verwandelte ich die Scheide.

Sie kam nicht als Schwerthülle, sondern als Natter. Und als einer von Arthurs Männern loszog, um für seinen Herrn mehr Wein zu besorgen, brachte ich die scheinbare Schlange dazu, ihn zu bedrohen. Als der Ritter die langen Zähne sah, zog er sein Schwert. Das war für beide Seiten das Signal zum Beginn der Schlacht. Schließlich hatten die beiden Heere ja noch nichts vom Frieden ihrer Herren erfahren und glaubten nun, der Waffengang habe begonnen.

Der Rest lohnt nicht, ausführlich wiedergegeben zu werden. In seinen letzten Minuten erkannte Arthur, daß ich, also »sein Schwert«, die Ursache seines Untergangs gewesen war. Er wollte mich zerstören, trat mich dann mit Füßen fort und griff seinen Sohn lieber mit einem Speer statt meiner an.

Wahrscheinlich schwante ihm, daß ich mich in seiner Hand gegen ihn gewandt und statt seines Gegners ihn durchbohrt hätte. Bevor er dann sein Leben aushauchte, befahl er, mich in den tiefsten und abgelegensten Weiher zu werfen. Ich sollte nicht in die Hand der Herrin vom See, zu Viviane, zurückkehren, denn er wollte die Welt sicher für diejenigen von seiner Art machen, denen ich in meinem Pflichtgefühl gegenübergetreten wäre.

Nun lagen alle Unholde erschlagen in ihrem Blut, und jeder Zauber war gebrochen, und daran hatte ich gehörigen Anteil. Nicht nur wurde die Erde von einem weiteren großen Übel gereinigt, auch die Portale zwischen dieser Welt und der anderen wurden geschlossen. Das Chaos, das im Konflikt zwischen Kulturen oder Glaubensrichtungen entsteht, öffnete viele Tore zu anderen Welten – und die meisten führen ins Reich des Bösen.

Fast alle Türen zwischen der Erde und Pharee sind schließlich geschlossen worden, und mir bleibt wenig Hoffnung, noch einen

Übergang in diese andere Welt zu finden. So lebe ich fern der Stätte meiner Geburt wie im Exil, und ich sehne mich zurück. Aber wenigstens kann ich mich in dem Bewußtsein wiegen, meine Pflicht erfüllt zu haben.

Weil die Menschen nun einmal so sind, wie sie sind, bringen sie die Tatsachen leicht durcheinander. Mit jedem weiteren Mal, da diese Geschichte neu erzählt wurde, wurde sie auch verändert, und manche Details sind längst verlorengegangen.

Deswegen drängte es mich, vom wahren Ablauf der Ereignisse zu berichten. Außerdem ertrage ich nicht länger die Verzerrung der Wahrheit, wie sie immer schlimmer betrieben wird. In neuester Zeit hat man sogar versucht, den Ablauf der Ereignisse ganz und gar auf den Kopf zu stellen.

So glaubt mir, daß ich, ein Schwert, geborener Caliburnus und umgetaufter Excalibur, nach bestem Wissen und Gewissen die Geschichte so erzählt habe, wie sie sich damals tatsächlich zugetragen hat.

Nun spüre ich Zorn und Unglauben, weil ich einiges nicht angesprochen und so manche Person nicht so dargestellt habe, wie man sie heute gern sehen möchte. Aber hört mich noch ein Weilchen länger an.

Der Kosmos ist ein Ort von unbegrenztem Raum und endloser Zeit. So ist es gleichzeitig ein Ort und viele Orte, und alles, was geschehen kann, ist geschehen, geschieht gerade oder wird zu seiner Zeit geschehen. Als die alten Götter der Erde verstoßen wurden und darüber alt und schwach wurden, trat nicht gleich ein neues höheres Wesen auf den Plan und übernahm ihre Stelle. So etwas braucht immer seine Zeit. Zwischen dem Ende des Alten und dem Beginn des Neuen regiert stets erst einmal das Chaos.

Man stelle sich das Ganze wie einen Garten vor, der von niemandem gepflegt wird. Die Blumen sterben ab, und an ihrer Stelle sprießt Unkraut und erstickt alles, was einmal in dem Garten angelegt wurde. Diese Wildpflanzen gedeihen dort, bis jemand sie abschneidet und ausreißt. Dies tut ein neuer Gärtner, und der setzt dann neue Blumenzwiebeln ein und versorgt sie, auf daß sie gedeihen und erblühen. Das Unkraut stellt das Böse dar, und ich war Sichel und Sense, um es zu verderben.

In dem Durcheinander, das nun folgte, als die Alten Vergangenheit waren, kroch das Böse wieder ins Land. Anfangs war es nur klein, isoliert und schwach, doch binnen einiger Jahre schlug es Wurzeln und breitete sich aus, bis Gemeinheit und Niedertracht erneut erblühten.

Vor den turbulenten Zeiten, in die hinein Arthur geboren worden war, war es den Mächtigen der anderen Welten nicht schwergefallen, ein Tor zu dieser Erde aufzustoßen. Auch die Bewohner von Pharee machten davon Gebrauch.

In den Sagen und Geschichten der Erde wird oft berichtet, solche Portale lägen unter einem auffälligen Felsen, inmitten eines Kreises aus aufgestellten Steinen, in einer Höhle oder in einem sogenannten Feenring. Die Menschen glauben auch, die Wege, die sich einem an solchen Orten auftun, führten unter die Erde, doch in Wahrheit gelangt man durch die Portale von einem Universum ins andere.

Wenn die Ordnung stirbt und das Chaos sich ausbreitet, wachsen auch die wilden Energien der Magie. Die Erde ist jetzt kein Ort mehr für solche Magie. In Wahrheit hatte Viviane bewirkt, Ungleichgewicht zu beheben und die Balance wiederherzustellen. Folgerichtig verschloß sie die Tore der schwachen und verletzlichen Erde zu anderen Welten.

Nun bedenkt, was ihr von mir erfahren habt, und vergleicht das mit den alten Sagen. In nahezu allen heißt es, Merlin sei der Sohn eines Dämons gewesen. Angesichts all der Masken, die das Böse zu jener Zeit trug, muß man den Zauberer als den schlimmsten Schurken ansehen; denn er, der es verstand, die anderen glauben zu machen, er sei weise und gerecht, schwang in Wahrheit das Zepter des Üblen.

Die drei »Damen« oder »Feen«, die bei der Geburt Arthurs zugegen waren, waren übrigens ebenfalls bösartige Teufelinnen. Diesem Umstand wird, zumindest am Rande, die Geschichte des

Macbeth gerecht, wo dieselben Frauen wieder auftraten, diesmal als Hexen, und diesem im Grunde schon verdorbenen Mann das zu tun befahlen, was er dann schließlich an Unrecht begangen hat.
Besagte drei Frauen nun ließen dem Säugling Arthur bestimmte Gaben da, so daß mit Merlins Hilfe und Ausbildung aus dem Jungen ein selbstsüchtiger und boshafter Mensch wurde, der eine Ausstrahlung besaß, die viele dazu bewegte, ihm zu folgen. Bei ihnen handelte es sich jedoch in der Regel um ähnlich arrogante, egoistische und vor Mord und Totschlag nicht zurückschreckende Personen. Diese Ritter begingen alle Arten von Schlechtigkeit und vergossen Ströme von Blut, um dem König sein Reich zu errichten.
Meine Pflicht bestand darin, dieses Tun zu unterstützen und Arthur zu stärken, damit er mit seinen Totschlägern ausziehen und anderes Übel zerstören konnte, wie er zuvor allein Dämonen gegenübergetreten war. Das große Böse vernichtete so das geringere, und das Chaos konnte beseitigt werden. Danach ging es darum, das verbliebene große Übel zu besiegen, um die Erde zu reinigen. Diese Pflicht mochte mit allerlei Widerwärtigkeiten verbunden gewesen sein, aber sie zu erfüllen, war alle Mühe wert.
So konnte die Erde, die Welt der Menschen, für eine gewisse Zeitspanne von allem Verderbten befreit werden. Dies zu bewirken war meine Pflicht, und ich habe mich ihr bis zum Ende unterworfen.
Arthur ist es natürlich nicht gelungen, mich zu zerstören. Kein Wasser, gleich wo, kann mich festhalten. Dafür sind die Kräfte, die die Fee Viviane mir bei meiner Entstehung eingehaucht hat, viel zu stark. Ich mag zwar hier im Exil existieren, aber ich bin mehr als nur Schwert und Scheide. Das war meine Form für die Zeitdauer, in der ich Arthur diente.
Nach dem Tod des Königs habe ich mich verwandelt. Und es sind auch nicht Arthur oder Merlin, die an irgendeinem Ort schlafen, um in der Zeit geweckt zu werden, in der man sie

wieder braucht, sondern es ist Caliburnus, der irgendwo auf der Welt der Menschen verborgen liegt.
So verschmelze ich für einige Zeit mit dem Einssein dieser Welt und träume von Pharee. Dann regt das Böse wieder sein Haupt, und diese Bewegung weckt mich. Schließlich befinde ich mich auf der Erde, um meine Pflicht zu erfüllen.
Nicht mehr als Schwert, aber immer noch als Werkzeug, um das Werk des Verderbten zunichte zu machen und den Unterdrückten Gerechtigkeit zurückzubringen.
Vielleicht erkennt ihr mich ja als das, was ich bin, wenn das nächste Mal mein Kommen erforderlich ist und ich wieder auftauche. Wenn ihr mich dann seht, sprecht nicht darüber, sondern tut nur eure Pflicht.

Darrell Schweitzer
DER EPILOG DES SCHWERTES

Die Stunde des Abendgebets war lange vorbei, aber immer noch betete der Mönch im Mondlicht in seiner Zelle. Seit über einem Jahr schon flehte er zu Gott, fastete und kasteite sich, auf daß seine Seele doch geläutert werden möge. Er hegte die leise Hoffnung, daß ihm diese Gnade doch noch zuteil würde. Deswegen lag er auch in dieser Nacht auf den Knien, obwohl es mit seiner Gesundheit im argen stand und der einstmals kraftstrotzende Mann zum bloßen Skelett abgemagert war.

Er betete zu Jesus, daß der in seiner unendlichen Güte ein freies Plätzchen im hintersten Teil des Himmlischen Königreichs finden möge, vielleicht an dessen äußerster Grenze, um dort einen weiteren Sünder aufzunehmen. Und sei es auch nach tausendmal zehntausend Jahren im heißesten Fegefeuer.

Nicht mehr erbat der Mönch, nicht mehr wagte er zu verlangen, mehr durfte er nicht erwarten, und mehr konnte er sich auch nicht vorstellen.

Ganz gewiß rechnete er nicht mit Besuchern.

Und erst recht nicht mit wundersamen Erscheinungen.

So stieß er einen entsetzten Schrei der Furcht und der Überraschung aus, als er hinter sich Schritte hörte und sich gleich umwandte. Am meisten verwunderte ihn (und ängstigte ihn zugleich), daß er von allen Männern, der einst der beste und gerühmteste Ritter der Welt gewesen war – und das auch voller Überzeugung jedem erzählt hatte –, sich mit einem Mal vor etwas fürchten sollte.

Doch genau so verhielt es sich, und er riß entsetzt die Augen auf, als er die ganz in Weiß gehüllte Frau erblickte, die seine Zelle betreten hatte. Ihre Züge lagen hinter einem Schleier verborgen, und das Schimmern, das von ihr ausging, war mehr als nur reflektierter Mondschein. Fast wollte es dem Mönch so scheinen, als loderten ihr Gewand und ihr Innerstes von ätherischem Feuer.

»Dich hat der Teufel geschickt!« Der Mann bekreuzigte sich sofort, fiel auf die Knie und stieß ein Stoßgebet aus. Doch das vertrieb die Erscheinung keineswegs.

»Nein, ich komme nicht von ihm«, entgegnete sie ganz ruhig.

Ohne Zweifel handelte es sich bei der Frau um eine neue Prüfung, um ihn zu versuchen, denn ihre Stimme kam ihm bekannt vor. Und während er am ganzen Leib zitternd vor der Verschleierten hockte, fing er an zu weinen.

»Erhebt Euch«, forderte sie ihn auf, »und erinnert Euch, wer Ihr seid.«

»Ich bin der elendigste aller Sünder!«

»Dann erinnert Euch, wer Ihr einmal wart. Und nun stellt Euch endlich hin. Kommt mit mir, hinaus aus diesem Haus, denn die Welt bedarf Eurer.«

»Ich habe der Welt entsagt. Das habe ich sogar geschworen, und wenn ich den Eid bräche, würde mich das noch falscher und ruchloser zurücklassen.«

»Dann *befehle* ich Euch, mir zu folgen!«

Der Mönch wußte, daß er ihr gehorchen mußte, auch wenn dadurch seine Seele endgültig der Verdammnis anheimfiele.

Dieser Stimme hatte er noch nie etwas verweigern können.

So erhob er sich auf schwachen Beinen und lief ihr barfuß über den Steinboden des langen Flurs hinterher. Sie kamen an offenen Zellen vorbei, in denen Mönche schnarchten, und als sie das Kloster verlassen hatten, bibberte er in seiner dünnen Kutte.

Im Mondlicht wirkte die Frau fast durchsichtig und wie ein Geist. Und sie warf keinen Schatten.

Er drehte sich noch einmal voller Sehnsucht zu dem Kloster um, und sie nahm ihn an die Hand, um ihn fortzuziehen.

Ihre Berührung war eiskalt und gleichzeitig sengend heiß, und seine Ängste steigerten sich noch. Der Mönch wollte nach seinen

Mitbrüdern rufen, sie um Hilfe auffordern, aber tief in seinem Innern wußte er, daß ihm das nichts nützen würde. Ein Zauberschlaf hatte sich über das Kloster und seine Bewohner gelegt, dessen war er sich sehr sicher, genauso wie des Umstands, daß er am Anfang eines großen Abenteuers stand. Aus seiner Vergangenheit wußte er schließlich, wie Abenteuer begannen. Viele Begebenheiten und Geschichten fielen ihm jetzt wieder ein. Er versuchte, sich davor zu bewahren, indem er an Jesus Christus und die Mutter Gottes dachte. Schließlich betete er sogar:
Erbarme Dich meiner, o Herr, denn ich habe gesündigt …
Doch er konnte sich nicht auf die Worte konzentrieren, weil sein Geist von zu vielen Erinnerungen an Schlachten, an Verwundete und Sterbende, an rauschende Feste, wilde Geschichten, fahrende Ritter und den größten aller Könige überschwemmt wurde. Der Herrscher war tot, doch zu seiner Zeit hatte der Mönch ihm treu gedient, ihn sogar geliebt und ihn dennoch mit seiner Gemahlin betrogen.
Jetzt wußte er wieder in aller Deutlichkeit, wer er einmal gewesen war. Alles, bis hin zur kleinsten Kleinigkeit.
»Ich war dem Wahnsinn verfallen!« stöhnte er. »Wie ein Tier rannte ich durch die Hügel, nackt und mit verwirrtem Sinn, und habe mich von Gras ernährt. Und jetzt fürchte ich, wieder den Verstand zu verlieren. Möge Gott sich meiner gnädig zeigen.«
»Nein«, entgegnete die Herrin sanft, »Euer Geist war niemals klarer.«
Sie durchschritten einen dunklen Wald und gelangten ans Ufer eines Sees, aus dem Nebel aufstieg, der im fahlen Mondlicht wie Rauch wirkte. Von der fernen Mitte des Sees trieb ein Schiff auf sie zu. Der hohe Bug und die reglosen Segel ließen es wie einen großen Vogel erscheinen.
Wieder bekreuzigte sich der Mönch, doch nun wollten ihm erst recht die Worte des Gebets nicht mehr einfallen. Müßig zu erwähnen, daß die neue Erscheinung vor dem Kreuzzeichen nicht verschwand.

Wahrscheinlich würde das Schiff ihm den Tod bringen. Er erinnerte sich, wie er früher dem Tod stets getrotzt hatte, und so stellte er sich ans Ufer, verschränkte die Arme vor der Brust und erwartete in aller Ruhe, was das Schicksal nun für ihn bereithielt.

Das Schiff kam näher, und nun erkannte er auf ihm drei verschleierte Königinnen. Sie standen vorn am Bug und wurden gerudert von einer Vielzahl von Rittern. Deren Rüstungen waren verbeult und blutbeschmiert, ihre Körper zum Teil ohne Glieder oder mit klaffenden Wunden besetzt, dennoch bewegten sie sich ohne Mühe und erfüllten den Königinnen jeden Wunsch. Doch jeder Ritter hatte sein Visier heruntergeklappt, auf daß niemand sein Gesicht sehen und ihn erkennen könnte.

Die Weiße Frau winkte ihm zu, und der Mönch, der selbst Ritter gewesen war, folgte ihr auf das Schiff. Mit neuem Selbstbewußtsein bewegte er sich unter den Kriegern und nickte ihnen zu. Sie stanken nach Tod und Verwesung, aber er kannte den Geruch von Blut und Sterben so gut, daß er es fast genoß, ihn wieder einzuatmen. Schließlich stand er vor den drei Königinnen und erwies ihnen seine Ehre. Er beugte aber nur wie ein Edler das Knie und warf sich nicht wie ein Bittsteller vor ihnen nieder. Vor einiger Zeit hatte er sein altes Leben wie einen blutfleckigen, zerrissenen Umhang abgeworfen, und nun schien sich dieser wunderbarerweise wieder über seine Schultern gelegt zu haben.

»Erhebt Euch, tapferer Ritter«, sagte die erste Königin.

»Euer Anblick erfreut uns«, erklärte die zweite.

»Von nun an sollt Ihr ewig bei uns bleiben«, forderte die dritte ihn auf.

Er wollte entgegnen, daß es in diesem Jammertal Erde kein »ewig« gebe und die Ewigkeit dem Himmel und der Hölle vorbehalten seien. Doch er sagte nichts davon und schwieg. Ein Ritter widerspricht einer Dame nicht, und erst recht keiner Königin. So stand er wortlos vor den drei Königinnen und der Herrin am Bug, während das Schiff weiterfuhr.

Die Nebel teilten sich wie ein Vorhang vor ihnen. Hellster Mondschein fiel auf sie herab. Die Wasseroberfläche reflektierte das Leuchten so gleißend, daß der Ritter die Augen mit einer Hand abschirmen mußte.
Als er etwas besser sehen konnte, entdeckte er vor sich eine Bewegung im See. Zuerst glaubte er, seine Augen spielten ihm einen Streich, doch alle an Bord seufzten erwartungsvoll, und die Herrin hielt seine Hand noch fester in ihrem heißkalten Griff. Das Wasser teilte sich, und ein Arm stieg daraus empor und hielt ein edelsteinbesetztes Schwert und eine kostbar verarbeitete Scheide.
Bei diesem Anblick riß der Ritter sich von der Weißen Frau los und fiel auf beide Knie. Er schlug mit den Fäusten auf das Deck ein und flehte Gott lautstark um Gnade an.
»Nein, ich will es nicht. Ich bin der Klinge nicht würdig! Lieber Herr Jesus, laß nicht zu, daß sie für mich bestimmt ist.«
Aber die Herrin befahl ihm: »Nehmt das Schwert, das einst Arthur gehörte. Bringt Excalibur an Euch. *Ergreift es!*«
»Christus, steh mir bei! Erbarme Dich meiner!«
»Das wird Er sicher, zu gegebener Zeit. Doch bis dahin sorgt Euch nicht.«
»Wie könnt Ihr unheiliges Wesen mir Trost spenden?«
»Ich habe Euch bereits gesagt, daß ich nicht vom Teufel geschickt bin.«
Der Ritter starrte auf ihr verschleiertes Gesicht. »Hat dann Gott Euch gesandt? Wenn ja, dann bestätigt es mir und schwört darauf!«
Sie antwortete ihm nicht, sondern zeigte nur auf die Klinge. Und diese Geste war ein Befehl an ihn.
Er ließ sich über die Reling aufs Wasser hinab und lief über die Oberfläche. Das Naß war unter seinen nackten Füßen so kalt wie ein Marmorboden im Winter, aber erstaunlicherweise fest genug, ihn zu tragen. Der Ritter in der Mönchskluft schwankte zwar ein wenig, schritt dann aber auf den in Samt gehüllten Frauenarm zu, der das Schwert hochhielt. Er kniete davor nieder

und nahm die Klinge mit beiden Händen entgegen. Der Arm verschwand noch im selben Moment.
Dem Ritter kamen die Tränen, und er schloß die Augen fest, preßte das Schwert an sich und wagte nicht, sich von der Seeoberfläche zu erheben.
Als er die Lider dann doch wieder hochzog, waren das Schiff und die Damen verschwunden, und der Ritter hoffte im ersten Moment, er habe das alles nur geträumt – daß er in rastlosem Schlaf umhergewandert und hier auf eine nebelbedeckte Wiese gelangt war.
Doch seine Hände hielten noch das Schwert. Und als er nach unten blickte, sah er, daß er sich noch auf dem Wasser befand. Ein Pferd schnaubte ganz in der Nähe. Er drehte sich danach um und erblickte einen weißen Hengst, der ungeduldig mit den Hufen stampfte. Zügel, Sattel und Geschirr wiesen den Schimmel als Roß eines Edlen aus. Am Sattel hingen Rüstung, Lanze und Schild und glänzten silbern im Mondlicht.
Er wußte jetzt, was er zu tun hatte. Der Ritter legte die Rüstung an, und seine Finger erinnerten sich gleich wieder an jeden einzelnen Griff. Dann bestieg er das Pferd, trieb es gleich an und galoppierte durch den Nebel über das Wasser. Als er einmal zurückblickte, entdeckte er, daß das Ufer weit zurücklag, sich die Hufspuren seines Pferdes aber immer noch leuchtend abzeichneten.
Alles, was seine Sinne nun wahrnahmen, erfüllte ihn mit der größten Begeisterung. Die Bewegung des Pferderückens zwischen seinen Schenkelmuskeln, das Gewicht der Rüstung auf seinem Oberkörper, das Gefühl des Schilds an seinem Arm, der Wind, der ihm ins Gesicht fuhr, und den Luftzug an den Ohren von der Brise, die durch die Sehschlitze seines Helms hereinkam.
Der Schimmel trug ihn viele Meilen weit durch ein sonderbares Land voller Mondschein, Nebel und nur vage wahrzunehmenden Feuern.
Dann entdeckte er in der Ferne, so weit, daß nur ein scharfes Adlerauge etwas gesehen hätte, einen anderen Ritter, der ganz

in Schwarz und Rot gewandet war und mit eingelegter Lanze auf ihn zustürmte.
Der Mönch senkte nun ebenfalls die Lanze und stieß voller Kampfeslust seinen alten Schlachtruf aus. Es kam ihm so vor, als sei er gerade erst aus langem Schlaf erwacht, als sei er bis zu diesem Moment in einem Traum gefangen gewesen. Aller Kummer, aller Schmerz und alles Leid fielen von ihm ab. Wie lange war es her, seit er sich zum letzten Mal so gut gefühlt hatte? Er war wieder der geborene Ritter, den es nach Ruhm und Waffengeklirr dürstete. Sein ausgemergelter Körper wurde kräftiger, und seine alte Stärke kehrte zurück, füllte ihn an wie Wein einen leeren Schlauch.
Je näher der schwarzrote Ritter kam, desto deutlicher erkannte der Mönch, daß es sich bei ihm um kein sterbliches Wesen handeln konnte. Flammen schlugen aus seinem Visier. Riesige dunkle Flügel schlugen über seinen Schultern. Sein Wappenrock leuchtete so rot wie Blut, das aus einer Wunde spritzt. Und auf seinem Schild war ein großäugiges, kreischendes Alptraumgesicht abgebildet, das nur einem Dämonen gehören konnte …
Doch dem Mönch blieb keine Zeit mehr, sich darüber zu verwundern. Die beiden Recken prallten aufeinander, ihre Lanzen zersplitterten, und ihre Pferde bäumten sich auf.
Er zerrte am Zügel, richtete sich wieder gerade auf, wendete sein Roß und sah, daß sein Gegner gerade das gleiche tat. Excalibur flog wie ein Blitz aus seiner Scheide. Er spürte die Energie der Klinge, die seinen ganzen Körper erfüllte. Wie im Rausch und im Wissen um seine Unbesiegbarkeit hieb er auf den gegnerischen Schild ein und spaltete ihn der Länge nach. Noch ein Streich, und der Rest des Schildes und der Arm, der ihn hielt, flogen, einen Feuerschweif hinterlassend, durch den Nebel davon.
Doch der Gegner wehrte sich weiter, und die Schläge, die die beiden austeilten, hallten wider wie das Hämmern von Schmieden auf einem Amboß.
Das Pferd des Schwarzroten strauchelte und brach schließlich

zusammen. Der schwarzrote Ritter, nun verwandelt, erhob sich jedoch auf seinen Schwingen in die Luft, und er schrie Worte in einer so unverständlichen Sprache, daß sie nur aus der Hölle selbst stammen konnte.

Er sauste auf den Mönch herab und entriß ihm den Schild, doch Excalibur trennte einen halben Flügel ab. Der Dämon stürzte, hilflos die unvollständigen Schwingen schlagend, ab, und der Recke ritt auf ihn zu, um ihn von den Hufen seines Schimmels zertrampeln zu lassen.

Kurz bevor die Kreatur ihr unheiliges Leben aushauchte, redete sie klar und deutlich in der Sprache der Briten: »Ihr kommt zu spät, Held, viel zu spät. Meine Brüder triumphieren bereits. König Constantine von den Briten liegt tödlich verwundet auf seinem Lager, und seine Soldaten fliehen vor den Scharen der sächsischen Heiden. Und so darf ich lachend zu meinem Herrn in die Hölle zurückkehren!«

Außer sich vor Zorn schlug der Ritter noch einmal mit Excalibur nach dem Wesen, doch seine Klinge traf nur Nebel und Rauch. Nun galoppierte er weiter, hielt nie an, brachte Straßen und Brücken hinter sich, durchquerte dunkle Wälder und zerstörte Städte und kam an verbrannten Feldern und erschlagenem Vieh vorbei. Sein Roß und er wurden niemals müde. So rasch kamen sie voran, daß sie die Stunden überholten und der Mond sich rückwärts über den Himmel zu bewegen schien, auf daß diese besondere Nacht niemals ein Ende finden würde.

Einige Male hörte der Recke die Stimme der Weißen Frau, die ihn drängte, sich zu beeilen. Visionen, Erinnerungen und Wachträume zeigten ihm den Weg.

Endlich zügelte er doch seinen Schimmel, als sie sich auf der Kuppe eines Hügels befanden, und schaute in ein Tal hinab, in dem eine Schlacht geschlagen wurde, die sich ihrem Ende näherte.

Britische Ritter und Fußsoldaten fielen vor sächsischen Kriegern zurück. Die Schreie und Rufe verwoben sich zu einem wogenden Meer. Jenseits des Tals hatten sich auf dem gegenüberliegenden

Hügel Mönche versammelt. Eine Stange mit einem silbernen Kreuz an der Spitze erhob sich wie eine alte Legionsstandarte aus ihrer Mitte. Rings um sie herum wichen die britischen Soldaten wie abebbendes Wasser. Dann fiel das Kreuz, und die Briten stöhnten verzweifelt auf. Ihr Rückzug verwandelte sich in eine wilde Flucht, und die Sachsen hatten leichtes Spiel, die Weichenden abzuschlachten.

Der Ritter zog zum zweiten Mal Excalibur aus der Scheide, stieß wieder seinen Schlachtruf aus und stürmte den Hang hinunter. Die sächsischen Krieger hielten verwundert inne, als sich ihnen ein neuer Feind näherte. Die Klinge schnitt ihnen die Köpfe ab wie eine Sense Getreide. Speere und Pfeile prallten wirkungslos von seiner Rüstung ab.

Nun drängten die berittenen Adligen der Sachsen sich zusammen und attackierten den Ritter wie ein Wall. Er hieb sie alle vom Roß und versetzte ihrem König einen so furchtbaren Streich, daß die Klinge nicht nur durch den ganzen Leib, sondern auch noch durch das Pferd fuhr.

Er erreichte den gegenüberliegenden Hügel und überwand die Sachsen, die versuchten, die Kreuzeslanze an sich zu bringen, entweder mit seinem Schwert, oder indem er sie von seinem Roß zertrampeln ließ. Oben angekommen, stieg er ab und hob das heilige Symbol auf.

Schwer atmend, aber voller Triumph hielt er das große Kreuz und daneben Excalibur hoch in die Luft, damit alle es sehen konnten – wie weiland Moses, als er den Israeliten den Sieg über die Scharen der Amalekiter ermöglichte, indem er seinen Stab mit beiden Händen die ganze Zeit in die Höhe hielt. Doch anders als dieser bedurfte der Ritter keiner Unterstützung, keines Aaron und Hur, die Moses die müde werdenden Arme stützen mußten. Ihn verließ seine Kraft in keinem Augenblick.

Die Briten sammelten sich wieder, lobten Gott und wüteten wie besessen in den Reihen der Sachsen, bis kein einziger Heide mehr auf dem Schlachtfeld lebte. Nur wenigen der Gegner gelang die Flucht.

Dann führten die Briten ihren Retter johlend, lachend und Psalmen singend von der Stätte fort, und unter ihnen waren viele, die einander wieder und wieder die Wunder erzählten, die sich in der letzten Stunde ereignet hatten. Wie ein Schwarm schnatternder Vögel stiegen ihre Stimmen zum Himmel.
Und der Ritter, der vorher ein Mönch gewesen war, genoß das Lob und die Preisungen, die sie ihm zollten. Er übergab das silberne Kreuz einem Priester, ließ Excalibur aber nicht los.
Als der Zug das Dorf erreichte, in dem der kranke König lag, schwiegen alle still, denn im größten Haus lag Constantine, der Sohn des Cador, ein guter Mann, aber beileibe kein Held und gewiß kein bedeutender Herrscher, im Sterben.
Der Held senkte den Kopf und betrat die schäbige Hütte. Er nahm den Helm ab, beugte das Knie vor dem König und legte die Hände auf sein Schwert.
Constantine, der Nachfolger Arthurs, drehte sich auf seinem Strohlager zu ihm um. Er blutete aus vielen Wunden, und sein Gesicht war eingefallen und grau. Doch als er den Besucher erkannte, weiteten sich seine Augen.
»Ihr seid es tatsächlich.« Stöhnend richtete der König sich auf und hustete Blut. »Dann stimmt also alles, was man mir berichtet hat. Ihr seid Sir Lancelot, der von den Toten zurückgekehrt ist.«
»Mylord, nie war ich lebendiger als jetzt.«
»Und Ihr tragt Arthurs Schwert an Eurer Seite. Ich kenne diese Klinge gut und habe sie schon bei vielen Gelegenheiten gesehen.«
»Genauso erging es mir, mein Lehnsherr.«
»Doch da Ihr nun diesen Stahl tragt, muß es wohl der Wille Gottes sein, daß ich sterbe und Ihr mir zur Rettung des Reiches als Herrscher nachfolgt. Wer hätte das je für möglich gehalten? Ich mit Sicherheit nicht. Nicht in meinen kühnsten Träumen … wie überaus befremdlich und doch wunderbar …« Constantine sank auf sein Lager zurück, fiel ins Delirium und war nicht mehr zu verstehen.
Die Briten sammelten sich in dichten Scharen vor dem Bauern-

haus, knieten vor Lancelot nieder und tuschelten einander zu: »Ja, genau, er ist es. Wir erkennen ihn wieder. Er ist zu uns zurückgekehrt.«

»Ich bin wirklich Lancelot«, erklärte der Ritter und erhob sich vom Lager des Königs.

Die anderen, ob Rittersmann oder Bauer, richteten sich ebenfalls auf und drängten ihren Helden fort. König Constantine blieb vergessen von allen und verloren auf seinem Stroh zurück.

Immer neue Briten strömten hinzu. Erst rief es nur einer, bald aber alle: »Ihr seid unser neuer König! Führt uns! Führt uns!«

Der Ritter zitterte und fiel auf die Knie, als hätte er einen schweren Schlag einstecken müssen. Einige liefen in die Hütte zurück, um die Krone von Constantine zu holen. Rasch war unter den Geistlichen, die die Schlacht überlebt hatten, auch ein Bischof gefunden. Der Gottesmann hielt die Krone über Lancelots Haupt und begann, in lateinischer Sprache die Krönungsformeln zu sprechen.

Doch da ließ sich eine weitere Stimme vernehmen – eine, die anscheinend nur der Ritter hören konnte, und sie gehörte der Weißen Frau.

»Lancelot du Lac, edelster aller Ritter, erinnert Euch, wer Ihr seid und wer Ihr wart!«

Die Erinnerung durchfuhr ihn wie eine Speerspitze, und er keuchte, weil sie ihn schmerzte. Alle seine Sünden fielen ihm wieder ein, die großen und auch die läßlichen. Er wußte jetzt wieder, wie stolz er auf seine Ritterlichkeit gewesen war, wie er das Lob der anderen aufgesogen und über dieser Eitelkeit fast seine unsterbliche Seele verloren hätte. Auch erinnerte er sich, wie er seinen Freund, König Arthur, hintergangen und ihn mit seiner Frau Guinevere betrogen hatte. Aus einem nichtigen Anlaß heraus hatte er die Brüder Sir Gawaines erschlagen und am Ende diesen edlen Ritter selbst in den Tod getrieben. Aller Niedergang und alle Zerstörung im Reich war allein seiner und keines anderen Verantwortung zuzuschreiben.

Lancelot hielt nach der Herrin vom See Ausschau, aber natürlich

war sie nirgends zu sehen. Er entdeckte nur die freudigen, wenn auch leicht verwirrten Gesichter der Briten.
Unvermittelt erhob er sich und schob die Krone und den fassungslosen Bischof beiseite.
»Ich bin ihrer nicht würdig«, erklärte er.
»Aber … aber …« Der Geistliche fuchtelte mit den Händen herum, als wäre er närrisch geworden. »Nun gut … ein wenig Demut ist des öfteren angebracht … doch … Ihr tragt das Schwert!«
»Ihr tragt das Schwert!« riefen jetzt auch die Umstehenden. »Daher müßt Ihr unser neuer König werden.«
»Bedenkt doch nur, was Euch erwartet«, flüsterte ihm ein Ritter ins Ohr. »Reichtum, Macht und willige Frauen. Das alles wird Euch gehören. Jeder einzelne von uns würde zum Mörder werden, um das zu erlangen.«
»Und sogar die Seele verkaufen?« fragte Lancelot ihn traurig.
»Natürlich auch das.«
Lancelot erhob sich und stieß den Ritter fort. »Dann geht mir aus den Augen.«
»Unser König!« rief die Menge erschrocken.
Er nahm dem Bischof die Krone ab und kehrte zu der Hütte zurück. Die Briten folgten ihm in einiger Entfernung und flüsterten einander zu: »Was hat er vor? Ist er wieder dem Wahnsinn verfallen? Wie kann das nur sein? Gott steh uns bei!«
Doch sie schwiegen, als Lancelot wieder vor dem König das Knie beugte und ihm sanft die Krone aufs Haupt zurücksetzte. Dann betete er, wie er nie zuvor zu Gott gefleht hatte, selbst damals nicht, als ihn die große Reue überkommen hatte.
Er flehte den Herrn des Himmels an, wenn noch eine Spur seiner auf vielfache Weise besudelten, einstmals aber vollkommenen Ritterlichkeit übrig sei, dann möge es dem Herrn gefallen, für diesen Unwürdigen ein letztes Wunder zu bewirken. So wie damals, als der Herr ihm erlaubt habe, durch ein Wunder Urras, den König der Ungarn, zu heilen – auch wenn seine Seele damals schon durch unzählige Sünden schwarz geworden war.

Nur einmal noch, bat er, und sei es nur darum, alles wieder in seine Ordnung zu bringen.
Doch nicht Gott, sondern die Weiße Frau antwortete ihm. Er hörte ihre Stimme laut und deutlich, so als befinde sie sich mit ihm in dieser Hütte.
»Steckt das Schwert ein, und bedeckt die Wunden des Königs mit Euren Händen.«
Das tat er auch sogleich, und seine Finger waren bald rot von Constantines Blut. Doch überall, wo er dem König die Hand auflegte, schlossen sich die Wunden und heilte das Fleisch.
Und Lancelot ließ seinen Tränen freien Lauf wie ein Kind, das zur Strafe Schläge erhalten hat. Und es war nicht das erste Mal, daß er so furchtbar weinte.
Alle, die Zeugen dieses Wunders wurden, fielen auf die Knie und schwiegen. Auch wagte niemand mehr, Lancelot zu befragen oder aufzufordern, die Krone zu nehmen, als dieser sich erhob und nach draußen schritt. Die Menge teilte sich vor ihm wie ein Fluß vor einem Fels.
Der Ritter bestieg sein Roß und ritt hinaus in die Nacht. Er gab dem Schimmel die Sporen, als wolle er den Mond selbst einholen. Und der Wind rauschte in seinen Ohren und flüsterte ihm zu:
»Sei kein Narr! Du kannst immer noch König werden! KÖNIG! Schließlich trägst du noch das Schwert!«
»Weiche von mir, Satan!« brüllte Lancelot, und seine Stimme erscholl weit durch die Nacht. Wieder weinte er, und er fürchtete, erneut in Wahnsinn zu verfallen.
Visionen kamen über ihn. Er glaubte, durch die Hölle zu galoppieren und gegen Dämonen kämpfen zu müssen, die er jedoch allesamt mit Excalibur niederhieb. Dann glaubte er, wieder auf Camelot zu sein, doch die Edlen und ihre Damen flohen entsetzt vor ihm. Dann schließlich wähnte er, sein Pferd verloren zu haben und daß sich seine Rüstung in Rauch aufgelöst habe und davongeweht sei – wieder stand er als barfüßiger, abgezehrter Mönch in einer zu dünnen und zerrissenen Kutte da.

Er stolperte durch den Schlamm am Rand des Sees und hielt das edelsteinbesetzte Schwert mitsamt seiner Scheide wie vor langem Moses mit beiden Händen in die Höhe, als dieser die Juden im Kampf gegen die Amalekiter unterstützte.
Aber er kämpfte nicht mehr gegen Feinde an, sondern nur noch gegen sich selbst.
Als er die Herrin vom See in ihrer weißen Verhüllung vor sich erblickte, war er davon überzeugt, den Verstand verloren zu haben. Und sie sprach zu ihm: »Ihr könntet König werden. Schließlich habt Ihr das Schwert.«
»Nein, nicht mehr!« schrie er und schleuderte die Waffe so wuchtig, wie seine verbliebene Kraft es zuließ, in den See. Er sah zu, wie das Schwert sich im Mondlicht über dem Wasser drehte und dann eine Hand aus dem Naß aufstieg, es auffing und mit ihm zurück in die Fluten versank.
Lancelot watete ein Stück weit in das Gewässer hinein, um festzustellen, wo Excalibur untergegangen war. Doch er sah nur leicht gekräuselte Wellen, die sich in alle Richtungen entfernten. Er stand bis zum Bauch im eiskalten Wasser, drehte sich zu der Herrin um und fragte: »So ist nun alles ein Traum gewesen?«
»Nein«, antwortete die Weiße Frau, »denn durch dieses Abenteuer habt Ihr Gottes Plänen gedient. König Constantine kann weiterleben und über das Reich herrschen. Und Ihr, auch wenn Ihr viele Sünden auf Euch geladen habt, seid gewogen und für leicht genug befunden worden, um dem Herrn ein Wohlgefallen zu sein – mehr darf ich nicht sagen, und zwingt mich auch nicht dazu.«
Er schritt weiter auf sie zu. »Ich werde Euch nicht bedrängen, denn ich habe genug erfahren. Doch um eines bitte ich Euch noch. Hebt Euren Schleier, nur für einen kurzen Moment, damit ich das geliebte Gesicht noch ein letztes Mal schauen darf …«
»Nein«, entgegnete sie leise. »Das darf ich niemals tun und muß mich mit aller Kraft davor zurückhalten. Stellt Euch doch lieber die reinere und schönere Herrin vor, die über uns alle herrscht.«

Damit war sie verschwunden, und er kniete im Wasser nieder, um zu beten, zu weinen und sich gegen die Brust zu schlagen … So fanden ihn auch seine Mitbrüder in der Morgendämmerung und glaubten, er sei wieder einmal, wie es gelegentlich vorkam, im Schlaf umhergeirrt und bis hierher gelangt.
Erst einige Zeit später erreichte das Kloster die Nachricht, daß König Constantine in der bewußten Nacht eine tödliche Verwundung erlitten habe, doch wie durch ein Wunder von einem geheimnisvollen Helden gerettet worden sei, der seine Truppen auch noch zum glorreichen Sieg über die Sachsen geführt habe. Den Gerüchten zufolge, die im Land in Umlauf waren, sollte es sich bei diesem Ritter um Lancelot oder gar Arthur gehandelt haben, der aus dem Reich der Toten zurückgekehrt sei.
Des weiteren erzählte man sich eine andere wundersame Geschichte. In derselben Nacht sei die Nonne, die einst Königin Guinevere gewesen war – die fromme Frau, die sich seit dem Eintritt im Stift nur in Weiß gekleidet und verschleiert zeigte –, in tiefe Ohnmacht gefallen und habe mit unsichtbaren Personen gesprochen. Mehrmals habe sie auch den Namen Lancelot gerufen.
Als die Nonne dann starb, las Lancelot eine Messe für sie, denn mittlerweile hatte er die Priesterweihe erhalten. An jenem Tag verließ er seine Zelle, um die Tote neben ihrem Gemahl zu bestatten und an ihrem Grab zu beten.
Doch wie es heißt, hat er danach seine Zelle nie wieder verlassen.

BIBLIOGRAPHIE

»The Question of the Sword«, 1995 by Jane Yolen.
»The God Sword«, 1995 by Diana L. Paxson.
»Lassario«, 1995 by Eric Lustbader.
»Controlling the Sword«, 1995 by Kristine Kathryn Rusch.
»Surgeon's Steel«, 1995 by Diana Gabaldon.
»Prayer of the Knight of the Sword«, 1995 by Nancy Holder.
»Echoes of the One Sword«, 1995 by T. Winter-Damon.
»Grass Dancer«, 1995 by Owl Goingback.
»All We Know From Heaven«, 1995 by Peter Crowther.
»Passing«, 1995 by Charles de Lint.
»Nights of the Round Table«, 1995 by Lawrence Schimel.
»Here There Be Dragons?«, 1995 by Marion Zimmer Bradley.
»Goldie, Lox, and the Three Excalibearers«, 1995 by Esther Friesner.
»Silver, Stone, and Steel«, 1995 by Judith Tarr.
»St. Paul's Churchyard, New Year's Day«, 1995 by Richard Lee Byers.
»The Other Scabbard«, 1995 by Brad Linaweaver.
»Hope's Edge«, 1995 by Daniel H. Scheltema.
»The Waking Dream«, 1995 by Jill M. Morgan.
»The Scout, the Slugger and the Stripper«, 1995 by Randy Miller.
»The Weapon«, 1995 by Ardath Mayhar.
»The Sword in the Net«, 1995 by Brad Strickland.
»Once and Future«, 1995 by Terry Tappouni.
»Once and Future«, 1995 by Mercedes Lackey.
»Sword Practice«, 1995 by Jody Lynn Nye.
»Where Bestowed«, 1995 by Susan Dexter.
»Demon Sword«, 1995 by Bill Fawcett.
»Troubled Waters«, 1995 by Susan Shwartz.

»Literary Cubism Saves the Universe«, 1995 by Joe Haldeman.
»Duty«, 1995 by Trigee Enterprises Corp.
»The Epilogue of the Sword«, 1995 by Darrell Schweitzer.